洞庭人家

余 红 著

作家出版社

宋明泽认为此生做得最正确的一件事，就是那年没离开洞庭镇。

　　漫步湖畔，百鸟掠过，远处水天一色，他犹如走进了一条幽深的时空隧道，往事扑面而来。

目　录

第一章　大江大湖

　　一九八三年，五月天，太阳起得格外早。早晨六点不到，东洞庭湖已笼罩在一片金色的薄雾之中。宋明泽想到燕妮今天下午回岭阳，就早早来到镇北大堤巡堤。湖风掠过，坡下芦苇沙沙作响。燕妮希望他能随她一起落户北京，可他从部队转业选择了回洞庭镇，说浸湖水太深离不开。燕妮不再出声。好不容易打通电话，不出声是会急死人的，挂机时燕妮总算开口，说她回趟岭阳，见面再说。他无法猜测燕妮的决定，但他清楚自己不会轻易离开这片土地。他脱了白衬衣跟黄挎包码放在一旁，提起军裤卷到膝盖上，埋头开干。

　　半个月前连降暴雨，把这节堤坝中段冲了一个缺口，洞庭镇组织了百来人抢修，昨天才完工。这是他从部队转业到镇政府的第一份工作，每天带人在堤坝上垒土石、填沙袋。

　　不觉间在堤坝上忙完收尾工作，全身已被汗水浇透，他顾不上汗水黏身，直接躺在了草地上，歇了阵气后，侧身从挎包里摸出一张报纸又看了一遍——"农村家庭联产承包责任制在全国范围内全面推广，鼓励农民兴业致富"。

　　洞庭镇处在城乡接合部，只要改变观念，改变洞庭镇就不是难事。他神游了一阵，两只白琵鹭出现在他面前。它们翘起头羽看稀客似的盯了他一会儿，开始觅食。

湖面隐隐传来一阵渔歌互答的笑闹声："哟嗬——一件马甲与胸齐，半截裤子腰间系，两只粗手舵掌稳，一双大脚浪踏平……"东洞庭湖大部分渔民住在湖畔茂密的芦苇荡里，过着起居船舱、捕鱼换粮的简朴生活。一声声洞庭号子从湖上传来，新的一天，渔民们又开始忙活。待他起身，晨雾早已散开，远处渔帆点点，他心情不由开阔了许多。

宋明泽穿上衬衣继续巡堤，没走多远，身后传来一阵熟悉的脚步声，他回头看时，父亲宋长江已踩着套鞋到了跟前。父亲头上热气腾腾，一件灰色褂子汗湿了半截，背后照常挂着一顶麻色斗笠，卷起的裤脚还在滴水。宋明泽无奈地笑了笑，巡堤事宜他早和父亲交接清楚，可父亲又跟了过来。一旁几只燕鸥叽叽喳喳叫得欢快。父亲瞟了瞟这几只鸟儿，哎呀了声："今天小满啊，小满小满江河渐满。"燕鸥是洞庭湖的夏季候鸟，小满到，它们成群出现在湖畔时，夏天也近了。

宋明泽想着燕妮有些心不在焉。一只苍鹭不离左右，水中几只天鹅正交颈呢喃；不远的浅水区，几场雨后的大水漫过堤坝，形成了一条几十米长的瀑布，大片的鱼群跳出水面，场面甚是壮观。他刚才还迷茫的眼睛瞬间清澈，"哦嗬"了一声，手指着西侧喊道："爸，快看，鲤鱼跃龙门！"

一旁的宋长江搓着布满老茧的大手探身看了看，黝黑的脸颊涌起两片潮红，嘿嘿笑道："有崖鲤、鲢鱼，哎呀呀，大的怕有几十斤。"

话才落音，空中飞来一群白鹭，陆续栖息在前方湖滩中，不一会儿那片湖岸线便鸟头攒动，直直望去甚是晃眼。宋长江抬头看的时候口里念叨着什么，眨眼的工夫有多少只鸟儿从头顶飞过，就数了个清清楚楚。宋明泽啧了声，自叹不如："爸，您这眼力没谁了，这招我可学不来。"

宋长江浓眉微挑，说："没有学不来的事，一熟百通。巡堤啊，靠的就是一双眼睛，要定时排查堤坝的隐患，哪里有缺口，哪里管涌，哪里要抢修……都要记录下来。"宋长江聊起巡湖事宜时，脸上熠熠生辉。

宋明泽想着自己的心事没回应。宋长江见儿子不出声，微微皱了皱眉头："晓得你嫌弃这个工作，但你要晓得，万里长江险在荆州，难在洞庭，守湖巡堤可不是一般人能干得来的事，肩负着湖区人的生命安全，别以为这活谁想干就干得了的哈。"

　　宋明泽回过神来："哪个嫌弃了嘛。这几年我在部队学了很多东西，也开阔了眼界。如今刚承包到户，百业待兴，我巡湖再好没用啊，听说镇上堤坝缺口没钱修建，发生管涌没钱请工程队，改变洞庭镇的现状才是关键。"宋长江瞥了他一眼："改变，改变洞庭镇那么容易呀！就算你有这个想法也得先从了解这湖水开始。"

　　宋明泽想和父亲聊聊，肚子却咕咕直叫。

　　宋长江转过身来，选了一块干草地盘腿坐了下来，从帆布包里拿出一包鱼干，外加两块豆皮，这就是两人的早餐了。宋长江习惯性地摸起挎在腰间的军用水壶，轻轻一拔壶盖，酒香扑鼻而来。他仰头咕噜噜灌了几口后，意犹未尽地喊了声"好酒"，眉头舒展开来。这个军用水壶是结拜兄弟马建设送的，此后便成了宋长江的专用酒壶。他自诩"酒神"，百杯不醉，说可以三天不吃饭，不能一餐少酒。

　　这会儿宋明泽还真饿了，抓起一块豆皮就往嘴里塞。母亲许玉珍做的豆皮堪称一绝，两面煎至焦黄，包裹着煮熟的糯米，配上辣椒萝卜丁，撒上一把料，一口咬下去外酥里糯又香又脆。父亲看他狼吞虎咽，又拆开了一包鱼干。一群鸟儿便扑棱着翅膀围了过来，父亲嘿嘿笑开了："看看，闻香知味，你妈做的小吃啊，连鸟儿都馋嘴嘞。赶紧地，填饱肚子去干活。"

　　一阵自行车的铃铛声响起，伴着"明泽，明泽——"的喊声传来，宋明泽听出曹晓娅的声音，忙从坡下的芦苇中钻了出来，三步并作两步跃上了堤坝，扬扬手喊道："晓娅，晓娅，这儿呢。"

　　一个短发女子骑着自行车从堤上赶来，人还没到跟前，风铃样的笑声已传到耳边。她骑到近前泊车，红扑扑的笑脸上汗珠直滚。曹晓娅个头不高，穿一件的确良的白色衬衣，一条灰色长裤，巴掌大的小脸，笑起来眼睛瞬间成了弯弯的月牙。她顾不上擦汗，忙把手中一个纸袋子递给了宋明泽，说："你要的资料，我去区里找人才要来的。"

宋明泽接过资料袋，感激地说："晓娅，够迅速，谢了啊！"

曹晓娅咳了声："建设家乡，人人有责！"

这句话如一缕清风，让宋明泽的精气神顿时提了起来。但他无法确定曹晓娅的想法是否和他同步，问道："晓娅，你师大毕业完全可以留省城啊，怎么也回了洞庭镇？这儿落后又荒芜的。"

曹晓娅一脸稚气地回道："再荒芜也是我的家乡，落后怎么了，落后是可以改变的。"

"晓娅，你的想法和我一样，洞庭镇依江傍湖……"

阳光正浓，金色的烟雾在宋明泽脸上流淌，照得他闪闪发亮。他的相貌完全融合了他父母亲的优点，眉宇间有湖区人特有的豪迈，也有江南水乡人该有的柔情，宽头方脸，剑眉星目。可能这段忙着抢险，头发又长了几寸，下巴胡楂也隐隐冒了出来，愈发增加了他的阳刚之气。

曹晓娅眼波流转，往宋明泽身边靠了靠，偷偷瞟了他一眼，咯咯地笑道："没发现我们的家乡很美吗？烟波浩瀚，千鸟飞翔……"畅想至兴处，她的眼角微微上翘，忽闪的睫毛就像蝴蝶扇动的翅膀，让那双原本不大的眼睛看起来生动又明亮。

这一刻，宋明泽被曹晓娅的激情感染，全神贯注地看着她，不由得想起刘燕妮在他家避难时，三人几乎形影不离的日子。弯弯曲曲的荷花丛中，他们一起泛舟，一起捕鱼捡螺蛳，一起爬围墙去九华山的五七干校农场偷豌豆，读初中时三人还一起躲在九华山上的树林里看托尔斯泰的《战争与和平》。后来燕妮回北京读书，他去部队当兵，曹晓娅考上了省城师范大学。曹晓娅毕业后回洞庭镇学校当老师，每天骑辆自行车从镇北堤上经过，和宋明泽碰面时，两人总有讲不完的话题。

这次聊到如何改变洞庭镇，宋明泽就像打了鸡血似的，拉着曹晓娅找了个阴凉处坐下来继续讨论。这也是曹晓娅最享受的时光，她可以尽情地注视着他。堤坝下芦苇中发出窸窸窣窣的声响，突地几只红嘴鸥从芦苇中飞了出来，掠过俩人的头顶。曹晓娅"哟"了一声，笑了起来："哦，这些调皮的家伙，总是不合时宜地来捣乱。"坡下传来咳嗽声，曹晓娅瞥见是宋长江，停止了刚才的话题，心中嘀咕，只要她和宋明泽在一起，江爹总会故意咳嗽几声。她知道江爹不喜欢她爸，但那是父辈之间的恩怨，跟自己有什么关系呢？郁闷一闪而过，她定定神上前招呼："江爹，您不是退休了吗，还来巡湖啊？"宋长江手中拿根竹篙边在坡下排查，边回道："闲不住，一天不看看这湖水，心里闷得慌。晓娅，今天没去学校啊？"

"礼拜天嘞。"曹晓娅本来打算陪宋明泽一起巡湖，见江爹在这儿只好取消计划。她离开时，宋明泽想起一件重要的事来，追上前去："晓娅，晚上记得来我家吃晚饭哈，燕妮下午三点的火车到岭阳。"曹晓娅听了心中直打鼓，试探地问："这次燕妮不会再走了吧？"宋明泽眼神有些迷茫，回道："不晓得。燕妮在信中要我去北京，估计她不愿留在岭阳。"

迎面，镇干部王遥远骑自行车狂飙而来，一瞥见宋明泽就迫不及待地喊道："明泽，你爸在这儿吗？"王遥远瞟见跃上堤坝的宋长江，见到了救星似的，跳下自行车，上前一把抓起宋长江的手喊道："江爹，江爹，哎呀，总算找到您了。"

宋长江抖了抖沾在身上的泥草，说："遥远，啥事让你火急火燎地找堤坝上来了呀？"

王遥远手扶了扶眼镜，说："源湖码头又在打架，罗岗指使人把码头的跳板给抽了，弄得渔船的鱼上不了岸。那帮渔民划水上岸呼啦啦来了几十人和对方打了起来。我接到电话从镇政府赶了过去调解，喉咙说得冒烟了，他们不买账啊，说洞庭镇他们只认宋长江。"

宋长江听了，招手道："那快走，真是无聊，怎能抽码头的跳板呢。"

王遥远招呼宋明泽一起："明泽，你会讲话，一起去做做工作。"

一行人匆匆赶到源湖码头，湖泊两边停满了船只，有尾部高翘的宝古子船、细长的宝庆船、头大的铲子船，片石砌的斜坡到湖嘴。宋长江对这个码头再熟悉不过，码头用木跳板搭建而成，因洞庭湖水升降值达十几米，只能由高矮不同的跳凳搭建，伸出湖面百米。搬运工人以挑、抬各行其道，上下装运。现在这个码头没了跳板，水中露出高矮不一的两排跳凳，一旁还插了不少系着黄布的竹竿，连成一条长线，围出茫茫一大片水域。

斜坡上对峙的人群，一拨是打着赤膊的渔民，一拨是手拿长棍的流子。流子为首的叫罗岗，外号罗拐子，身材鼓鼓墩墩，向来不务正业，带着一群地痞在镇上专搞敲诈勒索的勾当。他神气活现地对着这群渔民喊道："这片水域是我家承包了的，你们在这片水域中捕鱼就该交管理费，不然你们的鱼就莫想上岸。"

对面一个叫周大河的黑脸汉子跳了出来，质问他："你私人围湖圈水，凭什么给你交费？你这分明是渔霸行为。"罗岗听周大河骂他"渔霸"，三角眼一横，对准周大河的脸挥手就是一拳。

宋长江疾步上前，一把抓住了罗岗的手："后生伢仔，一言不合就动手，是行不通的。"罗岗脸色涨得通红也没甩开突袭他的那只手，扭过头来看清捉住他手的人是宋长江时，嚣张的气焰立马收敛了许多。

"哎哟……哟，江爹，是我嘞，罗岗。"宋长江这才松开手，说："岗伢仔，不学好样，学痞子当渔霸？"

罗岗狡辩道："哪个是渔霸呦，我哥承包了这片水域，他们在这片捕鱼，还倒打一耙。"

宋明泽与罗岗都是五里农场出来的，对他再熟悉不过，上前问道："罗岗，这水中的黄旗谁插的？码头的跳板谁抽的？"

罗岗还真不含糊："我哥承包了源湖口芦苇外滩，这片水域就归我家管啊，这黄旗肯定是我们插的呀，谁想在我的地盘上搞鱼就得交费。有毛病吗？"

宋明泽打断了他的话："毛病大着呢，这片水域属洞庭镇管辖，你和芦苇场签的协议是经营芦苇，跟这个码头没关系，你这属于违法行为。"

罗岗冷笑了声："宋明泽，这些个事不归你管吧，你在镇上不就是个打杂的吗？"

"没错，我在镇上就是一个打杂的，所以洞庭镇样样事我都可以管。我已经派人通知刘大荣书记了，他应该很快就会到。"宋明泽立马将了他一军。

罗岗听说刘大荣过来，脸色一下变了，阴着眼盯着宋明泽："这点破事把刘大荣搬来，宋明泽你可真行哈。"罗岗找了个借口，带着那帮流子撤走了。

这群渔民的目光落在了宋明泽的脸上，好些人不认识他，"喂"了声："这谁呀，镇上人吗？"

宋长江介绍道："哦，这是我家老三明泽，刚从部队转业回来。"

有人焦急不已地拉着宋长江说情况："江爹，咋办啊？罗岗找人抽了这码头的跳板，我们昨晚就出湖了，捕捞一船的鱼上不了岸，过了晌午，船上的鱼就没人要了，哎呀，急死人。"

宋长江抬头看了看湖面，发现被抽脱的跳板还漂浮在水面上，转向宋明泽："赶紧组织人把码头的跳板先搭起来。"

宋明泽立即脱了白衬衣和黄军裤，身穿背心和大裤衩，招手喊道："大家听我指挥，咱们分三组，水性好的跟我一起去水里找跳板。二组随我爸在岸边做接应。妇女同志们在岸上做好衔接工作。"五六个汉子当即随着宋明泽一起潜入水中，不一会儿工夫，水中人马硬是将泡在水里的一块块跳板给拖出了水面。

立在跳凳旁做接应的宋长江跳入水中忙活起来，"喔嗬"一声就将三百多斤重的跳板提起，拉上了跳凳，一字铺开。人多力量大，跳板码头很快便顺利搭建好了。宋明泽在码头查看了一阵，接过曹晓娅递来的毛巾擦了两把后，快速穿上了放在岸上的衣裤。

不远处"突突突"声直响，一辆农用车开到了码头，车上跳下几个身穿蓝衣蓝裤的人。走在前面的是洞庭镇的书记刘大荣，脚步稳健，头发灰白，在人群中一眼瞥见宋长江，他提起的心稍稍放了下来。宋明泽往岸边招了招手，喊道："大伙都过来吧，这位是我们洞庭镇的刘书记刘大荣，听刘书记说几句。"

一群渔民围上前去投诉："罗岗派人抽了码头的跳板，还插旗子将这片水域围了起来，说这里他承包了就是他的地盘，不光收我们的笼子，还说要打死我们。这湖是大家的，又不是他罗家的。这是仗势欺人！看他亲叔是镇长就胡作非为……"

刘大荣清清嗓门："大家莫急，我们核实了，源湖水域还没承包出去，至于有人搞痞子勾当，镇上会派人查清楚后再处理。"

这群渔民听了刘大荣的话，大骂罗岗是个"撮把子"。

宋明泽见状从黄挎包里摸出一包纸烟来，给在场的人开了一轮烟后，气氛缓和了许多，在一旁帮衬道："刘书记赶过来是来解决问题的，大家有什么想法尽管提出来。"

刘大荣招呼道："大家辛苦了，都歇口气。渔村与洞庭镇合并后我们就是一家人。既然是一家人，有问题我们理顺后一件件来解决。"

周大河说："刘书记啊，世上三苦——撑船、打铁、磨豆腐，我们撑了一辈子船，居无定所，水退洲上住，水涨船为家，我们也想把洞庭镇当成自己的家啊，现在渔霸横行，罗岗说承包了水域，我们水上漂着搞不清楚真假啊！"

刘大荣说："你们反映的这些问题，我也听说了，洞庭镇刚承包到户，百业待兴，镇上还有很多地方不够完善，包括码头的规范化，请给我们一些时间来解决问题。洞庭湖是鱼米之乡，政府很重视渔民这个行业，现在渔民的收成有所好转，以后啊会更好。"

"哪谈得上好哦，咱渔乡下场暴雨岸边路上都能捡到鱼，鱼根本卖不起价，鱼贩子收货时拼命地压价，我们也就赚几个油盐钱。我们的苦啊只有自己晓得，上无片瓦，下无寸土，一艘船就是全部家当，水上摇摇晃晃，岸上迷迷茫茫，搞不清出路在何方……"周大河倒着苦水。

刘大荣说："不管水上岸上你们都要有信心，只要我们拧成一股绳，没有跨不过去的坎，关键是要改变思路，日子自然会好起来。"

宋明泽接过话题："刘书记说得没错，我们要改变思路，现在包产到户了，赚钱的门路更广，渔乡的鱼卖不上价，我们就销往外地，活鱼不行销，我们就做湖鲜食品，物尽其用。镇政府还准备成立湖鲜合作社嘞。"

周大河面带愁容地说："路子是不错，但镇上人欺生排外，我们的鱼连镇上的农贸市场都难进啊。罗岗召集一帮人在农贸市场收保护费，为这事我们找过罗水生几次，他当面答应得好，可没一件事落到实处。"这话题又激起了在场渔民的愤慨，七嘴八舌地控诉了罗岗在镇上欺行霸市、胡作非为的数十条罪状，说如果这个问题不解决好，他们就无法在农贸市场讨生活。

宋明泽扬扬手朗声道："你们莫急，刘书记刚才也说了，我们刚承包到户，百业待兴，镇上的农贸市场很快就会规范化，以后有专职人员来管理。你们都可以进入农贸市场交易，只要遵守市场的管理规则，谁也不敢为难你们。"

一旁的刘大荣欣喜地看了看宋明泽，说："我在此宣布，镇上的农贸市场以后就由宋明泽负责管理，有事直接找他就是。立了规矩，谁也不敢胡来，这点你们尽管放心。"在场的人听了脸上立即有了笑容，说："那敢情好，长江老哥的儿子我们放心。"

散场后，宋长江白了宋明泽一眼："你说那些不着边的事干啥呢，镇上啥时候要成立合作社，我怎么没听说？"又转向刘大荣："大荣，有这么回事？说出去的话泼出去的水，要负责的。"

刘大荣微微笑道："有这么回事，前几天明泽向我汇报过的，说成立合作社利于推销产品，也方便与大工厂衔接。这个路子不错，咱洞庭镇的湖鲜再好，单打独斗也是闯不出门道的，集合大家的资源才可能树立洞庭镇的牌子。"

宋明泽上前给刘大荣递烟点火后又说了几句："码头和农贸市场是发展洞庭镇的支撑点，要规范化管理，码头要保证渔民正常交易，农贸市场要管理到位。"

刘大荣用手拍了拍宋明泽的肩，说："明泽，你呀说到了点子上，明天弄个框框出来我看看。从现在起，你不用再去巡堤了，农贸市场就由你负责了。"

宋长江觉得宋明泽巡堤没多久就负责农贸市场，有些不合适。

刘大荣坚定地说："再合适不过，明泽在部队参过战又读过军校，有想法有闯劲，咱洞庭镇正需要这样的人才。"

曹晓娅推着自行车走了过来，笑道："明泽，我早就知晓你巡堤干不长，让你巡堤不是埋没人才吗？"

身后传来宋长江的叨叨声："谁说巡堤是埋没人才？"

曹晓娅抿嘴偷笑，宋明泽接过她手中的自行车，一脚跨上去，她轻轻一跃坐在了自行车后面，宋明泽肩宽背阔，她默默抓紧了宋明泽的衣服。

宋明泽怕父亲啰嗦，载着曹晓娅往洞庭镇方向骑去。洞庭镇背靠东洞庭湖，位于东郊九华山脚下，属于城乡接合部，以前山下住户以种田为生，周边建了几个工厂后，他们便以种果蔬与捕捞为主。进入镇上那条黄泥路后，车速自然慢了下来，路况坑坑洼洼，往深里走，菜园地头有许多老屋的断壁残垣。在主路骑了十几分钟，转个弯就能瞧见东升坡有座麻麻点点的大山，那是岭阳市的公墓所在地琵琶王坟山，是宋明泽他们读书时的必经之路。稍稍靠近，映入眼帘的是大大小小的坟堆，微风拂过，似乎路边的野草都在诉说着孤寂与苍凉。

宋明泽问："晓娅，现在一个人走这里怕不？"

曹晓娅说："不晓得怕，燕妮读书时怕得要死，每次经过这儿总是躲在我俩中间。"

"突突突"，身后那辆农用车很快超越了他们。车上人看着他们笑得一脸神秘。

笑什么呢？宋明泽有些莫名其妙，他可一直当曹晓娅是"哥们"。

车上的人可不这么想，看两人如此亲密，刘大荣都说他们是天生一对，还意味深长地说了一句："长江啊，你要和曹德元结亲家啰，好，好！"

宋长江皱了皱眉头没出声。

两人处于下风口，迎着车尾徐徐飘来的青烟，曹晓娅侧身瞧见宋长江一脸郁闷，笑开了，她就是想让宋长江知晓她和宋明泽才是一对。宋明泽问她笑什么，她回道："我想吃你妈做的香辣鱼锅，一想就流口水。咱去鱼巷子吧。"

两人赶到鱼巷子，已是半上午。鱼巷子坐落在洞庭镇长风湖东南角，是一条呈七字形的巷子，麻石铺成的地板早被人踩得圆滑溜光，两边是青砖砌成的阁楼，据说这条巷子早在乾隆年间就形成了鱼市。巷子路边的鱼琳琅满目，银鱼、湖刀、麻鲢、鲤鱼、鳜鱼、青鱼、翘白等野生鱼类应有尽有。但岭阳是渔乡，渔民带来的鱼市盛况，也直接将整个水产品价格拖入白菜价。加上巷子外十公里地段成了自由农贸交易市场，这里生意便差了许多。

神气活现的几个客户是周边工厂食堂的采购员，他们脚踩三轮车，还在巷子口就被三五成群的鱼贩子给拦截下来，鱼贩子围上前争先恐后地展示自家产品，都被采购员婉言谢绝。这些采购员来鱼巷子指名道姓只要"宋记"的鱼，这让位于巷头开鱼档的罗茂生恨得牙痒痒又无可奈何。

巷尾的宋记鱼铺门前一群人正在排队取货，诱人的鱼香徐徐飘来。宋记鱼铺铺面不足二十平方米，铺里挂满了风干鱼。门前除了满池子活蹦乱跳的鱼外，还有宋长江特制的一口露天土灶。袅袅炊烟中，一帮人正在围观许玉珍做八仙辣鱼酱。以前许玉珍为了让孩子们有下饭菜，每天在鱼巷子摆完摊后，便把别人不要的鱼皮鱼肚鱼子收了回去，捣鼓几下，这堆"鱼垃圾"便成了桌上的一道美味——八仙辣鱼酱。一传十，十传百，这辣鱼酱后来竟成了当地人饭桌上必不可少的食品。每天找上门订货的人要排长队，接着她又捣鼓出了八种鱼食品，取名"八仙记"。许玉珍的名字渐渐被"八仙妈"替代。

周边很多人想学样，许玉珍便现卖现做，身穿蓝色褂子，系着碎花围腰，乌黑的头发整齐盘在脑后，脸如满月，眉眼含笑，做食品时专注虔诚。一旁案板上齐齐排放着八种鱼食材，以及豆豉、辣椒、葱、姜、蒜等配料，鱼下锅煎至金黄，十几种配料也在她手中如天女散花般收放自如。不一会儿一锅香气扑鼻的八仙辣鱼酱便出炉了。

一群人抢着尝鲜，忙着下单，一时讨价还价声像在对山歌。许玉珍眼观六路，耳听八方，动作麻利，过秤、装包、收钱，一气呵成。一旁的宋明泽和曹晓娅赶紧帮着打下手。客人走时，许玉珍往往要多送一包："来，来，这一包是送给孩子们吃的。不管要多少鱼，明天早上来保管有就是。"

一旁的曹晓娅见了不由得竖起大拇指："婶啊，一盅茶的工夫您就接了几笔大单子，在鱼巷子也只有您八仙妈才有这本事。我要拜您为师，收下我这个徒弟吧。"八仙妈笑道："又在拿你婶开心哈，当老师多体面啊，不像我成天一身鱼腥味。"

一阵轰轰声由远而近，宋明兴骑着摩托车赶了回来，泊车后，他和客人打招呼，说是去周边工厂送货去了。在宋明泽眼中，大哥宋明兴最像父亲，宽头大脸，走路生风。

不一会儿，宋长江也带着周大河等五六个渔民代表拥进店铺。宋长江哪怕说句玩笑话也必要兑现，说要请他们来店铺吃酒，就真带来了。

这丝毫难不倒许玉珍，拥进再多的客人她也能招待得井井有条，喊坐、泡茶、递烟、上小吃。她招呼道："哟，大河来了，来，来吃盅熬姜茶。"寒暄的工夫，每人手中端上了一盅茶不说，还品尝到了许玉珍端来的湖鲜小吃。

周大河说："玉珍嫂子啊，今天我们是来讨酒喝的呀。"

"昨天才送来的两坛老酒，今天请你们喝个够。"许玉珍又转向宋明兴，"赶紧把那条岸鲤给破了。"

宋明兴接到指令，一声"好嘞"就扯去上身衣衫，赤膊上阵，蹲在鱼池边抓来一条大鱼。一堆人又拥上前去围观他的"指甲破鱼不用刀"的功夫。厨艺方面，宋明兴至少学到了宋长江的七成。

宋长江老家河西语境村，祖辈渔民，人家三橹当不得他一篙。他撒网如刮风，破鱼能起风，吆喝一声整条鱼巷子人的耳朵都差点被震聋，此话虽是夸张了点，看宋明兴就知八九不离十。宋明兴蹲在鱼池边，脚尖着地稳如磐石，左手摸鱼右手起，唰唰声中只见鱼鳞飞起。旁人都没看清怎么回事，一条条活蹦乱跳的鱼已被他用指甲修理得干干净净。

　　宋明泽想上前帮忙，却插不上手。炉灶边的父亲接手忙活开来。父亲的绝活是能把一条鱼做出十几种花样来。鱼要现杀现做，遇到主顾多时，必会留客吃酒。大家闲聊的工夫，一张简陋的桌上已摆满鱼肴。水上人家鱼总是有的吃，但缺米少油，一池鱼也未必能换几两油，父亲倒好，一顿酒的工夫就要浪费全家人半个月的油盐。奶奶心疼不已地把店铺里的油给藏了起来，却难不倒他。他用清水煮鱼一样能香飘十里，不过是将几片生姜和路边扯的一把紫苏丢在锅里，煮出来的味道竟是鲜美无比。

　　忙活半天，已到了吃中饭的时间，一群人围坐一桌好不热闹。有人掐准了时间似的骑着一辆自行车停在鱼档前面。宋长江起身招呼："建设来了，正等你呢，你有口福，我岳父昨天送来两坛老酒，快来，先喝两盅再说。"

　　马建设是附近一家大型兵工厂的后勤采购员，和宋长江年龄相仿，身材魁梧，面相周正。今天他足蹬解放鞋，腰扎一根军用皮带，肩上背着一个黄挎包，精神抖擞。

　　宋明泽上前招呼："干爹来了，今天我爸下厨，弄了一桌菜。"宋明泽接过马建设送来的一块五花肉，转身递给了母亲。马建设是宋明泽三岁时认的干爹。这些年多亏马建设关照，一家人才渡过难关。寒暄几句后，马建设坐在了宋长江身边，趁着喝酒的空当，许玉珍又加了几道菜，天热加上在炉灶边忙活一阵，她端菜上桌时，脸上就像抹了两团胭脂，洞庭湖的风光都被她比了下去。

　　马建设起身说："玉珍，别忙活了，赶紧一起来吃吧。"许玉珍这才落座。一群人围坐一桌好不热闹。

第二章　湖畔人家

中饭后，曹晓娅离开店铺。宋明泽借了大哥的摩托车，轰了一脚油门往火车站赶去。途经长风湖，沿堤骑行可见碧水悠悠，鸟儿翩翩，五月的洞庭湖真是美得无法形容。想着即刻能见到燕妮，他觉得整个世界都飞扬起来。

昨天燕妮来电话，说下午三点的火车到岭阳。宋明泽兴奋又忐忑。他无法猜测燕妮的决定，但相信燕妮会支持他的选择。他们从小一起长大，朝夕相处，心中喜欢也不好意思表达，燕妮读大学而他去部队后，这场青春之恋才正儿八经开始。

宋明泽赶到火车站时尚早，走到出站口，整整衣衫，把卷到膝盖的裤腿放了下来捋平整，然后找了个醒目的位子落脚。他身姿笔挺就像在部队站岗一样，目不转睛地注视着前方，希望一眼就能看到出站的燕妮。

快了，快到了！燕妮要到了。

两人初次见面时，燕妮十岁。燕妮来的那天，宋长江正带领一群儿女在湖边练习撒网捕鱼，就宋明泽抱着一本书看得入神。宋长江吆喝了几声要明泽搭把手，明泽不仅没听，还踢翻了岸边的网桩，导致一网鱼沉回湖中。这可犯了宋长江的大忌，他说过靠湖吃湖，对湖神要虔诚，收网时一定要齐心协力。可宋明泽讨厌当渔民，宋长江跑过来踹了他几脚，还撕烂了他的书，他伤心地躲起来哭花了脸。这时许玉珍的喊声传来："舅舅来了！"宋明泽的舅舅许玉山，在省城当干部，每次来家都不忘给外甥们带礼物，还会给他们讲有趣的故事。

宋明泽最向往的事就是见到舅舅。听说舅舅来了，他破涕为笑，跟哥哥姐姐们争先恐后朝外跑去，出门时还被绊倒了，爬起身时，一个满脸稚气的小姑娘走到了他身边，歪着头问："你没事儿吧？"她那双清澈的眼睛就像是止疼药，让他立马忘了身上的疼痛。小姑娘扎着一把高高的马尾辫，穿一件天蓝色的背带裙，皮肤白得像雪，眼睛里像装了一汪清泉。

"你好！我叫燕妮，十岁，读三年级。"她说一口标准的普通话，声音悦耳。舅舅说她是舅母的侄女。家里来了一位天使！宋明泽一眼就喜欢上了她。

舅舅离开时交给宋明泽的任务就是照顾好燕妮。原本是旱鸭子的他，为了燕妮学会了游泳；口齿不清的他，为了讲故事给燕妮听，练得出口成章；为了救生病的燕妮，他甚至偷着做苦力摆地摊；为了能与燕妮在一起，他去当兵、考军校……

火车上的燕妮靠窗而坐，眼神迷离地看着窗外，她还在为宋明泽从部队转业回岭阳的事生气。大学毕业后，她留在北京读研，天南地北的，他们还能在一起吗？

恍惚间，窗外茫茫一片，横无际涯的洞庭湖徐徐展现在眼前，哐当声戛然而止，火车已到岭阳站。岭阳是坐落在洞庭湖边的小城市，火车站离湖很近，下车后阵阵湖风吹来，燕妮顿觉精神了许多。

坐了一天火车，她脸色有些苍白，但并不影响她姣好的面容。她伸手摸了摸落肩的两条辫子，一双如水的眼睛明亮多了，一袭海蓝色的衣裤衬得她修长玉立。她拎着行李箱往出站口走去。

岭阳站还是以前的老站，设施简陋，下车到出站口不过几分钟。

她还没出站就听到宋明泽在喊："燕妮，这边！燕妮！"在接站的人群中，她一眼就看到了宋明泽——身穿黄军裤白衬衫，气宇轩昂。

宋明泽跑到她身边，大地、湖水与一股青春火热的气息交织，波涛汹涌般向她扑来。几年不见，宋明泽变得肩宽背阔，面相也越发俊朗，笑起来似乎整个人都在发光，他炽热的目光瞬间便融化了她刚才纠结的心。

寒暄两句后，他们往车站广场走去。一九八三年的岭阳街上已添了不少新景象，身穿喇叭裤烫卷发的青年、摆摊做生意的随处可见，但整体还处于灰头土脸中。穿过喧闹的广场，在拥挤的停车场，宋明泽跨上了摩托车，载着燕妮往洞庭镇方向驶去。途经琵琶王坟山时燕妮还是心有余悸，以前她最怕经过这里，离开几年了，这地方依然荒芜，她双手不由得揽紧了宋明泽的腰。摩托车转弯时，一股山风迎面刮来，她打了个激灵，心想，必须说服宋明泽随她离开这个鬼地方。

穿过琵琶王坟山便到了长风湖。长风湖是洞庭湖的支流，五十年代围湖造田后，这湖逐渐成了洞庭镇的风景湖。这湖水给她留下太多记忆。

宋明泽在东岸泊车后，两人走到一片清幽幽的芦苇丛边坐了下来，这里曾是他们玩耍的地方。他们曾一起看群鸟迁徙，观百鱼赛跑，还救护过几只受伤的白鹤。燕妮离开洞庭镇的前一晚，两人在湖边约定，十年后，无论天涯海角、贫穷富贵都不离不弃。那晚，天上有一轮明月，水中也有一轮明月。

想到此处，她心底最柔软的弦被触动，但她必须说服宋明泽离开这里。正想着怎么开口，一只鸥鹭飞了过来，旧相识似的，先在她头顶盘旋，然后轻轻落在她的肩头，她屏住呼吸，生怕不小心吓到它。过了一会儿，鸥鹭飞走，不远处的水域，成群的鸟儿呼啦啦从水中飞了起来，场面壮观。一群能上天入水的罗纹鸭，求偶时总会试探性地等，宋明泽给它们取了个有趣的名字"等先生"。燕妮呵呵笑了起来。

宋明泽见燕妮心情好转，舒了一口气。燕妮还是那样天真，对这湖水的好奇也没改变，这是最吸引他的地方。

两人青梅竹马，彼此的心事一个眼神便能领会。宋明泽当然清楚燕妮为何而来，牵着她的手走到堤边，面向湖水大声喊道："喂，告诉你一个好消息，燕妮回来了，燕妮回来了！"

燕妮明白宋明泽的小心思，想动摇她的意志，她可不上当。她有些忧郁地看向远方。在北京读大学期间，学长肖丰文给她写了无数封情书，她差点就被学长俘虏了，但是在她心中宋明泽还是占了上风。为此她妈妈林琳非常恼火，说她过于理想化，"一个偏远湖区的渔民子弟，兄弟姐妹众多，这样的人家、这样贫穷落后的地方，有什么值得惦记的，可不要把恩情与爱情混为一谈"。

燕妮转向宋明泽问："我盼着你到北京，你却回了洞庭镇，莫非心里有了别人？"她必须找个由头刺激宋明泽。宋明泽看她莫名吃醋的样子忍不住笑了起来，打趣她狂想症发作了，温柔地说："湖水做证，我心中只有你。"

"那你跟我一起去北京，哪怕你在工厂当普通工人我也愿意，摆地摊我也不在乎，只要我们能在一起。"燕妮的这句话简直暖到了宋明泽的心里，他打了鸡血似的，憋了很久的话脱口而出："燕妮，回洞庭镇来吧，只要我们在一起，所有的困难都不在话下。一起建设我们的家乡，好吗？"

燕妮脸上的笑容即刻失去了光彩，说："以前我来你家是躲难的，现在我在北京读书，家在北京，将来工作单位肯定也在北京，我怎么可能还留在这里呢？"燕妮的话让宋明泽愣住了。

何去何从？不离不弃，还是各奔东西？

"一个工作单位而已。"宋明泽说，"哪里都一样。"

燕妮脸色随即沉了下来："当然不一样，在北京，你机关进不去，当个老师也行啊，在部队待了几年，难道就是为了回来看湖守堤？这湖你看了二十多年还没看够？"

别说燕妮不理解，宋明泽自己刚开始也觉着巡堤憋屈。转业前姐夫张一鸣就帮他忙活，为了让他分配个好单位，托关系找到了市劳动局局长韩湘，并与韩局长约好了时间去办公室拜访。怎知宋明泽途经西甲门淤泥河时，为了救一个误闯沼泽地的小男孩耽误了时间，把小男孩救上来后，他才一身泥泞地赶到韩局长办公室。当时韩局长正在陪文化部门一位女士聊天，见宋明泽一身邋遢，直皱眉头。宋明泽还没来得及开口就被打发走了，他倒没放在心上，后果严重，没几天他就被分到了洞庭镇。

宋明泽去洞庭镇镇政府报到时，刘大荣见到他倒是满心欢喜："派别人来那叫乱弹琴，你不一样，从小在镇上长大，对镇上情况知根知底，搞建设熟门熟路。"

一旁的镇长罗水生皮笑肉不笑地哼了一声："搞建设？一穷二白，拿什么搞哦？"宋明泽上前递烟点火后，罗水生脸色稍稍缓和了些，深深抽了几口烟后，给宋明泽封了个干事，让他接替宋长江的班，巡湖守堤。

张一鸣说："洞庭镇可是挂了号的贫困镇，一进洞庭深如海，再想离开，难啰。"

宋明泽并没想过离开洞庭镇。

燕妮有些恼火，起身想和他摊牌时，宋明泽却开始劝她："你上大学读的是环境科学专业，不就是为了有一天能为这个社会做有益的事吗？落后怎么了？落后是可以改变的。部队生涯告诉我，苦和难不算什么，坚持最重要。因为家乡贫穷落后就要弃它而去吗？这里可有我的根，有我的魂。"宋明泽入伍训练十分刻苦，三个月后射击考核优秀，成了新兵连的训练标兵。部队生涯几乎改变了他的一生。

宋明泽越说越激动，双臂环着燕妮："燕妮，我真的希望你能留下来，我知道这是一次莫大的挑战与考验，可是我们从小到大闯过了无数次的难关，为什么现在不行呢？"

燕妮睁大了眼睛看着他，这还是以前的宋明泽吗？那个羞涩的男孩早已蜕变为血气方刚的青年。她不但没生气，反而有些开心起来，她在宋明泽身上看到了一种希望，一种能逢山开路的斗志。那么即使分手，她也放心了，想到分手，她的眼泪不争气地滑落。宋明泽以为燕妮动摇了，高兴得嘿嘿直笑。

这一刻燕妮被宋明泽的激情所打动，甚至也想留下来。岸边浪花四溅，几条鱼突地冲出水面，扑通摔落在他们脚边，宋明泽熟练地捡起这些鱼，扔手榴弹似的把它们丢回湖里，牵起燕妮的手说："等会儿有雨，我们回家吧。"

宋明泽载着燕妮来到镇中心，穿过拥挤的农贸市场，在长风湖堤坝交叉口，左手边斜坡上有片青翠摇曳的竹林，林中有处带围墙的院子，那里便是宋明泽的家。两人走进竹林，一大群鸭子排着整齐的队伍从林间穿过，赶鸭的老人一身布衣，手上拿根竹篙甚是悠闲。

"啊，是奶奶。奶奶！"燕妮迎上前去。奶奶抬起右手遮挡住阳光，认出朝她奔来的人是燕妮时，呵呵笑开了："燕妮回来了！"

燕妮上前一把抱住奶奶，打量着她："奶奶，您怎么越来越矮了？"

奶奶脸上的褶皱笑成了一朵盛开的菊花："你越长越高，奶奶不就越来越矮？赶紧回家去吧。你妈回来了，等你呢！"

靠近篱笆筑的围墙，一股浓郁的花香扑鼻而来。走进院子，一栋方方正正的红砖瓦屋矗立中间。院子里花木茂盛，鸡犬对唱。还没进屋，宋明泽就喊开了："妈，燕妮来了！"

埋头腌制咸鱼的许玉珍听到喊声，呼地站了起来，看清站在宋明泽身边的姑娘是燕妮时，不由得红了眼眶："真是燕妮，是我的燕儿回来了！"

燕妮喊了一声"妈"，眼泪夺眶而出。

燕妮从小病恹恹的，一九六八年的夏天才开始，爸爸就把她送到了姑妈家里，没过多久，她在高校任职的爸妈被停职审查，半个月不到，姑妈也受到了牵连。姑父，也就是宋明泽的舅舅许玉山，把她送到了岭阳宋家。于是，她在宋明泽家里住了下来，直到一九七七年她爸爸才来岭阳把她接回北京。在宋家的九年是她一生中最难忘的九年，是她最落魄也是她最快乐的九年，日子再苦，宋家人总是把最好的给她。

寒暄一阵后，奶奶也回了院子。燕妮的行李袋里全是给母亲和奶奶带的礼物，许玉珍听燕妮的肚子咕咕直叫，忙把自制的酱板鸭、鱼干和各种点心摆在桌子上："燕妮，赶紧先填填肚子，妈这就给你去做渔渡粉。"转身就风风火火去了厨房。

宋明泽忙着泡茶递水，燕妮发现房屋重新扩建了，客厅变得宽敞多了，靠墙的柜子上摆放着一台十二英寸黑白电视机。宋明泽说这是宋明兴弄来的。自分地到户后，宋明兴跟随母亲开店做生意，宋家食品在市场上逐渐打开销路，为了便于联系客户，他还买了一辆摩托车。

"现在镇上人大半在摆摊做生意，这可是以前不敢想的事，这就是进步。"

宋明泽边说边给燕妮弄吃的。燕妮旅途劳顿，还真饿了，说话的空当，两人已坐在桌边消灭了半只酱板鸭。酱板鸭还没吃过瘾，一股诱人的鱼香味又徐徐飘来。在燕妮心中，被她一直喊为"妈"的许玉珍就是一位奇妙的魔术师。

燕妮起身去了厨房，看母亲正在忙活，忍不住上前揭开锅盖，一股鱼汤的鲜味扑鼻而来。锅里鱼汤鲜香浓白，鱼肉嫩滑，抓一把米粉丢入锅里，盖上锅盖焖三分钟。不一会儿，几碗鲜香微辣的渔渡粉便摆在了餐桌上。燕妮坐在桌边，忍不住咽咽口水，咂咂嘴巴，这渔渡粉曾经是治愈她的灵丹妙药。

她刚来时不敢独自闲逛，田埂与山坡上到处是散乱的坟堆，白天经过这些地方倒无所谓，月黑风高下经过，心中直发毛，疾行中山坡上经常有磷火闪现，燕妮嘴上说不信鬼神，心里却怕得要死，又想出去玩，就壮着胆子走在宋明泽和曹晓娅的中间。

有时随着一大群小伙伴玩工兵捉强盗时，玩得兴起忘了害怕，明明躲在一处鲜花盛开的地方，起身时才发现自己匍匐的地方是个乱坟堆，她头皮发麻脚底发软，待明泽牵着她的手跑出树林，她身上衣服已被汗水湿透。好不容易跑到湖边，眼前雾蒙蒙一片，湖水哗啦啦直响，湖里的几条鱼突地冲出水面，落在她脸上身上，甚至顺着脖子钻进了她衣服里，冰凉冰凉的。她顿时吓得泣不成声，以为遇上了什么怪物。

宋明泽帮她抖落身上的"怪物"，笑道："哪来的怪物啊，不过是湖中的信使而已，等会儿准下雨。"果真他们还没到家就下雨了。

宋明泽会把夜行中遇到的不明来物说成是精灵，把鱼儿涌潮说成是天气预报的信使。在这荒芜的湖区还能听到"精灵""信使"这样的字眼，着实让她对宋明泽高看一眼。

他们兔子一样往家跑时，母亲早已拿着手电筒照在湖边的小路上，这束光让她顿感温暖。待他们洗漱好，换身干净的衣裳出来后，厨房飘来一阵诱人的鱼香味。她和宋明泽，加上宋明轩、宋梦夏，四个小脑袋瓜子一起挤在门口踮起脚往厨房里望，几碗热气腾腾的渔渡粉在水泥灶上一字排开摆着。

母亲说这渔渡粉是鲜鱼姜汤熬出来的，能祛风寒，他们便一窝蜂拥了进去，说声"谢谢妈"，就站在灶边端起碗呼噜噜开吃了。在外疯了半夜，肚子已经饿得咕咕直叫，这时候能吃上一碗热乎乎的渔渡粉，说不出地惬意。

每次她的碗底总有一个荷包蛋，这是许玉珍特意给她加的。入睡时，母亲还会坐在她床头陪她说会儿话："我们眼下的处境差，以后啊肯定会越来越好。"许玉珍坚强大气的个性潜移默化地影响着孩子们。日子再艰难，他们也能苦中有乐；夜再黑，他们也对未来充满希望。

"喵——"一声猫叫打断了燕妮的回忆，她低头看了看，一只灰色的猫咪睁着机灵的眼睛盘卧在她脚旁。奶奶说："它叫点点，路边捡来的。"燕妮调皮地"喵喵"了几声，埋头嗍完了一大碗渔渡粉，她辣得全身酣畅淋漓，疲惫一扫而空。桌上的鱼骨头全赏给了点点。

宋明泽见燕妮辣得满头是汗，说去院子给她弄些水果爽爽口，她也跟了出去。院子左边足有两亩地种满了果树，橘子树满树金光，枣树沉甸甸的。

宋明泽摸来一根竹篙，站在枣树旁，喊了声："接元宝啰！"燕妮赶紧接过奶奶手中的簸箕，枣子天女散花似的落在了簸箕中。宋明泽把落地的树叶扫干净后，集中装在了一个袋子里，说是可以废物利用。

这让燕妮想起自己刚到这里的时光。她在明泽的带领下学会了摘桑叶养蚕宝、滴扣子、下河挖藕摸蚌等以前在城里几乎接触不到的事情，胆量也比以前大多了。她对明泽说都不想离开了——她天真地以为开学前爸爸会来接她回北京。一晃到了九月开学的日子，她没等来爸爸接她，宋明泽也没等来舅舅，就这样，她和宋明泽、曹晓娅成了同班同学。

想到曹晓娅，燕妮说想去看看她，宋明泽笑道："中午我俩还一起吃的饭呢，说好了，她等会儿过来。"

俩人进屋洗了一盘枣子开吃，外面天已阴了下来，不一会儿噼噼啪啪下起了阵雨。这是岭阳特色之一，靠湖而居，雨水繁多，天气一天三四变。燕妮转向宋明泽笑道："你应该去气象局工作，说下雨就下雨哈！"话还没落音，门外传来急促的跑步声，接着传来一阵清脆的喊声："燕妮，燕妮。"

曹晓娅一脚跨进门来，看见燕妮，甩了一下淋湿的短发，兴奋得脸颊飞起两朵红霞。燕妮站了起来喊着："晓娅！晓娅！"两人欣喜地打量着对方，时间丝毫没拉开彼此的距离。

宋明泽看曹晓娅头发都淋湿了，忙找来一条白色毛巾递给她："赶紧擦擦吧！我的毛巾，不嫌臭吧？"曹晓娅把毛巾凑鼻子下嗅了嗅："真有一股味道，啥味呀？"看宋明泽有些脸红，又扑哧笑了起来："被子叠得豆腐块似的，一天洗两次澡的人怎么可能臭呢？"一屋人都笑了起来。

燕妮笑着转向宋明泽说："看看，还是晓娅最了解你吧。"

宋明泽嘿嘿笑道："知我者，晓娅也。"然后去里屋找了一件他的衬衣披在她的身上。

曹晓娅顾不上搭理宋明泽，裹着他的衬衣，跟燕妮聊天。多年不见，自是讲不完的话题，这些年她们偶有书信往来，见面更是兴奋不已。她乐呵呵地告诉燕妮自己是只笨鸟，复读了两年才考上师范大学，现在洞庭镇学校当老师。燕妮说："师范毕业可以留省城工作啊。"曹晓娅看了宋明泽一眼说："没办法，根在这里，外面再好，不如脚下这片土地亲。"

曹晓娅问起燕妮在北京的情况，燕妮说读研快毕业了，她的理想是从事科研工作。曹晓娅笑道："哎，这符合你的理想啊，你以前说要当一名科学家，要梦想成真了！"

燕妮感觉曹晓娅变了很多，谈吐也雅致多了，不再是以前那个"假小子"。问她有对象了吗，曹晓娅笑道："上次碰到陈立斌，他还担心我嫁不出去嘞。"三人笑了起来。

忆同学少年，陈立斌必不可少。那时流行"刷夜"，陈立斌经常住在宋明泽家里。夏夜酷热难耐，宋明泽会招呼小伙伴们到附近的西瓜地里转悠，在西瓜地里吃饱喝足后，干脆就睡在不远处的草坪上。大家躺在一起，一边看星星，一边听他吹牛。他编故事的能力是燕妮给逼出来的，每天晚上得给燕妮讲个故事，她才肯入睡，慢慢地，他能从君山岛上的神话故事扯到《西游记》，再讲到《一双绣花鞋》。血腥的故事被他讲成了悬疑大片，还能延伸虚构。小伙伴们围绕着他，耳朵竖得像兔子，脖子伸得像长颈鹿。每次曹晓娅总是抢先挤在他身边，两人并头睡在一张席子上。陈立斌说曹晓娅不害臊，女的还和他们挤一块。"晓娅是女的？"宋明泽冒出这句话时，一旁的小伙伴嘴都笑歪了。

曹晓娅从小剪个"男孩头"，穿着也中性，读书时宋明泽真当她是个小子，"没想到同桌的你是个女的"。这个笑话多年后还被陈立斌拿出来说。

三人扯了阵后，许玉珍说明兴一个人在店铺忙活，要明泽给鱼铺补些货。于是宋明泽带着燕妮和曹晓娅，挑了一箩筐风干鱼去鱼巷子打了一转。

宋家院子距离鱼巷子不远，三人抄近路很快就到了宋记鱼铺。快到收摊的时间了，依然有不少客人前来采购。宋明泽看客人走了一拨，挤上前去招呼了一声："哥，看谁来了？"燕妮也跟着喊："明兴哥。"宋明兴抬头打量了燕妮一眼，霍地站了起来："燕妮回来了，大姑娘了啊。你回来得正是时候，哥忙完了，回家给你做鱼宴哈。"

没寒暄几句，买风干鱼的人就来了一堆。燕妮负责收钱，曹晓娅帮着点货，宋明泽掌秤，三人配合默契。这情景让燕妮又想起了小时候，宋明泽带着她、曹晓娅、陈立斌，脖子上挂一袋八仙妈做的小鱼干在车站叫卖，他们经常被戴红袖章的人追得到处乱跑，她跑得慢被抓过两次，但她一口标准的普通话，一开口把人家吓一跳，以为是哪家干部子女出来体验生活，赶紧把她放了。

几人提起往事，笑个不停。在鱼铺忙活一阵，三人往回走时，见前面一阵骚动，接着传来吵架声。

"罗拐子，你个狗杂种，想强占我的摊位，门都没有！老娘今天和你拼了！"

路边的一个摊位前，一对男女扭打在一起。打架的女人是杨寡妇，男的是罗岗。罗岗很快便占了上风，掐住杨寡妇的脖子恶狠狠地骂道："想死还不容易，老子今天就成全你！"围观的人只顾看热闹，根本没人去拉架。

宋明泽跑上前去对罗岗喝道："赶紧松手，不要乱来，有话好好说！"

罗岗根本不理他。宋明泽见劝说没用，飞身上前一招擒拿手，罗岗一个趔趄松开了杨寡妇，扑通一声摔在地上。宋明泽不想罗岗太难看，顺势把他拖了起来。罗岗眼睛瞪得铜铃似的："宋明泽，多管闲事，活得不耐烦了吧？"

罗岗的哥哥罗又劲喝开人群，走了过来，横眼扫了一下人群，目光落在宋明泽脸上："哦，宋明泽是你呀，我说谁会管我罗家的闲事！"

宋明泽说："罗又劲，这可不是闲事。你老弟罗岗你得管管哈，从码头又搞到市场来了？"

罗又劲说："宋明泽，你刚回来不清楚底细，这些事劝你最好少管哈。"

宋明泽说："这农贸市场是我们共同的市场，看不顺眼的事必须管。"

罗又劲横了宋明泽一眼："宋明泽，你自以为是吧，据我所知，这个农贸市场不归你管。"

曹晓娅站了出来："罗又劲你还不知道吧，以后这个农贸市场就归宋明泽管理，镇上刘书记派遣的，我亲耳听见的。以后某些地痞休想在这市场搞欺诈行为。"

罗又劲冲曹晓娅翻了一个白眼："曹晓娅，哪儿都有你的份儿，集市打架很稀罕吗，哪天不是吵吵闹闹的？你呀赶紧找个人嫁了吧！要不，嫁给我得了，保管你吃香喝辣的！"

曹晓娅往罗又劲那里啐了一口："狗嘴里吐不出象牙来。"旁人哄的一声笑开了。

有人喊道："让开，镇长来了。"只见罗水生背着手远远走来，一路招呼声此起彼伏。他四十出头，身穿蓝衣灰裤，皮肤麦黄，见谁都是一副笑脸。不过一个转身而已，罗又劲和罗拐子已消失得无影无踪，再看杨寡妇也不再喊冤了，继续在路边做她的生意。宋明泽也见怪不怪，洞庭镇依湖傍江，人人心中有本《水浒传》，一言不合就动手是家常便饭的事。

曹晓娅说："洞庭镇想好起来，必须从这个农贸市场抓起。"

宋明泽还想找路边摊贩了解情况，罗水生咳嗽了一声，宋明泽回过头来招呼："是镇长啊，逛市场来了？"

罗水生眼皮都不抬一下地说道："逛逛，这农贸市场不但要逛，还要管好。"

"您说得是，这农贸市场过于混乱，得重新规划才行，管理要到位，摊位要户主清晰。"

罗水生嗯啊了几声，一双眼睛猫头鹰似的往四周扫了扫，瞥见整个巷子就宋记鱼铺忙不过来，皱了皱眉头，像是触动了他的心病。宋家与罗家同在巷子里开鱼铺，无论罗家在此地有多大的势力，论生意还是比宋记略逊一筹。一是宋长江为宋记鱼铺打下了牢固的基础，二是八仙妈擅长做食品。宋记生意始终比罗记好，让罗水生心中隐隐不快。他见身边商贩围了上来，便给宋明泽派了个活："明泽啊，你说的这几点是困扰市场的症结所在。你写个管理范本出来，我看看。"宋明泽爽快答应。

三人从市场回家后，家里越发热闹。大姐宋晓春来了，她的相貌如母亲的复制，面如满月，眉清目秀，进屋就拉着燕妮的手聊开了。嫂子林秀甜跟了进来，她生得柳眉凤眼，一副精明相，上前寒暄一阵后丝毫不把燕妮当外人："早就听说你了，北京姑娘在宋家住了九年……"宋明兴进院就喊："妈，燕妮来了，今天我下厨哈！"

父亲后脚进院子也喊开了："娘，娘！"奶奶在一棵桂花树下，父亲走到她身边，把一包吃的塞在奶奶手中："娘，食堂才出炉的肉包子，热乎乎的，你尝尝！我下午去了一趟兵工厂，这是三平要我带给你的。他还惦记着你做的酱板鸭呢，说是绝味！"此情此景下，宋明泽忍不住笑了起来，家里总是热闹得很，他喊道："爸，燕妮来了！"

宋长江抬眼看见燕妮时，双手不由得搓在了一起："哎呀呀，燕妮来了，好，回家就好！"燕妮忙上前招呼，"爸"一出口，她就红了眼眶。记得有一次她得了痢疾引发肺炎，需要住院治疗。那时宋家相当困难，宋长江为了给她凑齐医疗费，去码头上做了一个星期的苦力活，两百斤的沙袋一天扛几十趟，累到吐血，他在码头凑齐医疗费后，喊上母亲把她送到了医院。宋长江缴费时从挎包里掏出了一把零散的票子，一角、二角、五角，燕妮看他埋头用粗糙的大手数钱时，眼泪模糊了双眼。至今宋长江在她心里的分量也胜过亲生爸爸。

宋长江看燕妮回家了很高兴，说晚餐做鱼宴，喊宋明轩来鱼池子旁搭把手，明轩装作没听见，躲在家门前的那棵孔雀树上看书，他是家中最会躲懒的一个，从读书起，只要回家，手中必然抱着一本书，谁喊他做事都说要看书。只要不抢夺他手中的书，屁股被踹两脚、头上被敲两个包都无妨。

让父亲恼火的是他喊了几声，明轩躲在树上就是不下来。奶奶问明轩："六伢仔啊，这样读书有什么好处呢？能当饭吃还是能当衣穿？"明轩说："书中自有黄金屋，书中自有海阔天。"奶奶说明轩可能是家里最有出息的一个。父亲摇摇头说："他要有出息，太阳打西边出还差不多。"明轩听了咬着嘴唇不出声。

一阵悠长的呼哨声传来，明轩扒开茂密的树叶，见上空徐徐飞来一排不知名的鸟儿，五彩斑斓，接着一个脸颊黑亮的小伙子奔进了院子里，剑眉长眼，一脸虎相。明轩咕噜一下从树上滑了下来，惊喜地喊道："妈，明旭回来了。"

母亲听到喊声忙从屋里出来，见儿子又高了半头，欢喜得不得了。奶奶耳朵也灵得很，踩着小脚跑了过来，见到久未谋面的孙子笑得合不拢嘴。明旭从小随二叔宋长湖住在孤岛上，风吹日晒的，皮肤黝黑些，书读得不如宋明轩多，但他有特异功能似的，吹个口哨就能召唤群鸟追随。明轩非要明旭把这些本领传给他。

院子外又传来一阵清脆的喊声："爸妈，我回来了。"一个妙龄女子骑着自行车摁着铃铛，犹如一朵盛开的荷花徐徐飘进了院子里，她扎一把高高的马尾，眉目如画，苗条白皙。明泽喊道："哟，梦夏回来了。"宋梦夏是家中老四，听说燕妮来了，特意赶回来聚聚。

燕妮听见喊声忙跑了出来。久别重逢，姐妹们还站在墙边比了一下身高。两人个头差不多，晓春却比她们要矮些。晓春有些不服气地说："家务活我干得最多，所以被压矮了。"瞬间，兄弟姐妹的笑闹声连成了一片。

闲聊间，宋明兴已做好饭菜，餐厅一张大圆桌上摆满了鱼肴，红烧鳜鱼、松鼠鳜鱼、竹筒泥鳅等，每道菜都像是一件精美的艺术品，色香味俱全，看得燕妮拍手叫好："有口福哈，明兴哥的手艺真是越来越老到了。"宋明兴笑道："燕妮啊，那你莫走了，明泽回家了，你也留在这里吧，这里可是你的家啊！"

　　燕妮差点要忘记此行的目的了，经明兴提醒，她一下又醒过神来，她是来说服宋明泽随她离开洞庭镇的，但是满屋亲人她如何开得了口？她赶紧转移话题，朝许玉珍喊道："妈，别忙活了，赶紧过来吃饭吧！"

　　宋明泽扶着奶奶上桌后，一家人围桌而坐边吃边聊。宋长江六个儿女，老大宋晓春，老二宋明兴，老三宋明泽，老四宋梦夏，老五宋明旭，老六宋明轩。宋长江看儿女们围绕膝下，打心眼里感激许玉珍操劳这个家，仰头干了一杯酒后，看着儿女们会心地笑了笑："看你们一个个能独当一面了，我心里高兴。这要感谢你们的母亲，她任劳任怨，勤俭持家才有你们的今天，来，我们一起敬你母亲一杯酒。"

　　许玉珍嗔怪地看了宋长江一眼，嘀咕了声："喝多了吧，不年不节的，平白无故敬我干啥呢？"她说着起身给奶奶斟了半杯酒说："你们要谢啊，得先感谢奶奶，家有一老如有一宝，奶奶养育了你们父亲，才有了现在我们一大家人，我们一起敬奶奶，祝奶奶健康，活百岁！"

　　可奶奶看许玉珍才给她斟了半盅酒，垮着脸不出声，许玉珍会意，立即又给她满上了，奶奶这才有了笑容，咂咂嘴说："咱宋家人，历来都是吃酒的，别以为我老了就不能吃酒，一斤半斤的不在话下，而且吃了酒，我做的饭菜更香，照样能穿针引线，撑船去十里八乡的也没问题。你爷爷在世时，我们在船上漂着，天天吃酒。吃酒才活得久，吃了酒才有精神头。"一桌人笑了起来，宋明泽带头敬了奶奶、父母亲，敬过三轮酒后，一桌人边吃边聊。

第三章　市场风波

　　说到洞庭镇的现状，宋明兴直摇头，说镇上大部分人还处在贫困之中，比贫穷更难搞的是管理差，分地到户后营生各自为政，镇上农贸市场管理混乱，经常有村民为抢占摊位打得头破血流。他提醒明泽，镇上的事尽量莫插手，农贸市场的事少管；还说罗岗面上说帮着收管理费实际是收保护费，谁和他作对谁遭殃。

　　宋明泽听了有些不解："罗水生不管吗？"

　　"那是他亲侄子，装聋作哑呗，加上罗家七大姑八大姨的全在农贸市场做生意，怎么管？镇上杀猪的杨屠夫记得吧？他家老大杨初三也是个天不怕地不怕的种，照样被罗岗喊人打得作鬼叫，上个月杨家老二还被人打断了一根肋骨。"

　　"也太嚣张了，派出所不管吗？"

　　"派出所的所长是罗岗的三舅，镇长是他亲叔，镇上谁还敢招惹他罗家？"

　　说到罗家，宋明泽心里也不舒坦。两家曾同在一条巷子开鱼铺做生意，父亲人缘好，威信在巷子中比罗茂生高出许多，宋记鱼铺的生意也比罗记好，让罗茂生眼红不已。最不服气的是他家老二罗岗，说要踩扁宋明兴，却每次都被宋明兴打得落荒而逃。

宋明兴说："换以前我早打破罗岗的头了。现在咱家开店做生意防不胜防啊，爹成天在外巡堤，妈腿脚不便，我要惹下事，我自己倒无所谓，就怕他下黑手报复家里人，所以我也懒得管了。一切向前看，赚钱为主。"

林秀甜瞥了明兴一眼："你总算开窍了哈。说得对，少管闲事，做好咱家生意才重要。"又转向许玉珍："妈，还是您有远见，在车站旁租个店铺比在镇上强十倍不止。"

任儿女们讨论一阵后，宋长江浓眉一挑，说："做好生意是一方面，但是面对歪风邪气，必须制止。咱不惹事也不怕事。"

许玉珍一向谨慎，说："过江龙不与地头蛇斗，咱家半路上岸，凡事要学会忍耐，开店做生意，和为贵！"又看着宋明泽嘱咐："既然镇上要你管理农贸市场，该你管的要管，但是要讲究方法，一句话'没规矩不成方圆'。"

宋明泽点点头："妈，您说得是，市场规范了，大家才能和谐共处。"

晚餐后，曹晓娅起身告辞，宋明泽和燕妮送她回去。出得门去，夕阳还挂在天边，晚风吹来甚是凉爽。他们沿长风湖东堤走着，空中徐徐飞来了两只白鹭，宋明泽打了个呼哨，这对白鹭便绕着他和曹晓娅的头顶旋转了几圈，在天空划了一条美丽的弧线才飞走了。

夕阳中曹晓娅和宋明泽一起注视着白鹭远去的侧影很是迷人。这一幕让燕妮心中微微冒出一股醋意来，她仿佛成了一个多余的人，待曹晓娅冲她回眸一笑，她又释怀了。聊了阵大自然的奇妙后，她试探性地问曹晓娅："精灵一样的女子，真的没男朋友吗？"曹晓娅向燕妮俏皮地眨眨眼睛："不要着急，最好的总会在最不经意的时候出现。"

不觉间，月上柳梢头，曹晓娅家就住在镇中心，距离宋家院子不过十分钟的路程，可三人硬是把这十分钟的路程走成了个把小时远。两人还与小时候一样，一边一个挽住宋明泽的手臂，天马行空地聊着。燕妮跟小时候一样，讲得最多的一句话就是希望他们能永远在一起。

曹晓娅抬头看着远方，声音很轻："世上真的有永远吗？"

燕妮摇摇头说："永远有多远谁也不清楚。"

宋明泽眺望天边说："永远是一种信念。"

回家后，一阵阵花香扑鼻而来，母亲和奶奶早早就歇息了。刚才照路的月亮渐渐隐没在云层里。宋明泽抬头看了看天空，说："等会儿肯定还要下雨。"燕妮挽着他的手臂，撒娇地说："我就喜欢这样的夜晚，没星星没有月亮，只有我们两个人。"

"星星在偷看我们，月亮在羡慕我们。为了这个，我已等了很久。"

燕妮笑了起来，头依偎在宋明泽的肩膀上，在宋明泽眼中，燕妮小鸟依人的样子最是可爱的，他真的希望时光就停留在这一刻。他忍不住又想说服燕妮："毕业后回岭阳工作好吗？"

"世界之大，难道你不想出去看看吗？"

"想，但不是现在，在这里奋斗几年再说吧。我相信洞庭镇能变得越来越好。"

"这是啥地方我还不清楚吗？荒芜野蛮，连条像样的路都没有，建设谈何容易？"

"燕妮，给我一些时间好吗？沙漠能变绿洲，洞庭镇当然也可以改变。"

"理想主义者，改变洞庭镇，也许吧，那至少是二三十年后的事。我们怎么办？"

"只要我们的心在一起，总能找到合适的办法解决。"

燕妮那张曾在演讲比赛中得过冠军的嘴，面对宋明泽时却无招架之力。不是她的说服能力不行，而是她被温情打败。她和宋明泽朝夕相处了九年，难忘的点点滴滴让她无法再开口。

天空飘起了蒙蒙细雨，俩人一起坐在屋檐下看雨，燕妮见宋明泽痴痴地望着漆黑的天空发呆，问他在想什么。

宋明泽轻声道："我想起曾经战场上的一幕幕，我还能回到家乡，回到亲人身边，我还能再见到你，真的很知足！"

夜深了，燕妮洗漱后，宋明泽要她住他的房间，拉开电灯，空气中飘散着一股淡淡的清香，靠窗的书桌上摆着一瓶满天星。她抿嘴微微笑着，宋明泽还记得她的习惯，睡觉时她的房间一定要有一束满天星，花还要是粉色的。明泽给她端了一杯温开水进来，又帮她把床上的被子铺好，说："燕妮，我在脚头给你放了暖水袋，暖和些。"

这瞬间燕妮的心被融化了，以前她体寒多病，哪怕是夏天，晚上睡觉时身体都冰凉的。小时候宋明泽会给她暖好被子后再离开，现在她身体早好了。宋明泽转身与她四目相对的瞬间，她脸上飞满了红霞，心儿怦怦乱跳。这时门外响起了敲门声。

"明泽啊，让燕妮早点休息吧，她坐了一夜的火车也累了，你明早还要上班呢。"听到母亲的喊声，宋明泽清醒了过来，和燕妮道声晚安后出门去了。

宋明泽在外冲了个冷水澡后，开始伏桌写规划。燕妮的话刺激了他的神经，他那股不服输的劲头一旦冒出，十头牛也拉不回。他要证明给燕妮看，沙漠能变绿洲，洞庭镇也能发展起来。曹晓娅白天帮他找的资料正是市场管理条例范本。改革开放初期，几乎所有的地方都在摸着石头过河，洞庭镇也一样。他从小随母亲摆地摊跑市场，对于农贸市场如何规划有想法也有经验。夜很深了，他倒在床上呼呼睡去，梦中他带领着大部队向前冲，逢山开路，遇水架桥。

宋明泽一个激灵醒来，耳边已鸡犬对唱，他陪燕妮吃过早餐后，去了镇上。

在镇街中心，一栋长长的排屋，沿走廊数去有七八间房，墙面早已漆面剥脱，门槛也被踩得不成样子了，这里就是洞庭镇镇政府的办公地点。镇长与书记各占一间办公房，宋明泽与王遥远共用一间。开会就在大家吃饭的食堂举行。宋明泽前来报到时看到这场景心中很不是滋味，洞庭镇太贫穷了。

宋明泽进办公室后又把昨晚写的规划书看了一遍，听见罗水生的声音，看了看手表，早上八点不多一分不少一秒。他赶紧跟着进了罗水生的办公室，把昨晚写的规划书递给了罗水生："镇长，您看看，这是我昨晚写的农贸市场规划书。"

罗水生戴上眼镜略略浏览了一遍，抬眼看了看宋明泽，说："大荣去区里开会去了，等他回来我们统一意见后再敲定吧。对了，昨天源湖码头到底怎么回事啊？"

一旁的王遥远给宋明泽使了个眼神，意思是让他不该说的不说。

宋明泽打了个顿，说："罗镇长，罗岗太过分了！昨天源湖码头的跳板就是他派人抽的，还逼着渔村的人交管理费。要不是刘书记及时赶到制止，可能会酿成大祸。"

罗水生是洞庭湖的"老麻雀"，皮肤黝黑，脸上表情莫测。听完宋明泽的讲述后不但没生气，还表扬了他："明泽啊，这些事你就应该报告我才是。不管是谁，只要违法，我都会一视同仁地处理。"

宋明泽说："罗镇长，现在镇上百业待兴，码头和农贸市场是洞庭镇人营生的集结点，规划好，营造公平良好的环境，洞庭镇才能发展起来。"

罗水生若有所思地说："理是这么个理，可洞庭镇两个渔村三个农场五六千人，咱这个码头是木条板搭起来的，农贸市场就这么大点地方，如何能装得下这么多人来讨生活？难搞哦！"

宋明泽说："洞庭镇得取长补短，仅靠这个市场很难周全，我的想法是由镇政府成立一家合作社。一是利于洞庭镇树立自己的湖鲜市场；二是方便推销产品与对外接洽，还能发展乡镇副业，有了市场就不怕货销不出去。"

罗水生说："这个想法不切实际啊，洞庭镇刚分地到户又成立合作社，没利的事谁有积极性？"

"我的想法是农贸市场重新选址，我们建一个全新的市场，争取每家每户在此都有一个铺面或者摊位，岭阳市有四百多万人口，如果我们包揽了岭阳市民的菜篮子、米袋子，那这生意就不得了了呀……"

宋明泽说到激动处，眼睛都在闪闪发光。

罗水生点了根烟，深深抽了几口后，眯着眼朝宋明泽笑了笑："那是你们年轻后生的想法，重新选址哪有那么容易。镇上一年多没发工资了，拿什么来搞建设？当然你这种想法是对头的，但不是现在，看以后的情况再说吧！"

罗水生起身泡茶去了，一旁的王遥远扶了扶眼镜，拍了拍宋明泽的肩膀，小声嘀咕："满腔热血啊兄弟，就怕无用武之地！"

开了半小时会后，宋明泽和王遥远一起去了农贸市场。路上他问王遥远："这个农贸市场到底有没有承包出去？罗又劲说是他承包了的。"

王遥远确定罗水生听不到他们的对话后才愤愤不平道："听他的屁叫，没这回事！罗又劲见他亲叔当镇长便以为这个镇是他家的了，和他老弟罗岗招了一帮流子，先是在源湖码头当渔霸，又在农贸市场搞敲诈勒索的勾当。"

"由着他不成，这样的人可不能惯着。"

"当然不能惯！罗岗进过几次派出所又放了出来，他三舅是所长，他又狡猾得很，唆使手下几个混混闹事，自己不出面，别人也拿他没办法。"王遥远生得一副憨厚相，心里却精明得很，还没走到农贸市场中心就不往前走了，说还有个事要回办公室。

前面传来一阵吵闹声，宋明泽快步向前走去，见几个流子正在欺负杨寡妇。上前劝架的是一个中年男人，宽头大脸，气度不凡："住手，你们都是些什么人？欺负一个手无寸铁的妇女，太不像话了！"

罗岗打量了中年男人一眼，不屑地说："外地人吧，这市场是我们承包了的，这女人不交管理费，当然要赶她走，她死皮赖脸不肯走，只能抬她走了。"

宋明泽赶紧上前问道："怎么回事？"

杨寡妇一把挣脱了罗岗的手，躲到了宋明泽的身后。"宋明泽，你听我说，"她手指着罗岗，"这个摊位我租了半年，钱都交给了他，就因为别人出钱比我更多，他就一次次要赶我走。我不肯走，他喊人掀翻了我的鱼铺，还打伤了我老弟。"

劝架的中年男人听了很是生气："真是无法无天！你们镇长不管事吗？"

罗岗听他数落罗水生，脸色一沉，手上的烟头往地上一扔："你个狗娘养的敢骂镇长，不想活了是吧？"手一挥，两个流子上前对着中年男人挥拳打去。宋明泽斜刺里一个转身挡在了前面，三两下便把两个流子撂翻在地，指着罗岗说："法治社会，莫乱来哈。"罗岗三角眼一横骂道："宋明泽，你不管闲事会死啊，我亲叔都不管，你操个鸟心啊！滚开，老子不想跟你动手。"

"这闲事我管定了，只要我宋明泽在这里一天，我绝不允许你们在这里胡作非为。"宋明泽这一声吼，镇住了那几个混混，他们骂骂咧咧地撤走了，躲在暗处的罗又劲气不打一处来。

劝架的中年男人打量了宋明泽一眼，问："你叫宋明泽？"

宋明泽点点头："我叫宋明泽，你是？"

"我姓李，叫我李哥吧，我来市场逛逛，本想嗍一碗宋记渔渡粉，可今天没看见八仙妈。"

宋明泽笑道："今天星期一，八仙妈一、三、五在车站的店铺里忙活，二、四、六才来这边开摊。"

"你是负责这个农贸市场的管理人员？"

"我昨天还在巡堤，今天才接手。"宋明泽坦诚地说。

"此地民风彪悍，这么大的市场，镇上应该有个具体的管理方案才是！"

"是混乱了些，有关市场规范化的问题，镇上正在落实方案。"

宋明泽把自称李哥的人送出了鱼巷子，想到他对市场的关心，忍不住邀请道："你明天早上来吃渔渡粉吧，我请客！"

宋明泽以为刚才的风波平息了，却不知风暴才开始。他挨个摊位摸查情况时，空中突然落下一张渔网把他网了起来，随即冒出五六个流子用麻绳把他捆了起来。

杨寡妇见状急忙喊："不得了，宋明泽被人绑了！赶紧去通知宋明兴！八仙妈快来呀！宋明泽遭到偷袭被人绑起来了！快来救人啊！"杨寡妇这一吆喝，旁人也跟着一起喊开了。

这边曹晓娅、燕妮和宋明泽的两个姐姐正往鱼巷子走来。听到呼救声，几个姑娘飞奔而来，罗岗见宋家来了几个姑娘，没把她们放在眼里。

宋梦夏和曹晓娅摸起路边的长棍冲上前就打翻两个流子。燕妮在这里待了九年，打架斗殴的事没少见，看到其他姐妹冲锋在前，她也豁出去了，随手摸起一根长棍闭着眼睛往前一通乱扫。宋晓春最生猛，眼见明泽被人绑在柱子上，气得热血直冲，抄起旁边两把砍刀对着一群流子横冲直撞地挥了过去，吓得那群流子抱头鼠窜。

宋明泽被解绑后像头发怒的豹子，逮住罗岗一顿暴揍。罗家兄弟赶了过来帮忙，随后赶到的宋明兴和宋明旭也加入了战斗……罗家兄弟哪是他们的对手。那一架宋家兄妹在鱼巷子打得轰轰烈烈，据说整条街上的死鱼都被打活了，鱼巷子百年的磨石都被震碎了几块。直到派出所来人，战事才平息。

罗家如何肯善罢甘休，罗茂生是地头蛇，在本地关系盘根错节，刚打完架就让人把宋家兄妹全带到了派出所。

罗岗头上裹着纱布，手指着宋梦夏说就是她摸棍打的。宋梦夏柳眉一挑："就是我打的，你带人强占杨家鱼档，捆绑宋明泽，犯法在先。"

张一鸣得信后，惊得满头大汗，宋晓春可是有三个月身孕了！他心急火燎地赶到了派出所。宋长江也从堤坝上赶了过来，问宋明兴的第一句话："打赢没？"宋明兴回得很干脆："赢了。"

宋长江与派出所负责人理论一番后，几个儿女被放了出来。宋梦夏却不出来，说罗家撤销诉状才行。就在宋长江想办法时，一位干警在询问在场证人时找到了突破点，罗家四兄弟中的罗又中讲了真话，说一群流子绑架了宋明泽在先，几个女的不过是救人心切。燕妮补充了一句："我们是正当防卫。"

宋梦夏的罪名被洗刷。但派出所还是不结案，直到宋长江找来刘大荣，整个事件才了结。罗岗的医疗费及街坊受损的东西由宋家赔偿，许玉珍没推脱，赔偿事小，人没事就好。

那一架让宋家兄妹在鱼巷子扬名立威。那时兄妹多是苦难也是力量，起码打架不怕事，呼啦啦冒出一串，即使再恶的地头蛇也要让三分。让人津津乐道的是宋家的两朵金花，但他们看得很清楚，打架时明明有四个姑娘上阵。后来才搞清楚，多出来的两个，一个是北京来的燕妮，一个是上前帮忙的曹晓娅。

许玉珍在外面维护儿女，关起门却开始教训他们，说晓春冒失，梦夏心狠，燕妮瞎掺和，要她们好好反思。唯独说曹晓娅讲义气。

一旁的宋长江则正义凛然道："毛主席说'人不犯我，我不犯人；人若犯我，我必犯人'，她们这叫除暴安良！"瞅见许玉珍在瞪他，脸色立即柔和了许多，声音也低了五度，对几个姑娘道："当然你们还是要学会保护好自己。空时啊，爸再教你们几招防身术！"

待宋长江、许玉珍出门后，几个姑娘哄的一声笑了出来。宋梦夏说："下次罗岗那狗日的再行恶，我下手会更重。"燕妮心有余悸："我都不敢相信自己会动手打人。"然后又问曹晓娅："我真的打到别人了吗？"曹晓娅点点头说："我看得很清楚，真打了。"燕妮一脸愧疚地说："君子动口不动手，文明社会还得讲文明。"

宋梦夏说："文明是对文明的人，对于恶霸，打爆他的头才是真理。"

这就是宋家儿女，每人都个性十足，在外没一个尿的。

许玉珍又在厨房说教了宋明泽几句："处事要讲究方法，明知罗家在市场里有一帮混混，你就要小心。我们在明处，他们在暗处，防人之心不可无……"宋明泽点点头。这次遭偷袭，无疑给了他一个警示，洞庭镇民风彪悍，他去部队几年，镇上的人和事都发生了变化，只有摸清情况才可能逐步化解矛盾。

等儿女们反思完成，许玉珍已弄了一桌菜。宋梦夏围着餐桌看了看，抬头望着母亲，撒娇地说："妈，您这分明在奖励我们，这宴席比过年还丰盛呐。"宋梦夏笑起来格外甜美，一双水灵灵的大眼睛，脸上一对小梨窝，珍珠般的牙齿洁白如玉，没谁能抵抗她的魅力。

宋梦夏从小受满姨许玉妍的影响，喜欢唱歌画画，在省城满姨家住读了两年考上了音乐学院附中，谁知毕业后赶上最后一批知青下放，被分配到岭阳九华山农场。她不气馁，很快就成了市宣传队的一员。没过多久听说省军区正在招文艺兵，她便连夜搭了一辆货车赶到省军区，自己找到军区的领导毛遂自荐，面试时又唱又跳，当天就如愿以偿地穿上了军装，成了一名光荣的部队文艺战士，转业后在省电视台工作。追求她的人一群，可她从没带过男朋友回家。宋晓春说她花中选花越选越差。宋梦夏笑道："谁说女人非得嫁人。"

晚饭后，宋明泽和曹晓娅陪燕妮绕湖堤走了很长一段路，燕妮明天要回北京，有些依依不舍。月光照路，三人在湖边坐了一阵。耳听水涛微醺，鱼虫欢鸣，接着传来了"呦呦"的鸣叫声，声音缓慢就像摇篮曲似的，叫几声又停了下来。

宋明泽嘘了一声："有情况。"蹑手蹑脚走到一片芦苇前，静静地注视着前方，发现了什么宝藏似的冲燕妮和晓娅招招手。两人起身来到宋明泽身边，顺着他的目光看去，离他们不足两米的距离，两只麋鹿正悠闲地盘卧在草地上，月光如银辉洒落，它们头上那对角像是开了一树梅花，尽显妖娆。

那一刻燕妮觉得自己仿佛落入某个仙境，小声问宋明泽："它们在干吗？"

宋明泽眨巴着眼睛说："它们在晒月亮啊！"

曹晓娅小声道："晒月亮，好美啊！"

"晒月亮"这三个字就像精灵，把燕妮拉回小时候。她刚来的那天晚上，许玉山和许玉珍姐弟俩坐在船舱中说话，宋明泽则带着她和梦夏在岸边漫游。耳听涛声翻滚，宋明泽牵住她的手嘘了声，只见岸边浪花四溅，两个尖尖的脑袋从水中缓缓冒了出来，接着又冒出一条，再冒出一条。她心脏怦怦直跳，凑在宋明泽耳边问："这是什么？"明泽一脸神秘地说："这是中华鲟。它们是一家人，爸爸妈妈和双胞胎姐妹。"她惊喜地连连点头，躲在一旁静静地观察着它们。皎洁的月光下，这几条中华鲟在水中体育比赛似的，不时从水面跃到空中。她看了好奇，问："它们在干吗？"

"它们在晒月亮呢。"

"晒月亮？"她的好奇心瞬间被点燃，她转过头注视着宋明泽，宋明泽那双漆黑的眸子就像天上闪烁的星星。她追着宋明泽不放，非要问清楚中华鲟为何在水中晒月亮，还有他怎么知道那两条中华鲟是双胞胎姐妹而不是兄弟。

宋梦夏笑她傻，说："明泽编故事你也信？"

正是这种有趣的故事深深吸引了她，让她从此成了宋明泽的小尾巴。这就是让她爱恨交织的洞庭镇，虽荒芜野蛮，可也是精灵出没的地方，只要靠近湖边，沼泽地或是芦苇荡中总能遇到一些意想不到的惊喜，溜出湖面玩耍的江豚或是芦苇荡中晒月亮的麋鹿……这湖水像个巨大的魔盒，牵引着她那涉世未深的神经，就如她对宋明泽的感情一样，远了会想，近了又不甘。

燕妮回北京后，宋明泽投入到工作中，农贸市场经过一番整顿后，摊位户主清晰，管理有条不紊。他每天在市场巡逻，那些混混也不敢再生事，一夜之间市场氛围祥和了许多。他在会上说："洞庭镇是我们共同的镇，保持良好的环境，文明待客，洞庭镇才会兴旺，大家的日子才会越来越好。"那段时间宋明泽遇到的都是些鸡毛蒜皮的小事，可他也一样认真对待。无论多忙，只要见到骑着自行车的邮递员，就会很兴奋，仿佛燕妮在向他飞来，常常还没等邮递员下车，他就会急急地问："有我的信吗？"邮递员笑道："有呢。"

每次读燕妮的来信时，他总要细细品味，然后伏在桌前给燕妮回信："燕妮，你好！来信我看了三遍。院子的树开花了，满院清香。此时明月正挂在窗前，你听到我沙沙写字的声音了吗……"此刻的他文思泉涌，眼中满是星光。

　　燕妮喜欢看宋明泽行云流水的钢笔字，喜欢看他诗情画意的思念，还有他每次夹在信封中的树叶，春夏秋冬各不同。

　　她过生日时，他叠了千纸鹤送给她，还在千纸鹤的翅膀上写了几行小诗。"你可看见窗外的两颗星，那是我想你的眼睛。"这两句诗让燕妮抿嘴偷笑了一天，就连对肖丰文也露出了甜美的笑容，甚至忍不住把这两句诗念给了他听。肖丰文酸溜溜地问："这是哪位大学者的诗啊？"燕妮瞥了他一眼："不告诉你！"在肖丰文的追问下，燕妮还是情不自禁说起了宋明泽："他不是什么诗人也不是学者，但他在我心中却是最有天赋的诗人，他的灵感来自大自然，没有任何杂念，自然天成。"

　　肖丰文是个聪明人，此后他只要与燕妮在一起都会问起宋明泽的情况，这让他与燕妮多了很多话题。

　　也许是上天的安排吧，有段时间燕妮连续病了几场，先是感冒，再是急性阑尾炎，肖丰文尽心尽力陪着她。开始她不想麻烦肖丰文，可他紧追不舍："燕妮，你不接受我没关系，但宋明泽远在千里之外，你生病了这么虚弱，我不照顾你谁照顾你？"看燕妮还是不领情，肖丰文就用激将法："除非你爱上了我，不然不会这么扭扭捏捏的。"这招果然管用。

　　燕妮在医院打吊针的一个星期，肖丰文每天都陪伴在她身边，把她照顾得没话说。肖丰文是高干子弟而且是家里的独生子，但他愿意为她煲汤熬药，空暇还会写几首诗送给她。此刻她多想身边照顾她的人是宋明泽。

　　宋明泽正陪几名工程师在西镇大堤勘察。罗水生要他负责修建西镇大堤事宜，还在会上表扬了他，说他有想法有干劲。面上给了宋明泽口头嘉奖,实际是不让他再插手农贸市场的事。宋明泽明知罗水生故意支开他,还是接受了安排。洞庭镇靠近洞庭湖,相比农贸市场的整顿,这条西镇大堤的修建也至关重要。

西镇大堤原本是一条将近十公里的土堤坝,相当于东西两村护岸的守护神。遭遇几次巨大的洪水冲击后,这条堤坝早已支离破碎。年后开春就是雨季,区长李和坤给罗水生下了一道死命令:"明年三月份,这条西镇大堤必须建设完工。"

这让罗水生找到了问区里要钱的理由:"行,只要区里扶持资金给扎实了,修堤没问题。"

李和坤说:"水生同志,你这思想要不得,以前我们修堤一年半载的,哪想过工钱啊,个个是积极分子,人人是螺丝钉,现在日子比以前好多了吧,怎么倒讲起条件来了?"

"以前吃集体饭,家家出劳力心甘情愿,现在吃自家饭,不出工资没积极性啊。再说这条大堤,莲花村和古潭村也有份,一分为三,自扫门前雪,各修各的吧。"罗水生振振有词。

李和坤说:"水生同志,亏你还是一名老共产党员,什么你家他家,这条堤坝是我们洞庭人共同的大堤。"他递了根烟给罗水生,"区里财政也困难,现在正是搞建设的时候,哪有闲钱哦。堤得在规定的时间内修建好,资金的事自己想办法。"

罗水生在区里挨了一通训,回到镇上后把这任务交给了宋明泽,在会上任命宋明泽为西镇堤坝项目指挥长,要王遥远协助。

宋明泽请来水利工程师去西镇大堤勘察后,了解到实际情况比想象的要糟糕得多,一条将近十公里的长堤,经过几次洪灾已经面目全非。以前吃集体饭时,修建堤坝家家出劳力是一种义务劳动。现在不一样,每个劳力镇上都得给工钱,但现在镇上没钱,罗水生说得等镇上有钱后补发给大家,等于是空头支票。一无所有,这不是为难人吗?跟宋明泽一起跑的王遥远说:"手头有钱什么都好解决。"

可是,从哪里来钱呢?

宋明泽回家吃中饭时，问明兴有没有什么法子搞到钱。宋明兴说："想赚钱做生意咯。明泽，在镇上打杂还不如回家自己干，你从小就帮衬妈做生意，上手快，马叔叔还没退休，三平叔叔官复原职了又成了兵工厂厂长，仅是做兵工厂的生意就足够咱家忙活的了。"

宋明泽听明兴说起任三平，微微笑了笑。任三平与父亲颇有渊源。"文革"期间，鱼巷子不准私人经营，那几年父亲为了补贴家用，在附近兵工厂医院的太平间做临时工。一天，时任兵工厂厂长的任三平，在台上遭批斗时窒息倒地，批斗他的人以为他死了，把他丢到了厂后山的太平间。马叔叔闻讯赶了过来，想送老战友最后一程。父亲看马建设泪水涟涟，也跟着难受，忍不住伸手探了探任三平的鼻息，又摸了摸他的胸口，竟感觉到任三平的心脏还有丝丝跳动的迹象，于是摸起斜挎在腰间的酒壶，用救人的老法子在他胸口推拿十三口酒，硬是把任三平从死神手中抢了回来。任三平官复原职后到家里来拜访过两次，马叔叔也成了管后勤的科长。

兄弟俩正商量如何包揽兵工厂食堂的生意时，耳边传来自行车的铃铛声。许玉珍从厨房走出来说："准是你马叔叔来了！"宋明泽起身往院子里看，果真是马建设在院里停自行车。

马建设进门，满面春风。许玉珍喊道："建设来了，快来，菜才上桌。"

马建设看许玉珍又要去厨房加菜，喊道："玉珍，别忙活了，赶紧来吃吧。有个好消息要告诉你们，就是不知道你们有没有这个勇气接下来。"

宋明兴给马建设倒了一杯酒，笑道："准是马叔叔给我们揽了个大活，来，先吃酒再说。"

原来是兵工厂要采购三千箱酱菜、三万斤风干鱼派送到外省的分厂去。马建设向采购部门推荐了宋记鱼铺。但厂里有要求，签订协议后，按时间分批交货。许玉珍既高兴又担心："这么大的单子我们一家人忙不过来呀，不说风干鱼，三千箱酱菜至少得请几十个工人，干两个月才能完成。"

在许玉珍和马建设商量对策时,宋明泽想到了一个一举两得的法子:"妈,仅靠我们一家人肯定忙不过来。我有个主意,镇上成立一家合作社,召集洞庭镇人一起加入合作社做风干鱼。咱洞庭镇可是渔乡啊,别说三万斤鱼,要百万斤也有啊。"

宋明兴听了嘿嘿直笑:"你这心也太大了吧!"

宋明泽说:"心大天地广,这叫共同致富。"

实际上,当时除了这个法子没有更好的办法。洞庭镇人家家会做风干鱼,只要有生意,还不一呼百应。许玉珍也觉得这个法子可以尝试。

饭后宋明泽去镇上与刘大荣和罗水生碰了一面,请了镇政府相关人员到场,把他的想法说了一遍:"这是个机会,我建议洞庭镇赶紧成立一家合作社,召集全镇人参与。兵工厂是一个大厂,下面还有三个分厂,如果我们洞庭镇能成为兵工厂的食材供应商,那么周边的工厂我们都可以对接。我们镇不仅是渔乡还是菜园基地啊。"说到这里,宋明泽看罗水生在皱眉头,便提到了修建堤坝急需资金的事:"罗镇长,如果我们合作社能成为兵工厂食堂供应商的话,只算半年的生意,平摊的话家家有钱赚,利润不多,但是凑出修建堤坝的钱没问题。"

刘大荣听了连连说好,表示镇上全力支持。罗水生却不同意,自从宋家和罗家在鱼巷子那一仗后,他就看宋明泽不顺眼,派给宋明泽最艰苦的活、最难的事,凡是宋明泽的建议与报告都被种种理由压了下来;而且刘大荣越是维护宋明泽,他就越反感。这次也一样,尽管他心里也为修建堤坝资金的事着急,可是看一屋人都在围绕着宋明泽转,他就来气。

罗水生面上保持平和,对刘大荣说:"明泽这个想法是不错,但我们想问题不能太简单。刚承包到户又成立合作社,这不是明摆着与上面对着干吗?咱可不能干违背政策的事啊。"罗水生话一出,刚才还赞成的一帮人都不出声了。

刘大荣坚持道："水生啊，这与包产到户并没冲突，何必上纲上线，完全是两码事。合作社按要求集结各家各户的产品统一销售而已，能解燃眉之急，又能树立洞庭镇的牌子，简单的事何必想得那么复杂呢？"他停顿了一下，脸色有些难看："水生啊，我的想法最近总与你不搭界呢，不是看我要退休了吧？"

罗水生脸上挤出一丝笑容："大荣，你退不退休，都是镇上的老书记。凡事谨慎些总不是坏事，对吧？"

刘大荣直截了当地说："镇上不成立合作社，修建西镇长堤的资金从哪里来？和坤区长在会上三令五申，要求洞庭镇在开春后务必完成这条堤坝的修建工程。明泽要成立合作社你不同意，要办乡镇企业你也不同意，前怕狼后怕虎。我就问你一句，你觉得钱能从哪里来？"

罗水生上前给刘大荣递了根烟："大荣书记，莫急，乡镇企业这个想法不错。"转向宋明泽说："明泽，我有个建议，既然这笔业务是你家接洽的，不如由你家负责。哎，由你们宋家成立合作社，一样可以召集镇上人入伙啊。"

刘大荣也觉得这个主意不错，这点更是说到宋明泽的心坎里去了，他是巴不得。路子是一样的，由宋记带头更能成事，真要是镇上成立合作社，一笔单子还不知要遇到多少阻挠。罗水生躲避责任的私心倒成全了宋记。

刘大荣召集镇上两村三场的代表开会。宋明泽在会上给大家鼓劲："由宋记成立合作社，我们共同致富，有钱大家一起赚，有活大家一起干。"赚钱的路子谁都想，在场的代表听了纷纷点头，表示一定按要求交货。

宋明泽陪同母亲去工商局办理了营业执照。当天他向镇上打了份报告，希望在长运村批三十亩地建宋记湖鲜加工厂。罗水生本想阻拦，刘大荣在一旁提修建堤坝资金的事，他也不好再有别的动作。于是王遥远执笔，罗水生签字，刘大荣盖章。就这样，宋记合作社成立了。

宋长江对宋明泽自作主张的做法很生气，说教了他一通："宋记这等于是在与镇上对赌啊。镇上不敢做的事，我家揽下了，要完成兵工厂的任务，还要解决修建堤坝的资金。这可不是一件小事，说出的话泼出的水，得负责任啊。"

许玉珍不温不火地说："明泽的出发点是帮衬更多的人，他事先和我商量过，是我同意的，镇上也支持。我们宋记食品有口碑，集合众人的力量生意才能做大。是冒险了点，但是我去办理营业执照时，工商所的所长还给我们鼓劲儿呢，说我是岭阳市私人企业第一个去办理执照的人，说我们有远见嘞！"

宋长江紧皱的眉头这才稍稍舒展开来。周大河他们听说宋记成立了合作社，纷纷加入。宋明兴当天就请来了工程队在长运村建了个简易食品加工厂。在许玉珍的带领下，一群人做起了风干鱼和酱菜。

西镇大堤建设也在如火如荼地展开。镇上派遣了五百个劳力，为了能按时完工，宋明泽要求大家吃住都在堤坝上，工地旁搭起了联排帐篷，做饭的灶具一应俱全，从堤坝旁的电杆上接了临时电源。宋明泽发愁的是堤坝上没有任何现代化的机械设备。负责后勤的王遥远说，挖土机根本租不到，到处在抢修堤坝，设备早被人租了去。水利技术员听了眉头直打结，说这项目工程点多、面广、线长、水情复杂，洞庭湖的天气，雨说来就来。靠人工的话，时间至少拖后半年，雨季来了没完工的话等于白干。

第四章　西镇大堤

宋明泽无奈地笑了笑，条件再恶劣，也得迎难而上，他把部队的那一套完全搬到了工地上。当天在指挥部布置工作，五百个劳力分中队，下设班组。凌晨四点，工地上便口哨齐鸣，口哨喊不醒就放广播："大伙起床啰。起床啰！洞庭镇现在是困难时期，工地施工条件不好。越是困难时期我们越要团结一心，坚持就是胜利！"

刚开始一批年轻小伙子没什么经验，肩挑背扛，搞得手脚满是水泡。没过几天刮起了大风，还下了几场暴雨，工地上到处打滑，施工甚是艰难。

让宋明泽生气的是镇上派拖拉机送了半个月伙食后，中途断粮了。中午工地上的工人为抢饭吃打了起来，有人摔倒，有人被踩伤，他为了拉架衣服都被扯破了。厨师长一脸委屈，说镇上送的粮食有限，只够百来人的饭量，还有一大半人没抢到饭，这才打了起来。他了解情况后气得头发都竖了起来，立即赶回镇上找罗水生讨说法。

"怎么才开工几天镇上就不送米了呀，几百劳力在工地上拼死拼活，连个饱饭都吃不上，还干个鸟啊。"

罗水生立即把镇上的会计曹德元喊了过来："德元，明泽说工地上今天断粮了，怎么回事啊？这可是件大事啊！"

曹德元是曹晓娅的父亲，洞庭镇的会计，个头不高，鼻梁上架着一副黑框眼镜。不要以为他视力差，他看人说话的本领在镇上可是无人能比。以前紧跟刘大荣，看刘大荣要退休了，转身便成了罗水生的拥护者。大热天的，他穿戴整齐，一件灰色衬衣，上领口扣得不露一丝缝隙，见宋明泽口气不善，脸色一沉："明泽，后生伢仔，脾气怎么那么冲，有事好商量嘛。"

宋明泽尽量压住脾气说："德元叔，不是我冲，工地上几百劳力，不吃饱饭哪来的力气干活啊？"

曹德元一脸委屈地说："你们在工地忙活，我们搞后勤的一刻也没闲着啊，镇上仓库早就空了。我带着遥远三番五次找区里，又找粮食局商量，可人家粮库不肯赊账，我有什么办法啊？人家要现钱才给粮食。今天还是凑出来的米。你就不要怪罗镇长了，没看他愁白了头发？明泽，你是这条堤坝的负责人，不只工程进度要负责，吃住也得负起责来，我看以后的伙食，你老宋家得想办法解决。别忘了你家成立合作社时，镇上是批了地的啊！"

宋明泽听到曹德元这么说，知道是罗水生在背后使绊子，剑眉一闪："巧妇难为无米之炊，这差事啊我干不了！"他甩开膀子转身就走。

曹德元喊道："你给我站住！你这脾气怎么跟宋长江一样！"

"我的儿子当然像我。工地上的人没饭吃，德元啊，你身为后勤负责人还有借口？"宋长江说着，与刘大荣一前一后进了办公室。

曹德元脸色缓和了许多，嘿嘿两声："长江啊，你就是及时雨啊，你来得正好，镇长正要找你商量呢。"

罗水生见到宋长江，即刻有了主意："长江，你来得及时，洞庭湖畔的哪条堤坝你没参与修建过啊，你有方法有经验，来一起开个会拿个方案！"

会上罗水生给宋长江封了个西镇堤坝工地负责人的头衔。宋长江说："明泽是项目指挥长，我又是工地负责人合适吗？"罗水生说："为人民服务，哪有什么不合适的，你们父子俩齐上阵我才放心呢！"

宋明泽心中明白，这分明是罗水生给他们父子俩出难题，项目完工是他镇长的功劳，出了问题则由他们父子俩担责。宋明泽也毫不客气地提出了几条要求，罗水生含糊答应了。

散会后，曹晓娅在排屋的走廊上等宋明泽，她刚在路上碰到王遥远说宋明泽在镇上要粮食呢，忙赶了过来。近前见宋明泽一件海军衫被扯破了，裤腿上沾满了泥巴，手臂上还有几处伤痕，她心疼得声音颤抖："你受伤了呀，我看看……"

宋明泽说："这算个啥，几百人的工地，我是指挥长，我得带头啊。"曹晓娅有些生气，说战场上将领是指挥千军万马的，不是干这些苦力活的。宋明泽说："上午那个情形你没看到，狂风暴雨的，我在现场我得与他们共同战斗啊。"

曹晓娅寻思了一下说："明泽，我建议在镇上组织一帮妇女团入驻工地，男人干活，女人们打杂，一来可以提高男同志的积极性，二来提高施工效率。"

宋明泽觉得这个主意不错，带曹晓娅一起找到刘大荣说了这个意思。

刘大荣连声说："好啊，男女搭配，干活不累。一个月时间足够，只要工地上的人积极性提了起来，晓娅啊，你这个暑假意义重大。"当场刘大荣就任命曹晓娅为妇女组组长。

一旁的曹德元眼角的皱褶瞬间爬额头上去了，他一把拽过曹晓娅说："就你多事，暑假没事去帮你妈看店铺，跑这里来出什么馊主意。还没嫁人的姑娘，当什么妇女组组长，不行！赶紧给我回去。"

曹晓娅一脸稚气："爹，我的事我做主，我可不像姐那样软弱。谁都别想干涉我。"

"你个死丫头，当初就不该送你读大学。书读多了，人越发读蠢了哈！"

曹晓娅骑上自行车一溜风跑了，留下一句："明泽，我这就去给你组织人马啊！"把个曹德元气得站在路边直翘胡须。宋明泽忍不住嘿嘿笑了起来。

曹德元回头又说教了宋明泽几句："明泽啊，就你这脾气，还想和晓娅在一起，我看有难度。"这句话被宋长江听到了，吧唧吧唧抽了几口水烟后，说："德元呐，咱两家呀注定是成不了亲家的，明泽和燕妮好着呢。"

宋长江看曹德元一脸郁闷甚是解气。刚上岸时，两家隔壁住着，处得就像亲戚一样，孩子们也天天玩在一起。曹德元重男轻女，可他婆娘肚皮不争气，一口气给他生了四个姑娘，每次看隔壁宋长江训练四个儿子时他羡慕又嫉妒。没过几年，曹德元的大闺女曹晓娥和宋明兴两情相悦，可曹德元的婆娘罗翠花却死活不同意，说宋家人太多，明兴下面还有一串弟妹，他闺女嫁给宋家就是往火坑里跳嘛，硬是活生生拆开了宋明兴和曹晓娥。事后两家人关系生疏了很多。本来宋长江早就忘了这档事，偏曹德元这会儿提起，他非要气气曹德元。

宋明泽赶紧转移话题，他可不想两家的陈年往事影响他和曹晓娅之间的情谊。

出了排屋后，父子俩分头行动。宋长江喊上宋明兴骑摩托车去兵工厂找马建设借粮食去了。俩人找到马建设后，出示了盖有洞庭镇政府红印章的借条，马建设找到厂长任三平汇报情况后，任三平二话没说在借条上批了字："多余的米有多少借多少。军民一家亲！"

这边宋明泽开着拖拉机，匆匆赶到位于长运村的宋记食品加工厂。工厂里上百名妇女在母亲的带领下，在十里长廊上制作风干鱼，望去层层叠叠，金黄一片。许玉珍处事有条不紊，人再多也分工有序，妇女们边干活边谈笑风生。他在一堆女人中找到母亲，告诉她今天堤坝上的事情。母亲了解堤坝上的情况后，当即让人运了几车食品送到工地。饥肠辘辘的工人们见宋明泽这么快就给他们带来了食物，心安定了不少。

晚边，兵工厂的司机在宋长江的带路下又送来了几货车粮食，工地上一片欢呼。解决了吃的问题，这工程就相当于解决了一半。在一旁指挥卸货的王遥远对宋家父子佩服得不行。刘大荣说："这可是雪中送炭啊，这兵工厂的关系谁能搭上边哦，也只有宋长江有这个本事啊！"晚上，工人们吃饱喝足后，中午打架闹事的在宋明泽的劝和下握手言和。

累了一天，宋明泽要送父亲回家歇息。宋长江说："我怎么能离开呢，言出必行，既然接下了这个差事就要和工人们同吃同住，直到项目完工为止。"宋明泽说："爸，您放心，项目不完工，我是不会离开的。"

父亲在岸边盘腿坐了下来："也难为你了，工地条件差，操心的事多，身为指挥长首先要忍得住脾气。吃别人不能吃的苦，做别人不能做的事，有大气魄才能做成大事。"父亲灌了几口酒后，多了一份豪迈："能守一方水土，护一方周全，这辈子啊，哪怕仅仅是参与过，也值了。"

这是父子俩第一次敞开胸怀谈心。宋明泽小时候总是异想天开，想法多，名堂多，在家挨打也最多。四兄弟中，他一直以为父亲瞧不上自己，这时候他才发现父亲最喜欢的是他。俩人聊到很晚，父亲起身时脚有点抽筋，宋明泽上前搀扶了一把，父亲才站稳。他隐隐担心父亲的身体，长年累月在湖边生活，父亲有严重的风湿病，疲劳过度时脚会抽筋，宋明泽不放心。

宋长江说："不要操我的心。现在我们要全力以赴想工程上的事，这个堤坝关系到千家万户的生命安全，一刻也不能松懈。"

姜还是老的辣。自从宋长江入驻工地后，工程进度加快了不少，他借鉴以前的老方法，推出了"观音合掌"快速上土法、"筬箕排队左进右出"快走法，大大加快了挑土进度。工地上七成以上是在湖边长大的年轻人，他们很快就学会了这些挑土技巧，每天能如数完成土方数。曹晓娅又在镇上组织了一帮年轻姑娘来工地助阵。有时帮受伤的人包扎伤口，有时为他们缝补衣裳，年轻小伙子看有姑娘们嘘寒问暖，干劲十足，挑二百斤的担子也不在话下。

晚饭后，大伙围坐在一块草坪上歇息，八月天，晚上七八点天色尚明，鸟儿不断从头顶掠过，湖边鱼虫欢鸣，曹晓娅轻轻哼唱起渔歌："风吹洞庭云水阔，桨摇云霞浪飞歌，千鸟飞翔长，鱼跃万顷波……"大伙被曹晓娅的激情所带动也跟着唱了起来，个性大方的说跳就舞几下，渔村的一帮渔民，十几人一起上场用渔网跳了一段"鱼舞"，没想到他们动作优美至极，令众人大开眼界。妇女队在旁敲锣打鼓。

　　有人喊道："宋明泽来一个，宋明泽来一个。"宋明泽起身笑道："好啊，我请曹晓娅和我合唱一首《微山湖》。"

　　不明就里的人都当曹晓娅是宋明泽的女朋友，听说他们要一起表演起劲儿鼓掌喊好。两人声情并茂，配合默契。一曲完毕，有人趁机起哄道："宋明泽，你和曹晓娅办喜酒时可要通知大伙一声啊！"曹晓娅脸热心跳，她偷眼望着宋明泽，此刻她真希望明泽能说好啊。可宋明泽装糊涂，避开这个话题，连声喊："下一个节目是谁呀？"

　　散场后，宋明泽和曹晓娅在堤坝上散了会儿步。曹晓娅最喜欢这种时光，天地之间就她和宋明泽。等他们回来，妇女团早就坐农用车回镇上去了。一个姑娘家在工地上过夜不安全。宋明泽便要开拖拉机送她回去。曹晓娅扑哧一声笑了起来："晚上别人都在外歇凉，你开个拖拉机突突突不是扫别人的兴？"宋明泽笑道："那我骑自行车送你。"

　　曹晓娅点点头。两人经过一片芦苇区时，芦苇丛一角传来一阵奇怪的"鹅"叫声。两人不明就里，宋明泽便喊了一声："谁呀？"里面的声音慢慢停了下来，然后传来一声低吼："谁呀，打断我们的好事！"接着一个男人拖着一个女人从芦苇中钻了出来。

　　曹晓娅亮起手电筒照了照。原来是工地上的周双喜和他老婆。周双喜看清是宋明泽和曹晓娅时，手挠着头发嘿嘿笑："明泽，是你们俩啊。来，来，让给你们。哎，草地上有张席子呢。"曹晓娅弄清怎么回事时，不由羞红了脸。宋明泽也甚是尴尬，咳嗽了两声说："你们继续。别误会，我送晓娅回家呢。"

　　路上两人各自想着心事。宋明泽想此刻坐在他自行车上的人是燕妮该多好啊！刚才他的心也怦怦乱跳了几下。但他坚信他爱的是燕妮，他和曹晓娅之间是无须言语的默契。别人笑他们俩是一对时，他真不知如何解释。

曹晓娅就像他肚子里的蛔虫，感觉到了气氛的尴尬，就赶忙说："工地上的材料见底了，镇上又没钱。你去找陈立斌吧，他现在在市商业局工作，朋友多，门路广。"

宋明泽嗯了声，笑道："怎么我想什么你都清楚，你不是我肚子里的蛔虫吧？"

曹晓娅呵呵直笑，下车时说了一句："没劲，难道我在你心中只是你肚子里的蛔虫？"

女人心天上云，前一秒还在笑呢，转脸又生气了。

宋明泽说："赶紧回家吧，你爸的咳嗽声你没听见？"

"没事，我爸就那毛病。"

曹晓娅试探性地问道："哎，燕妮最近来信了吗？"

"没呢。"

宋明泽忙活起工地上的事，燕妮倒被他暂时抛到了脑后。他两个多月没收到燕妮的来信了。他虽心中犯嘀咕，但远水解不了近渴，没办法。他必须争分夺秒完成任务。工地上的材料必不可少的，镇上没钱怎么办？他只得四处开空头支票，别人不买账啊，谁都知道洞庭镇是个贫困镇。他只能去找同学和战友，陈立斌最贴心，在宋明泽几番游说后，陈立斌打着商业局的牌子四处帮洞庭镇堤坝赊材料。

宋明泽不过出门跑了几天，宋长江为了取经随水利工程师去了一趟湖北，曹晓娅组织的妇女团几天没过来，工地上的人心不安了，又发生了矛盾。东西两个村的劳力为谁修多修少而争吵不休。

宋明泽赶回工地，跳上一段摇摇欲坠的土堤坝振臂高呼："别吵了，这条堤不是东村也不是西村的，而是我们洞庭人共同的堤坝，修好这条大堤是为了我们共同的家园。大家想想，一条坚固的堤坝能救多少人的命？洪水无情人有情，大家要齐心协力。至于工钱的事，我在此保证，项目完工后不会少你们一分。"最后这句话才是关键所在，刚才吵架的人都开始做事去了。这一幕让前来暗访的区长李和坤看在眼里。

过了几天李和坤再来看，工地上热火朝天，红旗招展，大伙干劲十足，沿途开来几辆拖水泥钢筋的卡车，修建堤坝的材料源源不断送了过来。

宋明泽在堤坝上再次见到李和坤时，认出了他就是前阵在市场上遇到的李哥，他们像是多年不见的老朋友聊起天来。

李和坤说："在镇上一没设备、二没资金的情况下，你还能召集一帮人来干活不容易啊！"

宋明泽说："这么个大工程，不想招数不行啊。嘿嘿，我也是逼出来的。"

李和坤眺望远处，说："万里长江，难在洞庭，岭阳靠湖而建，水能载舟亦能覆舟，这堤坝的修建至关重要。"

宋明泽点点头："洞庭镇是岭阳城乡接合部的关键点，只有坚如磐石的堤坝才能保护我们的家园。"

李和坤又询问了修建堤坝的资金情况。宋明泽如实相告，并给他讲述了宋记成立合作社的经过。李和坤得知他是八仙妈许玉珍的儿子时，欣然笑道："难怪你这脑瓜子转得快，有遗传的啊。"

宋明泽和李和坤畅聊许久，聊洞庭湖的历史变迁、治湖的经验，聊水旱灾发生的规律。李和坤很意外地说："不错啊，二十多岁的小伙子，对湖泊的治理有如此老到的见解哈。"

宋明泽说："这些是跟我爸学来的，我爸看湖守堤几十年，至少绕洞庭湖走了几千公里。治理湖泊的事他在行。"这时候的宋明泽还不清楚这位李哥是何许人也，觉得投缘就成了朋友。直到刘大荣赶了过来，介绍后他才清楚与他称兄道弟的李哥是北区区长李和坤。

为了给宋明泽鼓劲，李和坤来工地也更勤了，可项目进行大半时，他们又遇到了难题，项目西段所在地的河床高于垸内地面五米多，容易积洪成灾，必须有挖土机才行，靠人力几乎不可能搞定。

宋长江又带着宋明泽去了一趟兵工厂找任三平。他们去时任三平正在会议室开会，他爽朗的声音隔几间房都能听到。秘书进去汇报后，不到几分钟任三平便来到了会客室，进门宛如一阵春风刮来，个性如他的相貌一样宽厚大气，他边招呼边伸手与宋长江握手："长江来了，我还说中秋节了，喊上才高一起去你家打牙祭呢。"

宋长江笑道："中秋节全家都来哈，去我家过节，玉珍又弄出了几种鱼食品，到家里尝尝鲜！"任三平笑道："要得，才高中秋节肯定回来的。"

宋明泽问道："任叔叔，才高调回来了吧？好久没见了，怪想念的呢！"

"明泽，才高也念叨你呢，他现在县委机关工作。等他回来，一起聊聊！"

任才高是任三平的儿子。当年任三平被宋长江救醒后，被厂保卫科的人送到了厂医院的住院部治疗，实际是被软禁。那时宋长江经常带明泽去住院部打扫卫生，任三平传个信、跑个腿宋明泽都能做到。任三平还要明泽代写了一封家信，寄给远在省城的儿子任才高。此后任才高的家信都寄到宋家，宋明泽和任才高也在书信来往中成为朋友。"文革"快结束时任才高还在宋家住了一个月。宋明泽和任才高属于少年朋友。

聊了几句家常后，宋长江提到了借挖土机的事："三平啊，没办法才找你开口，工地需要两台挖土机，看看你能不能帮忙想想办法？我们就租用半个月左右。"任三平很爽快，当即要秘书联系。

宋明泽上前给任三平递烟点火后，说："任叔叔，您真是帮了大忙。工地上的粮食也是向你们厂借的，现在机械设备又来麻烦您！"

任三平笑道："不然怎么叫军民一家亲呢！何况我们兵工厂与你们洞庭镇仅一山之隔，西镇堤坝的修建也关系到我们兵工厂的安危啊。我们兵工厂出力也是人之常情！"

中午任三平请父子俩在食堂吃饭，聊了很多过去的故事。他们离开时，任三平还送了两瓶当时岭阳最行销的龟蛇酒给宋长江。

过了两天，兵工厂就派了两辆挖土机来助阵，还调来了一艘挖沙船。工人们即刻欢呼雀跃。湖中挖沙船轰鸣，堤岸上肩挑手扛热火朝天，西江口堤垸一片沸腾。望着岸堤上填出的像小山一样高的堤坝，大家激动高呼。

没几天挖沙船又遇到了难题。足有两个多月没下雨了，西江口遭旱，浅水区域成了滩，挖沙船犹如陆地行舟，卡在了浅水区。指挥部想了很多办法，用挖土机拖，派吊车拉，无奈这艘船卡在浅滩纹丝不动。宋长江潜入水中绕船四周查看了一番，上岸后说："现在只能靠纤夫'背船'过滩了。"一旁的人瞪大了眼睛："江爹，把船背出来？这可是挖沙船啊，几十米长呢？"

宋长江接过明泽递来的毛巾搭在身上，说："是的，今天咱们要背船过滩，大伙要当一回纤夫啰。"在场的人大部分祖辈在长江流域当过纤夫，都说没问题。

宋长江让宋明兴去镇上弄来一大捆麻绳，每人发一条旧帆布斜绑在肩头，几百劳力在滩边与船连成一片，宋长江打排头，宋明兴、宋明泽带着其他人一步步、一队队紧紧相随。闻讯赶来的刘大荣和李和坤也加入阵营。

为了鼓舞士气，宋长江拉纤前摸起酒壶咕噜噜灌了几口后，清清嗓子吆喝着："哟——嗬——嗬，一声号子一身胆，哟——嗬——嗬，蛟龙那个过险滩，哟——嗬——嗬。"然后他拉起纤绳，身体弯成满弓状往前奔去，身后人学样，一起踩着千年前的栈道、抓着百年前的石块逆水而行。虽然汗流浃背，也能苦中有乐。

途中几百劳力在宋长江的带领下喊着、唱着："脚蹬泥滩，嗬嗨，手刨沙呀，嗨哟；朝前冲啊，嗨哟，奋力爬哟，嗨哟哟……"这冲天的号子惊得湖边鸟儿漫天盘旋。这艘挖沙船硬是被众人给背了出来。船长佩服得不行，上岸后握住宋长江的手连说："奇迹，真是奇迹！"

宋长江笑道："团结出奇迹，团结力量大。"

不觉已是深秋，夕阳落湖时，长风湖处在一片金黄之中。宋明泽留李和坤在工地上吃晚饭，刘大荣作陪。前来送食物的许玉珍看李和坤等人留在工地上吃饭，要妇女队留下来帮忙，又让人用工地上的木板临时拼起了一张大桌子，宋明兴掌厨。一个大土灶，一口大铁锅，宋明兴炒菜时铁锹当锅铲游刃有余，水煮活鱼时，他一次丢几条十几斤重的鱼下锅。

李和坤在旁看得津津有味："明兴啊，你属铁牛的吧，这一铁锹下去比锅铲还灵活哈。"

宋明兴嘿嘿直笑，在炉灶边玩魔术似的，很快就让一锅鲜香微辣的水煮活鱼出锅了。宋明泽舀了一碗递给李和坤品尝。李和坤竟一口气把这碗鱼吃了个精光，连说过瘾。他对宋长江说："江爹，难怪宋记生意好，你家的厨艺就是不一样，别人说大锅炒菜不香，明兴大锅炒菜，不只香，简直香透了、鲜透了。"

宋长江嘿嘿笑道："李区长啊，你要喜欢就多来工地转转，饭菜保管香。"旁人哈哈笑了起来。

月光当灯，湖水奏乐。晚餐一大群人在湖边围桌而坐。宋明兴做了一桌菜，水煮活鱼、烤鱼、烧鱼，最醒目的是桌中间摆着一大碗热气腾腾的腊肉，蒜香四溢，光看着就让人流口水。碗上面那几片半精半肥的大肉片让人以为里面真的装满了腊肉，实际也就是面上那几片而已。这碗菜是许玉珍下厨做的，这是她救急的手法，招待客人时，即使只有一小块肉也总能被她做出一大碗来，碗底多半是合菜垫底。很快碗中垫底的菜被吃了个干净，唯有这几片肉还留着。李和坤做了个顺水人情，谈笑间把这几片肉夹给了一旁的年轻小伙子们。

本来一群人的目光落在李和坤的脸上，好奇啊，这位与他们坐在一起谈笑风生的人可是北区的区长，经常来堤坝上查看，为人豪爽还能与他们打成一片，他们巴不得听他多聊些新鲜事才是。可宋长江酒过三碗后便自然成了主角，这是他的一贯作风，外号"酒疯子"，在熟悉的人眼中绝不是贬低他，喝酒后的他就像被人施了魔法，额头发亮，笑容爽朗，打开话匣子后就如滔滔江水再也收不住，无论你聊什么他都能接茬。李和坤聊天文他便讲地理，李和坤聊"三国"他便道"水浒"，兴起处还讲了几段《水浒传》中的精彩片段："入云龙斗法破高廉，黑旋风下井救柴进。"

宋长江讲故事时一口地道方言，表情丰富，有问必答。一旁的宋晓春担心父亲醉酒闹笑话，几次打断他的话。宋长江丝毫不恼，对女儿说话时声音柔和。在宋明泽眼里，父亲是重女轻男的，四个儿子几乎是被他从小打大的，父亲有他自己的说法——男子是石头变的，风吹雨打才能顶天立地；女儿是贝壳中的珍珠，得呵护。

苦干三个多月。立冬后，天气异常寒冷，气温下降到零下十摄氏度。许玉珍要带领大伙做风干鱼，又惦记着工地上的父子俩，看寒假来临，便要宋明轩送些厚衣服和两壶酒去了工地上。明轩以为打一转就能回家，他全身穿得厚厚实实，脖子上围着母亲编织的毛线围巾，他背着手在工地上转了一圈，一副干部视察的样子，宋长江见了觉得不顺眼，喊明轩过来，让他挑一百斤试试看。结果明轩没挑起来，这下父亲找到发气点了："你三个哥哥，明兴三百斤的担子不在话下，明泽二百斤没一点问题，明旭比他们还厉害，你这伢仔怎么百来斤都挑不起啊？"

宋明轩脱口而出："爸，我还在读书嘞，他们天天做重事干累活，再说人各有志，我以后绝不会干这种活。"这句话让宋长江更冒火："蠢宝，这种活什么活啊，是在保护湖区人的生命安全，干这种活都是光荣的，你十七八岁了连百来斤的担子都挑不起，还好意思说大话。你不要回去了，就留在工地上给我挑土，直到假期结束。"

宋明轩听了，一脸抗议："爸，你怎能强迫我做不愿意做的事呢？"宋长江见明轩反驳更生气："你别嘬着个嘴，工地上比你小的还有，人家都是自愿来帮忙的，怎么就你不行啊？"

宋明轩心中一百个不愿意还是留了下来。那年他十七岁，人生头次挑大堤，体力明显不够。他咬紧牙关重担起肩，绷紧肌肉迈开双脚趔趔撞撞往前冲。他上了三天工就瘦了几斤，晚上还经常做噩梦，本来身子就单薄，风吹要倒似的。宋明泽心疼弟弟但是没办法照顾他，他知道父亲的脾气，只能在旁给弟弟鼓劲，告诉弟弟挑土的技巧。

不到几天宋明轩肩膀就磨破了皮，手上脚上全起了水泡，到第七天居然晕倒在工地上。他想送明轩回去，父亲不同意："不到开学不准回，半途而废以后谁瞧得上。"

宋明泽听父亲这样说不再出声。过了两天，母亲到工地给明轩送衣服来了。他在指挥部和统筹项目的水利工程师陈向南商量如何熬过这个冬天。"快腊月了，初春是雨季高发时节，堤坝必须在开春前竣工。"正商量方案时，有人在门外喊他："宋明泽，你妈来了。"

宋明泽听到喊声，和陈工招呼了一声，转身往帐篷内跑去，人还没到跟前声音早到了耳边，"妈，妈，我来了！"在帐篷内见到母亲的第一眼，他觉得自己一下变小了，站在母亲身边顺手翻看着篮子里的美食，手也没来得及洗一把，抓起一块鱼片就往嘴里塞。母亲说："慢点，吃的东西多着呢。"问他："明轩呢？"

"妈，妈。"宋明轩跟随父亲一前一后进了帐篷里。待明轩跑到跟前，母亲差点没认出面前这个头发乱糟糟、颜面邋遢、背差点被压驼的儿子，她心疼得眼睛发红，上前一把抱住明轩："六伢仔，你少挑一点不行吗？"

明轩微微低着头咬着嘴唇没出声。母亲松开明轩，转向父亲发了通脾气："明轩才多大啊，还在读书呢，你就狠心让他来挑堤啊，也不照看着点？"

父亲理直气壮地说："几百人的工地，没一个偷懒，我怎么照看他？"说着自己忍不住"哎哟"了一声。明轩小声说："妈，我冇事，爸比我伤得还厉害。他的背拉伤了。"晓春心疼父亲，忙说："爹，妈带了三七药，说你们在工地上肯定会受伤。"

母亲无奈地叹了口气，赶紧蹲下身来打开包裹。这次母亲带了很多吃的食品，酱板鸭和各种鱼干都是她自己捣鼓出来的，还带了一罐子三七。这种药材宋明泽再熟悉不过，他家院子后面就长满了野生三七。小时候家里谁打架受了伤或是做重活受了内伤，母亲都会将三七捣碎后再加点盐敷在伤口，过几天就会痊愈了。母亲说三七药能活血化瘀，消肿止痛，还可以治疗风湿性关节炎。这药也成了他们家的必备药。

母亲先是给父亲检查伤口帮他包扎好后，又帮明轩上药包扎。宋明泽看母亲在悄悄落泪，心中一酸，忙从兜里掏出一条手帕，上前伸手替她擦去了脸颊的泪水，故作轻松，呵呵笑道："妈，您想得真周到，上午我还让后勤的去弄些三七药来，说捣碎了敷在伤口挺管用的。"许玉珍看了看父子三人，说："我早就想到了，你们啊不会让我省心，看看，个个都成啥样子了？"

宋明泽抬头挺胸，说："妈，莫担心，我有事，好着呢。"其实他的肩背如蚂蚁穿行似的难受，这时候别说明轩像个没长大的孩子，就连他也想在母亲身边依靠一会儿。

母亲回家时要带走明轩，说明轩还在读书呢，他明年就要考大学了。父亲不肯："要明轩留在工地上就是练胆量的。"母亲说："工地上我们一家来了四个劳力，谁有我家来的人多啊？可明轩还是个学生呢！"

父亲说："我家人多来得多是应该的，让明轩留在工地就是磨炼他的意志。"母亲不管不顾，拖起明轩的手就要走。父亲在身后喊道："宋明轩，你要是在这个时候当逃兵，你就不是我宋长江的儿子。"宋明轩迟疑了一下，停住了脚步，他要母亲回去，自己留了下来。

那时明泽知道明轩心中是怨恨父亲的，恨又不敢说，经常偷着抹眼泪。他心中不忍，想帮弟弟又碍于父亲的倔脾气。但是很快他就帮明轩找到了他能发挥才能的地方。陈向南要找一个帮手，说至少要高中文化，能写会算，还要一手钢笔字写得好。他推荐了明轩，说："我弟弟明轩心算快，字也写得好，试试看。"

这一试陈向南发现了宝似的，说："明泽，你老弟简直就是个学水利的天才，过目不忘，一笔字写得跟印上去的似的。能帮我记录，还能帮我搞测绘。不错、不错，要让他好好读书啊，莫荒废了他的学业。"

陈向南是省水利局的工程师，治水经验丰富，明轩跟着他如鱼得水。购买物件时明轩抽空去镇上理发店剪了一头乱糟糟的头发，再换上母亲送来的干净衣裳，戴上眼镜，整个人精神多了。后勤的活如写标语、写宣传文章他都能做得很出色，并且能把握重点。陈向南对宋长江说："明轩不错，将来必有出息。"

那天晚上在帐篷里，父亲第一次对明轩露出了难得的笑容。明轩得到了莫大的奖励似的，夜深了还在与明泽聊着他的理想。

竣工前夕，刘大荣前来查看时，发现宋明泽身体实在不行了，便强行送他去医院检查。宋明泽被诊断为"脊椎骨压迫变形"，必须住院治疗。给他做检查的肖医生说："后生伢仔，你这腰要住院啊，落下病根讨不到堂客就麻烦了。"

宋明泽说："讨不到堂客冇关系。肖医生，我是一九七九年在部队入的党，自卫反击战中，冲锋陷阵我们全班都去了，只回来我和另外一个战友，我是军人我必须以身作则。建好这条堤坝太重要了，只要能守护湖区人的生命安全，驼个背算什么。"

门外的曹晓娅听了眼睛都红了，她敲了敲门后进到病房，手上拎满了东西。肖医生出门时交代："宋明泽，你这几天不能下床乱动。记住一个月内要卧床休养。"曹晓娅说："听医生的，好生休养，工地上井井有条，放心吧。"

宋明泽鼻尖飘来一阵诱人的鸡汤味，曹晓娅莞尔一笑，舀了一碗鸡汤，又夹了两个鸡腿放在碗里，端桌上要宋明泽吃。宋明泽非要和曹晓娅一起吃，曹晓娅装作刚吃过的样子，他也就不再讲客气，埋头呼呼几下便把一罐子土鸡给消灭了，连鸡汤都喝了个精光。顿时被治愈了似的，起身背也不驼了，腰也不弯了。

进门查房的肖医生见了直呼惊奇："哎，宋明泽，你的背怎么直了？"

宋明泽自己也奇怪："是啊，我的背怎么直了？"

肖医生打量着曹晓娅，笑道："看样子，你对象比医生厉害，这可真是太好了！"曹晓娅听了满脸通红。宋明泽却没心没肺地笑道："肖医生你误会了，她不是我对象，是我同学。"宋明泽这句不假思索的话让曹晓娅的心顿时凉了半截，让她心里不舒服的是宋明泽还加了一句："她就像我亲妹子一样。"

如果宋明泽不解释，曹晓娅还在等待，前几天曹晓娅收到了燕妮的一封来信。燕妮在信中说得很清楚，说她和明泽的距离太远了，说他们不可能在一起，并在信中要她劝劝宋明泽。

曹晓娅看完这封信后，几次想找宋明泽聊聊，看他在工地上忙活，这些话也就藏在了心里。她以为宋明泽也是喜欢她的，谁知这种喜欢只是把她当妹妹一样。她自尊心受到了莫大的伤害。"当女人褪去一身稚气时，天真就会走向成熟，变得理智。女人一旦理智就会变得决绝。"这是燕妮在信中写给她的话，燕妮说她不得不面对现实。那么她也必须面对现实，那就是宋明泽并不爱她。她又何必单相思呢？

而宋明泽根本没意识到他无意中伤了曹晓娅。医生说要他在医院治疗一个月，他才休息两天就等不及了，腰上缠着厚厚的绷带，身上披了一件外套就去工地了。湖边寒气还很重，可岸边枯萎的芦苇又芽绿枝青了，穿插着一些不知名的野花，使这条新修的西镇大堤看起来格外亮丽。一九八四年三月中旬，历时五个多月，西江口堤垸修复工程终于竣工。

大堤验收的那一天，区政府来了一群领导。李和坤握住宋长江的手连说谢谢，并在西镇大堤的剪彩仪式上，给宋长江颁发了劳动模范荣誉证书。李和坤向区委书记介绍了宋明泽："宋明泽是部队转业军人，小伙子在一无所有的情况下，和他的父亲宋长江，一位老巡湖人，发动全家人以无惧挑战的勇气和担当，扛起了'治理洞庭为人民'的使命，带领整个洞庭镇人用一颗火热的心完成了艰巨的任务！不容易啊！"李和坤对宋明泽的喜爱之情溢于言表。

第五章　洞庭号子

人群散去后，宋明泽还陪同父亲在堤坝上查看了一番。千鸟掠过，父亲看着这条新建的堤坝嘿嘿笑着，这会儿父亲的笑容就像个天真的孩童。水花四溅，湖中的鱼纷纷跃出水面跳到岸边。他"哦嗬"了声："爸，回家吧，要下雨了！"

家里却炸开了锅。修建这条堤坝是全镇人出钱平摊的事，林秀甜认为宋家出钱出多了，为此跟宋明兴不依不饶地吵："这么大笔生意，连续半年的订单，牵头的宋记没赚到钱，帮工的倒赚了个干净钱。"宋明兴听到父亲的咳嗽声，伸手拽了一下林秀甜，小声道："别说了，爸回来了。"

林秀甜声音越发高了："我偏要说，这半年来我忙了店铺忙加工厂，到头来什么都没赚到，我心里能舒坦吗？"

宋长江站门外咳了几声，进屋后，压低了嗓门说："秀甜，斗气呢？有话好好说嘛。"

林秀甜凤眼圆睁："爸，这是我们全镇共同的大堤，说好了分摊，大家伙也同意，为啥咱家要多揽，全家人没日没夜地忙活，赚的钱全贴了出去，图什么？"

宋长江说："修建堤坝是我们湖区人应尽的义务，图什么？图能挡住洪水，图能保护湖区人的生命安全。"

林秀甜对于这种说法嗤之以鼻："既然是湖区人的堤坝，就应该大伙平摊才是，凭什么我家多揽哈，我们个体户，赚钱才最要紧。"

这时许玉珍推门进屋。宋明泽想岔开话题，接过母亲手中的东西放在一旁，对宋明兴说："哥，饭点到了，准备晚饭吧。"

林秀甜想着正是因为宋明泽，宋记才没在这笔生意里赚到钱，而且荣誉不是明兴的，是全家给明泽脸上贴金。这样一想她对着宋明泽就开火了："明泽，你一个当弟弟的不晓得自己去弄饭菜，进门就吩咐哥哥？这次要不是你揽下这摊子破事，三万斤风干鱼足够我们大赚一笔了，结果，全家人白忙活半年。"

林秀甜见婆婆挨在她身边坐了下来，满脸委屈，眼中还噙泪："妈，这半年你也看到了，我是半刻也没歇着，不就是为了咱家能赚几个钱吗？"

许玉珍握住林秀甜的手抚拍了几下："秀甜，我晓得你心里不舒坦，但是做生意眼光要放远些。刚才我在路上碰到兵工厂的采购员，说明年要跟宋记签一年合同，说我们宋记湖鲜广受好评嘞。"

林秀甜听了破涕为笑，拉住婆婆的手再三确认合同的事是不是真的。许玉珍笑道："错不了。秀甜，做生意不是一朝一夕的事，有了这单就有下单，咱家为修建堤坝多出点钱、多出点力是值得的。千金易得，口碑难求。有了口碑，找上门来做生意的人多的是。做生意的秘诀就是舍得。"

宋明兴接口说："舍得是外公的座右铭，他说有舍才有得。"

许玉珍看着林秀甜说："明泽在镇上工作，以后家里的生意还得靠你和明兴来打理，你们只要琢磨透了'舍得'这两个字，保管生意兴隆！"

林秀甜听婆婆这样一说，脸色缓和了许多，收敛起脾气，转向宋长江道："爸，刚才我说话冲了点，您别往心里去啊！"

许玉珍柔和地说："一家人哪有牙齿和舌头不相撞的呀。"又起身朝老伴喊："他爸，桂花树下还放着两坛酒呢，中午我爹托人带来的，赶紧搬回里屋去。"

宋长江不由得搓着双手笑了起来："老丈人懂我，给建设和三平每人送一坛去。这次西镇堤坝多亏了他们帮忙，我是打心眼里感激他们！"

宋明泽长舒一口气。母亲总能将暴雨化春风。

有人摁着铃铛在院子外喊："宋明泽，在吗？你的信！"宋明泽听到喊声，跑到门外："在！在！"送信的邮递员送来了燕妮的信。宋明泽接过信，一溜小跑冲进了屋里，可他拆开信读时却很失望，三页信纸，燕妮只写了几句话就没说辞了，以前那些思念他的话一句也没写，只说很忙，又说她生病了，住了两个月的医院，他看了很担心。一别又是大半年，燕妮的来信越来越少，字里行间也已经写得很清楚，他们的距离太远了……他已猜到了结果，但还是决定去北京看看她。去之前，他给燕妮打了一通电话。

这趟北京之旅宋明泽准备了好久，夹克外套配上一条蓝色的裤子，一米八的个头，让他出现在出站口时很显眼。燕妮在人群中一眼就看到了他。两人并没有像上次见面那样激情盎然，这次兄弟姐妹一样地寒暄几句。燕妮身材丰满了些，脸庞也红润了许多。

不想这次接站肖丰文也跟了过来，燕妮写信告诉过宋明泽，肖丰文相貌不俗，颇有书生气质，每次学校演讲比赛中都是冠军，会弹吉他，会写情诗。招呼后，算是正式认识了。肖丰文个性大方，很快和宋明泽无话不谈，路上给宋明泽介绍北京的名胜古迹，聊美国比尔·盖茨的微软公司，说计算机将是未来最重要的发明。

宋明泽听到这里，不得不承认，肖丰文的知识面比他更广，肖丰文聊的创业版图许多是他以前听都没听说过的。当然肖丰文聊这些的目的不过是铺垫，真正想告诉宋明泽的是他正在追求燕妮。

他们在终点下车后，迎面碰到了燕妮的两位大学同学。其中一个女同学打量了宋明泽一眼，笑得一脸神秘，问燕妮："这是你……？"

燕妮迟疑了一下回道："哦，我表哥，来北京看看我。"宋明泽听了心里很不舒服，他尝试着想牵牵燕妮的手，可她的手却滑开了。她快速撩了一把秀发，说："明泽，爸爸知道你来北京了很高兴，弄了一桌菜呢。"

"燕妮，我来北京，你高兴吗？"

"你来我当然高兴。"燕妮敷衍道。

燕妮家住在大学宿舍区。燕妮的爸爸刘新知在门口招呼着："明泽来了，途中辛苦了，快进屋。"刘新知是大学教授，瘦高儒雅，伸手接过宋明泽手中的行李箱后，端茶倒水很周到。

燕妮的妈妈林琳是高校系主任，戴一副金丝边眼镜，头发一丝不苟地盘在脑后，一看就是生活精致、为人精明的人。她看宋明泽相貌堂堂的，颇有些意外，发现燕妮看宋明泽的眼神还闪烁着一丝光芒时，又很担心。刘新知要她别瞎操心："燕妮个人的事由她自己选择，顺其自然就好。"林琳瞥了老公一眼，说："咱就这么一个女儿，以前是为了保护她才托玉山送去那偏远地区。现在我们有能力保护好她，必须得帮她把好关。"刘新知说："小点声，明泽千里迢迢来一趟不容易。"林琳不再啰唆，待宋明泽也热情，眼睛的余光却扫视间谍似的，生怕一个不小心宝贝女儿就被拐跑了。

午餐很丰盛，刘新知整了一桌菜，一早还买了一只北京烤鸭回来，他说岭阳有酱板鸭，北京有全聚德，南北风味不一样，要明泽多吃点。刘新知给宋明泽夹菜时，林琳拿出一双公筷塞在了他手中，转向宋明泽微微笑道："你刘叔叔巴不得把北京特色菜都买回来，明泽，不要客气，多吃菜哈。"

刘新知问宋明泽第一次来北京有何感受，宋明泽微微笑道："震撼，不愧是首都，是历史文化中心，古老庄严又充满情趣，到处是胡同，满大街的二八自行车。"刘新知说："读万卷书，不如行万里路，有机会多到外面走走看看。"宋明泽点点头说："您说得是，进了京城我才感觉自己像只井底蛙。"

开始，宋明泽还感到很温暖，刘新知待他没的说，热情大方，留他在家里住，还从兜里摸出一把钥匙给了他，说进出方便些。林琳也在一旁附和，一个劲儿要他多吃菜，但他敏锐地发现，他夹过菜的盘子，林琳根本不再伸筷子。更让他感到难堪的是，饭后他去厨房倒开水时，发现林琳正单独消毒他吃饭用过的碗和筷子；他坐过的椅子她也要再擦一遍；他在书房摸过的书，她都要用掸子拂一下……

目睹林琳这些小动作，宋明泽果断告辞，说他已和北京的战友约好了，去战友那边住。

燕妮起身说："不行，干吗去战友那边，来北京了，我家就是你家。"

林琳有意支开燕妮，要她去门卫那里帮忙取资料。刘新知正在书房赶材料，她趁空闲在客厅和宋明泽聊了一阵，问他现在的工作情况和以后的打算。

宋明泽如实相告："我现在的工作在镇上打杂，见事做事，燕妮希望我来北京，可我希望燕妮能随我回洞庭镇，我想偏远落后的地方更需要像燕妮这样的高学历人才去规划、开发。"

"你要燕妮回洞庭镇？"林琳一直保持微笑的脸瞬间变色，"这不可能，燕妮是北大毕业的研究生，怎么可能再回洞庭镇？绝对不可能！"

林琳不想再端着，干脆和宋明泽摊牌："你和燕妮的感情我了解，你们作为兄妹来往，我没意见。在一起过日子是不可能的，你们之间的距离太遥远，如果不是特殊年代，你和燕妮根本不可能相识。当然我们很感谢九年里你们一家人对燕妮的关心和照顾……"

宋明泽的脸红一阵白一阵，林琳的话已经说得很明白，他们不会接受他，他不想再待下去了。宋明泽要离开时，林琳往他手中塞了一个纸包，说："这是一点心意，感谢你们对燕妮的照顾。"宋明泽气得手都在颤抖，他尽量忍住脾气，推开了林琳塞来的纸包，说："林阿姨，你这是什么意思？"

这一幕被刚进家门的燕妮看到，宋明泽匆匆出门后，她第一次对妈妈发了通脾气，声嘶力竭地吼着："为何要侮辱明泽，你女儿九年成长就只值这几个钱？"

林琳待燕妮发完脾气后，说："你嚷什么，我不过是替你说出你想说又不好意思说的话，不是我看不起他，而是你看不起他。"

"谁说我看不起他了？我只是觉得我和他天南地北，距离太遥远。"

"你这样想是对的，这就证明你成熟了，宋明泽根本不适合你。"这话让燕妮半响无语，她气得转过身去哭起来。

林琳安慰道："哭吧，哭出来会好受些。你对明泽的感情我能不理解嘛，那是患难与共的九年，是充满苦难而又纯真美好的九年。"

"你偷看我的日记，还看了我的信件？"

"我不是故意的，我帮你整理房间时无意看到的。"林琳走到燕妮身边，"你明知与宋明泽不合适，又无法忘记他对你无微不至的付出，你以为那就是你们之间的爱情？你错了，爱情和恩情是两码事。"

"我和明泽的感情你不懂。"

"妈是过来人，你是我的女儿，我能不懂吗？"

燕妮再无力反驳，泪流满面地冲进了卧室。

刘新知听了母女俩的争吵后，从书房出来，指责林琳是势利眼："你这种做法真是太过分了！八年的下放生活丝毫没改变你，你口口声声说要平等，但骨子里比谁都分三六九等。"

林琳一脸怨恨："下放生活改变了谁，改变你了吗？"

刘新知手扶了扶眼镜："你下放时不也是个农民？不是宋明泽一家人用心，燕妮那么娇弱的身体早就吃不消，甚至可能命都没了！一朝得势，你就忘了过去。"

"我正是没忘记过去才当机立断，我们受过的苦我不想再让女儿承受，这有错吗？宋明泽在偏远湖区的一个小镇上，他能给燕妮带来什么？"林琳据理力争。

宋明泽出门走了一截才想起他的行李落在燕妮家中，要走也得和刘叔叔打个招呼才是。他返回门口，正听到林琳和刘新知两人的对话。他站在门前甚是尴尬，进门是自取其辱，不告而别则没气度。他已猜到了燕妮的决定，他做了个深呼吸，对自己说即使分手也该大大方方。他若无其事地敲了敲门："燕妮，我们出去走走吧，月色不错。"

俩人在小区外面散了一阵步。宋明泽有很多话想和燕妮说，有关他们未来的规划，有关创业与建设家园，还没开口便被燕妮给堵了回去。燕妮还在劝说他离开洞庭镇，她认为只有到大城市才能改变命运，实现人生价值。这种观点深深刺伤了他，他不在乎冒出个肖丰文，他在乎的是与燕妮之间的思想差异。

非得离开家乡才有出路？宋明泽不这么认为。

燕妮转向他，严肃地说："我就问你一句，爱在你心中是什么样子？"

宋明泽说："使我所爱的人得到幸福。"

"你没在我身边，我还能幸福吗？明泽，来北京吧，我和爸爸商量过，只要你来北京，他愿意帮你，工作的事会为你找一些关系。"

"燕妮，以后你别再和你爸爸提这件事了，我不需要你家里的任何帮助，我只想靠我自己的努力证明自己。"

"收起你的臭面子好不好，你口口声声说爱我，现在要你微微低下头你都不愿意，谈何爱我？我在北京，你在洞庭镇，你要别人怎么想？"燕妮的情绪有些失控。

这些话刺激了宋明泽，他生气地问："所以你当熟人的面介绍我是你表哥，在他们面前不牵我的手，就因为我来自小地方，来自洞庭镇？"这点似乎戳中了燕妮的心思，她一时没控制住自己："明泽，部队生活确实改变了你，你果断刚毅，但是埋藏在你心底的那份自卑还是没去掉，现在的你既自负又自卑，你不肯来北京无非担心别人看不起！"

"你错了，我从没因为我生长在小镇就自卑，我也从来没羡慕过你在大城市的生活，我只是离不开那湖水而已。"

"你离不开那湖水，可我只想待在北京。我希望你志在四方，哪怕你没闯出一番天地，但是只要你走出来，你就会发现洞庭镇有多渺小，世界有多浩瀚。"燕妮说得很直白，她认为只有离开那个平庸的地方，宋明泽才能真的改变。这句意在鞭策宋明泽的话，却完全伤了他的自尊。他不再争辩，只是静静地听着。

那瞬间宋明泽终于清楚，他与燕妮之间的距离不在她妈妈的阻拦，而在于燕妮始终看他是《水浒传》中的草莽。她是大学教授的女儿，而他是一个渔民的儿子，完全不在一个阶层的两人怎么可能双宿双飞？他眺望天边，月光依然如水，可身边的人不再天真。

燕妮干脆挑明："明泽，我们之间距离太远了。"

宋明泽也很果断地说："燕妮，不必解释。其实我这次来就是想我们之间有个结果，我不想拖泥带水。"

话挑明后，宋明泽要去住旅店，燕妮非要他住家里："明泽，你不会这么小气吧，即使我们没了爱情还有割不断的一份亲情，你就把我当妹妹吧。我在你家住了九年，你在我家住一晚不为过。"宋明泽硬着头皮在燕妮家住了一晚。

四月天，北方天气乍暖还寒，他无法入眠。

早上，宋明泽离开北京时，燕妮把他送到了火车站，肖丰文也跟了过来。路上三人都没怎么说话，直到他要上火车时，燕妮才忍不住哭泣起来。他也想哭一场，但瞟到紧随其后的肖丰文时，把眼眶里的泪水憋了回去，装出一副洒脱的样子，轻轻拍着燕妮的肩膀，从兜里摸出手帕替她擦去了脸上的泪水，抬头看着肖丰文微微笑道："燕妮还和小时候一样，动不动就哭鼻子。"

天空飘起了细雨，宋明泽上车后靠窗而坐，燕妮在车外目送他，肖丰文在旁给她撑了一把雨伞，俩人都文质彬彬，很般配。火车渐渐远去，他的心情无法言说。当洞庭湖远远出现在他的视线中时，他豁然开朗起来。再大的事只要看见这湖水便是沧海一粟。

宋明泽到达岭阳站后，遇上了一场大雨。他直接从车站冒雨走回了家，引发他身上修建堤坝时留下的旧伤，回家后不停地打摆子。他不想让父母亲担心，去镇上诊所想吊两瓶水时，只见周小龙骑着摩托车迎面飙了过来："明泽，快，加工厂那边来了一群人，说是执法人员，要查封宋记湖鲜加工厂。八仙妈要你去找镇上的刘书记。"

宋明泽听了，坐周小龙的摩托车一起去了趟镇政府。原来有人举报了宋记，说宋记办工厂是想复辟资本主义道路，是投机倒把的行为，能扣的帽子都给宋记扣了上去。

宋记湖鲜口碑好，周边工厂的订货单源源不断，许玉珍看以前的作坊面积有限，想扩展地方。她要宋明兴向镇上打了份报告，可罗水生拖着没办，他还记恨宋明兴打伤了他侄子罗又劲；又见宋长江的风头盖过了他——现在镇上人见了宋长江早早就起身招呼，他就在一旁却没几个人招呼他，这让他心里很不是滋味。

罗又劲见宋记做得风生水起，更是恨得牙痒痒。听说宋记又要找镇上批地皮时，逮到机会在这件事上做足了文章，他让人举报许玉珍，说她是资产阶级剥削者，宋记办加工厂是投机倒把行为。不只镇政府来人了，区里也来了人。派出所赵所长领队开了一辆车到宋记食品加工厂，一行人下车后直奔宋记工厂大门。巡逻的周大河见来者不善，招呼了一百多人出来对阵。

赵所长说："我们是来查封宋记工厂的，请你们让开！"

周大河挡在前面说："宋记工厂没违法乱纪，你们凭什么查封？"

"私人办加工厂，是投机倒把行为。我们必须制止。"

混在人群中的罗又劲暗中叫好，他准备看一出好戏。怎知八仙妈从车间走了出来，不慌不忙地上前招呼道："哟，赵所长，难得你们上门来检查，来，来，吃盅熬姜茶！"

赵所长面无表情地说："八仙妈，我们正在执法呢。现在不是吃茶的时候。"

许玉珍不温不火："宋记开工厂是对是错，等刘书记来了再说，不急在这一刻半会儿。"

不一会儿，宋明泽载着刘大荣赶了过来。刘大荣确认对方身份后，与领头的赵所长交涉了一番："当初宋记办加工厂是在镇政府的同意下成立的。宋记是我们镇上第一家私营企业，旨在带领洞庭镇人共同致富，不是你们说的什么资本主义，更不是投机倒把行为，请你们不要乱扣帽子。现在到处都在搞兴业致富，你们这不是与政府唱对台戏吗？"双方拉扯了一阵后，这一车人才不情愿地离开了宋记加工厂。

经过这一闹腾，宋明泽不打摆子了，病也好了。他担心母亲受了气，谁知母亲回家后在厨房做饭菜时，哼起了《沙家浜》里阿庆嫂的唱词："垒起七星灶，铜壶煮三江，摆开八仙桌，招待十六方……"

饭吃到一半，马建设赶了过来。宋长江忙起身招呼："快来，建设！"马建设的老婆因病过世得早，马建设每次想喝酒时必来找宋长江。两人边喝酒边聊，父亲酒喝多了能扯上半天。光是一个洞庭湖能从古讲到今，屈原行走江畔，吕洞宾醉卧洞庭……

父亲没读过多少书，但对乡土文化却了解得透彻。聊到端午节更是滔滔不绝。每到端午节前夕，母亲便早早在家里和奶奶一起包粽子，这是湖区人端午节家家户户必备的食物，一是为了纪念屈原，也为了节日气氛，再一个，全家人都喜欢吃母亲包的粽子。青油油的粽叶包裹着糯米，在木桶里煮熟后光是闻着香味就想偷吃，再剥个母亲腌制的盐鸭蛋，顺便蘸点母亲做的辣鱼酱，那就是一顿美味可口的大餐了。还没过节，家中几个馋猫就已把木桶里的粽子偷吃了一半。

父亲则将野外采来的新鲜艾叶、菖蒲扎成束，悬挂于门窗两旁，打扫完庭院后，父亲会搬个板凳坐在厨房门口抿几口小酒，好随时帮母亲搭把手。奶奶心疼儿子，忙塞了两个粽子在父亲手里。等奶奶转身，父亲又放回了桶里。在宋明泽的记忆中，父亲通常是进屋就喝酒，吃饭最后一个，总要等全家人都吃饱后他再风卷残云般把桌上的剩菜剩汤一扫而光。然后奶奶迈着三寸金莲在屋里来回巡视，再来一遍点子点菠萝。每人回应一声后，她才放心。有时他们一个个从门外伸出头问奶奶有事吗，奶奶多半没事，就是每天屋里的人她都得点一遍，生怕少了谁。

这次宋长湖带着明旭回家过节来了，奶奶高兴，不停地喊明旭吃粽子。宋明旭五岁时被二叔宋长湖要了过去抚养。宋长湖在洞庭湖管理部门工作，十八岁起便在洞庭湖千孤岛上守千鸟护万鱼。二婶性情温和，美中不足的是他们结婚十几年没生育过孩子。无奈之下，两口子找到许玉珍要抱养宋明旭。开始她不同意，家里孩子再多也是她身上落下的肉，怎能送给别人呢？奶奶说："长湖不是别人，是自家兄弟，明旭给长湖做儿子还不一样在岭阳，可怜他婆娘没生育能力，又在那孤岛上，你就可怜可怜他吧。"许玉珍经不起奶奶哭诉，看二叔二婶确实是厚道本分之人，才咬咬牙同意。就这样，宋明旭被二叔给抱养了。

家里人都盼着能度过一个有仪式感的端午节，最渴望的是去湖边看赛龙舟，可惜"文革"开始后这种传统赛事停止了，到一九八四年也没能恢复。宋长江不想扫儿女们的兴，仰起头干了一碗酒后，说："赛龙舟一样赛，我宣布明天早上全家人一起出湖捕鱼。我们啊在湖里和鱼儿赛龙舟，看谁跑得快。"

凌晨三点，天边已泛鱼肚白，宋长江哨子一吹，全家人犹如接到军令状，全副武装地跟随他从鱼巷子来到湖边。一艘十米长的渔船停泊在不远处。老规矩，父亲先打着手电筒上船排查隐患，然后亮起嗓子吆喝三声："出湖嘞！"队伍的前、后、中部亮起三支手电筒，再由明兴带弟弟妹妹一起上船，母亲在后压阵。

洞庭渔俗，开船敬菩萨，上船绕船头，说话避禁忌，撒网分高低。船家大多在舵房立有神龛，内供三个木雕菩萨：鲁班先师、关帝圣君、水母婆婆。船行时见庙必敬，撒网时，嘴里要默念叨："肥的来瘦的走，鲇鲤鲫鳜样样有。"这种默念祝词的打鱼风习，是水上人家世代承袭的语言魔法力量，也是一种希望和信念。船行至湖心时，天边微微露出彩霞，放眼望去碧波万顷。

洞庭湖的特色，湖中有岛，岛中有湖，远看气势磅礴，近看浩瀚迂回。待湖中倒映的彩霞在水面拉出一块幕布时，父亲摸起挂在腰间的酒壶咕噜灌了几口，然后递给明兴，再从明泽依次到许玉珍手中，每人都抿了两口。待水中百鱼赛跑时，父亲站在船头听风声辨方位，看浪花知鱼巢。明兴是父亲水上作业时的得力帮手，撒网如浪里豚飞，收网如银针穿梭。

父亲一声吆喝，全家人便拎住网，双臂往上一抖，网中即刻鱼鳞闪烁，浪花四溅，再加把劲，满舱的鱼儿便差点飞到脸上、身上。一家人的欢笑声响彻云霄。

宋明旭眨巴着眼睛数星星似的，一网上来几十种鱼他都能准确无误地叫出名号来，但宋明轩连最常见的几种鱼类也分不清，偏他的声音难得地响亮，父亲忍不住踹了他两脚。渔民的儿子不识鱼就像是农民的儿子不识麦穗一样混蛋。

明轩满脸委屈，明旭拖着他的手欢呼了一声："快看，江豚！"只见湖中央波涛翻滚，成群结队的江豚在水中赛跑，明轩随明旭目不转睛地看着上下翻腾的江豚，都希望自己猜的那一条是冠军。明兴和晓春在一旁帮父母亲堆鱼，梦夏默默坐在船尾，一只白鹭栖落在她的肩头，她屏住呼吸。明轩故意拍了拍手，惊走白鹭，又来了一群燕鸥。周边渔帆点点，远处水天一色。父母亲脸上挂着满足的笑容，他们在船上或站或坐，遥望天边。此情此景犹如上天之手雕刻的油画烙印在宋明泽的脑海中。

在亲情的包围下，宋明泽心情平复了许多。知子莫若父，父亲得知他和燕妮分手后喊他吃了一顿酒，说男子汉要拿得起放得下。"你和燕妮兄妹一样，只要她过得好，其他的就莫想了。"他头次听父亲说出如此温情的话，俩人吃了一壶酒后，也去了一身心病。有关青梅竹马的记忆在他心中成了传说。他的心事只想和曹晓娅倾诉。

赶上他被派到源湖码头搞整顿，却在这守码头的日子里享受到最治愈的时光。曹晓娅为接送两个渔民的孩子去学校读书，每天都会骑辆自行车出现在码头，她就像是淡淡的一阵春风，每次来都会给他带两张报纸。他会陪着她一起在码头边等着几艘渔船划过来，再接上两个住在盘龙岛读书的孩子，下午曹晓娅又会准时送两个孩子来到码头边，直到把他们送上船。

秋风吹拂，曹晓娅眼神中透着一丝迷茫，说："明泽，我要去省城进修了。"

宋明泽不免有些失落："晓娅，你走了，我连个说话的人都没了。"

"写信告诉燕妮啊。"

"我们早分了，前阵我去了趟北京。"

"难受吧？喜欢燕妮那么多年。"

"也没觉得难受。强扭的瓜不甜，勉强没意思。"宋明泽本想和曹晓娅说说心里话，可曹晓娅听来这话却变了味，她又想起宋明泽对肖医生说的那几句话，不过当她是同学。她想给彼此一点空间，道了声别后转身离去。

天边扯了几个响雷，洞庭湖的天气三花脸，雨说来就来。曹晓娅去省城进修后，岭州连降暴雨，宋明兴被镇上抽调到防汛一线抢险。那年代上半年防汛、下半年修堤几乎成了湖区人每年必干的事。宋明泽以为西镇大堤如期竣工，人们能躲过这场说来就来的洪灾。没想到与东洞庭湖一堤之隔的九公里大堤多处出现险情。镇上派遣抗洪抢险人员去支援时，罗水生第一个想到宋长江，宋长江每年都战斗在防汛一线。

刘大荣说："宋长江在西镇堤坝忙活了半年多，年纪也大了，派别人吧。"一旁的曹德元说："宋长江是抗洪抢险的劳模，谁也不如他有经验啊。"

宋长江接到任务，二话不说，披上雨衣就出发了，许玉珍几次挡在他前面，不让他去，说他腰伤厉害，在水里泡不得。宋长江要许玉珍放心，说汛期结束后定会回来。

宋明泽得信后忙从西镇堤坝上赶了过去，他担心父亲吃不消，要去替换父亲。等他爬上九公里大堤，远处无尽的洞庭湖一片汪洋，洪水已爬到大堤最高处，伸脚就可以够着，蚯蚓也从大堤里面爬了出来，看来大堤内部已经灌满了水。他心中犯怵，在堤上找到父亲时，父亲正在和一群人争分夺秒地抢险加固。他上前一把拽住父亲的手："爸，您有风湿病，不能长时间泡在水里，我来吧，我已和德元叔讲好了和您替换。"

宋长江说："来都来了，不可能撤退。你赶紧去西镇堤坝，咱的心血不能白费啊！"

宋明泽不肯走，紧紧拽着父亲的手，说："爸，这条堤上爬满蚯蚓，这堤已经空了。这是您教给我们的常识啊！"

宋长江真生气了，一把甩开了明泽的手，说："越是这个时候我越要坚守啊，我们在坝上多坚守一刻就能多一刻机会保住周边人的生命。"看宋明泽眼眶发红，宋长江眼神柔和了些："现在得争分夺秒，没时间啰唆了，你要相信爸，不会有事的哈，赶紧回西镇堤上去！"宋明泽上岸后几次回头想再看父亲一眼，可是父亲的身影很快消失在抢险的人群中。

宋明泽带人在西镇大堤上镇守时，整晚心神不宁。帐篷外雨下个不停，天蒙蒙亮时，雨停了。他担心父亲，急急往九公里大堤方向赶去。途中他看到长风湖的水差点淹没街道，东边堤坝浸泡在水中，几处山坡上站满了人，他们眼睁睁地看着亲手种植的果蔬漂浮在水面上，嘴里念着哪家的鱼塘被冲了，哪家的自留地被淹了……没人哭泣，没人埋怨，只是面无表情地看着，他们早已习惯随时发生的水灾，所幸这洪水来得快也退得快。

宋明泽的右眼皮跳个不停，他急匆匆往九公里大堤跑去。不幸的是九公里大堤半夜溃堤了。待他跑到九公里码头附近，周边已被警戒线阻拦，九公里大堤已没了踪影。近处被洪水裹挟的水草上面，有数不清的老鼠在跳动；远处则白茫茫一片。他心急如焚，找到和父亲一同抗洪抢险的周大河打听情况。周大河忍不住哭出声来："你爸非要坚守在堤坝上，半夜暴雨袭来，被洪水给冲走了……"

宋家人听到消息全部出动了，宋明旭也赶了回来。明兴不顾腰上还绑着石膏，一起去湖边寻找父亲。干爹马建设也闻讯赶了过来。连续三天，他们和抗洪抢险的人一起在湖边寻找宋长江，没有任何发现。这让宋家人多了一份侥幸。

那段时间是宋家人最难熬的时光。宋明泽穿梭在湖边的堤坝上，不时望着堤坝前方，希望能出现奇迹，希望父亲能像以前一样从湖堤上风风火火走来。他记得大雪纷飞的那一天，他在教室差点冻成冰棒，父亲特意给他送了一件大衣披在他身上，看他双脚冻得直哆嗦，立即把自己的鞋脱下要他穿在脚上；瓢泼大雨中，父亲把雨衣披在他身上；夜黑时把手电筒塞在他手中；他和小伙伴们吹牛时，父亲也在旁听得津津有味……

周大河让他们别费力气了，说同时失踪的不止宋长江。这话已经说得很清楚，宋长江在抢险中遇难了。许玉珍不甘心，她生要见人，死要见尸。于是一家人开始搜寻，儿女们绕洞庭湖，钻芦苇荡，一尺一寸找下去，逢人就问，遇船就打听，查看岛上的每个角落，在码头上目不转睛地盯着每一艘靠岸的渔船，仔细辨认从渔船上走下来的每个人。许玉珍则每天守候在鱼巷子那个石坡下，他们的老地方还在，宋长江做的帐篷也还在，只是架子生锈了。

许玉珍想把帐篷打开，可她怎么都打不开，马建设跑了过来帮忙才把那顶不成样的帐篷给撑开，可已经无法遮风挡雨。马建设出外打了一转，拖来了一堆材料，相当于又重新做了一顶野外帐篷。就这样，马建设白天陪许玉珍在湖边打听，晚上陪她在湖边等候。

天擦黑了，兄妹几个跑去了鱼巷子，在湖边的石坡上，他们看见了母亲，还有一个熟悉的背影，高大魁梧。宋明兴喊道："快看，爸回来了。"晓春和梦夏听了激动得眼泪汪汪，边跑边喊："爸爸——！"等那个背影转过身，他们才看清和母亲在一起的不是父亲而是马叔叔。

马叔叔比父亲个头稍矮些，居然连宋明兴都看错了。

这时从江畔某村传来了消息，说有人在湖边的沙堆里挖出了一具尸体。防汛组的人让宋家人去看看。当天许玉珍带着明兴和明泽兄弟俩赶到现场，经过仔细辨认，果真是宋长江。宋明泽想帮父亲整理仪容，可父亲早已面目全非，唯有挂在裤子上的那几片钥匙还清晰可辨。

母子三人认领了宋长江的遗体后，把他运回了岭阳火葬场。宋明泽推送父亲遗体进场火化时，许玉珍哭得差点断气。在他记忆中那是母亲第一次在儿女面前哭。寻找父亲一个多月来，母亲从没在他们面前流过泪，所有的苦痛都憋在心中，所有的泪水在这一刻汇流成河。

宋明泽手捧父亲的骨灰，撒在了洞庭湖。那天他在西镇大堤父亲坐过的老地方坐了很久。父亲曾说："能守一方水土，能护一方周全，一辈子哪怕只参与过，也值了。"想到这里，他的眼泪滑落脸颊。

不远处，三五只红嘴鸥在水中起起落落，一只灰色的苍鹭飞了过来。他认出这只苍鹭是父亲的老伙计。它似乎在等父亲，在空中盘旋了一阵，单腿伫立歇在了他的肩头。

第六章　负重前行

　　宋长江抗洪抢险牺牲后，宋明泽当选为洞庭镇党委委员，他要管镇上一摊子事，家里的重担一夜之间也落在了他肩上，母亲风湿病发作在医院住院治疗。明兴挑窑砖时一脚踩空扭伤了脚筋。明轩是两耳不闻窗外事，一心只读圣贤书。那段时间他就像个陀螺似的，每天忙完工作忙家务。晓春心疼明泽，希望明轩辍学替明泽分担些家务。

　　明轩听后心情很矛盾，他的学习成绩在全年级一直名列前茅，正意气风发准备考大学呢，现在大姐要他放弃学业来照看这个家……为此他整晚失眠，从小和明泽感情最深，平时明泽省吃俭用也会给他买学习用品，手头再紧也不会少了他的那一份。他感念明泽为家里的付出，可要他像明泽一样来支撑这个家，他却无法做到。那段时间明轩学习心不在焉，眼镜也在一次体育比赛中给摔坏了。

　　母亲住院后，明泽老往医院跑，奶奶被二叔接去岛上住了，明轩每天回家冷冷清清，过了一段时间，他开始学着做家务，虽笨手笨脚却也在努力尝试。摸底考试他没考好，回家后还把墙上的视力表给撕烂了，把摔坏的眼镜掰成两半摆在桌上，他是故意的，想制造出不想读书的理由来。

　　宋明泽回家后，看见桌上摔坏的眼镜，又见满地碎片，心中一紧，意识到忽略了明轩。他推开卧室门，明轩已进入梦乡，他轻轻帮明轩盖好被子后回到书房。他蹲在地上一点点把明轩撕碎的视力表给捡了起来，又一点点把这张视力表在桌子上拼凑好用胶水粘起来，重新贴在墙上。早上不到五点，明泽就把早餐做好放在锅里，把修好的眼镜放在书桌上，还给明轩留了一张字条："安心读书，不要有任何杂念，哥相信你能行。"然后骑着自行车出门去了。

明轩醒来看到墙上伤痕累累的视力表、桌上修好的眼镜和那张字条时，泪眼模糊。他真是太任性了，害得哥哥要为他操心，此后他不再有思想负担，成绩很快就赶了上来。

那以后明泽晚上只要有空就会陪伴明轩。明轩忙着学习，他就在一旁写日记。日记里不再是燕妮的名字，而是写满了曹晓娅的名字。

"晓娅，好久没看见你了。不知你过得可好？我有好多话想和你说，你却不在我身边……"一旁的明轩凑了过来，看见他写的日记，问道："哥，我怎么觉得你更喜欢曹晓娅呢，不想燕妮了？"明泽被明轩问得一愣，凝思了一会儿，问道："我喜欢曹晓娅？我喜欢她吗？"明轩傻傻地笑道："你不喜欢她，怎么日记里写满了她的名字？哥，可能你自己都不知道吧，也许你喜欢的人是曹晓娅！"

宋明泽这才意识到自己很久没见过曹晓娅了。这段日子他一直觉得压抑，心里的话无人倾诉，以前不管遇到什么事曹晓娅都在他身边，可现在呢？

转眼到七月，宋明轩高考的那几天，岭阳的天就像被砸了个窟窿，倾盆大雨下个不停。明泽早上骑着自行车送明轩去学校，下午则早早守候在学校外面等着，那时外面根本没谁的家长在等候。明泽是担心明轩淋雨感冒，早上出门时他要明轩把雨衣套鞋严严实实穿在身上，下午出考场后又撑着雨伞在外面等着明轩。明轩高考很顺利，明泽却得了重感冒，一连打了几天摆子。那几天明轩学会了做饭菜，还熬了姜汤给明泽喝。

功夫不负有心人，宋明轩以岭阳市一中高考状元的成绩被清华大学录取。宋明轩考上了清华大学水利系。他拿到录取通知书时，在湖边奔跑的情景就像是雄鹰突地从水面展翅高飞："哥，哥，我考上了！"他兴奋得满脸通红，跑到明泽身边，把通知书塞在了明泽手中要他看。

明泽看了一遍又一遍："明轩，你真是好样的。"明轩眼中含满泪水："哥，谢谢你，把机会给了我。"明泽拍了拍他的肩膀："咱们是兄弟，还分什么你我啊，你出息了，哥高兴。"明轩考上大学后，母亲心情舒畅了些，不到一个星期就出院了，就连明兴也能跛着脚走路了。

宋明泽的生活又回到了原点，依旧每天骑个自行车往返于单位和家里。没几天接到了陈立斌的喜帖。老同学结婚他帮着忙前忙后。但他在酒席场上没找到曹晓娅。这时他才发现已有半年多没见过曹晓娅了，难怪他心里空得慌。陈立斌娶的是高中同学王时音，她和曹晓娅是闺蜜。他问王时音，曹晓娅怎么没来？

王时音说："来了呀。大清早，晓娅和他对象给我和立斌送红包呢。"

宋明泽听了心中一紧："曹晓娅有对象了？什么时候的事啊，我怎么不晓得？"

王时音说："明泽，这口气怎么酸溜溜的呀，以前晓娅喜欢你，可你心中没她呀，你不在乎她，有人在乎。"

宋明泽打断了她："莫开玩笑了，晓娅真有对象了？那男的谁呀？"

王时音说："听说是机关干部，说是大学同学。"

王时音讲的像真的一样，让宋明泽心里七上八下，他心不在焉地吃完这顿酒后，骑上自行车便往曹晓娅家里奔去。他从没如此失魂落魄过，即使和燕妮分手不过就难过了几天。但是这次听说曹晓娅有了对象后，他的心就像被刀子挖了一样难受。他这才意识到他是在乎曹晓娅的，途经长风湖堤坝时，他远远瞧见一个短发女子在堤坝上唤鸟。背影和曹晓娅一模一样，他激动地很远就喊了起来："晓娅——晓娅——"他狂飙上前，一脚跨到堤上，才看清楚这个在堤坝上唤鸟的女子不是曹晓娅而是她妹妹曹晓驹，陪她一起玩耍的男子是周小龙。

"哎，晓驹，晓娅回家了吗？好久不见她了呀。"

曹晓驹偷看过曹晓娅的日记，知道姐姐对宋明泽单相思，便有意要气一下宋明泽："哦，晓娅和我姐夫昨天晚上就回家了啊。"

宋明泽听了一头雾水："晓驹说什么呢，姐夫，你哪个姐夫啊？"

曹晓驹眨眨眼睛说："我姐夫，当然是晓娅的未婚夫啊，哦，他和晓娅是大学同学，说是大学那会儿就喜欢上了晓娅。对了，今天晓娅订婚。我家可热闹了！"

曹晓驹编织的这番话没一点破绽，似乎曹晓娅真的订婚了。宋明泽听了脑袋嗡嗡炸响，一脚跨上自行车就往曹晓娅家里奔去。

曹晓驹看宋明泽一副失魂落魄的样子，解了恨似的拍手笑了起来。

周小龙傻傻地问她笑什么："干吗气明泽哥？都晓得他和晓娅姐是一对啊。"

曹晓驹恨恨地说："你知道啥，宋明泽根本没把晓娅放在心里，我就是要气气他。不然他还以为晓娅没人要呢！"

宋明泽匆匆赶到曹晓娅家里，看院子里来了一群客人，欢天喜地的，看起来家里正在办喜事。他脸都急白了。从客厅出来的曹德元看他来了颇有些意外："哟，明泽来了，有事吗？"

宋明泽上前一把拉住曹德元的手说："德元叔，晓娅呢？"他又朝里屋喊道："晓娅，晓娅，你出来一下。"曹德元一把把宋明泽拽到里屋："愣头青，莫乱喊，今天是晓真订婚，晓娅在省城学习还没回家呢！"

宋明泽搞清情况后，满脸通红，忙说："不好意思，我搞错了，刚才在堤坝上晓驹说晓娅订婚，我以为真的呢！"宋明泽一脸尴尬地退出了曹晓娅家，出门后不由嘘了口气。他回家后给曹晓娅写了一封长信，把半年来憋在心里的话一股脑倾诉在信纸上。

一个星期过去了，宋明泽还没收到曹晓娅的回信。星期天他去了一趟省城，按照王时音给他的地址找到了曹晓娅进修的学院。结果曹晓娅去了她在邻城的姨妈家。宋明泽给她留了一封信后便回了岭阳。匆匆半月，曹晓娅依然没给他回信。明轩去北京读大学后，他心里越发空荡荡的。

中秋前夕，宋明泽又去了一趟省城，这次又没见到曹晓娅，回洞庭镇后独自在东堤上走了很远一段路。转眼已是秋天，湖边的芦苇凋谢了一片，满眼枯黄。他在堤坝斜坡的老地方坐了下来，眼前又浮现出曹晓娅的影子，以前曹晓娅经常在这堤坝上唤鸟。是啊，鸟都通人性，他们朝夕相处了那么多年如何能不思念呢？伤感之际，只听有人吟道："人间已晚，芦花已秋。"

宋明泽转身看到了曹晓娅——那个让他朝思暮想的女子终于出现在眼前。她长发落肩，眉目清秀。彼此相视的瞬间，曹晓娅有些意外，她并不知晓宋明泽坐在这芦苇中，脸上飞起两朵红霞，尽量装出淡定的样子："明泽是你啊。我见景伤情，昨天芦苇还青油油一片呢，转眼就枯黄了。"

宋明泽呼啦一下跃起身来，注视着曹晓娅，再也控制不住自己的情绪，上前一把抱住曹晓娅的肩："晓娅，为什么老躲着我？我去省城看你，两次都没见到，给你写了几封信你也不回，为什么，我做错事了吗？"

曹晓娅羞得满脸通红，一把推开了他："好了，有人来了。"

宋明泽这才松开手，语气很焦急："晓娅，他们说你有对象了，是真的吗？"

曹晓娅转过身去咬着嘴唇生了一阵闷气，狠狠地说道："是真的，我就有对象了，气死你。"

宋明泽有些不知所措："晓娅，干吗气我呀，知道我有多想你吗？"

"你想我干吗？你不是把我当妹妹一样吗？你不是说我只是你同学吗？"

宋明泽这才醒悟过来，急得额头冒汗："原来你就因为这几句话折磨我呀。你不在我身边，我才晓得我喜欢的人是你。我们志同道合，心有灵犀，这点是任何人也无法相比的。"曹晓娅听了泪水滑落脸颊，这一刻她等了十年，但嘴上还在逞强，转过身去："活该，不分开你是不会清楚的。"

"晓娅，现在我才知道这个世界上只有你最懂我。"宋明泽情不自禁把曹晓娅拥在了怀里。远处一轮彤红的夕阳正在徐徐落湖，俩人被夕阳映成了一幅油画。

宋明泽似乎获得了重生，潜在心底所有的能量都被唤起。他给区里打报告提出建设洞庭镇的计划。李和坤看了宋明泽递来的报告后，喊他来办公室聊了几句。"明泽啊，你这份计划书写得很不错，但还没到时候，现在要撸起袖子兴业，有了实力，才有能力搞建设啊。"

没多久宋明泽从洞庭镇调到了北区办公室做接待工作。这种工作成天与各种人打交道，待人接物务必周到细致，磨炼了宋明泽的耐心不说，他的个性也被磨圆了许多，材料写得也出色。他一手钢笔字如行云流水，区政府大楼无人能及。李和坤捡到了宝似的越发赏识他，有意栽培他，出差办事都带着他跑。没多久，宋明泽被提拔成区政府办公室副主任。

这时区里遇到了一件颇棘手的事，区宏运畜牧场濒临倒闭，一九八六年国家打破价格双轨制，猪肉价格放开，个体户的白条猪占尽优廉近鲜的优势。面对放开的市场，还沉浸在计划经济中的宏运场职工无所适从，不幸的是还遇上了两场罕见的猪瘟，一夜之间，宏运场的生猪几乎全被掩埋。宏运场副场长孟兆保经常跑到区里哭穷，宋明泽接待过几次。

宏运畜牧场地处西郊九里铺，背靠湖泊，在防汛渠道不够健全的情况下，每次暴雨过后周边村庄都会伤筋动骨，遇到水灾就得灾后重建一次。而宏运畜牧场是支撑北区的招牌企业，如果宏运场倒闭，那区政府的压力会雪上加霜。老场长韩东方病退后，谁都不愿意接这个烫手山芋。这件事让李和坤甚是头疼。

宋明泽了解到宏运场的情况后，一针见血地指出这是大家吃大锅饭吃习惯了，谁也不愿意承担责任，懒散保守造成的。李和坤要他有想法尽管说出来。宋明泽说："宏运场既然是企业就该盈亏自负，职工才能齐心协力共进退。"

李和坤顺水推舟："明泽啊，你有想法，有闯劲，你当这个场长再合适不过。"

在李和坤的推荐下，区委开会讨论后，敲定由宋明泽任宏运畜牧场场长。

一纸调令下来，宋明泽成了宏运畜牧场场长。他在办公室打电话给曹晓娅时，并没说他成了宏运场场长，只说："晓娅，我调到了养猪场上班，你不会有意见吧？"曹晓娅说："这有啥，能在基层养好猪就是为国家做贡献。"

曹晓娅这句话给了宋明泽无限动力。

宋明泽接到调令后，中午一点便骑车往九里铺方向赶去。宏运畜牧场地处西郊九里铺三里沟，他骑了一个多小时的车才进九里铺。不远处，采石场的轰炸声荡起几十米高的烟尘，尘土四散迸发出裂变的掷地声，唯一一条进出的水泥路早已面目全非，路边黄沙覆盖，四处昏黄。骑自行车打这条马路上经过，没一点硬功夫还真不行，一个不小心就会跌进路面的坑洼之中。沿着这条马路大约骑三公里，便到了一处上坡，这时自行车成了累赘，只能推着上坡。绕过山坡出现在眼前的是另外一种景象，满眼金黄，路上蝶飞鸟鸣，他这才感觉是到了人间。穿过一片橘子林，越过几座鱼塘，到达宏运场养殖基地。

一块绿茵茵的平地上，养猪大棚一字排开，看起来颇壮观。可大部分猪棚空荡荡的，他走到第九个猪棚才看到猪栏里有两三百头生猪。他进去观看时，一老一少正在给猪喂饲料。老的颇有经验，一看就是养猪老手；年轻的十八九岁，生得一脸机灵相。

宋明泽给这一老一少开了一轮烟后，闲谈几句便聊开了。有经验的叫王更生，年轻的是他的儿子王小真。外面下了场暴雨，王更生说现在场里人都在棚里赌博，以李四贵为首。

　　提到李四贵，王小真说："李四贵是个赌棍，脾气还大得很，他本是场里研发畜牧饲料的技术人员，他对象甩了他，他才迷上了赌博。"

　　宋明泽问王更生："场里没人管事吗，不是有副场长孟兆保，他不管？"

　　王更生摇摇头，说："孟兆保哪治得了李四贵这号人，没点真本事的人谁能镇得住这帮泼皮。"

　　宋明泽了解到宏运场比他想象的还要糟糕——基地陈旧，人员散漫，场里常三五个月发不出工资。在王更生的带领下，他进到一个宽整的仓库里，仓库里日光灯全开着。一群人围坐在一张四五米长的木条桌上玩"扎金花"，为首的叫李四贵，中等个头，模样周正。一群人中唯有他悠然自得，他瞥了宋明泽一眼，见是王更生带来的以为是熟人也没在意。宋明泽也不招呼，见有空隙，就加入赌牌的阵营。

　　"扎金花"，宋明泽从小玩到大，赌手气外就是比心理素质。宋明泽始终保持微笑，故意连输了几把后才开始翻本，开牌就是"豹子"，没几把全赢了回来。赌到最后牌桌上只剩下他与李四贵还在对峙。一群赌鬼这才开始打量这个年轻人，身穿白衬衣黄军裤，一表人才。有人喂了声："这人谁呀，是岭阳人吗？"

　　宋明泽微微笑道："地道的岭阳人，在下姓宋叫明泽，大伙就叫我明泽吧。"旁人已经等得不耐烦了，嚷着要他们开牌。他摸起牌瞄了下，脸上露出一种若有若无的笑容。

　　李四贵目不转睛地盯着宋明泽脸上的表情，以为宋明泽手中是个同花顺，不然不会如此悠哉。李四贵看宋明泽胜券在握的样子，先熬不住放弃了。待宋明泽亮出底牌时，李四贵气得跳脚，原来宋明泽手中的三张牌稀烂，不成对，更不是同花顺，倒是李四贵的牌底是个"顺子"。李四贵绕过桌子冲着他挥手就是一拳，骂道："居然诈到爷爷头上来了？"

宋明泽不避不躲，伸手一把抓住李四贵的拳头往前一带，直接把他拽到身边。李四贵心中暗惊，在他要跌倒时，宋明泽使了把巧劲，胳膊肘子在李四贵腰部托了下，然后一把抓住了李四贵的手，哈哈笑道："要论牌技肯定是你李四贵强，我不过是玩了个诈和。"这给足了李四贵面子。他打量了宋明泽一眼，见他气度不凡，为人爽快，尴尬一闪而过。

孟兆保走了进来，见宋明泽早就来了，"哎呀"了声："你们真是胡闹！我介绍一下，这位就是新任场长宋明泽，区政府办公室副主任。"

一群人见这个陪他们玩了半天牌的人竟是新来的场长，打量宋明泽后，打趣道："咱养猪场还有这等人才？"孟兆保说："当然是个人才，人家可是部队转业来的，上过战场，读过军校，你们以后都得悠着点哈。"

有人说："还打过仗？这等人才派到咱场不可惜了？"

宋明泽笑道："怎么会可惜呢？我是农家子弟，从小家里就养猪，我无法保证让这个场翻身，但是我肯定能与大伙同甘共苦。"

孟兆保和王更生陪宋明泽在宏运场里外看了一遍，从养殖基地到屠宰大棚再到饲料研发部。孟兆保说以前宏运场是北区的招牌，每年至少出栏几千头壮猪，自从个体户上市，场子又遭遇了几场瘟疫，就不再景气，到后来连年亏损。场里年年打报告问财政要资金，也是为了场子能坚持下去。

在一处大棚前，孟兆保停了下来，他抽烟抽得厉害，宋明泽的一包烟足被他抽了半包，还有半包他干脆放在了自己兜里。他吞云吐雾后继续诉苦："以前吧，养殖业这块不行，还有饲料这块撑着，现在饲料这块也彻底废了。大伙一年到头就拿点死工资，谁有积极性呢？大锅饭，大家就一起混日子呗。"说来说去，大锅饭是罪魁祸首，企业亏损，亏就亏在铁工资养活懒汉，铁饭碗让人不思进取，只有打破这个陈规，企业才有希望。

宋明泽摸清宏运场的情况后回了趟区政府。他直接找到了分管农业的副区长李有祥，说："想盘活宏运场，只有实施盈亏自负，让我当这个场长，你们就别管我，彻底放权。"李有祥被他磨得没办法，带他找到李和坤把协议签了。

宋明泽得到"尚方宝剑"后松了口气，商业天赋让他蠢蠢欲动，这个濒临破产的企业正好可以让他试试身手。他先是和孟兆保一起拜访了老场长韩东方。韩东方家住在莲花村，一家六口挤在不足五十平方米的旧平房里。儿子韩向前顶职进了宏运场，儿媳妇没工作，家里条件很困难。他的小孙子吵闹着要吃肉。

韩东方一脸无奈，说："宏运场现在是艰难时期，能挺过来就是幸事，哪还能指望给职工分肉吃。"一旁的孟兆保苦笑了声，说："以前宏运场福利还不错，逢年过节都会给职工分肉吃，有两年了吧，场里没再开过荤。"

宋明泽听了心里不是滋味，他来时带了一包自家的八仙食品，一个大包里有多个品种。韩东方的孙子上前扒拉开来，破涕为笑，喊道："八仙鱼，八仙鱼！"韩东方的老婆伍大婶从外面走进来，看了看桌上的食品再看看宋明泽，立马说道："哟，这不是八仙妈的儿子吗？老三还是老四来着？"

宋明泽说他是宋家老三。听说他是宋长江的儿子，韩东方的话多了起来，说鱼巷子的老住户谁不认得宋长江，一条鱼在他手里能做出十几种花样来，岭阳鱼宴就是他创造出来的；还说他们一起抗过洪抢过险。他叹息了声："你爸呀是条汉子，一身是胆，可惜走得早了点。"

宋明泽是八仙妈的儿子，这信息像是长了翅膀一样，在宏运场不胫而走。在宏运场召开职工大会时，很多人都在底下议论："没错，他就是八仙妈的儿子，十几岁就随他妈做生意呢。"职工们颇有些兴奋，他们根本不稀罕来个什么新场长，而是稀罕他是八仙妈的儿子。彼时宋记八仙食品已在岭阳打出了名气，八仙辣鱼酱成为岭阳人餐桌上必不可少的食品。场里人围了上来，问宋明泽最近宋记又开发了哪些食品，说有新货得通知他们一声。

宋明泽答应的同时，在心中萌生了一个大胆的想法，他要把宏运场发展成一个多元化的企业。职工大会上，他以拉家常的方式与在场的职工们聊，说小岗村的故事……在场的代表也聊了些拯救宏运场的建议。

宋明泽听取大家的意见后，说："改革的春风已经吹遍全国，宏运场不但不能倒下，还要抢占先机占领市场，宏运场是北区的招牌企业，我们必须拿出洞庭人'吃得苦，霸得蛮'的精神来重整宏运。"宋明泽一番话说得在场的人热血沸腾。

职工大会结束后，派出所来人了，说李四贵赌博欠了外面的高利贷，不但不还钱还打伤了人，他们是来抓他归案的。李四贵并没来场里上班，孟兆保很恼火，说："李四贵是场里的毒瘤，不开除他难以服众。"

宋明泽不同意，他了解到的李四贵并不是一无是处，虽好赌但讲义气，而且研发饲料上他能独当一面。宋明泽想着，不能让研发饲料的科技人员流失，下午让王更生带路，去了李四贵家里。去得还真是时候，李四贵的娘姚婆婆听说儿子要被开除，急火攻心，引发旧疾，从床上滚落地下，差点断气。宋明泽见状立即和王更生把她送到医院急救室。医生检查后说是冠心病，幸亏及时就医，再迟些就没法救了。宋明泽交付医疗费后，要医生赶紧给姚婆婆治疗。待王更生找来李四贵，已经是第二天晚上了。

李四贵虽是个泼皮却也是个孝子，他在病房见到宋明泽照顾他老娘的一幕，眼眶一红，当场就要给宋明泽下跪，被宋明泽伸手给拦住了。宋明泽喊他到走廊："男儿膝下有黄金，你我同是宏运场的人，既然是同场人就是一家人，照顾你娘是我应该做的。"

这姚婆婆虽然是个半眼瞎，却能看清人，一辈子靠给人摸骨看相营生，多半蒙混过关。但宋明泽在病床边守护了她一天，她把宋明泽看了个七八成，越看越欢喜。待宋明泽离开后，她对儿子说："你遇到了贵人，这个宋场长就是你的贵人，他面阔口方，印堂发亮，走路生风，跟着他不会错。"姚婆婆掐着指，口中念念有词："这宋场长不仅是你的贵人，还是宏运场的贵人哩。不信啊，娘和你打个赌，只要你死心塌地地跟着他，准会发达。"这话不过是姚婆婆鼓励儿子走正道的一个套路。

宋明泽不但没开除李四贵，出差谈事还带上他。李四贵跟着宋明泽，耳濡目染，把宋明泽在部队的严谨作风学了个八成，渐渐成了场里来得最早、走得最迟的一个。李四贵都成了积极分子，场里一些无赖也就不敢再生是非了。

一晃到了端午节，宋明泽开始琢磨如何才能给场里两百多号职工发工资。

孟兆保眉头紧锁："现在场里一穷二白，哪还有钱发工资？"

"猪栏里不是还有三百来头猪吗？这就好办。"宋明泽的想法是，盘活这个场必须先盘活人心。他让人把三百头猪全拉去市场卖了，当天就把全场职工的工资给发放了，并且还下令宰杀了三十头肉猪。场里宰猪后，宋明泽首先把区里领导挨个送了个遍，晚上又拎着几斤猪肉送到了韩东方家里，并送上两个月的工资。

韩东方差点从床上跳下地来，说他的脚有知觉了。

工资发放后的第二天，全场职工都回到了原来的岗位。这次是人都到齐了，可猪栏里没猪了，他们能干吗？

宋明泽想到的是四两拨千斤。他先是拨少量资金购买了鱼苗，把场里两个荒废的大鱼塘利用了起来，没猪养就先养鱼；又打着区政府的旗号在下面几个县城赊来了一批鸡鸭牛羊；联系市农科院，安排了一部分有文化的年轻人去学习养殖技术；其余的人则在孟兆保的带领下挖山修路。问题是钱从哪里来。宋明泽用"以货易物"的方式四处换取各种建材，用宏运场的猪做抵押，可宏运场猪栏里并没猪。

一起东奔西跑的李四贵说宋明泽才是个"老千"高手，当然还要看最后一步棋下得怎么样。他倒要看看宋明泽在没一分钱的情况下，仅凭一张嘴如何赊来几百头猪仔。

很快宏运场的事被人上告到区政府，说宋明泽胆大妄为，把宏运场三百多头猪当作私人财产给职工分了，他这是知法犯法。宋明泽早已经做好挨批的准备，拿着当初和区政府签的协议去了李和坤的办公室。李和坤沉着脸问了他三个问题：

"宏运场三百头猪去了哪里？"

"卖了。"

"钱去了哪里？"

"给大伙发了工资。"

"还有三十头猪的肉去了哪里？"

"给大伙分了。"

宋明泽回答得很干脆，丝毫不打顿。李和坤手捂住胸口按压了一阵，宋明泽想上前给他按按摩，被他甩开："你这小子，知道后果吗？"

宋明泽一脸淡定："当然知道，但我去宏运场之前是和区里签了协议的，盈亏自负，既然是自负，我在宏运场所做的事并没错。"

宋明泽见李和坤还是沉着脸，想这时候不表番决心，估计李和坤会被他气出病来，连忙说："区长，您既然信我就让我放手干一场。"李和坤好一阵才缓过神来，说："这场里的猪都让你小子给卖了，吃了，分了！猪场没猪拿什么来发展？"

宋明泽冲李和坤神秘地笑了笑："这个您放心，我已经在联系大型养猪场了。"

李和坤听了眉头稍稍舒展了些，随即脸色一沉，说："别指望区里能帮你，别的忙能帮，就是钱的忙没法帮。"李和坤嘴上说不管，心里也替宋明泽着急，训了他一通后让他留了下来一起接待客人。

宋明泽随李和坤接待的是河南省立康县畜牧局的人员。立康县的生猪养殖在全国赫赫有名，很多省的猪仔都是从立康购进的。领头的是立康县畜牧局局长，名叫秦莲，不到四十岁，精明干练。李和坤用心良苦，宋明泽心知肚明，师傅领进门，修行在个人。

宋明泽见到秦局长的第一眼，就认定这个女人会是他的救星。宋明泽打探到他们一行人刚在沐南省参加完农牧会议，说来岭阳是与同行单位交流经验，其实是顺道来看岭阳风景的。他立即为他们安排好了岭阳之旅。宋明泽成了导游，带他们看八百里洞庭，观岭阳名胜古迹。每到一处景点，他都为他们仔细讲解，还为大家准备了随身包，里面洗脸的毛巾、擦脸的雪花膏都准备了。客人玩累了，水递到手里；客人休息时，将水果递到跟前。

中午，宋明泽安排他们在宋记鱼馆吃鱼宴。餐前先是给客人们泡了一杯君山银针，宋明泽在旁为他们作介绍："此茶属于黄茶，芽头茁壮，内面呈金黄色，形状细如针，名君山银针。浸泡玻璃杯中冲水后芽头沉浮起落，像跳舞一样甚是活泼。"

客人品味后连连称赞，说香气清雅。接着宋明泽又上了一桌宋记食品当餐前小食，其中八仙酱板鸭、八仙溪沟鱼最受欢迎。秦局长本不吃辣椒的，品尝八仙鸭后赞不绝口，说："口感香浓，嚼劲十足，唶嚼吸喉也只能得其味之八九，让人唇齿留香，意犹未尽。"此话虽然是文绉绉了点，但他们确实吃得很开心，说此味只有天上有，人间难得几回品。看他们喜欢，宋明泽给他们一行人各送了几箱洞庭"三宝"：君山银针、洞庭银鱼、八仙食品。

午餐宋明兴掌厨，宋明泽打下手，兄弟俩做了一桌鱼宴招待客人。一张大圆桌上摆满了鱼，竹筒、莲花、荷叶点缀其中，客人们仅是闻其香、观其相已醉在其中。

下午宋明泽陪客人坐渡船去君山岛游览了一圈，他对乡土文化甚是了解，路上秦莲问到什么，他都对答如流。三天考察结束，秦莲和宋明泽成了无话不谈的朋友，欢迎他去立康县参观。宋明泽说："立康是全国养猪楷模基地，我们早就想去取经学习了。"

没过两天，宋明泽就带着孟兆保和李四贵去了趟河南立康县。秦局长热情招待了他们，并陪同他们参观了立康最出名的大发养猪基地。宋明泽一直在和秦莲聊宏运养殖业的宏伟计划。他滔滔不绝，甚至畅想了宏运场成为沐南省养殖龙头欣欣向荣的景象。一旁的李四贵觉着好笑，宏运场现在一头猪都没有，巧妇难为无米之炊呀！

对于宋明泽此行的目的，秦莲心知肚明。但她慧眼识珠，颇欣赏宋明泽的为人和才智。晚餐时，她聊了很多励志的人和事，尤其是讲了河南春都火腿肠崛起的故事。秦莲说："中国如此大的市场，别人能做的，你当然也可以尝试。干企业只有创建自己的牌子，才能走得更长远。"这番话给了宋明泽很大的启发，他们畅谈甚欢，到半晚上才散场。

早上，宋明泽拿着秦莲批的字条去了立康大发养猪场。这趟取经之行几乎没让他们费什么事，宋明泽仅向秦莲说了他的规划蓝图，就从大发养猪场分三批赊来了一千头生猪仔。他又找到了以前所在部队的领导在铁道部约到了车皮。这批生猪和他们一起坐火车回到了岭阳市。距离宋明泽立下的军令状还有一个月，上千头猪仔已经顺利到达宏运养殖基地。

李四贵逢人就说："我呀谁都不服就服宋明泽，这趟出行我们没花一分钱，但要办的事都办成了。跟宋明泽在外，见了世面，开阔了眼界。"

上千头猪仔入栏后，宋明泽与场班子成员重新调整思路，总结经验教训，估计形势发展，改进管理办法；高薪聘请了防疫技术员；对饲养员进行技术培训；将养猪经济指标与各饲养员责任挂钩，做到权、责、利紧密相连。

第七章　开创宏运

宋明泽的处事能力与气魄让宏运人看到了希望，全场人的积极性空前高涨，两百多号职工没一个迟到早退的，坚守岗位埋头工作。很快大棚的生猪跟春天的花儿一样茁壮成长，五个月后便开始繁衍生息。市场生猪价格也大幅回升。销售这块也由宋明泽开了先河，安排销售员在市区各个密集的居民区摆摊设点，并以"物流包干，服务到家"的方式，为各县区与大型厂矿送货上门。年底，宏运场不仅填平了往年的亏空，提前跟立康县清了账，利润也很可观，年底全场职工不仅发了奖金分了红利，福利也颇丰厚。场里也焕然一新。

下班后，宋明泽骑上自行车往洞庭镇中学赶去。不管多晚他都会去学校接曹晓娅。与燕妮完全不同的是，他和曹晓娅的爱情建立在志同道合的基础上。他工作中的任何事都想与曹晓娅分享。他在学校接到曹晓娅后，路上聊个不停，聊到高兴处，两人的笑声差点穿透云霄。

宋明兴看他们如胶似漆，建议明泽早点结婚。"喜欢就莫拖久了，又不是不了解，你们从小就玩在一起，结婚要快。你看我和你嫂子认得不到一个月就结婚了，这不过得蛮好。"

宋明泽也不想再等了，晚上把曹晓娅约了出来，在堤坝上他们经常约会的老地方向她求婚了。"晓娅，我家的情况你都清楚，兄弟姐妹多，上有母亲还有老奶奶，家里负担还很重。你要是跟着我，肯定要承担不少家务活，还要照顾家中几位老人。"

曹晓娅眼中闪烁着向往的星光："只要我们心在一起，这些都不是问题。"那瞬间宋明泽心中涌满了久违的自信，他在曹晓娅身上找回了在刘燕妮那里丢失的尊严。

曹晓娅把宋明泽带回了家中见父母。出乎意料的是她父亲曹德元居然同意他们的婚事。她娘罗翠花也没啰嗦。曹晓娅心里嘀咕开来。果然曹德元脑洞大开，抽了几口纸烟后，眯着眼睛打量了宋明泽一眼，说："明泽啊，你们结婚，我也不反对，但是我有两个条件，一是你必须做上门女婿。二是你和晓娅的孩子必须跟晓娅姓曹。"

这两个条件宋明泽都没答应："德元叔，我会和晓娅照顾你们一辈子，但我不可能入赘，我的子女只能姓宋。这点也希望您能理解。"曹德元见宋明泽一口气就拒绝了他，连个弯都不带，心中不悦，脸色立马沉了下来，说："叔就这么个要求你都不答应，那你们结婚的事也莫提了，我四个姑娘，老大老二都嫁了出去。晓娅这啊，我无论如何都要找个上门女婿。"

宋明泽离开后，曹德元还将户口本给藏了起来。

可曹晓娅却将户口本偷了出来，不顾父母反对，第二天便与宋明泽扯了结婚证。

曹德元气得在家直打哆嗦，罗翠花更是认为便宜了宋家，没订婚没来彩礼，养了二十多年的女儿就这么自己嫁了出去。她做好架势要去找许玉珍理论时，刘大荣上门来了，给曹德元做了一通工作："明泽和晓娅是自由恋爱，你应该支持才是，你不同意也没办法阻挡他们在一起。"随后许玉珍赶了过来，送来了那年代结婚最时髦的三件套——自行车一辆，上海手表一块，还有缝纫机一台。罗翠花脸上这才有了笑容。

元旦节前夕，宋明泽在宋家院子迎娶曹晓娅。天气很寒冷，他心中却热气腾腾。刘大荣当证婚人，几个要好的同学朋友来家里吃了一顿鱼宴，大家热闹了一通。婚礼虽然简单，婚后的仪式感却满满的。

宋明泽骑上自行车带着曹晓娅第一站去了岳阳楼。俩人都围着一条红色的毛线围巾，这是曹晓娅亲手编织的。通红的毛线围巾衬得俩人的脸色红扑扑的，登楼时格外显眼。岳阳楼位于岭阳市洞庭北路，地处岭阳古城西门城墙之上，紧靠洞庭湖畔，下瞰洞庭前望君山，始建于东汉建安年间，岳阳楼斜对面不远处就是九华山，九华山脚下就是他们居住的五里农场。他们对于这千年古楼再熟悉不过，登楼眺望，顿觉豪迈四溢。还一起吟诵了一段范仲淹的《岳阳楼记》："至若春和景明，波澜不惊，上下天光，一碧万顷，沙鸥翔集，锦鳞游泳，岸芷汀兰，郁郁青青。"

离开岳阳楼，俩人在纵横交错的老街巷穿梭了一阵，去了位于洞庭南路湖畔的千年古塔慈氏塔，俩人在塔中许了心愿。再途经"潇湘六刹"之一的乾明古寺，返回时在宋记鱼铺点了两样小吃，两块豆皮子，一碗渔渡粉。这就是俩人的蜜月之旅了。

宋明泽不过在家休了一天婚假，场里就出幺蛾子了。

眼看宏运场红红火火，隔壁莲花村的村民眼红了，隔三岔五地去宏运养殖基地的大棚里偷猪。起先是半夜三更去偷，后来发展到白天去偷，再后来干脆拦路打劫，老掉牙的伎俩全用上了。

早上，莲花村的一大群村民拦在宏运场进出口的马路上，为首的叫韩成，生得五大三粗，肤色黝黑，嗓门跟打雷似的。他一马当先挡在前面，说宏运场的养殖基地用的是莲花村的地，必须给他们相应的土地补偿他们才离开。

随车送货的王小真急得不行，这几车猪肉必须在早上八点前送达各个单位，这是他们食堂中餐的主菜，耽误不得。他上前与韩成讲理，结果被韩成一手抓起，拎小鸡似的摔在了一旁。王更生见了急忙跳下车来，两眼瞪得水牛似的："狗日的，敢打我儿子，老子剥你的皮。"冲上前去与韩成打了起来。王更生的力气丝毫不比韩成差，但年纪比韩成大了一截，两人打了几个回合，王更生便处于下风。孟兆保得信后跑上前去劝架，不但没劝开，还被韩成打得哇哇直叫。孟兆保气不过，立即让人喊了屠宰场的一大群屠夫过来助阵。屠宰场的屠夫个个彪悍力壮，两拨人这边提着杀猪刀，那边手握扁担锄头，战事一触即发。

宋明泽接到电话后匆匆赶到现场，天空飘起了毛毛细雨。韩成见宋明泽来了，闹得更起劲，打量了宋明泽一眼后，飞速扯去身上一件破外套，赤膊上阵，要与宋明泽单挑："宋明泽是吧？我找的就是你，今儿个只要打赢我，我们便撤退，否则你们宏运场就得补偿我们莲花村的土地费。"

宋明泽知道对付这种人光靠做思想工作不行，说要决斗时就必须上阵，否则说破嘴皮子也没用。他看对方牛高马大，心想只能智取不能蛮干，暗中稳了稳脚劲。韩成已像一条蛮牛似的冲了过来，宋明泽飞身上前使出一记旋风腿，韩成一个趔趄一脚踩在了路中的坑洼之中，扑通一声坐在了地上。宋明泽不过点到为止，伸手一把将韩成拖了起来，耳听风声，韩成突地又是一拳。宋明泽头一歪，躲过偷袭，对韩成喝道："够了，两招已过，你没打赢我，现在我们得坐下来谈。"

韩成却死皮赖脸地直接躺在了路中间："没什么好谈的，我们村只要钱，不给补偿，打死我也不起来。"宋明泽见时间紧张，让人把他抬到了路边，待宏运场送货的一行车通过后，派出所的警车亮着红灯由远而近，再看韩成与一帮村民，已跑得无影无踪。

孟兆保非要带派出所的人前去莲花村捉人，说："对付韩成这种泼皮，只有送去劳教所，才能让他有怕处，不然今天放过他，明天还来闹事。"宋明泽拦住了他："抓韩成不起任何作用，做通他的思想工作才是关键。"宋明泽上前与派出所的人解释后，几位干警开车离开。

随后，宋明泽去了一趟莲花村，他找到村支书韩洛聊了一阵。韩洛说，莲花村合并到洞庭镇后就没好过过，前靠湖，后靠山，下一场暴雨，不是水灾，就是山洪；村中的路年年修，年年淹；村民搞养殖业不懂防疫，经常半途而废；种植湘莲又卖不起价，年年亏；搞水产业经常遇到水灾。眼看宏运场生机勃勃，他们心里急啊，同属北区怎么就他们越过越倒退。

宋明泽听后心里不是滋味，在韩洛的陪同下去了趟韩成的家里。韩成家境很差，一大家人仅靠他帮人打短工维持生计，老婆患有间歇性精神疾病，母亲身有残疾，家中连床像样的铺盖都没有。宋明泽把兜里仅有的几百元钱塞在了韩成手中，嘱咐身边的人回去后给韩成家送两百斤大米来。

韩成见宋明泽不但没怪罪他，还对他家人嘘寒问暖，嘴上却不服软，问宋明泽打的什么主意。

宋明泽说："我能打什么主意？我们同是洞庭人，同饮一江水，同踩一片地，一家好过不算好，大家好才算好。"他给在场的几位村民开了一轮烟："如果你们相信我宋明泽，希望你们能加入宏运合作社，以后咱们就是一家人。有苦一起扛，有钱一起赚，好日子大家一起过。"

宋明泽又耐心地给村民们讲解了加入宏运合作社的好处，如养殖期间的配种、防疫、饲料、销售全部由宏运场一条龙负责等。他说："你们的任务就是按要求经营好自家的养殖业。"

韩洛听了宋明泽的话，浑浊的眼神瞬间明亮了许多，上前握住宋明泽的手："这可是我一直盼望的事，莲花村的村民多半靠养殖业为生，但不懂防疫，销售无门，现在有宏运作我们的后盾，何愁不发？"在场的村民也纷纷表示愿意加入宏运合作社。

宋明泽离开韩成家时，一个十来岁的男孩正坐在屋檐下抹泪。看见他时，那个男孩擦擦眼睛追了上来："叔叔，还认识我吗？"宋明泽打量着眼前的男孩，问道："你是？"男孩仰头望着他："三年前你在西甲门的沼泽地救过我！"

宋明泽听了笑道："是你呀，高了半截，刚才还真没认出来。"

宋明泽这才知道三年前他救的那个男孩叫韩小鹏，是韩成的大儿子。他问韩小鹏为何哭泣。韩小鹏揩了一把脸上的泪水，有些不好意思地说："我想继续读书，可家中没钱交学费。"宋明泽把韩小鹏拉到了身边和他聊了一阵，问他课本之外还读过什么书。韩小鹏摇摇头说："我家没钱买别的书，但是屈原的《离骚》我能背诵一段，是我们曹老师要求背诵的。老师还把这段写在黑板上，让我们抄在作业本上，说能背诵《离骚》，才是真正的洞庭人。"

宋明泽立即想到曹晓娅，问韩小鹏："曹老师是谁？"

"我们的语文老师，我们私下都喊她晓娅姐姐，她上课时会给我们讲很多故事。"宋明泽听了不由笑了起来。韩小鹏摇头晃脑地背："路漫漫其修远兮，吾将上下而求索。"他声音洪亮，吐字准确。看他稚气的模样，宋明泽想起了自己小时候在舅舅面前的样子。

他把韩成喊到了一边："小鹏以后读书的费用我包了，他爱学习，应该让他继续读书！"一旁的韩洛拍拍韩成的肩膀说："韩成啊，你家遇到贵人啰，还不赶紧让小鹏认干爹。"

韩成赶紧一把拉过韩小鹏，当场就让儿子认宋明泽做了干爹。

正是这段小插曲，让宋明泽坚定了"大河满水小河灌"的思路。他不只要带领宏运场人致富，还要带领周边村民共同致富。他去区里找李和坤提出"宏运养殖合作社计划"，召集北区从事养殖的农户入社。

李和坤听了宋明泽的想法后，大力支持，要他开会时细细说。

宋明泽在区里参加"兴业致富"会议时与罗水生坐在一起。宏运场搞得红红火火，洞庭镇却一地鸡毛，还欠一屁股外债。"同饮一江水，宏运场能起死回生，洞庭镇怎么就不能呢？要从自身查找原因。"李和坤说话直白。罗水生愁得眉头紧皱，从兜里摸出一包烟，点火后自顾自地抽了起来。李和坤见罗水生埋头抽烟，面色不悦："水生同志，跟你说过多少次了，会场中不能抽烟。"

罗水生瞥了李和坤一眼，侧身从中排挤着往会议室门外走去，走到门口来了一句："我出去拉屎，人有三急，天经地义。"罗水生嗓门粗，会场中的人差点笑出声来。

李和坤脸色沉了下来，相比此事，洞庭镇村民上访事件更让他恼火：洞庭镇农贸市场中多位被打的村民去市里上访，说洞庭镇农贸市场已沦为黑社会收保护费的地盘。

李和坤等罗水生解手回来后当场批评了他："当了十年镇长，镇上没任何起色，分地到户后整个镇的收入比以前还差劲，营生各自为政，一个镇上农贸市场都管理不好，还如何带领镇上人发展致富？"罗水生的脸庞瞬间就像是在锅里煎煳了的烙饼，起身又坐了下来，手中的烟也自觉地熄灭了。李和坤又补了一句："如何盘活洞庭镇要想点子，找出路。"

宋明泽提出了自己的想法："发展要因地制宜，洞庭镇辖区处在城乡接合部，要以周边城镇化作为切入点，根据城市人口需求，挖掘地方特色，打造属于洞庭镇的产品才可能有出路。"

散会后，李和坤一脸高深莫测的表情看着宋明泽说："如今宏运场是雄起了，可洞庭镇还在水深火热之中呢。明泽啊，区委开会后，提名你为洞庭镇镇长，你没意见吧？"

宋明泽说："宏运场还在建设之中，我现在离开就怕半途而废，我还在宏运场待几年再说吧。"

李和坤说："现在的洞庭镇更需要你，你对洞庭镇的情况知根知底，没谁比你更合适当这个镇长啰。"宋明泽心里算得明白，管理洞庭镇比管理宏运场要难得多。

李和坤看出宋明泽的顾虑，劝道："你家的宋记食品不也是在竞争中不断壮大的吗？既然你们一家人能在那样一个鱼龙混杂的地方生存，并蹚出一条属于自己的门道来，相信你也能带领洞庭镇人活络起来。"李和坤这么分析，宋明泽还真没法反驳。

这个信息一夜之间像长了翅膀似的在宏运场传开了，孟兆保得知宋明泽可能出任洞庭镇镇长，激动得一夜无眠。眼看宏运场红红火火，他却在场里说不上话，宋明泽不走，他这辈子也别想在宏运场修成正果了。宏运场的人可不答应，说宋明泽要是离开宏运，那宏运场不会长久，孟兆保为人狭隘，没那个胸怀搞下去。区里也早就想到这一点，区委经过商议，决定让罗水生任洞庭镇党委书记，宋明泽兼任洞庭镇镇长，希望他以一场带动一方。

洞庭镇能否建好，宋明泽也没把握。镇上贫富差距很大，勤快又会做生意的日子过得不算差，不过冒尖的也就一个"八仙记"，一个"罗园记"。镇上其他人也跟着学样做食品，成气候的少，大部分人还处在贫困之中。比贫穷更难搞的是环境，最近长风湖几乎成了周边工厂的排污口。天晴一身灰，下雨一身泥，湖边村民苦不堪言。

这湖水曾经可是童话般的存在，他与燕妮还在这湖边救护过几只受伤的白天鹅呢。天鹅痊愈后连续几年都待在长风湖不离去。不过有一天它们不告而别，再也没回来过。燕妮发现一股黑水往湖里流，她很伤心，说她的天鹅再也不会回来了，因为它没了栖息之地。

往事一晃而过，宋明泽转过吵闹的集市区往深里走，菜园地头还有许多老屋的残垣断壁，转个弯便是琵琶王坟山，远远望去，映入眼帘的是密密麻麻的乱坟堆。这座山不偏不倚正好阻隔在洞庭镇与城区之间。他想只有铲平这座大山，城镇之间才会通畅，路通才百通。

对于宋明泽兼任镇长的事，家人都不看好。宋明兴说镇里内忧外患，镇政府工作人员三年没发过工资了，镇上不是一般地难搞。张一鸣已经调到了镇上任武装部部长，他是乐观派，鼓励宋明泽不要退缩："你能盘活宏运场就能盘活洞庭镇。"

宋晓春说："宏运场是集体厂子，合一起能拧成一股绳；洞庭镇村民散乱无章，分地到户各干各的，没个集中点根本无法管理他们。"

许玉珍听了儿女们的讨论，说了她的看法："说难也不难，新建一个大型农贸市场，尽可能让每家每户都有一个营生的摊位，管住他们的钱袋子自然就管住了他们的人。"

母亲这个点子说到了宋明泽的心坎上，农贸市场确实是开发洞庭镇的桥梁。宋明兴说："只怕罗水生那只老狐狸难对付。"

许玉珍说："再难对付也要与他搞好关系，做事圆和才能走得长远。"

门外响起一阵自行车的铃铛声，有人喊道："宋明泽在吗？你的信。"定是明轩来信了，宋明泽忙起身跑出门外，接过邮递员递来的信。果然是明轩的信，他拆开信封，迫不及待地舒展信纸看一遍后，再跑回屋里给母亲和奶奶念一遍。

"二哥，家里都好吧？向奶奶、母亲和全家人问好！我在学校的生活都好。嘿嘿，我又长高了，身体也比以前结实多了，学校的生活很充实。清华园里大师云集，他们丰富的实践经历、严谨求实的作风、质朴的品质，都让我佩服……"

奶奶最疼明轩，总要问清楚明轩在学校都吃的啥，北京的学校有辣椒吃没，家里寄的东西收到了吧……明泽回道："奶奶，明轩在学校好着嘞。"

宋明泽出门后，提前去拜访了罗水生，并与他开诚布公地谈道："区里的意思您也清楚，想要我以一场带动一方，这是个机会，我们要把握好。您是老镇长，也是我的长辈，我工作中不足之处还请您指教，但是我有我的方式方法，也请您多理解配合，齐心协力我们才能建设好洞庭镇。"罗水生本来担心宋明泽对他有成见，见他坦诚相待，心中顾虑也就去了五分，还有五分要看宋明泽的能力再说。

宋明泽经过市场调研后，为振兴洞庭镇制定了三个规划。一是以养殖业为主力军。洞庭镇自然资源丰富，湖泊面积甚广，畜牧业与水产是洞庭镇的强项要发扬光大，并在会上号召全镇村民加入宏运养殖合作社。二是要开拓地方特色。古潭村的毛尖茶、莲花村的湘莲、洞庭农场的蓑衣萝卜，都是洞庭镇的宝，要让洞庭特色走进千家万户。

宋明泽这番构思让在座的镇民代表热血沸腾。关键是如何推销这些产品，宋明泽说出自己心中的第三个规划——建一个全新的综合大市场，争取全镇人每家在此有一个营生的摊位，让新市场成为岭阳人的菜篮子、米箱子、购物袋，到时候不愁产品没销路。

这个想法罗水生也赞同，镇上集市脏乱差的问题，这几年来几乎成了他的心病，不解决这个难题，就没办法盘活洞庭镇。他说只要宋明泽能筹措资金，他没意见。

宋明泽提出农贸市场选址在东升坡时，现场的人瞬间炸锅了。东升坡位于镇东琵琶村，紧邻琵琶王坟山，横插城区与洞庭镇交界之地，此地段坟墓遍野，想铲平这座山，首先得跟活人沟通，拆迁费一分不少还要安置到位；其次是迁坟的问题，这工作任谁出面都难搞，琵琶王坟山上初步估计有上千个坟堆，这些死人可是活人的祖宗，繁衍生息后，他们的子孙辈足有几千人，谁敢动他们的祖坟？然而洞庭镇也没更适合的地方了，镇上看起来地广面宽，实际大部分面积是暗流、湖泊。

罗水生说："这想法是好，实施起来难啊！"

宋明泽给罗水生递烟点火后，说："泰山都能移动，这琵琶王坟山自然也能铲平。"

这幅美丽的蓝图，镇上人只当是宋明泽新官上任给大家画的一块饼，不承想宋明泽想干的事谁也拦不住。夜深了，他还在书房写项目报告计划。早上天蒙蒙亮，他就起床，把项目报告书放在包里后便骑上自行车去区政府了。开山拓路的事必须得到政府部门的支持才行得通。他先找区委书记周起航汇报了思路，再与李和坤聊建设洞庭镇的规划蓝图。区领导听了他的计划，表示全力支持。

项目说起来容易，实施却很难，仅是报批手续就要找一群人签字盖章。为了节约时间，宋明泽与罗水生分开行动，他负责政府这边的报批手续，罗水生负责跑城建局。每天天不亮，宋明泽就骑自行车赶到关口各部门找领导签字盖章，区里有李和坤帮着把关，省了不少事，可罗水生跑城建局跑了一个多月还没搞定。这项目关系到城市建设规划，城建局必须认可，局长高山总说这不行那不行的。无奈之下，罗水生只得要宋明泽出马。

宋明泽接着跑，罗水生一个月没跑下来的报告，他几天就批了下来，还把高局长请到项目工地上看了两次。待宋明泽拿着项目批示报告赶回镇上后，镇上工作人员全部围了上来。罗水生那张死板的脸对宋明泽有了笑颜，一双鱼泡眼也难得有了一丝生机，他清了清那破锣似的喉咙，说道："明泽啊，辛苦啦！这次你为镇上办事，跑了不少路，也找了不少人，肯定花费不少，你请客无论吃多少酒，送多少礼，镇上全部报销。"

宋明泽摇摇头说："别想得太复杂，没请客，没送礼，就是跟高局长掏了几句心里话。"罗水生才不信："高山那德行，茅坑里的石头又臭又硬。他喜欢吃酒，定是给他送好酒了吧？"

宋明泽笑了笑："没花一分钱，没送一瓶酒，我替高局长站了三天岗就成了。"

原来高山也是转业军人，就凭这点，宋明泽首长前首长后喊个不停，没事就去高山办公室汇报工作，每次去帮他把办公室整理得干干净净，遇上高山开夜会，他会自告奋勇保护左右，然后他手上拿着报告，连续三天早早站在高山家门外，就像在部队站岗一样，见高山出来就敬礼喊声"首长好"。开始高山没在意，最后竟是被宋明泽给感动了，看宋明泽一表人才，办事灵活，问宋明泽想不想换个工作单位。

宋明泽面向高山敬了个军礼，郑重其事地说："谢谢首长关心！我家祖辈渔民，我浸湖水太深离不开洞庭镇。"

高山听了忍不住笑了起来："行了，就凭你这句'浸湖水太深'，我支持你的工作。"于是在宋明泽递来的报告上大笔一挥，东升坡农贸大市场就基本落定。

当宋明泽讲完经过，一屋人都笑了。王遥远说他有方法还幽默。罗水生也跟着笑了起来，看宋明泽的眼神柔和了许多，说他是洞庭镇的人才。

宋明泽微微笑道："人才我可不敢当，如今项目是批了下来，万里长征才开始呢。"

宋明泽才歇口气，工地上周小龙又追了过来，说："明泽，你上次联系的一批挖土机，那公司的老总推三阻四，说得镇上先交押金。可现在镇上哪有这闲钱？"

宋明泽立即打电话把陈立斌和几个要好的同学约了出来，晚餐在宋记鱼馆打牙祭。这批挖土机是陈立斌帮忙联系的，说好了先租用，以后再结账。宋明泽说："建设四个现代化，大伙要出力献策，洞庭镇搞起来了，以后你们的菜篮子洞庭镇给你们包了！"

"明泽，这空头支票咱可不要，咱们就惦记你家的八仙鱼。"

"没问题，宋记食品只要你们喜欢，随时来店里拿，全部记我名下。"

同学们笑了起来。激情飞扬的岁月，几个要好的同学参加工作后依然保持联络，发工资时会聚在宋记鱼馆打牙祭。几人中混得最好的要数陈立斌，大学毕业后在商业局过渡，随后调到市委机关工作。宋明泽住单位筒子楼时，他已经在市委机关住上了二室一厅。这在八十年代中期就算是高配了。陈立斌自嘲道："想过高配生活至少得奋斗二十年，我现在是螺丝钉，每天写不完的材料。"

宋明泽笑道："没看高楼大厦平地起，君子有所为，有所不为。"

陈立斌举杯，吆喝道："来，来，为我们的未来，为'有所为'干杯！"

大家起身碰杯后，许玉珍又给他们加了两道菜，一道是她自制的麻辣香锅鱼，一道是粉蒸竹筒鱼，仅是香辣味就让大家陶醉了。陈立斌笑道："我的高配生活就是希望每天能吃到咱妈做的香锅鱼。"同学们笑开了。那时日子过得平平淡淡，彼此间却能掏心掏肺，一个月拿着几百块钱的工资，没太大的差距，啥事都会通个气有个商量。聚在一起，聊得最多的话题就是创业致富。

四月，天气开始晴朗，对于湖区人来说正是破土动工搞建设的好季节。为此宋明泽去区里找到李和坤汇报了项目进展情况。"东升坡有一千多户人家需拆迁，想做通他们的思想工作，我建议在区里召集一批有觉悟的年轻人上门。"

李和坤也觉得宋明泽说得在理，当即吩咐办事人员在区各单位召集了一批有思想觉悟的年轻人加入阵营，让他们作为"阳光协调员"，负责走村进户给村民做思想工作。

李和坤在会上说："建设我们的家乡，每个人都义不容辞，大家有热要传播，有光要照路。"

曹晓娅是本镇人，当之无愧被选为该组组长，宋明泽得知曹晓娅是该组组长时，嘿嘿笑："和坤区长想得周到啊，让我的新娘子来当组长，我这个指挥长一刻也莫想偷懒哈！"又觉得对不起曹晓娅，休息日也不得消停，"晓娅，这个组长不好当啊，你要有思想准备。"

这是宋明泽最为艰难的时期，在招商引资的主战场，在农村产业发展的前沿。他一边在省城跑融资，一边和曹晓娅奔波在镇里的每一个村组，为了项目能得到众人的支持与理解，他们白天实地走访，晚上和村干部围坐在一起讨论，根据各村的实际情况商议落实事项。前来找他的人有五花八门的事。

"明泽，我家的菜园子遭到了污染，房屋也没法住人，请求镇上补贴！"

"明泽，我家鱼塘今年遭到了洪灾，鱼都冲跑啰，能不能申请受灾补助……"

村民的每一件事，曹晓娅都会认真记录下来，再助力宋明泽把一件件事落实到位。

宋明泽自从任镇长后，就没消停过，满脑子想的都是如何建设洞庭镇。全镇几十个小组，他这个镇长肩负着全镇人的期望。他感到比任何时候压力都要大，他在洞庭镇长大，睁开眼睛出现在眼前的全是熟人，布置工作时不能厚此薄彼。

七月天，他白皙的肤色已晒成了古铜色，忙起来连口水都忘记喝。路上他的车离着曹晓娅老远，人们就听见他喊曹晓娅。嘹亮的声音划过天际回荡在曹晓娅耳边。家里聊不够，白天在工地上碰面时两口子还会聊一阵工作上的事。

曹晓娅看宋明泽卷裤撸袖，胡子拉碴，头发又长了几寸，很是心疼："哎，记得空时去理个发。镇长得有镇长的样子。"宋明泽听了"嗯"了一声，变得一脸严肃，还学着罗水生的样子背起双手威武地走了两步。

曹晓娅白了他一眼："没个严肃样。"宋明泽伸手揽过曹晓娅的肩，说："干工作既要严肃又要活泼，只要这方水土能变清变蓝，头发长短有个啥呀。"

曹晓娅白了他一眼："好啊，你要是今天再不理发，晚上我亲自动手。"

宋明泽看曹晓娅生气了，立马一本正经地说："请晓娅同志放心，晚上我一定去理发。"说着嘿嘿笑道："晓娅，以前没觉得，现在才发现脚沾泥土格外香。"余晖下，宋明泽的笑容很感染人。

第八章　龙舟竞渡

曹晓娅也不甘落后，一门心思投入到工作之中，为做通村民搬迁工作，带领一群年轻人全力以赴，在东升坡几个村开展走家进户劝说。在大走访活动中，她和协调员一起帮助村民转变从业观念："今天搬迁是为了创造明天更美好的生活。"很多顽固的村民开始对未来寄予希望。曹晓娅也面面俱到，在安排迁坟事宜时，交代工作人员力求不漏一坟不落一墓。

镇上大部分人都支持该项目，只有位于东升坡地段的琵琶村人不肯搬迁，这里村民大多蛮横顽固，一言不合就动手，要做通他们的思想工作很难。

曹晓娅很伤脑筋，下班回家还在与宋明泽商议对策。

宋明泽说："拆迁是个麻烦事，各方面要考虑周到，都是镇上人，不能出事，还不能霸蛮，只能以柔克刚。"曹晓娅听了，眼睛一亮："哎，我想到了一个人，她准行。"

"晓娅，你说的谁呀？"

"王时音啊，她可是区妇联干部，妇联打交道的多是妇女同志，那琵琶村的汉子再顽固，老婆的话他们也一定会听。"当即夫妻俩就骑上自行车去了陈立斌家一趟。这两口子正在为谁下厨起争执，连"铜锤剪刀布"的游戏都用了，谁输谁做饭菜。

陈立斌开门见宋明泽拎了一袋子吃的东西送来，"啊哈"了声："明泽，你们两口子就是及时雨，王时音同志干革命工作没的说，可是啊要她下厨做饭菜比登天还难。"曹晓娅护着王时音说："那当然，时音每天多忙啊，我家可是明泽下厨，他做的饭菜啊真是百吃不厌。"

陈立斌有些不服气："那能比吗，遗传的啊，八仙妈的手艺咱岭阳也没几个。"又对宋明泽说，"哎，明泽。我也好久没吃过你做的饭菜了，今天你带了鱼来，你下厨吧？"

"没问题，立斌你来打下手吧！"

两个大男人在厨房忙活开来，曹晓娅在客厅和王时音聊开了。

曹晓娅还真说到了点子上。为了助力做通村民的工作，王时音第二天便带领区妇联的工作人员入驻琵琶村。妇联与协调组的人开始入户做工作。曹晓娅对于村民的事甚是细致，每件事都会当即想办法落实到位，为孤寡老大娘洗脚，掏腰包为老人购置衣物和药物；为贫困户家中的孩子能去学校读书，一次次找学校校长沟通……得到村妇女们的支持后，村里男人们也不再那么抵触。

曹晓娅还没松口气，迁坟时又遇到了"钉子户"。这人不是别人而是她娘罗翠花。罗翠花带上铺盖就直接住在了密密麻麻的坟堆中，罗翠花说这坟堆中有曹家祖辈五个坟墓，谁敢动这些坟墓她便要找谁拼命。

拆迁办只能请出宋明泽和曹晓娅出面协商，弄得曹晓娅一脸尴尬。伸手把罗翠花拉到一边，说："妈，你这不是故意为难我吗？明泽是这个项目的总指挥长，我是协调组的组长，连我自己家里人都无法做通工作，我还如何去做别人的工作。"

罗翠花说："你爹说撤我就撤。"曹晓娅看向一旁的曹德元说："爹，你劝劝妈。"旁观者清，宋明泽把曹晓娅拉到一边，说："还看不出来吗，你妈在这儿胡搅蛮缠就是你爹指使的。"

曹德元四处瞅了一眼，见村干部都站得远远的，于是看着曹晓娅脸色一沉，额头青筋暴起："你个死丫头，明知曹家的祖宗都埋葬在这琵琶王坟山上，你却带头来迁坟，你这是要拆你祖宗的台，拔你祖宗的根啊，你不忠不孝，存心要气死你爹。"然后撸袖卷裤，手往胸脯上一拍，面无表情地瞪着宋明泽说："今天甭管谁也休想说服我，我就守护在这地了，谁敢碰我一下试试看。"

曹德元一发狠，还真是难住宋明泽了，他和岳父本就不和，这一闹腾更是雪上加霜。他只能做岳母的工作："妈，劝劝爸，推山修路可是造福一方的好事，你们这一闹腾我们还如何做人家的工作啊。"曹晓娅也在一旁游说。

罗翠花也不想女儿为难，说："明泽，其实你爸也没别的要求，上门女婿你不肯，但是晓娅生的儿子必须姓曹。只要这点答应了你爸，保管他心里能平衡。"

曹晓娅听了哭笑不得："妈，你和爹都想些啥呀，费那么大周折就为这点事？我还没怀孕，谁知我要生儿子还是闺女？"宋明泽也觉着好笑，赶紧答应："行，只要你们撤退，我和晓娅生的儿子姓曹，行了吧？"曹德元和罗翠花这才撤走。

曹德元才撤走，工地上王遥远又来电话了，说琵琶村的杨腊八和罗水生打了起来，让他赶紧去协调。宋明泽只得与曹晓娅一起又赶往琵琶村。闹事的钉子户叫杨腊八，人称杨屠夫，是镇上专业杀猪卖肉的。他的三个儿子成家后全窝在镇上讨生活，当初他们成家时各自在东升坡路旁起了几栋房子。他们搬迁后项目才能顺利开工，但杨家人就像烤干的牛屎屄屄，又臭又硬。

罗水生不得已，亲自出面。他与镇上几个管事的赶到琵琶村，远远见杨家兄弟横成一排，在一条长长的水泥墩上磨杀猪刀。七月的太阳半上午火辣辣的，照得路边的树和草要燃烧似的，再加上这几道射来的幽灵般的蓝光，刺得人眼睛睁不开。罗水生打心眼里讨厌这家人，以前在农贸市场为抢占摊位的事，杨家人没少找他扯皮。这次他决定先给杨腊八一个下马威，隔老远就亮起嗓门吆喝："腊八，跟你说哈，这搬迁的事不能再拖了，必须服从安排统一搬迁。"

杨腊八装作没听见，只顾埋头磨刀，还不时提起屠刀，眯起眼在太阳下瞅瞅刀锋是否锋利。他朝走来的罗水生瞥了一眼，习惯性地做了个杀猪的动作，一道亮光闪过，手中的杀猪刀已飞了出去，他这连贯的动作把前来当说客的几人吓得魂飞魄散，有两个干脆躲在了罗水生的身后。罗水生料定杨腊八不敢乱来，不避不躲，耳听风声已过，眼看杀猪刀已如蜻蜓立荷稳稳插在了案板上。围观的村民冲杨腊八喊道："腊八，宝刀未老，不愧是方圆三百里的刽子手啊！"

杨腊八瞅着罗水生头发都竖了起来，甚是解气。以前罗水生在他面前总是神气活现，这回他决定好好摆回谱，说："方圆三百里谈不上，但是三里之内，我这把杀猪刀喊要杀鸡不杀鸭，喊要宰兔不杀狗，力气还有，眼力也不差。"三个儿子也对父亲的意图心知肚明，故意一字排开在水泥墩上磨刀霍霍。

罗水生何时受过这种戏弄，直接走到杨腊八对面，手往胸膛上一拍："狗日的杨腊八，你吓唬谁呢？老子好心上你的门，你磨杀猪刀，有本事往这儿捅啊！"

罗水生出面不但没劝服杨腊八一家，还差点打起来。

宋明泽及时赶到，好说歹说总算平息了罗水生的火气，又给杨腊八做工作："周边住户已搬迁，补贴的征收款也打到了你家的账户上，你们也该搬迁才是。"杨腊八一副死猪不怕开水烫的架势，横竖要镇上多补偿他们一笔钱才搬迁，否则来副棺材也抬不走他。

罗水生说杨家都是泼皮，只能强拆。宋明泽不同意，说都是镇上人，不能蛮干，只能劝解。杨腊八油盐不进，三个儿子更是胡搅蛮缠。老大杨初三子承父业，也是个屠夫，长得张飞似的，一身蛮力，吃酒用盆。他放出狂言，只要镇上谁吃酒吃赢他，他就撤。宋明泽只得请宋明兴来与他对阵。

七月天三花脸似的，早上出太阳，中午下起了阵雨。村民根本不在乎这毛毛雨，而是兴致勃勃地围观杨初三与宋明兴的吃酒比赛。在村人的见证下，宋明兴与杨初三一边摆了几坛酒，吃了个痛快。谁赢谁输不知道，总之吃完酒后，俩人拜了把子，成了哥们。老二杨十三是个木匠，不善言辞，一年到头接不到活，脾气越发臭。张一鸣出面做通了他的工作。老三杨五一是个小包工头，说谁能帮他接到活干他就听谁的。宋明泽当场拍板把项目中的一部分土石方工程承包给了他，并让他参与项目管理工作。杨五一看宋明泽如此豪爽，连连点头。

宋明泽说服杨家兄弟后，杨腊八在家装病，直到马建设出面，这个顽固不化的老家伙才稍稍动摇。马建设以前是食堂采购员，没少帮他销货。他见马建设来了，也不再装病，随马建设一起到了指挥部。

镇上老书记刘大荣也被宋明泽请了过来。罗记有罗又中做代表，曹家有曹晓驹坐在前面。宋明泽见镇上代表基本到齐，再次给大家介绍了项目的规划与蓝图："东升坡大市场将成为岭阳市最大的综合农贸市场，可建两千多间铺面，能解决三千人的就业问题，不仅能带动洞庭镇的经济发展，还将成为推动岭阳经济的开路先锋。东升坡农贸市场一旦落成，收获最大的还是你们原住户，不仅能分得现成的铺面，还有拆迁地基补偿。想想东升坡大市场成为岭阳人的'菜篮子''购物袋'时，此地得多么繁华兴旺！"

有人怀疑，有人犹豫，有人观望。刘大荣手抖了抖烟斗，发表了他的看法："咱洞庭镇是个贫困镇，这顶帽子从没摘脱过，要不是镇上有宋记和罗记这两大招牌，怕是打这儿路过的人都不愿歇脚。为啥？东边坟山压顶，没人气；西边淤泥成河，没人流。你们说风水不畅，这镇如何能兴旺起来？"他深深抽了几口烟后继续讲："现在宋明泽带领宏运场来建设我们的家乡，是一件造福一方的大好事，我们应该支持他，支持他的工作就是在为我们的子孙后代积福啊。"罗水生也说了他的看法："我在此表个态，我全力支持这个项目，相信这个项目能让咱镇活络起来，真要搞成，现在支持这个项目的人都会成为镇上的功臣。"

项目好不容易开工，老天又不给力，暴雨不断，不到一个星期，洞庭镇遭遇多轮强降雨，湖道水位猛涨，多处道路被冲毁。宋明泽立马从指挥部转战受灾区，带领抢险人员赶往受灾严重的西岭村，发现临湖一户人家没动静，立即下车冒雨上前叫喊，经过十几分钟的不停叫喊，两位行动不便的老人终于从睡梦中叫醒。宋明泽进屋后发现住房后的厨房已经倒塌，便冲进危房中相继背出了老爹和大娘。在安置好老人后，还没等他歇口气，又一轮强降雨袭来。

　　急报说西塘组水位急剧上涨，有随时决堤的危险。宋明泽与罗水生一起赶到现场，西塘组决堤必会引发山洪暴发，那么周边村民的房舍会倒塌，聚积此处的坟墓也会被冲个四分五裂。周边村民也担心万分，纷纷披上雨衣跑出屋外看情况。风雨中一股刺鼻的恶臭由远而近，从长风湖漂流出来的垃圾与不明黑水溢满四周。原来是磷肥厂将长风湖当成了排污口，每下一次暴雨，排泄的毒水就会把村民们种植的果蔬污染。周围的村民苦不堪言。

　　宋明泽一边安抚人心，一边与先期到场的技术救援人员会商，最后决定一边上游疏排，一边扒开溢洪道泄洪。经过半个小时的折腾，收效甚微，库内水位不降反升。雨依然在狂泻，气象部门再次预警，新一轮强降雨还将经过洞庭镇。下游是磷肥厂职工宿舍区，直接受灾的将是几千职工家属，如果不迅速降低水位，溃坝的后果不堪设想。

　　这时从磷肥厂跑来十几个身披雨衣的职工，紧张地询问情况。洞庭镇镇民与磷肥厂职工因为排污问题积怨颇深，双方经常吵闹不休。有村民幸灾乐祸地喊："这次老天要惩罚他们，与我们没关系！"甚至有人恶狠狠咒骂，淹死那帮狗娘养的。宋明泽听了觉得刺耳，大声喊道："现在是紧要关头，大家齐心协力抢险才是。"罗水生担心抢险来不及，说真溃坝也是没办法的事，便不慌不忙地安排镇村干部疏散周边村民与人群。

　　瓢泼大雨中，宋明泽热血往脑门直冲，冲上前抢过罗水生手中的喇叭，挥手大喊："我是镇长，大家听我的指挥，抢险还来得及。"他不假思索，打电话调派机械队伍与相关人员前来救援。罗水生冲宋明泽喊道："蠢宝后生乱弹琴，现在保住镇上人的安全才是最重要的，别人就莫管了。"

宋明泽口气坚定："镇上的人要保住，周边的人也要护住！各位乡亲听好了，不管镇里镇外，只要是人，我宋明泽就要护他周全，救援车队很快就会赶来，到时你们随我一起去抢险。"

不过十几分钟，机械车队赶到，上百人的抢险队伍也赶到，物料也来了。随着机械的轰鸣声，溢洪道被打开，水倾泻而出。宋明泽悬着的心放了下来。他带领镇村干部，经过十几个小时的努力，最终排除险情。忙到第二天下午三点多钟，大家才拖着疲惫的身子去吃饭。当时如果放弃抢险的话，后果不堪设想。

罗水生私下对宋明泽解释："明泽啊，我当时急红了眼，话直了点，你别往心里去哈。"宋明泽怎会放在心里呢，他关心的是如何让众人拧成一股绳共进退。

人心换人心。洪水过后，磷肥厂的厂长陈守义带着厂里几位干部与职工代表，给洞庭镇送来了一面锦旗以示感谢。宋明泽留陈守义在镇上食堂吃饭，并喊了罗水生一起。这是两拨人第一次心平气和地坐在一起谈事，围绕污水排放问题扯了一阵。周边几大工厂的污水废气全排泄在长风湖，怎不令镇上人恼火呢？

陈守义也表示理解大家的心情，并与宋明泽一起找政府汇报过情况。政府回复，现在要撸起袖子搞建设，治理环境只能慢慢来，关键是相互理解才能共渡难关。不管怎样，磷肥厂能意识到自身的问题就是进步，还送了一车当时紧俏的磷肥给洞庭镇人。这次事件后，洞庭镇的人对宋明泽有了全新的认识，他脑瓜子活，有胆量，有气魄，加上有全心全意为镇上人服务的精神，跟着他干不会错。

几经波折，开春后，东升坡综合大市场项目终于开工。宋明泽早上还和曹晓娅说今天奶奶生日，要早点回家去帮忙做饭。话没说完，就接到工地上的紧急电话，等他在工地处理完事情快下午一点了。项目经理杨勤提醒他："明泽，赶紧回家吃中饭吧。"他一拍脑瓜子才想起来今天是奶奶的生日。他火急火燎赶回家中，只见院子上空徐徐飞翔着一群五彩斑斓的鸟儿，他就知晓定是宋明旭回家了。

宋明旭带着他的新婚妻子李月桂早到家了。一家人正陪着奶奶说话呢。一旁的马建设说："明泽啊，再急的事，饭还是要记得吃，身体可是革命的本钱。"母亲喊道："快来，菜才上桌。"宋明泽上桌后，全家人一起敬了奶奶一杯酒："祝奶奶活百岁！"奶奶咂咂嘴说："世上只有千年树，哪有百岁人哩。"明旭很认真地看看奶奶说："奶奶红光满面，定能活百岁。"一家人都笑了起来。母亲"哦"了声，想起一件重要的事来："刚才明轩来信了。"

宋明泽接过母亲递来的信，迫不及待地看了来信后，嘿嘿直笑："明轩真不错，在学校入党了呢，现在是学生会干部。"奶奶听了眼角的褶皱都笑开了，一脸自豪地说："我就说了家里明轩最有出息，你爸还不信。"说到这里奶奶又念叨起儿子长江来。这时候谁也打断不了她的话题，直到宋明泽提到岭阳要举办龙舟赛。

明兴打开了桌上的电视机。这台十二英寸的电视机是全家人的世界之窗。新闻播报"今年岭阳将迎来首届'屈原杯'龙舟赛"。一九八八年岭阳地市合并实行市带县体制后，市委市政府本着"立足洞庭，凭借长江，走向世界"的发展思路，确定了三把火——兴业、打地、划船。由此"上半年划船"作为第一把火，从城东银杏湖点燃，一直燃到油菜港，经久不熄。才开春岭阳湖河中便能看见各种龙船在水中练习赛事。

洞庭镇是参赛队伍之一。宋明泽身为镇长被选为洞庭镇"状元红"赛船舵手，一支由三十二人组成的水上赛队，他家上了三个主力军：明兴、明旭和他。就连母亲也想加入妇女队，奶奶也吵着要去，说划龙船她最拿手。明泽劝说："奶奶，你呀就和父老乡亲在岸上喊加油，我们啊才划得快。"一旁的林秀甜喜上眉梢，一心想做生意赚钱，说这可是推销宋记湖鲜的好机会啊。明兴说："电视上说这次龙舟大赛，三湘四水的人都会来，几十支龙舟队参赛呢。说是还有别的国家要来参赛，到时怕有上十万人来看比赛，能包揽这湖鲜生意不得了呀！"

宋明泽说："这是个好机会，我们要在这次龙舟赛上，把洞庭镇的湖鲜鱼宴都展现在世人面前。等会儿我回镇上就开会，召集全镇人做准备。"林秀甜不高兴了："明泽，怎么老把镇上的事和咱家扯一起啊，我是说宋记湖鲜。"

"莫贪心，这么大的生意，结合全镇的力量才能撑起场面。"

宋明泽风风火火赶回了镇政府，召集镇民代表开了个会。

"龙舟竞渡不只是一项简单的赛事，而是浓缩了水乡人团结奋进、勇往直前的一种精神追求。洞庭镇必须拿出洞庭人的精气神，我们不仅要在赛龙舟上夺魁，还要在全市湖鲜供应上争第一，从现在起大家啊要撸起袖子做好自家的湖鲜食品，争取到时候按要求交货。"

罗水生听了半喜半忧："明泽，洞庭镇赛龙舟夺魁我有信心，可这湖鲜供应不知我们镇能否插得进档啊？岭阳是鱼米之乡，现在都在搞发展，竞争力度大，这么个大赛事，听说市政府直接管的，上面没熟人怕是进不了档啊？"

宋明泽眼神坚定地说："没熟人去找啊，这是个机会，我们必须把握好，一个星期的赛事，保守估计十几万游客，如果洞庭镇能成为这次赛事湖鲜食品的供应商，不仅能推出洞庭镇湖鲜，还能为修建东升坡大市场筹措一笔资金。"

宋明泽总是比别人看得远，开完会后，请来镇上以母亲为首的妇女代表，喊上曹晓娅一起让司机开车围绕赛龙舟必经路线转了一圈。女人的心思细腻敏捷，当场提出了很多如何销售食品的方案。曹晓娅边听边记录。

回镇上后，宋明泽综合她们意见，伏桌写了个统筹布置美食街的计划方案。落笔后让镇上司机开车去了趟区政府。他找到李和坤汇报了他的思路。"李区长，这次龙舟赛是个机会，洞庭镇不仅要在赛龙舟上夺魁，还要在全市湖鲜供应上争第一。"李和坤看了宋明泽递过来的计划书后也表示赞成："这个路子对头，这是难得的好机会。区里肯定会向市里大力推荐，但是你们自己也要想办法。"

宋明泽又去了一趟市委机关找陈立斌想办法。陈立斌说："我现在不过是一个天天爬格子的办事人员，哪有这个能力哦。哎，你有个结拜兄弟叫任才高对吧，他现在是市政府办公室主任，这种事找他再合适不过。"宋明泽听了立马转身又往市政府大楼赶去，他也是才得知任才高从县城调到了市政府办公室当主任。这个位子可是举足轻重。

难得任才高在办公室，两家是患难之交，俩人又是少年朋友，见面丝毫没隔阂还挺热乎。任才高瘦高个子，戴副眼镜文质彬彬的。寒暄几句他就问起了梦夏。"文革"快结束的那一年任才高在宋明泽家里住了一个多月，对梦夏一见钟情。可梦夏没看上他，"文革"时期梦夏目睹过任才高去台上揭发任叔叔的事，说任才高心够狠的，连自己的老爸都踩脚下。但宋明泽并没看见那一幕，那时年少谁也没多想，以后兄弟姐妹中就他还与任才高保持联系。

言归正传，宋明泽提到了这次赛龙舟洞庭镇湖鲜想入围的事。任才高接过宋明泽递来的方案书浏览了一遍后，手扶了扶眼镜："明泽，你这个方案不错，我刚调来这里当主任，就遇上这么个大赛事，各方面都务必要想周到。这次龙舟赛，改民间自发为政府主导，变单纯比赛为多元结合，是一次扩大岭阳对外开放、加速地方经济发展的创举。既要保证赛事圆满，还要保证游客吃得好、玩得好。"

宋明泽接过话题："要充分展示我们岭阳的民俗风情和地方特色，民以食为天，吃在第一位。"

"明泽，我们正在找统筹餐饮业的对接人呢，你是洞庭镇镇长再合适不过，人力物力都有。"

宋明泽请任才高和市政府管后勤的负责人去了一趟洞庭镇，看了鱼巷子、鱼码头，又去宋记鱼铺吃了一盅熬姜茶，尝了八仙鱼小吃。中餐宋明兴亲自下厨弄了一桌鱼宴。

饭后明泽请一行人去船上钓鱼耍，他记得任才高在他家住时最喜欢去钓鱼。在明兴的安排下，一行人上了周大河的一艘大渔船。

宋明泽看春汛怕钓不到鱼，问周大河："淡季钓得到鱼不？"周大河笑得一脸神秘："来我的船上钓鱼，莫说淡季，大年初一也能满载而归嘞。"上前给他们打毫挂钩后，在水面甩出一排鱼竿，说："风小布挂钩，低水挂麻毫，等会啊你们拖不赢。"

任才高笑道："姜太公钓鱼，愿者上钩啰。"果然几人抽支烟的工夫，水下一排鱼竿就在隐隐晃动，凭感觉鱼在咬钩。尤其是任才高的鱼竿拖都拖不动。宋明泽上前帮忙，两人拖上一条几十斤重的青鱼。水花溅了他们一身。

任才高问："淡季还能拖这么大一条鱼，有什么秘诀吗？"

周大河嘿嘿笑："俗话说，涨水三天莫下河，退水三天安排笼，前几天下了几场暴雨刚退水嘞……"

宋明泽笑道："大河叔不愧是老渔民，这点我要好好向您学习！"

周大河趁机向宋明泽提了个要求："明泽啊，这次赛龙舟我要报名参赛，要说划龙舟我周大河可是里手。"顿时，笑声传遍了湖面。

距赛期不到三个月时间，岭阳人以超"深圳速度"建起了南湖大道一片新城区，茅苇丛生的南湖港变成了风景秀丽的龙舟赛场。端午节期间，城区万人空巷，二十万市民和游人聚集银杏湖，为岭阳首次龙舟盛会喝彩助阵。河道口三十二条龙舟整齐地排在起点，连着河中那一条条五彩缤纷的龙舟，场面甚是壮阔。

竞赛前，由市委领导率领众人祭江，由桡手们恭敬地取下舟上的龙头，再排队扛桡，抬起龙头，缓步登高，面朝大湖进行祭祀。一旁红烛高照，香烟缭绕，钟磬悠扬，龙头被摆上神案，随之钟鼓齐鸣，桡手们朝大湖拜叩，希望湖区风调雨顺、五谷丰登，接着把粽子抛入江中，让水族争食，祈祷洞庭龙君护佑屈原。

祭礼毕，赛龙舟开始，号令一发，四面八方的龙舟伴着有节奏的锣鼓声争相飞驰，岸上鞭炮齐鸣。很快，宋明泽率领的那条名为"状元红"的龙舟遥遥领先。前有威武龙头，后有旌旗长艄。船分二十七栏，大鼓置于正中，锣鼓声统一着五十四位划船健儿的桡拍，在宋明泽的率领下形成一股强大的合力，龙舟如游龙戏水疾速前进。宋明泽眼前不由浮现出父亲的身影，那年在西江口父亲带领众人背船过滩吆喝掀天，"一声号子一身胆，哟——嗬——嗬，蛟龙那个过险滩，哟——嗬——嗬"。想到这里他擂鼓咚咚，顷刻间喧天锣鼓如春雷滚动，漫天水花似春雨飘洒。

宋明泽也把这"龙"的精神带到了东升坡工地上。这次洞庭镇湖鲜食品在龙舟盛会上独领风骚，几乎包揽了赛事期间所有的饮食供应，为洞庭镇带来了一笔不菲的收益。

有了乡镇企业助力，东升坡工地上热火朝天，为了鼓舞干劲，宋明泽向李和坤汇报后，在工地上推行火线入党，充分调动大家的积极性。有时候宋明泽还会用喇叭在工地上给工人们鼓劲加油："喔嗬嗬嗬……加油，争当劳模！"

推山修路，铲平琵琶王坟山后，一条宽阔的柏油路展现在镇人面前，这条路大大缩短了洞庭镇与城区之间的距离。轰隆隆声中，东升坡旧貌换新颜。端午节前夕，一个庞大的综合市场呈现在岭阳人眼前，占地面积三百多亩，建经营门面摊位两千多个，可容纳三千多人就业经营，核心区道路互通，并配有一个很大的停车场。东升坡大市场的崛起完全颠覆了岭阳人的观念。该项目一出世便成为抢手货，许玉珍一马当先，拍下了临街几间门面。众人纷纷跟样。试营销售不到一个月，两千多间铺面与摊位就被抢购一空。

宋明泽没想到铺面会如此抢手。

曹晓娅笑道："国人已经觉醒，未来是自主创业的天下。"

路边广播传来一阵豪迈的歌声："我们亚洲，河像热血流；我们亚洲，树都根连根……莽原缠玉带，田野织彩绸；亚洲风乍起，亚洲雄风震天吼……"这年，举世瞩目的第十一届亚洲运动会在北京工人体育场隆重开幕，《亚洲雄风》也成了大街小巷最流行的歌曲。

国庆节那天，东升坡综合大市场在岭阳人瞩目中隆重开业，外地客商与本地商贩蜂拥而至。李和坤请来副市长苏解放剪彩，场面盛大隆重。宋明泽在仪式上对媒体称："我们洞庭镇人的宗旨是为岭阳人的菜篮子与购物袋子做好全方位的服务。"很快，东升坡综合大市场成了岭阳人的购物中心，家禽湖鲜、百蔬果食、地方特产、百货用品应有尽有。

宋明泽超前的市场思路取得了立竿见影的效果，以东升坡大市场作为集合点，不仅盘活了整个洞庭镇，还以宏运场带动了整个北区的养殖业。春节前夕，宏运场出售肉猪十万头，一举成为岭阳市首家搞养殖业利润值超亿的企业。宋明泽在宏运场职工大会上说："改革开放说到底是一场思想变革，眼界变了，天地就宽了。"

宋明泽陪着前来参观的领导喝了几场酒，回家的步伐就像踩在云朵上，他心情舒畅，回家进门就喊开了："晓娅，喜讯啊，宏运场今年被评上全市乡镇企业先进单位！"

曹晓娅娇嗔地看了他一眼说："我也有个喜讯要告诉你。"

宋明泽说："是吗，什么好事啊？"

曹晓娅扬了扬手中正在编织的一件婴儿衣服："你猜啊。"

宋明泽这才反应过来，凑上前问道："晓娅，莫不是你有了？"

曹晓娅羞涩地点点头。宋明泽激动得把她抱了起来："啊哈，我要当爸爸了，晓娅你要当妈妈了，真是一件大喜事啊！"

宋明泽陪曹晓娅去医院检查时，医生说曹晓娅怀的是双胞胎，可把宋明泽高兴坏了，他每天都沉浸在幸福之中，再忙也要赶回家给曹晓娅做饭，睡觉前会打盆温热水给她洗脚，再靠在她的肚子旁和胎儿说话。入冬，天格外寒冷，宋明泽便在屋里摆了一大盆炭火，外面寒风呼啸，屋里温暖如春，那炭火星子格外亮眼。奶奶笑眯眯地说："家里要添丁添喜了。"

七月，曹晓娅在妇产医院顺利诞下一对双胞胎儿子。宋明泽欢喜得不知如何是好，一会儿抱抱这个，一会儿又抱抱那个。走廊上等消息的曹德元听说曹晓娅生了一对双胞胎儿子时，激动得抱住老伴哭了起来："晓娅替我争气了，争气了啊！"老伴心疼闺女，说："好了，先别说这些，晓娅母子平安才要紧。"

可两个婴儿生下来体重都不足三斤，肺部没有发育好，哭声非常微弱，医生要把两个孩子送去保温箱。曹晓娅看着刚出生的孩子就要离开自己，心疼地亲了亲他们的脸颊，对宋明泽说："先落地的孩子取名叫云帆，希望他一生一帆风顺；后落地的孩子取名叫云峰，希望他志气高远。"

曹晓娅焦急的是她奶水不足，两个孩子根本吃不饱。许玉珍特意熬了米汤送来，说米汤比奶粉养人些。弟弟云峰还比较乖巧，奶奶抱着哄哄就开始吸米汤。哥哥云帆被外婆抱在手里，不管怎么哄，不肯喝米汤，也不肯咬奶瓶。

宋明泽赶紧抱在怀里，开始他手忙脚乱，不知如何是好，可他发现把奶水瓶子放在他胸前时，孩子就开始尝试着吸咬奶瓶。他又试了一遍，孩子便吧唧吧唧吸开了。他发现了秘诀似的，傻傻笑道："晓娅快看，儿子把我当成妈了。"

曹晓娅看孩子在吸奶瓶，脸上顿时有了喜色，接着又"哎哟"了一声。宋明泽赶紧抱着孩子蹲在病床边问："怎么了，晓娅？身上痛是吧？天灵灵地灵灵，赶紧把曹晓娅所有的疼都转移到我身上。我宋明泽愿意替曹晓娅受三生苦，遮永生痛。"曹晓娅听了笑着落泪。

让宋明泽着急的是云帆生下来他就抱在怀里，熟悉了他的气味，任何人都抱不得，就连岳母也抱不得，否则就哭得惊天动地。把他哭烦了，他抱着云帆嘀咕道："小子哎，你就折腾老子吧，等你长大了看我怎么收拾你。"

许玉珍拎着一个保温壶进门，见到这一幕，白了宋玥泽一眼："孩子小不点，你就给他下马威。这点像足了你爸。你小时候不过打破了他一坛酒，他气得不行，说：'等着，等你长大了，老子要你赔一百坛酒来。'我就说：'你干脆泡在酒坛里洗个澡得了，还不淹死你。'"一旁的护士看这一家人如此有趣也跟着笑。

宋明泽看母亲一身汗水，赶紧拿了一条毛巾递给母亲："妈，天气太热了，医院您就别跑了！"随后进来的宋晓春也是热得头发都在滴水，进门就喊热："这天会热死人去，两个月冇落雨，三月才抗洪，现在又在抗旱。唉，这天气。"

宋明泽心里打鼓，赶紧去走廊给孟兆保打了个电话："养猪基地要落实我布置的防疫方案。"宋明泽话还没说完，李四贵已经赶到了医院，慌慌张张地说："不得了，高热病引发瘟疫，就这两天，大棚生猪都不行了。"

岭阳连续高温天气，宋明泽也早就想到了这点，他请假之前就部署了防疫策略，再三交代孟兆保要把好关。只是没想到沐南这次旱灾来势汹汹，出现了瘟疫，病死猪被集体掩埋，生猪产业遭受重大打击，价格大幅下跌，养殖行业陷入集体亏损的境地，宏运集团也难逃厄运。

宋明泽回病房和曹晓娅打了个招呼，便随李四贵匆匆赶回了宏运。他们刚到九里铺山坡，王更生听到有人喊宋明泽，立马跳了起来，连滚带爬跑向宋明泽，抱住他哇地哭了起来："场长，瘟疫天灾啊，一夜之间咱的猪都没了，我们该怎么办？"

宋明泽眼见以前欣欣向荣的养殖场一片萧条，心中也不好受，安慰王更生，没了还会再有。此次遭灾让宋明泽意识到，宏运场的问题出在没尊重科学养殖上。孟兆保老好人一个，魄力不够，前怕狼后怕虎，什么事都要向区里三请示五汇报，耽误了处理事件的最佳时机，导致高热病袭击宏运却束手无策。孟兆保连连认错，哭得比王更生还伤心。

宋明泽随即召开团队会议，部署好应急防疫策略后，带上李四贵连夜赶去了河南，又从立康县分批购进三千头猪仔。但是市场上猪肉价格每天都在下跌，人心惶惶。宋明泽在全厂职工大会上给大家鼓劲儿："现在市场不好，我们不仅不能退缩，还要扩大规模把损失补回来，相信只要科学养殖，咱宏运还会火起来！"宋明泽坚定了全厂职工的信心。

宋明泽为了带领宏运人防疫抗旱，足足两个多月没回家，吃住都在养殖基地，直到老天爷下了一场暴雨，他看大棚的生猪又生机勃勃了，才松口气。李四贵催他回家歇两天，说他身上都有一股馊味了。"赶紧回家去洗个澡吧，哎，还有，先去理发店理个发，不然你两个儿子都认不出你哈。"

宋明泽这才想起他的一对双胞胎儿子来，匆匆往岳母家里赶去。

曹晓娅出院后在娘家坐月子，许玉珍去曹家接了几次，都被曹德元给挡了回去。

"宋记一摊子事嘞，要开店，要做生意，照看孩子的事啊就归我们了哈！"每次许玉珍前来看孙子，曹德元喊坐、泡茶、留吃饭，但就是不让许玉珍抱孙子，曹德元和罗翠花一人手里抱一个，就送到奶奶面前看看，便又立即抱开了。许玉珍也没多想，她也确实忙不过来，看曹德元和罗翠花全心全意地帮着带孩子挺感激的。许玉珍才离开，宋明泽赶了过来，还在门外就喊："晓娅，我回来了。"

曹德元立马招呼开来："明泽回来了，快，快，饭菜才上桌！"曹德元对宋明泽的态度来了个大转弯，吃饭时好菜好酒款待着。宋明泽看岳父这般热情还有些不好意思。曹德元越发关切："明泽，家里的事你莫操心，忙你的哈。"

宋明泽也没了后顾之忧，全心投入到工作中，让他欣慰的是他没看错人，他挑选出的以李四贵与韩向前为主的团队成员，把宏运管理得井井有条。

此时养殖行业市场竞争十分激烈，宋明泽经过市场调研后，决定将销售渠道遍布到全市每个角落，实行"物流包干"的服务方式与各单位协议合作。同时将养殖技术落户到每个养殖单位，并在公司挑选出百位销售服务型人员进入到鸡舍、猪圈、养殖场。他带头示范，到了农户家就一头钻进臭烘烘的猪圈，告诉农户怎样配制饲料，如何给猪防疫治病，边说还边动手做示范喂食，经常搞得一身臭烘烘的。每次他去岳母家，手都来不及洗一把，就迫不及待地想抱抱两个儿子，可是等他伸手抱云峰时，云峰会哇哇哭。曹晓娅说："赶紧去洗漱，别说儿子嫌弃，连咱家小狗都被你熏跑了。"宋明泽嘿嘿笑了起来，洗漱还想抱抱云帆时，曹德元早抱着云帆去外面遛弯了。

宋明泽转身，放在桌上的大哥大响了。一部砖头样的黑色摩托罗拉，九十年代初岭阳市能拿的人可没几个，这大哥大才用几天，号码就家里几个人知晓。晚上谁来电话呢？

说了几句才知晓是刘燕妮的老公肖丰文打来的，对方全没了往日的儒雅，口气里满是焦急。肖丰文与燕妮结婚后，燕妮随他一起调到了广州市工作。肖丰文在广东省外贸部门任职，主管进出口贸易，来找他的都是些老板，成天请吃请喝。肖丰文说自己也没什么，无非就是犯了男人那点错，燕妮便坚决要和他离婚，他怎么认错都无济于事。

宋明泽说："燕妮眼里容不得沙子，得一心一意才是。"

"我和燕妮已经离婚了，她不肯原谅我，我也没办法。今天跟你打这通电话主要是想请你帮我劝劝她，她非要女儿随她姓。燕妮谁的话都不听，岳母说现在只有找你才可能做通她的工作……"肖丰文唠唠叨叨说了十几分钟。

挂了电话后，宋明泽心中也不是滋味，不管怎么说，他都希望燕妮能生活得好。他也好久没与燕妮联系了，只是从梦夏口中才得知晓娅生双胞胎时，燕妮也生了一个姑娘。没想到孩子才这点大，她就与肖丰文离婚了。他犹豫再三还是给燕妮打了个电话。

燕妮很快就接了电话，听出是宋明泽的声音时，还没开口泪就下来了。昨天她给家里打电话是宋晓春接的，有关东升坡大市场的建设情况晓春在电话中全告诉了她，那座琵琶王坟山被铲平了，在那儿建了一个很大的综合市场，这市场成了岭阳市的购物中心……

宋明泽在电话中倒不知跟燕妮说些什么才好，只能问道："燕妮，你都好吧？"

燕妮说："还行吧！听晓春说了东升坡大市场的事，祝贺你！"

"这没什么，开发东升坡只是建设洞庭镇的开始，相信以后会建设得越来越好！哦，刚才肖丰文给我来了个电话，说了你们的事，我本不该多嘴，但是考虑到孩子还小，建议你们有事坐下来商量，肖丰文是孩子他爸，这种亲情怎么都无法断根的。其实孩子跟谁姓意义不大，你也没必要为这些事跟自己过不去……"他在电话中啰嗦了一阵，互道保重才挂。

挂机后的燕妮久久无法释怀，她疯狂想念起宋明泽来。十五岁那年她病了，医生说她需要营养，他冰天雪地中跳入刺骨的水中给她摸鱼；夏天家里灯太暗，他就去外面装了两瓶萤火虫放在她的桌边；她需要配眼镜，他随父亲去兵工厂医院的太平间搬运死尸，去住院部帮人写家信赚钱……可她却把他弄丢了，想到这里，她泪流满面。

宋明泽心中也不舒坦，燕妮好面子，离婚后独自带着孩子在不熟悉的城市生活，也不知她能否安排好自己的生活……

曹晓娅走了过来靠在了他身边，睁着一双如水的眼睛看着他，他刚才出窍的魂魄便收回了五成。待曹晓娅靠在他身边说对燕妮多帮衬些，他眼前便只有曹晓娅了。

曹晓娅休完产假也上班去了，两个孩子就放在娘家带。双胞胎儿子快一岁时，在宋明泽的坚持下，他才把曹晓娅和两个儿子接进了新装修的家。房子不大，二室一厅，布置得温馨明亮，儿童房里有事先准备好的玩具，墙壁上还有宋明泽亲手画的漫画。宋明泽想来点仪式感，领着一家人进门时，从岳母手中抱过云帆，举到头顶说："我宣布，从今天起我们一家人搬进新家，一切都是新的开始，鸿运当头。"话还没落音，云帆直接在他头上撒了泡尿。宋明泽"啊"了声，伸手一抹，脸上都是尿。云帆"咯咯"地笑了起来，宋明泽有些恼火，云帆张张嘴喊了一声"爸爸"，曹晓娅抱着的云峰也跟着喊了声"爸爸"。

宋明泽听了先是愣了一下，随即嘿嘿笑道："晓娅，听到了吗？儿子刚才喊我爸爸了，哈哈，我儿子知道叫爸爸咯，真棒！"曹晓娅不由笑了起来。

第九章　临危受命

在宋明泽的主导下，宏运牧业在岭阳快速崛起，如秋风扫落叶般杀得市肉联厂在市场上无容身之地。全国一千多家肉类联合加工厂也同时失去了"统购统销"的庇护，"国营一把刀"锋芒锐减，杀猪和卖肉的优势霎时荡然无存，这让肖汉良迷茫又恼火。

肖汉良是市肉联厂厂长，五十出头，不苟言笑，几十年来都留着三寸平头。宏运场占据市场后，整个肉联厂职工几乎都成了闲人。肖汉良还在为肉联厂的命运奔波呼吁，找到主管部门市经委书记莫守清诉苦，说宋明泽这小子太过分，市场上连根猪毛都不留给他们，让他三百多职工没法活。莫守清建议两家合并，说养猪卖肉的本是一家，合并才利于市场发展。肖汉良认为肉联厂是市级国企，当然是由他的肉联厂来兼并宏运场。

宋明泽说只要肖汉良有本事兼并宏运场，他没意见。肉联厂濒临破产哪还有能力搞兼并。彼此扯了多个回合后无果，岭阳市政府看大势所趋，主张宏运场与肉联厂合并重组。

宋明泽被一个电话召到了市政府开会，停车坪前他碰到了罗又劲。多年不见，罗又劲像是脱胎换骨，不再是以前的痞子，而是副市长苏解放的司机，文质彬彬。罗又劲见到他，像是见到失散的兄弟一样，上前握手寒暄好不热情，似乎早忘记了当年宋明泽用窑砖砸破他脑壳的事。宋明泽也一笑了之，年轻气盛时谁还没掐过架。

闲聊两句后，宋明泽随李和坤赶到会议室。会议由市经委书记莫守清主持，在场的有主管农业的副市长苏解放、北区与市经委领导，还有肖汉良。会上苏解放作了一通指示，在政府的主导下两企业正式合并，宋明泽不再兼任洞庭镇镇长，而是成了两企业合并后的厂长。

宋明泽在会上也谈了一些自己的想法："两企业合并我任厂长，我心中还是有几分忐忑，但是我必须对得起这份信任。压力再大我也会迎难而上。我有个不情之请，希望政府部门能放权给我，我想用我自己的方式来开拓宏运，让我做厂长，你们就不要再管。"他这话脱口而出，别人都表示没意见，唯有苏解放没出声。

李和坤支持宋明泽的做法，说："既然要宋明泽去救火，只要他能把火扑灭，至于采取什么方式，就随他吧。邓小平同志说过'无论白猫黑猫，抓到老鼠就是好猫'。"

殊不知，宋明泽一句话，就在会上得罪了苏解放。苏解放面相儒雅却爱钻牛角尖，下面的人如没尊重他的意见，一件鸡毛蒜皮的小事他都会抓住不放，典型的"笑面虎"。越是对一个人有看法，他脸上的笑容越亲和。他微笑着鼓励宋明泽好好干，遇到任何困难，政府都会给予支持。

就这样，宋明泽再次踏上"救火"的征途。两家合并后，原肉联厂经营僵化，死气沉沉，职工请病假、事假的人居然占了大半，上班的精神状况也普遍不好，工作效率极差，他们知道即便不来上班，照样能领国家发的工资。

宋明泽哪能受得了这样庸碌闲散的状态。职工大会后，他开始真刀真枪地向原厂的沉疴旧疾宣战。为了抓生产，他在原肉联厂推行了联产计酬制，根据实际销量计算工资，多劳多得，少劳少得，上不封顶，下不保底。相比治理宏运场时的春风化雨，他在肉联厂采取了雷厉风行的改革手腕，砍掉了三分之二的行政人员去充实生产一线，对于那些长期请病假、影响企业生产经营的顽固分子予以开除。

因为打破大锅饭，告状信满天飞，苏解放知晓后批示宋明泽把病假劳保制度改回来。有人拿着这个批示去找宋明泽时，宋明泽竟当场撕碎扔了，说："找谁都没用，我当厂长，要对整个企业负责。"这句话传到苏解放耳朵里，他甚是恼火，把李和坤喊到办公室说一通："你不能惯着宋明泽胡来，改革改到六亲不认，连政府的话都不听？"

李和坤丢了根烟给苏解放："你呀，要骂就骂我吧，是我让他甩开膀子干的。改革当然要六亲不认，割掉那些个老毛病、臭毛病才有新鲜血气，不然怎么叫改革呢？"

苏解放还真拿李和坤没办法。李和坤一身正气两袖清风，脾气还倔得很，谁要找他的茬，他会跟谁闹到底。苏解放见李和坤挡在前面，只好一笑了之。

事后李和坤要宋明泽注意方式策略，说："改革不是面对一家企业，而是面对一个时代。既要大刀阔斧，也要粗中有细。"

宋明泽又何尝不知这个理，但改革说起来容易，实施难，他完全砸烂了以前的大锅饭，有人拥护，有人反对。破除铁饭碗，就能造出个新厂吗？质疑声与谩骂声在他耳边回响，甚至有人堵在路上谩骂。他不得已要绕道回家，还有人跑到曹晓娅的单位去骂。

宋明泽匆匆赶回家，曹晓娅正在厨房准备饭菜。他站在门口一脸自责："晓娅，对不起，害得你跟着受牵连。"

曹晓娅气定神闲，手在围腰上擦了一把，来到客厅，从包里拿出一张报纸递给了他："明泽，不要在乎闲言碎语，改革就是一场革命，勇往直前就是。"

宋明泽忙接过报纸浏览了一遍。三月二十六日，《深圳特区报》发表了《东方风来满眼春——邓小平同志在深圳纪实》的重大报道，集中阐述了邓小平南方谈话的要点内容。他看了很是兴奋，朗声念道："改革开放胆子要大一些，看准了的，就大胆地试，大胆地闯。抓住时机，发展自己，关键是发展经济，发展才是硬道理……"

一九九二年春风拂面，也给了宋明泽改革的决心。实践证明，他的改革思路是正确的，推行系列改革之后，职工积极性明显提高，肉联厂销售业绩完全打破了以前的魔咒，年底利润超过前三年的总和。厂里每个角落都透着喜悦与向上的力量。这一年也是宏运争创名牌立市场阶段，宋明泽拍板引进外资上规模，与香港某饲料有限公司合资，引进香港资金与技术，产能规模扩大了三倍。

为了增强企业凝聚力，宋明泽充分了解市场后，再一次做了岭阳市第一个吃螃蟹的人，他决定改制，把企业股份的百分之二十卖给职工，让全厂职工一起当家做主。这个决定在一九九二年的岭阳乃至沐南省简直是石破天惊之举。

把国企股份卖给职工，这是要走资本主义道路？这件出格的事被肖汉良与肉联厂的几个老顽固上报到政府，说："宋明泽想借职工之手私吞国有资产。他不是来救火的，是来打劫的。"

苏解放听取了汇报后，给宋明泽打了个电话："国企是国家的企业，不是你宋明泽的三分自留地，想卖给谁凭自己一句话，你必须要上报，经过研究讨论后才能决定。"

宋明泽去了一趟市政府，向苏解放做了汇报："让职工买企业股份是为了增强企业凝聚力，让全厂职工一起当家做主。"

职工代表提出，只要宋明泽带头购买厂里股份他们就跟随。职工的想法很简单，宋明泽带头买厂里股份的话，证明他对这个企业有信心。面对改革与舆论之间的双重压力，宋明泽陷入了困境，如果购买股份的话，他须持有百分之二的股份，折成人民币要一百万。他手里根本没节余，这几年一门心思拯救宏运场，全忘了自己的小家庭过得有多拮据。

这样巨大的风险也遭到了家人的反对，宋明兴对着他就是一通训："你呀，过于看重个人荣誉，想搞事业不如辞职回家来干，付出辛劳，为了家值得；你为厂子亏损自己，就是你的错。赚了钱他们分，成功了是上面领导有方，你不过是个打工仔。"宋明兴对明泽为宏运场折腾很有意见，干脆一吐为快："为了盘活一个集体工厂，连自家的生意都不顾了，你明知宋记食品的原材料都来自云端乡，你倒好，把云端乡的养殖业弄成了宏运的合作社，咱家生意如何做？"

其实宋记进货渠道与宏运并没有冲突，宋明兴是埋怨他这两年没为家中事业效过力，而是胳膊肘子往外拐，想的尽是镇上与宏运的事，现在需要钱想到家里来了。林秀甜更难听的话都说出了口。就连宋晓春对宋明泽也有微词。宋明泽拯救了宏运却得罪了全家人。全家就剩干爹马建设支持他："认为是对的就坚持下去。"

那天马建设爬了五层楼来到宋明泽住的筒子楼，把一大袋腊肉放在客厅，都没来得及坐会儿就要告辞。出门时，马建设塞了一张存折给宋明泽，说："这是我的私房钱，拿去做你想做的事。"

宋明泽送马建设下楼时，发现干爹的背微微有些驼了，脚步不再像以前生风。看着干爹的背影，宋明泽眼眶湿润，不知不觉干爹也老了，还和母亲在支撑着宋家的生意。想到这里，他心中甚是内疚，曾经自己是家中的顶梁柱，可是现在……下楼后，他把存折塞给了马建设，说："这个钱，我不能要。"马建设又塞回给了他，小声道："这是你妈让我交给你的，但不能说是她给的。"他嘿嘿笑了笑："保密哈。"宋明泽眼眶一红差点落泪，母亲永远都信他，支持他。

晚饭后，宋明泽两口子在书房讨论了一阵有关宏运股份制改革的事。曹晓娅给宋明泽算了一笔账，如果宏运每年利润达到三千万元，扣除各种税费，他可得五万元，那么还清银行本息需要十年；如果企业利润下降，那么二十年也未必能还清。"这件事上要想清楚再决定。"

宋明泽说："我必须勇往直前，作为宏运的一家之主，如果我都没足够的决心实行转制，国有企业的改革也就到此为止了。"曹晓娅点点头："行，不管你什么决定，前面是刀山火海我也陪你一起闯就是。"宋明泽听了眉头一下舒展开来："晓娅，只要你支持我，就没有跨不过去的坎。"

宋明泽还想聊几句，两个儿子一前一后跑到了他身边，"爸爸爸"喊开了。于是他抱了云帆又抱云峰，可云峰却噘着小嘴哇哇哭了起来。说爸爸抱了云帆两次，没抱他一次。宋明泽不由哈哈笑了起来。双胞胎儿子长得一模一样，穿的衣服也一样，就连锅盖头也一样，别说他，就连曹晓娅洗澡时也会出错。外婆赶紧走了过来，把云峰抱在怀里，说："孩子两岁了，我还是带回家去照看吧，他外公也能搭把手。"

曹德元正在家里愁得要死，老大晓娥生了一个闺女，老二晓真又生了一个闺女，两个外孙女都放在家里带。他每天看着她们就来气，云帆和云峰进门喊外公时，他眉头顿时舒展开来。看着这两个外孙笑得合不拢嘴。但曹德元心里有自己的小九九，打算让云帆随晓娅姓曹。所以每天只抱云帆，去镇上赶集时必会让云帆骑在脖子上打"马肩"。镇上人见了就喊道："哟，曹爹，你家孙子长得可真虎实啊！"

曹德元笑得眼睛没了缝，问云帆："妈妈姓什么呀，你姓什么呀？"

云帆说："妈妈姓曹，我姓宋啊！"

"哎，你妈妈姓曹，外公也姓曹，以后你就跟着妈妈姓曹好吗？"云帆小不点懂什么，点点头喊好："我以后就叫曹云帆啰。"

曹德元听了笑得合不拢嘴，去了一身心病，还计划着要带云帆去乡下祭祖，他曹家总算有后了。罗翠花瘪瘪嘴说："别高兴得太早，宋家人啥个性还不晓得啊！云帆回家就得改过来，再说孩子的户口也没上在我们家……"曹德元骂他婆娘不开冲。

"这件事可是我和宋明泽当面锣对面鼓讲好了的，我去跟宋明泽说，云帆必须姓曹，以后上学工作的事我全包了。"以后曹德元喊云帆时必在前面加个曹字。

"曹云帆过来，外公给你买了玩具。""曹云帆过来，外公带你耍去。"

慢慢云帆也习以为常，就当自己是曹云帆了。

过春节时，宋明泽把两个孩子接到了宋家院子。林秀甜看婆婆对云帆宝贝似的，想起传言，故意问道："云帆，你姓什么呀？"云帆稚气地回道："我姓曹，叫曹云帆啊。"许玉珍听了眉头皱起："云帆，你不姓曹，你姓宋，你叫宋云帆。"

"不，我就叫曹云帆。"云帆一蹦三尺地跑去院子玩耍了。许玉珍把宋明泽和曹晓娅喊进屋里聊了几句，也不说曹德元的不是，只说："晓娅啊，你爸妈年纪大了，家里几个孩子要照看，忙不过来，以后云帆和云峰就交由我来带。"

许玉珍想调教云帆，没想到才带去鱼巷子打一转，云帆就把整条巷子弄得鸡飞狗跳，他就像只刚见世面的小猴子，看什么都稀奇。他竟躲进了一个客户的鱼桶里。这客户叫陈双喜，是区政府后勤的采购员，他明明在鱼巷子买了一桶鱼回食堂，待揭开水桶盖一看，水桶里却站着一个伢儿。这一惊非同小可。看他满脸惊讶，云帆一骨碌从水桶中翻了出来，水花溅了他一身。陈双喜两个闺女，正愁没儿子呢。眼见云帆活泼可爱，以为这是老天爷给他送子来了。陈双喜的老婆更是欢喜得捡了宝似的。谁知来了个小阎王，不过半天时间，云帆就把这家人折腾得死去活来。吃晚饭时，陈双喜只得把云帆原路送回了鱼巷子，问他什么都回答得颠三倒四，唯有家住哪里，他爹叫什么名字说得一清二楚。

这边八仙妈发现云帆不见了，发动全家人到处寻找。曹德元得信后以为云帆被人拐走了，急得到处寻找，马路上见人就问，过于心急，被一辆迎面开来的摩托车给撞飞了。医院里，曹德元被抢救了半天没醒过来，直到云帆来到病床边喊"外公"才把他喊醒。曹德元见到云帆，不顾脚上打着石膏，一骨碌从床上直接跳了下来，抱着云帆又哭又笑。这时宋明泽喊了一声"宋云帆"，曹德元听了只觉伤口钻心地疼，眼前发黑又晕了过去。

曹晓娅吓得在病床边喊个不停："爸，爸，你可别吓我！"曹德元睁开眼，一副要落气的样子："晓娅，当初宋明泽可是答应了的，同意你们生的儿子随你姓曹。你替宋家生了两个儿子，一个跟你姓曹有啥关系呢？你妈生了你们姐妹四个，我没嫌弃你们啊，拼了老命送你们一个个读书。现在又帮你们带孩子，从没怨言。你也知道爸的心事，现在云帆愿意随你姓曹，就这么点小心愿你都不答应吗？"

罗翠花理直气壮地说："你爸说的可都是实话，我在场，你们可不能反悔。"又做宋明泽的思想工作："明泽，晓娅可是替你生了一对双胞胎儿子啊，她怀胎十月，千辛万苦，一个随晓娅姓也在情理之中。"宋明泽心里不愿意也没办法反悔了，就这样，宋云帆成了曹云帆。

这段插曲宋明泽并没放在心上，实在是太忙了。宋明泽决定破釜沉舟，带头持股，坚定全厂职工的信心。他在会上说："从此大锅饭的时代已经过去，以后你们个个都是宏运的主人。"他毅然地把自己和所有员工绑在了一起，加强了他与员工之间的凝聚力，也用实际行动证明了他改革的决心。

宋明泽忙完改革又开始调整人事，肖汉良被调整为工会主席。肖汉良认为让他去工会，就是被晾到了一边，气得大病了一场。以前的肉联厂可是岭阳市油水很多的单位，能进厂的多是关系户，那时肖汉良在厂里呼风唤雨，职工见了他老远就打招呼，现在原厂职工见他恨不能绕道走，背后说什么的都有。

一夜之间从人上到人下，肖汉良如何受得了这份窝囊气。他早年死了婆娘，子女不在身边，就推说有病干脆不去上班，成天借酒消愁，这没病也就喝出病来了。他闺女肖脉脉，大学毕业后在广东闯荡，得知肖汉良生病后立马从广州赶了回来。

肖脉脉个性叛逆，从小到大就与老爸对着来，在她心中老爸是洞庭湖畔的石头，顽固不化，如今被人气出病来了，她还是心疼自己老爸的，想着要为老爸出口气。她连续去了宏运办公大楼两趟，都没见到传说中的宋明泽，更激起了好胜心。

肖脉脉第三次去时赶上天空下起了雨，眼看离宏运办公楼还有段距离，见无处可躲干脆漫步雨中。这时宋明泽坐车经过，见一个女子在雨中漫步，以为她是厂里职工，招手喊她上车，把她带回了办公室，见她淋得落汤鸡似的，给她泡了杯姜茶，待她稍稍整理好，问她："为何不躲雨？"

肖脉脉用毛巾擦了一把脸上的雨水，说："不过是下场雨而已，没看古人雪中吟诗更有灵感？我是雨中漫步更坚定了信念。"宋明泽见她说话有趣，问她的信念是什么。肖脉脉冲他嫣然一笑，露出两个甜甜的酒窝："我在雨中就默念一句话，'宋明泽，天涯海角我也要找到你'。"肖脉脉说这句话时，一头湿漉漉的长发往后一甩，模样甚是俏皮。

宋明泽问："你找宋明泽有事吗？"肖脉脉说："我找他算账来了。"

宋明泽愣了下问："你认识他？"肖脉脉摇摇头："我才从广州回来，见都没见过，我是为我爸肖汉良讨说法来了。"

眼前的妙龄女子竟是肖汉良的女儿，宋明泽不禁哑然失笑。他做完自我介绍后，肖脉脉脸上的笑容立马收了起来，打量了宋明泽一眼后，柳眉一挑："总算找到你了。我老爸被你气病了！你让一个当了二十年厂长的去当工会主席，成心让他心里不舒坦？"

宋明泽要肖脉脉别激动，诚恳地向她解释："既然是合并重组的企业，肯定要重新布局。是你老爸自己的思想还没转过弯来，时代变了，我们的思想也得改变才是。"

宋明泽请肖脉脉去厂里参观了一番。改制后的宏运场成了宏运集团，新建了科技培训班、职工夜读班、职工交谊舞培训班……焕然一新，充满活力。

宋明泽笑道："可能是交谊舞会吓病了你老爸，他是工会主席，必须带头跳啊。"

肖脉脉也不由得抿嘴笑了起来。她看到宏运的新变化后，心中颇认可宋明泽的改革思路，但嘴上仍然不服气："我看宏运也没有你说的那么好，不然我在广东怎么就见不到你们的产品呢？你们的营销有问题吧。"

"营销"两字让宋明泽眼前一亮。

肖脉脉大学毕业后在广州企业做过高管,后来辞职做过一些生意。她利用不到一刻钟的时间就让宋明泽记住了她。她说:"宏运想做大做强必须有一个强大的营销团队。"宋明泽说:"公司有人跟我提过营销,可惜,没谁的方案能打动我,不知你的营销思路与其他人有何不同。"顿了顿,他又说:"算了吧,你不在宏运工作,不可能为我们做方案。"

这句话激起了肖脉脉的逆反心理,她说:"这有什么难的,你给我几天时间,我给你一套方案。"宋明泽当即就给了她一张工牌,给她进出集团的自由,让她调研。

几天时间,肖脉脉就摸清了宏运的优劣势所在,她调研市场后,连夜策划了一套营销方案。宋明泽看后眼前一亮,他正苦于宏运没像样的营销人才,看到肖脉脉后有意培养她,想留她在宏运工作,但他话是反着讲的:"在外面看过大世界的人,看不上我们这种小公司。"这恰激起了肖脉脉的斗志,她说小公司方能显身手。就这样,肖脉脉进了宏运集团营销部工作。

宋明泽回家后还与曹晓娅聊这件趣事,说女儿为父讨说法,反被"策反"。曹晓娅说:"比改革更重要的是人心,齐心协力改革才能顺畅。"

宋明泽也意识到自己还有做得不够的地方,此后他多次上门看望肖汉良和厂里的老领导,空时还会陪他们下棋、喝酒。集团有重要的事也会提前与他们商量。没多久,这帮老顽固也成了他的支持者。

为了打开市场,宋明泽挑选人才组建了一支营销队伍,并任命肖脉脉为营销部部长。为了创出自己的品牌,宋明泽带着李四贵和肖脉脉三上洛阳。

"人家一根火腿肠能走进千家万户,宏运也可以。"会议上他提出引进日本制作火腿肠的设备,在计划经济思维还处于统治地位的年代,这种"贪大求洋"的做法惹来不少非议。其间经历了报计划等批准的坎坷周折，那套设备终被宋明泽买来，为宏运人播下了希望的种子。

为了研制出有特色的火腿肠，宏运团队聘请了不少调味师前来调味，但口感都一般。肖汉良说："干吗请别人，现成的金牌调味师就在跟前呀！"

"八仙妈！"宏运人眼前一亮。

八仙妈堪称岭阳最出色的调味师。她常把"民以食为天，食以味为先"这句话挂在嘴边，说"食品要保证品质，还要有自己的特色才能口口相传"。

接到宋明泽的邀请，许玉珍没推辞，第二天就与马建设赶到了宏运车间，开始了长达一个多月的调味工作。其间宏运人也进一步了解到宋记食品兴旺的秘诀——八仙妈做事十分严谨，所有食材都必须是当季的原生态材料。她看材料就跟老中医似的，望闻问切一目了然，辣椒必须是岭阳本地六月椒，哪怕一棵葱不是当天出的都不行，弄得负责食材配送的李四贵格外小心谨慎。

八仙妈与科研人员历经一个多月的研究与调试，终于研发出有地方特色的宏运火腿肠系列——火腿肠一律微辣。宋明泽又请岭阳最挑剔的美食家前来品尝，他们都赞不绝口。宋明泽给这道新产品命名为"鸿飞"。

这倒好，许玉珍为了给宏运厂的火腿肠调味，白白耽误了自家生意个把月，宋明兴心生怨气，见宋明泽送母亲回家后，把他喊到一边，劈头盖脸对他发了通脾气，嫌他让母亲受累。

"妈上了年纪，腿脚不便，跋山涉水去九里铺！那是啥地呀，鬼都不去的地方，你却劳烦妈去那地方。连续一个多月，在车间一站就是一天。你想成功，想得到承认，可别辛苦咱妈呀！宋记是做湖鲜食品，你们集团生产火腿肠，你要妈去当调味师，这不是胡闹吗？"

许玉珍说宋明兴不该发脾气："我只不过前去给他们调了一下味道，说些制作的窍门。你妈我没能力救苦救难，但是有一颗行善的心。别忘了大河满水小河灌的道理。"

一旁的马建设让许玉珍有话坐下再说，待许玉珍落座后，拿了杯子泡了一杯茶，放在她手边。马建设做这些自然又周到，宋明泽看在眼里，暖在心里。一群子女围绕在母亲身边，却没一个能有马建设这样懂母亲、照顾母亲的。

宋明泽要马建设也喝口茶歇会儿，马建设笑道："话还没说完呢。"

许玉珍喝了口茶，继续给宋明兴上课："早前，荆州一个船夫途经鱼巷子，吃了碗咱家的渔渡粉念念不忘。后来他得了重病就想吃咱家的渔渡粉，他儿子赶来鱼巷子找到你爸说了这事后，你爸为了满足他的心愿，带着一袋子材料随他儿子去了一趟荆州，在他家为他亲手做了一锅鲜美的渔渡粉，他吃了，病居然神奇地好了。由此宋家的渔渡粉在湖北口口相传……"

林秀甜从外面赶了回来，听话只听了一半，她一脸紧张，紧挨着婆婆坐下："娘哎，我们都晓得您是菩萨心肠，但是得区分有度，千万别把咱家的秘方给泄露了。"

许玉珍微笑着瞥了林秀甜一眼："你跟了我这么久，宋记食品的每道程序你都参与过吧，你也目睹了我制作辣鱼酱的点滴，你学到秘方了吗？"

林秀甜满脸通红，她做的辣鱼酱总是差些火候，为此她还怪婆婆防着她，没把秘方传授给她。许玉珍也不解释，但宋明泽清楚，宋记食品是没秘方的。非要说有的话，那秘方就是所有材料都是原生态的，每个步骤火候必须到位，每道工序务求认真细致。

宋明泽把这份认真的工作态度带到了宏运，他赶回集团开了个会，鸿飞火腿肠得迅速打开市场才是。鸿飞火腿肠刚走向市场，消费者的接受程度并不高。毕竟全国已有几家知名品牌的火腿肠占据市场，想从其中分杯羹，不仅需要地方特色，还需要巨大的广告推销力度。打广告需要一笔庞大的资金，这笔钱从哪里来？

为了打开局面，宋明泽选择了秋季广交会这条路径。宋梦夏已从电视台调到了省外经委工作，说广交会是招商引资的纽带，会上有很多外商，请个翻译才利于宏运产品的推销。请谁呢？

宋梦夏说："上个月我去广州出差和燕妮见了一面，不如请燕妮。"梦夏说燕妮过得并不好，离婚后独自带着女儿生活。宋明泽不想麻烦燕妮，说："还是找我战友杨波吧。"梦夏对杨波似乎有些印象："杨波，想起来了，你军校的战友吧？"宋明泽笑道："你还记得啊，杨波在电话中几次问起你呢。"

距离广交会还有三个月的时间，宋明泽就召集销售部门的人开了几次会。"广交会上参展商不计其数，沐南省参展的单位就有上百家，岭阳市展厅只是其中之一，而且大部分是农产品，这在会展中根本不占优势，鸿飞火腿肠想脱颖而出更是难上加难。所以我们要尽早想点子找路子。"会上提出的思路五花八门，肖脉脉主张借鉴茅台酒的招数，现场砸碎一壶老酒的办法吸引顾客。

宋明泽说："不行，别人用过的没新意。"

"那请一支本地的歌舞演员去展厅演唱助阵。"

宋明泽说："这个更不行，俗气，歌舞演员去农展会不伦不类。"

宋明泽回家后还在想招。曹晓娅说："推销吃的东西还是找妈商量吧。"

俩人一起回了趟宋家院子。八仙妈听了情况后，问道："会场有多少人啊，中餐是全部吃盒饭，还是在食堂就餐？如果吃盒饭，你就要想办法承包后勤食堂的生意，每个盒饭里荤素搭配再放两根鸿飞牌火腿肠，连吃几天，保管这鸿飞啊就能满天飞。这食品好，在于顾客今天吃了明天还想吃，基本就成了。"

母亲的话给了宋明泽很大的启示。如果能承包交易会食堂的生意，何愁鸿飞不"飞"？会场中每天至少几万人进出，开会的、看展的中餐一般都吃盒饭。问题是广州那边没设分店，也没工厂，如何才能与主管部门联系上呢？

为了这件还没影子的事，宋明泽和司机开车去了一趟广州，带了一车鸿飞牌火腿肠外加十几箱八仙食品，找到战友杨波商量对策。几年不见，杨波变了个样，一身西装，理了背头，眼戴墨镜，手上拿大哥大，派头很足。俩人在部队有过命的交情，又一同在部队考上军校，感情非同一般。

杨波离开机关下海开了家贸易公司，他劝明泽也下海。那时"下海"已成为当时创业的流行语。

寒暄一阵后，宋明泽提到了这次广交会想承包食堂生意的事，问杨波能否找人引荐相关部门的领导认识一下。杨波笑得很神秘："你还真会找，我还真有个熟人是这次主管广交会的领导。"宋明泽握住杨波的手说："兄弟，你可真是我的福星，梦夏还说要帮我找人嘞。"

提到梦夏，唤起了杨波的美好回忆，梦夏去军校看宋明泽时，他对梦夏一见钟情，俩人也很投缘，可那时候军校规定很严，不许谈恋爱，不能请假，他没机会追梦夏。那美好的画面就一直存在了他的记忆中。这会儿明泽提到梦夏，接下来的话题便全是梦夏。

"梦夏好吗？没结婚吧？"

宋明泽笑道："没嘞，就没听说她谈过男朋友，心气高，一般的人看不上眼。"

杨波心中又泛涟漪，问宋明泽要梦夏的联系电话。

宋明泽说："要电话你当面问她要吧，她在广州开会嘞。"

杨波说："好啊，晚上为你们兄妹俩接风洗尘。"

晚餐，杨波在一家粤菜馆订了一个包厢，他和宋明泽从办公室聊到餐厅。当宋梦夏风姿绰约地出现在他面前时，他眼睛都看直了。招呼后，梦夏打量了他一眼，浅笑嫣然："哟，都没认出来，是杨波啊，以为是华侨呢，派头足啊。"

杨波脸色绯红，注视着梦夏说："派头再足，在你面前也黯然失色啊。"

寒暄几句后，酒菜上桌，三人边吃边聊。杨波要尽地主之谊，喝了不少酒，他深情的目光一直没离开过宋梦夏，酒喝多了，还吟了首诗送给梦夏："你啊你，就这样踩着莲花又出现在我眼前。可知道，你的出现，让世间花儿瞬间失色。你的出现，遮住了世间所有的光华。你的出现，让我再次相信世间的奇幻！"他还想再念，被宋梦夏给打断了："杨波，下次有机会再听你聊诗歌。我哥想承包广交会餐饮的事，你得帮忙想招啊。"杨波说："明泽的事就是我的事。"

杨波是广州人，熟门熟路，带着宋明泽直接找到了主管广交会的王信主任。王主任说得很直接："广交会后勤保障很重要，每天的盒饭供应量至少几万盒，你们宏运想承包会议期间的餐饮项目，必须要通过严格的选拔与招标才行。"

宋明泽离开时，给王主任送了几箱鸿飞火腿肠和宋记食品，说是家乡特产，请他尝个鲜。开始王主任怎么都不肯收，说这违反纪律。宋明泽说："这鸿飞火腿肠是我老母亲在车间调试了一个多月后才调试成功的产品，口味与众不同，就想请您品尝一下家乡特色。"王信听宋明泽如此说，不好意思再推。

广交会还没开始，宋明泽已经为承包会议餐饮的事忙活开了，一边交代宏运集团要提高产品质量，一边在集团召集了几十个员工来广州接受会议前期培训事宜，还让肖脉脉组织了一支营销队伍，布置广告语与定制盒饭——盒饭不少于六个菜，讲究荤素搭配，每个餐盒上都贴上鸿飞火腿肠的标识——主打突出特色，吸引消费者。

宋家可是做餐饮起家的，营养搭配、菜系安排、口味细化等都是长项。宋明泽让主管李四贵去请教八仙妈。最终考虑到全国人民的口味不同，盒饭分为无辣、微辣、辣得叫几大类，由客人自己选择。

宋明泽赶回岭阳找到李和坤汇报了工作："如果宏运这次能承包广交会期间的餐饮项目，那不只能推销鸿飞牌火腿肠，还能一举推销出地方特产。最好苏市长亲自带队前往广州参加这次交易会，为宣传岭阳加油助威。"这话很快传到了市委领导的耳朵里。

"听说没，那养猪场的宋明泽想承包广交会的餐饮项目，他自己异想天开就算了，还想邀请苏市长一起去广州给他搞推销。这个招数亏他想得出来，市长在广交会上卖盒饭像样吗？"

那个时候还没谁有如此超前的想法，市委领导带队搞推销更无先例。但李和坤相信宋明泽的这些奇思妙招，带着宋明泽去了苏解放的办公室。

李和坤汇报了宋明泽推销鸿飞火腿肠的思路，说如果这次鸿飞牌火腿肠能在广交会上火起来，那这个产品也就能在全国火起来，这是一次推销鸿飞牌的好机会，也是一次推销岭阳地方特产的好机会。

苏解放听了汇报后，递了一支烟给李和坤，丢了一支烟给宋明泽。

"来，来抽支烟。宋明泽，你这个思路不错，先中标再说。"

能否在广交会上中标？

距离广交会还差三个月时间，宋明泽就带着员工租住在广州一家工厂展开了前期准备工作。

机会是给有准备的人的。宏运在这次广交会餐饮项目中顺利中标，承包了整个会议期间的餐饮服务。每个盒饭盖子上都清晰可见鸿飞火腿肠的标识，搭配宋记八仙食品：鸡腿、鱼品、炒肉、莲藕、洞庭镇的蓑衣萝卜，加上两根鸿飞牌火腿肠。每天菜系不一样，但鸿飞牌火腿肠每餐都有。

如八仙妈预料的那样，好吃的东西吃了还想吃。岭阳市农展厅在大厅角落里默默无闻了三天后，迅速火了起来。很多客户都是因为连续吃了几天鸿飞的盒饭后知晓岭阳的，纷纷跑到岭阳的农展厅中了解情况。一个星期后，宏运销售部现场接到了几千份订单。而岭阳民营企业的代表宋明兴以逸待劳，用八仙妈的"舍得"销售定律，派人把宋记食品舍了两百箱出去，很快就换回了几千箱大单。广交会快结束时，宏运不仅成功推销出鸿飞牌火腿肠，连带宏运腊制品也销售一空。

宏运食品在广交会上赚了一笔钱后，宋明泽选择在电视台打广告。当"会飞的鸿飞火腿肠"在电视屏幕上出现时，立马吸引了无数消费者。广告播出两个月后，鸿飞火腿肠在全国火了起来。"鸿飞进万家，幸福你我他"的广告随处可见。很快，宏运集团门口拉货的车排起了长龙，五百多名职工积极性空前高涨，全国各地的订单雪花一样飘来，仅一个季度，鸿飞牌火腿肠销售利润超亿元。订货单位太多，全厂职工在生产车间加班加点。

宋明泽为了鼓干劲，交代后勤的人在广播里播放当时的流行歌曲《众人划桨开大船》：

"一支竹篙耶难渡汪洋海，众人划桨哟开动大帆船。一棵小树耶弱不禁风雨，百里森林哟并肩耐岁寒，耐岁寒。一加十，十加百，百加千千万，你加我，我加你，大家心相连。同舟嘛共济海让路，号子嘛一喊浪靠边，百舸嘛争流千帆进，波涛在后岸在前……"

年底宋明泽不仅给全厂职工发放了丰厚的奖金，还给全厂职工发放了红利。

除夕那天宋明泽值班，傍晚才赶回家。曹晓娅说："除夕还加班，明轩他们明天回家过年嘞……"话还没落音，阳台上便传来孩子的哭叫声。宋明泽跑去阳台，云帆和云峰正在为抢夺一个玩具揪扯不休。宋明泽喊道："快放手，爸爸给你们讲故事啊，想知道天鹅是怎么睡觉的、白鹤怎么被驯服的吗？"

云帆和云峰赶紧搬个小板凳排排坐在了沙发前，睁着大大的眼睛听爸爸讲故事，云帆喜欢提问，问起来没完没了。宋明泽说："有关鸟儿的谜团啊，明天找你五叔问去啊，对了，明天运真也会过来。"云帆便一心想着快点见到运真。

早上宋明泽带着他们还没进宋家院子，云帆就喊开了："运真！运真！"宋运真是宋明旭的儿子，长得虎头虎脑，他和云帆见面就玩在了一起。明旭一家人才进门，宋明轩带着新婚妻子罗小萌也从北京赶了回来。

第十章　远浦归帆

这是宋明轩离家后第一次回乡。他以前很清瘦，现在高大魁梧，直鼻方腮，相貌堂堂。宋明泽笑道："还是首都的水土滋养人。"这次宋明轩带回了很多北京特产，给母亲带了治疗风湿的膏药，给奶奶带了一件貂皮袄。

奶奶抱着罗小萌看了又看，说罗小萌是福相，天庭饱满，地阁方圆，旺夫旺子。又悄悄和许玉珍说："老六的媳妇定是个能生养的，胸大屁股大。"

许玉珍看新媳妇上门，拿出了绝好的厨艺，做了一桌鱼宴，光是鱼就做了十几种花样，还炖了两只鹅，揭开锅盖，香飘十里。她给罗小萌夹了两个鹅腿在碗里，要她先吃。罗小萌把明轩喊到身边，非要俩人一起吃。看罗小萌对宋明轩呵护有加，一旁的晓春偷着乐，说："这就叫笨人有笨福，小时候一句话说不出来，偏又找了个能干的老婆，还是首都的大学生。"

奶奶笑得合不拢嘴，饭后又开始点子点菠萝。她想起一个重要的事来，喊道："长江，我怎么把你给忘了，长江！"屋里顿时鸦雀无声，就连吵闹的重孙都停了下来，他们睁大了眼睛看着自己的爸爸妈妈，发现他们脸上的笑容瞬间没了。

奶奶又喊了一声："长江——"

"哎，娘，我在呢。"马建设自然地应了一声，坐到奶奶身边。奶奶听到回应，咂咂嘴，眼中含着泪水，脸上堆满的褶子慢慢打开又慢慢合拢。

这时宋家兄妹才意识到，在不知不觉中，马叔叔在家中早已替代了父亲的角色，这些年多亏他帮衬，他们才能安心在外工作和学习。母亲生病不适时，多是他照顾。父亲走后，家中的重担完全落在母亲身上，而马叔叔风雨无阻在母亲身边替她分忧解难。

一晃父亲走了十年，马建设也照顾了这个家十年，在相互帮衬中，他和母亲之间早已建立了生死相依的感情。他们坐在一起很般配，罗小萌说不了解实情的话，以为他们就是原配夫妻。

饭后马建设把宋家兄妹喊到书房把话挑明了："眼看你们一个个出息了，我为你们感到高兴，趁你们都在，我也有件事和你们说一声，我和你们的妈妈经过深思熟虑后，决定结婚。"

这话一出口，全屋的人屏息凝神，大伙默了阵神后，宋明兴第一个反对："我们都感谢您这么多年来对我们的照顾，但是您想和我妈结婚，不合适。"

林秀甜也不同意："就这样不挺好的吗？两家亲戚一样地走动。"

场面有些尴尬，他们深爱着自己的母亲，也尊敬马建设，可宋明兴对父亲的感情超越了一切。张一鸣要大家先别激动："既然马叔叔提出这个想法，想必是妈的意思，不如听听妈的意见再说。"

马建设料到有这一出，听大伙说完后，转向宋明泽。这件事提得有些突然，宋明泽一时之间也有些难为情，看着马建设说："干爹，这件事还要看妈的意思……"

宋晓春抢着说："这不合适，妈都儿孙满堂了，再结婚传出去不好听。"马建设神情平和："希望你们换位思考，你们成家立业了，留你妈和奶奶在家中多孤单啊！"

林秀甜说："怎么会孤单呢？我正准备把两个孩子交给妈带呢！"

宋梦夏这会儿有话说了："不行，谁家的孩子谁带，妈养育了我们六个落下一身病，再继续帮你们带孩子的话，她那一身病没法好了。"

曹晓娅第一个赞成："如果妈和干爹情投意合，我们做子女的当然支持。"

罗小萌接过话题："我们年轻的能寻找幸福，老年人当然也可以拥有黄昏恋。"

宋明轩跟着说："马叔叔早已融入这个大家庭中，有他照顾妈，我放心。"

宋明泽也想好了，说："干爹，如果您和妈愿意，我们做子女的没意见。"

宋明兴眉头一皱，呼地站起来说："不行，我不同意。"

许玉珍走了进来，扫视了一屋人后，目光落在宋明兴的脸上："你不同意无效，我同意就行了，这些年来要不是你马叔叔，你娘我不知死了几回。我和他志同道合，这事就这么定了。"宋明兴微微低着头，半句话也不敢再说。

马建设忙打圆场说："没必要生气，听他们谈各自的想法也是有必要的。"马建设和母亲去了厨房。宋明兴瞥了宋晓春一眼："刚才你成哑巴了，为何不出声？"

奶奶踩着小脚走进书房，说："你们刚才的话我在里屋听得清楚着呢，别以为我老眼昏花，我心里呀明镜似的。"

宋晓春见到奶奶立马有了主意，要是奶奶不同意，马叔叔这计划就得落空，妈在家里一言九鼎，但她听奶奶的。林秀甜赶紧搀扶着奶奶："您有什么就直说。"

奶奶无奈地摇摇头说："天要下雨，娘要嫁人，这事谁也没办法。"

曹晓娅和宋明泽对视一眼偷偷笑了起来，看样子这屋里最明白的人是奶奶。

马建设与许玉珍风雨同舟十年后，勇敢走到了一起。当时许玉珍有六个儿女七个孙辈，马建设有两个姑娘两个外孙，外加奶奶。呼啦啦聚在一起二十几口人，俩人得有多大的勇气来面对这么个大家庭？

早上，在许玉珍的带领下，一大家人来到洞庭湖边祭拜宋长江。冬日暖阳，五彩斑斓的鸟儿不时从头顶掠过。这是宋长江遇难后全家人第三次一起来到洞庭湖边祭拜他。一家人绕湖边走了一里路左右，往湖里丢了粽子，徐徐洒下酒，远处水天一色，万鸟飞翔。

许玉珍遥望滔滔江水，点燃三根香祭拜，眼中含泪："长江，又到春节了，我们看你来了，儿女们也都来了，家里四个媳妇贤惠，女婿懂事，孙子孙女也都聪明乖巧，娘身体也好，你放心吧。"许玉珍在唠家常，似乎宋长江踏波而来就站在她身边。

马建设拎了一壶酒往湖边洒去，朗声道："长江，我的好兄弟，吃酒。你说过如果有一天你不在了，让我要好生照顾这个家，我答应过你，我说到做到，儿女们都争气，你安心吧！"

接着一群儿女一起望湖祭拜。宋明兴遥望洞庭忍不住落泪，宋明泽也眼眶泛红，浪里白条的汉子终究被这湖水给淹没了，他又想起任三平说的那句话："你父亲很平凡却值得人尊敬。"

空中徐徐飞来一群白鹤，春节时的洞庭湖正是候鸟迁徙时节。孩子们见了高兴得手舞足蹈。运真起劲喊："白鹤！白鹤！"云帆就说："新年好！新年好！"

新年新计划，宋明泽组建了宏运集团股份有限公司。鸿飞牌火腿肠乘风破浪，开年像是中了六合彩，五湖四海的订单雪花般飞来。宏运上百条生产线同时开工，工人忙得不亦乐乎。随后在政府部门的主导下，宏运先后兼并了岭阳市食品厂和市罐头厂两家企业，宏运集团升级为市级国企，市经委成了宏运的主管部门。莫守清调去岭阳县任县委书记，李和坤调到市经委任书记，新调来的经委主任是任才高。

任才高在办公室见到宋明泽时透着几分喜悦："明泽，宏运集团的董事长，名声响亮啊！"宋明泽嘿嘿笑道："才高老兄你是经委主任，这名声再响亮我也是你的手下呀。"

俩人相见甚欢，在办公室推心置腹谈了许久。任才高鼓励宋明泽："撸起袖子干就是，任何时候我都是你坚强的后盾。"晚餐，宋明泽在宋记鱼馆为任才高接风洗尘，并喊了宏运集团的几位高管作陪，晚上俩人喝得很高兴。回家宋明泽还当佳话讲给曹晓娅听："上辈的这份感情能延续到我手上，我很珍惜。才高还是那么豪爽，吃饭时喊了几个朋友一起，都是做生意的老板。"曹晓娅却说："还是要注意点，毕竟你们不是私营老板。"

宋明泽再次主导改革，打开新市场创建新品牌，并向社会募集资金两亿元，把这笔钱用在拓展新产品上，研发新莲味精，打造属于宏运自己的调味品牌。

宏运集团搞建设时，前来接工程的关系户络绎不绝。上面领导的招呼不断，连任才高也不例外。宏运集团启动新莲味精项目时，任才高介绍了一家公司参与其中。老总叫王凯，是任才高的表弟，做贸易起家，面相讨喜，很会来事。可王凯转身就把标段转包给了别人，轻松赚取了两百万元的中介费，施工方却在项目进场时偷工减料。

宋明泽了解情况后，立即终止了与其公司的合作关系。他向任才高如实反映了情况。任才高听了面上骂王凯不务实，心中却极不舒服，这是他第一次找宋明泽开口，却搞了个乌龙。

王凯还恶人告状，找到任才高诉说了一箩筐宋明泽的不是。"现在岭阳做工程哪个不是找关系转包。我和宏运合同都签了，中介费也收了别人的，转包的公司已入场了，半途宋明泽却坚持要终止合同，这不是让我亏死吗？我找宋明泽说不看僧面看佛面，才高老兄的面子你总要给吧，宋明泽说谁的面子都不行……"王凯几乎是哭着离开任才高办公室的。

宋明泽也很无奈，为工程业务的事他得罪了不少关系户，可宏运集团要想蒸蒸日上，就必须严把质量关。在他的主导下，宏运集团一脚跨入省内大型知名企业行列。

秋天是收获的季节，宋明泽被评选为岭阳市十大杰出青年，并成为岭阳市人大代表。宋家双喜临门，儿女们想趁此机会给母亲过六十岁生日。许玉珍是十月二日的生日，因为奶奶健在，她不过生日的。但这次儿女们做好了要给许玉珍一个惊喜的准备，就连燕妮也在国庆节的前一天带着女儿肖含芯赶回了岭阳。

　　曹晓娅带着云峰在接站口接她们。燕妮身穿一条天蓝色的连衣裙，配上一双白色的高跟鞋，比以前丰满了些，也更有韵味了。燕妮和曹晓娅来不及寒暄，先来了个大大的拥抱。燕妮的女儿肖含芯模样秀巧，刚和云峰见面就玩到了一起，这两个孩子似乎早就相识。

　　一别十年，曹晓娅和燕妮拉着手从路上到家里话不断。燕妮给曹晓娅带了很多礼物，穿的用的都想到了。到家后，燕妮又从箱子里拿出条时尚的裙子送给曹晓娅，要她试穿看看。

　　曹晓娅换装后，婀娜多姿的身段得以体现，气质大大提升。她在穿衣镜前转了一圈后，呵呵直笑，说燕妮是魔术师。

　　外面传来小车停泊声，宋明泽回来了。燕妮忙起身整理了一下自己，听着外面由远而近的脚步声，她的脸颊就像抹了胭脂一样娇艳动人。

　　宋明泽泊车后大步流星往屋里走去。走廊上迎接他的是燕妮的女儿肖含芯，明眸皓齿，典型的自来熟，听云峰喊了声爸爸后便上前自我介绍："我叫肖含芯，今年四岁。"宋明泽弯腰和含芯握了个手："含芯你好！欢迎你来岭阳，希望你在岭阳玩得开心！"

　　宋明泽抬头时，燕妮轻步走来，此时的燕妮比少女时代多了一份成熟的女人味。而燕妮眼中宋明泽比以前多了份成熟男人的魅力。两两相望，燕妮眼眶忍不住湿润。宋明泽倒是很大方："燕妮，昨天晓娅就念叨你呢，看看孩子都这么大了，你家就一个小朋友还好，我家两个，闹腾得很。"

　　曹晓娅从屋里走了出来，宋明泽见了眼前一亮："哟，我家来电影明星了哈，比山口百惠还漂亮。"曹晓娅白了他一眼："这可是燕妮给我打扮的。哎，赶紧去接云帆过来，我们一起回家，省得奶奶又念叨。"

宋明泽笑道："早想到了，云帆在车上等着呢。"夫妻相视一笑，一旁的燕妮看了心里隐隐有种说不出的滋味。无疑宋明泽是爱曹晓娅的，而且他们心有默契。

再回洞庭镇，燕妮感觉环境变化很大，以前的黄泥路成了柏油马路，整齐的二层小楼散落在绿荫之间。宋明泽在长风湖边的路口停了车，问燕妮："还能找到咱家吗？"

燕妮四处眺望，路左边那片竹林前的老房子不见了。她笑道："不管怎么变，我都能找到，咱家门前那棵孔雀树一定还在那里！奶奶说那棵树是天上文曲星落下的一支笔，谁绕树转得多，谁就能中状元。哎，还记得吗，明轩那时为了躲懒，每天放学回家就躲在那棵树上看书，奶奶说他沾的灵气最多，果然他金榜题名。"

三人笑了起来。笑归笑，要不是门前那棵树，燕妮还真找不到老屋所在的地方。穿过一片竹林，在一处地势较高的坡上，有一座花园洋房，比以前的院子大了几倍，那棵孔雀树依然沧桑傲立。燕妮欣喜地绕着孔雀树转了两圈，长风湖、九华山、孔雀树是她对洞庭镇的美好记忆。

走进院子又是一番天地，小桥流水，花木繁盛，院子中央一栋五层楼房，琉璃瓦搭配明亮的瓷砖，气派又典雅。放眼望去，这栋楼房应是长风湖畔最洋气的楼房。宋明泽说这个院子是去年扩建的，前后带花园。燕妮对于院中的一切感觉陌生又熟悉，院子左边的向日葵欣欣向荣，右边两棵桂花树高大繁盛。

燕妮来不及感怀，听到屋里有人说话，忙整整衣角，又交代含芯要有礼貌。燕妮进屋见到许玉珍激动得泪流满面。两人抱在一起免不了要倾诉一番，待在一旁的含芯着急地提醒妈妈还没介绍她呢，燕妮才离开了许玉珍的怀抱。都不等她开口，含芯已走到许玉珍跟前，一口一声外婆喊开了。燕妮说："含芯给奶奶背诵首诗吧？"肖含芯很大方，背诵了一段《岳阳楼记》。曹晓娅喊："云帆也来一个吧。"

云帆眨眨眼睛，从抽屉里摸出一对小快板来，站在奶奶身边有模有样地就开场了："五益的包面溪园的粉，李味的包子余家的鱼，陈记的烧麦三朵花，长乐镇的甜酒数罗家，统统不如八仙妈，韩湘子化斋来洞庭，吕洞宾三醉过她家，八仙过海来品尝，岭阳出了个八仙妈，哇哇，宋记食品顶呱呱。"这段顺口溜说的是岭阳特色小吃，也不知谁编的，最近在岭阳流传开来。他一脸机灵，声情并茂，配合手中的小快板，哇哇配呱呱，一桌人全被他逗笑了。

许玉珍去厨房忙活去了，燕妮这才得空观察宋家的新居。宋家已今非昔比，屋里装饰大气典雅，家具全是实木制造，空气中散发着一股淡淡的原木香味，客厅宽敞明亮，摆设也甚是讲究。隔断处有一个鱼缸，主墙摆放着木雕沙发与茶几，前方电视柜上摆着电视机与电话，壁上挂有一幅竹编书写的《岳阳楼记》，右墙花格上有几个显眼的青花瓷瓶。

宋明泽问燕妮："还记得这几个花瓶不？小时候我们在九华山上的坟堆里扒拉出来的，没承想这几个瓶子是古董。"

燕妮怎能不记得呢，有宋明泽与曹晓娅在身边，所有的记忆都恍如眼前。三人边聊边看，转到餐厅就像是到了酒店，靠墙有一面整齐的酒柜，中间有一张足够二十多人进餐的大圆桌。这餐桌是许玉珍特意找君山岛上的老木匠定制的。书房最奢侈，满屋都是书，还有一张练习书法的长桌。宋明泽说："这栋屋每层楼有十间住房，有单独的会客室、品茶间，来人再多住宿都没问题。"

一辆吉普车开到了门口，大家以为是梦夏来了，可这次从小车上下来的人是舅舅许玉山，屋里人立即围上前去迎接。宋家子女还和小时候一样崇拜舅舅。

一屋人围绕着舅舅好不热闹。许玉山念叨还差梦夏时，门外传来小车的鸣笛声，一辆黑色的小轿车驶进了院子。梦夏走出车门取下墨镜时派头十足，就像是电影明星，任何时候都走在时尚最前沿。

开餐后，一屋人围桌而坐，马建设和许玉山碰杯后，大家边吃边聊，聊改革开放，聊洞庭镇的变化。奶奶心不在焉，眼巴巴望着门外，宋长湖没来，她几次起身要去外面看看。坐在对面的宋明旭竖起耳朵听了一阵，神情有些失望："奶奶莫等了，二叔肯定还在湖边捡垃圾呢。"

奶奶便唠叨开了："不看日子，不分时节，这湖边的垃圾他捡得完？当初就不该让他去那孤岛上工作。这一去啊，洞庭龙王给他下了蛊，他心中没了老娘，便只有那湖水了。"

宋长湖就像是洞庭湖的"清道夫"，见垃圾就捡，有次下湖游泳时，脚突然抽筋，差点溺水，所幸被一条江豚给顶到了岸上，才保住了性命。此后他与那条江豚成了朋友，半年后那条江豚却死在湖边，它肚子肿得跟吹胀了的气球似的。湿地科研人员经过解剖发现，它的死因是吞食了湖中漂浮的化学垃圾。宋长湖伤心不已，从此更痛恨往湖里乱扔垃圾的人。但恨也没用，绕洞庭湖的厂矿都是罪魁祸首。他没办法改变现实，只能默默做好分内的事，愚公移山般，日复一日地清理湖上和岸边的垃圾。

许玉山对孩子们说："我倒是佩服长湖的这份执着，你们啊都要向他学习，爱护这湖水，保护咱们的根。"

饭后，宋明泽请舅舅和燕妮去东升坡大市场参观。东升坡的蜕变让燕妮啧啧称奇。小时候读书经过琵琶王坟山时，漫山遍野是坟堆，她胆儿小，总是夹在曹晓娅与宋明泽的中间。她说："琵琶王坟山都能铲平，这世上还有什么不能改变的？"

随后一行人参观了宏运牧业基地，去车间观看了鸿飞火腿肠的生产流程。许玉山对于宋明泽这几年来为家乡所做的成绩给予了肯定，说他有闯劲、有想法。

返回时，他们穿过长风湖，看到湖面漂浮的垃圾与一股股冒泡的黑水时，许玉山神情凝重。不远处，采石场的轰炸声激起几十米高的烟尘，大量岸边植物遭到破坏。长风湖原本是洞庭湖的支流，岭阳湖多地少，五十年代曾大量围湖造田，围垦后，这湖水曾经是城市的蓄水湖，到了七八十年代城市搞工业发展，选址多在城乡接合部，洞庭镇周边相继冒出一批工厂，百业待兴的年代，人们忙着搞建设，忘了此地有个蓄水的长风湖。

燕妮站在这湖边久久不愿意离去，她爱这湖水的奇妙，又恨这湖水的邋遢。她是个矛盾体，世俗也脱俗，就如她对宋明泽的感情一样，远了会想，近了又觉得不合适，分开后觉得世间还是他最好。许玉山说治理洞庭湖是未来岭阳人必须干的一件大事，环保事业以后在中国的市场很大，并建议宋明泽创建一个能带动区域发展的环保科技产品。

一行人回家后，菜已经上桌。宋晓春在餐厅喊道："开饭啰，今天可是正宗的巴陵全鱼席。"宋明兴用毛巾擦了一把脸后，给舅舅介绍："今天的全鱼席选用桂花鱼、凤尾鱼、红鲤鱼、水鱼和小水产等二十七种鱼烹制而成。三十二个菜肴，主菜到小碟、点心全部是鱼。"许玉山扫视了一大桌菜后，说："明兴厉害啊，这巴陵鱼宴可真不是一般人能做得出来的，看看这道清蒸全水鱼，鱼形完整，栩栩如生。"

梦夏说："哇，荷叶烹制的银针鱼片造型美观！"

晓春扶着奶奶上桌，八仙妈和马建设落座后，许玉山跟坐在一旁，宋家子孙依次围绕而坐。

许玉珍说："今天喝的是自己酿的米酒，吃的是自己池塘里的鱼、自己养的猪、自己做的鱼。"明泽接口道："自力更生，丰衣足食。来，我们一起祝母亲健康吉祥！"许玉珍还是那句话："先敬奶奶，这是宋家的规矩，家有一老如有一宝！"奶奶看许玉珍给她满了一碗酒，高兴得红光满面说："玉珍，你过生日，孩子们敬你是应该的，你操持这个家辛苦了，来，来！"一家人举杯敬奶奶和母亲后边吃边聊。

饭后，明兴和明泽陪许玉山在客厅打麻将。张一鸣自愿当勤务兵端茶倒水。一群女人则围坐在客厅聊天。宋晓春成家立业早，宋梦夏把自己拖到了三十多岁还没动静。宋晓春非要问出个所以然来，追着梦夏不放："你不可能没喜欢的人，咱姐妹之间有啥不好说的？哎，你就是找了个大官，我们也不稀奇，谁让你从小就是只凤凰呢。"

任宋晓春唠叨了一阵后，宋梦夏抬眼望着窗外，说："我也好多年没见过他了，就那个画家秦铭。"宋晓春满眼疑惑地问："秦铭？不是以前那个下放在农场队的秦铭吧？"

宋梦夏点点头。宋晓春听了失望至极，娥眉微皱，对着梦夏就是一通唠叨："不会吧，梦夏，还以为你的眼光多高呢！秦铭早已有了家室，一个落魄画家，想他干啥？"

宋梦夏悠悠然来了一句："我的世界你不懂。"

宋晓春有些急了，一把拽住梦夏的手："哎呀，我的好妹妹，你到底想过怎样的生活啊？"

宋梦夏此时已有三分醉意，呵呵笑了起来："过自己想过的生活呗！待我了无牵挂，四海漂泊为家，看看天山雪莲，走走大漠黄沙。"她靠在燕妮身边，燕妮脸色绯红，明目流转："泰山顶上饮酒，洞庭湖畔浣纱，就此峰回路转，青巷石路，醉卧孔雀树下。"相隔千万里，她从没忘记过这一家人。她铭记与宋明泽的两小无猜，与曹晓娅的相知之情。她感激宋家人在她落难时救她之恩，她知道，历经千帆后她终究还是要回到这个家的。

早上，宋明泽陪舅舅去了一趟君山岛，先是去外公外婆的墓地祭拜，查看了外公留下的茶庄，又走家串户拜访了岛上的邻居，感谢他们往昔照看之情。一群人坐机帆船离开君山岛时，夕阳落湖，霞光万道，许玉山立船头不由豪情万丈："衔远山，吞长江，浩浩汤汤。"

许玉山这趟回老家并没与宋明泽聊过往，不过是要他陪着一起登岛观湖，说："人间事相比江湖海，不过是尘埃一粒，为人不以物喜，不以己悲，胸有济世情怀，才不枉来世上一遭。"许玉山离开岭阳时对宋明泽说："遇事可以找韩斋商量。"

韩斋是许玉山要好的朋友，早前是一位考古学家，学识渊博，精通《易经》。宋明泽为了扩展宏运牧业，在西郊九里铺圈了上千亩地皮，请韩裔前来岭阳帮他参谋。

当地一位村民为韩裔讲解了这块地的前世今生。韩裔则边看规划图纸，边向宋明泽指出此地的优势在哪儿，劣势又如何补救。讲到兴处，宋明泽被一根树藤绊住了脚，越拉扯树藤缠得越紧。纠缠了十几分钟，村民找了把镰刀来才帮他斩断树藤。韩裔若有所思，说此地皮是块招财之地，但现在时机还不成熟，真要兴旺起来必要十余年后。

宋明泽并没多想，中午喊了陈立斌来宋记鱼馆吃鱼。陈立斌已是市委办公室主任，不知何时起开始研究《易经》。每次韩裔来岭阳，他得信后必要跟来聊聊。这次把老婆王时音也带了过来。大家在包厢寒暄后，话题已转到《易经》。

韩裔说《易经》是一本智慧的书，讲的是事物的规律，儒家思想就是从《易经》开始的，《易经》就是讲中庸，一切都要和谐。无论商场还是官场，要善于变通，照此做好了，必会称心顺意。王时音听了让韩裔帮陈立斌算算运程。陈立斌听王时音说得这么直，脸上有些挂不住。

宋明泽看出陈立斌的尴尬，替他打圆场，说：“韩大师，您不妨给他指点一下。”韩裔就帮陈立斌起了一卦，说：“男生女相，走路带风，遇贵人相助，隔年必定高升。”这句话说到陈立斌的心坎里去了，王时音听得耳热心跳，问大师如何分析得来。韩裔微微一笑，说：“《易经》是门深奥的学问，在于你信还是不信。”含混几句便带了过去。

饭后几人继续在包厢品茶聊天，宋明泽坐下没几分钟便靠在椅子上睡着了。韩裔也没打扰他，等到他醒来，已经是下午四点多了。

宋明兴陪韩裔聊天，见宋明泽醒了，心疼地责怪起来：“看看，把自己折腾得成啥样，眉头都冒着一团黑气，我虽是个大老粗，还知晓‘忙’离‘亡’只有一竖两点的距离。”林秀甜呸了他一口：“从你嘴里就不出一个好字呢，明泽现在可是大红人呢。”

韩裔说宋明兴说得没错，问宋明泽最近是不是没休息好，眉宇中有团黑气。宋明泽点点头说："忙啊，忙得不可开交。"

韩裔品了口茶，食指蘸水在桌上写了个"庸"字，让宋明泽看看他这字写得怎么样。

宋明泽是何等聪明之人，说："大师的字自是没得说，您写这字无非是想告诉我，做人做事须懂中庸之道才是。"韩裔微微点点头："人不可过于激进，凡事知进退才是。"

宋明泽也想静心休整一下自己，于是也食指蘸水在桌上写了个"静"字，不过写完他苦笑了声："'静'字旁还有个'争'呢，想必这几年是无法静心的。"韩裔不置可否，只说："做人谦卑一些，做事低调一点才有余地。"

韩裔回省城后，宋明泽匆匆赶去了任才高的办公室。刚才他睡醒后，看到手机上一串未接电话全是任才高打来的。任才高为宏运收购市制药厂的事找他，说宏运要搞多元化发展才能做大做强。任才高曾是制药厂的厂长，现在制药厂快倒闭了，也想帮制药厂造个如宏运样的神话出来。

任才高的心情宋明泽能理解，可隔行如隔山。

宋明泽说："这个怕是成不了，制药厂与牧业食品不搭界。"他出门时，任才高眉头微皱，面色不悦。

宋明泽上车后，接到王时音的电话："今晚在哪儿聚餐啊？"他才想起今天是曹晓娅的生日。这在几个同学之间是有约定的，谁生日谁请客。曹晓娅生日当然得他请客啊。挂机后，他在宋记鱼馆订包厢，又在路边买了一束玫瑰花，接着去了洞庭镇中学接曹晓娅下班，请她去赏八百里洞庭。曹晓娅接过宋明泽送她的玫瑰花，眼中满是星星闪烁。

初秋季节，天空蔚蓝，湖面如镜，鸟儿不时从头顶掠过，曹晓娅挽住宋明泽的手臂漫步在大堤上，此刻就是她最享受的时光。宋明泽说起中午和韩裔在一起，韩裔要他低调一点，可面对滔滔江水，他越发豪气地说："宏运都成沐南省的标杆企业了，我想低调都不行啊。"

宋明泽在抒情时，曹晓娅隐隐有些担心，说："不是韩裔胆儿小，而是你变了很多。"宋明泽笑道："时代在变，我们的思维也必须改变。"他伸手把曹晓娅揽入怀中，面对八百里洞庭大声喊道："任沧海桑田，我对曹晓娅都不会变。"这番爱的宣言无疑是宋明泽送给曹晓娅最好的生日礼物。

宋明泽还想晚上与同学们热闹一番，谁知车间里肖汉良与孟兆保打了起来，肖脉脉打来电话，说宏运出了严重事故，鸿飞火腿肠遭到大批客户投诉，火腿肠做成了"面棍"。宋明泽听了立即开车赶到宏运生产车间，宏运核心成员十九人也全部赶了过来，陪他一起在车间验货，在抽查中果然发现有一批火腿肠的原材料中掺了大量面粉。

第十一章　围城之灾

　　宋明泽当场下令将这批劣质产品全部销毁，并把负责生产这批产品的相关人员全喊到了会议室。这些人目光却齐刷刷地落在了孟兆保身上。孟兆保是宏运牧业主管生产的厂长，这偷工减料的手法正是在他的授意下完成的。开始孟兆保还支支吾吾不说实话，一旁的肖汉良快人快语："还不是宏运屠宰工序遭淘汰才出的漏洞。"

　　宋明泽马上意识到，是自己的失策导致了这次事故。

　　宏运正红时，任才高向他引荐过罗记快手指的老板罗又劲。罗又劲给副市长苏解放当司机后，萎靡不振的罗记一夜之间改头换面似的。罗家开了一家名叫"快手指"的屠宰公司，把目标锁定在宏运牧业。兄弟俩合计后，罗又劲打着苏解放的旗号找到了任才高，说他老弟罗岗想做宏运的业务，请任才高帮忙牵根线。罗又劲给市委领导开车多年，八面玲珑的本事练得炉火纯青，颇得苏解放喜欢，甚至办公室有人来汇报工作，苏解放都不喊秘书，只要罗又劲候在一边。任才高目睹过几次后对罗又劲另眼相看。

　　罗又劲来找任才高后，任才高一个电话把宋明泽与孟兆保喊了过来。见了面，罗又劲热情得很，对宋明泽又是拍肩打背，又是递烟点火，说："我和明泽可是光着脚一起长大的兄弟。"

任才高意味深长地瞟了一眼一旁的孟兆保，说："原来你们还有这层关系在里面，那你们敞开心扉聊哈，宏运板块多，分流一部分出去也利于发展。"

宋明泽没想到任才高如此媚俗，罗又劲不过是副市长的司机，他就舍下脸帮着"拉皮条"来了。宋明泽心中不悦但也不好明说——罗记快手指本是宏运原料供应商之一，再承包宏运的屠宰业务，罗记将会掌控宏运一半的生意。宋明泽与罗家兄弟东拉西扯了一阵，说宏运牧业有自己的屠宰队伍，当场婉拒了罗又劲。

孟兆保一心想攀高枝，见罗又劲是副市长的心腹，与任才高又称兄道弟，哪敢怠慢？他禁不住罗又劲三番五次的诱惑，三个月后想方设法把屠宰业这块包给了罗记快手指，导致宏运主营业务大幅萎缩。偏那段时间市场上猪肉价格不景气，他为了在价格竞争中取胜，听了罗又劲的馊主意，通过降低产品质量来降低生产成本，以为能瞒天过海，却砸了"鸿飞"的牌子。

宋明泽了解实情后气得差点免了孟兆保的职务。

肖汉良却冷静地说："是你完全放权造成的。"

宋明泽哪还有心情去给曹晓娅过生日，宏运出了这样的事故，他作为宏运当家人必须反省。宏运核心成员都在会议室一起自查与反省。宏运发家于畜牧业，人才技术设备上都有着明显优势，但在多元化战略下这一优势却被忽视，对企业至关重要的屠宰工序，竟被管理者淘汰给了原料供应商，导致连锁反应。品质就是品牌，坚守初心宏运才能立于不败之地，在会上宋明泽收回了宏运承包出去的所有板块。

罗又劲前来找过他几次都被断然拒绝。为此罗又劲没少在苏解放跟前说宋明泽坏话，说宋明泽在宏运骄横跋扈，一手遮天。他又趁任才高去苏解放办公室汇报的时候，说了宋明泽一堆坏话："任主任，宋明泽不地道啊，他根本没把你放在眼里，我找了他几次说是任主任让我来的，他直接就拒绝了我，还说谁都没用。他根本不讲感情！"

任才高听了心中不舒服，也想探探宋明泽的心思。不久，他介绍一个朋友去宏运要业务做，又被宋明泽拒之门外。任才高接到朋友的电话后，随即就给宋明泽打了过去。

"明泽，怎么搞的，你口口声声把我当老兄，可我找你的事没一件落定啊。宏运的业务，不是你做就是他做，我介绍的朋友怎么做不得呢？你要是还认我这个老兄，这次你就看着办吧！"

宋明泽连忙解释："才高，两码事啊！你那个朋友我问了情况，他并没自己的公司，挂靠别人的公司，说白了就是提篮子生意，这肯定搞不得啊！宏运的规章制度如此，我无法破这个口子，请理解啊！"宋明泽话还没说完，任才高就挂了电话。

这边罗又劲正在包厢里请任才高喝酒，还喊了两位美女作陪。

罗又劲说："任主任，莫生气了，宋明泽背靠李和坤，怎么可能把你放在眼里啰。谁都知道宋明泽只听李和坤的话……"罗又劲这招挑拨离间实在到位。

宋明泽和任才高之间的矛盾还在不断升级。宏运自建的洞庭星酒店开张两年，不但没赚钱还亏了不少。亏在哪里？吃白食住白店的政府部门人员太多了。凡是与宏运集团扯上边的管理部门都要插一杠子。有时这些单位鸡毛蒜皮的小事都要找宋明泽解决，他们招待宴请的酒席也都订在洞庭星酒店。尤其是市经委简直成了吃白食的大户，要最好的包厢上最贵的酒水，吃喝玩乐全赊账，说到时候统一结算。真要结算时，又啰里啰唆一箩筐话，再不行就给宏运集团下面的企业搞几张罚单抵销欠账。

这样的事情多了，宏运内部人都有想法——洞庭星酒店成人民公社了吗？宏运是赚了钱，但也不能因为宏运盈利，就来吃白食。韩向前骂他们不要脸，说他们是最大的无赖流氓。韩向前是酒店财务主管，不想惊动宋明泽，自个儿理直气壮地拿着条子去各个单位要钱去了。他个性耿直，说话从不拐弯抹角，他这一出场得罪了不少人。

这时孟兆保做起老好人，电话中不停地给各位领导赔礼道歉，挂机时还别有用心地加句"韩向前是被宋明泽给惯的"。

一旁的李四贵听了不舒服，说孟兆保不地道："有你这么说话的吗？明明是韩向前自作主张，你怎么扯到明泽身上去了，这不是抹黑明泽吗？"孟兆保看李四贵在一旁，嘿嘿道："你又不是不晓得向前鲁莽得很，不搬出明泽，他们能罢休吗？"

没多久，洞庭星酒店餐饮的业务被宋明泽宣布暂时关闭。这件事被孟兆保添油加醋地传到任才高那里，说宋明泽骂经委吃白食，是一群地痞流氓。

任才高听了心里越发不舒服，更让他恼火的是宏运收购制药厂的事竟被宋明泽全盘否决了。宋明泽说宏运这几年已经连续收购了三家企业，还在整合之中，再盲目扩展势必连累成形的市场品牌。任才高没说什么，心里却记上了这笔账，说宋明泽翅膀硬了不听调摆。

偏李和坤在会上也不给任才高一点面子，说他瞎掺和，让他不懂就不要瞎指挥。面对李和坤不留情面的指责，任才高脸上红一阵白一阵，还是面带微笑地说："和坤书记又喝多了。"此后单位人在背后笑他："李和坤都骂得他眼睛翻白了，他还笑容满面。"

任才高不能找李和坤的麻烦，就把一肚子气撒在宋明泽身上，认为宋明泽不地道，与李和坤联合背后搞他。恰逢鸿飞火腿肠"面棍"事件还在市面上不断发酵，宏运为此付出了惨重代价，销量直线下滑，市场占有率狂跌，社会舆论一度压得宋明泽透不过气来。

任才高抓住舆论做文章，说这是宋明泽骄横自大、内部管理不善造成的。

没多久，宏运集团不再是宋明泽说了算，政府部门收了他的核心权力，大小事都必须向上面汇报再决定。

宋明泽与任才高的关系逐步僵化，经委的行政之手越来越强大，最后发展到宏运的每项战略决策都要向政府汇报。宋明泽提出的员工股份合作制方案，由管理层自筹资金买下政府所持有的股份，被政府否决。

任才高在会议上公开指责说因为放权把宋明泽惯成了最难啃的一块骨头。

陈立斌私下说宋明泽看不清世道，不知道谁是老板，谁是店小二。宋明泽苦笑道："不是我看不清这个世道，而是我稀里糊涂对不起宏运的职工。"

陈立斌认为宋明泽与任才高搞好关系才是上策，但宋明泽与任才高的关系不可能再回到从前。李和坤也找任才高谈过几次，说："宋明泽在一无所有的情况下，能走出一条属于宏运的阳光大道，他的功劳是有目共睹的。"任才高也不再和李和坤唱反调，而是充分肯定宋明泽敢为人先的改革成绩，说："宋明泽带领宏运走出了一条阳光大道是值得肯定的，但他不该带头搞非法集资那一套。"

李和坤说："宋明泽号召职工募集资金是为了推动企业改制，他何错之有？而且他去宏运之前是和区里签了协议的，放权给他，让他自己干。"李和坤提到这点时，任才高终于抓住了把柄，矛头直指李和坤，说："宋明泽敢胡作非为，就是因为你在背后给他撑腰壮胆。宏运几乎成了你的自留地——为家乡建马路，捐资建学校，这些可都有据可查……"

调查结果证明任才高所讲并非无中生有。宋明泽把宏运对外无偿捐助的账本搬了出来，其中为李和坤家乡建马路赫然摆在第一位，还为李和坤的家乡捐资建了一所希望小学。宋明泽说捐资的事是有据可查的，宏运所做的每件事都能见阳光，也经得住风吹雨打。

这一回合任才高并没扳倒李和坤，宋明泽也依然留在宏运继续任董事长，但他明显不如以前那么壮志满怀了。他没想到宏运成了任才高与李和坤斗争的战场。他再三提醒自己要平衡关系，可无法做到事事圆和。李和坤光明磊落，脾气不好但有底线；任才高自始至终想的都是自己的前途和位子，谁挡他的路他杀谁。

宋明泽几次想找任才高理论，但是一想到任三平，心中那股子火气又给压了下来。如今西镇大堤坚如磐石，多亏任叔叔当年的雪中送炭。他心情很复杂，任才高刚调来经委时，他还当佳话讲给曹晓娅听。他很珍惜上一辈延续下来的感情，谁知走到今天这步……

曹晓娅见宋明泽心情低落甚是担心，找来陈立斌陪他散心。陈立斌给韩裔打了个电话，请他来岭阳，希望韩裔能给宋明泽指点迷津。他们去九华山上走了走，韩裔说："我上次去宏运办公大楼，看那气派就知晓走不长，不是风水问题，而是木秀于林风必摧之。你的团队十九个人，个个配豪车，拿大哥大，可怜整个北区政府只有三台车，还是老土的小车；市政府只有个招待所时，你就搞了星级酒店出来。大家不盯你盯谁？"

宋明泽说："我问心无愧，只想造福一方。"

韩裔说："你的志向是值得肯定的，可你是宏运集团的董事长，占据岭阳市最风光、最有钱的位子，怎能不遭人嫉妒呢？"

一路聊着，宋明泽和陈立斌陪着韩裔徐徐爬上九华山山峰。物换星移，曾经觉得遥不可及的山峰已经不该叫峰该叫坡了。宋明泽说："以前感觉这山顶就是高高的顶峰，不过十几年光景怎么就成坡了呢？"

陈立斌说："我们高半截，这峰不就低了半截？说不定再过个一二十年，这坡也成平地了。"韩裔离开时打量了宋明泽一番，说："人生福祸相依，福来坦之，劫来然之。"这话韩裔已说得明白如水了，该来的躲不掉，不如坦然面对。

韩裔离开后，宋明泽和陈立斌在一棵大树前坐了一阵，陈立斌这时也只能宽慰宋明泽几句，他现在不过是一个科级干部，人微言轻，即便如此，还想着要帮宋明泽找找人，努把力。

宋明泽一脸茫然地说："算了吧，立斌，别折腾了，现在李和坤都因为我的事被晾在了一边，我不想再牵连你。刚才韩裔的一席话让我开通了许多，该来的躲不掉。"

时隔不久，在任才高的牵线下，政府引进了香港九牛食品公司，直接撇开宋明泽与其草草签了收购协议。宋明泽在参加转让仪式上一言不发，就像是个被掏空了心脏的木头人。

散场后，宋明泽开车来到湖边，面对滔滔江水，仰天长叹，泪流两颊。这十年来他为了盘活宏运与洞庭镇，耗尽了所有，如今却落得如此下场。他很想理清自己到底错在哪里。

九牛食品公司在收购宏运阶段，遭到了宋明泽团队其他人的强烈抵制，最终主动放弃了收购计划。任才高把这笔账又算在了宋明泽的头上，说他从中作梗导致收购失败。

三天后，宋明泽心力交瘁地晕倒在办公室，被李四贵和韩向前送去医院抢救。宋明泽被免去宏运集团董事长职务，至此宏运集团的宋明泽时代画上了句号。

孟兆保被提拔，顺利接替宋明泽成为宏运集团董事长。这几年宋明泽在宏运做实事，敢亮剑，孟兆保做尽了老好人，私下大小事都向任才高汇报。任才高对他颇赏识，要他放开膀子干，想复制一个听话又能干的改革先锋，来拯救开始走下坡路的宏运。

可惜孟兆保吹嘘拍马是能手，搞经济一窍不通。在任才高的牵线下，他先是投资上千万元对三家企业进行参股经营，结果改制改出了一个个累赘。为了挽回损失，任才高再次搭线，让宏运与国外一家投资公司合资，吸引外资折合人民币三个亿。但对方很快发现宏运存在大量债务纠纷，不到三个月就提出撤资，让宏运一次损失了上千万元。

任才高还不放手，指示孟兆保在宏运原来股份制的基础上进行新资产重组，结果盲目改制占用了大量人力物力，项目不是停滞就是夭折。宏运各方面口碑急速下滑，重金聘请专业公司做品牌策划都无济于事。宏运的外部环境愈益恶化，银行不但不再为它提供贷款，反而连连催债。

上面罢免宋明泽后，李四贵心中愤愤不平，看孟兆保瞎指挥，无心再搞研发。一夜之间，他又回到从前，成天带着一帮技术人员在外赌博逍遥。饲料研发与生产也迅速溃败。集团办公人员全部搬回厂区办公。由于缺乏资金，鸿飞火腿肠的上百条生产线陆续停产，其他项目也停了工。宏运集团面临的形势日益严峻，猪肉等原辅材料购进价猛涨，成本大幅上升。而花大价钱收购的制药厂成了摆设。很快几家分厂大门紧闭，人影也少见。

宏运败落让苏解放大动肝火，任才高为了转嫁矛盾，暗示孟兆保抓住宋明泽在宏运募集资金一事大做文章。孟兆保把所有的责任都推到了宋明泽身上，说是他遗留下来的问题导致宏运资不抵债走向败落。

李四贵气不过，在会议上把孟兆保打了一顿。

孟兆保没还手，当着所有人的面说："我知道你是宋明泽指使的，我不还手，因为宋明泽有恩于我。"李四贵见孟兆保睁着眼睛说瞎话，气得上前差点掐死他。

孟兆保料到李四贵会犯浑，示意保安不要上前拉架，这正是他想要的结果，闹大了，他才能把这乱作为的责任推给宋明泽。李四贵被抓到派出所后，孟兆保的婆娘都骂孟兆保缺德："你污蔑宋明泽对你有什么好处？宏运职工的眼睛是雪亮的。"

孟兆保把自己关在屋里抽烟到天亮，这是任才高暗示的，只有把责任推给宋明泽才能保住他，还能保住上面一批人。

晚上宋明泽接到任才高的电话，要他去一趟办公室。他挂机后犹豫了一阵要不要去。曾经的患难之交，一个赏识他、支持他的兄长，多次与他推心置腹的朋友，先是为争名夺利把他推在风口浪尖，现在又为了保住官位让他做挡箭牌。与这种人有什么好聊的？

宋明泽进门时，任才高正在练习毛笔字，"厚德载物"他写了几遍才歇气。不知良心受到了谴责还是为了稳定情绪，他落座后，一连给宋明泽开了两轮烟，又和他下了一局象棋。

这盘棋快结束时任才高手中的棋子落下，意思很明显，要宋明泽"丢车保帅"，否则第一个受牵连的是李和坤。任才高一副心有余而力不足的样子，说这是没办法而为之，他起身走到窗边吸了几口烟后，转向宋明泽说："我已经尽力了，宏运必须有人出来担责。"

宋明泽忍住火气问："你明知宏运落败和我没关系，为何还要无中生有呢？"

任才高紧锁眉头，叹息了声："我能不清楚吗？没个人出来承担责任，和坤书记的日子恐怕不会好过，他有高血压，个忟又强……"

听到这里，宋明泽火气直往脑门涌："才高，这所有的事都是你在背后搞鬼，现在出了问题却把李和坤推在前面。你一点都不像你爸，你是任三平的儿子吗？"

任才高听宋明泽提到任三平，眉头挤成了倒八字："不要扯远了，他只是收养了我而已。"任才高这句话脱口而出，宋明泽心中压抑的火气瞬间爆发，对准他的脸挥手就是一拳。

"任才高，我忍着你，因为你是任叔叔的儿子。我一直认为任叔叔如此光明磊落，你再龌龊也不该坏到哪里去。没想到你是个白眼狼。"这一拳打得任才高鼻血直流。任才高不喊人也不还手，摸起桌上的毛巾堵住了鼻孔，说："行、行，宋明泽，你打了我一拳算是抵消了咱们之间的恩怨。如果你还不解气，你再来两拳我也不会还手。"

以往的情分在这一拳头中灰飞烟灭。宋明泽剑眉一扬，说："刚才这一拳我是替任叔叔打的。我打你？你不配。"他气愤又失望地离开了任才高的办公室。

孟兆保已经联合厂里一批人把宋明泽推到了前面，任才高也急需找一个有分量的人来做替死鬼，只有宋明泽承担责任，才能平息外界的失望。宏运原本就一无所有，现在依然一无所有，成败都在宋明泽，有什么可指责的？

年底，宋明泽因涉嫌非法集资罪被法院起诉。一个月后出庭受审，宏运团队也一起出庭陪审。十九个人没有一个推卸责任，他们的回答如出一辙："宏运集团所有的事都是经过团队开会商量后决定的，宏运当时面向社会募集资金以入股宏运为先决条件，每个人每个单位都签字画押了，不存在非法一说。这不过是企业改革中的一种手法而已。怎么就成了非法集资呢？完全是不同的两种概念，怎能混淆视听？"

李四贵在庭上一反常态地冷静，据理力争为宋明泽辩护，而宏运团队中除了孟兆保外，都努力为宋明泽开脱。宏运集团七百多名职工拥到了门外等消息。他们打着横幅为宋明泽喊冤，人群从院子里一直蔓延到外面马路上，导致市区主干线交通几度瘫痪。

这是孟兆保唆使人组织的，让宏运职工去市里闹，面上为宋明泽喊冤，实际在给宋明泽补刀。闹得越大上面领导就越恼火，本来法不责众，却可能因为宏运职工集体抗议变成政治事件。

旁观者清。在外面等消息的马建设看宏运职工乌泱泱地把马路都堵塞了，立即想到问题的严重性，游行的职工越多对宋明泽越不利，就凭这聚众闹事又是一项罪名。于是他赶紧喊来张一鸣，在人群中给职工做工作。老厂长韩东方和肖汉良闻讯也带着厂里一帮退休的厂领导赶了过来，他们费尽口舌，才让集团职工陆续散去。

此事被省各路记者报道，说宏运职工暴乱导致市交通瘫痪。

苏解放大动肝火，放言："不治治宋明泽，他就要在岭阳翻天。"

宋明泽出事后，远在北京的宋明轩得信后连夜坐火车赶到了岭阳。那年宋明轩刚调到团中央工作，能力有限。但兄弟情深，他倾尽全力想搭救宋明泽，连罗小萌都出面了。然而他们找的朋友回复："宋明泽事件不仅是个人的事，还涉及岭阳领导的脸面，不治他是无法向上面交代的，牺牲宋明泽才能保住一批人……"这个忙他们想帮，然而心有余而力不足。

牵涉到国企改革中的问题，不是哪个领导打个招呼就能带过去的。政企没扯清楚，是非对错没人能给出答案。宋明兴和张一鸣请来律师，也无济于事。

宋明泽被关押后，李和坤三番五次找市领导为宋明泽鸣不平："宋明泽改变了宏运，改革的成绩有功于岭阳，有利于时代，实不该落此下场。改革说到底是面对一个时代的改变，为何我们不从国企体制机制上进行反思呢？"

苏解放也并没否定宋明泽的功，只说："宋明泽曾为国人带来了新口福，为沐南创造了一个企业改制模式。有功记功，有过就得受罚。"

最终宋明泽承担了所有的责任，既然上面非要找个替罪羊，他一个就行了。一个月后，宋明泽因主导非法集资罪被判了三年。他从神坛跌落谷底，成为岭阳人茶余饭后的谈资。

宋明泽入狱后，岭阳的天就像被人捅了几个窟窿，连续下了一个月的雨。洞庭湖水位告急，宋明兴被镇上抽调去防汛前线。许玉珍风湿病复发住院治疗，她暂时把宋记的管理权放给林秀甜。岭阳雨水不断，导致原材料价格猛涨，生姜大蒜在雨水浸泡下运到仓库时大部分发生霉变。林秀甜考虑到原材料紧缺，为了节约成本，自作主张以原材料质量不行为由，砍了供货商三分之一的价格，收了这几车货，又将本地椒换成了四川尖椒，风吹腌制等程序也马虎了事，导致产品质量不行，遭到消费者投诉和退货，宋记食品受到了严重损害。

许玉珍在医院得信后，哪还有心思继续治疗，起身扯下手臂上的吊针，拄着拐杖要回去。"这还了得啊，我不过住个院，宋记食品就出现了问题，还是人为造成的。"她一分钟也不能等，让马建设喊上司机赶回了食品加工厂。

到达八里湾加工厂时，已经是下午三点，许玉珍来不及歇口气，喊上厂里几个配料师一起查看仓库存放的原材料，然后果断下令全部销毁。

宋记食品上百号工人鸦雀无声。林秀甜急得满脸通红，说岭阳雨水不断，销毁了这些原材料，宋记食品怕是三五个月也无法有产品上市。

许玉珍的原则是哪怕不做生意，也不能用霉菌滋生的材料滥竽充数。她又亲自去厂门口拦下了三辆即将启程的货车，说发错货了，等到工人把货全部卸下后，才喊来三个司机要他们打道回府。司机不明就里，说："我们为了等这批货在此耗时几天，空车回去，我们的损失谁来补？"许玉珍毫不犹豫地说："我来补。"

林秀甜还想争取把这单发出去，许玉珍转向林秀甜只说了句："宋记我说了算。"

林秀甜满脸委屈，平时不管多大的事，在外人面前婆婆都是有事回家再说，这次在工人面前丝毫没给自己面子。许玉珍打发货车司机后，派厂里工人把三车食品拖到了作坊后的山沟里销毁了。随后，许玉珍召集宋记工人一起开会，说宋记食品已经成为岭阳的招牌，绝不能因为原材料的缺乏就偷工减料，每道程序都要到位，差一丝火候都不准发货。

可是天天下雨，腌制与吹晒都成问题。岭阳真要下半年雨，宋记食品还生不生产了？

许玉珍坚定地说："不生产也比砸招牌强，你们给我听清楚了，咱宋记不贪大不求多，制作程序一丝都不能少。只有经得住时间和质量的考验，才能保住宋记招牌。"

那次后，宋记员工彻底知晓许玉珍的脾气，平时对他们嘘寒问暖，谁家有困难都会伸出援手；工作中却不能出丝毫差错，否则根本不讲情面。从此，他们工作时不敢马虎大意。

祸不单行，伤痕累累的宋记竟遭人投毒，宋记生意一落千丈。洞庭镇的人以为宋家会就此衰败，宋明兴是个只会掌厨的莽夫，许玉珍食品做得好，但腿脚不便，有人目睹她在宋记车间无故瘫坐在地上起不来，是马建设把她驮回家的。镇上人都说八仙妈折腾不了什么风浪了，脚都不行了，只能在家养老了。

许玉珍听不得这些话，硬是霸蛮地站了起来，镇定自若地出现在镇上："谁说我宋家要衰败了，只要我许玉珍在，宋记就不会倒。"马建设紧挨在许玉珍身后，生怕她下一秒会倒下。许玉珍不但没倒下，还在车间指挥作业。她出门时抿了几口酒，面上看气色比平时还红润，车间的工人见她精神抖擞，外面传言不攻自破，他们也开始安心工作。

没订单该怎么办？关键时刻，全家人齐上阵，一起想办法打开销售渠道。宋梦夏不惜放下姿态，不断找朋友来帮衬宋记生意。她的求救电话也打给了杨波。没过两天杨波便从深圳来了一趟沐南。

四月初的一天，一辆黑色的轿车停泊在宋梦夏的单位楼前。相比以前，杨波身体发福了一圈，西装革履。晚上杨波请宋梦夏在星级酒店吃西餐，俩人相谈甚欢。杨波生意做得不错，得知宋明泽坐牢的事并不悲观："明泽本就不是池中物，必先苦其心志，劳其筋骨。"

杨波也很够意思，了解到宋记生意遭人陷害时，当即就在宋记订购了上千箱宋记食品。那两年多亏他的帮衬宋记才慢慢渡过了难关。他还陪同宋梦夏去监狱看了宋明泽，希望明泽出来后他们能联手创业。

监狱成了宋明泽第二个人生加油站，他没怨天尤人，按下暂停键后，狱中三年，不断反思自己。其间舅舅给他写过几封信，也给他寄了很多书，说坐牢并不可怕，可怕的是不清楚自己为何坐牢。三年中，宋明泽身体劳累，内心却是充盈的。曹晓娅每两个月会来看他一次，每个星期至少给他写一封信，信中会告诉他很多孩子们有趣的事。

宋明泽最牵挂的就是两个孩子。曹晓娅在信中要他放心，说云帆和云峰都很听话，也念叨着爸爸嘞。

宋明泽入狱第三年，两个孩子读二年级了。曹晓娅是学校的老师，能每天陪两个孩子早出晚归。去学校的途中谁要是跑散了，她吹一下哨子两个孩子立即集合在一起。回家的途中去菜市场买菜时，她也会带上孩子们一起，并在现场教他们学些常识，这是什么菜，那是什么瓜，甚至一棵葱怎么长怎么用都讲得明明白白。回家后两个孩子就像两只小猴子，衣服鞋子总会穿错，晓娅便把他们的物品做了标记区分。

孩子们虽然被她调教得不错，但毕竟是孩子，免不了闹腾。云峰会吵着买玩具，可她手头没一分多余的闲钱，她一个人的工资，要管一家人的生活费和孩子们的学杂费，还要省出一笔钱来给明泽买些生活用品或学习资料寄过去。但她总有办法让孩子们安静下来，那就是给他们讲故事。孩子们最享受这段时光，吃完晚饭后，搬个小板凳围坐在妈妈身边听故事。

故事讲完后，云帆会在故事书上找，整本书翻遍了也找不到，就问："妈妈，你讲的故事，书上怎么没看见啊？"

曹晓娅说："这些故事啊，可都是你爸爸讲给我听的，书上是没有的。"

云峰就缠着曹晓娅一直问爸爸什么时候回来。云帆不问，他知道爸爸坐牢去了，默默地坐在一旁帮妈妈择菜。

有一次云帆在学校上体育课时跑步得了第一名，遭到两个同学的忌恨，骂他爸爸是臭劳改犯。他冲上前挥手就是两拳，打得那同学鼻子冒血。那孩子的家长找到曹晓娅不依不饶地吵了一架。回家后曹晓娅拽住云帆要他认错，说动手打人就是错。云帆却怎么都不肯认错，一脸倔强："谁骂我爸我就打谁。"曹晓娅有些生气，装足架势说要打他。

云峰听了，转身跑到阳台上去摸了根棍子递给妈妈。结果曹晓娅没打云帆，却往云峰的屁股上抽了两下。云峰一脸委屈，呜呜哭了起来："妈妈，怎么打我呀，我又没犯错。"

曹晓娅说："哥哥犯了错是应该接受批评，可你不能递棍子，因为你们是亲兄弟，哥哥挨打时你要心疼。你递棍子就是你错了。"

有人敲门，云帆竖起耳朵听了听，喊道："外公外婆来了。"他赶紧跑到门口迎接。曹德元进门见云峰正哭，赶紧把云帆和云峰拉到了自己身边："莫哭了，看看，外公给你们买什么了？"云峰扒开袋子看了看，高兴得拍手喊了起来："奥特曼，外公买了两个奥特曼，我要大的。"曹德元就说："得按顺序来，大的呀是给云帆的。"云帆和云峰接过外公买的玩具，呵呵笑开了。

日子就这样在磕磕碰碰中过着，酸甜苦辣都是味。

第十二章　天涯海角

宋明泽因表现好，得以提前两个月出狱。他没告诉曹晓娅，怕曹晓娅带着孩子们来接他，也不想让孩子们看他出狱的样子。他只给大哥明兴说了。

明兴特意租了一辆桑塔纳，带着运博和运广一起，还给宋明泽置办了一身新的行头，在门外接到他后，要他换上新衣裳才出发，说一切重新开始。兄弟俩在车上一路聊着。车上正在播放岭阳新闻："一九九七年，岭阳大陵矶口岸正式对外国籍船舶开放。省城开放的平台与日俱增，水陆空通达全球。"外面发生了很大的变化，国企倒闭重组已不再是新鲜事，被低价买断的下岗工人如潮水般席卷了大街小巷。私营老板被人追捧，个体户已荣升为时尚的标签。回到长风湖已到下午四点多，一家人拥着母亲和干爹早站在院子门口等着。

待宋明兴泊车后，宋明泽忙从车上跳了下来，见到母亲的瞬间，鼻子一酸，泪水夺眶而出。三年不见，母亲身体健朗，依然满头青丝，倒是马建设的头发白了不少。母亲健朗定是干爹照顾周全，他心存感激，上前招呼寒暄后，一家人进屋围坐。宋晓春忙着给明泽端茶倒水，张一鸣还给明泽买了两条白沙烟，平时抠门得要死，孩子问他要一毛钱都难，这会儿倒阔气起来了。一家人围着明泽嘘寒问暖。

这一幕让一旁的林秀甜心生不平，自从许玉珍收回她手中的财权后，她就满肚子怨气，怪婆婆不信任她，怪宋明兴没替她撑腰，怪宋家人没一个念她的功劳。如今宋明泽从狱中出来，全家像迎接劳模似的，全忘了她平时操持这个家所付出的一切。又听说明兴为了去接明泽竟花了一千块钱租车，还把两个儿子带了去，这些都没和她吱一声，她越想越生气，怪宋明兴不该兴师动众："去接个劳改犯用得着带俩儿子去吗？又不是迎接战斗英雄。"

许玉珍的脸色当即就沉了下来，说林秀甜说话不经脑子，尖酸刻薄。

林秀甜忍不住噼里啪啦回了一串，数落婆婆的不是，说婆婆固执偏心，没看起过她。

宋明兴一把拽起林秀甜进到里屋，上来就是两巴掌。林秀甜看宋明兴眼睛瞪得铜铃似的像要吃人，也不敢再撒泼了。她清楚自己男人的脾气，对他怎样都无所谓，但对他母亲有丝毫不敬，便能撕了她。

林秀甜冲宋明兴咬牙切齿地骂："狗日的敢动手打我，以后休想再碰我。"

宋明兴也发了狠话："老子碰鬼都不再碰你。"

宋明兴出门后，宋晓春进里屋，看林秀甜脸上青一块白一块，说："你呀，没事找抽，明知明兴最孝顺，偏和他对着干。"林秀甜见晓春还说风凉话，气得要去上吊。宋晓春摇摇头说："动不动就一哭二闹三上吊，跟个市井妇女似的，难怪明兴嫌弃你。"

林秀甜听了心中一紧，一把拉着晓春的手："晓春，我问你，是不是见了不该见的事，有啥事得赶紧告诉我！"

晓春见林秀甜紧张兮兮的，不由扑哧笑了起来，说："别疑神疑鬼了，刚才这事怪不得明兴恼你，你厚道些也不至于平白无故挨两下。"又把林秀甜拉到镜子前让她坐下，从抽屉里拿出一盒粉饼来帮她掩盖了脸上的指印，并帮她把头发整理了一番。镜中的林秀甜精神多了，眉头也舒展开来，晓春劝她凡事聪明点："想在这个家掌权，得跟着妈转才是。"林秀甜也觉着自己和婆婆顶嘴是脑壳进了水。这一闹腾搞得一家人都不舒坦。

宋明泽与家人寒暄一番后，没在家吃晚饭就告辞了。宋明兴跟了出来："明泽，你嫂子刀子嘴豆腐心，别往心里去哈。"宋明泽哪会计较林秀甜的话，此刻他归心似箭，着急看曹晓娅和孩子们。

宋明泽到家门口时，曹晓娅刚好带着两个儿子进门。她右手拎着一袋子菜，身后跟着云帆和云峰。云帆面如冠玉，明眸皓齿，云峰瘦弱些。

进门时曹晓娅听到熟悉的声音，开门的手忍不住颤抖了一下，缓缓回过头来，夕阳下，匆匆走来的男子真是宋明泽。宋明泽三步并作两步向她奔来，她丢了手上的菜袋子，与他拥抱在一起。云帆认出眼前的男人就是他日思夜想的爸爸，跑上前去，一声"爸爸"，让明泽眼眶泛红，云峰也跟着喊"爸爸"。宋明泽蹲下身来和两个孩子抱在了一起。

屋子被曹晓娅收拾得干净明亮，客厅的一面墙上贴满了奖状。孩子们住的房间布置得很温馨，墙壁上画了很多有趣的漫画。曹晓娅说云帆画画很有天赋，和他讲美人鱼的故事，他就能画下来，还画得活灵活现。

宋明泽和曹晓娅聊天时，两个孩子在沙发上围绕着他，打量着他。开始宋明泽还有些不自在，毕竟三年没见过孩子们了，刚出狱，也没来得及给孩子们买点什么。可云帆很懂事，要爸爸喝茶，要爸爸吃水果，还拖着爸爸的手要他看墙上的各种奖状。云峰也跟上前去牵着爸爸的手。

宋明泽心中涌起一股暖流，两个孩子对他丝毫不怯，更没隔阂，这得益于曹晓娅并没隐瞒他们，而是和他们讲清楚爸爸坐牢是有原因的，并且给他们讲了爸爸如何带领宏运人翻身致富，还告诉他们，爸爸曾是军人，是战斗英雄。原本宋明泽担心两个孩子会因为他坐牢而排斥他，但他们还和以前一样"爸爸"喊得欢，这一刻他对曹晓娅的感激无法言说。

云帆和云峰带他在外遛个弯的工夫，小屋变了样，靠墙的木架成了一道亮丽的壁画。曹晓娅看宋明泽愣愣的样子笑了起来，说世界上有两种东西可以在墙上任意挂，一是书，二是绿植。曹晓娅竟把酒瓶凿个孔插上枝蔓挂在木架上，风吹过酒香四溢。

晚上曹晓娅做了一桌子菜，全是宋明泽喜欢吃的。她系个花围裙变魔术似的一会儿弄出一盘菜来，宋明泽目不转睛地看着她，很想理清是何时爱上曹晓娅的，她有何魔力如此吸引他。此时才明白，再艰难困苦曹晓娅依然坦然面对，即使一无所有依然浅笑嫣然，她是个能把艰难困苦化为春风细雨的女人，柔弱的外表下有颗坚忍的心。

饭后，两人一起陪伴孩子做作业，等他们入睡后，两人回到卧室关上门，宋明泽把曹晓娅拥在了怀里。在每个弯月隐没天河的夜晚，在每个旭日东升的清晨，在蔚蓝色的呼吸中，他们早已融入彼此的生命中。那天晚上夜色温馨得能溢出水来。

一大早，宋明泽在走廊里听见有人喊他。一个十七八岁的小伙子挑着一箩筐东西匆匆向他家走来。到了近前，他才认出是韩小鹏。

几年不见，韩小鹏长高了半截不说，相貌也变了很多，满脸朝气，见到宋明泽迫不及待地喊着："干爹，干爹，我考上了！"他放下担子，来不及揩额头上的汗水，就从包里拿出录取通知书递给宋明泽。韩小鹏考上了农业大学，宋明泽欣慰地拍拍韩小鹏的肩膀。

韩小鹏收好录取通知书后，抹了一把脸上的汗水，激动地说："干爹，我一接到通知书，就想要把这好消息告诉您。本来想给您写信，今早在镇上碰到运博，他说您回家了，我便匆匆找了来。"宋明泽听了甚是动容，没想到大家依然惦记着他。云帆和云峰也跟了上来围着韩小鹏"哥哥、哥哥"喊开了。曹晓娅喊道："快，小鹏家里坐！"

宋明泽在客厅陪韩小鹏聊了会儿大学的规划后，曹晓娅站在他身边用胳膊肘子蹭了他一下，拿了一个鼓鼓的纸袋递给他。宋明泽意识到这是给小鹏的学费，点点头，转身塞在了韩小鹏的手中："小鹏，这是你上大学的学费，在大学用心学习，以后有本事了回家乡做贡献！"

韩小鹏忙推辞："干爹，这几年我的学费八仙妈给足了，暑假还有个把月我准备去打工，赚学费不成问题的。"但是在宋明泽的坚持下，韩小鹏还是收下了。

韩小鹏离开后，宋明泽注视着曹晓娅："难为你了，这些钱也不知你攒了多久才攒下来的！"

曹晓娅轻描淡写地说："不过是我这几年的工资，本是留着做你出狱后的开销，但是看到韩小鹏前来报喜，想到你一直资助小鹏读书，现在他考上了大学，咱们更要鼓励他！"

宋明泽听了眼眶泛红，曹晓娅真是最懂他的。

两口子还没聊上几句，又有人在喊宋明泽，是李四贵得知他出狱后，立马赶来家里来看他。

"哎呀呀，明泽，终于把你给盼出来了。"

宋明泽见是李四贵，霍地一下站了起来。

"四贵，咋样，都好吧？"

"你没在宏运，谁还好得起来？我们几个技术人员去年就辞职了，技术再好，没人带着干依然成不了事。你回来就好。"

此时的宏运摇摇欲坠，鸿飞火腿肠系列产品已停止生产。孟兆保不懂经济，也不知如何抓生产，为了保住位子只顾一味糊弄上面，惹得宏运人骂声一片。

李四贵握住宋明泽的手："宏运的职工都在等你归来，盼着你能带领我们东山再起。"宋明泽听了心里五味杂陈："四贵啊，现在我无法给你们任何承诺，一切都要重新开始。"

正和李四贵聊着，家里又来了一群人，宋明泽看清全是宏运集团以前团队成员时，不由得红了眼眶。他们还惦记着他。

李四贵说："宏运的职工都在等你归来！带着大伙从头来过吧。"

宋明泽苦笑了声："回宏运不可能了。"

"明泽，咱可是洞庭湖的麻雀，什么困难能难住你啊。"

"是啊，明泽，我们一直在等你归来呢。"

宋明泽看着眼前一双双期盼的眼睛，刚才还纠结的心瞬间有了些底气，他喊大伙在路边摊搓撮了一顿，说："了解市场再说吧。"

宋明泽经过市场调研后，坚定了信心，沐南可是养殖大省，饲料这块虽然有几家公司在做，但规模小，市场影响不大，如果宋记能开拓一片领域，前景不可估量。当天他就喊上李四贵向母亲说了他的新思路，说以前原班人马入股，开家饲料厂，并成立宋记牧业合作社，争取得到更多村民的支持。许玉珍也觉得可以试试看，说熟门熟路的事上手快。

万事开头难，宋明泽回洞庭镇后，才知道家里情况很窘迫。宋记食品已完全被罗记打压下去，在市场中几乎没了立足之地。车间陈旧，设备老套，生产量跟不上，银行贷款还不上，信誉大打折扣。宋明兴担心车间抵押给了银行，此时原班人马的技术已经落伍，万一这饲料厂没开起来，宋记也就没了。

在资金紧张的情况下开厂，难免让人揪心，曹晓娅说总会有办法，为此她几乎借遍了曹家所有的亲戚朋友。许玉珍也咬咬牙在银行抵押了宋记所有产业，把折子交给了宋明泽，说："宋记所有都交付在你手上了，成不成全在你！"

宋明泽接过母亲的存折时，不知说什么才好。喊了声妈，后面的话却没说出来。

许玉珍拍拍儿子的手臂说："不用多说，你尽管放开手脚去做你想做的事，不管你什么决定，妈都信你！"

许玉珍离开后，曹晓娅又与宋明泽聊了几句筹钱的事。一旁的云帆听在心里，转身去了书房。宋明泽和曹晓娅正在厨房忙活时，只听"嘭"的一声，似乎有什么东西被砸碎了。赶紧跑到书房，原来是一只机器猫造型的瓷罐被砸碎了，零零碎碎的钱洒落一地，云帆正在地上捡，五块、十块……还有一分两分的硬币。他一张张把钱捡起来再叠整齐，又把地上的硬币也捡了起来塞在一个小布包旦。

宋明泽小声问道："云帆，怎么把存钱罐给砸了呀？"云帆开始不出声，直到把地上散落的钱全部捡起来放在一个小包里，才走到宋明泽跟前塞在了他手中，说："爸爸，这个存钱罐是我的，这些是奶奶和外公给我的压岁钱和我自己攒的零花钱，都给你。"宋明泽听了鼻子一酸，定定神说："好孩子，爸爸谢谢你！这是你的压岁钱，让妈妈帮你保管，以后给你买学习用品。"云帆睁着一双明亮的眼睛，抬头仰视着爸爸："妈妈说你要去创业了，我知道你们现在需要钱，这钱你拿着，用得上。"

这一刻宋明泽眼眶发红，不知该说些什么才好，接过云帆塞给他的这个布袋子，转身眼泪夺眶而出。随后进来的曹晓娅埋头收拾地上撒落的碎片，想着云帆如此懂事，鼻头发酸，起身看云帆在阳台上玩耍时，又抿嘴笑了起来。

夜深了，曹晓娅还在忙活，宋明泽在旁帮忙，他感激曹晓娅对他的爱，感谢孩子们对他的包容与理解。这些都是他重新出发的底气。

宋明泽去镇西五里湾买了块地皮并购置了设备，宋记饲料厂就此成立。

面对起步的种种艰难，宋明泽认定只有创造出自己的饲料配方，才能在饲料行业立足。他一连写了几封长信给北京农科院研发饲料配方的专家张立教授，以前在宏运场当场长时曾与张教授打过交道。

今天要写的，已经不知道是第几封信了。他在信中写道："岭阳是农业城市，四百多万人口的城市至今还没一家像样的农牧饲料公司。这里的农民还很贫穷，希望您能伸出援助之手，助力我们洞庭人开拓一条新的希望之路，让我们洞庭人为湖区建设、为天下农牧业发展贡献微薄之力……"一旁的曹晓娅看他时而沉默斟酌，时而奋笔疾书，说："明泽，写信不如直接去一趟北京拜访。"

宋明泽当天便搭火车去了北京。他出行匆忙，跑到火车站只有站票了。炎热的夏天，车上人拥挤不堪，他在车上又困又累，索性钻到座位下睡了。下车后，他匆匆去了农科院，可张立教授太忙了，每天都在开会，根本见不到人。宋明泽在农科院附近的一家招待所里住了下来，每天都去农科院等张立教授，等了一个星期才在畜牧农科所的培训班上找到张立教授。在走廊的过道上，他喊住了张教授，说明了来意，希望能请张教授吃晚饭。

张教授也认出了宋明泽，说："你的来信我收到了，但是全国各地找我请教研发饲料配方的人太多了，我根本没有时间。"

宋明泽说："张教授，我这次来找您，是想请您在技术研发上给予我们指导，从根本上提升饲料产品的品质。"

张教授见宋明泽千里迢迢跑来北京，又在农科院等了一个星期，于心不忍，说："这样吧，你来畜牧农科所参加学习培训，我在培训班上讲讲。这个饲料配方还得靠你自己去琢磨。"

宋明泽离开农科院后，才给宋明轩打电话。宋明轩已调到北京某工程设计院工作。在餐厅见面后，兄弟俩边吃边聊，宋明泽说了来京找农科院张教授的事。他说岭阳几百万人口的城市，连家像样的饲料公司都没有，如果张教授能助宋记一臂之力，不只能盘活宋记事业，还能为沐南的农牧业做贡献。

明轩要明泽先去畜牧农科所培训学习，说有机会再想办法跟张教授说说。明轩说这句话时，明泽看了老弟一眼，现在明轩看起来睿智大气，让人心安。但是隔行如隔山，张教授是农科院的专家，明轩能和他扯上边吗？

罗小萌知道后，给宋明轩透了个信息，说农科院正找他们设计院解决一件项目上的难题呢。农科院有个工程由他们设计院承担设计任务，项目选址时，附近有两棵千年古树的去留成了难题。张立教授提出一定要保住这两棵古树，并为此事找到该项目设计组的负责人李院长商量。

一旁的宋明轩听了放在心上。他白天在项目工地上查看，晚上查阅相关领域资料，几天几夜不睡觉地研究、计算、画图……力求找到既能保住农科院那两棵古树，又确保项目不受影响的两全之策。在他的不懈努力下，他的设计方案得到了李院长的认可，并通过了专家组的审查。张教授得知那两棵千年古树能得到保存时，高兴得红光满面。

李院长向张教授介绍了宋明轩。宋明轩上前和张教授聊了起来："我是宋明泽的老弟，老家在沐南岭阳，沐南是农业大省，岭阳四百多万人口的城市至今还没一家像样的饲料公司，我的家乡还很穷，正在发展中，我希望您能帮帮我的家乡，助力洞庭人研发属于自己的饲料配方，造福一方，同时造福天下。"

张立教授被兄弟俩的真诚打动，在宋明泽培训快结束时，拿出几页写满要点的纸递给了他，说："我只能给你提供技术指导，这个配方还要你们技术人员自己用心研发才行，全靠你们自己。"宋明泽接过这几页纸，如获至宝，连说感谢。

宋明泽离开北京前，喊明轩在餐馆吃了一顿酒。明轩跟他聊起设计这个项目的过程时，额头发光，说："水利工程师必须深入工程一线，像咱爸说的那样，用脚步去丈量，绕洞庭湖走个几千公里后，自然对湖畔的情况也就摸了个清楚。熟悉后脚踩一踩地基，就知道地基的大概承载力。实践出真知啊！"

宋明泽听了眼眶都红了，明轩并没记恨父亲而是感念父亲，他为明轩的成长感到高兴。父亲最看不上眼的儿子，正如奶奶所说，如今是家里最有出息的。

宋明泽赶回岭阳后，让李四贵组织厂里技术员研发饲料配方，又在省农科院聘请了几位科研人员入伙。经过三个月日夜奋战，李四贵带领大伙调制出116猪饲料，并在内部进行测试，吃过116猪饲料的猪比没有吃过的要长得快，抗病效果好。

宋明泽立即组织人员制定工艺标准和检测标准，开始大规模生产，确定研发的新产品名为"同舟饲料"，取其"同舟共济，奋勇向前"之意。

在宋明泽的用心经营下，饲料厂经过一年的发展，研制生产的生猪浓缩饲料等五个新产品，顺利通过市技术监督管理部门的鉴定。产品上市后效果非常好，广告语"同舟一枝花，共济富万家"家喻户晓。年底饲料厂利润超过了三百万元，宋明泽不仅连本带息还清了银行所有贷款，还给李四贵科技团队发了红利，当初为了同舟共济寻出路而加入宋记牧业合作社的村民也都赚了钱。

宋记一改之前的低迷状态，生意顺风顺水。而宋明泽与母亲商量先解决设备与包装问题。他拍板从国外引进了一套制造食品的高科技设备，又为宋记食品申请了国际质量管理体系认证。

在宋明泽的亲自操盘下，宋记生意很快就在市场上重新站稳脚跟，并成为岭阳市第一家具有自营进出口权的民营企业，产品不仅能销往全国各地，还能销往欧美等国家和地区。

宋明泽要在畜牧业领域大干一场时，岭阳市却遭遇了特大水灾。一九九八年注定是岭阳人难忘的一年。

五月开始，暴雨不断，长江全流域特大洪灾自西向东席卷而来。六月初，岭阳市水位攀升，险情不断。七月初，长江连续出现大洪峰，岭阳市紧急大动员，武警官兵与干部群众奔赴抗洪抢险第一线。

宋明泽随张一鸣第一时间加入区退役军人防汛抗洪突击队伍，并在党旗下庄严宣誓："人在堤在，誓死护堤。"洞庭镇以张一鸣为首的抗洪突击队员在"生死牌"上签下了自己的大名。保卫大堤的那段时日，全体解放军官兵、民兵预备役人员、干部群众坚决执行防汛办"严防死守"的命令，哪里有危险，他们就往哪里冲。在岭阳一千多公里的湖垸和长江防线上，大家一起日夜坚守在堤坝上，三米一哨，十米一岗，用坚强的臂膀和血肉之躯筑成了抗洪的铁壁铜墙。

这是宋明泽人生中最难忘的一次洗礼。几万官兵奋勇争先，肩扛沉甸甸的沙袋，跳入洪水中形成一道道人墙。因为天气炎热、日夜坚守，好多战士皮肤溃烂、肚胀腹泻、感冒发热……在抢险队伍中，他见到了晒透了的宋明旭，见到了日夜巡逻的宋明兴；在后勤送餐的队伍中，他看到了宋晓春，见到了步履蹒跚的干爹和母亲，暑假放假回家的宋运博，还有跟在曹晓娅身边帮着给堤坝上的解放军递饭盒的两个儿子……他眼眶不由一阵湿润，感到了前所未有的自豪，大灾大难面前方显英雄本色，宋家人都是好样的！

张一鸣带领的民兵突击队在大堤上奋斗了三个多月，排除大小险情一百多处，开挖人字沟五百多条。九月初一，湾洲民垸决口引发村中大堤出现两处管涌，情况万分危急。张一鸣得信后顾不上连日来的劳累，带领民兵突击队赶到现场处理险情。他见前去抢险的两个民兵被洪水冲散，忙脱下救生衣给了一个不会水的民兵，自己跳下水去营救被冲散的两个孩子。巨浪中，他奋力把两个孩子先后推向了岸边，自己却因精疲力尽而沉入水中。

宋明泽赶来后不顾一切跳入水中，在水中拼尽了全力，也没找到张一鸣。他上岸后，人差点虚脱，心中还存着一丝希望，对岸却传来了张一鸣遇难的消息。他听了跌跌撞撞跑到现场查看，不管如何抢救，张一鸣再也听不到他的呼喊了。宋明泽几近崩溃，扑在张一鸣身边失声痛哭……

洪水退后，宋家人已经累得不成样。晒得漆黑，浑身是大包，精疲力尽都无法转移他们的悲痛——张一鸣在抗洪抢险中牺牲，永远回不来了。

张一鸣对宋家人的爱护没话说。他爱宋晓春爱孩子，宋家无论谁有事他都义不容辞。洞庭镇熟悉他的人没有不喜欢他的。顾念宋家这次在抗洪救灾中做出的贡献，区政府给宋家颁发了荣誉锦旗，岭阳市政府授予张一鸣"抗洪救灾英雄"称号。

镇上人不再谈论八卦是非，聊的都是这次抗洪救灾中感天动地的英雄事迹；也不再眼红谁家发了大财，而是比较镇上谁家抗洪抢险贡献最大。数来数去镇上就数宋家去的人最多，捐资捐物也最多，八仙妈几乎把仓库和店铺里所有的食品都无偿捐给了前线抗洪志愿者，甚至连工厂运货的两辆车也捐了出去，可惜了宋家的大女婿死在了抗洪中……

张一鸣牺牲，全家人心里都难受，许玉珍担心宋晓春，把宋晓春一家接到了宋家院中居住，互相有个照应。宋晓春虽伤心不已，面上却很坚强，把一双儿女喊到身边告诉他们："爸爸永远和我们在一起，你们要为爸爸争光。"一双儿女也很懂事。

宋晓春搬进宋家院子后，便成了名副其实的宋记大管家，她待人公平，赏罚分明，把宋记管理得井井有条。

洪灾过后，万物萧条，洞庭镇是离洞庭湖最近的乡镇，受灾情况比别的地方严重得多。镇上所有行业都不同程度受到影响，宋记生产车间遭洪水浸泡全部停工，幸亏宋记饲料厂地势高，保住了厂房设备。也正是因为有饲料厂支撑，宋记才渡过难关，但是这年宋记销售的饲料成本都没收回。洪灾造成周边企业和农家作坊都只能赊账。宋明泽在会上说既然我们宋记饲料取名"同舟"，关键时刻就要与所有客户有难同当。三年之内，外面赊账与欠款的客户咱一律不追债。货要继续供给。直到他们有能力结账时，否则就当捐献给了灾区。

宋明泽的这个决定让嫂子林秀甜在家又闹翻了天。她说："还没发起来就先打肿脸充胖子，谁受灾还有比我们宋家更惨的吗？谁来支援我们，谁来怜悯我们啊？"

林秀甜说得不无道理。宋家生意刚有起色，一场洪灾让辛辛苦苦打拼来的成果又回到了解放前。好在"同舟"牌饲料已在市场上赢得了口碑。

宋明泽想扩大市场，必须走多元化产业才行。正在入神，桌上电话响，他上前接了电话，是杨波打来的，这通电话至少讲了十分钟，杨波喊他去广州联手创业，说如今广州，遍地黄金啊，就看眼睛亮不亮。

宋明泽也想开阔一下眼界，挂机后和曹晓娅商量了一阵去广州的事。曹晓娅当然舍不得，但她了解宋明泽，创业是他的不二选择。

广州又是一番新天地。宋明泽到广州后才清楚杨波的底细。杨波面上玩世不恭，实际藏得比谁都深，父母亲是省委领导。杨波从机关下海开贸易公司狠赚了一笔后，在广州开了家名叫"长腾"的房地产公司。宋明泽入驻长腾当起了职业经理人，跟随杨波在广州的那段日子里，眼界大开。广州地产商借鉴"海南"模式，用广阔的土地换取开发投资，由此开启了地产商四处拿地、银行抵押贷款开发销售模式。

宋明泽充分发挥他的商业天赋，很快在广州为长腾开疆拓土，一手策划开发了两个知名楼盘。杨波很欣赏他大气果断的处事风格，为了留住他不仅给他股份，还给他足够的决策权。前来广州淘金的人如春潮般涌来，广州的夜生活丰富多彩，杨波一度成了个十足的"猎人"，他说征服了女人就征服了世界。他放纵的生活传到了他父亲耳里，杨父在电话中训斥他，父子俩吵了起来。杨波说了句"靠自己的本事享受生活有什么错"，就挂断了电话。

宋明泽曾去杨波家中见过他的父亲。杨父是一位老革命，对杨波要求严格。看得出杨波也尊敬他的父亲，在他父亲面前毕恭毕敬，宋明泽还曾开玩笑地说杨波也有怕的人。杨波却笑得很忧伤，说他的青春一片灰暗，十四岁就成了知青，在偏远的农场待了五年，回来后想上大学却被父亲送到部队锻炼，青春年华在两个极端里度过。父亲总是希望他能按照规划好的路线生活，让他很压抑。

杨波说："我要找回丢失的青春，只有在夜夜笙歌中，才能尽情发泄那段岁月中所受的屈辱和磨难。这个世上没人能改变我。"

直到宋梦夏再次出现，杨波才开始改变。

四月初宋梦夏到广州的那一天，长腾公司在一家五星级酒店举办联欢会答谢客户。宋明泽要梦夏也来一个节目。梦夏落落大方，说上就上，没来得及换装就上台表演了独舞《红旗飘飘》。她个子高挑自带仙气，一双水灵灵的杏眼，眼角微翘万般迷人。前奏过后，她在舞台上徐徐起舞，身姿曼妙，舞姿优雅，就像是一只超凡脱俗的白鹤飞向蓝天，旋律高潮时，她一个转身往前"啪"的一下甩出了一条红色的绸带。俏丽的脸上还带着几分娇羞，在她回眸一笑时，那条红绸带就像是一颗子弹击中了杨波的心脏。

演出结束后，杨波手捂着胸口说完了，中弹了。杨波个性豪爽，面相周正，缺点是个头不高。他找女朋友格外挑剔，一般的小河小溪根本入不了他的眼，身段模样都要是一流。可一流的早就是别人家老婆了，二三流的他又看不上，心里还一直惦记着宋梦夏，但梦夏嫌他个头矮没看上他，他也就这样单了下来。他说这次要主动出击，速战速决。

晚会结束后，杨波迫不及待地陪伴在梦夏身边，为梦夏安排好广州之旅，还给她当教练，手把手教她玩高尔夫。开始宋明泽还担心宋梦夏把握不住自己，但宋梦夏的情商比她的颜值还要高出许多，在杨波面前千变女王似的，霸道不失娇俏，撒娇时裹着强悍。她时而像个多情的诗人，时而是个哲学家，聊到生意时她的思维又像是精明的犹太人，甚至会陪杨波去风月场所选"花魁"，那些花魁怎能与她相提并论？

杨波再也不去那些场所了，对宋梦夏说："人世间百媚千娇，我独爱你这一种。"

宋梦夏开始只想有个人能鞍前马后为她服务，不知不觉中也被杨波所吸引。她喜欢杨波眼神中那股莫名的忧伤。

杨波深情地注视着她："千帆过尽只有你，怎么办？"

宋梦夏巧笑倩兮："凉拌热拌都行，人间最无趣的事便是非要把自己关在笼子里。我不想结婚，更不想被束缚。"

杨波说："心有灵犀呀，难怪对你念念不忘，原来咱们有共性。"

杨波留恋宋梦夏的美貌，欣赏她洒脱的个性，一直与她保持联系，心血来潮也会写信。宋梦夏写信很简单，从不长篇大论，通常三两句话就让他回味不已。她说爱是欣赏，是不打扰，不远不近的距离，浓淡相宜的思念，情出自愿，爱过无悔。

杨波从不掩饰他对女人的看法："清高不会给你带来任何价值，面对爱你的男人，要懂得珍惜他给你带来的人脉与资源。"

宋梦夏回道："再大的资源不如一个温暖的拥抱。"

杨波说："我愿意给你所有的拥抱。"

宋梦夏直言不讳："可别被我的皮囊给迷住了，我自私虚伪霸道，真没哪里好。"

杨波回复："你不用多好，我喜欢就好。我也没哪里好，你不嫌弃就好。"

历尽千帆后，两人选择了彼此。

一天，宋梦夏神采飞扬地对宋明泽说她要结婚了。宋明泽听后嘴里一口茶差点喷了出来，不知何方高人能收服他这个满是"公主病"的妹妹。宋梦夏说是杨波。杨波也说宋梦夏已完全占据了他的心，他心中的许多话包括他与父亲的隔阂，都毫无保留地告诉了梦夏。而梦夏抱着分享的心态与他一起回顾过往，并帮他化解积压在心中的忧郁，慢慢地，杨波离不开宋梦夏了。

这样美好的日子过了一年后，宋梦夏为杨波生了一个儿子，杨波激动不已，在产房里抱着宋梦夏哭了起来，给孩子取名叫杨俊贤。

此后杨波对宋梦夏的疼爱更没的说，每天除了处理公司的事就在家陪宋梦夏和宝宝。这反而让宋梦夏不习惯了，她喜欢有自己的空间，刚生完孩子也不想杨波看到她邋遢的一面。杨波说在他眼中，她任何时候都是最美的。要说宋梦夏真正爱上杨波，应该是从她生下孩子时开始的，不管她样子多糟糕，他都愿意拥抱她。

宋梦夏坐月子时，宋晓春来广州看她，以前宋晓春最担心的是宋梦夏，现在见她结婚生子，杨波又疼她，也不用再操心了。那几天姐妹俩经常靠在一起说悄悄话。晓春看得出杨波爱梦夏，放下心来，要宋明泽给她订回岭阳的机票。宋明泽留她多住两天，说："明天燕妮要来看梦夏，正好可以一起聚聚。"

宋明泽接到燕妮电话时，正在看楼盘，一句"你在他乡还好吗"，激起他心中涟漪。他赶回公司时，燕妮已在楼下等他。

燕妮比以前更妖媚，长发垂肩，秀丽活泼，看他的眼神更是星光闪烁，似乎又回到了少女时代。他请燕妮在海景酒店就餐，他们坐在落地玻璃窗前，夜色下的海景神秘浪漫。他点菜后让服务生上了瓶红酒玛歌，待服务生醒酒后，给燕妮倒了半杯，说："玛歌柔和、细腻，适合夜晚对饮。"

燕妮微微抿了口酒，说："口感真的很柔和。玛歌的红酒，就像玛歌产区的风景一样，令人陶醉。"

宋明泽说："红酒之所以迷人，是因为它包含了鲜活的生命原汁。"

这时服务生送来了三文鱼、巴马干酪。他帮燕妮夹了块三文鱼，说："品红酒来块三文鱼，吃起来会很特别，试试看。"燕妮尝试了一口后，手托着下颌注视着宋明泽，她陶醉的不是这红酒，而是蜕变后的宋明泽。

夜景甚是迷人，他们天马行空畅聊。宋明泽从金字塔聊到长城，从亚马孙说到洞庭湖。燕妮聊的多是环境治理，她经常被派去全国各地参加生态环保专题调研，还撰写了多本厚厚的调研考察手记，涉及洞庭湖环境治理，其中不少建议得到有关部门采纳。他们沐浴着海风，聊着洞庭湖，那种感觉很奇妙。燕妮说过，要她回岭阳，除非洞庭湖的水变清，天变蓝。她手拂秀发笑道："现在人们环保意识提高，相信总有一天洞庭湖的水会变清。"燕妮还是很天真，只是这种天真从个人转到了更广阔的世界中。

宋明泽回到宿舍后与曹晓娅打了一通电话，讲了晚餐他请燕妮吃饭的事，又与两个儿子讲了几分钟的电话才挂机，这已经成了他的习惯。这次外出锤炼的不只是他对市场的判断力，还有他的意志力。

宋明泽一心想回岭阳创业，说岭阳的地产业很快就会来临。杨波再次挽留他，说没见识过北上广的浩瀚不足以谈创业。

燕妮也建议他留在广州，说："南国的风在吹，是春天的脚步。蓝天的鸟在飞，是希望的翅膀。"燕妮说话念诗一样。

杨波带着宋梦夏去了法国巴黎。宋梦夏不过随口一说她想去法国看薰衣草，杨波就真做了安排，赶上杨波的妈妈退休在家，每天抱着孙子看不够，哪还舍得让他们带出去。他们也乐得清闲，把儿子交给奶奶后，远渡重洋旅游去了，自由的风让他们走在了潮流的最前沿。

宋明泽在广州的生活更充实，燕妮经常来看他，陪他过周末。宋明泽住的是一套两房一厅的房子，书房像博物馆，柔和的灯光下满墙是书，多是英文版的名著与企业管理的书籍，还有调酒技巧与世界建筑；窗前三米宽的书桌旁有个黑胶唱片机，显眼的是沙发扶手处放着几本国学经典，燕妮顺手拿起一本翻了几页，问宋明泽读书的感想。

宋明泽说："书中讲儒家改变自己适应社会，道家改变自己适应自然，佛家改变行为适应自己。把这些关系理顺了会明白一个道理，给社会创造价值时所有的努力才有意义。别人读的是经典，我是从中学销售精髓。"

燕妮不禁笑了起来："从经典中学销售，这世上恐怕找不出第二人了。"

落地玻璃窗面朝繁华地带，夕阳下，高楼大厦笼罩在一片嫣红之中。宋明泽用唱片机放起了音乐，悠扬的乐声中，给燕妮泡了杯咖啡。燕妮转向宋明泽，浅笑嫣然。

"你会留在广州吗？我相信凭你的商业才华，一定能创造出一片天地。"

"不！我准备回岭阳了，不管走多远，那湖水始终牵引着我。我是渔民的儿子，骨子里的东西是没法改变的。我想这辈子我也没法离开那湖水了。"

俩人站在窗前边赏景边对饮。广州的夜晚无处不透露着开放城市的梦幻与翩然。这气息让燕妮心底那份浪漫情怀荡漾开来。宋明泽穿了件立领的白衬衣，上半截几乎敞开。近了，她闻到了一股令她心醉的味道，这种味道瞬间扩散至她整个身体，摇曳遐想让她脸颊绯红。不知谁的电话不合时宜地追了过来，宋明泽接电话后去了公司，晚上住在了公司。

面对燕妮的款款深情，宋明泽思念起远在岭阳的曹晓娅，当晚就给曹晓娅打了个电话，说想他们了，让她带云帆和云峰来广州过暑假。挂机后他开车去商场给他们买了一箱子的衣物用品。第二天晚上，他在车站接到曹晓娅和孩子们，还在车上，云峰就迫不及待地从书包里拿出奖状给爸爸看。回到住的公寓，宋明泽摁开水晶灯，客厅的餐桌上摆满了吃的东西，水果拼盘、各种零食应有尽有。一家人围坐一起有说有笑好不热闹。

云帆又高了半头，性格含蓄。宋明泽把他喊到一边说了几句悄悄话："云帆，爸爸要谢谢你，你借给我的那笔钱，爸爸现在已经把它翻了好多倍。所以爸爸很感谢你，谢谢你在爸爸困难时给予的支持与帮助！"云帆听了，眼睛一下明亮起来，"哦"了声："那太好了，爸爸，能帮到你我很高兴！"一旁的云峰听了头歪了过来，问道："爸爸，你是不是发财啦？"

宋明泽忍不住笑了起来，伸手把云帆和云峰揽到身边说："爸爸做的事不是以发财这个标准来衡量的，爸爸要做的是事业，这事业必须能帮助很多人。"

云帆点点头："明白，就是妈妈说的那样，爸爸是企业家不是商人。"云峰转身去了书房，在书房发现了宝藏似的，兴奋地喊道："云帆，快来，爸爸给我们买了好多礼物，电动玩具、球鞋，还有电脑。"

宋明泽这才有空和曹晓娅独处。卧室里，曹晓娅沐浴完脸颊红扑扑的，身上的水都没擦干，就被他迫不及待拥入怀中……

为了给孩子们安排一个丰富多彩的假期，宋明泽请了半个月的假，带着他们去三亚住了一个星期。在天涯海角，他教孩子们开摩托艇，潜水冲浪，带他们品尝丰盛的海鲜。曹晓娅在海边发现了几个五颜六色的贝壳，小女孩似的欢呼了起来，还选了几个放在背包里，说要把大海带回岭阳。宋明泽盯着她，鼻头有些发酸，想着这些年晓娅因为自己的拖累受苦了，往后一定要好好补偿她。

回广州后，曹晓娅的脚扭了一下，说走不了路了，宋明泽就把她驮回公寓，让她舒服地靠在沙发上，又给她做了一份水果拼盘，然后玩魔术似的变出两个蓝色的贝壳。曹晓娅欢呼了一声，站了起来。宋明泽歪着头看她："原来你能走啊！"曹晓娅咯咯地笑了起来。

宋明泽看两个孩子在书房聚精会神地摸索电脑，他陪着曹晓娅去了阳台，俩人靠在一张木椅上看星星。就在两人缠缠绵绵时，门外有人敲门，来人是燕妮，身后跟着女儿肖含芯。

"哟，含芯来了，快进来！"

肖含芯很乖巧地喊："三舅舅好！"

燕妮满面春风："明泽，放暑假了，我带含芯来看看你。"宋明泽接过她手中的行李袋说："来也不提前吱一声。"

燕妮边换拖鞋边说："就想给你一个惊喜。"

真有惊喜等着她。燕妮进客厅见到曹晓娅时，欢呼了一声，俩人拥抱在一起。

"啊，晓娅，什么时候来的？也不给我打个电话，我去接你啊！"

曹晓娅说："我来广州都上十天了，明泽还带着我和孩子们去海南玩了一个星期。觉得你忙，就没有打扰你。"书房里两个孩子跑了出来打招呼。云峰拉着含芯的手去了书房。

一番寒暄后，燕妮发现客厅已大变样。沙发上咖啡色抱枕换成了天蓝色的，窗帘也换成了蓝色的，刺眼的是阳台上挂着的女人的内衣也是蓝色的。

无疑这些都是宋明泽的手笔，因为曹晓娅最喜欢的就是大海色。让她惊奇的是曹晓娅就像在牛奶中浸泡了似的，变得楚楚动人，皮肤光洁，脸色红润，明眸如水。只有爱的力量才有如此魔力，以女人的敏感，她已清楚宋明泽的心，但她多少有些不甘心。她和曹晓娅靠在一起聊天时，宋明泽在厨房调制咖啡，瞬间咖香满屋。

燕妮接过明泽递来的咖啡，轻啜一口，转向曹晓娅说："明泽手艺大有长进啊，上次我在这里住了两天，教了他调制咖啡，现在他煮的咖啡比我还地道。"

曹晓娅听了心中微微打鼓，燕妮也在这公寓住过？难道他们旧情复燃了？她心中疑惑，面上也不好表露出来。三人靠在沙发上天南地北地扯了一阵后，宋明泽给司机打了个电话，要司机把燕妮和肖含芯送了回去。

半夜，曹晓娅还无法入眠，她看宋明泽睡得很香，想出去透透气，悄悄起来穿上衣服出门去了。她漫无目的地在外走了一圈后才发现自己没带钥匙。她无法进门，又不想给宋明泽打电话，走了一段很长的路后，傻傻地坐在了路边。七月天，广州的夜风很是闷热，可她的心却像有块冰在滚动。她相信宋明泽不会对别的女人动心，但燕妮不是别的女人，是他的青梅竹马。宋明泽是个念旧的人，又远在异地他乡。这么想着她心里便不自在了。

宋明泽醒来发现曹晓娅不见了，起身去客厅看了看，又去孩子们住的书房和阳台看了一遍，都没看到人，吓了一跳，穿着拖鞋匆匆出门找去了。他打着手电筒沿着公寓跑了上十里路才在路边找到曹晓娅。宋明泽跑上前去，一把拖起坐在路边的曹晓娅。

"晓娅，你差点急死我，干吗半夜独自跑出来啊？"

"我来打扰你和燕妮了……"

宋明泽觉得好笑又好气，说："胡思乱想，燕妮出差时是来我这里住过一次，但我住在公司，那天在电话里我还跟你汇报了。你说兄弟姐妹来家里住有什么关系。现在又生气了呀？"曹晓娅语气严肃："话是这么说，但还是要有分寸有度。"

"明白，你不在这里，任何女士不得入屋内，我保证。"宋明泽把曹晓娅背了起来，一直驮到公寓的电梯里还不肯放下来。曹晓娅说："快放我下来，别人看见了不好。"

宋明泽说："不能放，你又跑了，我怎么办？"

曹晓娅说："别说的比唱的还好听，在外也有一段时间了，回家吧。"曹晓娅一句话，宋明泽找到杨波说他要回岭阳。这次杨波没再挽留他，知道他非池中物，说有啥事开口就是。

第十三章　东山再起

宋明泽回来得正是时候。晚上陈立斌喊他在外聚餐，几年不见，仕途顺畅的陈立斌满面春风，已调到开发区任副区长。说洞庭大桥已开通，洞庭大道将从洞庭镇附近穿过，洞庭镇周边所有的荒山野岭将会成为黄金地段。这个消息让宋明泽振奋不已。

宋明泽做事快是出了名的，他迅速在云端乡西沟村购置了五百亩地，建了岭阳市第一家民营农业科技园，并号召周边更多村民加入宋记牧业合作社。宋明泽的名号早已深入人心，三乡五镇的村民闻讯纷纷加入，甚至有几家大企业也入驻农业科技园，就连沐南省农业大学几位教授都被宋明泽请来了。

刚回国的杨波有些看不懂，宋明泽如此大才为何做起了养猪的生意。宋明泽说凡事要因地制宜。宋梦夏说杨波只知海中有鲸鱼，不知洞庭湖中有江豚。

此时岭阳市已经有人在搞小产权房，这种"三无"的房子宋明泽看不上眼，他在等省房改落地。毕竟内地三线城市与广州相比有很大的差距。

春节，杨波随宋梦夏带着儿子回岭阳探亲。许玉珍抱着俊贤一口一个伢儿，说孩子长得虎实，像极了他大舅小时候的模样。杨波听了呵呵直乐。这是宋梦夏结婚后第一次带杨波回家。有关杨波的个人情况宋家人听宋明泽和晓春说起过，为人豪爽，待人真诚。宋梦夏花中选花终于有了个归宿，让许玉珍放下心来。

林秀甜更是窃喜，以前家中她最看不顺眼的就是宋梦夏，回家一副大小姐模样，婆婆还生怕她缺钱花，说宋家的规矩是苦伢儿不能苦姑娘。宋梦夏又心比天高，总是挑肥拣瘦的，她生怕宋梦夏嫁不出去。

两辆豪车从省城机场直接开到了宋家院子门口，这是杨波的私家车，他事先安排司机等在省城机场。到家后光是司机从车上搬下的礼品就有八九箱，杨波进门就开始发红包，司机拎着一个大袋子跟在一旁，进门见者有份，见岳父岳母时更是虔诚，直接给许玉珍递上了一张存折。林秀甜见婆婆推了几次说不要，赶紧上前接过了杨波递来的折子，瞟了一眼，折子上整数一百万元，她又让宋明兴也看了一遍，的确是一百万元。收下这个存折后，林秀甜看这个妹夫，怎么看怎么顺眼，说："梦夏有眼光，咱爸妈也放心了。"

场面颇有些张扬。宋梦夏是个爱面子的，说入乡随俗，杨波也就照做了，毕竟婚前没下聘礼，也没举行订婚仪式，结婚生子后才回一趟娘家，不表示诚意心里过不去。

让杨波开眼界的是宋家人个个颜值甚高。岳母年过六十依然典雅大气，温婉的眼神中由内而外散发出自信的光芒；对于马建设，如果宋梦夏不说，他就以为岳父岳母是原配夫妻；八十岁的奶奶耳聪目明，没半点暮气，脸上也没什么皱纹，仅黑发中冒出几缕银丝来。

宋梦夏笑道："我奶奶是不会老的。"

奶奶哑哑嘴说："家里这么多人要我照看，奶奶啊不敢老去！"这句话说得大家眼眶泛红。

宋梦夏忙把给奶奶买的礼物摆放在床前，一大袋东西，穿的吃的用的全是奶奶以前念叨过的。奶奶却只顾打量起杨波来。奶奶看人通常只看三处：看眼，摸手，听声音。杨波脸上戴副眼镜看人时却十分专注，面相谈不上俊俏也生得周正，手掌更是柔软润绵，这些都是贵气之相的特征，唯有他说话的声音缺乏阳刚之气。

宋梦夏说："那是他不敢高声，初次见奶奶怎敢大声说话呢！"一屋人都笑了起来。

随后院子里呼啦啦又拥进一群人，其中几个晚辈个头比杨波还高，围着他喊"四姑父""四姨爹"，他也不知谁是谁家的孩子，一股脑答应着。

一大家人聚在一起好不热闹。杨波打开话匣子后，聊的多是海外市场，说中国的产品正在不断走出去，从杂交水稻开始，沐南人在海外市场尤其是东盟地区已开始占有一席之地，工程机械、现代农业、路桥房建等多个领域，形成了海外湘军品牌。

难得一大家子聚在一起，开餐时场面颇壮观，老小围坐一桌，有二十多个人。开餐前必须奶奶先动筷子，再许玉珍、马建设启动，席间喝酒前必要先敬长辈。八十多岁的奶奶酒量颇惊人，连喝几盅红光满面。桌上备有公筷，想给旁人夹菜时一律用公筷，筷子黑白分明，再喧嚣都不会搞错。待吃完饭再看大圆桌，二十多个人的碗里干干净净，桌边、地下没一粒剩饭剩菜。宋梦夏说这是宋家的规矩，无论何时，宴席再丰盛也不允许浪费。饭后宋家子孙自觉帮着收拾，不过转身的工夫，餐桌前已经收拾得干干净净。

平凡之家却又处处透露着不平凡，杨波微微笑，难怪宋梦夏骨子里透着阳光与自信，这与家教传承有关，融合了湖区人特有的柔情与彪悍，正是她这种水火相融的个性吸引了他。本来他打算在宋家住两天就走，可在宋家过完春节了还舍不得离开。

宋明泽陪杨波观洞庭湖，看岭阳名胜古迹。路过洞庭大桥时，宋明泽自豪地说："洞庭大桥的落成，加上大陵矶港口全面开放，三湘四水四通八达，洞庭镇定会被带动起来。咱们应该联手在洞庭镇建个比东升坡还大的市场，保证三五年后就能见成效，既能盘活地方产业，还能带动岭阳的经济。"一行人坐船去君山岛时，晴空万里，碧波万顷的洞庭湖不愧为天下第一湖。湖中有山，渔帆点点。有明兴在一旁省了宋明泽很多事，明兴讲起岭阳的文化来滔滔不绝。

宋明兴成天陪着杨波，连晚上也不回家，林秀甜心中嘀咕："他葫芦里装着什么药，如此殷勤？"还真让林秀甜猜对了，洞庭镇中学要重建，万事俱备就差钱。宋明兴想要杨波捐资。

宋梦夏对此没意见，说："捐二十万元吧，宋家能图个名。"

宋明兴摇摇头说："二十万元如何建得起一所中学，最少两百万元。"

林秀甜听了把宋明兴拽一旁，眼睛睁得灯笼似的："你脑壳没灌水吧？杨波第一次上门你就要他捐资两百万元，你当他是啥？"

宋明兴说林秀甜是妇人之见，要杨波捐款修建学校是为了给宋家脸上贴金。建一所学校，洞庭镇的人都会铭记；有了别人的认可，宋记生意自然会好起来，荣誉才是最重要的。

宋明泽笑开了，头次发现大哥也颇精明，只是杨波是个妹夫，怎么好让他出这笔钱呢，要出也是宋家出。但宋记生意才上路，手头资金有限。杨波是否会捐助这么多，他心中还真没底。

宋明兴执着得很，带着杨波去洞庭镇那所破旧的中学至少参观了三遍，说乡镇中学还是在宋明泽手上建起来的，去年遭水灾，校房摇摇欲坠，往上打了几次报告，落到学校的补贴款杯水车薪，这事拖了再拖。

杨波还真就答应了给洞庭镇捐资建校。此举当然是有意义的，自杨波在洞庭镇捐资建校后，引来赞扬声一片，以前骂宋梦夏是狐狸精的人也全改口了，说她是洞庭镇飞出的金凤凰。

许玉珍要宋明泽继续掌舵宋记事业时，他却选择了房地产行业。

年底，沐南房地产政策落地，这是沐南房地产行业的分水岭，在宋明泽看来，一个属于房地产商的黄金时代已经来临。

许玉珍说："做好宋记产品才是根本。我不想做任何与宋记不搭界的事。"

马建设劝道:"明泽本就不是池中物,让他自个闯去,是雄鹰总会飞起来。"

宋明泽注册了一家名叫"宏航"的房地产公司。招聘营销部长时,肖脉脉前来应聘。肖脉脉比以前成熟了许多,她这几年先后在几家公司干过又都辞职了,她还聊了很多岭阳的八卦新闻。她说世界在变,她不变则对不起这个世界。肖脉脉再次成为宋明泽的得力助手。

宋明泽以小博大,以同舟饲料厂做抵押从银行贷款,快速收购了位于市区一家倒闭的小型工厂——一家占地不足六十亩地的汽车配件修理厂,面积不大,地理位置却是市区黄金地段,距离市委家属区不足十里地,周边配套设施齐全,出大门就是岭阳主干道。宋明泽从收购到开发都在悄悄进行,历经挫折后他处事更加缜密,他时刻告诫自己要低调行事。此时岭阳还没一家具有规模的房地产公司,他想从中脱颖而出,必须用实力说话。

岁月的脚步已经迈向二〇〇三年。春节过后,宏航房地产公司开发的"洞郡王府"犹如一座梦幻城堡展现在人们眼前,成为岭阳市首家欧式建筑的高层电梯房小区。凡是路过此地的人均会驻足观望,此时的岭阳还没完全开发起来,洞郡王府犹如一座金色的城堡惊艳了他们的眼睛,也刺激着他们的神经。洞郡王府一出世便成为抢手货,宋明泽开始了东山再起的创业之旅。

陈立斌打电话给宋明泽,说洞郡王府得到了市长方致远的好评。宋明泽在岭阳沉寂七年后再次出现在公众视野。岭阳的老领导谁不认识宋明泽?

"他是岭阳八九十年代兴业致富的先锋人物,一手打造出宏运集团,让名不见经传的宏运一夜之间红透全国半边天,后来被免职,还入狱几年,现在又重整旗鼓。是金子丢到哪里都会发光。"说这话的人是李和坤,现为市人大常委会副主任。

宋明泽登门看望了李和坤,两人推心置腹谈了很久。李和坤比以前稍稍发福,精气神依然很足。他调到人大后每天到处视察倒也充实。

李和坤说宋明泽身先士卒是岭阳改革中的勇士，但这份勇气让他付出了代价。宋明泽说："我从不后悔，有利于时代就值得。"

李和坤说宏运已无力支撑，问他是否还想回宏运。宋明泽苦笑了声，说回宏运已不可能。他想创造出一个属于自己的宏运，这句话他没说出来，他还在等待时机。

离开时李和坤瞅了瞅他送的酒，鼻子使劲嗅了嗅说："下次来就来，东西就别带了哈。"宋明泽笑道："东西不带，只带酒。"李和坤要宋明泽好好干，说："未来的市场民营企业家大有可为。"

宋明泽骨子里憋着股闯劲儿，他要的是更大的世界，要成为一个对社会有贡献的民营企业家。

曹晓娅也支持他开拓新事业，才放暑假，就去营销部帮忙。在聊到营销设计方案时，她主张突出地方元素，比如广告牌右上角设置一个小巧的宋记图标，让客户对宋记印象深刻，同时对这个项目也更放心。肖脉脉意见不同，说洞郡楼盘才上市，广告必须时尚才能更引人关注。对于楼市来说，广告创意好就成功了一半，宋明泽一番比较后融合了俩人的构思，广告宣传效果出乎意料地好，预购时不少市民熬夜排队买房。曹晓娅把功劳推给了肖脉脉，说脉脉营销做得好。至此肖脉脉意识到看似平凡的曹晓娅绝不平凡，素面朝天也难掩骨子里的空灵。

宋明泽有分寸有度，一门心思忙着扩张事业，四处看地。岭阳北区到处是荒地，地价也便宜，只要有人投资，镇政府都大力支持。为此莫连胜成天来找他，要他开发西甲门，聊完地皮的事便开始倒苦水，多是借钱的事，说场上两年多没发工资了，眼看过年了，有些人家里连下锅的米都没有。这话肯定是夸张了些，但前年大灾，乡镇企业的确倒闭不少。

莫连胜是西甲门茶场的场长，茶园中有条淤泥河，不管种植什么从没兴旺过，到他手里更惨，茶园成了黑漆漆的荒地。他把责任怪在横插其中的淤泥河上，说这条淤泥河是生态杀手，填平这条河才是关键，又说了一摞困难。宋明泽没推辞，此时洞庭大桥已经正式通车，而正在修建的洞庭大道距离西甲门不过十几里地，三五年后西甲门的地能涨上天去。

莫连胜看宋明泽爽快，给他透露了一个信息，说区政府的意思是让茶场出让算了。西甲门五百亩荒地已被区政府列入招商引资项目，必须通过招拍挂程序才能开发建设。

宋明泽请设计师在此踩点多次，要把这里打造成岭阳最大的建材批发市场，并在此建立一个商贸圈。设计师根据他的商业理念，初步设计了蓝图，在这约五百亩的地皮上，有近三十万平方米的建筑面积和经营场地，而这个批发市场真要建起来可容纳两万人就业经营。这正是宋明泽想要的、能带动洞庭镇经济发展的宏图。

陈立斌说这个项目要做，动作就要快。同学时两人就是铁哥们，贫也好，富也好，两人都黏在一起。星期天晚餐，陈立斌把相关人士都请了过来，到场的有周松林、田和贵、莫连胜。周松林是市国土局局长，田和贵是北区区委书记，莫连胜是西甲门茶场场长。几人都到场，这顿饭局就有了意思。

晚餐定在陈立斌推荐的神农酒楼，怕路上堵车，宋明泽五点不到就带上肖脉脉到了酒楼。肖脉脉能喝酒又会来事，应酬基本少不了她。神农酒楼地处东郊一家网球场旁，在一座绿树成荫的院子里，这里服务质量不错，靠近运动场所，谈事健身两不误。赶到包厢，餐厅经理领着陈立斌进门，随后是周松林、田和贵、莫连胜。

宋明泽上前招呼，酒菜上桌，几人围桌坐下，大家碰杯后包厢里即刻热闹起来。宋明泽说旧城新建的方案，扯到西甲门那块地热血沸腾。他谈大概思路，肖脉脉说主体构想。在他们的设想中，西甲门项目可打造成岭阳最大的建材批发市场，其中可建两千多个经营铺面，解决两万多人就业问题，该项目不仅能盘活整个北区，还能推动整个岭阳市的经济发展。

周松林说："你们真是雷厉风行，协议还没搞，蓝图就出来了。"

宋明泽说："协议最好就这几天搞定。"

莫连胜起身给在座的各位领导敬了一圈酒，说："这要看领导的意思，我是巴不得越快越好，了却心中一桩事，对场里的职工也有个交代。"

宋明泽又提瓶端杯围桌敬了一圈，说："建设我们的家乡人人有责，关口还有赖兄弟们帮忙。"

宋明泽回家已经很晚了，客厅的灯还亮着，曹晓娅伏在靠窗的书桌上睡着了，一旁整齐地摆放着两个孩子的作业本。她不管多忙，每天晚上必要检查孩子们的作业，耐心地给他们讲解……

宋明泽心疼得不行，手轻轻地在她肩膀上拍了拍："晓娅，回卧室去睡。"曹晓娅迷迷糊糊睁开眼，说："还记得回家呀，几点了？"

"下次一定早点回。累了吧？我给你打盆水洗洗脚。"曹晓娅见宋明泽还记得心疼她，一下醒了瞌睡："赶紧去洗漱吧，一身酒味。"

宋明泽洗漱后，回到卧室靠在晓娅身边躺下。"是不是有什么心事？"曹晓娅看他沉默着，便问道。

"也不是什么心事，就是觉得做个项目关口太多，现在不管做什么，关系才是最重要的。记得在部队那会儿是路见不平拔刀相助，看不惯的事非要讨个说法，现在棱角早被磨光，在这种体制下想做点事真是难，有实力没关系照样靠边站。"

曹晓娅看着他说："要不西甲门项目弄成后，我俩开个路边小店，谁也不求。"

宋明泽笑道："行啊，你每天守铺子，我去进货。"

曹晓娅说："真变成那样了，你还会要我？"

宋明泽伸手揽紧了她的腰，在她耳边轻轻哼唱："我爱你是忠于自己、忠于爱情的信仰，我爱你是来自灵魂、来自生命的力量……"

第十四章　再创辉煌

早上七点宋明泽就赶到了市政府，出了市政府又跑去了市人大李和坤的办公室。李和坤的办公室就像藏书室，两面书柜摆满了书，桌后墙上的墨宝"观海听涛"是李和坤的手笔，刚劲稳健颇有大家风范。另一面墙上留白，像李和坤处事的风格，做人做事留空间有余地。

寒暄几句后，宋明泽才提到西甲门那块地，并把项目报告书摆在李和坤桌上，向他汇报了建设构思："我要打造省城最大的建材批发市场，能解决两万人就业问题，能盘活整个北区吃住行的产业链。"

李和坤把项目书仔仔细细看了一遍，提出了一些符合政策的建议，还在项目书上用笔圈了红点，说："能带动区域吃住行是重点，这个项目我支持。"

这给了宋明泽无限动力。

宋明泽出了市人大又跑西甲门。西甲门位于洞庭镇西郊，一片荒芜，所见皆是枯枝凋叶。莫连胜在茶场接到宋明泽后陪他在茶场参观了一番，又带他去办公室歇息了会儿，办公室寒碜至极，连把像样的椅子都找不到。

宋明泽说："这地方哪还能办公？得赶快撤退。"

莫连胜说："我也想赶快撤，就等区里发指示了。"

宋明泽跑了两个月，宏航房地产公司通过招拍挂取得了西甲门的土地使用权，并通过与洞庭镇合作开发将五百亩农用地转换成商业用地。走完程序后，要解决的是西甲门茶场外的拆迁户问题。公司会计说："宏航账上已是负数，西甲门总投资三个亿，杨波与几位投资人注资了大半，银行也给贷了部分，但依然有缺口，周边几十户人家拆迁款需要几千万……"为了筹措资金，宋明泽通过招商引资在广州找来了几位投资商，但是项目资金缺口还是补不上。

宋明泽不得不向母亲开口。先前他搞房地产许玉珍就不同意，这次他投资西甲门她能支持吗？

宋明泽开车载着母亲和干爹去了趟洞庭大桥。大桥两边红旗招展，他们随人群从桥头走到了桥中。许玉珍感叹不已："没想到洞庭湖上能架起一座天桥。"

他们又在洞庭大道周边转了一圈。宋明泽指着不远处的西甲门茶场，说："在西甲门建个批发市场，洞庭大道通车后这块地段必将成为黄金地段。"马建设听了说他有眼光。许玉珍则担心地盘太大吃不消。他说："我一个人肯定吃不消，得集合家人朋友的力量才行。"

看母亲没有明确反对，他回家后召集明兴和晓春开了个家庭会议，给家人介绍项目情况。宋晓春历来相信宋明泽的眼光，当场就从里屋拿出一张存折塞在了他手中："上面有二十万，我下岗后厂里买断给了几万，一鸣牺牲后政府补助了十几万。"宋明泽听说这钱有张一鸣的补助款，心中一酸，把存折给宋晓春塞了回去，说："这个钱不能要。"宋晓春又塞回了他手中："要是你姐夫在，肯定第一个支持你。"

宋明兴当着宋明泽的面拍了胸脯，说手头有多少拿多少。待找林秀甜商量时，林秀甜却躺在沙发上装病，额头上搭着毛巾，身上裹着毯子，也不管当时正是六月天。见嫂子的样子，他立马打消了借钱的念头。他不想哥哥嫂子因为钱的事吵得鸡飞狗跳。

这次除了林秀甜，大家都支持他。马建设说："我相信明泽的市场眼光。洞庭湖上架起了天桥，洞庭大道打咱家门口过，现在投资西甲门是正确的。"见全家人充满信心，许玉珍也放宽了心，当即拍板把宋记工厂和饲料厂全部抵押给银行，说："大不了从头来过。"

项目在西甲门茶场成立指挥部。西花村拆迁时遇到了"钉子户"赵兰芯，她家在路边盖了三栋房子，横竖要三倍的拆迁款才肯搬。镇上派了几拨人前去谈判都不成。莫连胜抬出茶场来压她，她反过来问茶场要补贴，说茶场的食堂与厕所那两块地以前都是她家的菜地。

莫连胜见她油盐不进，让拆迁办的人给她做工作。她见来了一群戴红袖章的人，握了一把剪刀从屋里冲了出来，眉头一挑："你们吓唬谁呢？我赵兰芯可不是被吓大的，谁敢强拆，我就剪了谁的命根子。"赵兰芯语速极快，拿把大剪刀弄得咔嚓直响。她一出面，拆迁办的人不由自主地往后退去。

赵兰芯人生得秀气，却是镇上出了名的泼妇。她十八岁就找了个外地货车司机结婚生子，儿子刚满周岁，老公跑夜路发生车祸一命归西。为了抚养儿子，她在镇上做起了小生意，可日子还是过得很艰难，这次她家房屋要被征收，不亚于天上掉馅饼，在她的鼓惑下全村人都成了钉子户，非要开发商多补偿一笔钱才搬迁。

曹晓娅和赵兰芯颇有些交情，说她出面试看。赵兰芯见曹晓娅来了，脸色稍稍好看了些，说她并不想阻拦宋明泽搞开发，只是她穷怕了，想多要笔钱。

曹晓娅说："你一个人带着孩子过日子，确实不容易。大家都盼着日子好起来，所以宋明泽要牵头开发西甲门，让咱们洞庭镇人都过上好日子……"

赵兰芯不为所动："别人日子好不好与我无关，我只认钱，必须给三倍拆迁款，否则我家绝不搬迁。"

曹晓娅一筹莫展时，见学校的李新老师把自行车停在门前，自行车后面还载了个学生。赵兰芯见来人是李新时，瞬间如娇羞的少女，眼神也温柔了许多，一改刚才母老虎的样子。李新载来的学生叫杨劲劲，是赵兰芯的儿子，从小患有眼疾，上课时全靠老师耐心指引。李新见他们孤儿寡母心生怜悯，对孩子一直呵护有加。

曹晓娅看到这一幕心中立马有了主意，回家时她与李新同路，希望李新能出面说服赵兰芯。李新知道宋明泽的规划，说试试看。至于李新如何与赵兰芯沟通的她不清楚，但过了两天她再去找赵兰芯时，赵兰芯通透了许多。

那段时间曹晓娅累得透不过气，既要跑学校，又要给村民做工作，还要照顾孩子。宋明泽建议她辞职。开始她舍不得，在教师岗位工作了二十年，哪能说走就走。宋明泽鼓励她，换个工作环境是一种改变，也是一种锻炼。她也想尝试一下新的生活，毅然辞职后正式进入宏航公司工作。

曹晓娅擅长做村民工作。没过几天，她就召集村民在指挥部开了一场座谈会，到场的还有镇干部和镇上的代表，老书记刘大荣与罗水生也被他请了过来。宋明泽见大家到齐了，请他们观看了未来西甲门大市场的规划蓝图。他说："该项目将成为沐南省最大的建材批发市场，可建两千多间铺面，解决两万人的就业问题，能盘活整个北区的经济发展。我希望大家能在此投资一间铺面，三年后这里所有门面价格至少能翻两倍，如果信我宋明泽就跟我一起干。"

曹晓娅补充道："一套铺面三层，现在订购能享受八折优惠，等于给大家送了红包。开发成功以后，这里的铺面肯定会被疯抢，那时可就没优惠了。大家想想看，洞庭大道从家门前过，此地段是何等金贵。"

大伙议论纷纷。刘大荣在旁抽了阵烟后，说："咱洞庭镇名声在外，九十年代也出过一阵风头，那年明泽排除万难建立了东升坡大市场，保障了大家的生活来源。洞庭镇是大镇，东边有东升坡大市场，西边却还有条横跨镇心的淤泥河。西甲门不改变，这条淤泥河就无法治理。大家伙要明白一点，宋明泽干吗来了？他冒着巨大的风险来为家乡投资建设来了，来给咱洞庭镇送福利来了，我们要全力支持他才是。"

罗水生接道："大荣书记说得没错。从前至后宋明泽为洞庭镇付出了很多，不只他，还有他的父亲、八仙妈，可以说没有宋家人就没现在的洞庭镇。这句话搁在我心里好久了。现在明泽有信心改变西甲门，我们应该相信他。"

曹晓驹不失时机地接过话头："我很佩服宋明泽的勇气和魄力，这个宏伟蓝图也只有他敢想，这样的大事业也只有他敢干，该说的刚才罗叔全说了，我看好这个项目也支持，这里是生我养我的地方，我当然希望这里能富起来。"她当场预订了一间铺面："我一个上班族，以后靠这铺面收个租金，生活会轻松很多。"

正当大伙犹豫不决时，宋晓春陪着八仙妈走进了指挥部，大家见八仙妈来了忙起身招呼。在场的不管是老的少的谁没吃过八仙妈一碗渔渡粉？赵兰芯读书时，八仙妈在学校对面开了一家小餐馆，她和同学经常去八仙餐馆蹭饭吃，很多学生打欠条，实际很多学生都没给钱，她就是其中之一，八仙妈也从没问他们要过钱。后来洞庭镇学校重建了，那家餐馆还在原地，她问过八仙妈那餐馆怎么不搬走。八仙妈说她怕搬走了孩子们没地方吃饭。这句话一下戳中了赵兰芯心中最柔软的地方。

八仙妈走到了中间，招呼大家坐下："有关西甲门这个项目，开始我也疑惑，毕竟地盘过大，投入太多。但是我去洞庭大桥看过一遭后就有了信心。洞庭湖上都能架起天桥，这世上还有什么事不能改变呢？不妨告诉大家，为了支持这个项目，我连宋记工厂都抵押给了银行，洞庭大道打咱家门口过，我这次就押上了。"

李新转身对赵兰芯说："你们兄妹也应该在此订间铺面，八仙妈都投资入股了还怕什么呢？"

赵兰芯说："我征收款订了铺面，房子拆了，我住哪里去？"

曹晓娅说："这个你放心，我让公司在镇上租了栋楼，就是为你们一家人搬迁安排的。"

赵兰芯不但同意搬迁，还与镇上人一起在西甲门预订了门面，有八仙妈加持，他们放心。西甲门茶场的人得信后又拥来一百多职工预订了门面，宋明泽均给八折优惠。

肖脉脉对宋明泽的优惠举措颇有微词："预订出三百间铺面固然是好事，但八折是不是优惠太多？"

曹晓娅说："眼光要长远些，西甲门还没开发起来，试营业时这个项目是否能火起来全靠这几百人。"后来证明曹晓娅是正确的，市场试营业期间正是因为茶场与镇上三百多号人提前开张纳客积攒了人气，铺面才被疯抢。

此时洞庭大道主干线已正式通车，这条宽阔的柏油路让洞庭镇旧貌换新颜。以前纷纷要搬迁的居民也不想再离开，镇上的生意也因为交通便利而兴旺起来，大家都说这是幸运之神降临了洞庭镇。经过一年多的建设，西甲门就像被神仙之手点石成金，一个集投资、商务为一体的综合批发市场呈现在岭阳人眼前，前有洞庭大桥，边有洞庭大道，上风上水，人文积淀深厚。正如新闻报道中所说，"西甲门建材大市场顺应社会的发展需求，必将成为岭阳市最具升值潜能的现代商业航母中心"。

宋明泽也感到幸运，想办的事基本办成了。西甲门大市场网上试营销售不到一个月，三千间铺面就被抢购一空。那些天人头攒动，场面的火爆和壮观令人叹为观止。

劳动节那天，西甲门建材大市场在万众瞩目中隆重开业，李和坤请了市长方致远前来剪彩，领导来了一群，场面盛大。陈立斌代表区政府在会上表达了对项目的肯定："宋明泽又带领洞庭镇人开拓出一片新天地，全镇呈现喜人变化。一件件实事如期办成，一个个项目落地见效，现在洞庭镇人的生活质量显著提高，经济发展稳中向好，希望宏航携手洞庭镇沿着改革开放的春风砥砺前行，积极发展地方特色，创造出属于自己的特色小镇。"

宋明泽在仪式上意气风发："宏航的宗旨是打造国际商业连锁品牌，同时做政府所想，为市场所需，我将带领公司全体员工继续沿着创业致富的大道乘势前行，为加快推进城乡一体化建设而作出应有的贡献。"

那段时间前来找宋明泽采访取经的人络绎不绝，不管他在哪条街上蹲点，人群便能迅速站满整条街。这一切让宋家人再次成为镇上的焦点，他们对宋明泽纷纷竖起大拇指。镇上不管谁只要见到八仙妈或者马建设走来，都会远远起身恭敬地招呼。他们一致认为是八仙妈指点有方，才让宋明泽东山再起。他们看得很清楚，西甲门的广告牌上都标有宋记的图标，认定八仙妈是幕后军师。

镇上的一些老住户不免说起很多稀奇事来：宋家搬迁来此时，有人目睹天空一群白鹤追随着许玉珍，地上一群金龟匍匐在她脚边，天边还徐徐冒着一团紫气。现在想来应该是"财神光临，紫气东来"；甚至有人联想到许玉珍的生日，说她出生在中秋节，天生富贵命，所以养育出了一群优秀的儿女。

许玉珍听了会心一笑，但能受到镇上人的尊敬她心中欣慰，起码宋明泽帮她把失去的面子挣了回来，这是他自己有能力，也是祖宗护佑。许玉珍说应该好好感激祖宗。她一发话，宋明泽立即做了安排。

端午节前一天，宋明泽安排一大家子回老家语境村祭祖。这次奶奶也要跟着回老家，她说好多年没回去看过了。奶奶要去，宋明泽不敢大意，安排了一辆房车，让奶奶、母亲、干爹坐房车，宋晓春和曹晓娅在一旁照顾。早上六点，宋家人就在院子里集合，经过洞庭大桥时，宋明泽让司机在桥边停了停，他和宋明兴搀扶着奶奶在桥上观看了一阵。奶奶站在桥头眺望洞庭湖时百感交集："以前过湖就是几条木筏子，再是渡船……"上车后还在念叨："多年没出门了，岭阳城我都认不出了，到处是高楼大厦，到处是马路。"然后她呷呷嘴问了一句："我不是在做梦吧，这些都是真的吧？"宋晓春拍拍胸脯说："奶奶，我向毛主席保证，这些都是真的。"许玉珍笑道："岭阳城已旧貌换新颜了，全靠政策好。"马建设说："对，有好政策，老百姓才能过上好日子。"

宋明泽每次回老家必要散出一些钱财。这次他请来了韩裔，准备了厚厚的红包。上午不到九点，他们回到了河西语境村。几天前辛伯接到电话后已经安排村里人做了准备。这十几年来语境村修路建坝多是宋家赞助的，去年宋明泽还捐资建了一所学校。他们有人到岭阳讨生活，需要帮忙的，宋家人都义不容辞。听说宋明泽要回乡祭祖，村里人男女老少都出动了，很多乡亲一大早就拎着土特产等在路边迎接。辛伯念在宋明泽为家乡做的贡献，考虑到宋长江在洞庭湖遇难，祭祀地址选在湖畔。

天空群鸟翔飞，场面甚是壮阔。一家人在湖边燃香祭拜后又去祠堂祭祖。宋家祠堂是许玉珍十年前捐钱修建的，宋明泽后来又捐资重新扩建装修了一番，远远看去古色古香颇有气势。

去祠堂必要经过祖屋，时间还早，一大家人又去祖屋打了一转。绿竹环绕中，这座约五亩地的别墅山庄显得格外安静。两只田园犬远远看见宋明泽，便扑在门槛上兴奋地吠叫，这时池塘边飞来一群鸟儿，红嘴红脚，羽额至头顶黑色，像戴了一顶俏皮小黑帽。云帆见了嘿嘿笑道："头次见戴帽子的鸥鹭。"

运真说："这是一群燕鸥，又叫须浮鸥，飞行能力超强，捕获食物时像轰炸机，可厉害了。"云峰一脸诧异："真的假的？"话刚落，几只燕鸥飞速俯冲直扑水面，捉到小鱼后又敏捷拉起，最稀奇的是它们能一边振翅飞翔，一边悬停喂食，姿势极像悬停的直升机。

运真打了个呼哨，这群燕鸥或徐徐栖在了他的肩头，或落在他身边。

云峰以前嫌弃运真长得黑不溜秋，土里土气，不怎么搭理他，这次见识他的本事后，态度来了一个大转变："运真，你把这召唤鸟的本事也教给我好吗？我送你我最喜欢的画册。"运真憨憨地笑着："我教你就是。"

随后一群人去了宋家祠堂，祭祖仪式完成后，已到午餐时间。宋明泽事前和辛伯打了招呼，要宴请全村人吃饭。辛伯早就安排了人在村里宰猪杀羊，村里厨师在宋家祖屋坪前开了几十桌。风和日丽，大家坐在外面边吃边聊好不热闹。

回市区后，云峰还念叨那群须浮鸥。曹晓娅听了，来了一句杜甫的诗"飘飘何所似，天地一沙鸥"，问云峰："晓得这是谁的诗吧？"云峰说："杜甫的《旅夜书怀》谁不晓得，我喜欢'星垂平野阔，月涌大江流'，这句豪迈洒脱。"宋明泽听了笑起来。

一家人围绕小区边走边聊。宋明泽想考考两个儿子，说："我开发的第一个楼盘叫洞郡王府，后面还有第二个第三个。你们觉得后面的楼盘应该叫什么好呢？"云帆心不在焉，似乎没听见他的话。云峰思考了一下说："第二个取名叫庭兰景苑，第三个叫湖畔新村。"

宋明泽很感兴趣，让他说来听听，为何想到这两个名字。云峰小大人似的，说道："您经常说洞庭湖是我们岭阳人的灵魂家园，是湖湘文化的发祥地，洞郡王府、庭兰景苑、湖畔新村，首字连起来就是'洞庭湖'，这不合了您的情怀？"这年云峰读初二，个头蹿得跟曹晓娅差不多。

一旁的云帆却眼神迷离地望着远方。曹晓娅问他想什么，云帆如玉的脸庞在夕阳下格外俊俏，他慢悠悠地说："我正在自由地享受阳光、森林、山峦、草地、河流。这才是生命的真正意义。"他转向云峰问道："知道这几句话是谁说的吗？"云峰哈了声："托尔斯泰《战争与和平》中的话，这部小说我都看两遍了。"

宋明泽由着两个儿子讨论文学，陪曹晓娅到一边去了。

"晓娅，我发现云帆最近老走神，问他话要么心不在焉，要么老抬杠。"

"正常，青春期都这样，空时多陪伴、多沟通就是。"

"青春期，云峰怎么就不？"

"云帆在外公家住得多，云峰一直跟着我们，教育不一样，成长当然不一样。"曹晓娅也就随口一说，可宋明泽心里却有了想法。

"环境对于孩子们的成长很重要，以后啊，云帆和云峰都得我们自己带着才是。耳濡目染很重要。"

宋明泽选了个好日子带领全家人搬进了位于洞郡王府的新家，一栋三层别墅，一楼客厅和餐厅，二楼是两个儿子的卧室与书房，三楼是他们夫妻俩的空间。

以为换个大房子，孩子们学习会更上心，谁知他们上三楼后，两个儿子瞬间成了飞天大侠。云帆带头玩游戏，耳听楼上脚步声传来，两人便立即坐在书桌上看书做作业。等到爸妈下楼接待亲戚朋友时，两人玩得更嗨。期末，云帆考数学时竟然还睡着了。

宋明泽接到云帆班主任的电话，要家长立即过去一趟。宋明泽听老师的口气不善，担心云帆出什么事，匆匆赶到学校，看到班主任的脸都气白了，云帆却坐在办公室悠闲地闭目养神。班主任把云帆的数学试卷递给了宋明泽："做家长的看看吧，看他都在试卷上写了什么？"

宋明泽接过试卷看了看，卷子上考题一道都没做，空白处写了两句话："呼吁教育部门取消这没完没了的考试，不停地考试是对青少年成长的伤害。"

宋明泽平时颇善言辞，这会儿实在没词了，脸上红一阵白一阵，只好道歉："老师，对不起，我带回家去教育。"说完拖着云帆出去了。回家后宋明泽询问云帆怎么回事。云帆也说了实话："爸，我考试时睡着了。"一旁的云峰告密："云帆每天放学后说是去外公家了，其实都在游戏厅玩游戏。"

宋明泽听了，火苗子一下蹿了起来："如果你是因为身体不舒服，或是考题你确实做不出来，爸不怪你，你因为玩游戏整晚没睡而耽误了考试，就该反省自己。"云帆坦白："我确实玩游戏入迷了，这次我没考好我愿意接受惩罚，挨批挨打是应该的。"

"你答应我，以后不玩游戏了，这次就饶了你。"

云帆一脸倔强："我不答应，我不愿意读死书，尤其讨厌没完没了的考试。"

"你根本没认识到自己的错误，你这种态度，这叫认错吗？"

"我没错，我认什么错，我不愿意读书错在哪里？"

宋明泽一气之下，摸起一根小棍子在云帆屁股上抽了几下，云帆竟嫌他打得不疼，说："不要装模作样，要打就打。"气得宋明泽把棍子给打断了。

曹晓娅赶了回来，把宋明泽喊进屋，关起门来，两口子吵了起来。

"宋明泽你喝多了吧？打孩子解决不了问题，云帆正是叛逆期，有事只能和他沟通。"

宋明泽气鼓鼓地质问曹晓娅："你也不问清楚我为啥打他。今天云帆考数学时所有的考生都考完了，他还在梦游，老师喊醒他后，他在试卷上写了两句话抗议！"

曹晓娅得知原委也生气，但她比宋明泽理智，说："云帆这次是过分了些，也没必要打他，打只会适得其反。"

宋明泽狠狠地说："不打不成器。当年明轩就是被我爸给打出来的。"

曹晓娅说："不要老是拿孩子和我们过去比，年代不一样，现在孩子接受的多是新观念，他们有自己的想法，我们要学会沟通。"

宋明泽气呼呼地说："打不行，骂不得。曹晓娅，都是你惯的，还有你那个爸，云帆去游戏厅玩一天也不管，净给他灌输一些没名堂的事。"

曹晓娅听了杏眼圆睁："你什么意思啊，云帆稍不听话就怪我爸头上，从来不反省自己，你恼恨我爸还不是因为云帆姓了曹？云帆改姓曹是你同意了的，怎么事后算老账来了呀？"

"谁算老账了，哪跟哪啊，乱扯！"

开始俩人都很强硬，同在屋檐下谁也不搭理谁。一连两天，曹晓娅睡在客房，做好饭菜也不喊宋明泽吃。宋明泽便自己下厨，简单做个蛋炒饭就窝在厨房的小板凳上吃。云峰悄悄进来夹了一个鸡腿放在他碗里，又凑近他的耳边："爸，妈说了等会要把我和云帆送去外公家里住，说以后也不回来了。"

宋明泽等两个儿子去书房后，把曹晓娅拽进了卧室里："曹晓娅，你什么意思啊？云帆考试睡觉，沉迷游戏，我不过教育了他几句，你就护着他。现在不寻找解决的办法，还要把两个孩子送去外公家，出了一个曹云帆还不够，还要出第二个是吧？"

曹晓娅针锋相对："宋明泽，我们曹家怎么对不起你了，你落难时，两个孩子全靠我爸妈照看，宋记遭人下毒被查封时，我爸到处找人帮宋记洗刷冤情。到现在你连声爸都没叫过他，他也没计较你，不过是云帆姓了曹而已，你就一直放心里。你劝别人一套一套的，到自己头上就不行了。"

曹晓娅收拾了一个行李箱要走，被云峰挡住了："我的作文《我的妈妈》获得了一等奖，今天还在全校广播里播了一遍呢，爸、妈，你们也听听吧！"曹晓娅跨出门外的一只脚不由收了回来，云帆接过妈妈手中的行李箱放进了卧室，宋明泽也坐了下来。

云峰从书包里掏出作文纸来念："我的妈妈很平凡，在我眼中她平凡得就像小草一样，她没有鲜亮的衣服，却有一双明亮的眼睛。爸爸去了外地，家中所有的担子落在她肩头，她起早摸黑忙得跟陀螺似的，但她不管多忙，都不会忘了每天晚上给我和哥哥读书……"

云峰偷瞄爸爸和妈妈的反应，决定再给爸爸加把火，引用他喜欢的博尔赫斯的话："任何命运无论多么复杂漫长，实际上只反映于一个瞬间，那就是人们彻底醒悟自己究竟是谁的那一刻。"转向宋明泽："爸爸，你说过每个人来人世间都有自己的使命，既然如此，不管发生什么事我们都应该坦然面对……"

宋明泽听了深感惭愧，为云峰的懂事欣喜，也觉得自己刚才过火了。曹晓娅更是湿了眼眶。云峰看了看爸妈，觉得是时候给爸妈一点空间了，说困了，便拉着云帆下楼了。

宋明泽站在窗边默了阵神："晓娅，我们有话好说行吗？我承认这几年我忙于工作疏忽了对云帆的教育。至于云帆姓宋姓曹其实并没关系，这道坎我早过了。这些年你爸妈辛苦照看两个孩子，我心里当然感激，但是他们对孩子过于溺爱，这点你也清楚。现在云帆正是叛逆期，我们应该齐心协力来想办法……"曹晓娅听了再也忍不住心中的委屈，转过身去眼泪滑落脸颊。他见了，心软了下来："我说话太冲了，对不起，以后我会抽时间多陪陪孩子们！"

夫妻床头吵架床尾和，窗外月光如水，俩人温存了一阵，话题又回到了孩子们的身上。

"云帆沉迷游戏不可自拔，真是伤脑筋的事，得想个法子才是。"

曹晓娅说："暑假把云帆送明旭那里住一段吧。千孤岛没信号，手机也用不上，云帆喜欢跟他五叔在一起，还有运真陪着，肯定会有比游戏还好的事儿吸引他。"

就这样，曹云帆被宋明泽送去了千孤岛。这可是云帆最向往的地方，他在日记中写道："这里有着原始且肆意的自然气息，漫步沙滩、看野蛮生长的芦苇、环岛巡游时，不时可以看到江豚钝圆的脑袋浮出水面嬉戏，还有大量的季节性候鸟会在这里临时停留。我就像到了另一个世界，自由的感觉真好！"

船上有条小狗名叫"巴西"，巴西十分灵动，宋明旭说的话它完全能领会意思。宋明旭购买的新船，船舱主体被刷成了天蓝色，船舱里生活用具一应俱全，船头摆着几钵粉色的盆栽。打鱼时经常几条船一起帮扶，谁打的鱼多，会捞一条大青鱼下锅，犒劳折腾半天的渔友们。

云帆转身放下挎包后，看到巴西一猛子扎进了水里，吓了一跳，喊道："哎呀，巴西落水里了！"

宋明旭淡淡地回道："莫担心，它会划水嘞。"

云帆这才注意许多渔船上都有小狗和渔民做伴，这些小狗一点儿也不惧怕洞庭湖的深水，掉到水里，就狗刨着等渔民拿着水瓢把它们捞上来。他坐在船头看得津津有味，耳边传来一阵嘹亮的呼哨声，宋明旭说："运真在岸上等我们嘞，今天我们上岛巡鸟去。"

云帆想着还在戏水的巴西，赶快在船上找了个长长的瓢子把巴西捞了上来。不一会儿船泊岸后，云帆和运真见面便热热闹闹聊开了，运真比云帆矮些但结实得多，他晒得黑亮，眼睛会说话似的。

上千孤岛后又是一番天地，简直到了白鹭的乐园。这岛湿地面积很大，属于洞庭湖候鸟自然保护区，盛夏时节，树林及稻田内，成群的鹭鸟于浅水或河滩嬉戏觅食。走进鹭鸟们的巢区，可以清晰地听到鹭鸟集中的鸣叫声。

宋明旭一边巡鸟一边解说："你们看，地面上有几片残留的白色羽毛，这是白鹭的羽毛；这些青绿色的蛋壳，是已经孵化后的鹭鸟蛋壳，体积比鸡蛋略小一点，有白鹭、夜鹭、牛背鹭等，现在正是幼鸟破壳而出的时节。"

运真伸手拽了云帆一把，说："快看，一个鸟巢里的雏鸟已经孵出来了。"

云帆忙朝他指的方向看去，一个鸟巢中，几个小家伙探着毛茸茸的脑袋东张西望，对这个世界充满好奇。云帆还想观看，走在前面的宋明旭却突然骂起人来。

"这些没心肝的。说过多少次了，破旧渔具不准扔湿地上。"原来宋明旭发现有大量渔网被遗弃在芦苇中，水退之后，沉在湖洲上的渔网通常和湖草长在一起，鸟觅食时会被渔网缠住受伤。宋明旭赶紧扯出渔网，运真帮忙在芦苇中找到渔网后剪掉再拖走。

云帆和巴西远远落在了后面，只听"砰"的一声巨响，云帆意识到有人在此捕猎。但是芦苇荡很大，目标在哪里？巴西带头往一片湖滩跑去，穿过一片积水的浅滩后，巴西在一处芦苇中止步，云帆跑上前蹲地上看了看，不由心中一惊，只见一只长脚尖喙、羽毛洁白的鸟儿倒在了血泊中，他以为是一只白鹤，上前检查了一下，只见这只鸟的右腿有一道伤口，鲜血流淌不止。他抱起这只鸟边跑边喊："五叔、运真快过来，有只白鹤受伤了。"

听到巨响的宋明旭随即跑了过来，上前看了看，说："这不是白鹤，是东方白鹳。"这只白鹳是宋明旭三月初在芦苇荡捡到的，当时它身受重伤，他悉心调理了两个多月才让它得以康复。这只白鹳也从候鸟成了留鸟，随他一起驻守在千孤岛，谁知被人给盯上了。宋明旭抱着这只白鹳，气得额头青筋暴起，眼眶泛红，骂道："缺德啊，白鹳都敢打，莫让老子抓到，抓到剁你的手！"一边骂，一边抱着白鹳火急火燎地赶回了他们在岛上的一处平屋里。宋明旭找出一个医药箱，替白鹳处理好伤口后，又用纱布帮它把伤口包扎了一番。宋明旭要继续忙着在岛上巡护，护理白鹳的事便交给了云帆和运真。

　　为了帮助白鹳恢复，云帆每天想办法扶着它来回踱步，给它喂食，还给它取了个好听的名字——"壮志"，希望它能像雄鹰一样在空中展翅高飞。

　　白鹤与白鹳的不同，他也区分开来。宋明旭说这两种鸟都是国家一级保护动物，好多人不认得，在野外观鸟时总将白鹤和白鹳混淆。但它们是有区别的，白鹤头顶和脸鲜红色，嘴橘黄，站立时羽毛通体白色。而白鹳身体上的羽毛为纯白色，嘴为黑色，眼睛周围的皮肤是朱红色。从它们的脚趾处也能看出区别，鹳的后趾较长，而鹤的后趾很短。

　　在云帆悉心照料下，两周后，壮志已能颤颤巍巍地走路了。它有双机警的眼睛，时常透露出神秘的光芒，利剑一样的嘴很是灵动。又过了几天，壮志就像是脱胎换骨，云帆带它去湖滩玩耍时，它的双腿如银箭般直刺水面，看中的食物那是嘴到擒来。看得云帆呵呵直笑，壮志已完全康复。在守护壮志的日子里，云帆也从五叔和运真那里学到了很多识鸟、护鸟的知识。"白鹳对栖息环境的空气质量和水质要求很高，洞庭湖湿地是白鹳的理想栖息地。"宋明旭说到这里，语气不自觉地加重，"良好的生态环境才能吸引大量的鸟类栖息。"天空才是鸟儿的天堂。清晨，云帆抱着壮志来到湖畔，慢慢地把它放到湖中，它扑棱着翅膀在水里游了两圈，飞走了。云帆心里空落落的。

次日清早，他和运真才上船，壮志便扑棱着翅膀落在了他身边。他"哎呀"了声："怎么又回来了，去吧，天空才是你的家啊！"

云帆再次抱着壮志到后湖放归，第二天它又飞回来了，且赖在船上不走了。宋明旭呵呵笑道："看样子壮志不打算走了，要陪着我们巡湖。"

暑假一晃而过，云帆早就忘了游戏为何物，脑海中只有这湖中的千鱼万鸟。宋明泽开着快艇来接他回家时，壮志在空中送了一程又一程，他上岸时壮志在他头顶划了一个彩虹样的弧线才离开。

"看得出来你们俩已成为朋友，你五叔在电话中都跟我说了，说你救治了这只白鹳，还给他取名壮志，这个名字不错。你要努力学习，大学毕业后回洞庭湖区保护管理局工作，每天开着快艇在湖上巡湖，就能天天见到你的壮志了。"宋明泽对待云帆也愈加有耐心了。

云帆回家后不再惦记游戏。宋明泽也尽量抽出时间来陪伴两个儿子。他不再总是以父亲的身份在孩子们面前自居，而是改变了策略，像朋友一样和他们沟通。一段时间下来，云帆不再那么排斥他，渐渐和他有了很多共同语言。因为他中考没考好，曹晓娅想让他复读一年再考高中。宋明泽说："云帆想读书自然会读，不想读，逼他也没用，顺其自然吧。"

曹晓娅听了很意外："你这变化也太快了吧？"宋明泽说："不是变化太快，而是我意识到孩子们真的长大了，他们的事，确实应该听他们的意见，由他们做主。"门外的云帆听了也很意外。当一个人醒悟时，自由的风就来了。云帆学习成绩很快就赶了上来。

第十五章　在水一方

八月初，知了在树上叫得欢。西甲门建材大市场的二期铺面未开盘就被蜂拥而至的乡亲们订购一空。宋明泽建造该项目是想以大市场带动一方经济，这一构想正在逐步实现。西甲门大市场每天客流有十几万，完全带活了北区的产业链。

洞庭镇东有东升坡农贸大市场，西有西甲门建材大市场。东西打通，风水流畅，形成了岭阳独一无二的综合商贸城。

曾经的钉子户杨腊八在路上遇上曹晓娅，隔老远就打招呼。他在东升坡农贸市场开店赚了钱后，三个儿子又在西甲门购置了铺面。一家人从以前的救济户成了老板，住洋房开豪车。路过的刘大荣要杨腊八请客，说："现在你三个儿子个个当老板，发了财要请客哈。"杨腊八眼睛笑得眯成了一条缝，直说："要得，要得，要感谢明泽才是，洞庭镇的人都托他的福！连那赵兰芯如今都发了财嘞。"

赵兰芯做裁缝多年的积累派上了用场，成了窗帘店的老板，生意好得不得了。曹晓娅到她门店一时竟没认出来，赵兰芯见到曹晓娅激动不已："头年就赚了十几万元，我已在洞郡王府的三期交了首付，不知该怎么感谢你！要不是你当初给我鼓劲，我定会错过这个掘宝的地方……"话还没说完，曹晓娅接到了宋明泽的电话，说晚上有应酬不在家吃晚饭。

宋明泽晚餐和陈立斌在一起，陈立斌给他透露了个消息，说宏运集团濒临破产，政府意在合并重组，现在正是收购宏运的好时机。

宋明泽听了并不意外，这是他预料之中的事。宏运作为岭阳曾经最耀眼的乡镇企业，政府也想保住这块招牌，无奈外债积压，内部混乱，大部分板块处于停产状态，即便政府出面也没人愿意接盘。孟兆保还在做垂死挣扎，多次到区里哭诉，希望区政府拉一把。陈立斌给他出了个主意，说西甲门这种以前连鬼都不到的地方，宋明泽都有能力化荒芜为繁华，宏运本来就是在他手中搞起来的，解铃须找系铃人。

孟兆保觍着脸让韩向前陪同来到宏航集团。他在会客室见到宋明泽时还激动地落了几滴眼泪，双手握住宋明泽的手："明泽啊，我永远记得你为宏运付出的一切，想当初我们可是患难与共的兄弟。"

宋明泽心中觉得好笑，孟兆保的脸皮不是一般厚，居然还跟他称兄道弟，提患难与共！孟兆保就是凭这不要脸的本事在宏运硬撑了十年吧？搞经济不行，但是找人要钱哭穷比谁都厉害。他要比孟兆保的脸皮更厚，便热情接待："怎能忘记我们患难与共的日子呢！收购宏运是我计划中的事，不过现在还不是时候……"

打发走孟兆保后，夕阳已落山，宋明泽开车去了陈立斌家里——又到了周末玩牌的时间。他赶到陈立斌家里时，李有祥和李四贵早到了，晚饭随意吃了点，便上桌直接开战。陈立斌说玩牌是门学问，能从中摸索出门道才是高手，自称高手的他喜欢包场，一手好牌往往还输了。李有祥好胜心强，在乎结果。宋明泽玩牌时从不多说一句话，十赌九赢。几个朋友在一起，打牌只是一方面，新闻八卦与项目多是牌桌上聊出来的。陈立斌说任才高可能高升，南翔县委书记上来，至少是常务副市长。宋明泽听了没出声，不管任才高当多大的官他都不想再与这个人扯上关系。

宋明泽回家已深夜，进门时见曹晓娅黑着脸坐在沙发上，他心里直打鼓。曹晓娅问他："手机怎么关了？有什么事怎么找你？"宋明泽忙说手机没电了，还把手机摸出来扒拉了两下，证明确实没电了。他认错态度认真，动作真诚，把曹晓娅都气笑了。

宋明泽忙问发生什么事了。曹晓娅说："云帆的班主任来家访了，说了一个好消息、一个坏消息。好消息是云帆这学期成绩上来了。坏消息是云帆和班上一位女同学谈恋爱了，在学校出双入对。老师说不管他们是否真在恋爱，都希望家长重视。"曹晓娅是关心则乱，经历了云帆的叛逆，她有点草木皆兵了。

宋明泽听了嘿嘿笑起来："十四五岁哪懂得什么爱情，顶多也就是同学之间聊得来，有好感而已。只要不影响学习……"曹晓娅反驳："那不行，分心还能考上大学？"在孩子的教育方面，宋明泽主张玩耍是可以与学习相结合的，在玩耍中是能摸索出学问的。曹晓娅说他狗屁逻辑，只顾玩去了还能用心学习吗？不管这逻辑对不对，反正云帆这学期成了班上的尖子。宋明泽说："莫急，我来做儿子的思想工作，明天我去开家长会。"

早上宋明泽打完几通工作电话，车就到学校了。赶到学校会议室，好些家长早到了，照面后见到不少熟悉的面孔，多是在政府机关上班的，宋明泽和几个熟悉的家长闲聊了几句后，找座位的时候迎面碰上任才高。任才高的女儿任蝶和云帆是同班同学。以前都是任才高的老婆来开会，这次他来格外打眼。最不想见的人没想到在学校碰上了，宋明泽硬着头皮与他寒暄了两句。

开完家长会后，班主任点名让曹云帆与任蝶的家长留下来。宋明泽这才弄清云帆在学校的"女朋友"是任蝶。班主任讲述了俩孩子在校近况，说云帆成绩这学期是班上的尖子，任蝶成绩一般。俩孩子如何健康相处又能在学习上相互鼓励，全在家长怎么引导。

宋明泽说："孩子们正处于青春期，我们家长会多与他们沟通，让他们以学业为重。"任才高也表示赞同。

可怜天下父母心。走时，任才高还与宋明泽握了下手，说保持联系。上车后，宋明泽甚是无奈，这岭阳也太小了，又和任才高扯上了关系。任才高那嘴脸，似乎丝毫不记得被他打的那一拳头。

曹晓娅听说云帆在学校的"女朋友"是任才高的女儿时，坐立不安："什么人家的不好招惹，去惹他女儿？"两口子正商量着云帆的事，曹晓娅接到燕妮的电话，说她明天随团来岭阳考察。

燕妮此次回岭阳是随环保专家组来考察的。他们要了解洞庭湖区生态环境现状，并对岭阳一些知名企业进行现场走访。在区长陈立斌的陪同下，专家组在宏航工业园区展开了环保知识讲座。洞庭湖被称为"长江之肾"，是中国第二大淡水湖，也是长江中游最重要的调蓄湖泊和国际重要湿地，对净化环境、调节水位、维持生态平衡有巨大作用，所以国家非常重视洞庭湖的保护与治理。

治理湖泊刻不容缓，岭阳只有湖清岸绿才会欣欣向荣。专家们听取了企业在环境领域面临的困难，就政策和技术层面展开了面对面交流，并提出了有针对性的建议和对策。宋明泽代表公司对此次专家组的现场指导表示感谢，安排一行人在宋记鱼馆就餐。

曹晓娅和宋梦夏赶了过来，加上燕妮，包厢里甚是热闹。

燕妮说："明泽，我建议你开家科技环保公司，洞庭湖生态保护刻不容缓，一旦治理势必禁止捕捞，养殖业想走远很难。如果想以公司带动一方，还得有符合未来市场的新型产业。"她环视在座的人继续道："这些不是我的心血来潮，洞庭湖区是中国重要的粮油生产基地，对保障中国粮食安全发挥了重要作用。然而过去粗放的发展，导致洞庭湖遍体鳞伤。小时候我见到的洞庭湖可不止八百里，现在缩小了很多，湖边湿地杀手与排污企业太多了，只有通过生态环境整治计划、水环境综合治理才能让湖水变清、白鹭翱翔，江豚笑颜重现。"

聊未来时，燕妮的样子十分迷人，仿佛江豚就在她身边嬉戏，白鹭就在她头顶飞翔，从以前非要离开这湖水到现在为洞庭湖发声建言，她悄然变化着。她深情款款地说："这湖水一直在我心中呢，无论天涯海角，我都把它记在心里。就像我们一家人，不管走多远，每个人的笑脸都烙在我心中。"

陈立斌对宋明泽和燕妮的故事再清楚不过，说："燕妮，山不转水转，北京姑娘又转了回来，这就证明你对洞庭镇是有感情的哈！"说着看了宋明泽一眼："两小无猜呀，有点可惜……"

宋梦夏怕曹晓娅面上过不去，忙接话："怎么会可惜呢，兄妹之情更可贵。"梦夏谈笑风生，桂花香气在房间弥漫。

临近中秋，曹晓娅留燕妮在家过完中秋再走。恰逢宏航举办中秋联欢会，曹晓娅推荐燕妮当主持人。这可是燕妮的强项，她欣然应答。燕妮在国外深造了几年更有情调，小提琴都托运了过来，还带来了一箱在国外收集的小件古玩、几本泛黄的英文版名著、一些奇形怪状的小石头。她给宋家兄妹每人送了一块小化石，说："这是琥珀石，值得收藏。"

林秀甜说："何必费那个神，大老远带块化石来。"

曹晓娅说："没有比这个更珍贵的了，漂洋过海，情义无价。"

燕妮的到来让宋家兄妹再次聚在一起。孩子们又高出半截，明兴的儿子宋运博大学快毕业了，云帆和云峰上高中了，小伙们英俊帅气，姑娘们出落得亭亭玉立。最让燕妮惊奇的是奶奶近九十岁了还满头青丝，问她是不是有保养秘诀，奶奶咂咂嘴说："哪有什么秘诀，就是宋家的土法子，坚持用桑叶煮米酒熬出汁做洗发水。"

一番寒暄后，燕妮发现宋家院子又变了样，扩建后的院子里风景更迷人，花木茂盛，小桥流水。客厅比以前更宽敞，夜幕降临，水晶灯照得满屋亮堂。兄妹几个围着她聊天。燕妮离婚后单身，工作之余绘画，练乐器，还学习了舞蹈，说着用小提琴给大家演奏了一曲《斯卡布罗集市》。这首经典的世界名曲旋律优美，婉转悠扬，一屋人都听得入了迷。不可否认，燕妮总能给宋家人带来不一样的精神享受。

宋明泽还请燕妮参观了洞郡王府、庭兰景苑、湖畔新村。燕妮觉得楼盘的名字有趣，说："这三个楼盘名字的首字联合起来就是'洞庭湖'呀！"宋明泽说："云峰那小子的主意。"燕妮微微笑，一方水土养育一方人，爱洞庭的情怀当然会代代相传。他又陪燕妮来到洞庭镇西甲门，参观了西甲门大市场——他亲手打造的商业圈。燕妮在这条繁华的步行街穿行时，感叹："这地方犹如被施了魔法，琳琅满目的商铺，洋气的花园小区，满眼繁华。明泽，这些年你的时光没有荒废。"

"现在全国各地前来洞庭镇旅游购物的人越来越多，相信以后会更好。我的目标是将洞庭镇打造成具有特色的观光购物小镇！"宋明泽说这些时浑身散发着魅力，四十多岁的他，比年轻时更有风采。

不觉到了宏航集团举行联欢会的时间。曹晓娅进大厅时，迎面碰到妹妹曹晓驹和李四贵两口子盛装出席。曹晓驹打量了曹晓娅一眼："姐，你现在可是宏航的高管，公司这么重要的联欢晚会，都不打扮一下自己，穿这样就来了呀？姐夫风度翩翩，你跟个黄脸婆似的，也不注意形象。"曹晓娅满不在乎："形象很差吗？朴素大方多好。"曹晓驹说："姐夫长得潇洒又事业有成，你再不改变自己，小心姐夫被别人抢跑啰。"

曹晓娅进大厅后，才注意到在场的女士都打扮得花枝招展，仿佛只有她还停留在八十年代——从没有变化的发型，灰突突的衣服，脚蹬一双平底鞋。从没有在意过这些的她，一时也觉得自己有点落伍了。

联欢会开始，大厅灯光转换，晚会主持人燕妮身穿白色连衣裙，配精致的咖色腰带，搭同色高跟鞋，落肩的大波浪，配上淡淡的妆容，气质高贵优雅。她一口标准的普通话配上深厚的文化素养，在舞台上出口成章，艳惊四座。

交谊舞环节，当《斯卡布罗集市》旋律响起时，燕妮宛如一只白天鹅徐徐飘落在舞台，宋明泽踩着节奏注视着她。燕妮一个优美的转身，宋明泽张开双臂迎了上去，俩人在舞台中央翩翩起舞。台下的曹晓娅目不转睛地看着他们，嘀咕："我怎么不晓得明泽还会跳舞？"宋梦夏看曹晓娅入神的样子，凑在她耳边笑道："不会吃醋了吧？"

曹晓娅醒过神来："吃什么醋？我是羡慕燕妮身材好！"宋梦夏笑道："你的身材也不差，就是忙得不在意穿什么。别成天只顾工作和围着儿子、老公转，留点空间给自己，与时俱进……"

联欢会结束后，宋明泽、杨波、梦夏和燕妮要去宋记美食街吃宵夜。曹晓娅惦记着两个儿子，说不凑热闹，先回家了。

曹晓娅回家后推开衣物间门，里面全是宋明泽这些年出差给她买的衣物，高跟鞋都买了十几双，她从来没穿过，再照照镜子，眼角有了明显的鱼尾纹，皮肤暗黄。真如梦夏说的，她这么多年只顾围着孩子、老公转，全忘了提升自己。她头次感到步入中年的危机，这种危机感并不来自宋明泽在联欢会上与别人跳了一场交谊舞，而是她感到自己不知不觉中与宋明泽拉开了距离。

宋明泽四个人在宋记美食大排档边吃边畅聊。杨波要宋明泽和他一起去广州收购一家工厂。这家工厂的老板资金链断裂，新产品始终没在市场打开销路才急于转让，厂房设备、全套技术人马，包括环保产品的技术专利俱齐。前期他和梦夏已经跟那老板谈了几次。梦夏说："我国是森林资源相对缺乏的国家，未来家居市场必然走环保路线，我们可以打造一家生态科技家居企业。"这个想法说到了宋明泽心坎里。他一直想开发与地产相关的产品，梦夏就已经在广州开疆拓土了。

几人聊得很投机，但再投入宋明泽也不会忘了回家的时间——曹晓娅规定他晚上回家不得超过一点。为了赶在曹晓娅在规定的时间回家，他出电梯几乎是"唰"一个箭步就到了门口。进屋时间十二点五十七分，曹晓娅和孩子们在聊天，竟都没有睡。曹晓娅说："太晚了，你们睡去吧。"云帆说："没事，等老爸回来。"

宋明泽忙走上前去："回来了，回来了。杨波在广州过惯了夜生活，晚上精神出奇地好。你们俩赶紧去睡吧！"

云峰说："爸，以后你得早点回家，妈妈每天等你，眼睛都成熊猫眼了，本来妈妈的眼睛很漂亮。"

"好，好，赶紧去睡吧，你妈妈的眼睛还是很漂亮。"

兄弟俩上楼后，宋明泽问曹晓娅："这么晚了还和他们聊天，不影响他们休息呀？"

曹晓娅呼的一下子站了起来，对着他劈头盖脸就是一顿："你若能早些回家，我能和他们聊到这么晚吗？"宋明泽心里直打鼓，声音柔和了许多："这不是杨波来了嘛，谈生意来着，没扯别的，还不是为了公司发展……当然你为这个家也付出不少，勤俭持家，无怨无悔……"

　　曹晓娅蛾眉微挑："少来，你可别说什么女人之美在于无怨无悔，我跟你说，以后两个儿子的学习你来管，每天晚上检查作业的事也都交给你了，我也去学跳交谊舞。"

　　宋明泽意识到曹晓娅的情绪来自晚会，嘿嘿笑开了，靠在沙发上挨着她说："公司联欢会，我这个董事长不能太落伍啊！"

　　曹晓娅说："对，得与时俱进，今天晚上你和燕妮也是与时俱进地登对。"

　　宋明泽说："什么呀，我那是赶鸭子上架。不管是谁，我识得轻重，放心好了。"他赔着笑脸给曹晓娅端茶倒水，还提到了杨波找他的事："杨波推荐的这款环保产品真不错，我打算明天和杨波一起去广州那家工厂看看。"

　　曹晓娅说："明天燕妮也回广州，刚好你们一起，沿途看看风景，聊聊往事，多好啊！"

　　宋明泽笑道："哪跟哪呀，都老夫老妻了还吃醋。你是咱家里的宝。"

　　曹晓娅也不让步："那这次广州这笔生意我去谈，你留在岭阳照顾儿子，管理公司。"

　　宋明泽当曹晓娅说笑，就说："那你和梦夏联系吧，明天一起出发。"

　　这次曹晓娅和宋明泽互换了一下位子。她是真想出外透透气了。去广州前征求了两个儿子的意见，他们异口同声支持她出门看看。曹德元也说："去吧，家里有我和你妈嘞！"曹晓娅想着杨波和梦夏在一旁，估计出差几天就能搞定，结果，杨波和那老板扯了个把月也没谈好，她就在广州待了下来。

除了跟梦夏进行市场调研外，她在这家工厂实习，有时还同技术人员一起研发产品，慢慢掌握了厂里整条流水线的生产程序。只有百来人的小工厂却让她看到了大世界。

　　燕妮来看她的时候，问她在广州的感觉怎么样。

　　她微微笑道："眼界开阔了许多，感觉人格独立，自由如风。我现在就想把这环保家居产品引进岭阳。洞庭镇是鱼米之乡，缺的就是这种先进的科技环保产品。如果收购成功，能解决洞庭镇几百人的就业问题，还能带动洞庭镇的经济发展。这可是为民谋福利的事。"

　　燕妮微微点头，注视着曹晓娅，此刻她明白了宋明泽为何爱曹晓娅，他们有共同的信念，心里始终想着那湖水。正聊着，曹晓娅家里来电话了，云帆和云峰轮着和她讲电话，最后是宋明泽。"晓娅，你回来吧，换我去，儿子们想你了！你再不回来，我们一家人就去广州看你了。"

　　宋明泽说来真就来了。在酒店大厅见面时，他差点没认出自己老婆来。曹晓娅一身合体的职业套装，一头利落的短发，淡淡的妆容，清澈的眼睛。宋明泽呵呵笑道："变了个人似的，干练又洒脱，成了职场精英啦！"曹晓娅白了他一眼："与时俱进，我必须变，我不变，你就会变。"宋明泽嘿嘿直笑："变什么变，再变也逃不过你曹晓娅的手掌心。"

　　宋明泽在广州待了几天，经过市场摸底，夫妻齐上阵，拍下了这家工厂的所有专利产品，新厂取名为"吉祥生态科技家居公司"。燕妮给他们引荐了几位研发环保产品的专家入股。

　　曹晓娅的市场眼光丝毫不比宋明泽差。她以女人的细腻精准把握了市场走向，公司在她的重新布局下很快就走上正轨。她凡事都亲力亲为，跑市场跑业务跑订单，别人跑了一个月的订单，她出面一天就拿下来了。一个新产品，公司技术人员合作研发了半个月还没搞定，她陪同三天就搞定了。不过就在吉祥公司刚要打开市场时，却遭遇滑铁卢，上游的原料供应商与吉祥的竞争对手联手，企图搞垮吉祥，市场接连遭遇围追堵截，资金无法回笼，科技研发人员一夜之间被人挖走了十几人。那段时间她有些崩溃。

宋明泽得知情况后，不断鼓励她："晓娅，你记住，不管情况多糟糕，我永远是你的后盾，你只管坚持就是。"在宋明泽的鼓励下，她又想方设法把公司原来的技术人员再次挖了回来，所有的工人也被她请了回来。这种别人不愿放下脸面去做的事她做成了。跟随她的员工看到了希望："跟随我们曹总不会错，她能忍别人不能忍受的屈辱，能承受别人不能承受的痛楚。"

曹晓娅凭着"我的未来我做主"的精神不仅征服了所有客户，也让公司获得了十几项专利权，再次开拓了市场。这时她已经做好了回家乡创业的准备，在给宋明泽的邮件中写道："中国十几亿人口的市场，吉祥出世正是时候，我们的宗旨是带领洞庭镇人把环保家居推向千家万户，推遍全国。"宋明泽看完邮件后心情飞扬，千山万水，他们心有灵犀。

晚上宋明泽在家里为曹晓娅接风洗尘，云帆和云峰看妈妈回家了都很高兴。云帆示意云峰给爸妈一点空间，俩人转身上楼了。曹晓娅聊科技市场时，自信从容，眼中透着星光。宋明泽好久没看到过这种睿智的星光了，这是一种让他激情四溢的光彩。

第十六章　开发古潭

为了扩厂建地，宋明泽给区政府打了份报告，区长李有祥说投资家乡是好事，区政府全力支持。宋明泽选址西岭村，那里接近洞庭大道，运输方便，但是区政府开会研究后，建议吉祥生态板材厂落户古潭村，要宋明泽去古潭村"救火"。古潭村是洞庭镇的贫困村，镇政府这几年帮扶的各种招数都用上了，搞什么都不成，古潭村区域偏僻，民风强悍，没人愿意去，成了李有祥的心病。现在见宋明泽要在北区投资建厂，他眼前一亮，建议宋明泽落户古潭村，还请来李和坤给宋明泽做工作。

李和坤保持他一贯的冷幽默："明泽啊，那边风景很美，还有古潭毛尖嘞，你撸起袖子放手干就是，政府永远是你的后盾。"

李和坤说，民营企业家是乡村产业发展的核心人物，也是乡村脱贫致富中的一股重要力量，产业的提振，宜居生态的打造，都离不开企业家对乡村建设的积极参与和责任担当。李和坤提醒他牢记自己的职责："你作为一名人大代表，有责任也有义务有所作为。"宋明泽无奈地笑笑："就古潭村吧。"

李有祥也肯定了宋明泽给洞庭镇带来的新变化："宏航发展到今天已不是单纯的一个民营企业，而是建立了与北区人同呼吸共命运的联合体，帮扶那些贫困村就是帮扶我们自己。"

宋明泽怕曹晓娅不同意，吉祥板材才在广州打开销路，回岭阳建厂却选在了一个鬼都不去的地方。曹晓娅说只要他有信心，她没意见。

古潭村比宋明泽想象的还要差，受制于城乡发展不均衡的状况，基础设施落后，村中连条像样的路都没有。村主任莫大力说起村里的情况苦不堪言，说村里年轻人宁愿外出打工也不愿守着土地过日子，留守村里的净是些老弱病残。

宋明泽在走家串户之后，得知部分村民连基本用水都没保障时，他入驻古潭村的第一件事就是出资请自来水公司前来进行水管铺设，并对全村的道路、上下水网、外墙等进行了改造维修，补齐了村基础设施短板。他才开始吉祥科技园区的建设。

项目才开工就有村民去园区偷材料，工地负责人韩向前很是恼火。但宋明泽事先有交代，抓住村民偷盗后不能打骂，一律以教育为主。其中有个叫赵子冲的残疾人，连续被抓了两次还来偷。韩向前问宋明泽该如何处理。正好赶上午餐时间，宋明泽便留赵子冲在食堂吃饭。赵子冲心中忐忑，不知道宋明泽葫芦里装的什么药。宋明泽递了根烟给他，问："偷能解决你的生活问题吗？"

赵子冲看宋明泽语气温和，放下了警惕："我家祖辈以种植古潭茶叶为生，后来茶叶卖不上价，茶园也荒废了。我的几个老弟都去广东打工去了，我腿有残疾不管去哪里都找不到活干，家中上有老下有小的，无奈之下我才去园区拿了些东西。"

宋明泽听了赵子冲的诉说，让工人给赵子冲家里送足了三个月的生活物资，还把他留在了吉祥科技园项目区当管理人员。

一晃两个月过去了，赵子冲在吉祥科技园区不仅按月领到了工资，还享受到了公司的各种福利待遇。他便给他的几个兄弟打电话，不断宣扬吉祥科技园区的好处："赶紧回来吧，吉祥科技园区的工资比你们在广州还要高，如今啊，村里大变样了。"

赵子冲说得没错，宋明泽一边建设吉祥科技园区，一边派工程队对全村进行综合治理：新装路灯，通过控源截污、规范畜禽养殖等措施让村里垃圾有人处理，村头有绿化。

村里实现大变身后，宋明泽才让工作人员把吉祥园区招工的信息放出去。得知吉祥建厂需要工人时，村里大部分外出打工的劳力赶回加入。负责招工的韩向前看到一下子拥来如此多的工人，乐得呵呵直笑，说还是宋明泽有方法。一旁的曹晓娅笑道："别人干不了的事他准能干成。"

深入了解古潭村后，他们发现古潭村其实是个风水宝地。古潭毛尖茶在当地有几百年的历史，后来因种种原因荒废了。宋明泽找到村主任莫大力说，古潭村既要保留地方特色，又要开拓新路径。他与村委会达成协议，从公司划拨出一笔资金，由宏航与古潭村共建古潭茶园，并任命赵子冲为茶园的技师。

赵子冲听宋明泽喊他"赵师傅"时，眼眶都红了。上前握住宋明泽的手："我赵子冲活到五十岁，头次听到有人喊我赵师傅，我这个跛子一生值了！"

宋明泽说："你真要感谢我，就把你赵家种植古潭毛尖的绝活使出来！"

赵子冲的三个兄弟也全从广州赶了回来。莫大力兴奋得直搓手，说赵家兄弟可都是种植古潭毛尖的能手，他们回来了，古潭茶园就有希望了。宋明泽又在农科院聘请了一批专家入驻古潭茶园。

荒废了二十年的茶园开始焕发生机。在公司与村民联谊会上，宋明泽满怀深情地说："作为村里的带头人，我的任务就是要让村子富起来，让大家的口袋鼓起来。"

吉祥科技园区与茶园招收的工人有限，还有一部分闲置劳力该怎么办？宋明泽了解到古潭村的村民多是木匠与泥瓦匠出身，做装修活不在话下。宏航成立家装公司正当其时，仅宏航自己开发的花园小区就有几千户人家要装修。岭阳市有四百多万人口，房地产正在快速崛起，装修市场大有可为。因此，宋明泽提出了打造吉祥环保家居产业链计划，成立了一家名叫"洞庭家装"的装修公司，在古潭村招了三百多员工，经过三个月的集体培训后，公司安排他们正式上岗。

这边吉祥科技园区建成完善，园区配套设施一应俱全，宋明泽还请了几十位科研人员入驻吉祥。为了鼓励科技人员研发新产品，夫妻俩经常一起随科技人员在车间讨论产品；为抢先在全国打开市场，俩人北上广到处跑。很快吉祥产品供不应求，进入古潭村的主干道，每天车水马龙，把村里农家乐也带火了。

夫妻俩并没止步，宋明泽说要实现长远发展，需要组建精英团队，培养服务农村发展的乡土人才，发挥股权激励作用，支持科技人员以科技成果、管理才能入股宏航集团，提高人才投身家乡建设的积极性。因此曹晓娅组建了一支精英人才团队——有返乡的大学生，也有经验丰富的本土专家，还有来自科技与农业领域的大学教授，通过走村入户、座谈联谊等方式，定期在科技园区广场为村民讲课，给村民进行技能培训，为村民拓宽创业思路。

事业越大，责任越大。宋明泽和曹晓娅从古潭村回家的路上，接到王遥远的电话，对方语气很焦急，说了洞庭镇村民与磷肥厂工人打群架的事。

原来磷肥厂的污水直排到东升坡大市场里，臭气熏天，把客人都吓跑了。市场管理人员李大碗气不过去找磷肥厂评理，结果被厂保卫科的人扣押，副镇长杨勤前去救人也被扣下。罗水生得信后气得火冒三丈，不顾王遥远的劝阻，召集镇上几百名村民前去磷肥厂打架了。

宋明泽听说情况后要李四贵开车直奔磷肥厂。待他们赶到厂大门口，黑压压的村民把厂大门围了个水泄不通，磷肥厂内有几百号职工与他们对峙。双方各执一词，磷肥厂的人说村民动手在先，把他们保卫科冒科长的头扎了个洞，人还在医院抢救。村民说磷肥厂的人无故扣押镇人在先，而且磷肥厂的污水直排到东升坡大市场残害当地百姓，他们已经忍无可忍。

这边喊立即放人，那边喊将凶手绳之以法。王遥远挡在中间，急得额头上直冒汗，可他喊破了喉咙也没人听。双方剑拔弩张，大战一触即发。

李四贵见人群激愤，高声大喊："大伙都消消气，宋明泽来了，听他怎么说。"

村民自觉让开一条道，宋明泽大步流星走到前面。"情况我都听说了，大家的心情我能理解，但是在此围堵闹事解决不了任何问题，大家赶紧散去，这里的事交给我和王镇长来处理。"宋明泽一句话，村民们不约而同往后散去。厂长陈守义见宋明泽来了，从传达室出来，挥手要厂里人散去。

罗水生固执得很："我要亲眼见到人放出来才走。"宋明泽与陈守义在传达室交涉了几句："陈厂长，请你们先放人，其余的事我来处理。"副厂长不同意："你们镇上的李大碗把我们冒科长的头扎了个洞，此人不能放，必须交给派出所处理。"陈守义却说："我相信宋明泽会处理好这件事，先放人再说。"

李大碗和杨勤被放了出来，罗水生才带着一群村民骂骂咧咧散去。派出所处理的意见是先双方自行协商，如果冒科长不起诉李大碗，可从轻处理。

下午，宋明泽与王遥远带李大碗去医院看望了冒科长，李大碗也说："我过于冲动，不该动手，但厂保卫科无故扣押我们，侵犯人权在先。"这句话也不知谁教李大碗的。他在派出所录口供时横竖抓住这句话不放。在宋明泽与陈守义的周旋下，东升坡大市场赔偿了冒科长这次住院的所有医疗费用，冒科长没起诉李大碗。

洞庭镇人却像吞了苍蝇一样难受，磷肥厂的排污问题已经严重影响到全镇人的生存。

这件事双方已经揪扯多年，镇里无数次找政府部门投诉。相关部门也很无奈，早期地下配套管网简陋，各工厂内涝严重，存在污水直排问题，长风湖经常出现黑臭水体，环境受到严重影响。为此，区政府召集各乡镇负责人与企业家开会，主题是环境保护从我做起，要各村镇抓好扬尘、秸秆焚烧等污染管控力度。

会后，陈立斌喊宋明泽去他办公室又聊了一阵，问他治理洞庭镇有什么好点子。

宋明泽说："政府必须有壮士断腕的决心才行得通，周边污染工厂整体搬迁，治理湖泊刻不容缓。"

陈立斌调侃道："你不从政可惜了，以你的能力当个市长没问题。"

宋明泽笑道："少来！说吧，有什么事需要我效力？"

陈立斌说："你们镇上的人成天去市政府投诉，任务下达到区里，让我们想想办法缓解洞庭镇的污染问题。"宋明泽笑道："立斌，区里应该对着镇上，怎么找我来了？不地道啊！"

陈立斌一脸无奈地说："王遥远说了，这个事必须宋明泽前面开路才行得通。"

别人想都不敢想的事，宋明泽立即行动。他能做到哪步就先做哪步：请了一批环保技术人员入驻宏航；成立了环保工程队；从公司划拨出一千万元用于洞庭镇街道地下管网改造工程。

公司高层争议不断，说宋明泽在洞庭镇的建设中投入过多的财力。副总姚飞跃意见很大，说："宏航已经帮扶镇上谋了不少福利，环境治理就不要再管了，那是环保部门的事。"

宋明泽说，宏航的发展与洞庭镇相辅相成，发展洞庭镇就是在发展宏航。环保技术人员采取控源截污法，更换了镇主要街道与农贸市场的地下排污管网，暂时解决了市场中的污染问题。陈立斌代表区政府对宏航集团给予了表彰。宋明泽说："净来虚的！"陈立斌笑得颇神秘，向他透露了一个好消息："现在收购宏运正是时候。"

宋明泽派人对宏运做了全面摸底：集团员工辞职的有一百多人，长期请病假不露面的有一百多人，在宏运混吃等死的还有三百人左右。如果宏航一次性收购宏运，不仅需要一笔巨额资金来填补宏运的窟窿，还得拿出一笔钱来安置宏运员工。

曹晓娅说账上的流动资金并不宽裕，以小博大充满风险，需要考虑清楚再决定。宋明泽决定的事无人能改变，若收购宏运，则能将包围洞庭镇的周边地皮全部开发起来，以洞庭镇为中心点打造岭阳综合商贸圈。

这次八仙妈不同意，说贪多吃不消。她坚持民以食为天的商业走向："宋记只做精不做杂，能把牧业与食品这块做好就够了。"由于母子俩市场理念不合，宋记没给宏航集团加持。宋明泽也不勉强，他理解母亲的心思，老人家从路边摊做起，白手起家不容易，不过是想守住来之不易的家业。

从此，宋明泽的事业与宋记完全分开，宋晓春成为宋记负责人。林秀甜生出紧迫感来，以前宋晓春总是向着她，如今低头不见抬头见，宋晓春大姐大的作风展露无遗，且眼里容不得沙子，让她觉得危机四伏。

有一次宋晓春发现林秀甜无故克扣员工福利，毫不留情地训斥了她一通，要她赔偿员工的福利，弄得她下不了台，直到许玉珍打圆场，安排人补发了员工的福利才了事。事后许玉珍把林秀甜喊进屋里说教了一通："克扣员工福利就是搬起石头砸自己的脚，宋记想做大做强，就得靠员工的齐心协力。"林秀甜也意识到自己行为的愚蠢，有了宋晓春的制约后，她变了个人似的，有事也及时向婆婆报告。

但她没想到，宋晓春乘势而上一举成为宋记负责人。林秀甜不服气，找到婆婆讨说法："明泽不干还有明兴，怎么都轮不到宋晓春，嫁出去的姑娘泼出去的水，凭什么她掌管宋记？"许玉珍一句话就让林秀甜无话可说："就凭晓春能管理好这个家，明兴性子过急，需磨炼。"

林秀甜气得晚饭都没吃就回自个屋里去了。宋明兴在房间外说她无理取闹。林秀甜气不打一处来，骂他是窝囊废，还故意让婆婆听到："你是家中长子，从小在家受苦受累，好处却没你半点儿。咱们辛辛苦苦拼下的事业却让你姐给接管了，你屁都不吭一声，你还是个男人吗？我林秀甜怎么碰上你这么个屃货？"

宋明兴听林秀甜骂他，冲进去抓起林秀甜就要打。马建设上前把他们扯开了："你们俩真是胡闹。明兴你脾气得改改，秀甜你也一样，这份家业你妈迟早会交给你们来打理的，但是你们这个性子，你妈如何放心？宋记是个大摊子，管理起来不容易，最起码要宽厚，要大度。好了，中秋节了，明轩来电话说回家过节，你们也帮着准备准备。"

两口子听了赶紧熄火，林秀甜最会见风使舵，听了马建设这番话茅塞顿开，出门立马换了一张脸："干爹，我和明兴正要去帮忙呢。"

中秋节这天，宋明轩从西藏赶了回来。几年没见，他眉宇间多了份稳重与大气，肩宽背阔，皮肤晒黑了许多，脸颊飘起了两朵高原红，这是他援藏三年来第一次休假。他回家的第一件事就是要吃一碗母亲做的渔渡粉。母亲在厨房忙活，他就在一旁看着。母亲要他在餐厅等，说几分钟就好。他还是和小时候一样，守在母亲身边，等着做好揭锅盖。

不一会儿，一碗鲜香微辣的渔渡粉摆在桌上，一股浓烈的鱼香和着辛辣味蔓延开来，宋明轩下意识咽咽口水，呱呱嘴巴埋头享用起美食，很快就嘬完了大半碗，忍不住喊了声："舒服！"他擦擦嘴："冷天里能吃碗妈做的渔渡粉简直赛神仙，辣得全身酣畅淋漓，疲惫都被赶走了。"许玉珍一脸慈爱地看着明轩，要他慢慢吃。

院子外响起泊车声，宋明泽忙迎了出去，是舅舅许玉山和刘燕妮来了。一家人围着舅舅寒暄了一阵，宋明旭满头大汗地赶了回来，说刚在西林港处理了一起非法采矿事件，这几年湖区采沙、非法捕捞、矮围事件猖獗。燕妮听了颇有些诧异："私人在洞庭湖矮围？洞庭湖是我们国家重要生态湿地，世界候鸟迁徙之地，怎么可能允许私人在洞庭湖搞破坏呢？"宋明旭眉眼间透着一股火气："就有这么无耻的湖霸。昨天我还与一个叫罗铁标的湖霸为这矮围的事差点打起来。那罗铁标私占洞庭湖腹地下塞湖。下塞湖地是重要湿地生态保护区，位于两河交汇处，他违规修建的矮围对泄洪影响很大。"

宋明泽有些担心地说："明旭，莫冲动，这种事靠个人是无法解决的，要如实跟相关部门反映。"宋明旭一脸气愤："说了几次，管理部门太多，水利、渔政、芦苇总场、海事、区政府，多头管又管不住。渔政去劝阻，他就说跟芦苇总场签了协议的。水务去找他，又说承包了芦苇场外滩是合理合法的。这个人滑头得很。最气人的是我找芦苇总场的场长反映情况时，那场长还说我多事，说我一个巡湖的，多管闲事。"

宋明轩默了阵神说："洞庭湖是长江中下游防洪体系的重要组成部分，牵系着长江中下游乃至全国的抗洪大局。构建洞庭湖防洪、饮水、河湖生态是惠民生利长远之举。力保大湖安澜是水利人的使命，治理长江岸线定会提上日程。"

许玉山品了几口茶，说："九龙治水而水不治。明旭啊，这种事急不来的，必要政府部门下决心才行。治水绝非一朝一夕之功。"

宋明轩点点头："褪去鱼米之乡的历史荣光，穿过工业文明的喧哗，未来绿水青山才是最珍贵的！"

宋晓春在餐厅喊道："开饭啰，明兴又捣鼓出几种新的菜品，巴陵全鱼席更加丰富了。"

客厅的一拨人终止了刚才的话题，一起来到餐厅。

宋明轩看看桌上的菜，说："色香味俱全啊，我得跟大哥学几招才是，小萌就说我做的鱼没大哥做的好吃，经常在家里念叨呢。"

晓春笑道："要得，宋家的男人可是个个厨艺了得的。"

午餐后，曹晓娅开始泡茶，倒腾一阵，端上一盅，手在空中轻轻拂了一下，闻了闻茶香说："来啰，君山银针，桂花香不如这茶香。这才叫秋风十里不如你。"双手把这盅茶递给了许玉珍。宋明泽给舅舅端了一盅茶。许玉山端茶慢慢品了一口，由君山茶聊到了人生，说："人生如茶，沉时坦然，浮时淡然，做人要拿得起放得下。"

许玉珍看儿女们都到齐了，要许玉山做个公证人，说她购置的铺面想分给子女们，让他们自己做生意。她有意要给明旭多分两间铺面，说明旭一出生就跟着二叔，从小到大没得到过她的照顾。

宋明旭笑道："我可不是做生意的料子。"

宋明兴说："明旭实诚，如何能做生意呢？无商不奸。"

许玉山品了口茶后，看向宋明兴，说："无商不奸这个'奸'字啊，你们在做生意时应该理解成拔尖的'尖'，别人来宋记买十块钱的东西，你妈会给别人超过十块钱的品质。客人觉得物有超值啊，所以都来了。"宋明泽听了舅舅的理论，觉得还真是这个理。许玉珍笑了起来："你们若能懂得这个理，咱家生意准兴旺。"

许玉山和外甥们聊天因人而异，与宋明兴谈厨艺，与宋明旭聊湖区生态，与宋明泽谈企业，与宋明轩聊《华严经》……所以每个外甥都能从他这里有所收获。

宋明旭说："妈，我不要家里的铺面，我希望家里能出资给我购置一艘清污船，二叔身体远不如以前了，还坚持在湖面清理垃圾，有了这艘清污船就方便得多。"

宋明兴说："明旭，你这是要和二叔做洞庭湖的'清道夫'啊，每天开船去湖面捞垃圾，湖面天气一天三变，还是得考虑清楚。"

许玉珍问道："购置清污船不影响你工作吧？"

宋明旭说："我们站长说我只要在湖面跑就是工作。我们站里才两艘快艇，一个星期也轮不到两次出湖的机会。"

宋明泽说："只要明旭喜欢，我们就全力支持。"

许玉山也支持，对明兴和明泽说："相比你们的事业，明旭的一艘清污船更是有意义的事业。"又转向许玉珍说："明旭有自己的想法是好事，只要有益于社会的事，我们都应该支持。"许玉山的话向来有分量，宋明旭的这件事就这么定了。

饭后，四兄弟陪舅舅在客房玩岭阳人最喜欢玩的"三打哈"。宋明兴好胜心强在乎结果，宋明泽抱着娱乐心态陪玩。宋明轩颇含蓄，在北京罗小萌反对打牌，说玩物丧志，援藏期间根本没时间想这些事，回到家里总算放开，还很谦虚地说："请舅舅和哥哥们多包涵。"宋明轩不显山露水却赢了个盆满钵满。在旁看牌的宋家姐妹笑成一团，跑到客厅说给母亲听，明轩一吃三。

一晃两个小时过去了，宋明兴没赢过一次牌，有时明明一手好牌硬是被他打得稀烂，他自嘲是喝多了酒，在旁看牌的曹云帆说要帮大伯挑几盘土。

明兴说："要得，童子伢仔手气香。"曹云帆在牌桌上沉着冷静不形于色，待各位长辈以为稳赢而谈笑风生时，他才开始反击，上场没多久便把他大伯输的钱赢了回去。途中看几位姑妈都围上来，想着舅公当庄总要给几分面子，他把手上三个对子全拆开打，没露出一丝破绽，让舅公来了个一吃三。收场时舅公悄悄对他说了声谢谢，他笑而不语。

这场牌结束后曹云帆得到了许玉山的认可，说："云帆加以磨炼，必是个人才。"曹晓娅在旁谦虚地说："云帆还要加强学习，运博才是人才，书读得扎实。"许玉山兴致好，在客厅的长桌上用毛笔书写了四句话送给宋家的子孙——"轻财足以聚人，律己足以服人，量宽足以得人，身先足以率人"，这是曾国藩的四句话，许玉山希望宋家孩子都能自律自强，宽人律己。

宋明轩离家多年，仅回过三次家，每次都来去匆匆，他说要去洞庭湖看看。早餐后，一家人便从南正街逛到了洞庭大桥。洞庭湖的秋景就是一幅波澜壮阔的画卷，水天一色，鸥鹭翔飞。宋明轩站在桥头远望了一阵，不由得想起小时候许多趣事来，回头嘿嘿笑道："记得我们在一中读书时，中午在学校吃盒饭，每天带的妈做的辣鱼片，还没开吃就被同学们给瓜分了。明泽常带着我和燕妮去咱家的小摊上吃渔渡粉，再跑到附近公园，坐在围墙缺口上眺望洞庭湖，观百鸟翔翔，看千鱼飞跃。"

聊起往事，兄妹几个笑声不断。

宋明兴说："我在学校时每次跑步都是冠军，那时天蒙蒙亮我就要帮爸去码头上鱼，又怕耽误上课，所以我每天冲刺般跑去学校，就给练出来了。"

宋晓春说："那会儿我只要吩咐梦夏做家务，她就说学校有任务找她。"宋梦夏咯咯直笑。宋晓春说："说起来，家务活我做得最多，我从小就是妈的保镖，到现在依然是。"

云帆陪舅公走在后面，当起了导游。他对洞庭大桥的介绍细致入微，连线路全长与主桥长度都说得分毫不差。一旁的宋明泽则讲述了岭阳改革开放后的快速发展，从城市建设到道路扩展，说岭阳依托得天独厚的湖乡资源实现了蝶变。

那天夜深了，院子里依然灯火通明，一家老少都舍不得散场，平时晚上九点奶奶必要上床入睡，这会儿见儿孙绕膝，夜深了还精神抖擞。许玉珍催了几次要她去屋里歇息，她就不去，嚷着说："不能进屋，一进屋说不定六伢仔就跑了。"奶奶舍不得宋明轩，许玉珍又何尝舍得？但是明天一早，孩子们该走的都会走……

节后，宋明泽好不容易躲在家里偷个闲，孟兆保天天来找他，要他收购宏运。经过几个月的筹备，宋明泽开始着手收购宏运。星期天他请李和坤、陈立斌一起去云溪湖钓鱼。云溪湖坐落在云端乡果茶场中，景色宜人，是个钓鱼的好去处。李和坤钓鱼从不用鱼饵，只需一根渔竿、一串空钩，坐在岸边悠然自得，说："这钓鱼不一定非得钓到鱼，钓的是份悠闲自在。"

跟随一旁的曹云帆甚是机灵，拿出用酒曲浸泡过的猪肉皮扔到钓点，嬉戏的鱼儿立即成群拥来。不到一刻钟，李和坤就钓起了十几条鲫鱼，老顽童似的他乐得哈哈直笑。

收摊后，三人坐在农家小院喝清茶，宋明泽简单向李和坤汇报了他收购宏运的计划："我要将洞庭镇西郊的荒山野岭全部开发起来，以洞庭镇为中心打造岭阳独一无二的综合商贸圈，带动北区人共同创业致富。"

李和坤清楚宋明泽对宏运的感情，说："只要你有收购的决心和勇气，我全力支持。做事业能覆盖区域，带动一方百姓发家致富，有格局必然有前景。"

闲聊中，陈立斌说任才高升了，从南翔县委书记的职务升为岭阳市常务副市长，主管城建与国资委，收购宏运要过他这一关。宋明泽听了心里直打鼓，提醒自己，任才高为人狭隘，以后处事要更加谨慎。

宏航收购宏运正式提上日程。孟兆保几乎每天都来宏航报到，说宏运现在是困难时期，希望宋明泽能伸出援手。宋明泽对孟兆保的打算心知肚明，推说某某企业昨天才借了款；宏航在广东的项目正准备开工，各方面都急需用钱……听到这话，孟兆保也不敢狮子大开口了，试探着向宋明泽提出借资三百万元。

一旁的律师说："宏运得拿块地皮出来作抵押才行。"于是孟兆保把宏运集团位于九里铺三里湾的那块洼地抵押给了宋明泽，想着那块洼地都是淤泥，放在手里是祸害。他以为甩了块垃圾，宋明泽却当成了宝。

没隔多久，孟兆保又问宋明泽借钱来了。这次孟兆保把九里铺五里湾交接处的两个山坡抵押给了宏航。随后孟兆保又请求宋明泽给宏运注资，进行改造升级。经孟兆保多次请求，宏航分两次接手了宏运近五千万元的债务，并且分三次注资宏运五千万元。随后宏航与宏运敲定了收购与安置职工的方案。国资委主任周松林也极力撮合此事，并把宏航收购宏运的整体方案上报政府。

国资委看了宏航的方案后也表示同意。随后市国有企业改革小组在市政府会议室召开会议，小组领导听取了国资委关于宏运产权转让的汇报。

会议上岭阳市其他领导没意见，只有任才高提出了异议："民企收购国企是这个时代向前发展的标志，但程序要齐全，一切要在透明公正的交易制度下进行，该挂牌要挂牌。"这在李和坤预料之中。宋明泽没想到，时隔十几年任才高还在针对他。

宏航走挂牌程序时，罗又劲半途中插了进来，他看中的是宏运九里铺的上千亩地皮。孟兆保告知他晚了一步，九里铺的地皮早已抵押给了宋明泽。罗又劲不罢休，说既然是抵押也可以收回。他在省城找了两家投资商，并私下给孟兆保送了两百万元，还许诺事成后帮他调动位子。孟兆保早就想换地方了，现在见罗又劲向他抛来橄榄枝，哪有不心动之理。周松林得信后给宋明泽打了个电话："省城一家公司想收购宏运集团，实际是罗又劲在运作。"

宋明泽挂电话后心中直打鼓。任才高是主管国资委的副市长，罗又劲非要插一脚的话，收购宏运的事必定卡壳。关系上他不占优势，岭阳政界谁都知道任才高与苏解放是共穿一条裤子的，可他已经为宏运注资五千万元，还接手了宏运五千万元的债务，现在放弃的话，岂不是赔了夫人又折兵。果然，周松林来电话了："我们都被孟兆保给耍了，狗日的孟兆保脚踏两只船，一边孙子似的求我们挽救宏运，一边找跳板。"

孟兆保看任才高荣升常务副市长后，仿佛黑暗中看到了亮光，不顾协议与道义，再次把宋明泽给出卖了，这次比以前更狠——以宏运的名义诓了宏航上亿元资金。

晚上周松林与宋明泽在一家小茶吧碰了个面，搞得跟间谍接头似的，两人在一间小房子里说话。周松林说："今天苏解放来岭阳了，晚上我被任才高喊去作陪，罗又劲带了两位投资商参与，孟兆保也被喊了过去，桌上聊的就是转让宏运集团的事。"

周松林说："我是身不由己，以后我们见面都得注意。最近经常有人恐吓我，昨天还有人在路上拦截了我老婆，给我带了一封信。"说到这里，周松林声音低了八度："罗又劲搞黑社会那一套，上面又被任才高压着，我有心无力啊，明泽，我劝你放弃算了。"

宋明泽说："如果我放弃了，给宏运注资的上亿元资金能退给我吗？罗又劲不可能当这个冤大头，宏运负债累累，拿什么来还我上亿元的资金？"周松林听了不由得哆嗦了一下，骂孟兆保这一石二鸟之计实在狠毒，没半点回旋的余地。

周松林离开后，宋明泽站在窗前抽了半包烟，直到李四贵给他端茶过来，他才意识到李四贵一直在屋里，也就是说，他与周松林之间的谈话李四贵全听到了。李四贵说："都被逼上梁山了，不能坐以待毙。"

宋明泽之所以能沉住气，是因为他心中有底气，这份底气来自他在宏运集团有牢固的群众基础。他并没去找李和坤申冤，也没找孟兆保退钱，而是抢在罗又劲的前面，收购宏运职工手中的股份。让宏运职工持股当家做主的方案正是宋明泽提出的，没想到当年被市领导诟病的集资股份制倒成了他的一条后路。

宋明泽带上李四贵出门，和韩向前碰了个面。韩向前是宏运集团职工股权人代表。三人商量一阵后，宋明泽说宏航的账上只有几千万元的流动资金，他希望宏运人以股入股。这必须召开员工股权大会，持股人签字才算数。

韩向前和李四贵连夜忙活开来，打电话、发信息，一开始给职工做工作困难重重，时间过长，社会持股人员分散，很难把他们集中在一起，但宋明泽的方案得到宏运大部分老职工的同意，他们都愿意跟着宋明泽东山再起。韩向前便发动这群职工一起来给其他职工做工作。一个星期不到，宏运几百职工手中的股份全部集中在宏航名下。由此宏航一举成为宏运集团的大股东。

就在宏航管理层以为此事可以一锤定音时，国资委主任换人了。新来的主任叫张标，苏解放的前秘书。周松林被调到了开发区。

张标新官上任，国资委就将宏运打包在省产权交易中心挂牌转让。面上宏运出让是按部就班进行，私底下罗又劲早有准备，喊来了十几家陪标公司，在交易中心玩了出精彩的摘牌戏码。最终罗又劲的茂盛公司摘牌。离谱的是国资委为茂盛公司量身定制了一套改制方案。在茂盛将改制专项资金五千万元打给国资委专项账户一周后，国资委又将这笔钱退给了茂盛公司，并将其公司五千万元保证金如数返还。这相当于茂盛公司零资产收购宏运，而宋明泽事先接盘宏运的上亿元债务将灰飞烟灭。

罗又劲担心夜长梦多，催促国资委那边赶紧下文。殊不知罗又劲帮了宋明泽一个大忙。宏运改制文件显示，改制后的新股权中未来公司拟注册资本一亿五千万元，茂盛公司占股百分之十，某投资公司占股百分之二十，宏运中层干部以及职工占股百分之七十。

罗又劲以为胜券在握，空手套得宏运百分之十的股份，没想到宋明泽比他技高一筹，在他重金收买孟兆保时，宋明泽已派人把宏运职工手中的股份全部收购。这招釜底抽薪杀得孟兆保傻了眼。他一门心思想着廉价抛出宏运给自己换个好位子，却两头落空，毕竟是洞庭湖的老麻雀，见到宋明泽时尴尬一闪而过，硬着头皮上前握手："明泽，原来这个收购股权的神秘人物是你啊，你要进来我们肯定欢迎啊。"

第十七章　峰回路转

宋明泽步入宏运集团会议大厅时，宏运职工欢呼雀跃，他们大声呼喊："欢迎宋董回归！"掌声经久不息。宋明泽瞬间眼眶泛红，离开宏运十年了，宏运人依然信任他。他挥挥手走到台前："我首先要感谢宏运人对我的信任，你们没忘记我，我宋明泽也时刻惦记着你们。千言万语就一句话，我宋明泽重回宏运，绝不辜负你们的信任。"

一旁的记者试图探究宋明泽如何做到别人无法做到的收购一事时，宋明泽如实说："因为我也曾是宏运人，心中牵挂着宏运人，我希望能打造一个全新的宏运。"

事已至此，孟兆保只得硬着头皮欢迎宋明泽入主宏运。宋明泽对孟兆保说："兆保，这次要感谢你的鼎力相助，你要不提这个办法，我是不会想到用这招的。"罗又劲听了摸刀杀了孟兆保的心都有了。宋明泽又转向罗又劲，热情洋溢地说："又劲，我们能合作，我由衷地高兴，看样子我们俩是没法再分开了。"

罗又劲没想到让宋明泽钻了个大空子，气得脸上肌肉不停地抽搐："那是，那是。"

宏航一举成为宏运的大股东，不仅牢牢控制住了宏运的命脉，话语权也都集中在宋明泽这里。李四贵说要庆贺一番，宋明泽说还没到庆贺的时候——任才高那一关还没过。

这边罗岗得知罗又劲被孟兆保给要了，要打死那狗日的。罗又劲说："把他杀了也解决不了问题，这仗宋明泽确实赢了，他有基础，宏运人都信他。他做初一，不妨我们做十五。"

罗岗不明其意，问："派人做了宋明泽？"

罗又劲骂他："蛮屠夫，只知打打杀杀，想成大事要多动脑子！"

罗又劲一边指示罗岗给宋记使坏，一边开车赶到省城找到苏解放诉苦，颠倒黑白说宏运高层勾结宋明泽贱卖国有资产。苏解放家中的大小事几乎全是罗又劲张罗，看罗又劲受到如此大的委屈，当即给任才高下了指示："一定要及时阻止宏运内部勾结民企里应外合贱卖国有资产。"

就这样，宏运人不过高兴了几天就冷场了，宏航改制宏运的所有事务均被国资委喊停，说宏航私自收购职工股份是违法操作，因没走程序均作废。

宋明泽心中郁闷却没地方申冤。任才高荣升常务副市长后，官场上曾与宋明泽称兄道弟的哥们，开始与他保持距离，只剩陈立斌依然在他身边，说这时候只有请李和坤出面了。

李和坤眼疾发作在医院住院，宋明泽前去病房陪了两天，每天只陪着他下棋却不提收购遇阻的事。其实李和坤听说宏航收购宏运被政府喊停后，已前去宏运内部走访调查了几次，又在国资委喊了几个老部下来询问，打探到真实情况后，不顾老伴劝阻，从医院直接跑到政府办公楼找到方致远反映情况。

"宏航收购宏运政府为何喊停？收购途中为何冒出了一个茂盛公司？宏航收购宏运职工手中股份哪点不符合程序？宏航着手收购宏运事宜一年前已经在谈，注资五千万元，接手宏运债务五千万元，有转账为依据，有协议为凭证，宏航所有的行为合理合法。"

方致远听了李和坤的质问，不慌不忙地说他正关注此事呢。方致远生得一副斯文相，中庸之道学得好，大事不出头，有事站中间，待谁都满面微笑。他也因为魄力不够，来岭阳任职几年了还原地踏步。

等李和坤发完脾气后，方致远给李和坤递了根烟，说："有关宏航收购宏运的始末，我也听说了不少情况，问题是多方面原因造成的，制度不够完善才导致漏洞百出，这时候我们作为岭阳的领头人更需要冷静思考，才能有效解决问题。"

李和坤说："宏航前后给宏运注入上亿元资金，上面一句话说作废就作废，真是无法无天了。"方致远皱了皱眉头，语气幽深，说："要真是按你所说的，该查的要查。但有些事还真急不得。几百万人口的城市又逢旧城新建，难免会出现各种问题。"然后转向窗外深深抽了几口烟："这件事是才高同志在管，他做事比较激进，这要不得，我会再找他沟通。"

方致远把所有责任推给了任才高，也暗示这件事是任才高在操控。明知内鬼是谁，却放任由之，李和坤看着方致远，心头不由生出一丝悲凉来："致远呐，你作为岭阳市长，不能过于放权，有些人面上光亮，干的却是阳奉阴违的事。我知道你中庸学得好，但处事符合天理大道，凡事站在公正的角度，才是中庸的核心。这几年岭阳面上看起来发展得很快，实际很多地方还一地鸡毛，这时候更需我们党员干部以身作则。"

李和坤在岭阳从政几十年，无帮无派无害人的心，他出面交涉，方致远也得让他三分。

李和坤讲究方式方法，找方致远只是反映情况，在会议上却与任才高针锋相对，而对张标时是拍桌子骂娘。张标对这位老领导的脾气再熟悉不过，听说李和坤要来国资委巡视，吓得躲了起来，说是怕挨打。这话虽是说笑，起码他心中还有敬畏感。

李和坤说："只要还有敬畏之心就还有挽救的余地。"

陈立斌自始至终都坚定地站在宋明泽这边，这让任才高很不爽。

没过多久，陈立斌得了一种怪病，脖子肿得厉害，坐着不动也是一身汗。他私下与宋明泽说："这晌不正常啊，总是亢奋不已，就连开会脑海里也会蹦出一些香艳的画面来。更奇怪的是像吃了春药，每天晚上都能折腾，把王时音乐坏了，说我比二十岁时精神头还足，这不可能啊？"

宋明泽以为他开玩笑，说："莫不是吃伟哥了吧？"

陈立斌并没开玩笑，让人诧异的是不只他得了这种怪病，个把月的时间里，区政府的工作人员，很多都像吃了催肥剂一样发胖。最离谱的是有个绝经三年的妇女来月经了。谁也找不到原因，都不知道得了什么怪病。

宋明泽陪陈立斌去湘雅医院做全面检查，医生发现他体内的三合激素严重超标，而这激素是母猪交配时催情用的，一般人不可能接触到。医生断定他一定是饮食出问题了，建议报警。

不查不知道，一查吓一跳，区政府食堂的食物中查验出此激素，而激素来自宋记每天运送的肉鱼菜蔬和宋记赠送的零食中。区政府工作人员全部去医院做了大体检，结果全部中招。

宋明泽得知情况后也吓出一身冷汗，肯定有人在宋记运往区政府的食物中投毒，想一石二鸟，既搞垮宋记，又借机挑拨他和陈立斌的关系。

区政府食堂的新鲜肉菜大部分由宋记供应，宋记的车每天给区政府食堂送货，宋记还会给区政府食堂送些新鲜出炉的宋记食品尝鲜。这些零食成为区政府工作人员的最爱，几乎每个人的抽屉里都有几包宋记食品。这是八仙妈提出来的，说区里人自个儿生产的东西，让大家尝尝鲜，一来可以帮忙宣传，二来可以给宋记食品提提意见。几年来相安无事，没想到这半个月却出了大事。

八仙妈说："清者自清，如果在宋记车间里查出了这种害人的激素，我愿负全责。"

区政府工作人员也不相信宋记会干出这种缺德的事。宋记是岭阳招牌，各方面要依靠区政府给力，怎么可能搬起石头砸自己的脚呢？可这种激素就是从宋记运送的食物中发现的，证据确凿。

区委书记田和贵不敢隐瞒此事，连夜与陈立斌赶到市委汇报情况。市委市政府高度重视，紧急开会并成立了专案小组，要求彻查此案。

李和坤说："宋记是岭阳招牌，也是岭阳不可多得的民营企业，在案件查清之前，媒体报道要笔下留情。"

任才高反对道："宋记食品有毒激素这点证据确凿，媒体如实报道才能保护好民众的生命安全。我建议彻查宋记食品，宋记所有产业链条都要停产整顿。"

宋记成名花了半个世纪，被摧毁只用了半天。经媒体一报道，宋记食品就被贴上了有毒激素的标签，餐饮、水产、畜牧业等在沐南境内的生产链条全部被封杀。宋记生意一落千丈。

专案组的工作人员连续一个月在宋记生产车间与进货渠道中调查取证，经过反复查验摸排，他们并没在宋记车间找到相关激素，宋记运往多地的食品经过检验抽查也都合格。

看来只有运往区政府食堂的肉蔬有问题。许玉珍亲自查验那批食品后，很肯定地说："这批食品绝对不是出自宋记，而是被人调包了。"鉴于十年前那档人为投毒事件，后来宋记食品的里外包装都有不同标记，作假人忽略了这一点，外观包装几乎和宋记食品包装一样，足能以假乱真，却忽略了包装里面的图标。专案组的人查看对比后发现与八仙妈说的一致。

那么宋记食品是怎么被偷梁换柱的呢？

专案组组长李辉是个老刑警，为人正直，经验丰富。他的助手徐星是一个血气方刚的年轻警官，与宋运博是高中同学，从小就喜欢吃宋记食品，所以找证据时格外卖力。他们在对区食堂后勤人员与宋记送货司机挨个排查后，并没发现可疑人员。

此案对宋记是致命打击，宏航收购宏运事件被喊停，也直接影响到宋明泽在岭阳商会会长的竞选。尽管宏航与宋记早已分开，但有些媒体非要把宋记与宏航连在一块，指名道姓说在这起投毒事件中，宋明泽有不可推卸的责任。

宋明泽不得已放弃竞选，罗又劲当仁不让地成了岭阳商会会长。罗又劲遇上宋明泽时，问起了宋记投毒案的进展情况，说有什么需要，他可以出面帮忙。宋明泽保持他惯有的儒雅，说："谢谢，专案组说给宋记三个月的时间自查，哪用这么长时间，就快抓到凶手了，那人途中调包投毒的过程有人看得一清二楚。"他没再往下说，离开时转向罗又劲说了一句："你猜幕后指使者是谁？"

罗又劲若无其事地骂道："谁这么缺德无聊，抓到他该刨他祖坟。"宋明泽微微一笑："这跟他祖宗没关系，但这个杂种肯定插翅难逃。"罗又劲料定宋明泽是诈唬，哪会轻易上当，叼着烟斗拂袖而去。

宋家再次面临劫难。宋梦夏得信后当天从深圳赶回了岭阳。八仙妈召开了家庭会议，正值暑假，运博、云帆、云峰都参加了这个会议。八仙妈开门见山地说："这次家庭会议要你们参加，是想让你们清楚，这个世界有光明，也有黑暗。身为宋家人，我们必须坚强、勇敢、睿智，才能将宋记发扬光大。"

宋晓春说在掌舵宋记期间发生这种事件是她疏于管理，难辞其咎，并提出辞去宋记总裁职务，希望换明泽掌舵宋记。

旁观者清，曹晓娅说："这件事跟谁当宋记总裁没关系，他们是想利用此事搞垮宋记和宏航。"宋梦夏说："此刻聊这些多余，查找幕后黑手才是真理。"

家庭会后，宋明泽与专案组的李辉与徐星一起分析了案情。宋记生产车间全部安装了摄像头，专案组人员调出视频反复查看，安检部门也多次在宋记食品中取样查验，都没发现问题。那么黑手是如何投毒的呢？幕后黑手必清楚宋记每天运送食品的路线。

经过分析，宋明泽认为黑手买通司机的可能性最大，这不是一朝一夕的事而是至少一个月的事，他们要的是政府的人慢性中毒。宋记的送货司机有九人，并不严格排班，谁有空谁就去送货。

宋明泽说其中谁有问题，让李警官陪他们打场麻将就一清二楚。

司机九人分三拨分别陪李警官玩了几圈麻将，其中一个叫高彦的露了馅。待司机们走后，宋明泽说："我在窗外看得很清楚，高彦面上若无其事，但桌下跷的二郎腿不停换腿，证明他心中有鬼。"宋明泽还真没看错。

李辉跟踪调查后发现，高彦在外欠了很多赌债。高彦每天坐班车回家，晚上会溜去大发贵地下赌场玩赌博，这个地下赌场是罗又劲的地盘。

高彦在回家的途中被便衣刑警抓捕。经过反复审讯，高彦如实招供，他在大发贵地下赌场欠下大笔赌债，看场子的头目永三武借给了他几笔高利贷。随后永三武威胁他要他配合，说保证不会出人命案，不过是给宋记车上的果蔬肉鱼洒点新鲜水，调换几包宋记食品而已。他见个把月过去了区政府的人并没出现问题，也就没当回事。

李辉带上两个便衣刑警当天赶到荆州，在荆州公安刑警的配合下，在火车站附近一家麻将馆抓捕了永三武。李辉与徐星连夜审讯，永三武老奸巨猾拒不交代，便衣刑警请来了他的老婆，才从他嘴里套出了实情。他说因为早些年他给罗记看场子时，曾遭到宋明兴的殴打，便怀恨在心，一直想报复宋家，后来高彦在赌场输了很多钱问他借了高利贷，于是他威胁高彦，要他每天在送货途中给他三分钟时间，他装扮成环卫工人，在高彦送货的途中实施投毒与调包计划。

李辉问永三武为什么单选送往区政府的食品。永三武说，他了解到这几年区政府食堂的菜蔬由宋记定点供应，便想一箭双雕，既能整垮宋记，又能让宋记失去政府的信任，便去外地购买了大量刺激母猪发情用的激素，通过在食品中投混与针管注射方式给宋记肉蔬下毒。这些伎俩显然不是永三武能想出来的，他一个外地人——赌场的马仔，怎么可能计划这么周密？专案组颇有收获的是在连番审讯后，李辉又顺藤摸瓜敲出了永三武十年前的罪行——十年前宋记投毒案也是他所为。

谁知永三武被押回岭阳后居然翻供，说他是被屈打成招。同时李辉被停职反省。永三武背后是罗又劲，而罗又劲背后是任才高。任才高在当地各部门培植了不少人马。

宋记投毒案件刚被媒体澄清，各媒体就撤除了报道，让岭阳人一头雾水，宋记食品到底有毒还是没毒？接下来，各个部门的人来了一串，在宋记产业链条中不断挑毛病，开罚单，让宋记根本无法正常运转。其目的无非是想通过打压宋记产业，逼迫八仙妈放弃对宋记投毒案的彻查，可他们低估了八仙妈的韧劲。

八仙妈喊上宋梦夏，让司机开车直接去了市妇联，找到市妇联主席周芷兰，再去市人大找到李和坤，三人一起来到市政府。

在市长会客室，方致远接待了许玉珍。方致远以亲民著称，见面先问许玉珍的身体如何，又聊了几句家常。

"您好福气呀，六个儿女，听说还有一个在北京工作？"

许玉珍气定神闲，刚才请周芷兰时没说过多的话，在李和坤面前如实反映了下面很多乱作为的情况，见到方致远后又不一样，雍容大度，不卑不亢。她微微点头回道："儿女们都很孝顺，三个儿子在岭阳，老六在北京，他会读书，早年考上了清华大学。"一旁的宋梦夏先是向市长作了个自我介绍，又紧接着补充："我六弟的经历可丰富了，在团中央工作过，在下面挂过职援过藏，听说快调回北京了……"

方致远手扶了扶眼镜，若有所思地"哦"了声，这看似不经意的闲聊让他心中打了个顿，他当然清楚八仙妈为何事而来。

寒暄后，许玉珍直奔主题："宋记投毒案想必您已经听说了，十年前宋记遭人投毒，相隔十年又遭人投毒，专案组的李辉与徐星在荆州将凶手抓捕归案，并录有口供，为何一到岭阳他就翻供了呢？办案的李警官为何被停职反省？岭阳有领导在干预此案，还是公安内部出现了问题？"

许玉珍从容不迫，一连三问，方致远甚是惭愧。他先给老人家添茶续水，后表态政府相当重视宋记案件，会派专案组彻查到底，至于李警官为何被停职反省，也会打听一下。

许玉珍抿了一口茶，继续说道："有关部门天天派人来宋记，上午来几拨，下午又是几拨，我宋记一天居然收到了几十张罚单，政府口口声声说要扶持民营企业，如此捣乱，让我们这些民营企业如何生存下去？"她调整了一下坐姿，微微往前探了探身子："方市长，我老太婆在此表明决心，如果政府能解决我们的问题，我定不会辜负政府给予我宋记的关怀；如果市里不能解决问题，我老太婆也豁出去了，就去省里上访，省里不管我去北京。孟姜女能哭倒长城，我八仙妈也必要为宋记讨回一个公道。"

方致远看八仙妈情绪激动，忙起身安抚："宋记是岭阳民营企业的招牌，政府当然要支持、保护。至于宋记投毒案件，相信专案组一定会查清楚，也请您给我们一些时间。"

许玉珍离开时，方致远亲自送到楼下，安慰八仙妈在家安心等消息。

许玉珍走后，李和坤对方致远说："宋记从一个小作坊做起，到现在的宋记集团，足有几十年的奋斗史，一直重品质、重信誉。现在冒出一群人去查宋记，明显是有人在搞鬼，想借此打压宋记，逼迫八仙妈放弃追凶。"

李和坤话外之音直指任才高。方致远在李和坤与任才高之间，他一贯保持中立，说："宋记案件肯定要彻查到底，但这件事必须向志华书记汇报。"此时，岭阳市委书记许志华在中央党校学习。

许玉珍回家后，宋明兴很是担心，问梦夏："妈跟方市长说了些啥？"

宋梦夏说："妈说政府乱作为她就上访，效仿孟姜女哭长城，豁出一把老骨头为宋记讨回公道。"

宋明兴是个直性子，孝字当头，听说老娘要效仿孟姜女哭长城，不由眼眶泛红，跑到前堂房找到母亲，扑通一声跪下："妈，儿子无能，让您老受累了，但是您放心，我豁出命去也要将这幕后凶手揪出来。"许玉珍看着跪在面前的儿子甚是无奈，要他快起来："怎么几十岁的人还如此冲动，想事要先动脑子，我说要上访是表明我不怕黑恶势力的决心，惩罚凶手是公安的事，我们现在要做的事就是静观其变。"

林秀甜让宋明兴赶紧给宋明泽打电话："这关头，明泽去哪里了呀？"

宋梦夏转向宋明兴说："明泽去了北京。大哥，你赶紧给明轩打个电话。"

宋明兴起身给宋明轩打了通电话。这通电话说了足有半小时。"老六啊，现在咱家已被逼得走投无路了，老娘都气出心脏病来了，她要去上访，要效仿孟姜女哭长城，从岭阳哭到北京去。现在家中也只能靠你了，该找的关系你就得去找，让小萌也出面哈，这次你哥我豁出去了，不还我宋家公道，我是要去杀人的。"

没等宋明轩说话，宋明兴就把手机给挂了，咕嘟灌了半杯水，靠在沙发上歇气。很快宋明轩的电话追了过来，宋梦夏接的电话。宋明轩交代家人千万不能冲动，该办的事他会办。

此刻宋明泽去北京找许志华了。许志华是岭阳市新调来的市委书记，来岭阳不到三个月就去中央党校学习了。他父亲许为民曾是沐南省委书记，有极好的官声，现任省长张畅庆是许为民的学生。

这次宋明泽被逼到悬崖边，不得不找宋明轩出面，可宋明轩现在地方任职，远水救不了近火。宋明泽只好找到罗小萌说明情况，罗小萌安排宋明泽与她父亲罗真见了个面。罗真原是清华大学的教授，后调到中央党校工作多年。

就着星期天，罗教授安排了一次简单的家宴，请了一位朋友和许志华在家中吃便饭，宋明泽和罗小萌作陪。许志华相貌不俗，气度不凡，宋明泽向他汇报了宋记投毒案件始末，也说了他收购宏运集团遭遇卡壳的事。

许志华当面给方致远打了通电话过问此事，并且交代专案组务必认真彻查，给岭阳人民一个交代："宋记是岭阳民营企业的招牌，沐南省境内无人不知岭阳有个八仙妈，她若上访将会给岭阳造成什么样的后果，你们想过没有？"

这话说得轻，落得重。许志华在电话中下达指示后，岭阳市委市政府连夜就宋记投毒案件召开了专题会议，市公检法与管理宋记部门的各单位一把手全被召了过来开会。会议由任才高主持，他在会上大义凛然："有些部门的人企图颠倒黑白，有些人试图充当黑恶势力的保护伞，这在岭阳是绝对行不通的，如果被我任才高发现，我见一个抓一个，绝不手软。"

随后李辉复职，依然是宋记专案组组长。永三武并没供出罗又劲，不管如何审讯他都是原话，把他背后的罗家兄弟撇了个干干净净。永三武因故意投毒罪被判了二十年。

宋明兴非要揪出幕后凶手时，宋明泽说："懂进退才有余地，围师必阙，穷寇莫追。"敌人到了绝境要给他留条后路，否则他会做困兽之斗。宋明泽清楚，以他现在的实力，无法与罗又劲背后的势力抗衡。

这次宋记能洗清冤屈，宋明泽最要感谢的人是许志华。自任才高任常务副市长后，宋明泽以前所谓的铁哥们多找借口避而不见。陈立斌找他诉苦："任才高对我有成见，指不定哪天找件事就把我给办了。"

许志华回岭阳后，宋明泽想去拜访他，他回说太忙。一个市委书记要多忙有多忙，个人空间非常有限，宋明泽理解，便与许志华的秘书袁源保持联系。等到周五，袁源给他回了个信说书记今晚可能有空。宋明泽立即给许志华发了条信息，希望能见一面。不一会儿袁源来了电话，要他过去。

挂机赶过去，宋明泽从车上拎了袋水果下来，上楼与袁源招呼了声才去隔壁房间。隔壁的门微微开着，里面谈笑风生，副市长张明天正在与许志华聊事。

宋明泽站在门外听到道别声，才轻轻敲了敲门，喊了声："老兄，我是明泽。"这时张明天开门出来，拍了下宋明泽的肩，笑着出门去了。

宋明泽进屋连喊了两声"老兄"却没听到回应，许志华正叉腰撸袖对着窗外吞云吐雾，显然对他的称呼不满意。宋明泽心中打了个顿，立马改口，把一袋子水果放在了柜桌上，说："许书记，这是我自家种的新鲜水果，您尝个鲜。"许志华这才缓缓地回过头来，吐了两口烟圈后，淡淡地"嗯"了一声，脸上有了些笑容："刚来事多，不方便接电话。"

宋明泽上前递烟点火，并给许志华保温杯中续水添茶。扯开话题后许志华笑容亲和多了，聊到了岭阳在建的项目与房价。岭阳几百万人口，逢旧城新建，项目如春笋发芽到处开花，可许志华对岭阳的建设情况了如指掌，对岭阳知名楼盘也很清楚。宋明泽听了还真有几许佩服。途中他提出请许志华吃饭，说自家的鱼馆，金秋季节，请书记去湖边走走。许志华没推辞。

宋明泽回家后，便在书房倒腾开了。他想，要感谢许志华的话，礼物既要厚重，又不能过于露骨。他打探到许志华好收藏，在柜里倒腾了一番，没有看得上眼的东西，最后把许玉山送给他家兄妹的那幅《六虾图》拿了出来。许玉山说这是他在拍卖会上花高价得来的，并交代这幅画不到万不得已时不要出手。对于名家的画，宋明泽并没收藏意识，不过跟风而已，眼下能解决实际问题才是关键。

曹晓娅说："舅舅的藏品你也舍得？"宋明泽心中隐隐生疼，觉着对不起舅舅的托付，但有舍才有得。此刻他想的只有一件事，就是要感谢许志华。在送这幅画之前，他征询了宋明兴和宋梦夏的意见，毕竟这幅画是舅舅赠送给他们家的。

宋家这些年一路沉浮波折，几次遭人陷害，而这一年多所发生的事他们也都清楚，刀架在脖子上不得不低头。宋明兴不懂画，也不懂收藏的价值所在，只要利于宋记发展的事他都同意。宋梦夏是懂画的，少年时受秦铭影响，嫁给杨波后过得富足，越发喜欢名家名画。想着舅舅拍卖会得来的珍品，怎能送给外人呢？为了留住这幅画，她主动要求参加周末的饭局。宋明泽求之不得，宋梦夏是公关能手，琴棋书画样样精通，有她在，无论什么宴请都不会冷场。

周末晚餐定在宋记一号鱼馆。这顿饭宋明泽着实花了些心思，他请了韩裔过来作陪，又提前同宋明兴打好招呼，请他亲自掌厨。

宋记鱼馆在岭阳有几家连锁店，一号鱼馆坐落在洞庭湖边，外带花园，环境幽雅，餐厅装饰颇具地方特色。晚餐定在二楼"洞庭月"包厢。这间包厢宽敞雅致，一排落地窗，拉开窗帘便可一览洞庭风光。室内布局也颇讲究，墙上挂有名家书画，花格上摆满了艺术品。靠窗有张原木桌足有三米长，桌上备有文房四宝，一旁还有一架红木古筝。

餐厅经理告诉宋梦夏，这架古筝已空置许久。她早早来到这间包厢，又是调音，又是试奏，摆弄了一阵总算找到了感觉。杨波回岭阳时，宋明泽请他来此吃过饭，宋梦夏曾为他抚琴一曲。那次她演奏的是曲《云水禅心》，杨波听得入迷，从此经常要她演奏这首曲子，还说他要听一辈子。她看时间还早，便坐在古筝前弹奏起《云水禅心》，一遍又一遍。悠扬的旋律响起，往事如烟，不觉芳华弹指渐逝，一曲云水寄禅心。

宋梦夏正沉醉其中，许志华已在宋明泽与韩裔的陪同下走进了包厢。许志华被这空灵悠扬的旋律所吸引，目光自然落在了前方，水晶灯下，一优雅女子端坐在他对面弹奏古筝，神韵洒脱，飘逸出尘。他不由看得入迷，听得入神，全没听到宋明泽在旁说了些什么。

一曲完毕，宋梦夏起身来到许志华跟前打招呼。宋明泽向许志华介绍："今天是家宴，宋记鱼馆是自家的餐馆，掌厨的是我老兄宋明兴，弹奏古筝的是我的四妹宋梦夏。"许志华和梦夏打过招呼后，说："你家兄妹不错嘛，行行出状元哈。"又夸赞宋梦夏："琴艺精湛，宛如天籁，听着悦耳养心。"宋梦夏嫣然一笑："看来我今天很幸运，觅得了一知音。"

宋明泽把韩裔介绍给了许志华，说韩裔是著名的《易经》学者、收藏家、鉴宝大师。许志华听了淡淡地同韩裔握了下手。三人围坐在许志华身边闲聊。

宋明兴开始上菜，一盏茶的工夫，圆桌上已摆满鱼席。

酒菜上桌，宋明泽请许志华入座。许志华也不推让，走到主位上坐下，众人依次而坐。酒杯一举，气氛活跃起来，宋明泽和韩裔连敬许志华三杯酒后，韩裔开始和许志华谈论齐白石、徐悲鸿的画。许志华说话语气平和，声音很轻，包厢就显得特别安静，连碗碟磕碰也仿佛环佩之音。

宋明泽问了一句："韩大师，拍卖行里的东西，能保证货真价实吗？"韩裔说："'货真价实'四个字看你怎么讲。有时候货是真的，价未必就是实的；有时候货是假的，但价格却是实的。"宋梦夏饶有兴趣地想听韩大师细细讲。

韩裔笑道："送礼的人买的并不是古董，他要买的是关系和人情，值那个价。"

"听您这么一说，我有件东西还得请您掌眼。"宋明泽说着起身把他带的那幅画取出来，在旁边的几案上徐徐展开。

韩裔目光在画上来回扫了几眼，细细看了纸张和题款，说："齐白石画虾是画坛一绝，灵动活泼，栩栩如生，他一落笔仿佛水中活虾跃然纸上。"

宋梦夏听得急了，问韩大师："那这画到底是真是假？"

韩裔从随身携带的包里取出一堆鉴宝的工具，戴上眼镜，老中医似的对这幅画望闻问切一番，再用放大镜细看题款，手摸纸张，鼻嗅一番，脸上表情逐渐熠熠生辉，带着几分惊叹："这幅画应是白石先生的真迹！"又把放大镜递给许志华："您看，这幅画是《六虾图》，实际是五只半，齐白石先生真迹中，如果是群虾，经常会出现半只，要么是一半游出去了，要么游来时头已入水中了。这幅画上每只虾的须子最前端都有一些细碎的小须，符合白石先生中期画虾的特点，在构图上讲究'攒三聚五'，疏密有致。"

宋明泽听了，禁不住搓起手来："说画是真的，我就安心了。"

许志华淡淡一笑，把放大镜递给了宋梦夏，让她也瞧瞧。宋梦夏接过放大镜左看右看也没看出什么名堂，冲许志华笑道："看来这鉴宝不学个十年八载，怕是连门槛都摸不到边。"

四个人重回宴席，许志华对韩裔说："我不懂画，更不懂鉴古，但我想齐白石的人生轨迹是鉴别他真迹应该考虑的因素。"韩裔忙举杯道："许书记，听您这番话，我就得敬您，鉴古其实没别的技巧，就是要把杂七杂八的学问常识融会贯通。"

席间，宋明泽想着要如何把这幅画送给许志华，宋梦夏却想着要如何保住这幅画。两人斗智斗法时，宋明兴上了一道全水鱼端上桌，其鱼头伸出，四肢平展，色泽不变、栩栩如生，这盘鱼就像是一件精巧的艺术品，被称为全鱼席上的"头菜"。宋明兴在旁解说："这道菜是清蒸全水鱼，岭阳人叫甲鱼，其中竹筒鱼主鲜，松鼠鳜鱼主形，清蒸全水鱼以形见精，做工讲究滋味，注重营养。"

许志华品尝了一口，"嗯"了声："味道鲜美，汤汁清，鱼肉嫩。"

宋明兴继续解说："桌上的藕丝银鱼、冰冻鱼胶、蝴蝶过海、松子鳝鱼等，也都是巴陵全鱼宴中比较典型的几种菜式，各有风味，使人食鱼不见鱼，知其味不见其形，多食具有滋阴补肾的功能。"

许志华微微笑道："听着就食欲大开。"连连说宋明兴厨艺不错。

宋明兴在旁多停留了一会儿："谢谢书记夸奖，我这手艺不过是学了家父一点皮毛而已。我爷爷曾是做巴陵全鱼席的大厨，我父亲做鱼也堪称一绝，一条鱼在他手中能做出几十种花样来。"这会儿的宋明兴眉宇间透着股自信，回话不卑不亢。他介绍完后，轻轻说了一句："书记，您请慢用。"转身离开了。

第十八章　波澜不惊

宋明泽接过话题聊开了，对于岭阳人而言，洞庭湖区得天独厚的地理条件，使湖鲜活物成了岭阳人首选的食材，这食材从洞庭湖走向鱼巷子，再从鱼巷子迈向岭阳城。

许志华说："岭阳自古就有天然的江湖底蕴，是享有山川之美的鱼米之乡。靠湖吃湖，更要守湖。"

宋梦夏与许志华推杯换盏间，已娓娓讲完半部岭阳历史。诸如屈原行吟泽畔，杜甫登楼感怀，范仲淹先忧后乐，洞庭湖已构筑成岭阳坐标，成为岭阳人的灵魂栖息地。喝酒后的她更添风情，一双明眸注视着许志华，悠远如水，又浪漫如星。她真实的目的是留住那幅画，起身敬了一杯酒："刚才说了一阵洞庭鱼，又满桌鱼肴。书记若不嫌弃，我献拙，画幅鱼图，请书记指教！"

酒过三巡，许志华豪情渐露，拍手喊好："能睹梦夏女士画作，人生之快事啊。"韩裔不愧是老江湖，虽这一出没在安排中，他也能迅速圆场，朝许志华微微笑道："早闻梦夏多才多艺，绘画更具天赋，今天能一饱眼福还真是沾书记的光。"

梦夏从小酷爱文艺与绘画，前年还举办过个人画展，但她是业余画家。一旁的几案上，早已摆好了宣纸与画笔。宋梦夏展纸挥笔，由深入浅，以水波为背景，画鱼鳞用笔沉稳，并以墨色层层渲染，以浓墨圆点为睛。随后三条活泼的鱼儿或浮或沉，虚实交替，轻巧灵动。其笔法简练，水墨淡雅，布局空灵。就连宋明泽看了都甚是意外，宋梦夏看似散漫的个性却对画鱼情有独钟，硬是把鱼画活了。

韩裔看过宋梦夏的画后不由得啧啧称奇："敷色清丽，萍藻摇曳，极鱼水之乐。"又转向许志华："近现代的大家中来楚生、吴青霞等都擅长画鱼，各派各家各有精绝墨宝，但像梦夏能把鱼画出一股空灵之气的却不多，梦夏有大家风范。"

这番抬举让宋梦夏有些不好意思了，谦虚道："我哪是什么家呀，不过是自娱自乐。"

开始许志华并没直接点评宋梦夏的画，而是聊施虹宾画鱼："他借助的是鱼，画的却是濠梁秋水，用笔墨抒发的是他内心的自由自在，画面看似是鱼乐，其实是独乐。"待宋梦夏用期待的眼神看他时，他才观赏起她的画来，细细品味一番后说："梦夏女士画鱼自成一体，神韵充盈，笔笔传神，这画里不仅有水的空灵，还有一股自由的气息扑面而来，看样子是个爱鱼之人。"

得此评价，宋梦夏瞬间像个天真的少女，脸颊一对小梨窝荡漾开来。她侧身靠在画桌旁和许志华聊起了她画鱼的渊源。

"我从小住湖边，湖中鱼盛，鱼儿千姿百态，我每天看不够，那时家中缺衣少食，唯独不少鱼，桶里、盆里、石池中满眼皆是鱼，天天看，便爱上了画鱼。雨天不用出门，湖中鱼儿争先恐后跃入家中，它们以为在跃龙门呢。"说到此处，宋梦夏手拂秀发咯咯笑了起来，"可惜我家不是龙门，跳到我家中来便成了盘中餐。"

许志华也呵呵笑了起来："持之以恒必定有大成就，白石先生画虾六十岁之前摹古，到八十岁以后才达到炉火纯青的地步。人生的意义，在于你一生中有件值得做下去的事。"这句话说到宋梦夏的心坎里去了。她挥笔在留白处写了两句诗："碧池静无澜，三鱼戏水间。"

韩裔明知故问："为何独画三条鲤鱼呢？"

宋梦夏说："画鱼以鲤鱼为主，鲤同利，鱼同余，寓意年年有余。鱼中又有三、六、九之数，一生二、二生三、三生万物，寓意生生不息，长长久久。"经她如此解说，这幅画便又多出一些趣味来。

许志华笑道："此画是无价之宝哈。"

宋梦夏忙说："书记若不嫌弃，我这鱼儿便送您了。"许志华欣然接受。

聊了一阵鱼文化后，四人再回宴席。宋梦夏心情甚悦，端起酒杯来敬许志华："今天能与书记相识我很开心，千金易得，知音难觅，感谢您的鼓励，感恩您对我们宋家的关心，这杯酒我敬您！"一杯酒下肚，宋梦夏面如桃花。

许志华说："梦夏女中豪杰啊！"说着口一张，干了一杯酒。

韩裔也起身敬了许志华一杯酒说："年年有余，和谐有鱼，好兆头！"

散场时，许志华没要宋明泽送的《六虾图》，而是要了宋梦夏现场画的《三鱼图》，说他能得宋梦夏的画已是三生有幸。

许志华离开后，韩裔对宋明泽笑道："你家有上等的人才，何须我出面哦。"

宋明泽笑笑没出声，许志华这种人并不是吃顿饭送幅画就能交心的。

送走韩裔，宋明泽喊梦夏和明兴去湖边走了走。他想说点什么，绕湖走了很长一段路，却什么都没说。明泽的心事，梦夏再清楚不过。他当初策划收购宏运时，杨波也参与其中，并助力宏航投资了两千万元，得知收购的事卡壳，她心中也急。他是宋家的顶梁柱，他强则宋家强，这种情况下她不可能坐视不管。

宋明泽不想把宋梦夏扯进来，但现在想撇开已不可能。他从不怀疑梦夏的魅力，只是担心她的个性。她自由散漫惯了，征服谁轻而易举，抛弃谁时也毫不留情。他情愿自己多费些心思。

为了尽快熟络起来，宋明泽隔三岔五就去市委招待所转悠，许志华忙时他就在隔壁陪着袁源聊天，待许志华闲时就陪他下棋散步，或开车陪他出去逛逛，看岭阳的标杆楼盘，当然少不了看看洞郡王府。接触中他发现许志华甚是随和，开口问的是岭阳老百姓的生活情况，关注的也是民生百事，还喜欢坐在大排档吃本地小吃，跟他聊风俗民情。

闲聊间，宋明泽提到了宏航收购宏运的事。因为受到投毒事件影响，收购的事被国资委压了下来。现在已查明真相，那件事确与宋记无关，宏航收购宏运的事国资委该启动了，毕竟宏运七百多名职工还在等着。他还简单向许志华汇报了打造新宏运的蓝图。许志华听了情况后，要他先走程序。宋明泽没再多说，这找人办事是有讲究的。

许志华远比宋明泽想象的潇洒得多。他闲时喜欢自己出门转悠，独自骑自行车穿梭于岭阳街头。他在洞庭镇美食一条街走访时，竟与八仙妈成了朋友。许玉珍发家于路边摊生意，为了回报客人，几十年来，她坚持每个周末在宋记餐店亲手为客人做渔渡粉。每到周末排队的人都络绎不绝。早上许志华也在队伍中，排队时他听旁人闲聊，聊的多是洞庭镇这些年的发展。旁人说："洞庭镇从以前的贫困镇演变成现在的市区购物中心，宋明泽功不可没啊，他改变了洞庭镇，是个能人。"

轮到许志华进餐馆了，他兴致勃勃地嘬完一碗渔渡粉，却发现忘带钱了，一时有些窘迫。许玉珍看出情况，给他泡了杯清茶，说："没关系，来的都是客，就当我请你的。听你口音像是外地人，要是在岭阳遇到困难啊，随时给我打电话，叫我八仙妈就行！"说着从抽屉里拿出一张名片递给了许志华。

许志华笑呵呵地说："那咱们就算是朋友了哈。"

这时餐厅中有人认出了许志华："您是不是许书记？"没等许志华回答，那人兴奋地喊道："没错，就是许书记，电视新闻里见过多次了！"

许玉珍阅人无数，搭眼就看出许志华不是平常人，气宇轩昂，没想到竟是新来的市委书记。一旁的宋晓春赶紧给宋明泽打电话："市委书记来咱店吃渔渡粉了，骑自行车来的。"

宋明泽听了忙赶了过来，先是陪着许志华在洞庭镇西甲门看了半天，又去金瑞酒店参观了一番。金瑞是宋明泽在岭阳市开的第一家民营酒店，开张以来生意一直不错，酒店员工全是来自洞庭镇的村民，经过培训后统一上岗，开拓了当地娱乐文化事业，也解决了当地村民就业难的问题。这会儿宋梦夏正在酒店的歌厅包厢里帮忙调试音响设备，看许志华来酒店参观，上前打招呼后，在包厢里一展歌喉。

宋梦夏生就一副金嗓子，不论京剧、花鼓戏还是流行歌曲都能拿得出手，她接过话筒就来了首《八百里洞庭我的家》。

> 天上那个云波咯，水里的霞哟，八百里洞庭我的家嘞，
> 日从家里出喂，月在家中挂嘞，桨开千条路哟，网撒万
> 朵花。

梦夏声音高亢嘹亮，声情并茂的演绎堪称完美。许志华也来了段《江山无限》，他说话乡音颇浓，唱歌却字正腔圆。

散场后，宋明泽约许志华有空去宋记产业园看看，说田间地头才能了解到更多的民生情况。

星期天上午九时，许志华率领一行人来到宋记产业园。许玉珍早早就带领大家在园门口迎接。八仙妈做导游，宋家兄妹在旁陪同，宋记的几位高管跟随其后。

宋记产业园坐落在岭阳市北区云端乡长港湖旁，深秋季节，沿路花木茂盛，桂花飘香，园内布局精巧，建筑依山傍水。宋明泽给许志华介绍，园区内分"三大区""六大方""九大园"。"三大区"为食品加工车间，"六大方"属后勤区域，"九大园"为宋记养殖基地。

步入"三大区"就像走进了露天农业世博会展中心，加工车间采

用现代化流水线操作，既透明又环保。"六大方"范围则是职工之家住宿小区及休闲娱乐场所。许玉珍自豪地说园内有五百多名职工，他们都把这儿当成了家，她也每天必要来这园子里看看才放心。

途中，宋明泽请一行人前去宋记办公楼喝茶小憩。在会客大厅，屏幕上播放着宋记位于西甲门美食街的盛况，"品宋记八仙，吃江河湖鲜"。宋记八仙有辣鱼酱、酱板鸭、小龙虾、大螃蟹、烤鹅、溪水鱼、跳蛙、百蔬香。每"仙"中又分八个品种。

看完宋记食品介绍后，许玉珍给许志华讲了宋家创业史。"明兴的爷爷曾是岭阳做巴陵鱼宴全席的主厨，一条鱼在他老人家手里能做出几十种花样来。六十年代闹饥荒，全家搬迁到鱼巷子讨生活，那时铺面小，生意却出奇地好，每天客人站在路边只为能吃上一碗咱家的渔渡粉。祖传的手艺，我也学了几招。他爷爷过世后，有段时间不准私自经营，我们又举家搬迁到北区落户在洞庭农场，由鱼贩子变成了菜农，直到明泽爸在一次抗洪抢险中遇难……"说到这里许玉珍停下来，平复了下情绪，"八十年代初，北区的菜农开始单干，我家里人多，十几张嘴要吃饭，为了生计，我在火车站附近摆摊卖渔渡粉，没承想排队等候的人足有几里长。后来呀，我就尝试着做些五花八门的鱼品小吃……"

八仙妈讲宋家的创业史，也是在讲述岭阳的发展史，宋记从一碗渔渡粉做到如今在全国拥有几十家连锁餐厅，所做食品也从一瓶小小的辣鱼酱到形成了宋记食品产业，宋记花了将近半个世纪的努力才有今天的成就。八仙妈说她创业期间遭遇过不少波折，遭人陷害，被人打击，但从没屈服过，始终秉承"品质至上，良心经营"的原则，不为别的，只为了天下人都能品尝到她的八仙食品。许志华听了很是动容，随行人员也被打动，他们被八仙妈身上不屈服于命运的勇气打动，也被她那种看透生活依然热爱生活的大气品格所折服。

在办公大楼休息片刻，宋明泽带领一行人坐厂车来到了云端乡宋记生态合作社参观。云端乡资源丰富，湖泊面积甚广，密布的河湖中鱼肥虾壮，多有莲藕芡菱。位于长田村的是宋记云端鸭养殖基地。漫山遍野的鸭群，或成群结队，或散落在绿油油的草地间，远看像是一群落入凡间的精灵。山坡下则是另外一种风景，三里之外便能听到蛙声一片，走近再看，一望无际的稻田里挤满了黑蛙和龙虾。九月割稻不稀奇，但在稻田里育蛙养虾却令人称奇。

许志华下车后，看到大棚的员工忙得不亦乐乎，路边前来运货的车排起了长队。此地的养鸭专业户周大婶和许志华唠起家常："我们祖辈都靠养鸭为生，以前因销路堵塞，价格乱套，再好的鸭子也卖不上价，自从加入宋记生态合作社，我们才开始赚钱。宋记为合作社成员提供了一条完善的产业链条，如养鸭种植技术、加工和销售经营等服务。我家加入宋记合作社后，两年就盖了栋新楼房，两个儿子都娶了媳妇，还买了一台面包车呢。"周大婶脸上的皱纹笑成了一朵盛开的花。

乡长周浦和说："许书记，云端乡有今天的发展，宋明泽功不可没啊，五年前他找到我提出合作社战略计划，让周边养殖农户加入宋记生态合作社，带动村民一起发家致富。这几年周边养殖户都得到了实惠嘞！"宋明泽笑道："这可是政策的福利。"

跟着一起参观的李和坤说："这叫敢为人先啊，别人不敢想的事，宋明泽敢想也敢做，而且能做好。"

午餐时，许玉珍留大家在宋记食堂吃饭，桌上摆着八大碗，正是宋记八仙的八道菜品，酒水是宋记自酿的米酒，开盖后酒香扑鼻，八仙妈亲自下厨，每人一碗渔渡粉。许志华吃完一碗又来了一碗，直说味道鲜美至极。

宋梦夏笑道："好多游客来岭阳，吃过我妈做的渔渡粉就不想再离开呢！"

桌上人都哈哈笑了起来。李和坤说："岭阳人真该好好感谢八仙妈，正因为有了八仙妈这样勤劳智慧的企业家，岭阳才有了地方特色，有了名气。"

《岭阳新闻》报道了许志华一行人前去宋记产业园参观的经过，岭阳各家报纸头版刊登市委书记许志华率岭阳领导班子亲临宋记产业园参观的新闻。在宋记的低谷期，许志华率领岭阳市领导班子前去宋记园参观，无疑是在给宋记正身立名。

宋记的生意重新走上正轨。宋明泽的那帮铁哥们又和他热乎起来，就连任才高也一改对宋明泽的态度。宋明泽最不想见的人就是任才高，但又必须过这一关。

曹晓娅说："越不想见的人你就越要见，把仇家处成朋友才是赢家。"

宋明泽苦笑了声："人在屋檐下，不得不低头。"

启动宏运收购事宜，任才高不松口，国资委就不敢给批文。宋明泽事先给任才高打了个电话，说去他办公室汇报工作。

下午两点，宋明泽到了任才高办公室，秘书小朝接待了他，说任市长在楼上开会，要他在办公室等一会儿。

宋明泽坐在沙发上，看见办公桌上摆着一幅特意放大尺寸的照片，照片上任才高身穿博士服。宋明泽见了觉着好笑。年轻时的任才高，去他家一次就迷上了宋梦夏，经常给她写情诗。宋梦夏就改改任才高的诗再送给秦铭，便被秦铭视作天才少女……

宋明泽坐了一阵后，任才高才进办公室，面上还和以前一样，笑脸相迎，嘘寒问暖，递烟倒茶，先问干爹和八仙妈身体情况，再聊别的。宋明泽抓紧时间把重点意思全表明。这次任才高颇爽快，当着他的面给张标拨了个电话，要张标启动宏航收购宏运事宜，还说张标不该延误此事。宋明泽心中明白，不过是看许志华最近跟自己走得近的缘故。

任才高还询问了宋明轩的情况。宋明轩援藏后几经挪移，现在北方某市任市委副书记。宋明泽也故作神秘："听明轩的岳父讲可能会调回北京，具体等明轩回北京才晓得。"任才高手扶了扶眼镜："明轩不错，小时候就爱读书。唯有读书高哈。"聊到一半时找办事的又来了一拨，宋明泽起身撤退。

宋明泽才上车就接到陈立斌的电话，说宇环集团董事长陈海容要来金阳开发区考察，这个人值得见一见，大有来头。挂手机后，宋明泽默了阵神。陈海容是国内知名企业家，据说宇环的成功在于他对政府关系的把控，"做政府想做的事"一直挂在他嘴边，也是宇环的企业法则。陈海容的到来使岭阳官场两派都聚到了一起，地方对招商引资很重视。

　　宋明泽正想着如何结识这位商界大佬，许志华给他来电话了，让他安排晚餐。接到许志华的指示，他心情飞扬，这可是许志华来岭阳后第一次吩咐他。这顿晚餐的含义不同寻常：陈海容来岭阳考察项目，头天是政府宴请；第二天许志华让他安排，这是私人宴请。

　　晚餐定在宋记一号鱼馆。宋明泽安排好菜品与酒席后，餐厅经理领着许志华进门，随后是陈海容。许志华介绍后两人互递名片。在场的都是社交里手，酒菜上桌，众人碰杯后，气氛活跃起来，许志华和陈海容聊岭阳印象，陈立斌说岭阳城建发展，宋明泽聊洞庭风俗。

　　晚餐后宋明泽包了一艘游船，请他们去游云岛看夜景。岛上夜生活丰富多彩，夜宵、品茶、观景、看演出应有尽有。游云岛之行快活了许志华，陶醉了陈海容，却让宋明泽收购宏运的计划泡汤。

　　回来时已深夜，不知是在岛上玩得太过瘾还是早有预谋，陈立斌提到了"北区三企"要转让的事，说如能整体收购完全可以在岭阳建设楼市品牌。陈海容听陈立斌介绍了"北区三企"的情况后，谈了他的构思与想法。

　　项目往往就在闲聊中谈成。宋明泽没想到"北区三企"一事，竟把宏运集团也给搭了进去。他以为许志华要他请客吃饭是私人感情，谁知还有这层含义在里面，他心中极不是滋味。

　　孟兆保说："搞不成了，北区三家企改单位将统一打包丢出去，包括宏运集团。"

　　宋明泽立马找到陈立斌了解情况。陈立斌说这是许志华的意思，岭阳市要完成老工业基地改革任务，北区正旧城新建，其中老工业基地占半，多数国企亏损已处于严重失血状态，整体打包才能避免国有资产流失。

宋明泽不甘心，找到许志华，提出宏运集团另作处理，被许志华说了一通："做事业要有胸襟，个人私利能与天下苍生相比吗？人家宇环集团是整体收购。"

出门后，宋明泽蹲在路边闷头抽了阵烟，为收购宏运，宏航团队已跟进两年，结果背地里比的还是关系与来头。让他最难受的是，陈立斌与他几十年的交情，抵不过与陈海容的一面之缘。

孟兆保还觉着宋明泽得了路："这不挺划算嘛，你给宏运先前注资上亿元资金，但是得到了宏运九里铺的上千亩地皮。不搞整体收购就无需管宏运几百名职工，宏运的债务也跟你无关，真是占了大便宜。"宋明泽真想踹孟兆保几脚，到现在孟兆保都不懂他为何要收购宏运。

宋明泽漫无目的地走了两个小时。曹晓娅来电话找他，他才感到腿脚发软。他不想让孩子们看到他狼狈不堪的样子，回家便一头钻进了卧室。曹晓娅看他一脸疲惫，忙进厨房弄了些吃的，开了瓶红酒放在卧室的茶几上，说："填饱肚子好好睡一觉，什么都释然了。"宋明泽强打精神抿了两口酒。

这一勉强就坏事了，菜没动一筷，净灌酒了。一瓶酒见底，他就醉得稀里糊涂，躺在床上开始吐真言，不停念叨着宏运，说他这两年来过的就不是人过的日子，为了收购宏运，每天都戴着面具去求人。说到激动处，一个人自问自答：为什么非要去求人？我曾是战场上荣立过一等功的军人，尊严何在？但有办法吗？谁愿意去求人，谁又愿意给别人当孙子？今天去求人就是为了明天不再求人……

那天晚上，宋明泽说了半晚上胡话。不平也好，发泄也罢，不管是哪一种，曹晓娅都能感受到他心中的痛苦与不甘，她哄孩子似的安抚宋明泽。宋明泽很快打起了呼噜，她弄了条热毛巾想帮他擦脸，手摸了把他的脸颊，黏糊糊的不知是酒水还是泪水。她眼眶泛红，宋明泽创业的艰辛,她又何尝不知。光环都是表面的,每天早出晚归,奔波不断,应酬不止。

早上,宋明泽去了李和坤的办公室。李和坤说:"这次北区三企整体打包是许志华'环保卫家,科学兴城'、重振岭阳的改革战略,任何人都难以动摇。长风湖边的污染企业都要搬迁,为环保兴城开路。"听到这个消息,宋明泽心情豁然开朗,污染洞庭镇的几家工厂终于要集体搬迁了!他眉头舒展开来:"我支持政府工作,宏运的事先放一边。"

李和坤会意地笑了,他认识的宋明泽又回来了。

回到家,宋明泽还与曹晓娅小酌了几杯。曹晓娅看他与昨天判若两人,以为收购宏运的事峰回路转了。宋明泽说:"比收购宏运还要让人高兴!磷肥厂与麻纺厂要搬迁了。"曹晓娅也眼前一亮:"这么说,咱洞庭镇要重现碧水蓝天了?"

最初,北区三企职工对陈海容充满期待,希望陈海容的到来能够拯救企业,结束企业半死不活的萎靡状态,但承担改革成本才是关键。许志华的思路是"四到位"的国企改革模式,即企业整体改制到位、国有集体资本退出到位、职工身份置换到位、债权债务处理到位。

十月初,陈海容带领他的团队和这几家企业负责人见面,强调宇环接手后,企业中该切的人要切,该退的人要退。陈海容的豪言伤害了这些企业的元老们。他们分析宇环的资本实力并不雄厚,醉翁之意在企业空置的大量地皮。他们对宇环的收购动机产生怀疑,开始抵制收购。其实,宇环集团也对打包收购一事顾虑重重,北区政府确定此次的性质是"整体收购",宇环集团承接资产人员债务及改革成本,但这些企业债务不清,几千名闲置职工没办法安置。

陈海容说:"我们宇环要的是新鲜血液,而不是枯枝败叶。"正是这番话让他失去了即将到手的北区三企。收购操作陷入泥潭,最终不了了之。

许志华了解到陈海容能力有限后,也及时对收购一事喊停。从这件事中，宋明泽对许志华的处事风格又有了新的认识，公私分明，万家百姓在他心中才是最重要的。但陈海容在此次收购中是颇受伤的，宋明泽看他心情不佳且说要回深圳了，在他离开岭阳前就着星期天安排了一次活动，请他和许志华还有李和坤一起去七公里湖畔钓鱼。

难得天气晴朗，九月天，岸边花红柳绿，湖畔钓鱼场地摆放了一排渔竿，可许志华却戴顶草帽巡湖去了，旁人也都跟了上去。湖水滔滔，水面情况却不理想，岸边污染物很重。不远处沙石码头噪声隆隆。

几人走在堤坝上边看边聊，许志华在一处宽阔地停了下来，撸起袖子，眺望天边："很少有一座国内城市像岭阳这样，同时拥有如此体量的大江大湖，江河纵横，沃野千里，迁客骚人多会于此，写下流传千古的江湖文章……"

李和坤说："是啊，岭阳环抱洞庭，襟带长江，拥有沐南境内一百多公里长江岸线、洞庭湖一半以上的水域面积，还有大量内湖和中小河流。靠水吃水，岭阳人捕鱼，养猪，割芦苇，沿江建厂……"

许志华说："靠水吃水，是水乡人世代延续的生产生活方式。但这种传统路径继续下去很危险，竭泽而渔必将换来水质恶化、湿地退化、湖面萎缩。这片土地沉淀着'湖广熟，天下足'的历史荣光，治理洞庭湖迫在眉睫啊！岸线污染重的企业要动员他们搬迁，沿湖的小摊小店也要往后退，必须让绿色发展理念贯穿生产生活中，文明环境才利于城市发展。"

不觉夕阳西下，天边霞光万道，水光山色交相辉映，面对如此美景，宋明泽信口诵道："落霞与孤鹜齐飞，秋水共长天一色。"

许志华也来了两句："无边落木萧萧下，不尽长江滚滚来。"跟在身后的陈海容说："书记还颇有浪漫情怀哈。"许志华笑道："有情怀才有干劲哈！"几人都笑了起来。

回来的路上，许志华还让宋明泽多看看南怀瑾的作品，说一个企业的蓬勃发展关键在于领头人的远见，搞事业利益当头没错，但也要有份出世离尘的精神，胸怀百姓才可能做入世救人的事业。

陈海容说："现在国人应该达成一个共识，构建良好的社会体制，保证大家有创业、致富和做慈善的环境，社会才能持续稳定地进步。"话题一转，又说起岭阳的投资环境还待完善，并以收购北区三企举例，一件极小的事要层层报批，若在战场上早被别人一炮轰了，做项目赚的就是时间与空间的钱。熬了一天，宋明泽等的就是这个话题，他趁机向许志华提起宏航收购宏运一事。

陈海容在一旁帮腔："宏运一个烂摊子，不是一般的难搞，明泽愿意接手，岭阳政府该给予支持才是。"可能是陈海容的话点醒了许志华，这次许志华很爽快，说："这是好事，环宇放弃的事，你敢想敢做，证明你有远见、有魄力嘛。"

清风拂面，掠过湖面的各色鸟儿，勾勒出水天之间最灵动的一笔。

第十九章　沃野千里

周一早上，宋明泽直奔市委办公楼。袁源说："书记正在会议室为宏运的事开会呢。"随后国资委连夜召开会议，拍板转让宏运集团，并起草了《关于深化企业改革的意见》，指导该集团国有股权转让，以平稳着陆的方式，了断政府与企业的产权关系，了断破产企业的债权债务，有偿解除职工与原企业的劳动合同关系等。在张标的主持下，宏航与宏运重新签下协议。

两公司重组后更名为新宏航集团，寓意"长风破浪扬帆起航"，并于年后完成了对国有股份的置换，成为民营股份制企业。

宋明泽的新宏航时代正式到来。新宏航新天地，集团的理想是打造百年品牌，产业链覆盖区域，带领洞庭人共同致富。他一上手就强势改革，进行产业调整，凝聚人心，致力打造新宏航生猪全产业链一体化企业，聚焦生物饲料、健康养殖、品牌肉品三大产业深耕发展。在招商引资会议上，新宏航与环宇投资公司签署了战略合作协议，共同完成九里铺洞庭综合新城开发项目。

与此同时，全市正在开展环境治理、棚户区改造、道路扩建。许志华的"环保兴城计划"首先从洞庭镇长风湖开始，周边工厂整体搬迁，湖边污染企业全部退圈。首个长江大保护淤泥固化场在长风湖片区建成，通过截污清淤与复绿退养严管措施，长风湖彻底告别"黑臭体"，水质得到明显改善。

洞庭镇人期待了多年的事终于实现了，宋明泽也欢欣鼓舞，再忙都会抽时间回长风湖看看新变化。这次陪他一起参观洞庭镇的王遥远说："志华书记全力治理岭阳环境，我们洞庭镇也不能落后啊！现在长风湖是得到了有效治理，可洞庭镇的街道还到处坑坑洼洼，昨天上面来人检查还说洞庭镇路面太差。明泽，别人没这个胸怀，我也只能找你商量啊！"

尽管新宏航开发九里铺正处于资金紧张时段，但宋明泽对于洞庭镇的建设从来都是义不容辞。他与曹晓娅商量后，从公司划拨出两千万元，支援洞庭镇改造，安排工程队伍拆除破旧空心房上百栋，道路白改黑二十公里。为了让镇人自觉爱湖守镇，曹晓娅在全镇推出了"洞庭镇人爱洞庭"的方案，创新开展村组户人"村民爱镇自治"的长效管理机制，并把责任湖管护与垃圾分类、治五棚等专项行动结合起来统筹奖惩。

镇上环境变美了，客流量日益上升，前来东升坡购物的、来西甲门置办建材的人络绎不绝。因为城市扩建，洞庭镇从以前的荒郊野岭成了岭阳市的黄金地段。陈立斌前来洞庭镇参观时，直呼变化太大，柏油路通村入户，路边一排排整齐的家居楼房，就连昔日荒芜的莲花村也变身为生态植物园，是当之无愧的模范镇。

宋明泽说环境提升对于招商引资也是一种提升。洞庭新城九里铺一期开发后，他认为岭阳可以做珠三角产业转移的承接基地。可岭阳作为中部地区的一个三线城市，有人前来投资吗？在杨波的助力下，他成功引进几家外企入驻新宏航。十月，某汽车电子产品在洞庭新城科技产业园挂牌。

外企负责人来岭阳考察时，梦夏请了燕妮全程陪同，燕妮负责讲解。宋明泽心中涌起一股暖流，燕妮曾对他说过，只要她能为他做的事她一定会做。回洞庭镇后，宋明泽开车带着燕妮去了长风湖边。

十月天，草木飘香，燕妮沿着整齐的辅道走近堤坝，眺望前方，绿意盎然的景观湖呈现在眼前，她说："洞庭镇常回常新呀。"

宋明泽说："岭阳市这几年在环境治理上下了大功夫，长风湖周边的污染企业全部搬迁，现在的长风湖已成为岭阳市的生态湖……"话没落音，眼前白影掠过，两只白天鹅翩然降落在碧波上，优雅的脖颈在水中央组成爱心的形状。

燕妮欣喜地注视着这两只天鹅。她一直致力于环保事业，为解决各个地区的污染问题呼吁建言，起因就是她曾收养的白天鹅飞走了。

"看，它又回来了。"宋明泽说这句话时很轻。燕妮微微点头，眼中含着一丝晶莹的泪光："终于回来了。"两人就像小时候那样坐在湖边，一起看天鹅嬉戏，看夕阳落湖。

烟花绽放，鞭炮声声，匆匆又是一年。宋晓春推着轮椅把奶奶从里屋请了出来。奶奶腿脚不便却耳聪目明，她咂咂嘴笑道："怎么又过年啰，以前一天难得过，现在天天过年啰。"眼见一屋人围绕膝下，又开始点子点菠萝。这次少了宋明旭一家人。宋明泽说："明旭刚才来电话，船快到百莲码头了。"许玉珍说："明泽，你赶紧去码头接他们。"

自从家里出资给宋明旭购置清污船后，洞庭湖上便多了一艘名叫"洞庭号"的清污船。每天清晨宋明旭与宋长湖会准时来到百莲码头，简单收拾好行装后，开始一天的清湖工作，主要收集船舶废机油和船只过往的打包垃圾。

宋明泽赶到百莲码头的时候，"洞庭号"清污船已在百莲水域的专属锚地，这里有几批来自全国各地满载煤炭、粮食等物资的船舶停靠，见到"洞庭号"的到来，船员们纷纷将打包的生活垃圾交给宋明旭。等他们一家人忙活完上岸后，宋明泽问宋明旭："每天在湖上跑累不累？"宋明旭说："清污工作累是累，但看到洞庭湖的水质变好就不觉得累了。"

家中四兄弟中宋明旭个头稍矮些，但他最有型，常年在湖上风吹日晒，黝黑的脸颊在余晖下闪闪发光。身后跟着宋运真，个头又长高了半截，隔老远就在招呼。上车时，宋明泽伸手要搀扶二叔，宋长湖说："扶什么扶，我现在能打倒一头牛，吃下三斤酒，在湖上再跑个二十年没问题。"宋明泽忍不住笑了起来，在他心中二叔就是老顽童。

奶奶见宋长湖一家都赶了回来过年，高兴得呵呵直笑。

晚上六点正式开餐，八点看春节联欢晚会，十二点放烟花鞭炮，预示来年家业兴旺祥和。往年放烟花鞭炮的任务由宋明泽执行，今年由云帆和云峰在外放烟花。

春节是宋家大团圆的日子，也是忆苦思甜的日子。许玉珍会在正月初一把家中所有子孙召集起来，带他们去宋记的每一个车间参观，让他们知道宋记的发展离不开每个人的努力；并要求年满五岁的子孙在生产一线做力所能及的劳动，让他们懂得付出才可能有所得的道理，对他们说："宋记资产不是你们的，你们想拥有就要凭自己的本事去争取。一线职工才是企业的主人，你们现在拥有的好生活都不是凭空得来的，而是这些员工辛勤劳动赋予你们的，所以你们要感恩他们的付出。"回家后还要他们谈劳动的感受以及未来一年的计划……

初一下车间劳动，初二是厨艺大比拼。

此举不过是许玉珍想在孙辈中选个接班人。宋记靠做食品起家，子女中在做食品方面只有宋明兴与宋明泽学到了她的八成，可两个人一个忙着管理饲料厂，一个忙着发展新宏航，心思根本不在做食品上。她只能把希望寄托在孙辈中，把运博、云峰、运真等人问了个遍，没一个愿意学做食品的。马建设说："怎么不问云帆？他可是过目不忘，准是块做食品的料子。"

早餐后比赛开始了，一大群人围坐在客厅，许玉珍宣布只做一道菜——宋记秘制八仙鸭，这是她独创的食品，也是宋记食品招牌之一。为了不浪费食材，配料用口答。做这道秘制板鸭有三十二种配料，她只念两遍，胜出者才有资格继续进行。她念得很慢，但配料多很难记全，就连记忆力厉害的云峰也漏了两种配料，但云帆毫不费力地把配料答得一样不落。他得以在厨房展露手艺。一会儿工夫，菜已上桌，色香味俱全。

许玉珍品尝后，露出了舒心的笑容："真不错，云帆做食品有天赋啊，做的这道八仙鸭和我做的如出一辙，值得表扬。"

曹云帆第一次得到奶奶的肯定，乐呵呵地请大家品尝他的手艺。

许玉珍心情愉悦地讲起洞庭湖的往事："从南边的街河口到北面的南岳坡，湖边停靠着上百艘帆船。有下江船、川江船、宝庆船等，鱼巷子两边有老字号的鱼档、食馆、戏台，三教九流云集，从早晨开市到晚间歇摊，巷子里人来人往，各种方言此起彼伏……"

家和鹊声高。宋明轩给宋明泽来了通电话，兄弟俩在电话中说了足有半小时。宋明轩调回了北京工作。宋明轩电话中要他保密。明明保密的事，一夜之间宋明轩调回北京工作的事在岭阳传开了。隔天陈立斌就把他请到家里喝酒，那兴奋劲比宋明泽还足。

宋明泽回家后还与母亲聊了一阵宋明轩高升的事，宋晓春自豪地给母亲说："明轩现在的级别得跟岭阳市市长差不多了。"许玉珍听了微微笑。来家里做客的满姨听了也跟着高兴，还在院子里唱了一段《韩湘子化斋》："青衣寒舍攻文章，勤能补拙路漫长。纵然只有三合米，终身奋起能满仓。有志者事竟成，太公八旬遇文王，有日诸葛得机遇，倒海翻江也强梁。"奶奶最喜欢听满姨唱戏，不过这次任满姨唱得再起劲，奶奶也有点睁不开眼睛。

宋明泽与宋晓春陪着奶奶在院子里晒太阳，奶奶双眼微闭像在瞌睡。待云帆走了过来蹲在老奶奶身边喊道："老奶奶，您不是说这孔雀树是天上落下的一支笔吗？我把它画了下来，您看看！"一旁的宋晓春看了云帆的画夸道："画得活灵活现啊，云帆，你要加油啊，争取金榜题名！"

老奶奶才努力睁开了眼，嘴角流出涎水，打量了云帆一眼，蜡黄的脸上有了淡淡的笑容，随后又睡着了。宋晓春轻声对宋明泽说："奶奶怕就是这几天的事了，她已经好几天没吃东西了……"老奶奶嘴角嚅动了几下，之后宋家子孙再也没听老人家开口说话，她在床上躺了三天后，在睡梦中仙逝。

宋长湖因在湖上跑船，待他匆匆赶回家时母亲已入棺。他扑通一声跪在了母亲的灵柩前，头都差点磕破了，恼恨自己没能尽孝，伤心之余咕噜咕噜一口气灌下了一壶酒。这倒好，他跪在灵柩前不一会儿便呼呼睡着了，而且他的呼噜声如海浪拍岸，完全掩盖了在场所有人的哭泣声。宋明泽三兄弟合力才把他抬去了里屋。

傍晚时分，宋明轩和罗小萌赶回来了。宋明兴在宋明轩面前不停地重复："奶奶临走前几天一直在念叨你，问六伢仔回来没。"宋明轩听了忍不住泪水直流。宋明泽塞了条毛巾给他说："奶奶走得安详，放心吧。"

一连五天，镇里镇外挤满了小车，宋家院子人来人往，唱戏穿钱、敲锣唱经好不热闹。前来吊唁的人挤满了宋家院子，就连任才高都来了。任才高还把全家人都带了过来，那种悲戚的眼神像过世的是他亲奶奶，还挤在宋明轩跟前聊了阵往事。

按洞庭镇的习俗，法师念经赶场，孝孙要一直跪守灵前，每三分钟磕一次头。上半夜宋明泽还坚持跪在灵前守孝，夜深寒气重，耳边不时传来道士念经声、唢呐声，这些声音飘摇不定，给人一种非人间的感觉。他眼前恍惚只想打瞌睡，这时宋明轩和他靠在了一起，那一刻起宋明泽感到他背后有一股力量在支撑着他。

奶奶出殡那天，前来帮忙的人几乎把整个洞庭镇挤满了。小车从镇头摆到镇尾，鞭炮放了几箩筐，不知谁出的馊主意，把一摞摞鞭炮挂在了屋前那棵树的"孔雀尾"上。可怜那树百年长出的孔雀尾被炸得支离破碎，屋前那对镇宅石狮子也被炸活了似的。李四贵说："那狮子动了，莫不是舍不得奶奶走，跟着去送行了？"

宋明泽心想，守宅的狮子走了，那歪风邪气不就进屋了？不容他多想，还有好多事务等他办。他送奶奶上山时，稍一分神就崴了脚。宋明泽来不及休息，继续为新宏航奔波。

那段时间宋家院子门前那棵孔雀树上总是喜鹊喳喳，连陈立斌上门都有喜鹊从他头上飞过。宋明泽说他最近准有喜事光临。

三月，陈立斌晋升岭阳市委常委，并从开发区调到南翔县任县委书记职务，过渡上来就可能是岭阳市委副书记。他前去南翔任职的中午，宋明泽请他和李和坤在宋记鱼馆品尝新菜。

饭后李和坤要去巡湖，宋明泽和陈立斌便陪着李和坤从鱼巷子往湖堤走去。春天是洞庭湖最美的季节，天气晴朗，湖水悠悠，让人心旷神怡，真是"至若春和景明，波澜不惊，上下天光，一碧万顷"。陈立斌说："天气好，不妨去船上钓鱼吧？"李和坤阻止了，说："现在不是钓鱼的季节，不打三月鸟，不捕四月鱼。"宋明泽也意识到此刻阳春三月，万千鱼子在腹中呢。陈立斌嘿嘿笑道："保护生态，人人有责。"

三人继续在堤上看湖，李和坤临湖眺望，说："为官要为民，经商要想民，心里时刻想着一方水土，造福一方才是长远之道。"李和坤为人豪迈也细腻，总是以身作则来告诫身边人要居安思危。

观湖后，宋明泽向李和坤汇报了他开发九里铺的情况。收购宏运时，李和坤力排众议，现在九里铺开发起来了，宋明泽说也必须请他前去指导工作。

三年后再看九里铺，已与之前有天壤之别，这片荒芜的土地现在焕然一新，洞庭新城一期项目已被打造成岭阳最大的商贸城。周边三区五乡的人几乎都在商贸城找到了谋生之地。随后几个全国性房地产企业蜂拥而至，完全打破了以前岭阳"南帝北丐"的格局，在北区拉开了一场群雄逐鹿大戏，一批批新盘上市。二〇〇七年，岭阳百姓逐渐告别住大院与筒子楼的历史，各类小区、商住楼成为新的家园，居住品质与面积同步提升。以前荒芜的北区逐渐成为岭阳新地标。

李和坤会上会下对宋明泽给予了足够的肯定："要说岭阳改革先锋人物，非宋明泽莫属，他为岭阳人开拓了一片新天地！"

宋明泽的创业奇迹被各大媒体争相报道，对其改革创新取得的成功多有赞誉。他也开始了人生的辉煌时期，被评选为沐南省"十大杰出民营企业家"，当选为岭阳商会会长。

被人传为佳话的是，宋明泽与母亲许玉珍作为民营企业家同时被选为省人大代表。母子俩前去省城开人大会时被媒体记者采访的一幕上了电视，家里人都觉着无比荣光。八仙妈则时刻提醒宋明泽低调行事，要更加谦虚谨慎，并在家庭会议上告诫儿孙做一个有益于社会家庭的人，做一个有信念、有理想的人。

八仙妈还提出每个月开一次家庭会议，并由全家人投票选出其间为大家庭做出过贡献的人，她会亲手给其戴上一朵大红花以资鼓励。这个主意是马建设提出来的，参照他们厂里以前评选劳模的方式，能戴上一朵大红花那是无上荣光的事。

谁想到连续两个月的大红花被曹云帆包揽。云帆在放学途中救了个人，那天下暴雨，他看路边瘫坐一个人，看那人双手捂住肚子痛苦不已，忙把他搀扶上车，要司机开车送去了医院急救室抢救，又给宋明泽打了个电话。等宋明泽赶来医院，认出这位被云帆救的人是宋记做酱菜的老师傅宋仁。医生说病人是急性阑尾炎要做手术，他二话没说就在单子上签字并帮着交了住院押金。

老师傅康复后找到八仙妈说，要不是云帆他就没命了。八仙妈听了很是欣慰，要奖励云帆，说他暑假想去哪里度假她都赞助。云帆说："奶奶，我哪儿也不去，这个暑假我就在家陪您看奥运会。"

云帆把运真喊了过来在奶奶家度假。一家人围坐大客厅看电视，二〇〇八年八月八日晚上八点，鸟巢体育场内灯光璀璨，张艺谋导演的开幕式以"和"为主题，通过一系列精心设计的表演，向世界展示了中国五千年的文明历史。当科比和姚明同时出现在中国的篮球场上，迎接他们的是无数篮球迷山呼海啸的掌声。当中国女子乒乓球队让三面五星红旗同时升起时，全家人跟着欢呼雀跃。宋明泽也是个体育迷，加入了孩子们的阵营，陪他们看奥运会。

这年有很多鼓舞人心的事，也有意想不到的事，金融危机一夜之间席卷整个亚洲，让宋明泽有些措手不及。

也许人生就是在失去与得到中徘徊。匆匆又是一个暑假，曹云帆高考落榜。家里人都装作若无其事，晚饭后宋明泽说暑假带全家人出去旅游。云峰说他想去埃及看金字塔，想去法国卢浮宫看展览。

宋明泽的目光落在云帆的脸上，说："云峰，你想去的地方以后有的是机会，这次看云帆想去哪里。"曹晓娅面上也极其平和："云帆，这次没考上没关系，复读一年，明年再考就是。暑假我们一家人出去散散心吧。"云峰平时最喜欢与云帆抬杠，这次也不再出声。云帆心中更不舒服，霍地一下从沙发上站了起来："干吗呀，集体可怜我呀，不需要。你们要出去玩你们去，我不去。"又转向曹晓娅说："妈，我对考大学没兴趣，我自己的路自己走。"

宋明泽声音压低了："行，你决定了，我们不勉强你，暑假你看想去哪里走走？"

云帆丝毫不领情，说："我哪儿也不想去。"转身去了楼上，待在自己的房间，谁喊都不出门。这样弄了两天，宋明泽来脾气了，上楼敲门把云帆喊了下来教训了一顿："没考上大学并没关系，但你自己要端正心态。男子汉要拿得起放得下，生闷气给谁看呢？"

清晨曹云帆给曹晓娅留言后，背起背包去了千孤岛。云峰怕宋明泽担心，靠在他身边说："爸，云帆去了千孤岛，和五叔在一起，放心吧。"宋明泽这才感到一点安慰。可他心里还是放心不下云帆，悄悄和宋明旭通了个电话，说中午去船上吃中饭。

云帆上清污船时，巴西在船头摇头摆尾地迎接他，一年不见，巴西又壮了些。运真说巴西都成精了，以前是跳水洗澡，现在是一猛子扎进水里，好几里不见影子，过会儿自己又游了回来。巴西抖了运真一身水，云帆不由得嘿嘿笑开了。这湖水真的很治愈人，他心情顿时开阔了许多。

不远处，宋明旭正驾着小船在湖面清理垃圾，还和以前一样身上套件橘色马甲，头上戴顶草帽。他说高温晴热，水生植物眼子菜露出水面都腐烂了。这些腐烂的植物会影响水质，必须清理掉。云帆默默看着，心想没谁比五叔更爱这湖水了。

他在船上悠闲了一会儿，回头看到爸爸也跟着上了这艘大船。宋明旭忙完手头的事后上了大船。云帆和运真坐在船头聊天的工夫，宋明旭已端着一盆热气腾腾的龙虾摆在了一张不大的餐桌上，喊道："开饭啰，早上钓的龙虾呢。"

运真说："三伯伯、云帆，你们有口福啊，爸做的小龙虾可是绝味啊，等会儿辣得你们叫。"转向宋明旭喊道："爸，龙虾呷啤酒，好日子天天有。"

宋明旭忙得一身是汗，手中的一块抹布刚擦完桌子，又在脸上擦了一把，回道："有，有，早上送了几箱啤酒上船嘞，够你们呷。"从船舱里搬出两箱啤酒来。四人搬个小板凳围桌而坐，宋明旭和运真吃虾蟹是从不用筷子的，云帆也跟着用手抓，手掐虾尾，除头剥壳，一截鲜嫩嫩的虾肉便露出来，再蘸上麻辣酱往口里一塞，哦哇，辣香四溢。

巴西卧在他的脚旁，等着大家时不时丢来的美食。云帆还担心巴西受不了这种呛味，要给巴西弄些清水漱漱口。运真说："洞庭湖的麻雀都吃辣椒嘞。哈哈，大脚板，走四方，龙虾呷得一箩筐……"

正吃着饭，空中徐徐飞来了两只白鹳，宋明旭抬头看了看，说："云帆，快看，壮志带媳妇回来了。"云帆抬头看了看，不由一阵惊喜，忙起身打了个呼哨。那只大白鹳便徐徐落下，歇在了云帆身边，另一只迟疑了一下也跟着歇在了一旁。

船已停泊在湖中央，空中不时有鸟儿掠过，水中不时有鱼儿跃起，四人品着龙虾，呷着啤酒，听明旭讲着在洞庭湖守千鸟护万鱼的故事。

宋明泽说："明旭，你风里来雨里去，就为守护这一江碧水，不容易啊！"对着云帆、运真提议："来，云帆一起敬你五叔。运真，你有个了不起的老爸，他是我们宋家的骄傲，也是这千鱼万鸟的守护者。"

宋明旭听明泽如此夸他，黝黑的脸颊飘起两朵红晕，笑道："这可是我分内的事，应该做的。"起身递了一瓶啤酒给明泽："明泽啊，我就是个巡湖的，你做的事业才叫改变了洞庭镇嘞。想当年的洞庭镇到处荒芜，镇上连条像样的黄泥路都没有，那时候我随二叔回镇上时就想，还不如我们渔船上生活得好嘞！再看看现在的洞庭镇，建设得跟个花园城市一样，东边有东升坡大市场，西有建材大市场，南有宋记农业科技园，北有湖鲜美食镇。这二十几年在你的带领下，洞庭镇可是改头换面，焕然一新啊，谁去洞庭镇看了不竖大拇指，说宋明泽厉害啊，每听人说起，我心里高兴啊，我的二哥行啊！'

宋明泽哈哈笑了起来："老五也会夸人了哈！"兄弟俩聊起往事滔滔不绝，嫌杯子小，吃酒碍事，干脆举瓶灌。

云帆默默听着，有关老爸带领洞庭镇人创业的故事他从小听到大，虽然和老爸不对付，心中还是佩服老爸的，但人各有志，至于他的理想在哪里，他还没想好。他看五叔和老爸干了不少酒，担心爸爸的肠胃不好，去船舱里切了一个西瓜端了出来，给老爸和五叔每人递了一块西瓜。明泽和明旭吃了一块西瓜后，精气神越发足了，一边站船头眺望远方，一边亮起嗓门唱起了《洞庭渔歌》："风吹洞庭烟雨落，桨摇云霞浪飞歌，船在浪里走，鱼跃万顷波……"

夜深了，船舱传来五叔的呼噜声。运真也在席子上呼呼睡着了。云帆起身坐在船头想着自己的心事。高考落榜，他面上无所谓，心里还是不舒服，连运真都考上了二本，五叔满足得不行，说从没管过运真的学习，他自己就考上了。他高中三年父母亲都陪伴他，可他……爸妈不说什么，他心里却不舒服，希望他们能责骂他一顿。

宋明泽在船舱里没睡着，见云帆独自坐在船头，走过来陪他坐着。

"还不睡呀？高考的事别想了，没考上没关系，这世上并不是非得考大学才有出路。"

曹云帆鼓足了勇气才冒出一句："爸，对不起。"

宋明泽伸手在儿子的肩头拍了几下："傻孩子，你没有对不起我，对得起自己就行。我当年也没考上大学，才去部队当了兵嘛。这应该是我人生中最正确的选择，部队是最锻炼人的地方。天高任鸟飞，水阔凭鱼跃。男子汉不说非要建功立业，但要有自己的理想，就像你五叔巡湖几十年，看似平平淡淡，但他心中有种坚定的信念，就令人佩服。"

湖风徐徐吹来，半夜父子俩躺在一张席子上，天当帐，船当床，枕着波涛，渐渐进入梦乡。

第二十章　救护江豚

　　洞庭湖的雨说来就来，吃早餐时湖面还浮光跃金呢，不一会儿就阴云密布了，很快就下起了小雨。途经龙湾峡时，前面湖面上直冒水泡。云帆摸起望远镜看了看，说："爸，我发现右侧水面有漩涡，估计有情况。"

　　宋明泽接过云帆递来的望远镜又看了看，喊道："明旭，船往右侧开，四五米左右，那水面一直在冒泡，去看看怎么回事。"明旭听了要运真掌舵，他走出船舱一看，"哎呀"了声："不好，可能江豚遇到了危险，有人在水中布置了迷魂网。"

　　云帆的心怦怦直跳，等船靠近后，果然隐隐能看见水中漂浮的渔网，一条大江豚正将一条小江豚顶出水面呼吸。他发现江豚宝宝被渔网勒出了好几道血痕，它们似乎与渔网斗争了很久。

　　云帆喊道："爸，我要去救小江豚。"

　　宋明泽喊道："你不熟悉这里的水情，我来，我来……"话还没说完，云帆脱去上衣，一猛子扎进水里。明泽也跟着跳入水中。他一边帮着扯渔网，一边要云帆慢慢助小江豚脱网，俩人在水中忙活了足有半个多小时，才解救出这条被渔网缠绕的小江豚。云帆上船时还在水中抚摸了这条小江豚一下。

船上的运真几次要下水去帮忙，宋明旭喊住了他，说上阵父子兵是宋家的传统，救这对江豚母子有他父子俩足够了。宋明旭精明着呢，看云帆和他爸爸不对付，想让他们增加一下感情。

明泽和云帆上船换了一身干净衣裳后，宋明旭赶紧端来两碗姜汤要他们趁热喝下。宋明旭说："云帆，是你救了这条小江豚的命，这可是一件大好事。救江豚就是在保护生态环境！"

听五叔这么一表扬，云帆有点不好意思了："是我和我爸一起救了江豚母子。我没想到我爸水下功夫这么厉害！"

"那当然，你爸以前可是部队的标兵，水里岸上都行得通。"宋明旭嘿嘿笑着，满眼是难掩的自豪。

"五叔，湖中怎么会有这些渔网啊？"云帆问道。

宋明旭皱起了眉头："都是些无德的人在湖中布下的'迷魂阵'，想用渔网捕捞湖中珍稀鱼类。这些都是灭绝式捕捞，有我在绝不会让他们得逞……"

船前方出现一片湖滩，只见好多大吨位的船都停泊挤占在鱼类洄游的通道上。宋明旭说："这些都是挖沙船，渔业资源持续减少，就是无序采沙破坏造成的，洞庭湖正在遭受浩劫。"

云帆有些疑惑："五叔，这些你不管吗？"

宋明旭口气有些无奈："一直在管，但有些管不了啊。洞庭湖有很美的一面，也有很糟糕的一面。"

宋明泽本来就有风湿病，水中折腾了一阵有些难受，他不想让云帆看出来，推说接电话，在船舱里缓了一阵。听到明旭的话，走出来说："还记得吧，小时候我们在渔船上时，湖底是茂盛的水草，夜里成群的鸟儿飞过，多到能把天上的星星遮住。现在清澈的湖水开始变黄，鱼儿明显少了，各种鸟也少了。"

宋明旭说："是啊，现在的鱼越来越少，小时候我们跟着父亲打鱼，随便一撒网就能捕到几十斤甚至上百斤的大鱼。现在呀，过度捕捞成了洞庭湖渔业的硬伤……"云帆听着父亲和五叔的对话，坐在船头提出了一些自己的想法："五叔，是不是可以成立一支江豚保护队，召集志愿者加入？"宋明旭说："是啊，早就想了，靠湖吃湖更要守湖。"

雨后初晴，阳光透过散淡的云层落在水面上，云帆看着湖面的云来了又走。

宋明泽回家后风湿病发作，一进卧室，就靠在沙发上喊腰酸背痛。曹晓娅帮他按摩了一阵，要喊司机送他去医院，他又不肯去，说："千万不能让云帆晓得我有风湿病，昨天我和云帆跳入湖中成功救了一对江豚母子……"曹晓娅听了感到惊险又心疼："你不要命了吗？你有风湿病，在水里泡不得，医生跟你说多少次了，怎么你还跳洞庭湖救江豚去了，万一有个好歹可怎么办？"

"当时一心只想救出那条小江豚，云帆跳入水中了，我能不跳吗？上阵父子兵，我不可能退缩，还要临危不乱，沉着冷静，给儿子做个好样啊。"

"你呀，就知道在我面前喊苦叫疼。"

宋明泽笑笑："我不在你面前喊疼，还能在谁面前喊？晓娅，我希望云帆能去部队。"

"不要把自己的意愿强加在云帆身上，去部队也得他愿意才行。"

"行吧，我们不勉强他，让他自己选择。"

宋家的人却把云帆没考上大学的事归结到曹德元身上，说云帆小时候不该送给他带。曹德元听了这些风言风语，心中不是滋味，把云帆带到了曹家的水产基地劳动学习。曹德元本是养殖水产的里手，包产到户后在云端乡八里堡村承包了两口水塘搞水产养殖。这些年虽然不如宋记发展得好，过日子没问题。他对云帆说："外公也没别的本事，只会养鱼虾。你就先跟我学水产养殖吧。"

曹晓娅把父亲喊到一边说："云帆这次没考上大学是失误，我想让他复读一年再考，十八九岁学知识才最重要。学养殖等他大学毕业后再说吧。云帆最听您的话，得劝劝他。这段时间您就住这边吧，省得两边跑。"

曹晓娅的话被云帆听到了，他偏要随曹德元学养殖。他做事不喜欢有人在旁指手画脚，曹德元也就放手随他折腾去。

云端乡远离工业污染地，水草资源丰富，适宜水产养殖。曹云帆认为养小龙虾再合适不过了，便大手一挥，从江西购买了第一批龙虾苗。虾苗因运输时间太长严重脱水，加之投放的水域深，且温度过高，产生了应激反应，死虾乌泱乌泱地陆续浮上来。云帆"初入虾海"宣告失败，外公给他的本钱也打了水漂。

云帆在田边傻傻坐了半天，起身才发现宋明泽坐在他身后。

"爸，是你啊？夕阳落湖了，回家去吧！"

宋明泽站了起来："云帆啊，你做的事爸爸全看在眼里，别泄气，刚开始创业不熟悉行情，遇到问题是正常的。不远处是宋记的鸭业基地，养鸭看起来简单实际也是有学问的，养龙虾也一样，只要掌握了方法，放养一样能满田都是。"

云帆还以为宋明泽会说教他，没想到耐心教他如何搞养殖。过了几天宋明泽派出宋记农科院的几位技师过去帮忙，技师鼓励云帆，说熟悉了一通百通。

云帆便拜访各地养虾高手，足迹遍布湖北、扬州等地，汲取了龙虾运输及养殖的经验，比如种苗需要用碘和盐水消毒，养殖水体能见度必须超过三十厘米，坚持将黄豆和海鱼粉碎搅拌后投放饲料……他连续两次投放龙虾苗，十月便大获丰收。

他急不可耐地跑到宋记农业园区，还隔得老远便朝宋明泽招手喊着："爸，这次成了！成了！"宋明泽看着满脸稚气的儿子长嘘了一口气："多动动脑筋，你自然能统治这些'虾兵蟹将'。"

云帆摸着头嘿嘿笑了起来。父子俩坐在田间聊了一阵。宋明泽说："七十二行，行行是学问，想在这个社会立足，各行各业都需要知识，云帆，想不想去部队锻炼几年再回来创业？"云帆只说考虑考虑再决定。

宋明泽经常去八里堡转转，必要的时候给云帆出谋划策。可他在水产基地一连几天都遇上任蝶来看云帆，有时候还看见任蝶下田间地头帮云帆做事。宋明泽开车匆匆赶回了家，想和曹晓娅商量对策。没想到后脚云帆就直接把任蝶带回了家，给他们介绍："爸妈，任蝶，你们见过的。"宋明泽忍住内心的不满，说："任蝶，养殖基地田间地头蚂蟥蚁虫多，你以后最好不要去了。"

任蝶当然明白宋明泽的言外之意，客气地微笑着说："嗯！云帆，我先走了。叔叔、阿姨再见！"

曹晓娅说："任蝶，吃了饭再走吧？"

"不了，我妈还在家里等我嘞！"

曹云帆要去送任蝶，被曹德元给堵在了门口："哟，哟，云帆，外公脚给崴了，你快来帮我揉揉……"

曹晓娅把任蝶送上了车。关起门，两口子又争了起来。曹晓娅说："你有失风度啊，话说那么直接干吗？他们只是同学关系。"宋明泽剑眉一挑："我不想和任才高扯上边，当然要直接。"

"何必用别人的错来惩罚自己呢？上一辈的事我不希望扯到孩子们身上去。当年我们结婚时，我们两家不也矛盾重重吗？明兴哥到现在对我爸还有气，怪当年抗洪抢险时我爸派你爸去一线。父母也反对我们，我们在一起不好吗？"

"晓娅，这完全是两码事，我了解我爸的个性，当年抗洪抢险时我爸即使病在床上也会自己去一线的，跟你爸没关系。"

曹晓娅睁大了眼睛："这么说你没怪过我爸？"

宋明泽说："这跟你爸有啥关系啊。刚才你这个比喻不恰当，任才高是变质了。你爸虽然有些势利，但他心地善良。两人根本不一样，能相提并论吗？"

本想进门劝架的曹德元在门外听了，禁不住红了眼眶，披了件外套默默走出门去，在院子里的一棵桂花树下坐了下来，回忆起往事忍不住叹气。

云帆走上前去问道:"外公,你怎么了?是不是我爸气你了?"

曹德元看了看云帆说:"来,陪外公坐会儿。咱俩唠唠嗑。"

云帆坐了下来:"外公,其实我和小蝶没扯朋友,我就是气我爸的。我气他老挑我刺。"

"你这小心眼,还气你爸!刚才我想起了你爷爷,你不是一直问我,这个镇上我最佩服谁吗?告诉你,我佩服的人就是你爷爷宋长江。我俩半生在一起摸爬滚打。他年轻时一手能提起三百多斤的跳板,一根扁担能打退十几个流子,洞庭湖的堤坝他都参与修建过,每次抗洪抢险他会坚守到最后一刻,即使满身是伤也从不喊一声疼……那年抗洪抢险时我真不晓得他受了伤,如果他说了我也不会让他去呀,可你爷爷就是这样一个倔强的人,从不喊苦喊累,遇事总是勇往直前。他遇难后我难受呀……"曹德元说出了心事。

云帆点点头:"爷爷是条汉子。"

"嗯,你爷爷是条汉子,你爸爸也是条汉子,没有你爸啊,就没有现在的洞庭镇。"

云帆嘿嘿笑了起来:"外公,原来你心里喜欢我爸呀?"

"不喜欢他,我能把你妈嫁给他?外公不糊涂。"

"对,我外公比机器人还精明。"

宋明泽出门听到了祖孙俩的聊天,故意咳嗽了一声,说:"爸,天气凉,别坐在外面,进屋吧!"

曹德元回头问:"明泽,你刚才叫我啥?"

宋明泽回道:"叫您爸呀,爸怎么了?"

曹德元乐呵呵地说:"好,好,这就回屋。"

一阵清香扑鼻而来,桂树又开花了。曹晓娅希望云帆继续考大学,还特意在他卧室里放了几本复读的资料。宋明泽则每天在家里放军旅歌曲,有事没事就哼唱《热血颂》,还把自己穿军装的照片摆放在客厅显眼的位置。云峰问道:"爸,这谁呀?眉清目秀,好俊俏啊!"

宋明泽赶紧说:"再看看,没认出来吗?"

云峰故意摇摇头："爸，看着像你又不像。"

曹晓娅上前瞥了一眼，说："一把年纪了，却拿张十八岁的照片出来，认得出才怪！"宋明泽不服气，跟在曹晓娅身后，从客厅追到餐厅："我变化有那么大吗？我这是为了给云帆看的，我要让他知道男人穿上军装才是最威武帅气的。"

云峰和妈妈对视了一眼，忍不住笑出声来。

宋明泽为了说服云帆去部队当兵，甚至把自己珍藏多年的战地日记偷偷摆在了云帆的床头柜上。云帆洗漱回卧室后，发现床头有一本陈旧的日记本，有些好奇，顺手翻开看看。

> 一九七九年，谅山这个让无数英雄血染风采的地方，在梦中记不清多少次紧拥战友，久久不愿分开，多少次惊醒后热泪而泣。这是我人生中最刻骨铭心的一段时光，人生的洗礼从这一刻开始，这个世间不只有繁华，还有苦难，战争无情，生命无常，也许在某个时刻我就魂飞魄散，即使我还没见识过世间的繁华，我也要为和平而战，就算此刻死在战地，我也会化作一只白鸽飞向蓝天。

不知不觉，云帆把老爸的这本日记看完了。看得他热血沸腾，他被老爸的战地经历感动，熄灯倒在床上好久才睡去。

曹云帆选择了去部队锻炼，二〇〇九年十一月入伍。曹云帆接到入伍通知书的那一天，宋明泽心情格外舒畅，去理发店剪了个平头，穿一身休闲装，看起来年轻了不止十岁。一家人神采飞扬地合了张影以示纪念。

云峰对云帆说："爸爸以前在部队当过连长，你至少也要当个营长才是。"云帆信心满怀地说："有其父必有其子，你哥能差到哪里去呀？"

宋明泽笑道："这句话说得好，男子汉就要有雄心壮志。"

目送云帆随大部队离开后，宋明泽在回家的路上一直偷着乐，他和曹晓娅赌了几个月，还是他赢了，看着曹晓娅依依不舍的眼神，他又心软了，说："晓娅，我给你唱首歌吧，《热血颂》你最喜欢听的。"

宋明泽刚回家，陈立斌的电话就追来了："明泽，南翔县招商引资的事，你得想办法留住陈海容，我晚上赶回市区，咱们一起吃晚饭。"陈海容来岭阳考察了几天，晚上要赶回省城，宋明泽留住了他，并安排一行人在宋记一号鱼馆就餐。陈立斌调到南翔任县委书记后，治理河道的事成了他任上的头等大事。

待陈立斌赶到宋记鱼馆已是晚上九点多，他一脸无奈，面向陈海容又是道歉又是解释，说是去河道搞整顿去了。

陈海容调侃道："这整顿河道还要你县委书记亲自出马？"

陈立斌说："不坐镇不行啊，我在河道守了个把月，都晒成黑包公了。"

陈海容笑道："谁不晓得南翔河道是个聚宝盆，南翔湖河是沙源丰盛之地，相当于'软黄金'啊，只要取得开采权，财源滚滚来。有了这个聚宝盆，还有哪个县城能与你南翔争锋？"

陈立斌苦笑了声："表面风光当不得真，南翔河道复杂，长港一带河道挖沙一团乱麻。任才高在南翔主政十年，烂摊子都丢给了我，我是硬着头皮上。"

宋明泽说："立斌到南翔后还真做了几件大事，现在河道经过大规模整顿后，比以前整洁多了。"

陈立斌摇摇手："本职工作不值一提，南翔难搞，河道乌烟瘴气，现在倡导生态建设，这些是我分内的事。"

宋明泽说："来，来，立斌，为你接风洗尘，大家都上桌吧，海容老兄请上座。"陈海容丝毫不客气地坐在了宴席主位。

大家碰杯后围绕南翔河道整治的话题聊开。在宋明泽眼中，陈立斌是个实在人，两人几十年的交情，落难时陈立斌不嫌弃他，发达时也从不依赖他，两人一直是君子之交。有一次王时音的老弟找他想要间铺面，陈立斌得信后立即拽住王时音给退了，并交代宋明泽，任何打着他的名号来索要财物的一律赶走，说贪心的事搞不得。所以陈立斌交代的事他也尽力而为。这次为了南翔县招商引资的事，他再三出面找陈海容商量。

几人边吃边聊，陈海荣说陈立斌大有前途。谁知他们回省城才几天，陈立斌管辖内的南翔某河道发生重大采沙事故——南翔县某沙石公司因违规采沙，货船向右侧倾，致八名挖沙工在河道中遇难。调查组认为，事故因其公司违规作业，无节制乱采乱挖所致，该公司对事故发生负全责。

虽然南翔县政府每天都有执法人员前去检查河道开采情况，但发生事故难辞其咎，政府自查，处理了南翔县包括县长在内的十几名相关干部的监管不力之责。

没多久，陈立斌调到了市人大常委会任副主任，他一度得了抑郁症似的，说官场是高危场所，有事得扛着，遇事得顶着，上要摆平，下要抚平，还要提防对手搞陷害，这日子长了谁都会得病。宋明泽能理解，无论身在官场还是商场都不容易。他陪陈立斌散了阵步后，宋明轩给他来了个电话，要他把精力多放在洞庭镇的发展上。挂机后宋明泽默了阵神，感觉明轩就像有千里眼，自己与谁打交道，他似乎都看得见。

树欲静而风不止。任才高为了高升，在政绩刺激下，执意上马岭阳有史以来最大的化工项目。这个项目地址选在云端乡，而云端乡是岭阳为数不多的没被工业污染的净土了，到处是生态合作社。

云端乡乡长周浦和匆匆找到宋明泽商量解决办法。如果化工项目入驻云端乡，会造成大面积污染，生态合作社就没有好日子了，连洞庭湖也会遭到严重污染。宋明泽说："岭阳靠近洞庭湖，如果引进如此大的化工项目，如何保护一方碧水？"宋明泽陪周浦和不断找市领导汇报情况。

任才高一意孤行，六月底，岭阳市政府与元岬化工集团签署投资协议，要引进元岬化工生产线项目，该项目建成后预计每天生产上千吨化工产品，估计年销售收入能达五百亿元，任才高亲自担任项目指挥长。

以陈立斌为首的岭阳监督小组，对该项目展开了环保调查，指出该项目污染严重，不宜引进岭阳。政协以李和坤为首的代表也坚决抵制，说环保不合格，政府就不合格。任才高说："五百个亿的项目关系到岭阳 GDP 增长。"

李和坤说："不要那个 GDP，也要守护好一方碧水。"

岭阳老百姓知道这个情况后，先是质疑环保，后是质疑岭阳政府。

为阻挡该项目进驻岭阳，政协与人大的老领导与任才高针锋相对，甚至到了拍桌子骂娘的程度。许志华从中央党校学习回来后，拍板取消了该项目，随后在沐南省环境调查报告中指出："沐南下大力气将重大污染企业元岬化工集团迁出，岭阳不该引进，洞庭湖不容污染。"

为此任才高迁怒于陈立斌，说因为陈立斌的不配合才招来政协那帮老家伙坏他的事。任才高的市长工程泡汤后，陈立斌处处受任才高的排挤与打压，他忍气吞声了一段时日后开始还击，这样一来，两人唱起了对台戏。

两会召开后，许志华去了省环保厅当厅长，方致远接替许志华任岭阳市委书记。张明天任市长。

许志华离开岭阳的前天晚上，宋明泽在宋记鱼馆为他饯行，随行的还有几位局长与区委书记。饭后，几人陪许志华沿玉家河长堤散了一阵步。玉家河作为岭阳最知名的河流，曾经满是垃圾的岸线被整饬一新，昔日臭水沟蜕变为今天的"玉腰带"，景观灯映射下的玉家河风光美不胜收，两岸美景遥相呼应。

前来散步游玩的人群络绎不绝，随便找路边散步的行人询问，他们都对玉家河的治理赞不绝口，说这是许志华在岭阳为老百姓做的大好事。

许志华来岭阳这几年，正是岭阳飞跃发展时期，前几任积压的大难事或大型项目几乎都在他手中完成，他布局的"环保卫家，科学兴城"的战略使城市稳健步入均衡发展的轨道。岭阳一些地标性的建筑大部分在他手中完成。当然，最显著的成绩是他来岭阳后着力改善了岭阳的环境，为东洞庭湖的生态建设做出了贡献。

散场时，许志华有意识地落在后边与宋明泽聊了几句，说："做造福一方百姓的事业才有前景，做事业要有善心、同情心与畏惧心，企业才可能与社会共建依存关系……改变战略和产业结构才能走得更长更远，想成为一个有为的企业家，不容易。"

许志华的车消失在夜色中，宋明泽仍站在路边没动。一句"不容易"让他眼角湿润，许志华是懂他的。许志华调走不到三个月，南翔县县长周松林因涉嫌受贿被"双规"，随后牵出陈立斌在南翔县违纪违法事件，不到一个星期，陈立斌也被牵连了进去。宋明泽经过打听，陈立斌个人仅是违法乱纪的问题，好在他与陈立斌之间并没经济上的往来。

那段时间，宋明泽的日子也不好过。受金融危机影响，他的事业也受到了拖累，几大板块苦撑两年相继停工了。还在回家的路上，杨波的电话就追了过来，语气很沮丧，说他在深圳的楼盘崩盘了。宋明泽安慰了杨波几句，说做事业难免有波折，坚持就是胜利。挂机后宋明泽开车去了公司大楼。

公司也好不到哪里去，商贸城的租户见市场生意萧条，纷纷拖欠租金，吉祥产品也遭遇市场压货，属下三大工业园区一千多号工人每个月发工资都不秀气。没多久，新宏航几大项目处于资金链断裂状态，北区政府也在尽力想办法助宏航渡过难关，大环境很差的情况下，找谁都缺钱。

夜深了，宋明泽还在办公室抽烟，房间弥漫着呛人的烟味。他很想理清头绪，想明白这两年楼市到底怎么了。在过去几年时间，开发商与地方政府都在透支这个行业的生命，市场扩张得太快，所以他们现在得为所透支的一切买单。到了还债的时候了，他想着，靠在椅背上昏昏沉沉地睡着了。

醒来已是凌晨，他揉了下眼睛，发现办公室多了个人，曹晓娅不知何时来的办公室，坐他对面的沙发上睡着了。他轻手轻脚脱下西装盖在了她身上，这段时间她也跟着受累了。

宋明泽又考虑搭救陈立斌的事。他为陈立斌的事找了很多朋友，但敏感时期没人愿意伸出援手，但他不想扔下陈立斌不管，便赶去省城找韩裔，希望韩裔能想想办法。

韩裔说这种事找谁都没用，并说教了他一通："明泽啊，讲义气要分轻重，为何你一次次深陷风波？是'三不明'造成的——不明事、不明人、不明己，你呀，要熟读王阳明。"宋明泽听了苦笑了声，这时候哪还有心思读书。

宋明泽回岭阳后去了李和坤家里，他知道不可能有什么结果，还是想试试看。看到李和坤痛惜的眼神，宋明泽知道谁也救不了陈立斌了。

晚上，他陪着李和坤走了很长一段路，两人都为陈立斌叹息。李和坤说："做人做事还是光明磊落的好啊，这样夜不关门也踏实不是？"

李和坤回家后，宋明泽又独自走了很长一段路，途中宋明轩给他来了个电话，与他聊了几句陈立斌的事："明泽，我能不清楚你跟立斌的感情吗？不是我不帮忙，而是无法帮忙，处事不能忘了底线。"明轩的话让他想起罗小萌曾对他说过的，"宋家生意上的事不要找明轩，保护他就是保护宋家"。

那段时间宋明泽心情很糟糕，外面酷热难当，待在空调房里又觉得不透气，他晚上经常失眠，早上需要补觉。他靠在阳台摇椅上才打个盹，手机响了，迷迷糊糊接通，是云帆。

"爸，刚接到通知，我考上了国防科技大学。"

宋明泽听了立马醒了瞌睡，呼啦一下从摇椅上站了起来，问道：

"云帆你说清楚点，你是说你考上了军校？"

云帆在电话那边轻轻回道："是的，爸。"

宋明泽一下子来了精神："晓娅，快来接电话，云帆考上了军校！"曹晓娅听了忙从厨房跑了出来，手都没来得及擦一把，接过手机和云帆讲了好一阵才挂机。

这喜讯给全家人都提了气。曹德元高兴得老泪盈眶，说他曹家出人才了。宋明泽也不再计较云帆姓曹还是姓宋，孩子成长进步就行。

喜事赶趟，一家人才上桌吃中饭又接到了云峰的电话，他来报喜，说自己因为成绩优异被学院提前保送研究生。

孩子们各奔前程，宋明泽和曹晓娅也把重心放在了工作上。不久传来消息，陈立斌因在南翔县违法违纪被判了三年。在调查陈立斌时，其干预过的一起沙矿事件扯出了任才高，随后一个涉及洞庭湖采沙、有着巨额利益输送的贪腐链条浮出水面。法院查明任才高在任南翔县长至县委书记十年期间，利用手中职权为亲戚朋友的公司在采沙权拍卖、市政工程承揽等方面大肆"提篮子"牟取巨额利益，给予他应有的惩罚。当地渎职官员纷纷落网。政府亦在湖区展开了一场轰轰烈烈的整治。

外围喧嚣，家里也颇不安宁。洞庭湖私人矮围事件闹得沸沸扬扬，相关部门前去洞庭湖调查时，旁人不敢说真话，宋明旭站了出来，举报罗铁标在长达十年的时间里，在洞庭湖非法修建矮围将下塞湖占为己有，从事非法盗采沙石等活动，严重破坏了洞庭湖的生态，矮围里面的鱼被私人捕捞一空，候鸟都飞不出来，希望相关部门能尽快拆除湖泊矮围，还洞庭湖湿地一个完整的生态空间。

下塞湖位于南洞庭湖腹地，东南北三面均为河道，涨水为湖，退水为洲，是重要的湿地生态保护区。

宋明泽知道此事后给宋明旭打了个电话，要他注意安全，怕罗铁标报复。宋明旭说大风大浪他见得多了，要宋明泽不必担心。

春节家里少了好几个人。宋明旭一家人都没回来，明旭说要巡湖，私家湖泊一天不拆除他就要看一天。宋明轩在岳父家里过春节。云帆上军校不能随便离开学校。云峰给曹晓娅发了一条信息，说和肖含芯去丽江了。肖含芯和云峰同一届考上华中科技大学，曹晓娅一时无法理清这是巧合还是上辈的债下辈来还，但她对宋明泽说："云峰和同学在一起过节呢。"

　　春节后宋明泽内外交困，既担心家人安危又要操心公司的事——几家投资商闹着要撤资。他不想把消极情绪传给曹晓娅，便鼓励自己，只要挨过这一阵，经济一旦复苏，一切都会好起来。然而过程却煎熬至极，不到两个月他人便消瘦了一圈，脚无端水肿，牙龈不停出血。曹晓娅拽他去医院检查身体，他又挂念着宋明旭的安全，说："随明旭去湖上吹吹风就什么都好了。"

第二十一章　大湖告急

　　宋明泽一直以为对这湖水是熟悉的，随宋明旭的清污船置身湖中才发现，他知道得太少了。湖面天气变化多端，船行驶至湖中心，先是下了一阵暴雨，再是寒风怒吼，浑浊的浪冲向天空。远处的城市瞬间虚无缥缈，满眼是萧条的景象。

　　明旭看明泽心情低落，要他在船上散散心，还给曹晓娅打了个电话，说明泽随他在船上守湖。宋长湖看明泽神情恍惚，喊他进舱中喝了几杯，兴起还来了一段《岳阳楼记》中的"或长烟一空，皓月千里，浮光跃金，静影沉璧，渔歌互答，此乐何极！登斯楼也，则有心旷神怡，宠辱偕忘，把酒临风，其喜洋洋者矣"。二叔像念也像唱，一口地道的方言却韵味十足，把这湖水的气象万千给诠释得淋漓尽致，也把宋明泽逗笑了。出船舱再看湖面，烟雾消散，波光浮影。大自然都朝晖夕阴，何况是人生际遇。

　　清污船已在南边下塞湖靠岸，宋明旭带着宋明泽从芦苇场抵达洞庭湖腹地，湖中一道高高垒砌的堤坝一眼看不到头。宋明旭说："这个巨型堤坝就是洞庭湖中最大的私人矮围，水泊面积两万多亩，罗铁标把国家的湿地变成了自己的私家湖泊，严重影响湿地生态，影响了湖区行洪。"

几经周折，两人登上堤坝。洞庭湖涨水为湖，落水为洲，此时正值涨水季节，堤坝外湖水浩浩荡荡，而堤坝内芦苇一望无际。矮围上牲畜粪便无处不在。

宋明泽说："洞庭湖湿地变成养殖场，肯定不行啊！"

宋明旭指了指前方不远处："这个不算什么，这矮围里还有两处非法沙石码头才难搞呢。"沿着矮围看，堤坝上沙石成堆，不远处的码头附近，有多艘四五层楼高的大型挖沙船停靠，大型挖掘机正将堆放在矮围上的沙石往排队的货车里倒，满载沙石的运沙船正往湖中驶去。

"自从这个巨型矮围建起来以后，当地防洪压力加大，鱼类也减少了。矮围里的鱼遭到捕杀，里面的鸟飞不出来……"宋明旭愤愤不平，怒火难掩。

宋明泽听后心中隐隐不安，特意在船上多待了一夜。次日清晨，宋明旭送他上岸，恰遇上几个专门在洞庭湖毒杀濒危野生动物的人。宋明旭见了跟踪他们而去，怎知中了罗铁标的圈套。罗铁标恨宋明旭披露了矮围内幕，要置他于死地，派这几人出来引他上钩的。他们把宋明旭和宋明泽引到湖边一处芦苇荡中便没了踪影。待宋明旭反应过来时，芦苇荡中蹿出八九个手持凶器的彪形大汉，同时扑向他。

跟随在后的宋明泽飞身扑了上去，兄弟俩都在部队待过，身手不凡，但对方人多又有凶器，为了保护明旭，宋明泽不幸被歹徒捅到左胸，脑部也遭遇重击。他硬撑到湿地志愿者带着渔政的人赶到，才摇摇晃晃倒在了血泊中。

全家人在医院守了三天三夜。经过抢救，宋明泽命是保住了，但没苏醒。医生说宋明泽因脑部损伤严重极有可能成为植物人。

许玉珍召集全家人说："抢救明泽就是与死神赛跑，我们要尽心尽力照顾好他。"全家总动员，明兴和明旭每天来陪护，曹晓娅在病床旁寸步不离。韩小鹏大学毕业后在洞庭镇政府工作，得知消息后几乎每天都会来看看有什么能帮得上的。宋明泽和曹晓娅把小鹏当成家人一样待，小鹏一声干爹干妈也发自肺腑。

一个星期过去了，宋明泽还没醒过来。云峰得信后从武汉赶回了岭阳。曹晓娅担心云帆知道，嘱咐云峰："云帆在军校，不能请假。"才说完，云帆的电话就追了来："妈，爸的手机怎么关机了呀？"曹晓娅定定神说："你爸最近太忙了，手机没电都顾不上充，有事找妈就行。"云帆心中疑惑，挂机后给外公打了个电话："外公，我爸手机怎么老关机，他没事吧？"曹德元顺口说了出来："你爸躺在病床上没醒过来，怎么接电话？"

　　云帆挂机后立即请假回了岭阳。他赶到医院看到病床上似乎只剩呼吸的爸爸时，泪水涌出眼眶。他怕妈妈看见更担心，连忙擦擦，坐在病床边，轻轻说："爸，我回来了。我评上了体能四星标兵。爸，你以前在部队是全能标兵，儿子也不差，你快醒醒，我还有好多话想和你说……"见爸爸没任何反应，不由握紧了爸爸的手说："爸，我给你唱首歌吧，你最喜欢的《热血颂》。'当你离开生长的地方梦中回望，可曾梦见河边那棵亭亭的白杨？每一棵寸草都忘不了你日夜守望，思念你的何止是那亲爹亲娘；当你握别温暖的手泪落几行，可曾感到背影凝聚着滚烫的目光？每一颗赤诚的心灵都深深理解你，每一个热切的向往都充满你的力量。你奔向远方，带着亲人的希望。你奔向远方，带着火热的衷肠。你和我们同在，把美好未来开创。你是国魂军魂，你是中华的铁骨脊梁……'"

　　一旁的曹晓娅听得眼眶湿润，往日的叛逆少年被磨炼得英气阳刚，让她心酸又欣慰，无论是长相还是性情，云帆更像宋明泽。"明泽，你醒来看看儿子吧，他们都长大了。"曹晓娅低语道。云帆突然停止了歌唱，激动地喊："妈，我爸可能醒了，我感觉他的手在动！"

　　云峰听了赶紧帮爸爸按摩，兄弟俩一个按手一个按脚，折腾了半小时，可宋明泽并没真的醒来。曹晓娅靠前仔细看了看："让你爸休息会吧。他太累了，让他好好睡，我相信他很快就会醒过来。"

　　云帆、云峰才歇会儿，有人敲门，来人是河道采沙执法队队长江晓海。

"江队长来了，麻烦你了！"曹晓娅起身招呼。

"曹老师，您叫我晓海吧。宋董在河道芦苇中出事，我们配合调查是应尽的职责。"

江晓海询问了宋明泽的病情后，与曹晓娅聊了几句案情进展情况："我刚从市刑警队过来，市领导很重视这个案子，公安刑警与联合部门正在抓紧找线索。"西苇荡中地势偏僻，当时闻讯前去支援的是几个候鸟协会的志愿者，他们手无寸铁，追出去没多远就迷路了，那群歹徒也逃得无影无踪。"

云帆上前与江晓海握手招呼，说起来两人还是出自同一部队。江晓海要云帆不要着急："昨天有渔民举报，说那天看见几个蒙面人往罗铁标的矮围方向跑去，但凤山芦苇场很大，谁也不敢指证，怕遭报复。这起案件他们有备而来，但我们一定会找出蛛丝马迹。"

云帆问："洞庭湖私家矮围事件现在怎么处理的呀？"

"洞庭湖矮围事件牵涉到当地无数人和事，那老板罗铁标盘踞江湖几十年，关系在当地盘根错节，面上他有合法的公司，十年前就与凤山芦苇场签了外滩承包协议，想拆除他的私家矮围仅仅靠河道部门的力量很难。现在我们只能跟踪取证。"

曹晓娅担心云帆冲动，轻轻拍了拍他的手臂说："云帆，你来看了你爸，剩下的就是等，你留在这里也干着急，回部队吧。"

"妈，我爸昏迷不醒，我想多守护几天。"

"云帆，你爸的心愿就是希望你能好好锻炼，军校请假是有时间限制的，今天是星期天，赶回去还来得及。哦，去高铁站坐高铁，岭阳新建的高铁站，上个月才通车，岭阳到沐南很快。"一旁的江晓海也说："赶快回学校吧。这起案子我们正在全力侦破，有消息我会打电话告诉你妈妈。等你转业后，我们可以携手做更多保护湖区的事。"

云帆点点头，蹲在病床边跟爸爸道别，与家人招呼了一声后，离开了病房。云帆出门的一刹那，曹晓娅眼泪滑落脸颊。

一旁的曹德元怪她太狠心："云帆才看了一眼他爸就让他走了，纪律再严也要讲点人情味嘛。"曹晓娅抹去脸上的泪水，说："必须遵守纪律，讲规矩才懂方圆。"

暑假匆匆已过，云峰也被曹晓娅催着回学校了。

日子一天天过去，曹晓娅就当明泽什么都能听见。只要有空，就握着他的手聊天。有时说云帆在部队如何努力，云峰在学校怎么和同学研发了什么科技产品。有时和他唠叨年轻时在洞庭湖旁的事。"明泽，还记得晒月亮吗？咱们小时候你说什么燕妮都信，你说麋鹿晒月亮，她就以为它们真在晒月亮……""晒月亮"这三个字她一连念了好多遍，这三个字如溪水潺潺在黑暗中回荡，如清晨的露珠在荷叶上滚动，如夜莺在林间婉转吟唱。忽然她感到宋明泽的手指在动，仿佛要握住她的手似的。她惊喜地发现他的嘴在动。

"明泽，明泽，你要说什么？"

虽然宋明泽只是嚅动嘴唇发出了几个声，但是她肯定他说的是"晒月亮"。她感觉宋明泽快醒了，帮宋明泽按摩后又轻言细语地与他聊了好久，直到趴在床边睡去。

半睡半醒中曹晓娅感觉有人在伸手摸她的脸。她睁开眼睛，见到宋明泽正扭头看着她。她哇地哭出声来："明泽，你醒了，明泽……"

宋明泽人是醒过来了，但是医生说他身体情况还很糟糕，身上受伤部位严重，还得在医院至少一年时间才可能康复，治疗途中出现什么状况谁也不好说。

李四贵匆匆跑来医院找曹晓娅，说："公司群龙无首，人心涣散，副总姚飞跃是个极其自私的人，现在你必须出来主持工作，不然话语权一旦落入旁人手中，再想收回难度很大。"宋明泽早就对公司律师交代过，他不在集团期间，曹晓娅可以全权代理他打理公司所有事务。

李和坤和北区书记李有祥前后来了几次医院，与曹晓娅沟通了一阵。宋明泽的病要继续治疗，但是新宏航集团不能群龙无首，新宏航的稳定关系到整个北区百姓的生计问题，一旦公司乱套，北区将有上千人失业。李有祥说区政府会助力新宏航渡过难关。

大局为重不容犹豫，曹晓娅当即请了两名护工与家人一起看护宋明泽，自己去了公司。

此时的新宏航集团陷入了前所未有的债务危机中。银行见宋明泽躺在医院昏迷，担心他醒不过来，暂停了新宏航项目资金的贷款业务；投资商也纷纷提出撤资；经济形势依旧不见好转。曹晓娅一连几天都在会议室打转，小范围听姚飞跃为首的几位股东聊公司的项目与债务问题，大范围集中在会议室讨论。

裁减项目节流，这无疑是姚飞跃等股东们给她出的第一道难题。姚飞跃根本没把她放在眼里，主张项目该止损要止损。他想对曹晓娅一吓二唬三逼退。曹晓娅在会议上说："每个发展中的公司都会遇到困难，相信只要大伙齐心协力，就没有跨不过的坎。"

散会后，曹晓娅咕咚咚地灌了半杯水，摸了把后背衣衫，黏糊糊的，开个会她出了一身冷汗。姚飞跃咄咄逼人，股东都在观望，而她只要稍稍不坚定便会被踢出局。

为了招商引资，曹晓娅发动了宋家所有的人脉和资源，宋梦夏从国外赶了回来。她在病房见到明泽只能躺在病床上，没法说话，无法动弹时，眼泪一下子流了出来。

为了助力宏航渡过难关，梦夏使出了浑身解数，和杨波引荐了两家外资企业前来岭阳考察。一行人陪同考察人员游览了岭阳名胜古迹，参观了吉祥科技产业园、西甲门商业步行街。客人们一致认为，岭阳是一座历史悠久的文化古城，有天然的江湖底蕴，享有山川之美的鱼米之乡，地理位置优越，是湘鄂水陆之间的中转站，综合商业市场大有可为。

下午在洞庭科技城招商引资会议上，曹晓娅为客人介绍了新宏航的发展史和公司的发展规划，新宏航希望联手合作伙伴打造最新的电子商务平台，即使在水一方也能为天下人服务。

会议结束，夕阳已快落山，曹晓娅和曹晓驹带客人回酒店就餐时，一大群人把洞庭科技城的大门堵得水泄不通，几个保安挡在前面束手无策，几位高管跑上前一问才知这群人是公司的债主，他们打着讨债的旗号在这里闹事。

曹晓娅担心客人受伤，要公司管理人员带他们从侧门离开现场，自己不顾一切冲上前去，大声喊道："请你们有事说事，别在这里吵闹！"可她的声音太微弱，情急之中，她搬起路边的一块石头，往一旁的玻璃灯砸去。一阵巨响终于让这拨失去理智的人回过头来。他们还真被曹晓娅的那股疯劲给镇住了。

这时洞庭科技城的工人闻讯后，抄着家伙从四面八方围了上来。新宏航欠谁的钱他们不管，谁要敢在这儿撒野他们决不答应。

曹晓娅见压住了这拨人的嚣张气焰，一鼓作气，上前两句话便打发了他们："我是宋明泽的老婆曹晓娅，我代表新宏航承诺，差钱的，两个月后连本带息还清；愿意与新宏航共进退的，可以入伙新宏航。这两个月内，谁若还打着欠钱的旗号来这儿围堵闹事，我曹晓娅绝不客气。"曹晓娅的豪气让这群闹事的人敛起匪气，散了个干干净净。

刚才这一幕不仅镇住了那帮债主，也镇住了在场的公司员工，她说："每个发展中的公司都会遇到一些困难，新宏航也不例外，宋明泽病了，我曹晓娅还在，宋家人也都在，公司运营一切照常。你们相不相信我曹晓娅？"听着员工们异口同声地说出"相信"两个字时，曹晓娅眼眶一热，她知道这信任更多的是源于大家对宋明泽的信心。

晚餐时间到了，一行人来到酒店包厢，一张大圆桌已上满菜，众人围桌落座，曹晓娅想着要尽地主之谊，手中酒杯就没放下过。那晚曹晓娅喝了多少，她不清楚，多久没如此爽快，她也不记得了，硬是坚持到回家后酒劲才发作。宋梦夏和曹晓驹费劲地把她抱上床去。

宋梦夏这时才真正了解曹晓娅柔弱的外表下那颗勇敢的心。世上没人比她更爱明泽，不管明泽发达还是落难，她都坚守在他身边。她想在这关口，家人就更应该与明泽共进退。

她去了一趟医院——八仙妈风湿病发作住院了，宋晓春在病房照顾。

宋梦夏进病房时见母亲正休息就没出声，给宋晓春递了个眼神，两人来到走廊上。晓春打量了她一眼说："今晚唱主角了吧，一身酒味。"

　　"我是配角儿，晓娅才是今天的主角。"宋梦夏叙说了在洞庭新城发生的事，"晓娅今天就像个疯子，可她真的很勇敢，为了明泽，为了公司，她真豁出去了。说实话，她比我们家中任何一个人都要讲义气，也比我们更爱明泽。"

　　宋梦夏情绪有些激动："这节骨眼上我们得想办法救明泽，拯救他的公司就是救他。"

　　宋晓春嘘了声："妈病情才稳定呢。"

　　宋梦夏说："我知道这时候不该打扰妈，更不该让她操心，可是这节骨眼上，妈不出面，公司没法渡过难关啊。明泽为了家里付出那么多，现在他有难，我们必须与他共进退。"

　　宋梦夏的话，病房里醒来的许玉珍听得清清楚楚，她招呼了一声："明天的事明天再说。"

　　夜深了，宋梦夏惦记着曹晓娅，给曹晓驹发了几条信息询问情况。曹晓娅醒来，闻到空气中有股淡淡的清香味，起身洗漱后，走进客厅，只觉焕然一新，牛奶、水果在桌上，衣服晾在了阳台上。她正感到奇怪谁来了，曹晓驹出现在她身边。

　　"哎呀，你总算醒了，吓得我一晚上没敢合眼。"

　　曹晓娅想起了昨天的事，问道："昨晚我没出丑吧？"

　　"没出丑，出尽了风头，喝酒灌水似的，女中豪杰啊！哎，下次可千万别这样，幸亏我和梦夏都在你身边。不然谁照顾你啊，担心死我了！"

　　"好了，这事可别和爸妈说。"

　　"嗯！你赶紧吃早饭吧，我熬了小米粥，养胃的。哦，对了，刚才云峰来电话了，说他放暑假了，下午回岭阳。"曹晓驹照顾了姐姐一个晚上，一脸疲惫，哈欠连连。

"怎么就放暑假了呀？"曹晓娅坐在餐桌旁一边吃早餐一边看手机。

曹晓驹又给曹晓娅端来了一碗银耳莲子羹，说："七月份了，放暑假的时间了呀。"

曹晓娅哎呀了声："我真忙糊涂了。"正吃着饭，逃飞跃来了通电话，说公司被讨债的人群给包围了。

挂机后，曹晓娅直奔公司。赶到公司时，讨债要钱的里面一拨，外面一群，上百号民工几乎把办公大楼给包围了，任公司管理人员怎么劝说都没用。昨天一帮人闹到洞庭新城工地，今天又一群人包围办公楼，显然不是巧合，定是有人故意制造事端，逼她退出新宏航。面对黑压压的人群，曹晓娅的脚一崴，高跟鞋差点脱落，她深呼吸了一口气后，硬着头皮走向人群。这时她听到背后有人在喊她，回头见宋梦夏夹着公文包快步跟了上来。

看到宋梦夏，曹晓娅稳稳神，将鞋子踏好。但是没人买她们的账，人群依然十分混乱。接着几台豪车开进了院子，从车上下来几个眼熟的人，他们和宋明泽可是称兄道弟的，都是洞庭新城的投资人，现在却来提出撤资，简直就是落井下石。眼看广场的人越来越多，曹晓娅有些不知所措。

"八仙妈来了，快让开。"不知谁大喊了一声。

听到喊声，人群中自觉分出一条路来。首先下车的是宋明兴，再是宋晓春，最后下车的是许玉珍和马建设。宋明兴和宋晓春站立一旁，许玉珍走在前面，老人家穿着精致，头发一丝不苟，整个人看上去精神抖擞，并没有外界传说的"八仙妈在医院吸氧气瓶，快不行了"那般。

许玉珍微微笑道："人吃五谷杂粮，哪能没毛病，现在我身体完全康复了，精神好得很，拎得起一网鱼，一天剁一车辣椒没问题。"

看许玉珍精神抖擞，谈笑风生，人群瞬间安静下来。许玉珍上台阶时，宋梦夏伸手想搀扶她一把，被甩开，最后一个台阶许玉珍几乎是飞跃上去的，脚步稳当，身姿矫健。

又有一帮讨债的人拥了进来，带头的人挤在前面问许玉珍："听说宋记与新宏航集团是不搭界的，您来的意思是……？"不等许玉珍回答，又有人问："您老来得正好，新宏航公司欠我们的钱何时归还？"

许玉珍镇定自若，挥挥手，人群立即安静下来："相信在场的都吃过我八仙妈的食品。"

"吃您做的辣鱼酱长大的。"

许玉珍点点头："那就好，我来此的目的有两个：一、我要明确地告诉大家，新宏航的问题就是我八仙妈的问题，宏航的债务就是我宋记的债务。新宏航是出了点问题，但是我宋记生意兴旺，我八仙妈还在。二、新宏航的债主们听清楚了，愿意与我八仙妈共同致富的，可以以债入股我宋记，今天只有六块钱一瓶的八仙妈辣鱼酱，五年以后也许你们就能拿到十倍不止的利润。民以食为天，话我不多说，你们与新宏航同甘共苦就是与我八仙妈同甘共苦。"

许玉珍的到来完全镇住了这批债主。一直以来谁都知道八仙妈不看好房地产，而且与新宏航地产划清界限——"你做你的楼盘，我做我的食品"。现在八仙妈为了救儿子也是豁出去了，关键时刻打破了她的传统思想，要与儿子共进退。

"您老不是一直反对房地产吗？"

许玉珍微微笑道："我儿子的事业我从来不反对，吃住行本来就连在一起，就像我是宋明泽的妈一样，血脉相连能分开吗？儿子的事就是我八仙妈的事。"

八仙妈的到来就像是定海神针。八仙妈这块招牌早已深入人心，在场所有的人几乎都是八仙妈的粉丝，稍稍有点头脑的人都清楚这块招牌的含金量，能加入宋记是他们三生有幸。在场的债主纷纷上前签协议。

八仙妈说："愿意以债入股的现场签协议，不愿意的，新宏航欠你们的钱我八仙妈负责。"又转向围观的民工："宋明泽是我八仙妈的儿子，他在住院，我还在呢，你们慌什么？他欠的工资我三天之内发放到你们工资卡上。"这群债主都被八仙妈的气势给镇住，昨天还非要现金的几个债主此刻比谁都踊跃，愿意以债入股。

八仙妈上车后，刚才还喧闹的人站在路边毕恭毕敬目送车远行。待车转弯消失在人群的视线中，许玉珍才靠在车上嘘了一口气。一旁的宋晓春赶紧把保温杯递到她嘴边。

许玉珍强撑着身子骨，她不能倒下，尤其在外人面前更要保持精神，保持八仙妈的风范。马建设笑道："不只是风范，而是让所有人都看到了八仙妈的风骨。"

宋梦夏问母亲："还回医院吗？"

八仙妈摇摇头："不回了，刚才这一活动，筋骨舒坦多了。"马建设在一旁说："你呀，就是好强的性子，没事儿吧就生病，这里疼，那里不舒服，有事儿了，反倒好了。"

许玉珍眼神坚定："我必须得好，明泽还在医院，我得想办法救他。"

曹晓娅眼中含满泪水，关键时刻八仙妈的到来如及时雨，解决了新宏航的混乱。更让她意外的是八仙妈带领宋记食品入伙新宏航，有宋记加持，新宏航暂时安稳了下来。

林秀甜知道后可闹翻了天："宋记好端端的品牌，市场无限，说好了只做食品，怎么在医院转了一圈就改变主意了？新宏航现在一盘散沙不说，还欠一身外债，像样的楼盘都在银行作了抵押，宋记掺和进去不是往火坑里跳吗？你们都不跟我商量一声，就直接作出了决定？"

宋晓春说："这是权宜之计，几百号人包围新宏航办公楼，妈不去救火，谁也解不了围呀。"

林秀甜振振有词："解得了一时能解一世吗？妈糊涂，你们也糊涂了？新宏航既然已经稀烂，宣布破产啊，干吗还要拖我们宋记下水？"

宋梦夏听不下去了，打断了林秀甜："什么话嘛，口口声声你们我们，你要搞清楚，咱家的事业都是明泽投资搞起来的，不说食品厂，就说饲料厂，当初不是明泽全程投资能有今天的同舟牌吗？现在他躺在医院，他过去的好就都忘了？"

宋梦夏在家里说话从来都是直来直去，丝毫不给林秀甜面子。林秀甜自知刚才过火了，觍着脸看着宋梦夏说："你想哪里去了，打断骨头连着筋呢，明泽受伤我比谁都心焦，这不要明兴天天在医院照顾呢。"

林秀甜听卧室传来婆婆的咳嗽声，断定婆婆醒了，声音也低了许多，她才不怕宋梦夏发脾气，只怕婆婆发火，如今饲料厂的股份还没到他们手里，宋记集团的大权还集中在婆婆手中，她心中再多的意见也只能隐忍。许玉珍回家后打了个盹，把自己整理得一丝不苟后才来到客厅。

云峰匆匆赶了回来，手中拿着一张《岭阳商报》直接走到许玉珍身边，扬扬手中的报纸："奶奶，您上报纸了，还是头版呢。'八仙妈加持新宏航，乘风破浪开启新篇章……'奶奶，我真佩服您。"一旁的宋运博也附和："我也赞成奶奶的决策，二叔定能东山再起。"

许玉珍看了看宋明兴，想听听他的心声。一直闷声不响的宋明兴经过思想斗争说："我没意见，妈的任何决定我都同意，不管新宏航有多大的债务，我们一家人一起扛就是。"

许玉珍脸上露出了难得的笑容："好，再苦的日子咱也熬过，不怕多这一次。"

为了拯救新宏航，全家人齐上阵。宋梦夏在家庭会上说："宏航急需后备力量，需要新鲜元素，回家过暑假的大学生们听好了，愿意锻炼自己的，欢迎来宏航集团实习。这次实习非同寻常，是一次拯救宏航起死回生的集体行动，也是你们学有所成大显身手的时刻，希望你们能献计献策，大家齐心协力来挽救宏航。"

家庭会议后，宋梦夏把宋运博喊在一旁谈了一阵："你二叔现在人虽然醒了过来，医生说还得在医院理疗一年多才能康复。现在宏航急需中坚力量，你在几家投行工作过，有人脉，也有经验，能否帮宏航一把？"

宋运博微微点头："姑妈，这紧要关头我帮忙是应该的呀！"

曹晓娅任命宋运博为宏航职业经理人，给云峰在公司部门安排了职务。宋运博在外企当过高管，管理公司很有一套，全面了解新宏航情况后，为新宏航制定了方向：树立品牌，改革调整，整体上市。他还从企业文化与管理制度入手，为新宏航制定了新规手册，说员工执行力不行就是管理者不行。在宋运博的新规调整下，新宏航处处换新颜。

开会聊到如何拯救洞庭科技城时，宋云峰说消费主权时代已经到来，要以大数据人工智能为基础，实现场景多样化，增加消费者参与度，打造出无处不在的购物场景，才能吸引顾客。这与宋运博提出的加大物流投入布局，让消费者对商品触手可及的设想不谋而合。宋运博欣赏地看着宋云峰说："学计算机的就是不一样。"

全家人齐心协力，不到一年时间，新宏航逐渐走出困境。宋明泽也靠自己的意志力完全康复。出院后，每天晚上都要与曹晓娅聊很多，巴不得一年多没讲的话都要说出来才好。曹晓娅问他昏迷时家人说的话能听到吗，宋明泽说开始不清晰，后来能听到，最清晰的是云帆对他的呼唤。曹晓娅说："我每天在医院陪你说话，说得最多的是……"宋明泽不假思索地说出了三个字"晒月亮"。回忆往事，两人眼眶湿润，以前总觉得老去很遥远，现在才发现年轻是很久以前的事了，转眼已半生，孩子们都大了。

曹晓娅的手机响了，是云帆打来的电话。他军校毕业后，在省环保厅工作。

宋明泽归来得正是时候，房地产行业逐渐复苏，吉祥生态家居在各地又开始火爆起来，三大工业园区的工人又投入到忙碌的生产中。宋明泽整顿内部关系后，开始在产品质量上下功夫。他聘请业内资深技术专家，专注环保家居产品研发，车间采用智能化设备，大幅缩减了生产周期。在宋明泽对品质以近苛刻的态度下，吉祥科技一举成为中国生态家居第一大品牌。一家人还齐心协力引进了几家外资企业落户洞庭科技城。

在宋明泽的主导下，宋记与新宏航合并，改名为"洞庭人集团"。

曹晓娅建议宋明泽继续以农牧产业链为主业，这次宏航渡过难关全靠饲料这块，沐南是农业大省，农牧业不会过时。宋明泽痛定思痛后，提出洞庭牧业致力打造生猪全产业链一体化企业的思路，得到了董事会全部成员的赞成。公司走向经过重新布局后，在饲料领域又在"同舟"基础上培育了"共济""大美"等多个品牌；在食品领域开发出原汁香肠、原味腊肉、天然火腿肠等一系列享誉全国的明星产品。

宋明泽又回到食品领域，最高兴的是八仙妈，她向来认为"民以食为天"，这也是她创业的座右铭。

端午节这天，八仙妈看子孙围绕膝下，乐得合不拢嘴，她说科技再厉害，吃还是第一位的。一屋人便呵呵笑了起来。院子里响起泊车声，曹云帆还没下车就喊："奶奶，我回来了！"宋家院子很大，仅是从停车场走到大厅走廊需要五分钟。别人没听见云帆的喊声，宋明泽早听见了："云帆回来了，老远就在喊奶奶嘞！"

八仙妈抬头时，一个气宇轩昂的小伙子出现在门口，身材魁梧，一表人才。她拉着云帆的手看了看，转向宋明泽说："云帆比你年轻时还周正。"

云帆笑道："那是因为奶奶的基因好，我和我爸都像奶奶。"

八仙妈问道："怎么有空回来了呀？"

云帆坐在奶奶身边汇报："厅里派我去一米村扶贫，我明天就下乡了，先来看看您！"

八仙妈"哦"了声："扶贫工作，我晓得，就是扶持困难村民脱贫致富。"

一旁的宋运真笑道："奶奶比我们都懂得多嘞！"运真大学毕业后在湖区渔政站工作。八仙妈自豪地说："运真的工作好，巡湖可是咱宋家人世代做的事。现在云帆又去山区扶贫，好啊，积善之家必有余庆。"

宋明泽与云帆聊了几句，嘱咐他："这是锻炼的机会，但扶贫不是你想的那么简单，要做好思想准备，去了就不能退缩。"

第二十二章　一米阳光

精准扶贫开展后，曹云帆被派到荣西县东岸乡一米村。

一米村是荣西县最贫困的村庄。从荣西县城向西出发，群山环绕，山路崎岖，云帆开的是高底盘的越野车，依然很难前行。一条黄泥路弯弯曲曲的，杂草丛生，他不时要停车下来看路再前行。虽然一早就出发了，但他赶到一米村时已经半下午。

村主任徐步兵带着几位村干部在路边迎接。徐步兵个头不高，人才到中年就有些驼背，说话时眼角褶子很深，他说是因为这些年操多了空头心。

接到曹云帆，徐步兵和村妇联主任徐绣衣带着他在村里四处看了看。村里房屋大多破败不堪，路上能见到的多是一些老人家。

徐步兵说："这里地理环境恶劣，自然灾害频发，村民种植的粮食几乎没收成，出村的这条路总也修不起来，没劳力，也没资金。山高路远的，城里踏春的人走错路都不愿意来这地。"

徐绣衣说："留守的多是老弱病残和儿童，大多生活条件很苦，一件好衣服也成了奢望。这里的孩子很多没条件上学，十几岁就开始外出打工。"

途中下了一场暴雨，徐步兵赶紧带云帆到他家里避雨。云帆进门依然感觉头上有水滴落，抬头看了看，发现瓦片缝隙中正在漏水，外面落大雨，屋里落小雨。村主任的家尚且如此，普通村民的居住条件可想而知了。他赶紧和徐步兵一起找盆接水。

暴雨停后，云帆出去走了一圈，隐隐约约听到哭泣声。徐步兵领他敲门走进了一户人家。这家人的情况让他很心酸：一间简陋的房子里，半截断砖墙将之隔成了两半，一半住人，一半是猪栏——里面关着一头瘦得可怜的猪。住人的一半的破床上躺着一个白发苍苍的老婆婆。靠窗的地方放着一个八十年代才能看见的藕煤炉子，一个打着赤脚的少年是哥哥，叫叮当，在炉子旁生火；旁边光着身子哭泣的是弟弟，叫锣鼓。刚才外面下暴雨，淋湿了他们的炉子，他们一天没吃饭，又冷又饿，这才哭泣起来。

云帆来得匆忙，也没带些吃的东西来。他上前把锣鼓牵了起来，说："别哭了，叔叔给你买书包，买学习用品，好吗？"

锣鼓手抹了一下脸上的泪水说："不要，我好饿，我要吃饭。"

徐步兵看着稍大的孩子喊道："叮当，过来，这位叔叔叫曹云帆，是我们村里刚来的扶贫干部。"叮当十一二岁，光着膀子又黑又瘦，睁着一双迷茫的眼睛看了看曹云帆说："叔叔，你坐吧，我给你泡茶喝。"云帆说："不用了，叮当，你读几年级了？"

叮当说："我读二年级就辍学了。奶奶上山砍柴摔断了腿，我要照顾奶奶，还要带弟弟。"

徐步兵说叮当家是村里最贫困的人家，他妈妈前几年生病过世了，爸爸左手受过伤在外打工却从没赚过钱，奶奶养猪种菜抚养两个孙子，可怜老人家又摔断了腿，孩子们不要说上学了，吃饭都成了问题。村委也救济过，但村里需要救济的人太多了……

徐绣衣说："镇上才有学校，一米村的孩子去读书要翻山越岭，走二十多公里的路才能到。早出晚归的，山上雨水又多，没条件读书啊！"云帆把叮当喊到身边说："叮当你是好样的，照顾奶奶，还照顾弟弟，不要担心，家里的困难我来解决。"云帆当场与叮当家对接，一对一帮扶。他想到叮当与锣鼓没吃饭，就带着兄弟俩去了村里的小卖部。

村里唯一的小卖部坐落在一户人家的牛栏边上，隔老远就闻着臭气熏天，近前四处是牛粪，小卖部的梯级都是层层牛粪堆砌起来的。可这兄弟俩却高兴极了，趴在小卖部的木制柜台上，眼巴巴地看着里面摆放的食品。云帆给兄弟俩买了一大袋子吃的东西。兄弟俩立即拆开了两个面包，坐在梯级上吃了起来。叮当还让弟弟吃快点，好早点给奶奶带吃的回去。

云帆扒拉了一下食品袋子，心里凉了半截，这些全是过期食品。他皱了皱眉头，转身来到小卖部，问那老板："这些食品过期了，你怎么还摆在这里出售啊？"小卖部的老板根本不当一回事："没事，就是个日期，吃得，从没吃坏过谁。"

徐步兵也跟着说，村里的孩子只要有吃的东西就行，还管什么过期不过期。云帆想制止叮当和锣鼓，要他们别吃了。转眼兄弟俩手中的面包已吃完了，黑漆漆的手中还剩些面包屑，他们疑惑地看着他。瞬间他眼眶湿润，居然开不了口。兄弟俩抱着剩下的食品一溜烟跑回了家。

云帆心里说不出的滋味。晚上他在日记中写道："中国还有很多贫困家庭，情况比我想象的还要糟糕，而我能做的就是用实际行动去改变他们，带领他们创造一个温暖的家园。"

第二天早上，云帆喊上村妇联主任把叮当奶奶送到了市区医院治疗，所有费用由他支付，还安排了村里一位妇女同志在医院照看。他又出资请人帮叮当家里修缮房屋，给兄弟俩买了四季的衣物和学习用品，把他们送去镇上的学校寄宿。锣鼓小声对叮当说："要是曹叔叔是我们的爸爸就好了！"云帆听了心中又热又酸。

云帆走家入户摸排，了解到一米村地处半山坡，阳光充足，雨水也多，种植条件不错，村里人以种果蔬为生，但是路不通翻不起浪。云帆在村支部会议上说："路不通，就修到通为止。"

会后曹云帆一边在村里摸路子，一边在厅里跑扶贫资金。一米村推山修路的报告材料，他足足写了十三页，把厅里领导都看哭了。他又三请厅领导现场考察。申请扶贫资金，他势在必得。

最后报告送到厅长许志华的桌上。许志华看后，大笔一挥就批示了，还与云帆交流了一番："云帆啊，一米村可是荣西县最贫困的村，靠扶贫资金只能解决表面问题，真想带领他们打翻身仗还得从源头抓起，路通了，事通了，才能一通百通。你爸有经验，回家可以多请教他。"

云帆点点头："我正准备回家找我爸商量嘞，想让他的公司与一米村结扶贫对子。"

许志华微微笑道："这个主意不错，企业家可是脱贫攻坚的主力军。"

曹云帆晚上在家里吃晚饭，自从去一米村扶贫后，三个月没回过家了，今天却说要在家住一天。

宋明泽问道："怎么百忙中想起爸妈来了？"云帆挨着父亲坐下："再忙也不可能忘记爸妈呀！"顺便给父亲讲述了一米村的情况。

"爸，我这次回来就是想找您商量，能不能让洞庭人集团与一米村结对扶贫。一米村总共二百九十户人家，我们家多包揽几户人家也没问题。"

宋明泽微微点头说："云帆，这个想法我会支持你，我们国家现在贫富差距还很大，穷的地方还很穷，脱贫攻坚不只是让困难的村民吃饱饭，还要带领全村人找到致富的门道，让流失在外的劳力自愿回归，这就成了。"

曹晓娅说："云帆，你爸以前在洞庭镇当镇长时就带领全镇人兴业致富，有事请教你爸没错。"

云帆这才说："我这次回家就是想请爸妈去一米村看看。"

云帆不只请了爸妈前行，还把奶奶等一大家子人都请到一米村。云帆带着他们走家入户，看过一米村的现状，一家人心情都很沉重，就连一向尖酸刻薄的林秀甜也动了恻隐之心。

八仙妈说："以后一米村小卖部的食品全部由宋记提供。"她交代宋晓春，宋记每个月按时给一米村送食品与衣物过来。八仙妈回家后心里念叨着一米村的村民，嘱咐家里人千万别铺张浪费，节约一点就能多帮一个村民。

宋明泽则带领公司发展部的人到一米村的田间地头考察。他说想改变一米村就必须挖掘出地方特色。一行人在地头转累了，宋明泽随手拔起一棵萝卜，在鞋底上敲了敲，抖去泥土，萝卜露出白净的肚皮。带路的徐步兵有些不好意思地说："咱一米村没别的，就萝卜多。随手撒下的种子，没人管，没多久这萝卜啊就疯长，可青菜萝卜谁稀罕？"

宋明泽眼前一亮，说："徐主任，这萝卜是宝啊！我建议一米村就做萝卜生意。"

徐步兵憨笑了两声："萝卜能有啥生意？"

宋明泽笑道："辣椒萝卜是下饭菜啊，把一米村的萝卜做成休闲食品，那也是不得了的生意啊！"

曹云帆说："如果洞庭人集团能在一米村建个生态农业园区，不只能盘活一米村，还能带动周边村民共同致富。"

徐步兵搓着双手笑开了："有洞庭人集团帮扶，就是路边的野菜也能变钱！"

不过洞庭人集团的高层对开发一米村的果蔬项目并不看好，说园区到处都是，何必跑去那山高水远的地方折腾。但宋明泽一旦决定的事，谁也挡不住。在洞庭人集团的助力下，一米村生态农业园区正式成立。

第一笔扶贫资金到位，曹云帆信心满满，他与村支委商量着，一边推山修路，一边号召村民加入生态农业园区种果蔬。但留守村庄的村民多是老弱病残，他们有心参加，却担心云帆看不上。云帆看着一双双充满期盼的眼睛，默默发誓要带领这群人过上好日子。他说："只要你们有信心，我们肯定能蹚出一条新的路。"

宋明泽还真是没看错地方，一米村的果蔬小草似的，风吹就长，尤其是萝卜，个大白净，长势喜人。为了开发新产品，公司发展部还成立了一支十几人的科研团队前往一米村。

曹云帆也从中摸索出了很多门道，探索出"公司＋基地＋农户"的农业新模式。对于一米村生态果蔬，除了传统经销商渠道，还适时加大了电商投入。

开始时村民缺乏质量观念，在加工与包装上贪多图快，不注意品相，结果不合格产品出了一大堆。村民的情绪一下子低落到了极点。云帆再次组织村干部、党员、村民开会："我们必须在质量上下功夫，保证原汁原味的绿色食品，树立我们一米村生态农业园区的品牌才行！"云帆一边加强村民的培训学习，一边带队去宋记食品加工厂等地取经。但一米村果蔬产品在市场没名号，前期产品几乎都是洞庭人集团帮销。

曹云帆巧借洞庭人集团的助力，整合资源、技术、品种等生产要素向基地集中，并且在加工与包装等环节上下功夫，用现代工艺提升保质保鲜技术，把"一米萝卜"这一地理标志产品推向全国。在他的带领下，一米村果蔬通过参加农展会、产销对接会、直播带货、电商营销等活动，渐渐打开市场。

一年后，一米村成为省农村产业融合发展示范园萝卜基地。一米村农业园区的生产车间，六条自动化生产线马力全开，园区果蔬休闲食品日产能达百万包。昔日贫穷的一米村脱胎换骨了一样，连外出务工的年轻人也回到了村中，加入了红红火火的"种萝卜"大军。

一米村的成功让周围村庄看到了希望。荣西县的县长找到了曹云帆，希望洞庭人集团能扩大帮扶规模。宋明泽得知后没推辞，带领团队在荣西县调研，在荣西县东安乡投资了一家"阳光饲料厂"，运用"县政府＋龙头企业＋养殖大户＋贫困户"的联合模式，通过产业发展，带动当地两万多人创业脱贫。

那两年宋明泽和曹晓娅是两边跑，一边照顾公司，一边支持云帆的扶贫工作。九月农产品丰收的季节，曹晓娅坐在八仙妈身边说开了："云帆还挺有办法的，两年多时间就让一米村大变样，不仅为一米村搞来了建设资金，还让一米村脱了贫困村的帽子。"

正说着，外面传来云帆爽朗的笑声。他手上拎着一大袋子萝卜食品，兴冲冲地来到家里，说："一米萝卜，各种口味都有，女士们的最爱。"韩小鹏接过云帆手中的袋子笑道："一米萝卜成网红食品了，大街小巷随处可见，我一口气能吃两袋嘞！"

云帆坐在了奶奶身边，向她汇报了他在一米村扶贫的情况，并盛情邀请一大家子人前去一米村参观。

宋家人来到一米村，曹云帆成了导游。步入村中，宽敞的马路、干净整洁的院落、瓜果飘香的园圃让人目不暇接。没走多远，转个弯，上万亩地的一米村农业园区如花海连绵，各种果蔬缤纷多彩，采摘的游客络绎不绝。

云帆说："环保厅这两年先后对一米村投入了大量扶贫资金，完成硬化公路、村组低压改造、基础设施完善等一系列民生工程；今年一米村在全县贫困村综合评比中名列前茅呢。"

徐步兵说："一米萝卜成了网红食品，已覆盖几万个商超，还纳入了全国扶贫产品目录。今年年产萝卜上万吨，村民的年收入大幅增高，外出的劳力全部回到家乡。人均年收入增长到五万元。现在全村贫困户全部稳定脱贫。村民养老、医疗、助学、助残有了保障，人居环境得到进一步改善和优化。"

村民围绕着曹云帆畅所欲言时，宋明泽感到这个场景似曾相识，不由想起了过去——自己从部队转业回洞庭镇的那一年。

回市区没几天，曹晓娅就接到了云峰的电话，说这次带女朋友回家。曹晓娅跟宋明泽说："云峰这孩子忍劲可真好，说女朋友是大学就谈的，一直瞒着咱们。"

宋明泽笑道："证明他成熟了，没把握的事不随便下结论。这次能带回家，肯定俩人已经定了。云峰从小就听话，几乎没让我们操过心，女朋友只要他自己喜欢就行。"

曹晓娅抿嘴笑了笑，说："宋明泽，这话可是你说的啊，别见了人家又这不行那不行的！"

"我对待孩子们从来都是民主的，我不干涉他们的选择。"宋明泽这话说得斩钉截铁。等宋云峰带回女朋友后，他却一脸不高兴。

宋云峰的对象不是别人，是刘燕妮的女儿肖含芯。其实这事曹晓娅早都清楚，只有他蒙在鼓里。曹晓娅轻描淡写地给他讲这些时，他的脸都气黑了，眉头一挑说："曹晓娅，这么重要的事都瞒着我，云峰什么样的姑娘找不到，偏要找刘燕妮的女儿？"

"你怎么口是心非啊，刚才还说只要云峰自己喜欢就成，你绝不干涉。你不会还对当初没有追上燕妮耿耿于怀吧？"这话更加刺激了宋明泽。

"曹晓娅，莫乱扯，早就忘到九霄云外去了。"

曹晓娅担心孩子们听到他俩的争吵，开门对云峰说："带含芯去美食街吃点小吃，这会儿奶奶准在宋记门店坐镇，你们去陪陪奶奶。"

"含芯已经去奶奶那边了。"宋云峰转向宋明泽，"爸，我想跟您聊聊。"

宋明泽清了清嗓子说："爸也想和你谈谈。"

父子俩走到客厅在沙发上坐了下来。宋明泽点了支烟，头侧向一边抽了几口烟后说："云峰，你是成年人了，你的个人问题我不应干涉，你喜欢谁是你自己的事，但是爸爸有义务提醒你，我认为你和肖含芯不合适。你得考虑一下父母亲的想法。"

宋云峰给老爸端了一杯茶放在了茶几上："爸，您喝口茶，润润喉，医生不让您抽烟，还是莫抽了，喝茶吧。"

"莫岔开话题，你是怎么想的，存心气你爸是吧？"

"爸，是您没想清楚，我哪是在气您呀，分明是在给您争气，您当年没娶到燕妮姑妈，可儿子我把她女儿追到了手，而且是含芯心甘情愿追随我的。"

宋明泽听了这话，霍地一下从沙发上站了起来。云峰赶紧起身安抚："爸，不好意思啊，我说话太直接了，没伤着您吧？"

宋明泽正要教训云峰几句，瞥见曹晓娅坐在餐桌旁侧着耳朵听他们对话呢。他在客厅踱了几步后，眉头舒展了许多，对云峰说："云峰，那是你不了解老爸，我感谢你燕妮姑妈还来不及呢，我要谢她当年不嫁之恩，不然我怎么能娶到像你妈这么好的老婆啊，贤惠宽厚，知书达理的。选一个好的伴侣能改变一生的，所以你和肖含芯的事要认真考虑。"

宋云峰呵呵笑了起来："爸，原来你深爱着妈呀，我还以为……"

"以为什么，你老爸我这辈子最爱的女人就是你妈，从没变过，能娶到你妈是我这辈子做得最正确的事。"

宋云峰转向曹晓娅喊道："妈，你听到了吗，爸在对你深情告白呢！"

曹晓娅忍不住笑出声来。云峰脑子活，不管什么事他都能调节气氛。本来一件让宋明泽很生气的事，几句笑话就给化解了。

门外响起泊车声，云峰说准是云帆回来了。果然，云帆下车就喊："云峰，云峰！"云峰跑去门口迎接："云帆，我就知道是你！"兄弟俩还比了一下身高。云峰个头比云帆稍矮，模样也更清秀，脸上戴副眼镜，文质彬彬。

一旁的曹晓娅看了，忍不住笑道："小时候长得一模一样，大了反而不像了。"随后进门的肖含芯与云帆招呼了一声，打量了兄弟俩一眼说："我看差不多啊，不过云峰白些，云帆英姿飒爽。"云帆笑道："区别大着嘞，云峰一看就是白面书生，我一看就是劳动人民。"一家人都笑了起来。

宋明泽问云帆："怎么今天有空回家啊？"

云帆陪老爸坐在了一起说："一米村扶贫工作结束了，今天周六，后天回厅里报到。"

云峰坐在了一旁，说："哥，当村官的感觉怎么样？"

云帆说："真是一种锻炼，云峰，我建议你有机会也下村去感受一下，不下基层真的搞不清楚，还有很多偏远地区还很贫困，需要我们去建设开发。"

云帆聊起他在一米村的扶贫的经历时，眼中隐隐含着一丝泪光。云峰也被感染，但兄弟俩所在的环境不一样，理想也有区别。云峰本硕连读，毕业后在腾讯做过高级产品经理，在微软搞过研发，他的理想是研发一款"家政机器人"。

云帆说："你想自己开发机器人？"

云峰点点头，转向宋明泽："爸，我和含芯商量好了，打算留在岭阳创业。"

宋明泽听了很高兴："好啊，难得你有这个想法，学有所成且回馈家乡是应该的呀！"

云峰趁机说道："那我前期的创业资金还得请老爸支持……"

宋明泽这才反应过来："你留在岭阳是为了要我给你投资啊！"

曹晓娅上前打圆场："只要云峰愿意创业，我们应该支持！"宋明泽看曹晓娅发了话，脸色缓和了许多："那是啊，自主创业是应该鼓励，但是云峰的能力怎么样，我还不晓得。"

云帆说："老爸，云峰的能力不比运博哥差，他可是个人才啊！"

宋明泽嗯了声，转向云峰说："刚好，公司总监退休了，你就暂时接替这个位子。总监知道吧？"

"知道，公司总监的职责就是监督董事长，比如您市场战略定位不准，我必须纠正您，比如您布局出错，我也必须提醒您，一句话，我这个总监就是专门监督您的。"宋云峰看老爸脸拉了下来，忙改口，"我这个总监就是为董事长出谋划策的。"

曹晓娅悄悄嘱咐云峰："你在公司不过是一个学习的过程，公司策略的事别和你爸较劲哈。"

宋云峰嘴上说晓得晓得，可进公司不到一个月，就在市场战略上与宋明泽产生了分歧。他提出向互联网转型，说未来是科技的世界；宋明泽说要因地制宜，无论何种转型都必须是适合自己的。

云峰出差回来后，再次找宋明泽谈了自己对公司的一些想法："爸，我认为公司旗下实体店应该关闭一部分，农牧业这块要裁员，以前的老员工该退休要退休。时代在快速发展，我们的眼界与思想也得跟上节奏。科技才是未来创业的主流。"

宋明泽说："科技是发展的必然，但是中国十几亿人口，还是需要实体店的，都上网买东西去了，那不几亿人要失业？要知道一家实体店能解决多少人的就业问题。"他又严肃地看着云峰："农牧业这块绝不裁员，他们到了退休年龄自然会退休，他们都是跟随我多年的老同事、老员工，就像是我自己的家人一样，也希望你尊敬他们，这是起码的修养。"

曹晓娅说："云峰，这点你爸说得对。我们既要尊敬老员工，也要与年轻员工打成一片，善于发现人才，洞庭牧业这块很重要，要多花点心思。"

晚间新闻的时间到了，这是宋明泽的老习惯了。最近他尤其关注中国共产党第十九次全国代表大会的召开。一直立在时代潮头的他预感到，新的时代必将带来新的巨变，关乎百姓，关乎未来。新闻时间后，一家人坐在一起聊了一阵。宋明泽心情好，问两个儿子心中的梦想是什么。

云帆说："以前梦想太多，现在啊，就希望贫困地区的人们都能过上好日子，真心话啊！"云峰说："梦想成真必要创造机会，要让每个人获得发展自我和奉献社会的机会，享有和时代一起成长与进步的机会。"他靠在宋明泽身边说："所以，爸，你得给我机会。"

从未养过一天猪的云峰，主动请缨接管养殖事业。宋明泽说："一旦接手就不能退缩，做养殖可不比你玩网络。"云峰说："我之所以接手，是想证明，不管做何种事业，都是能与科技相结合的。"宋明泽也想让云峰锻炼锻炼，与曹晓娅商量后，把洞庭牧业交给云峰来管理。

云峰接手洞庭牧业后，对公司传统的生猪养殖模式进行了大刀阔斧的变革创新。他用科技化的思维来做农业，创新了流程化管理，将传统的养殖模式升级为科学化的现代养殖模式，要用"科技猪"撬动百亿产业链计划。

宋明泽面上不说，私下对曹晓娅说他异想天开。曹晓娅说既然要云峰接手管理，就不要操空头心，先看看再说。

云峰折腾了一阵后，去了一趟北京，待了一个星期左右，居然请来了中国农大、中科院的三位院士来岭阳参观。宋明泽全程陪同三位院士参观了洞庭牧业的养殖场基地。在屏幕上，人工智能估重设备从猪栏上方滑过。两分钟后，猪栏里三十余头生猪的体重数据实时更新在电脑数据库中。

宋云峰说："想要生猪长得好，关键是营养供给，但体重数据的收集也重要。通过人工智能技术，可完成生猪的测重，再根据相关数据调整饲养方案。这样就节省了很多人工。比如以前养一千头生猪需要二十个工人，现在养一万头生猪也只要二十个工人。这就是科技的力量。"

一旁的老员工听了禁不住黯然神伤，以为要被公司辞退了。宋明泽敏感地意识到工人们的情绪，说："你们放心，不管科技多么发达，我也不会辞退一个工人。我一定会让你们与科技共进步。"

自从云峰推出智能养猪项目，洞庭牧业养殖效率成倍提升。宋明泽也慢慢认同云峰的科技观，并听取了云峰的建议，不仅成立洞庭科技人才库，囊括国内各行业领域的院士与专家，在食品领域也采用了全新的互联网加盟模式。全国各地的加盟店如潮水般涌来，宋记食品一跃成为国内食品卤味巨头。洞庭人品牌也迅速传至世界各地，草莽出身的洞庭人集团早已蜕变成为行业技术代言人。云峰在洞庭人集团得到了锻炼，信心百倍地去北京继续他的机器人梦想去了。

二〇一八年三月，宋明泽带领的洞庭人集团股份有限公司在深交所 A 股主板顺利挂牌上市。公司上市的那天晚上，他们在深圳酒店庆祝，一群人在宴会厅聊的是国际金融、投资与股票，可曹晓娅聊的却是湖水。宋明泽不想扫她的兴，说："洞庭湖已在全面治理，晒月亮的情景一定能再现。"

这个美好的愿望居然有一天成真了。这年五月，岭阳市开启了"守护一江碧水"的生态修复行动。党中央高度重视大江大湖生态保护和系统治理，强调要把修复长江生态环境摆在压倒性位置，共抓大保护，不搞大开发。市领导以壮士断腕的决心，坚定不移走生态优先绿色发展之路，全市实施洞庭湖生态环境综合治理。

一家人刚从深圳回岭阳又听到了好消息。新闻记者以《私家湖泊为何如此任性》为题，披露了罗铁标矮围破坏洞庭湖生态环境的恶劣事件。湖霸罗铁标在将近十七年时间里，未经批准在政府眼皮底下，堂而皇之地非法垒砌长达三万亩私家湖泊，这个非法修建的矮围不仅严重影响了洞庭湖河道的泄洪，而且截断了鱼类洄游通道，破坏了鱼类生长繁殖和其他动植物的生态环境。六月，最高人民检察院对本案挂牌督办，沐南省人民检察院成立专案领导小组，省市县三级检察院一体化办案，依法调取了罗铁标违法修建矮围、破坏湿地生态环境等相关证据材料。

宋运真开车赶回了宋家院子，专门告诉大家这个好消息，西苇荡中"7·12案"那群歹徒全部被抓捕归案。洞庭湖最大的私家矮围终于要被拆除了。

宋明旭激动得不停地搓着双手说："太好了，拆除了矮围，困在里面的鱼和鸟就自由了！"

宋明泽的心情也如波涛起伏，洞庭湖的碧水蓝天指日可待。

第二十三章　退岸还湖

这几年，云帆为没能抓到凶手一直耿耿于怀。宋明泽想着要赶紧把这个好消息告诉云帆。电话一拨就通了，云帆说他早就听说了这个消息。此时云帆就在岭阳。

这次环保厅督查组下来暗访检查，厅长许志华带队，云帆也被抽调到这次督查组里。暗访组分成五拨，沿江沿湖分头查看，汇总情况。

许志华还真是与众不同，当年岭阳环保兴城，治江治湖就从他在任的时候开始的。今天他头戴草帽，轻装简从，喊上云帆就出发了。他不看岸线堤坝，专门去犄角旮旯，查看了不少湖泊后，来到了洞庭镇长风湖。靠近湖边，空气清新，碧水悠悠，不时能看到三五成群的白天鹅在湖面嬉戏，来湖边玩耍的人成堆。许志华上前与一位带孙子的老人聊了起来。

"长风湖我以前来过，以前河道垃圾成堆啊，现在变得认不出来了呀。"

老人说："长风湖曾是岭阳最大的黑臭水体湖。周边几个工厂的污水全部排放在这湖里，那时候洞庭镇的人苦不堪言，为这个乱排污的问题，镇上人和周边几家工厂的人都扯过皮打过架，后来许志华来了。"老人看他一眼，解释说："许志华就是以前的岭阳市委书记，他来岭阳硬是让这长风湖周边的工厂全部搬迁了。"老人家聊起这些，眼角的褶子都笑成了一朵花。

微风徐徐，湖面碧波荡漾，许志华和云帆离开长风湖后开启了下一站的检查工作。他们来到洞庭湖七公里堤坝时，迎面遇到正在堤坝上巡查的李和坤一行人。走在前面的李和坤老远就认出许志华来了。

"许厅长，别说你戴个草帽，就是戴个钢盔墨镜，我也晓得是你！"

许志华微微笑道："和坤，你这视力好，身体就错不了，再干几年没问题。"李和坤说："我现在在人大，每天的工作就是巡查，到处看，这视力也练出来了！"

市长张明天带着湖区几位局长上前与许志华握手，许志华顺便给他们介绍了曹云帆。

湖区生态经开区区委书记陈启良前面带路，一边沿湖查看，一边向许志华汇报："岭阳是我国重要的商品粮棉基地、生猪调出基地、水产品重点生产区，捕鱼、养猪、采沙、种杨树、割芦苇是千家万户的'饭碗'，转产存在严峻挑战。产业伤筋动骨，补偿成本高昂，断臂求生依然带来强烈阵痛。"

许志华眺望远方，说："这些是摆在岭阳人面前的紧迫课题。这些问题必须逐个解决，想拥有生态经济，就必须破局破冰，要有与江共生共兴的思路，统筹保护与发展，找到新出路。"

李和坤说："开始也压力重重，原有发展路径被否定，不少人觉得失去了方向；环保督查问责、产业退出补偿，包括相关信访量剧增的压力，弄得一些干部不敢谈发展，甚至有个别干部说以后要躲着江避开湖。"

许志华说："岭阳依江傍湖，如何避得开江湖？岭阳人不可能离开水谋出路，必须围绕与江共生，推进产业提质、转型升级。"

张明天说："现在好多了，干部群众不再畏首畏尾，而是达成了一种共识，大胆展开探索，多个与水相关的'老大难'问题也迎来破局。"

许志华说:"思想通了才一通百通,化挑战为机遇,攻坚克难,我们才能真正守护好一江碧水。"

落日余晖下,洞庭湖烟波浩渺,这次督查工作对于云帆来说是锻炼,也是提升。他想,守护好一江碧水的答案就隐在范公的名言里吧——先忧后乐,团结求索!

一行人在检查一处即将拆除的沙石码头时,碰到了江晓海。江晓海晒得一脸漆黑,要不是他上前打招呼,云帆一时还真没认出他来。

江晓海说:"这一年来每天都在岸线搞整顿,拆除罗铁标的私家湖泊是大工程,罗铁标在这水中私建矮围前后搞了十几年,现在我们拆除也是费了不少人力物力。我们河道部门天天都盯着,一刻都不能马虎。"

晚饭时,许志华、张明天、李和坤等人坐一桌,云帆和江晓海等人一桌吃饭。江晓海给他介绍了周金柱。一个满眼机灵的小伙子,个性开朗,属于自来熟。江晓海说在侦破罗铁标案件时,金柱因为是盘龙岛人,熟悉水情,提供了很多重要的信息。一桌人聊的依然离不开江湖河道。

云帆说:"这次我们检查还发现很多问题,河道采沙秩序很乱。岸线还有很多地方需要整顿。"

江晓海说:"以前洞庭湖环境治理涉及部门多,谁都能管,又都管不好。现在明晰了管理权责,执法也更有底气了,最近我们处置了僵尸船三千多艘,整治沙石码头几百处,还有一些顽固分子在对抗,黄田码头就是其中之一,太多了,我们也只能逐个劝退再关闭。"

金柱提醒江晓海:"黄田码头早几年就说要关,可那老板手下豢养了大批打手,查他的码头还是要小心。"

"为了拆除这些违法码头,悬崖我们也得跳啊!黄田码头是长江岸线非法码头之一,必须关闭。我已找那老板谈过几次了。"江晓海势在必得。

问题在水里,根子在岸上。沐南省在全国率先全面建立省、市、县、乡、村五级河长体系，实现江河湖库全覆盖。云帆成了督查组的先锋，联合相关部门整治河湖"四乱"问题上千个。

春节前云帆被召回厅里开会时，运真给他打电话，说江晓海在巡湖途中遭遇龙卷风溺亡了。云帆听到这个消息时难以置信，匆匆从省城赶回了岭阳，参加了江晓海的追悼会，并找到渔政局局长李志强询问情况。江晓海出事后，公安刑警赶到现场，请法医检验了，确实是溺亡。因为江晓海是在工作时出的事，单位补偿了他家里一笔钱，给他办理了后事，骨灰撒在洞庭湖里了。

那天金柱眼睛红肿，看得出来他很伤心，他跟云帆说，尽管有法医鉴定，他不相信江晓海是溺亡，只可惜江晓海遇难的地点没摄像头，他猜测江晓海可能是被人害死在水里的。毕竟这两年江晓海一直在岸线查处非法沙石码头，得罪了不少老板，恨他的人也不少。

云帆听了心中也疑惑，但没证据，这个疑问便只能埋在心中。

除夕那天，环保厅督查组在岭阳进行湖泊大检查。曹晓娅给云帆打了个电话："除夕呢，忙完赶紧回家吧。"

过年宋梦夏也从深圳赶了回来。梦夏穿着依然精致洋气，但精气神却差了很多，尽管脸上化了淡妆还是无法遮盖她内心的疲惫，以前杨波和她形影不离，这次不等宋明泽询问她先说了，她和杨波离婚了，儿子随杨波。

宋明泽听了眉头打结。杨波对梦夏的爱没的说，儿子都这么大了，还离婚？一旁的宋晓春听了，扼腕叹息："你身在福中不知福，还上哪儿去找比杨波对你更好的人？"

宋梦夏说："杨波待我是好，可我不爱他了，既然没了爱，何必还凑合？"宋晓春说梦夏净追求些虚无缥缈的东西。这话刺激了宋梦夏，她说出了实情："我在加拿大时遇到了秦铭，从此没法再收心了，愧对杨波，就提出了离婚。"

提到秦铭，宋晓春就来气："秦铭邋邋遢遢，不过会画几条鱼，就把你的魂勾走了！"宋梦夏纠正道："那是因为你没见识过他灵魂深处的干净。"晓春见梦夏执迷不悟，甚是郁闷。梦夏十五岁那年就鬼使神差地爱上了秦铭，那时她年少叛逆，可以理解。可她和杨波是自由恋爱结婚的，怎么说分就分了呢？

宋晓春听老母亲在客厅喊她，打住了这个话题。大过年的，谁也不想聊不开心的事，姐妹俩赶紧去了客厅。

宋云峰带着肖含芯从北京赶了回来。云峰和肖含芯邀请了几个大学同学合伙创立了"云峰科技"。云峰带领他的团队夜以继日，用了一年多时间，做了一个机器人样品出来。宋明泽请一位科技专家看过之后，当即就决定投资。

云峰说："爸，你今天助我一臂之力，两年后我助洞庭人更上一层楼。"

宋明泽说："别吹牛了，干出成绩再说。"

云峰忙着找云帆，曹晓娅说："刚打了电话，说很快就回家。"

院子里响起泊车声，不一会儿运真推门进屋，身后跟着云帆。云峰打量着云帆："哎，干工作太投入了吧，大衣都不穿啊，岭阳今年的冬天可是格外冷。"

曹晓娅看了很是心疼："外面天寒地冻的，云帆，你大衣不穿，手套也不戴？"

运真说："刚才在湖畔搞检查，云帆看巡堤的大叔穿着单薄，把自己的大衣、围巾、手套都送给大叔了。"云帆搓搓手笑道："那大叔鼻子都冻红了，湖风刀子割一样，他要巡堤得冻坏了。"宋明泽赶紧取来自己的大衣递给了云帆。

八仙妈心疼地看着这两个孙子，云帆和运真一左一右坐在了奶奶身边。运真说："我陪云帆他们在搞检查嘞，环保厅督查组下来检查，我们渔政部门全力配合，为保护洞庭湖生态，狠抓岸线码头，整治黑臭水体、污染……"

宋明旭打断了运真的话："莫打官腔。娘，我跟你讲，云帆和运真的工作就是巡湖守堤。"

云峰问："云帆，搞暗访督查，查些什么呀？"

运真说："云帆是省环保厅督查组的人，专门下市区检查环境污染问题。"

"这大过节的，谁还会污染湖水啊？"林秀甜觉得他们有些小题大做。

运真说："今天联合部门就处置了几起污染湖水事件。有人将废弃渔船运至银杏湖，在船上非法开设茶楼、餐馆，经营活动产生的垃圾污水直接排入银杏湖，导致湖面垃圾污水横流，我们不抓现场，他们不会改正的。"银杏湖，因形状酷似银杏叶而得名。作为洞庭湖水系的内湖、长江直入水系，银杏湖的水质直接影响洞庭湖和长江的生态环境。

林秀甜以为是长风湖，幸灾乐祸地笑了起来："这可不得了，那这'河长'也要受处罚吧？岭阳市大张旗鼓搞了个'河长制'，说出问题找河长。云帆，知道这长风湖河长是谁吧？要求可严了，谁家要是不小心扔了垃圾到这湖里，可是丝毫不讲情面，连老岳丈都受了处罚呢！"

宋明兴转向林秀甜："莫乱扯，运真刚才说的是银杏湖！人还没老，耳朵就聋了呀，成天就想着看谁笑话。"

林秀甜不由涨红了脸："哦，说的银杏湖啊，我是说啰，咱镇上的长风湖碧水透亮的，还有个铁面无私的河长，怎么可能有人在水上开设茶馆呢？"

宋明泽自去年八月担任洞庭镇河长，辖区内长风湖、玉家河环境得到全面改善，对于林秀甜的挖苦他丝毫没在意，说："环境靠大家维护，一起来爱湖巡湖，才能青山绿水。"

曹云帆说："现在情况好多了，岭阳市落实河湖长制后，河湖治理难题也迎刃而解。这次环保厅还在长风湖做了监测，如今长风湖生态环境越来越好，已稳定在Ⅲ类水质。这就是碧水蓝天的开始。"

宋明旭嘿嘿笑道："明泽，云帆厉害啊，我都不知晓岭阳市到底有多少条河流与湖泊，但云帆随口就能说出，他深入基层，工作很扎实哈。"

八仙妈问："云帆啊，那你以后就在岭阳工作了吧？"

云帆说："向奶奶报告，现在乡村振兴正在开展，我已经申请去驻村了。"

曹云帆被环保厅选派到岭阳六合乡盘龙岛驻村。行前，许志华找他谈了一次话："盘龙村是水中岛屿，闭塞落后，深度贫困，民风强悍，你去驻村要有充分的思想准备。"

盘龙村坐落在东洞庭湖东北角的盘龙岛上，据说是洞庭湖最后一个渔村，岛上植被茂密，鸟类云集，云帆上岛后一眼便喜欢上了这个还保留着原生态的水中岛屿。不过他才驻村，岭阳市就颁布了洞庭湖"十年禁捕令"。

岭阳市委市政府为打赢"禁捕退岸"这场硬仗，出台多项扶持政策，将退捕渔民转产就业作为民生工程来抓。会后，区委书记陈启良喊曹云帆和盘龙岛村干部在办公室聊了一阵。

"知道你们有压力，为了守护一江碧水，我们必须以壮士断腕的决心来治理洞庭湖。盘龙岛是重中之重啊，我们要让上岸渔民退得出稳得住，要把乡村振兴与禁捕相结合，做好乡村振兴文章，争取打造湖区的乡村振兴样板。"

曹云帆微微笑道："陈书记，我驻村还不到一个月，岛上村民还不熟悉，先做工作吧。"

陈启良说："云帆啊，你的工作能力我早有耳闻，脱贫攻坚的先进人物、环保厅督查组的先锋，做事雷厉风行。我相信你能行。"

岛上的天气，孩儿脸似的，说变就变，风多雨更多。云帆在盘龙岛一个月了，才走访了一百多户人家，岛上大部分村民的情况他还没有掌握清楚。随他一起驻村的干部陈心怡满腹牢骚："人家挂职的地方好歹是平原地带，你看咱们来的什么地方，不过一夜暴雨这岛就快成洲了。还水上桃源，我看跟水中地狱差不多，天天下雨，人都快要发霉了。"

曹云帆说："这就是洞庭湖的天气特色嘛。抱怨的话跟我说说就行了，当着村民的面可千万别说这些泄气的话。"

陈心怡"嗯"了声，刚坐下又发现椅子摇摇欲坠，忙站了起来："这些桌椅板凳都发霉要坏掉了！"

门"吱呀"了一声，一个身穿雨衣的人闪进门来，来人是赵夏莲，站在门边抖了抖雨水，脱下雨衣挂在了墙上，抬手揩了把脸上的雨珠，转向曹云帆说："曹书记，赵锦绣情绪稳定了些，我刚才去她家里帮她收拾了一阵，给她送去了村里帮她购置的医药用品，衣物也全给她换上了。"赵夏莲是村妇女主任，岛上的原住户，身材结实，肤色黑里透红。

曹云帆忙起身招呼："夏莲姐，辛苦了。赵锦绣没事就好，给她父亲说一下，莫让她独自出门，她神志不清，万一落湖里可不得了。"

"赵锦绣原本在黄田码头当会计，谁知有一天她在回盘龙岛时被一辆拖沙石的卡车给撞了，那以后就疯疯癫癫的，可惜了！"提到赵锦绣，赵夏莲叹息不已。

曹云帆听到黄田码头沉思了一下，说："雨停后，我们挨家挨户看一下是否有受灾家庭。"

"我询问了几户人家都没事，这天气他们正好躲懒，在船舱里玩牌呢。"赵夏莲对此事早习以为常了。

陈心怡睁大眼睛"哦"了声："这种天气在船舱里玩牌？水浪滔天多危险。"

"盘龙岛人以船为家，水上功夫早就练出来了，风声雨声麻将声，声声入耳。"赵夏莲说话语速极快，为了让驻村干部们听懂，她说着拗口的普通话。陈心怡笑笑说："夏莲姐，你还是讲土话吧，我跟着学，才能尽快跟岛上老住户顺畅交谈。哎，云帆，我申请走家串户时和孟晨阳一组。"

"孟晨阳呢？让他去请几个村民代表过来，还没来？"

办公桌上的电话响了，赵夏莲接了电话，是村主任周立志打过来的，说孟晨阳在去五组的路上被人用渔网给吊了起来，幸亏他懂窍门自己从网中钻了出来。

赵夏莲说："周立志正在为这件事生气，说这是某些村民针对'禁捕令'来的，想给村干部一个下马威。现在他和晨阳在去乡政府的路上，说禁捕令想在盘龙岛搞下来，要乡武装部的民兵驻村才行。"

曹云帆浓眉微挑，立即给周立志打了个电话："孟晨阳遇险的事我刚听夏莲姐说了，盘龙岛的事由我们盘龙岛人自己来解决，不要小题大做。万事开头难，现在有些村民有过激的行为，我们要包容，要有耐心，相信只要我们带领村民找到出路，他们会理解的。你和孟晨阳赶紧回盘龙岛吧，去一些退休的村干部家里坐坐，务必争取他们的支持！"

曹云帆挂机后，赵夏莲坐在他对面欲言又止。曹云帆示意她有话直说。

"曹书记，你心里也别不舒坦，关于'十年禁捕令'，岛上人早就得信了。别说岛上人想不通，一些村干部也想不通，昨天我在堤坝碰到大树爹，他说上面禁啥他都支持，唯独禁渔他不同意。"赵夏莲停了停，继续说，"我看这事啊，还得区政府出面，最好区长能来咱村里一趟，他一句顶我们百句，好歹要让村民清楚这禁捕令是上面的意思，跟我们无关。"

曹云帆若有所思，抬头望了望窗外，眉头舒展开来："看，外面雨停了。"

雨过天晴，屋里人心情也明朗起来。曹云帆收拾了一下桌上的资料，说："这道禁捕令不是与我们无关，而是息息相关。自家的事自己想办法解决，我们分头行动吧，夏莲姐你和心怡继续带人走家入户进行摸底，将岛上的老弱病残归纳造册。宣讲'十年禁捕令'时要注意方式方法。我去老支书周大树家里坐坐。"

赵夏莲说："曹书记，还是我陪你去吧，你还不熟悉岛上的路线，怕你迷路。"

曹云帆笑道："我去老支书家里拜访过一次，他家住在东升湖边的一片竹林旁，好找。我们分头行动，走访效率高些。"赵夏莲看曹云帆信心满满的样子，没再劝说，喊上陈心怡走访去了。

曹云帆离开村办公楼，往三组方向走去，村部直通外界的一条水泥马路，就像被地雷炸过一样到处是坑，路边草丛中不时蹦出几只青蛙和蚱蜢来。沿途房前屋后大多堆放着破旧的渔网、生锈的铁坠、开裂的渔船。所见处处显示着这个传统渔村曾经的繁盛，现在却一片凋零，好在房舍前总有那么一撮斑竹掩映，鸡犬串门也别有风味。不觉太阳已挂在天边，照在人身上暖洋洋的，刚才的雾霾一扫而光，他心情也开阔起来，盘龙岛完全可以打造成洞庭湖生态旅游景区。

边走边想，越想越有希望。曹云帆的步子都轻盈了。结果耳边便传来一阵刺耳的叫骂声，他抬眼望去，原来前面三岔路口一对男女正在打架。男的叫赵前程，是村里出了名的赌棍，肤色黝黑，满脸胡子楂，每次输了钱便回家找他老婆夏荷出气。

"臭婆娘，你今天不把钱给老子拿出来，老子就打死你。"

"伢儿上学的钱你都拿去赌，你还是个人吗？你今天干脆打死我算了，我早就不想活了。"夏荷豁出去了，一副拼命的架势。

曹云帆上前一把扯开了赵前程："你怎能动手呢？夫妻俩有话好说嘛。"

赵前程看清扯架的人是曹云帆时，翻了个白眼，嚷道："我打我老婆你管得着吗？"

曹云帆一脸正气："我是驻村支部书记，村里的事我都可以管。你们刚才的吵闹我听清楚了，你在外赌博输了钱，便要拿你伢儿读书的钱去填窟窿，夏荷不肯，你就打她。这是男人所为吗？"

很快，路边围来一群看热闹的村民，多是渔业三组的人。他们听清原委后纷纷指责赵前程，为首的赵九斤看不下去，上前一把揪住赵前程的衣襟："赵前程，你忒不是个东西了，还想抢伢儿读书的钱去赌，以为你扎扎实实在干活呢。还钱，赶紧把欠我的钱还了。"接着又围上来几个村民追着赵前程讨债。

赵前程老油条了，为了转移视线，一把甩开了赵九斤的手腕，一脸冤枉地喊开了："我也想做事啊，咱的活路现在被断了呀！赶明儿起，洞庭湖实施十年禁捕，以后咱盘龙岛的人一律不准下湖捕鱼了，不捕鱼，我拿什么还钱呀？"

经赵前程这么一渲染，禁捕令便像是一道无形的紧箍咒箍在众人头上。赵前程头一转，目光落在了曹云帆脸上。

"哎，你们还不信，曹云帆是盘龙岛驻村第一支部书记，问他为啥来驻村，就是搞禁捕来了。从此以后咱岛禁渔禁捕，这不是要断咱岛上人的活路是什么？"

这番话转移了刚才大家对赵前程的不满，点燃了他们对禁捕令的怒火。他们目光齐刷刷地落在了曹云帆脸上。赵九斤的老婆张香巧上前焦急地问道："曹书记，洞庭湖要十年'禁捕'这不是真的吧？"

贸然面对大家，曹云帆有些被动，禁捕的事村部还没召开村民大会，还没来得及做通村民的思想工作。但此时他必须面对，定定神看着张香巧慎重地点点头："是真的，为守护一江碧水，洞庭湖十年禁捕令三天后开始实施，大家要做好思想准备……"

张香巧尖厉地问道："从此以后不让我们下湖捕鱼？这是要断我们的活路！不行，我们坚决不同意。"又转向大伙嚷道："你们听清楚了吧，上面要禁止我们捕鱼了。"

赵九斤情绪更激动，黝黑的脸颊涨得通红："禁捕？老子听你的屁叫，盘龙岛人祖辈捕鱼为生，禁捕了，我们喝西北风去？"

围观的人也个个脸红脖子粗："禁捕，这是谁的馊主意？不可能，我们不同意。"

曹云帆依然面带微笑，向大伙招了招手："大家听我说，禁捕没你们想的那么可怕，十年禁捕是为了给这湖水一个喘息的空间，湖中不能捕鱼，我们可以在岛上搞养殖业啊。"

赵前程见捕鱼归来的周进才，扬手喊道："进才，你脸莫不是被雷公打了吧，黑狗屎一样！"

"莫提了，这洞庭湖的鱼也不知跑哪儿去了，放了几天网就搞了些小鱼小虾。"

"你知足吧！明天就要禁捕了，以后怕是连小鱼小虾也吃不到了呀。"

周进才正窝火呢，听说要禁捕，挤上前去，两只眼睛瞪得铜铃似的，骂道："老子祖辈渔民，从未听说过禁捕一事，农民种田、渔民捕鱼，天经地义！"

路边集结的村民越来越多，他们先是愤愤不平，再群起围攻，让曹云帆难堪的是这群人中有几个是他走访过的人家，前几天上门时他们对他还挺热情的，现在翻脸不认人，还操着一口地道的土话骂他。上岛前就听说此地民风彪悍，现实比他想象的严重得多，个个眼中透着一股子你不让他生他便要你死的狠劲儿。他招了招手说："大家听我说，禁捕后的出路多的是，政府为了引导上岸渔民自主创业，制定了《退捕渔民转产就业和生活保障工作实施方案》，会开展职业技能培训和就业推介服务……"

曹云帆话还没说完就被赵前程给打断了。赵前程指手画脚地喊道："这些话千万莫信，什么创业服务都是忽悠咱老百姓的，区里早几年就说要给咱村建环岛堤坝，结果呢？水泥路都没修一条。现在搞十年禁捕，就是面子工程，不顾我们渔民死活。"

"大家听我说……"曹云帆压低嗓门吼了一声。

可围观的村民情绪更激烈。"我们坚决不同意禁捕。"

赵前程借机朝曹云帆身上啐了口："你说不让捕就不捕啊！"赵前程一边煽动村民，一边乘机开溜："大家要齐心协力，明早啊该捕还得捕，谁尿谁是孙子！"

曹云帆意识到问题的严重性，在人群中搜索了一下，希望能找到支撑他的力量，可这群村民他大多不认识，个个黑着脸，充满仇恨地盯着他。召开村民大会前，他说再多也没用，看着转身离开的赵前程，他追了上去。

"喂，赵前程，你等一下……"他边喊着边抽身离开人群。

赵前程见曹云帆追了过来，回道："你找我干啥呀，我又不是村干部，你找错人了。"一溜烟不见人了。

第二十四章　渔村夕照

曹云帆哪是找赵前程啊，不过是找个借口"突出重围"。他加快脚步往老支书周大树家里走去。想做通村民的工作，必须要得到村里一帮老同志的支持。

路上他给周金柱打了个电话，金柱说他还在市区办事，晚点赶回岛上。云帆驻村后才晓得，周金柱是老支书周大树的儿子。

周大树家住在三组，离村部六七里地，曹云帆曾在周立志的陪同下去拜访过一次。去周大树家必要经过一个叫东升湖的支流湖，湖中有一座木桥。这是洞庭湖的特色，湖中有岛，岛中有湖。

赶到湖边，一夜暴雨后，木桥早已被淹得无影无踪。他四处看了看，不远处河道垃圾成堆，一股夹带着霉气的恶臭扑面而来；岛上的防汛设施几乎为零。目睹岛上的脏乱差后，他越发有了一种紧迫感，护岸治水、禁捕，刻不容缓。这样想着，他往南边的堤坝，一条仅容一人通过的土泥坝绕过去，走了一截他发现身后有人在跟踪他似的，他走她也走，他停她也停。可等他回头，身后的人却不见了踪影。耳听堤坝下的芦苇中发出窸窸窣窣的声响，接着从芦苇中钻出一个女子来。他定定神，才看清站在他眼前的女子是赵锦绣。

如赵夏莲所说，她换上了新衣裳，人干净了很多。他招呼了声：

"赵锦绣，是你啊，有事吗？"

赵锦绣警惕地看着曹云帆，欲言又止，踮起脚往他身后瞅了瞅，脸色突变，受了惊似的扭头顺着泥堤跑了。曹云帆意识到身后有人，转过头去，并没看见人，只听坡下芦苇荡沙沙作响。他本想跳下坡去追赶，打了个顿后止步了。初来乍到，岛上情况还不熟悉，有些疑问只能慢慢解。

走过大约两公里长的泥坝后，在水塘边一个带围墙的院子里，坐落着一栋半旧的二层楼房，这就是老支书周大树的家。曹云帆喊了几声，院子里没人回应，只有鸡犬在叫。他在院子外等了半个多小时，周大树的老伴祥五婶从一条小路上走了过来。曹云帆问："五婶，老支书在家吗？"

五婶说："不巧啊，他昨天去了凤山岛候鸟保护站，怕要蛮久才回来。"这次祥五婶都没留他喝口茶，相比半个月前待他热情的样子判若两人，半个月前还没颁布"十年禁捕令"。这道令已成了岛上每个人心中的一根刺。

云帆返回村部的路上接到晨阳的电话："曹书记，快艇过来了，难得天晴，我先带你熟悉岛上情况吧，去凤山岛看看，雨天又去不成。"云帆说："老支书去了凤山岛，我正想去看看。"云帆挂机后，没走多远，村部的小张开着一辆面包车赶了过来，接上了他，又去五组接了陈心怡，顺路去了北边六组南家嘴湖岸。周立志已在快艇上等他们了。

云帆裹紧身上的迷彩衣，穿好救生衣，熟练地跳到了巡逻艇上，陈心怡随后。晨阳检查艇上的装备后，启动了巡逻艇的引擎，"突突突"的马达声打破了湖面的寂静。三五成群的水鸟在空中盘旋。

凤山岛位于盘龙岛北边，由一座突出湖面的岩石山与周围露出的湿地组成。周立志说老支书退休后，成了凤山岛候鸟保护站的志愿者，一个月有大半时间在凤山岛上护鸟。云帆想到五叔也在凤山岛时不由有些喜悦，他上盘龙岛后还没见过五叔，运真倒来盘龙岛看过他一次，渔政站的工作不分昼夜，运真也忙得脚不沾地。

快艇在一处岸边停泊。周立志前面带路，远处湖岸线鸟头涌动。草滩上不时有白鹭掠过。陈心怡摸出手机不停地拍。穿过湖滩，往上走就是凤山岛了。

"云帆，云帆。"云帆没想到迎接他们的是宋运真。隔老远，兄弟俩就在打招呼。

"运真，你怎么晓得我来这岛上？"

宋运真穿着渔政执法队的制服，外面套了件橘色救生马甲，腰间挎着对讲机，他身板结实，看起来还挺威武的。运真迎上前来招呼："以后，咱们碰面的机会多着嘞，只要是洞庭湖范围内的事，渔政都管。"

他一边前面带路，一边跟云帆细说："在一次清湖活动中，渔政站的人登上了这个小岛，我发现这个小岛可观测周边方圆数百公顷的水域，适合观察候鸟习性，还是个观察江豚的好地方。我提出在此岛建个候鸟江豚观察站，站长也赞成。没多久岛上便有了这个观察站，我爸熟悉湖情，自告奋勇接下了这个兼职的差事。"

一旁的周立志说："这份差事没工资还辛苦，候鸟迁徙时要记录迁徙，还要每天巡护。"

云帆说："哎，五叔不是已经退休了吗？"

运真笑道："他哪里闲得住啊，现在当志愿者比以前还忙，他这个'湖大王'是要当到底的。"

云帆说："运真，那年你说你的理想就是开快艇巡湖，理想在路上啊！"

运真嘿嘿笑："大学毕业后，我说要回到洞庭湖从事护湖事业，我爸巴不得啊。"

云帆笑道："这就叫情怀啊，为了守护一江碧水，一家三代人都守护着这湖水。"

一处芦苇中，几只麋鹿正探头朝他们这边张望，忽又跑开。云帆"哎"了声："怎么回事，麋鹿见了我们就跑啊？"运真笑道："麋鹿认生，它们对你熟悉了也就不跑了。"说着打了个呼哨，这几只麋鹿又返了回来。云帆有点羡慕："你也得把这本事教给我才是。"

运真前面带路，东洞庭核心区候鸟江豚观察站到了。在一个突出的石岩上有一栋碉堡样的石头房子，建设得很精致，周边环境也打理得不错。运真悄声说："初建时条件很艰苦，我找到奶奶请求支援的。这个岛上所有的建筑物和设备，包括两艘快艇，都是宋记出钱赞助的。记者采访我时，我只说是志愿者捐助的。奶奶说了，宋记只是做了应该做的事，不需要宣扬。"

运真提到奶奶时，云帆朝他眨眼睛，说："八仙妈可是一位有情怀的企业家，她捐助的人和事多着嘞。"云帆不想让村支部的人知晓他们是八仙妈的孙子。

走进观察站，用品一应俱全，地球仪、电脑都有，一面白色的墙上还挂着洞庭湖水域地图，上面标了很多红线。运真说："这都是我爸标的，他说要跟着候鸟去飞翔。"

"谁在背后讲我的坏话呀？"宋明旭走了进来，穿着还是老样子，一套陈旧的制服外套一件橘色马甲，头上戴顶帽子，裤腿春夏秋冬都卷起半边，笑起来眼角的褶子挤成了一堆。

云帆喊道："五叔，谁敢说您的坏话呀？"

周大树跟了进来，云帆上前招呼："树爹，总算找到您了。"

周大树一张黝黑的脸上面无表情，说："你找我干啥，我早就退休了，现在是这岛上的志愿者。"

宋明旭瞥了周大树一眼："板脸给谁看啊？云帆，我侄子，大树啊，你得支持他的工作哈。"

周大树脸色缓和多了："在'湖大王'面前，我哪敢板脸啊，我这不是被风给吹麻木了？"一屋人笑了起来。

云帆问宋明旭："五叔，这里志愿者多不多？"

宋明旭说："目前志愿者有几十人，但能全面参与工作的人太少，主要是来这里不方便，没工资，没待遇，年轻人没几个愿意守在这岛上的。那就我来守吧，我退休了，得找事做。"

周大树说："你不是找事做，你就是这湖水的守护神啊，守了一辈子！"

宋明旭说："湖区人靠水吃水，当然要守护这湖水呀。现在洞庭湖搞禁捕，我们要支持配合。"

云帆从兜里摸出一包芙蓉王烟来，给周大树递了一根，说："树爹，我们今天来啊，就是为禁捕的事找您商量对策的。"

周大树说："我退休多年了，找我商量没用。"

周立志说："树爹，这么重要的事我们必须找您商量啊，您是村里的老支书，多少代渔民了，在这场禁捕中，您的想法至关重要！"

周大树把纸烟插在了耳朵上，从背后摸出一杆水筒烟来，云帆上前给点了个火，他吧唧吧唧抽了几口烟后，抬头看了云帆一眼，说："我不是不支持你们的工作。你不是盘龙岛人，不懂岛上人的日子，咱盘龙岛人祖辈渔民，靠打鱼为生，现在你们要禁捕，这是要断了岛上人的活路啊！这话让我如何开得了口？"

云帆说："树爹，我理解您的心情，我也理解岛上人的心情。这次全市实施洞庭湖生态环境综合治理，是为了走生态绿色发展之路，也是为了给洞庭湖一个喘息的机会。"

宋明旭说："大树啊，记得十几年前我们出湖捕鱼几乎回回满载而归，几十斤甚至上百斤的大鱼随时能见，湖中成群的江豚赛跑，现在呢？连续几天撒网也不见什么收获，为啥？过度捕捞，湖中污染过重，环境恶劣所致。再不禁捕啊，这湖水会变干变臭，还怎么打鱼为生？"

周大树皱了皱眉头说："谁想看到赖以为生的湖水变干变臭呢，禁捕后我们怎么过日子？"他埋头抽了几口烟后，转向曹云帆："岛上十一个村民小组，壮劳力大部分外出打工去了，所剩的劳力本就不多，再禁捕的话，岛上的劳力都会流失，剩下的是老弱病残。你们说乡村振兴来了，村里没人了，振兴谁去呢？"

曹云帆说："树爹，您担心的事啊，市区领导也早就想到了，为打赢禁捕退岸这场硬仗，市委市政府出台多项扶持措施，既要让上岸渔民退得出稳得住，又要推出地方特色。村民兜里钱包鼓了起来，村里劳力自愿回归了，咱们的乡村就振兴了。"

运真说："从二〇一九年开始，洞庭湖重点水域分类分阶段实行渔业禁捕，有相当一部分上岸渔民加入护鱼员队伍，完成了从捕鱼人到护鱼人的转变。现在洞庭湖就剩最后一个渔村盘龙岛了，为了一江碧水，树爹，您要改变观念啊！"

周大树抬头看向云帆说："夏打鱼、冬打鸟，曾是盘龙岛渔民的生计，我们祖辈亦是如此。岛上看起来地域宽广，实际大部分面积是湿地暗泊，你们驻村干部要注意自身安全，不熟悉环境时不可独自行动，走家串户时必须本村人陪同。想振兴盘龙村，先了解盘龙岛吧。"

曹云帆点点头："树爹，以后我在盘龙村的工作各方面都需要您的支持，还请您献计献策，我们共同建设好盘龙岛。"

曹云帆一行人离开观察站时已近黄昏，快艇向洞庭湖深处开去，螺旋桨不断激起两道白色的浪花。远处城市如海市蜃楼在湖面中拉出长长的倒影，突地，一群鸟儿从水中冲了出来。头顶上飘来两朵乌云，天空飘起了毛毛细雨，洞庭湖并不会因为天气阴沉变得安静。

一阵阵机器运转的狂吼声传来，接着，一排排超吨位的挖沙船出现在眼前，它们连接成片，场景甚是震撼。周立志说："这地就是罗岗承包的黄田码头，生意好得出奇，每天都忙不过来。"曹云帆听了心中直打鼓，按照上面要求，禁捕后接下来的工作就是关闭沿岛的沙石码头，务必做到清湖洁岸。

黄田码头是长江岸线非法沙石码头之一，位于盘龙岛北边芦苇总场。十几年前，万茂混凝土公司的罗岗与芦苇总场签订了外滩租赁协议，随之在黄田码头大小的区域内出现了几条混凝土生产线。晨阳说："码头附近江湾就是行洪道，也是长江江豚活动区。因航运通畅、水流缓和，天然适合当作码头。这个罗老板腰包是赚足了，但采沙船对洞庭湖域内的水草植被造成了彻底破坏，江豚、麋鹿、鱼禽四散逃离。

加之整天机器噪声隆隆、尘土飞扬，严重影响了附近居民生活。"

陈心怡说："既然这个码头附近江湾是行洪道，又是长江江豚活动区，整治黄田码头一事应该提上日程，该关闭的要彻底关闭。"

晨阳说："想关闭这个码头哪有那么容易。这个黄田码头的老板叫罗岗，听说是洞庭镇人，他的关系在岭阳市盘根错节，他哥哥罗又劲是岭阳知名企业家，还是市人大代表。这个码头整治了几年也没搞下来。"

曹云帆听了，眺望远方默了阵神。罗岗外号罗拐子，洞庭镇上的"老油子"，后来消失了一样，原来在这黄田码头当起了挖沙老板。巡护艇开出半个小时，码头轰隆隆的声音依然如炮火相随。快上盘龙岛时，湖面已经烟雨朦胧，快艇在疾进中颠簸。

周立志似乎发现了情况，他上身探起，一手搭在快艇的边沿，一手指向侧前方一叶小舟之处，说："肯定是电鱼的。晨阳，慢慢靠过去！"周立志这一提醒，大伙的精气神一下提了上来。待快艇靠近，前方一艘不大的渔船上，果然有人在悄悄地下网。周立志摸出电筒往前面晃了晃，探身看了看"哎"了声："是赵前程那个撮把子。"赵前程抬起头一脸惊愕，迎上射过来的手电筒光，手上的工具落在了船板上。

周立志喊道："赵前程，电捕鱼这下三滥的手段都用上了，你个狗日的不怕剁手吗？上次还没关够，又想进号子了？"

"悄无声息地吓老子一跳，还没来得及搞呢，鱼都被你们吓跑了。"赵前程衣服滴水，一看就是刚在湖里探脚来的，看清快艇上的人后，站在船头嬉皮笑脸起来。

曹云帆转向周立志说："喊他一起回岛再说。"

周立志喊道："赵前程，这回你休想抵赖。"

赵前程一脸不服气："呃，我这属于捕鱼未遂，鱼都被你们吓跑了，还捕个屁。"待快艇靠近小舟，周立志从船头飞身跃起，稳稳落在了赵前程的船上。

一行人回到岛上，天色已黑，周立志要将赵前程交送渔政，说对于电捕鱼的绝不能心软，必须惩戒，否则洞庭湖的鱼群会灭种。赵前程看周立志来真的，转向曹云帆，一脸凄惨："曹书记啊，我姐姐神志不清，需要我照顾，我老婆在水库打工，家里还有两个伢儿要吃喝拉撒，你们要把我抓起来了，我一家可怎么办？"

　　周立志说："给了你多少次机会，像你这种人，不送进去关几年不可能改变。"说着要打电话报警，被曹云帆给阻止了。

　　"再给他一次机会吧。"

　　赵前程上前一把握住了曹云帆的手："曹书记，你说话要算数哈。"

　　曹云帆做主放了赵前程，想着他如果能改邪归正，在禁捕中可能还会发挥好作用。

　　晚饭后周金柱从区里赶了过来。见到周金柱，云帆不免又想起江晓海来，但金柱没提，他也没提。初来乍到，他得先熟悉岛上的情况再说。金柱大学毕业后自主创业，小有成就，他说："盘龙岛除了自然景观，人文景观也很独特，这里是我国南方地区淡水渔业文化的发祥地。在这座小岛上，曾发掘出多处新石器时代的渔业文化遗址，素有'洞庭天下水，盘龙天下渔'之美誉！真要开发起来，原有的古迹遗址都必须保存下来。"

　　云帆回宿舍倒在床上便呼呼睡着了。这一觉睡得很沉很香，直到被一阵刺耳的轰鸣声给吵醒。不用说又是黄田码头在挖沙。只要天晴，这沙石码头便机器轰鸣，一刻也不让人安宁。

　　他洗漱后下楼来到餐厅。这间餐厅颇拥挤，条件有限，他们几个驻村干部暂时住在村办楼上，厨房的一半是餐厅。赵夏莲会提前为他们准备好早餐。陈心怡随后跟了进来，孟晨阳帮着端来两碗热气腾腾的面条。几人围坐在餐桌边边吃边聊。

　　赵夏莲问曹云帆："怎么不多睡会儿啊？"

　　曹云帆说："耳边跟有轰炸机似的，哪还睡得着。"

陈心怡说:"我看这黄田码头才是污染湖水的罪魁祸首,尘土飞扬,噪声隆隆,为了一江碧水,这个码头必须关闭。"

晨阳说:"关闭?哪有那么容易的事,能开沙石码头的公司背后都是有关系的,承包一个挖沙码头就等于承包了一座金矿一样。"

陈心怡说:"成天轰隆隆的,岛上人如何受得了啊?"

赵夏莲有些无奈:"以前也不习惯,岛上人联名找到市里投诉,可是没用啊,十几年了吧,只要天晴,这烦人的噪声就没停歇过。"

孟晨阳说:"几年前这码头就纳入了长江经济带整治非法码头之一,河道采沙执法队的队长江晓海多次与万茂的老板罗岗交涉。去年这沙石码头差点就要关了,可江晓海巡湖时溺亡,关闭这沙石码头的事又拖了下来。"

陈心怡满眼疑惑:"溺亡?江晓海是管河道的,不会游泳吗?"

赵夏莲听到外面彭亮的喊声,忙朝晨阳喊道:"彭书记来了,在外面喊你呢。"

孟晨阳和赵夏莲一前一后去了彭亮的办公室。

陈心怡若有所思:"云帆,这岛上看似世外桃源,实际暗流汹涌啊。"

曹云帆知道陈心怡的话外音,默了阵神,说:"岭阳市委市政府为守护一江碧水是下了决心的,做事得一步步来,我们初来乍到,先摸清情况,做好禁捕工作再说。"

早餐后,彭亮请来了一帮老村干部,在会议室谈了半上午,收效甚微。请来的人,个个眉头紧锁,只顾埋头抽烟,抵抗情绪都写在脸上。老村主任赵汉栋说,有关禁捕的事,大树同意,他们才响应,然而老支书周大树没请来。

曹云帆给周金柱打了个电话,希望他能出面做做他爹的工作。

不一会儿,周金柱开着摩托车赶了过来,说他爹在池塘养螃蟹呢。他带着一行人来到他家附近一个池塘边。周大树头戴草帽,正在池塘边丢水草。

曹云帆走近一看，浅水区密密麻麻地爬满了螃蟹。周金柱在旁介绍："盘龙岛最大的优势是水网密布，万里长江在这里穿梭而过，岛上池潭水质洁净，富含微量元素，是大闸蟹天赐的繁衍地。从地理位置上来说，盘龙岛三面环水，形似江豚凫水，有盘龙护境之说，是古潇湘八景中'远浦归帆'所在之地。"

曹云帆饶有兴趣地听着，周大树继续埋头忙活，说："蟹黄香蟹黄肥，桌上一筷子那口香就没了。养蟹不能马虎，选种投放、水草管理、水质调控都要注意，这样养出来的螃蟹味道鲜嫩，品质才放心。"

曹云帆说："这可是个不错的养殖项目啊，现在的人对吃很讲究，吃鱼不如吃蟹呢。"

周金柱说："这个项目我摸索了几年，可惜一直没搞起来，但不缺客源，节假日期间会有客户专程赶来购买这大闸蟹。但是想做大做强不是那么容易。"

曹云帆说："单打独斗成不了气候，抱团发展才是走向共同富裕的必经之路。"

金柱还忙着教曹云帆如何选蟹："选螃蟹要看爪子硬不硬、眼睛动不动、底部朝天翻过身快不快，背青、底白、爪红、个大才是好螃蟹。"

一晃到了午饭时间，祥五婶留大伙在家吃饭。周金柱亲自下厨。很快，一个大圆桌上摆满了"蟹宴"，清蒸、爆炒、姜辣……各种湖湘口味的螃蟹被端上餐桌。陈心怡埋头品尝后，不由拍手叫绝："个大、味鲜，膏黄饱满而不腻。哎呀呀，真没辜负我来盘龙岛一趟啊。没想到岛上还藏着如此宝贝。"

孟晨阳有些得意："那是你对盘龙岛还不了解，岛上的宝贝多了去，这盘龙蟹只是岛上的一道菜而已。'紫蟹霜肥秋纵好，绿醅蚁滑晚慵斟'嘛。"陈心怡打趣地说了句"好酸哪"。孟晨阳答非所问，说干锅和清蒸的做法尤为好吃。旁人不由哈哈笑了起来。

周金柱招呼众人，说家常便饭，大家随意。陈心怡不等曹云帆开口，抢在前面说："金柱，这么丰盛的蟹宴七星级酒店未必能做出来呢，我和云帆来岛上一个多月了吧，第一次吃到如此可口的饭菜。"

曹云帆转向周立志："盘龙岛是天然的养蟹基地啊，我的想法是在岛上成立一家生态养殖合作社，召集岛上所有家庭入社，前期由合作社统一供应河蟹种苗，提供专家指导，其间可开展技术培训，销售方面由合作社开发部负责。"

这点子说到周金柱的心坎上去了："这顿饭吃得有价值！集合大家资源，促进河蟹产业向专业化、规模化发展，盘龙岛的养殖业定能搞起来。"

孟晨阳笑道："曹书记，这个计划我举双手赞成，发展村民养殖，挖掘地方特色。人无我有，人有我优嘛。"

一桌人心情飞扬，祥五婶端个茶盘过来给大伙每人上了一盏茶后，唠叨了几句："先前吧，洞庭湖修建了洞庭大桥，大陵矶码头通江达海，以为咱盘龙岛也会跟着兴旺起来，谁知啊，水上人流与货船反倒逐渐忘记了盘龙岛。如今岛上连条像样的路都没有，不让捕鱼没了生路，这没生路又没出路，岛上人以后要如何过日子哦？"

金柱接过话头说："妈，没您想的那么难，出路多的是。盘龙岛是个聚宝盆啊，岛上拥有得天独厚的水上资源，有天然的江豚湾、麋鹿苑、观鸟湿地，还有一望无际的野生湘莲基地，还有盍江蟹、盘江鸭、盘江鱼，这些都是难得的地方特色，是咱们岛上的宝。"

曹云帆听了眼前发亮，说："综合岛上情况与地域特色，成立盘龙岛生态农业合作社，集合全岛之力深入挖掘本地特产，推销本土产品；招商引资，争取把盘龙岛打造成生态旅游景区，让外人知晓我们盘龙岛不仅有原生态的江豚湾、麋鹿苑、候鸟迁徙地，还有湖鲜美食……"闲聊中盘龙岛的规划蓝图就出来了："金柱，村里现在正需要中坚力量，我初来乍到，不熟悉岛上情况，你熟门熟路，希望你能加入我们，为岛上的建设出谋划策。"

周金柱看着曹云帆那双充满期待的眼睛，再想想家乡未来的变化，点头答应了。曹云帆特意给区委书记陈启良做了汇报："盘龙岛急需中坚力量，考虑到周金柱在岛上的影响力，盘龙岛村部候补一个支部委员如何？"

陈启良回复得也很干脆："没问题，只要利于开展工作，加几个都没问题。"

曹云帆微微笑了笑，说："陈书记，现在稳定民心才是关键，我建议来一场'渔民夜话'活动。请您和区领导上岛走走，我们一起走家入户，听民意，谋规划，取长补短，找到盘龙岛的出路。"

陈启良笑道："这个主意不错，倾听民意，补足短板，能了解情况，又能稳固人心，团结人心。"区委书记带头走家入户无疑给村民吃了定心丸。

第二十五章　长风破浪

一行人回到盘龙岛，曹云帆召开村支部会议后，成立了"盘龙岛生态农业合作社"，号召村民挖掘本土特色，从事养殖业，同时由市、区、乡、村四级联动组成了一支强劲有力的帮扶团队，晨阳任盘龙岛帮扶组的组长，金柱任副组长。

为了倾听渔民心声，白天曹云帆和周金柱组织帮扶队成员走家入户宣讲禁捕政策，晚上则与村干部一起与渔民面对面谈心。

一连几天，刚入夜盘龙渔场活动室就热闹了起来。在陈启良的带领下，曹云帆与周立志、渔政执法局局长李志强一行人，搬起凳椅与上岸渔民围坐一圈，喝着清水粗茶，宣讲政策，倾听心声。

赵汉栋说："咱祖辈渔民，现在不准捕鱼了，何以为生啊？"

周立志说："我是土生土长的盘龙岛人，刚开始我的心情也和你们一样，难以接受。但是我围绕这湖水梳理一遍后，便不再担心。从一九九八年起，省里为保护西洞庭湖生态专门设立了自然保护区，阻止洞庭湖湿地进一步萎缩退化。二〇〇二年，西洞庭湖湿地被列入'国际重要湿地'名录，从那年起，西洞庭已逐步开始禁止打鱼捕鸟。而东洞庭直到如今才开始禁捕，全面禁捕是为了保持生态平衡，为了促进资源可持续利用。"

"不要说这些大道理，洞庭湖从古至今，从没听说过禁渔令。"赵汉栋追忆起光辉时刻，眼中还满是自豪，"那时候，洞庭湖就是一个取之不尽、用之不竭的宝库。一网下去，水米子、黄辣丁、江团、鳡鱼……品种多得很。"

"那现在呢？"

赵汉栋叹息了一声："以前常见的水米子，现在成了稀罕物，以前，随便一网就能打个几十斤，现在个头小了，品种少了，野生崖鲤，一年见不了几条……白加黑地捕，一天下来能打到十来斤鱼就算运气好的了。"

周立志说："再不禁，今后恐怕没鱼可捕了哦！为啥？过度捕捞、污染、非法采沙等行为破坏了洞庭湖的生态环境所致，所以现在禁捕势在必行。这湖水养育了盘龙岛几十代人，现在我们给它喘息的空间……"

曹云帆也说："我们要逐步接受新的理念，尊重自然，有节制地利用自然资源，和自然和谐共处。保护好一江碧水，湖水才可能更好地滋养我们啊！"

赵九斤说："只要上面能给咱们想出一条出路来，咱们没意见。"

盘龙岛看起来广阔，实则地下暗泊、淤泥、陷阱到处都是，从三组到四组，看似近在眼前，走起来却远在天边，一条淤泥沟绕半天，走路走得腿抽筋。村民认为在这岛上想发展什么都翻不起浪。

曹云帆说："出路多的是，为了引导上岸渔民自主创业，区里制定了《退捕渔民转产就业和生活保障工作实施方案》，将开展职业技能培训和就业推介服务，还有兜底保障援助一批、鼓励创业扶持一批。"

孟晨阳说："咱盘龙村已成立盘龙岛生态农业合作社，曹书记说了，不仅要带领岛上人找到新的出路，还要建新的渔民驿站。"大家也慢慢聊开了。其实真的要实现盘龙岛的振兴还有很多问题要解决，还有很远的路要走。

曹云帆说："现在我们要摸底子，找路子，挖掘本岛特色，发展岛上养殖业。比如盘龙蟹就是一宝啊。"

提起盘龙蟹，晨阳眼睛发亮，转身朝赵九斤"哎"了声："对呀，九哥！别藏着了，告诉大伙上次你家池塘那一桶大闸蟹卖了多少钱吧？"

赵九斤支支吾吾没出声。一旁的金柱喊道："当时我在场，一只最大的足有一斤被一个老板买去了，一只一千元，六七两的有十几只，就那一桶螃蟹不费吹灰之力啊，九哥就搞了万把块钱。这生意划算吧？"

村民听了羡慕地看着赵九斤说："九斤，闷声发财呢，有这等好事也不吱一声？"

金柱说："所以说你们别只盯着洞庭湖的鱼，岛上能开发的宝藏多的是，要我说，禁捕后，咱在岛上搞养殖业划算得多。曹书记讲了，前期所有投入归合作社支出，帮扶大家找到新的出路。哎，这几年我家没人下湖捕鱼了，日子不照样过得滋润？"

赵九斤瞥了他一眼说："周金柱，别站着说话不腰疼啊，要不是以前江晓海帮你，你能翻身？"

金柱嘿嘿笑道："没错，所以要跟对人，走对路，加入盘龙岛合作社。我相信跟着曹书记没错，只要咱岛上有拿得出手的农业项目，就可以得到环保厅的资金帮扶，听说最多的可以得到上百万的资金帮扶。"村民们啧啧声四起。

"金柱，可别在这儿吹牛哈，那要是家家户户都搞出了一个项目，那都能得到帮扶吗？"

金柱说："没问题啊！我了解得可清楚了，只要项目靠谱又与现代农业挂钩，都可以申报农业项目资金帮扶。"

张香巧不知从哪儿钻了出来，说："金柱，那曹书记给了你啥好处，让你在这儿帮他宣扬？"

金柱"嗨"了声："用得着我宣扬吗？人家曹书记可是来咱村帮咱们搞振兴的。"

张香巧似笑非笑："是吗？搞来资金了吗？见到真金白银我们才服。"

金柱寻思了一下："香巧姐，你儿子建民好像在区环保局上班吧？"

张香巧神情颇有些得意："建民啊大学毕业自个考进去的。"又瞥了金柱一眼："建民在哪儿工作跟这禁捕有啥关系啊？"

金柱故意神神秘秘地小声道："关系可大了，省环保厅可是环保局的上级领导单位，你自个想想……"金柱这么一点，张香巧刚才还嚣张的脸立马平复了许多，扯着金柱在一旁嘀咕了几句。金柱一脸高深莫测地说："所以做事要留有余地，这关系啊，平时你想攀都攀不上呢！"

孟晨阳走了过来，清了清嗓门喊道："大伙听好了，明天上午召开村民大会，不只乡政府的干部全部参加，区委书记陈启良也会参加。明天大会，一是要宣讲禁捕政策，给咱盘龙岛人指明新的出路。二是有拿得出手的农业项目可以申报农业扶持计划。三是散会后，符合规定的现场办理低保。"

经过半个月的走访工作后，盘龙岛召开了第一次村民大会。天气不错，盘龙岛只要在家的男女老少全部参加了这次会议，村部的草坪前集结了三千多人。

让曹云帆哭笑不得的是，坪前的人大多穿得破破烂烂，有人打个赤膊，有的身上披一张破渔网，而且他们全部围绕着陈心怡，说是要办理低保。这才是吸引盘龙岛所有人到场的关键。这群人不管孟晨阳如何吆喝都听不见，只关心自己能否办到低保。

陈心怡见场面混乱，摸起一旁的喇叭喊道："大家都别急，等开完会后，排队来村部填表，通过审核后才能办理低保。"

一旁的周立志接过陈心怡手中的喇叭喊道："好了，现在开会时间到了。请大伙安静。下面请陈启良陈书记给大家讲几句。"大家虽然不情愿，但是想着能尽快办理低保也便安静下来。

陈启良说："十年禁捕是落实长江经济带共抓大保护措施，也是扭转长江生态环境恶化趋势的关键之举。岭阳市是一座缘水而发、因水而兴的城市，水贯穿了岭阳盛衰演变的各个阶段，保护好水资源是岭阳人义不容辞的责任。十年禁捕是在给我们的子孙后代谋福利。我们只有靠改变思路、改变观念才能改变盘龙岛……"

周大树埋头抽了一阵水筒烟后，也起身说了几句："这些天我也想通了，捕鱼只能靠水吃饭，一旦遇上干旱，便会出现湖干鱼没、来年断粮的现象，风调雨顺的年份，也只能勉强维持生存而已。大伙都清楚湖中的鱼越来越少。这次政府下达禁捕，还制定了一对一的帮扶政策，不只村部成立了合作社，政府还帮扶我们在岛上发展养殖业，派了驻村干部来搞乡村建设，就凭这几点，我看到了希望，也看到了出路。在此我表个态，我支持十年禁捕令，我相信人给水让路，水给人出路。"周大树的这个表决犹如一颗定心丸，让刚才还躁动的村民们安静了下来。

曹云帆接过话："老支书说得很实在，人给水让路，水给人出路。禁捕后我们的出路在哪里是关键。盘龙岛拥有得天独厚的水上资源，现在我们要改面貌，兴产业。"

村民们情绪也平稳多了，这时有人提出："曹书记，你看这禁捕就是十年，我们与这湖水相依为命了一辈子谁舍得啊，能不能明天让我们最后下一次湖，也算是个告别。"

曹云帆回答得很干脆："行，没问题，明天我带大伙出湖，与这湖水来个告别。"彭亮都没来得及阻拦，曹云帆已经爽快地答应了。村民们脸上的表情顿时舒展多了。

散会时赵前程喊道："曹书记，只要你能为盘龙村搞来足够的扶持资金，能为咱村弄来真金白银，那我可以保证你的话就是真理。"

陈心怡转向曹云帆嘀咕了声："这也太现实了吧，如果搞不来扶持资金，那是不是村民就不认人啊？"

孟晨阳嘿嘿笑道："心怡，你这人怎么就不爱听真话呢？谁能为盘龙岛带来福利，谁的威信就高，这可是实话。"

曹云帆却笑不出来，这话说得没错。驻村书记不是走过场的，而是来解决问题的。自从驻村后，他满脑子想的就是招商引资的事。

夜深了，他在微信朋友圈里推销盘龙岛："盘龙岛，洞庭湖中最大的自然孤岛，世界三大候鸟迁徙地之一。岛上拥有稀珍植物九百多科，鸟类上千种。盘龙岛是古时文人墨客游湖的歇脚点，也是现代人们治愈心灵的绝美小岛。天然的养殖基地，湖鲜美食的发源地。欢迎有志之士前来盘龙岛投资开发。"

不一会儿宋家亲友群里消息一条条弹出来，梦夏姑妈远在国外也牵挂着孩子们的情况，鼓励云帆再接再厉。云峰直接给他打来了视频，哥俩聊着近况。

"哥，在那岛上还习惯吧？"

"好着嘞。你的公司搞得怎么样了啊，机器人搞出来了吗？"

"快了，我华中科技的两个同学也入伙了，还有资本要给我投资呢。"

"行了，别嘚瑟了，有好的资源莫忘了引荐来盘龙岛哈！"

"曹书记交代的事，弟弟一定想办法完成。"

云帆聊的是乡村振兴，云峰谈的是高科技。谁能想到两兄弟之前一个想成为动漫师，一个想去考古呢？云帆挂机后，陈心怡给他发了一条信息。"记得明天清晨五点随村民们一起出湖，来个禁捕前的告别。别忘了哦！"曹云帆会心笑了笑，回道："嗯，你也一样，记得定闹钟。"

天蒙蒙亮，曹云帆与陈心怡已经等在湖边了，陈心怡隐隐担心村民会撒网捕鱼。出人意料的是，在周大树的带领下，上百条渔船在湖面徐徐而进。渔民们纷纷站在船上眺望着这湖水，他们眼中饱含着难舍的深情。

洞庭渔俗，开船敬菩萨，上船绕船头，说话避禁忌，撒网分高低。

但是这次他们没带渔网，船行之处，见庙必敬，嘴里念叨："肥的来瘦的走，鲇鲤鲫鳜样样有。"水面三三两两的鸥鹭戏水，周边渔帆竞发，远处水天一色。此情此景让曹云帆十分动容。

七点不到，所有的渔船都相继泊岸，渔民们纷纷回到岸上。曹云帆这才舒了口气，既满足了渔民们的要求，又没出乱子。

一群人回村部吃早餐时，陈心怡嘴边两个小梨窝笑得灌了蜜似的。"云帆，昨天晚上我还为你担心嘞，生怕出乱子，哎，没想到，岛上人还挺讲信用的。"晨阳走了过来说："这叫相互信任。岛上人啊，只要熟悉了，那待人热情着嘞！"

可这高兴劲还没过，陈心怡手机上弹出一则新闻，内容竟是"盘龙岛驻村第一书记曹云帆公开对抗'禁捕令'，在洞庭湖禁捕令颁布后带领全岛渔民下湖捕鱼。这是对'守护一江碧水'的公然挑衅"。

陈心怡看了，眼睛都睁圆了："这是谁在造谣污蔑？"

曹云帆看了不慌不忙地写了一段话发在自媒体账号上，并配上一张他刚才在船上拍的照片。

> 大家好！我是盘龙岛驻村书记曹云帆。今天清晨我带领岛上全体渔民出湖、来了一次最后的水上告别。清晨五点，洞庭湖碧波万顷，渔帆点点，渔船上所有渔民都站在船头深情地凝望着这湖水，他们和这湖水相依为命了一辈子。在颁布禁捕令后，他们都支持禁捕，都愿意给这湖水一个喘息的空间。他们想和这湖水来一次最后的告别，我尊重了他们的意见。这不是告别，而是鱼水之情，是守护一江碧水新的开端。

曹云帆这段话发出后，一天之内点击量高达百万，还有很多人在评论区留言，赞扬曹云帆是个"有担当、有人情味的驻村书记"。

陈心怡说："别说读者，我都被你感动了。"

曹云帆一脸自信地说："心底无私，天地自宽。"

"网络上这篇文章谁写的呢？昨天开会，我们清晨才出湖，难不成有人在暗处监视我们？"陈心怡眼中装满疑惑。

孟晨阳说："还用说吗，也许我们昨天开会时这个人就在浑水摸鱼。所以我们的动态他一清二楚。"

陈心怡在网上搜索了一阵后，打电话给了她在岭阳报社当记者的同学询问了情况。不一会儿那同学就回了一串信息给她。

陈心怡忙给曹云帆汇报："我同学帮我查到了，这个名叫'来也'的人，本名叫罗永发，原是个网络写手，靠报道各企业漏洞起家，哪家不给他封口费，他便在网上揭哪家的短，是制造舆论的高手。有些有问题的企业不愿得罪他，只要他不乱写，宁愿出钱消灾。他也就靠这种下三滥的手段开了家文化公司。"

曹云帆说："金柱，你查一下，这个罗永发是否找过我们村干部。"

金柱在手机上看了看照片，一眼认出他来："我在黄田码头见过这个人几次，他还在我家渔船上钓过鱼呢，他叫罗永发，经常开越野车去黄田码头钓鱼，他跟码头的老板罗岗是亲戚关系。他为何要诬陷曹书记呢？"

晨阳说："理由很简单，岛上禁捕后就要整治相关沙石码头。所以有人在故意阻拦禁捕工作。禁捕搞不下去，沙石码头就不会受影响。禁捕顺利，那么很快就轮到沙石码头了。"

云帆若有所思："我们先做好禁捕工作再说。"

周立志赞成："曹书记，这扶持资金至关重要啊，建设盘龙岛到处要钱，还得你费心。"

治理岛上的环境是重中之重。为申报农业项目和扶持资金的事，曹云帆常回环保厅。一段时间下来，机关的人只要在走廊上听见曹云帆的声音，就知晓要项目扶持资金来了。他不只跑扶持资金，还跑招商引资。那段时间，他几乎天天应酬，甚至到了身体挺不住，只能去医院打吊针的程度。

运真见自家兄弟这么拼命，心疼得很，就把这事告诉了曹晓娅。希望洞庭人集团能去盘龙岛投资，还补充一句："盘龙岛可是个天然养殖场所。"曹晓娅听了并没给云帆打电话，而是琢磨该如何去助云帆一臂之力。

云帆这次没往自己家想，上次在一米村扶贫时劳烦全家人出动，父母亲和奶奶都给予了他最大的支持。这次他想靠自己的能力盘活盘龙村。

三个月后，盘龙村迎来了环保厅第一笔扶持资金。曹云帆拍板将资金全部用于村里基础设施建设。治理黑臭水体，让环保先行，然后挖掘地方特色，树立品牌，发展水中驿站，打造生态旅游之路。

周立志带领工程队开始了环岛设施建设；村委会成立了河道护岸洁水维护队。岛上建设红红火火，村里渔民纷纷加入其中。但盘龙岛上的资金缺口太大，招商引资迫在眉睫。

曹云帆和陈心怡总揽全局，周立志负责搞建设，孟晨阳出谋划策，写招商计划书，周金柱忙里忙外跟工程、谈合作……村支部里的每个人既是指挥员又是战斗员，落实乡级政府上的安排，处理村里的大事小事，个个变成了万金油。

过了几天，周立志匆匆走进了办公室，一脸兴奋地说："曹书记，你厉害呀，又一笔扶贫资金到位了。"

在场的村干部听了都来了精神。原本预算要修建村部的三百万，这次曹云帆拍板拨给了合作社，作为岛上村民养殖业的前期启动资金。

可是村部的那栋房子已无法再办公，该搬去哪里呢？赵夏莲主意多，说："周金柱家那栋楼还空着呢，说是要开民宿，估计一时半会开不起来，不如咱们先租着。"

就这样，周金柱的那栋民宿暂时成了村部临时办公楼。来盘龙岛挂职的三人住在二楼，每人一间房，在周金柱家里搭伙。曹云帆把这里当成家，每天一早把院子打理得干干净净。祥五嫂手脚麻利，哪怕炒的白菜萝卜也格外香甜，周金柱做的大闸蟹更是妙不可言。

曹云帆一边忙着如何振兴盘龙岛，一边带领年轻人琢磨推介盘龙岛的方式。盘龙岛上景致错落，是不可多得的旅游景观。他们商量着八月初在盘龙岛百合湖举办一次野生荷花展览。百合湖里自然荷花面积三千余亩，是沐南最大的自然荷花景区。岛上还有高标准水产养殖基地，可以打造成沐南最大的垂钓基地。

金柱说："云帆，这次野生荷花节，能推出盘龙岛的湖鲜美食，还能展现盘龙岛天然的原生态风景，估计一个盛夏就能为盘龙岛带来几百万的收入。"

陈心怡说："你真是个天才，眼睛一眨一个法子，点子多，门道多。"

金柱笑得有点忧伤："莫笑话我了。其实这个点子是江晓海提出来的，我自主创业时他就跟我提过，要我承包这个野生荷花基地，我没放在心上。到后来想承包时创业资金又打了水漂……"

"你以前是在深圳打工？"陈心怡对他产生了好奇。

"我大学毕业后在深圳几家公司工作过。如果没那些折腾，没撞过南墙，不可能感受到家乡的好处。离开后才发现，世界虽大，还是我的家乡最美。那时晓海哥鼓励我在岛上自主创业，还给我出谋划策。"闲聊中周金柱提了几次江晓海，"小时候我们住隔壁，后来他从部队转业进了水利局，他父母亲随他搬到了城区居住。他的工作能力强，成了河道采沙执法队队长。他对岛上人很关照，有什么事去找他，他都会尽力帮忙。就连赵前程那德行的人被抓时，他姐姐赵锦绣找晓海帮忙，他也不推辞。这么仗义的一个人，竟然溺亡了……他从小在湖边长大，水性也好，怎么会……"提到江晓海，金柱眼中含泪。

晨阳表情凝重，说："不知真假哈，有人说江晓海是因为得罪了罗拐子。听说黄田码头因为日夜挖沙遭到周边居民的投诉，区里下发通知要他们停产整顿，可万茂公司不但没停产还疯狂作业，导致挖沙船上两名挖沙工疲劳致死。但万茂公司说那两个挖沙工是因为酗酒过度猝死。江晓海要一查到底，但那罗拐子背后有市领导撑着，这件事也就拖了下来。"

陈心怡听了眉毛一扬:"市领导?谁呀?这么无法无天。"

孟晨阳"哎呀"了一声:"心怡同学,你别打听了,咱们现在最要紧的事就是乡村振兴。"

陈心怡紧追不舍:"孟晨阳,你能不能有点血性啊。咱们干什么来了,乡村振兴来了,乡村振兴也包括除黑扫恶吧?"

孟晨阳的话也不知触到陈心怡哪根筋了,她就像个福尔摩斯一样,对江晓海的死因充满疑惑,转向曹云帆说:"云帆,整顿沙石码头我们应该提上日程,否则这禁捕没意义。只要天晴,挖沙的轰鸣声就不绝于耳,给湖水造成的污染相当于渔民捕鱼破坏的十几倍。"

曹云帆若有所思,转向孟晨阳:"晨阳,你熟悉这里的情况,又在河西区政府工作过,不妨聊聊你的想法,没关系,有话直说。"

晨阳说:"黄田码头就相当于金矿啊,水中沙石天然生成,可以说比金矿还值钱,罗岗就是靠承包这个非法码头成了岭阳富豪。江晓海提出要关闭这个码头,罗岗能答应吗?罗岗手下豢养了一群打手,谁敢去黄田码头挖沙就会挨打,轻则头破血流,重则断手断脚。前几年有个老板想争抢这个码头,被罗拐子喊人暗中开车撞成了植物人,从此再无人敢打黄田码头的主意了。"

陈心怡听了眉头一皱:"敢如此草菅人命?以为这里山远地偏就无法无天?"

曹云帆说:"心怡,这里还真是山远地偏,要沉住气才能抽丝剥茧找到真相。"

孟晨阳说:"去年这个码头要关又没关,码头上一百多挖沙工人全是盘龙岛人。想关闭这个沙石码头谈何容易,前两任驻村书记都是被罗岗暗地里给赶跑的,你们这是第三拨了。"

曹云帆问金柱:"对于江晓海溺亡事件你怎么看?"

金柱说:"江晓海可是水中泡大的,什么原因能导致他落水溺亡呢?说什么龙卷风,他落水的地点在漳州滩附近,那地方没装摄像头,当时公检法部门来了很多人调查，也没查出原因。"

晨阳说："去年还见江晓海忙不停，他带人在湖畔整治岸线和码头，为拆除罗铁标的私家矮围，他们联合部门只怕去了上千人。罗铁标的手下多是水中泡大的，上百人的团伙，岸上刑警想在水中抓捕他们很难，当时的场面很激烈，江晓海在那次行动中可是出了不少力……"

几人讨论时，云帆听到一阵细细的哭泣声。他起身四周看了看，发现有个人躲在篱笆围墙外。

"谁呀？谁在外面？"他起身跑到院子外看了看，原来是赵锦绣靠在篱笆旁低头哭泣。

陈心怡跟了出来，上前拉着赵锦绣的手问道："赵锦绣，谁欺负你了？来，跟我们进来吧。"

陈心怡牵着赵锦绣的手走进了院子，听见她肚子咕咕直叫，忙要金柱去厨房弄点吃的东西来。金柱去厨房下了一碗面条端了过来放在桌子上。

"赵锦绣，你先吃点东西，有什么事，吃饱后再跟我们说吧！"一向大大咧咧的周金柱见赵锦绣的样子也轻声细语起来。

赵锦绣实在是饿了，坐在石凳上埋头狼吞虎咽，一口气就把这碗面条给嗍完了。云帆又给她端了一杯茶过来，她咕噜噜喝了半杯水后才歇气。

赵锦绣似乎有话想对他说，但欲言又止。四人想把她送回家，她怎么都不肯回去，说有人想杀她。

大家都当她是疯子说疯话，云帆却认为赵锦绣思维清晰，而且一定有事想对他说。她想说什么呢？

云帆找来祥五婶："五婶，赵锦绣神志不清，又一个人在家不安全，能不能在我们住的村部给她安排一间房，让她和我们一起吃饭？她的住宿费用村部全包了。"

五婶摇摇头说："云帆，不是我狠心，是我家招惹不起那帮流子。不知赵前程欠了那黄田码头的钱还是什么原因，码头那帮人经常跑到他家里翻箱倒柜，有时把赵锦绣追得村里到处跑。我们招惹不起啊。"

曹云帆心中疑惑，联想到自己这几天两次遇险。一次是水库抢险时，他被人从背后偷袭推下堤坝，接着滚下几块巨石，要不是他及时躲闪，就"光荣"了。还有一次晚上下暴雨他途经一棵大树时，被落下的一张渔网给吊了起来，幸亏晨阳跟他分享过经验，让他得以钻出渔网，不然怎么死的都不晓得。这渔网缠身是以前水域中人害人最古老的法子，杀人不见血。

事后他和金柱分析，金柱说有可能是黄田码头那帮人干的。他们不停地在盘龙岛制造事端，阻碍禁捕工作，他们的沙石码头才能拖得久。

云帆问晨阳："赵锦绣和江晓海熟不？"

晨阳说："都是岛上人哪有不熟的呀？赵锦绣是岛上为数不多的大学生，她财校毕业后在黄田码头当会计。谁知江晓海死后没几天，赵锦绣就被一辆大卡车给撞飞了，被路过的人及时送到医院抢救才保住了命。那以后赵锦绣说话要么颠三倒四，要么几个月不开口。岛上人都当她是疯子。她老弟赵前程赌博成瘾，又不争气，日子过得每况愈下……"

云帆听了更加坚定了保护赵锦绣的决心，找来陈心怡和赵夏莲，让她们想办法照顾赵锦绣。

第二十六章　盘龙蟹香

　　一波不平一波又起。周立志匆匆赶来，火急火燎地喊："曹书记，不好了，村里几百名渔民集结在西波里湖滩闹事，他们都不愿意自己的渔船被销毁，与渔政执法队的人争论呢，我们赶紧去看看吧。"曹云帆立即跨上了周立志的摩托车，两人一起到了西波里湖滩。

　　上百条生活渔船五六成群地停靠在一起，这些船大多有二三十米长，两层船舱，是渔民们在湖上的家。禁渔政策出台后，这些船被要求集中停靠，等待拖上岸销毁。一群渔政执法人员正在与在场的渔民沟通。

　　赵九斤和他们争得脸红脖子粗："你们说要禁捕，我们也答应了，为何非得销毁这些船呢？"

　　渔政执法队的王浩说："赵九斤，销毁渔船是上面的规定，你不要阻拦我们执法。"

　　赵九斤情绪很激动："今天我赵九斤把话撂这儿了，谁敢动老子的船，老子就跟谁拼命。"

　　周立志喊道："大伙都别冲动，曹书记来了。"

　　赵九斤手里拿着渔船牌照，双眼却望向陪伴自己多年的渔船，看它即将被拆解，眼眶都红了。他转向曹云帆："书记，这艘船是我前几年去船厂买的，花了八九万，一家人全靠它挣钱。现在禁捕了，难道这船也要销毁吗？这渔船可是我们的私人财产。"赵九斤眼里流露出不舍。

一旁的渔民围着曹云帆说："这些船曾经是我们的家啊，现在就因为禁捕连我们的渔船也不留了吗？"

周大树走了过来，说："云帆，禁捕的事岛上渔民也都同意了，能否留下这些渔船做个念想呢？这一艘艘渔船曾经是我们的避风港啊！"

曹云帆微微点了点头，转向周立志问道："有什么方法既能留下这些渔船又不落人把柄？"

周立志说："为了能留下这些渔船，我这几天想了很多招，怕你不同意，没说。"

只见他从背包里拿出一张图来。图纸上是他设计的一艘"大龙船"，船身龙鳞很显眼，细看是由一艘艘渔船叠级而成。周立志指着这张图纸说："如果把这些渔船按图纸在湖滩边叠起来，就成了一艘大龙船。"

曹云帆看到这里眼睛发亮："周主任，你是天才哈！"

王浩看了看周立志设计的图纸，说："曹书记，上面有规定，禁捕要彻底，这些渔船必须销毁。"

曹云帆说："王队长，盘龙岛上所有的渔船都要保留下来。以后盘龙岛真要开发起来了，这些渔船将成为旅游景点的一道风景线。"

王浩听了，脸色沉了下来："曹书记，这个责我担不起，你还是给我们李局长打个电话，不然我回去交不了差。"

曹云帆当即给李志强打了个电话，跟他解释了保存渔船的意义，说这批渔船是渔民祖辈生存的见证，也会成为盘龙岛旅游开发蓝图中的风景……交涉了十几分钟后，这批渔船算是保留了下来。

王浩他们撤走后，曹云帆现场指挥渔民把他们的船只，按照周立志所画的图纸层层叠起来。人多力量大，不到半天工夫，岸边几百艘渔船真就叠成了一条盘旋的飞龙。

曹云帆看到岸边这条由渔船叠起的巨龙时叹道："这可真是巧夺天

工的艺术品！"

渔民围绕着他和周立志欢呼开来。此时盘龙岛人不再排斥曹云帆，信服他是为他们有好生活而来的。

保留渔船的事，很快就被别有用心的人上报到区领导耳朵里，说曹云帆在禁捕工作中阳奉阴违，禁捕后先是带领岛上渔民下湖捕鱼，又千方百计留下应该销毁的渔船。

曹云帆为这件事特意向陈启良书记做了汇报，如实讲了他保留渔船的意义。"盘龙岛所有的渔船集中堆放在岸边，并且打造成一艘龙船，这些渔船是见证渔民祖辈生存的一种物证，也必将成为盘龙旅游开发蓝图中的一道风景线。所以我做主保留了下来。"

陈启良说："这件事已经有人向我汇报，我也找人落实了，只要不违反禁捕规则，不影响环境，有时候工作中要有那么点人情味，效果啊完全不一样。"

云帆刚才提起的心平复了许多，嘿嘿笑道："陈书记，就凭您这句的人情味，我更加有干劲了。"

陈启良微微笑了笑，递了根烟给云帆："抽一支透透气，辛苦你了，既要到省厅跑项目资金，又要搞禁捕退岸工作，还好你有想法，有办法，村里班子团结，发展思路超前。但是财政对于乡村振兴的支持是有限的。招商引资是关键，找有实力的公司来投资合作开发，乡村振兴才不会走弯路。"

招商引资也得自己有资本才行，打造盘龙岛特色是关键。云帆赶回盘龙岛后，召集团队在岛上各养殖点查看了一番。三组西塘湖养殖螃蟹专业合作社最忙碌。早上养殖户们就开始忙活起来，他们得把爬满螃蟹的笼网从池塘内提到小船上。合作社负责人赵九斤说："最小的母蟹也达到七两，一斤左右的还蛮多。现在就是销路问题，每天拖货的车是不少，可我们岛上的大闸蟹，小草一样春风吹又生，这销售还得想招。外面对于盘龙蟹还不够熟悉……"

曹云帆说："最快捷的路子就是现场直播带货。"

为直播带货的事，一帮年轻人争论了起来。盘龙岛上处处是风景，随手抓拍都能吸引人，可谁来带货，谁来开这个头？

周金柱毛遂自荐："我来吧，玩抖音我拿手，而且我上镜，口才也不错。"

五婶说："自吹自播也不害臊。"

曹云帆说："五婶，这是金柱的优点，勇于尝试，敢于挑战。他聊起天来叽里呱啦一小时内能不重复。形象也不错，就这么定了吧。"

晨阳脑子活泛，说："云帆，这直播带货要有噱头才行，你也出马，最帅驻村书记亲自带货就是看点。"他眼睛一转，又说："最好你和陈心怡一起上，男女搭配效果更佳。"

说干就干，一番准备后曹云帆开始在湖畔地头直播，头戴草帽，裤脚卷到膝盖，人站在池塘中，抓起两只大闸蟹介绍："盘龙岛是块风水宝地，四月茶，五月粽，六月荷，七月的莲藕神仙求，八月的螃蟹吃不够。盘龙岛的大闸蟹最小的也有一斤左右……"云帆和陈心怡一唱一和，不仅大力介绍了盘龙岛的风景，还推销了盘龙岛的产品。而这随手抓拍的画面放在抖音上美得让人窒息。很快曹云帆的直播间便挤满了客户，盘龙蟹大受市场欢迎，每天下单的客商源源不断，有时候一天接到了几千单。

岛上养殖户也学着金柱和云帆的样子在田间地头直播，周金柱的妹妹周小依回来了。她自我介绍说是自媒体网红，然后又自嘲说是还没有红起来的网红，不过回到盘龙岛很快就会红起来了。树爹问她："三年多不回家，怎么现在愿意回来了？"

小依呵呵笑道："我看到曹书记在网上推销盘龙蟹，意识到我是丢西瓜捡芝麻啊，我的家乡才是创业的好地方。"

周金柱说："云帆，你的魅力大呀，看了你的直播带货，岛上曾在广东打工的人都回来了，说在家乡创业比在外面打工强得多……"

盘龙岛随着直播带货慢慢火了起来。宋明泽当然也看到了，只要云帆直播，他都会准时在收看。曹晓娅说："光看有啥用，得拿出实际行动去帮扶呀。"

宋明泽挨着曹晓娅在沙发上坐了下来："很多事情我们不能替他包揽，这次云帆是驻村书记，得让他明白什么叫乡村振兴，这跟他上次去一米村扶贫不一样，那时候他没经验，所以得支持他的工作，现在他已经成长起来了，得靠他的智慧与能力去开发盘龙岛。"

曹云帆忙起来完全忘了日子，要跑项目资金，要招商引资，五一劳动节还在直播间带货。他在直播间看到曹晓娅的留言时，才想起该回家看看爸妈了。

晚上，云帆赶回家里吃晚饭。曹晓娅见他黑了许多，人也瘦了，不免有些心疼。一家人边吃边聊，宋明泽问云帆："驻村的感觉怎么样啊？"

曹云帆说："刚去时两眼一抹黑，交通不便，野蛮荒芜，村部是一栋摇摇欲坠的老房子，岛上大半是湿地，到乡政府要走几公里泥巴路。熟悉后发现，岛上蔓荆遍地，生物种群极为丰富，是天然的养殖基地，要是搞好了，就能成为宝地。"

宋明泽说："这就说明你入门了，乡村振兴并不是简单地去环保厅弄些扶持资金来给村里修一条路的事，而是要改变岛上人生存的思路，挖掘地方特色，通过招商引资建立自己的品牌。"

"爸，盘龙岛正在招商引资嘞！"他从包里拿出两份招商引资的规划书递给了宋明泽和曹晓娅。

"我到盘龙岛一年多了，禁捕退岸工作还算顺利，现在环保厅的扶持资金也下来了几笔，但是盘龙岛是个水中岛屿，要建设的地方太多了，财政扶持有限，招商引资才是乡村振兴的主力军。我想，洞庭人集团如果能在盘龙岛投资一家高科技农业园区，既能拓展集团产业，还能带动盘龙岛养殖业，解决退捕渔民的工作问题，一举多得。"

宋明泽看了一眼规划书，悠悠地抽了一支烟，说："怎么，招商引资招到自己家里来了？招商引资还得靠你自己想办法。自力更生，丰衣足食。"

曹晓娅微微笑道："云帆，云峰说他的公司上市后，就去盘龙岛投资，给你加油助力，还说要在盘龙岛建一个科技园区，联手盘龙岛打造地方特色。"

云帆嘿嘿一笑："这个主意好。盘龙岛的大闸蟹可真是一绝啊。宋记也做龙蟹，可就是没盘龙岛的蟹大呀。"

曹晓娅说："等云峰的公司上市，我和他一起去盘龙岛考察。咱东边不亮西边亮。"

宋明泽靠在沙发上眉头合拢又舒展，对着曹晓娅说："我不会中你的计，想气我，我偏不气。"

云帆问："云峰的公司怎么样啊？去年就听他说要上市。"

曹晓娅说："云峰等会儿就回来，昨天还通了电话，云峰现在可沉得住气了，开发了新产品还保密，说要等正式上市才公布。"

母子俩正在聊着，外面响起泊车声，云峰和肖含芯回家了。明明知道大家最关心上市的事儿，进家门装出若无其事的样子，等宋明泽问他上市的情况时，他才慢慢吞吞说了两个字："成了！"

"哎，你小子说清楚点，到底哪儿成了？"

云峰这才一本正经地说："爸，我已收到了通知，下个月我将带领云峰科技登陆上交所科创板。"听到这个消息，一家人都很高兴。

宋云峰带领团队，经过两年多的研发，云峰科技推出了首款定制的全家智能机器人。凭借"机器人"的流量，依靠洞庭人集团出色的营销能力，云峰家政智能产品在市场迅速崛起，利润增长超速发展，中国具有历史意义的科创板开板后，云峰科技赶上了风口，宋云峰带领云峰科技登陆上交所科创板，作为大股东的宋明泽身价也因此暴涨。

看云峰意气风发，宋明泽和曹晓娅甚是欣慰。曹晓娅牵挂着云帆，几次劝宋明泽去盘龙岛考察，可宋明泽坚持他自己的观点，说他相信云帆自己能闯出一番门道来。

曹晓娅说:"洞庭人集团发展到今天已不是单纯的一家民营企业,而是一个建立了一种与洞庭人同呼吸共命运的联合体。拯救盘龙岛就是拯救我们自己,也是在拯救湖中万千生灵。"

"好了,好了,曹老师,我说不过你。你呀,嘴上说得好,说路在孩子们脚下,随他们自己走,实际一天到晚操他们的心。你这个思想要不得,年轻人得让他们有个磨炼的过程。"

曹晓娅说:"盘龙岛与我俩是有渊源的,我们曾经在源湖码头接送的那两个孩子就是盘龙岛人。那时我还是洞庭镇学校的老师,为了让对岸渔民的孩子读书,每天在码头边等渔船过来,接了他们的孩子去学校,放学后我再送两个孩子回到码头边,等他们的父母开船来接。记得有一次这两个孩子感冒了,你陪着我搭船去了一趟盘龙岛,走了很远的路,逢人就打听赵三观家住哪里,直到我们找到赵三观的家。两个孩子生病了,就在家里喝温盐水,说是能自愈。我们要送孩子去医务室,可岛上哪来的医务室?第二天我们购买了治伤风感冒的药,又搭船去了盘龙岛,才把药品送到了他们家里……"

"记得,记得,那两个孩子的大名还是你给起的。"

"一个叫锦绣,一个叫前程,希望他们能有锦绣前程。"

宋明泽坚持的事,很难有改变。曹晓娅自己去了一趟盘龙岛,司机一早开车送她去的。车穿过洞庭大桥后,往右转个弯在一条长约三十公里的高速上行驶半个小时,再转上一条约十公里的堤坝就到了盘龙岛。她让司机先回去了,不想太打眼。云帆在家说过,在他没把盘龙岛发展起来前,不想让岛上任何人知晓他是宋明泽的儿子。宋明泽是岭阳市知名企业家,即使远在盘龙岛的人也多少有耳闻的。

进入盘龙岛后,一条宽敞的柏油路出现在眼前,路边是整齐的花圃树木,空气中飘着一股淡淡的荷花清香,风景比在直播里看到的还要美。她在路边租了辆车。司机问:"去哪组啊?盘龙岛大得很,你得说清楚去哪组。"

"哪一组我不记得了,但名字我晓得,赵三观,去他家里。"司机摇摇头说不认得。曹晓娅要司机往前面开就是。开了五里地左右，在一处湖塘前下了车。她要给云帆打个电话，想想又挂了，想着自己先在岛上转转再说。

前面有几个妇女在岸边打理芦苇，她走过去问道："打听一下，我找一个叫赵三观的，请问他家住在几组啊？"那妇女抬头看了曹晓娅一眼，见她穿着精致斯文，顺手指了一下交叉路口说："往右边小路走，渔业三组右拐水塘边有栋平屋，就是赵三观家。"

"谢谢！麻烦了！"

"喂，听你的口音像是城里来的，你是赵三观家什么人啰？"

"我是他家一个熟人，他家锦绣和前程都好吧？他们年岁也不小了。"

"唉，他们怎么可能好啰！村里最造孽的一家人，一个是死无赖，一个是疯子，造孽啊，造孽。"曹晓娅听了心里直打鼓，按照那个妇人指的方向走去。沿路又问了两个路人才找到了赵三观的家。

在一个池塘边，篱笆筑的院墙里，有几间老式样的平房，院子外堆放着生了锈的渔具。她刚走进院子，听到屋里传来一阵惊恐的喊叫声。一个披头散发的女子从屋里冲了出来，身后跟着两个凶神恶煞的男人。院子外冲进一个黑脸后生，摸起门边的锄头挡在了女子前面："你们敢动我姐姐，老子就和你们拼了。"

一个粗壮男子上前一把抓住了他的衣襟骂道："狗日的赵前程，你吃豹子胆了，敢摸家伙和我们对抗？你他娘的欠了我们老板几十万赌债，你不还债还躲了起来，我们当然要抓你姐姐做抵押。今天就两条路，还清你欠的赌债，要不抓你姐姐做抵押。"

赵前程用力一甩，一把挣脱了抓他的手掌，说："我姐是疯子，抓她没用，我跟你们回去。"另一名男子呸了声："赵前程，你他娘的话鬼才信，等会儿你又趁机逃跑了，老板讲了，这次必须抓你姐姐回去做抵押，不然剁了你的手脚。"

曹晓娅听了几句，上前面对这两名男子喝道："住手！你们是什么人？光天化日之下私闯民宅，强抢妇女！你们放开她，不然我报警了。"

曹晓娅这一声呵斥，倒让这两个牛高马大的男子愣住了。他们打量了曹晓娅一眼，根本不认识，但看曹晓娅一副正气凛然的样，倒怯了几分："你谁呀？多管闲事。"

曹晓娅厉声道："你们是谁，报上你们的名来，住盘龙岛几组，姓甚名谁？"

曹晓娅一边虚张声势，一边赶紧给曹云帆拨电话。

"云帆，我现在盘龙岛赵锦绣家里，你赶紧带人过来。"那两名男子听曹晓娅招来了村干部，不由得松开了赵锦绣，狠狠瞪着赵前程："好啊，赵前程，你欠钱不还，还搬救兵，你给我等着，看我老大怎么收拾你们。"

两人悻悻离开院子后，曹晓娅伸手把倒在地上的赵锦绣扶了起来。赵锦绣吓得哆哆嗦嗦，蹲在地上不肯起来。曹晓娅看着眼前这个蓬头垢面的女子，心中一阵发酸："来，别怕，我帮你把头发扎起来！"她从随身的挎包里摸出一把梳子，帮赵锦绣把头发扎了起来，又带她到院子里的自来水龙头前洗了把脸，再看赵锦绣精神多了，依稀能从她脸上找出一点以前的模样。

一旁的赵前程看了看，觉得曹晓娅面熟，但没认出来："你是谁呀，看你面熟，是岛上帮扶团的？"

曹晓娅看了看兄妹俩，问道："你就是赵前程，她是赵锦绣？"

赵前程点点头。她伸手抹了把额头上的汗珠说："你们再仔细认认我是谁？一晃都三十多年了，那时候你们读小学，我每天在码头接送你们。"赵前程一拍脑壳，这才认出曹晓娅来："哎呀，是曹老师啊！曹老师，真的是您啊，锦绣快起来，这位可是曹晓娅老师啊，是洞庭镇学校的曹老师！"

赵锦绣听了，慢慢抬起头来，打量着曹晓娅，喃喃自语："曹老师，曹老师……""锦绣，我是曹老师，好多年没见了，我就想着来岛上先要看看你们姐弟俩。没想到碰见这两个坏家伙。不要怕，有事立即报警，也可以报村部。"她一手拉着赵锦绣坐在一条长凳上，问道："前程，你父母亲呢，他们都好吧？"

赵前程忙着端茶倒水，回道："我娘前几年过世了，我爹去了北角岛打工，现在就锦绣一个人住在这里。"他一脸羞愧地看了眼赵锦绣："是我不争气，连累了我姐。"

曹云帆和陈心怡、金柱匆匆赶了过来。曹云帆走进院子看见曹晓娅，又惊又喜："妈，您来也不提前通知我一声，我去接您啊。这岛上弯弯曲曲的，您是怎么找这儿来的呀？"

"晓得你们忙，这个岛我又不是没来过，来，我给你们介绍一下，锦绣和前程。他们就是我跟你提起过的那两个学生。看看如今人都到中年啰，时间真快啊！"

赵前程见曹云帆是曹老师的儿子时，脸上红一阵白一阵，巴不得找个地洞钻进去。

曹云帆不想在妈妈面前提不愉快的事，说："赵前程，原来你就是我妈经常跟我提过的那个学生啊！别说，我妈给你们姐弟取的这个名字还真是挺好的。"

曹云帆给曹晓娅介绍了陈心怡和金柱。曹晓娅微微笑道："云帆回家提起过你们，说你们是一支充满青春活力的振兴队伍，真好！"

陈心怡甜甜一笑说："那是因为我们遇到了云帆这样的好领队！阿姨，您途中辛苦了，快吃中饭了，回村部去吧，妇女主任赵夏莲听说您来了，正在厨房准备饭菜呢。"

曹晓娅拉着赵锦绣的手，回头喊道："前程，一起去吃饭吧！"

赵前程哪儿还好意思去吃饭，他可是差点就害了恩人的儿子啊，忙摇头说："曹老师，您难得来岛上，晚上我请您在家吃饭，村部我就不去了。"说着想撤退，曹云帆一把拽住了他："曹老师来了，你当学生的去作陪是礼数，走吧，人多热闹些。"赵前程只得硬着头皮一起上了外面的面包车。

路上，赵前程心中忐忑不已，生怕云帆揭穿他。曹晓娅看赵前程眼神闪烁，猜到了几分。下车后，她把云帆喊在一边聊了几句："云帆，作为驻村书记，一定要注意方式方法，民心所向才是大道。至于个人恩怨，哪怕有人打了你一顿，你也要忍住。这个岛上的渔民我了解，他们淳朴善良，没有真坏的。"

云帆点头道："妈，我明白，个人的事相比发展大计来说算个啥。"

曹晓娅说："有时候挽救一个坏人往往能救一群好人。因为你不救他，他就可能害一群人。"

中午饭赵夏莲下厨，金柱和晨阳在旁打下手，不一会儿，一张大圆桌上就摆满了菜。曹晓娅牵着赵锦绣的手和她坐在一起。一桌人边吃边聊。

陈心怡给曹晓娅介绍了餐桌上的美食："曹老师，您来到盘龙岛一定要尝尝这岛上的美食——盘龙岛大闸蟹，这是盘龙岛的特色，还有盘龙八珍、冬瓜莲、莲蓬、藕粉、米虾、鸡连梗、菱角。"说着夹了一只大闸蟹放在曹晓娅的盘子里，又夹了一筷子藕尖放在她碗里："您尝尝，盘龙蟹和盘龙藕，味道鲜美至极！"

曹晓娅微微笑道："谢谢你们的盛情款待，云帆说在盘龙岛上遇到了一群志同道合的年轻人，青春有活力，有理想，有追求，振兴盘龙岛指日可待啊！"

晨阳说："曹老师，曹书记驻村一年多，这岛上已经大变样了，岛上的基础建设已基本完成，河道洁水护岸工作也排全区乡村第一，岛上的养殖业更是发展得红红火火，这些可都是曹书记带领岛上人建设起来的。这日子有奔头！"

曹晓娅说："记得三十多年前，我就劝说过这里的渔民要他们上岸，为了孩子们读书方便也要上岸，可他们在水上漂惯了，一直不愿意。现在他们终于上岸了，孩子们读书方便多了。"

这会儿的赵锦绣很安静，在曹晓娅面前就像个乖巧的学生，曹晓娅给她夹菜她还说谢谢。桌上的人见了有些诧异，赵夏莲说："看样子赵锦绣对曹老师的记忆非同一般啊。"

饭后，曹晓娅喊云帆到一边商量："村部应该送赵锦绣去医院治疗，村民说她是疯子，我看她思维还清晰，起码她还记得我，这就证明她可以治愈。"想了想又说："盘龙岛正在搞发展，资金紧张。这样吧，赵锦绣的个人治疗费用我全部负责，还有赵前程欠的赌债，我也帮他还了。他家里的情况实在困难，如果赵前程还背着一身赌债的话，只会越来越坏，帮他还清赌债也是帮他重新做人。"

云帆说："妈，赵锦绣送医院治疗的事，村部早有安排。赵前程还赌债的事我和村支部的人商量后再说。如果赵前程自己想改好，您放心，我一定会扶他站起来。"赵前程在走廊上听到这母子俩的对话后心中愧疚不已。

下午一行人陪曹晓娅参观了岛上的一些养殖基地后，曹晓娅牵挂着赵锦绣，提出要尽早送赵锦绣去市区医院治疗。云帆和村支部委员商量后，喊上赵前程一起开车把赵锦绣送到了市区一医院。曹晓娅帮着交付了赵锦绣的医疗费用，云帆安排赵夏莲暂时在医院陪护。

赵前程又是感激又是难受，车返回盘龙岛后，"扑通"一下跪在了曹云帆的面前："曹书记，我真不是人，你把我抓起来吧，我害得你差点丢了性命，我不是个东西。上次树上落下的那张渔网就是我搞的，黄田码头的罗黑子逼着我布置这个陷阱，说只要把你吊起来，我欠他们的赌债就抵销。"

曹云帆伸手把赵前程拖了起来："知道愧疚，说明你还有挽救的余地，只要你真心改变自己，既往不咎。从现在起我给你安排个职务——巡湖管理员。渔政要在湖区招收十几个巡湖员，工资待遇都不错，我给你报了名。你祖辈渔民，对于这湖水熟悉。"

赵前程听了眼眶都红了："曹书记，你真是及时雨啊，我正想报名嘞，但是我姐在医院没人照顾啊。"

云帆说："赵锦绣在医院治疗，村里会安排人照顾她，你随时都可以去医院看她。

赵前程起身离开时犹犹豫豫地说："曹书记，我姐……"

云帆说："怎么？担心你姐？她会好起来的。"

赵前程不再犹豫，鼓足了勇气说："我姐是被罗岗的手下罗黑子开车撞的，她被车撞伤后身体受到了很大的伤害，有段时间失忆了，那段时间我也以为她疯了。后来我发现罗黑子和他几个手下一直在监视她，跟踪她，还会逼问我姐账本在哪里。但我姐每次都胡言乱语，罗黑子他们走后她又不一样，几次要我带她离开盘龙岛，我才晓得她在故意装疯……"

云帆问："你为何不报案？"

赵前程满脸羞愧："怪我不争气，因为我欠了罗黑子一大笔赌债，我不敢报案。姐姐以前是万茂公司的会计，我想是不是她拿了他们的账本……"

云帆说："赵前程你说的这些情况很重要，但是你一定要管住你的手，不要再赌博。为了你姐姐，也为了你一家人。"

这边曹晓娅回家后就在宋明泽耳边念叨："云帆还挺有办法的，才驻村一年多时间就让盘龙村大变样。村里的路啊、房子都修建得整整齐齐的，河道治理得干干净净的。还有那盘龙蟹一斤多重的满岛都是，你要不去投资，我准备邀请我爸去，云帆姓曹啊……"

宋明泽说："这就对了，我们没参与，云帆一样能带领村民振兴盘龙岛，这就证明他成长起来了，所以我们不要操这个空头心。"

一旁的云峰说他明天就去盘龙岛。云峰科技总部设在了岭阳，空时云峰便带着他的团队去宋明旭的清污船上看江豚嬉戏，去云帆的盘龙岛吃美食。肖含芯都不想回去了，几次回广州出差又随云峰一起赶回岭阳。燕妮说："咋回事？三过家门而不入啊！"肖含芯跟燕妮说："岭阳太美了，休闲度假没有比那里更逍遥的了。"

云峰回家把这段小插曲说给爸妈听时，曹晓娅又唠叨开来："看看含芯都说盘龙岛是个好地方，还劝燕妮去呢。"

在曹晓娅的激将下，宋明泽带领公司一行人去了盘龙岛，事先也没跟云帆打招呼，说是要看真实的盘龙岛。

车进入盘龙岛，宽敞的柏油路、整齐的花圃树木、碧波荡漾的水塘，让人目不暇接。沿东岛开去，百合湖千亩荷塘里莲叶或鲜或枯，或舒或卷，姿态万千，红男绿女篷舟穿梭。宋明泽让司机停车，说：“这么好的风景，我得慢慢欣赏啊！”

撸袖卷裤的曹云帆头戴草帽，正与设计师商量打造景点的事，金柱赶了过来：“曹书记，来贵客了！洞庭人集团的董事长宋明泽带团上岛考察来了。”

曹云帆听了忙从莲池中钻了出来，轻轻一跃到岸上来。宋明泽走到近前才认出跑到跟前的人是曹云帆，打量了他一眼，不由笑了：“不错嘛，曹书记，深入基层扎根泥土，很有驻村的样子。”

曹云帆嘿嘿笑道：“宋董，您来得正是时候，盘龙岛正在筹备一年一度的盘龙蟹展览节，欢迎宋董带团前来考察指导工作！”

村支部一行人匆匆赶了过来。曹云帆给他们做了介绍：“这是洞庭人集团的董事长宋明泽先生，这次来岛上主要是为了考察盘龙岛的投资环境。”

彭亮忙上前握手：“欢迎欢迎，洞庭人集团是省城的龙头企业，您能来盘龙岛视察，是我们的福气！”

宋明泽边走边看，说：“好多年没上过盘龙岛了，没想到变化这么大。”

周立志笑道：“这可是曹书记为岛上带来的福利，环保厅先后对盘龙村投入了大量扶持资金，完成了环岛堤坝与公路修建；改造绿化居民庭院一千多个；村民的年收入大幅提高，外出的劳力也大部分回到家乡；今年盘龙村在区农村环境卫生整治评比中名列前茅呢。”

趁周立志给宋明泽介绍的空，曹云帆转身在溪沟旁洗了把脸，又快速整理了一下散乱的头发，扯了扯衣角，起身转向宋明泽时，一身古铜色的肤色在太阳下闪闪发亮，脸庞就像向日葵似的阳光明媚。宋明泽看了心中喜悦，嘴上却说："晒得还不够黑呀，证明还不够接地气，好好练啊！"

曹云帆自嘲："是，得好好练。盘龙岛现在对于我来说就像一个巨大的魔术盒子。岛上蔓荆遍地，生物种群极为丰富，鸟类几百种，是世界三大鸟类迁徙之地。"

孟晨阳介绍："盘龙岛自古就有水上丝绸岛之称。岛上除了自然景观，还曾是古时文人墨客游船中途歇脚点，历代文人墨客如杜甫、李白、刘禹锡都在这里留下了不朽的诗文。"

"这岛上有三千亩野生荷花基地，目前是沐南最大的自然荷花景区。今年还在湖边增加了项目，设有观荷塔、赏荷亭、渡船码头渔乐看鱼等景区景点。这些景点可都是曹书记带领岛上年轻人开发出来的，他们精力充沛，每天就琢磨怎么让盘龙岛变得更好。"周立志说。

一行人途经五里湖螃蟹养殖专业合作社时，停了下来。一群村民围上了云帆，全是来找他办事的。

"曹书记，我自己搞了个农业项目，等你空时请你去看看行不行啊？"

"曹书记，我家的大闸蟹今天又出塘了两百斤，我家水塘要扩展啊。"

宋明泽看着这一幕，不由得想到了年轻时的自己。

湖旁停着一排货车，周大树正带领一群村民忙活着。他们小心翼翼地把爬满螃蟹的笼网，从池塘内提到小船上。宋明泽上前与养蟹里手赵九斤聊了起来。

赵九斤忙得满头是汗："我以前是既捕鱼又养蟹，在岛上养蟹十几年，以前是出了笼就带着螃蟹前往大城市等地销售，当时的冷链技术不发达，不可控环节特别多，风险很高，忙碌半生并没赚到钱。如今不一样，各方面有扶持，今年我养殖了上百亩，几百斤螃蟹刚出笼就被城里食客采购一空。"

合作社负责人周支援走上前介绍："马上到螃蟹大量上市的季节。

盘龙蟹采取人放天养模式，每只螃蟹都有身份证标识，可全程追溯，要货的商家越来越多，旺季提前半个月都订不到货。"

周立志接口道："改变观念很重要啊，曹书记驻村后，提出以'基地＋合作社＋农户'的生产经营模式发展养殖业，开始很多人怀疑，这个路子是否行得通，事实证明啊，这个路子是正确的，培育了品种不说，还提升了品质，打造了品牌。"

赵九斤说："现在城里人只要提到蟹，准会说'吃蟹要吃盘龙蟹，个大蟹肥膏黄香'。"

曹云帆说："岛上现有的水产养殖面积近两万亩。我们还会号召大家继续扩展，形成以盘龙湖大闸蟹、盘龙鸭、盘龙虾为主导的产业链，将盘龙岛打造成集生态、养殖、观光、美食于一体的特色湖鲜小镇。"

正说着，一阵"突突"的快艇马达声传来，不远的水面上，宋明旭开着快艇驶了过来。靠码头泊船后，他大步流星走了过来，空中竟有百鸟徐徐相随。他走，天上鸟儿就走，他停，鸟群便悠悠盘旋在他头顶上空。曹云帆笑道："哟，五叔来了。要知道五叔在哪儿呀，看天上的鸟就晓得。"

宋明旭人还没到跟前，声音已传到耳边："明泽，刚接到妈的电话，说你要带队上盘龙岛考察，怕你们父子俩不对付，要我来当和事佬嘞。"说着看了看眼前的父子俩哈哈笑着。

宋明泽一本正经地说："那你来得正是时候，我就是来找碴的。"

宋明旭说："这里错不了，明泽。我跟你说，云帆跟你年轻时一个样，吃得苦，霸得蛮，看他才驻村一年多吧，岛上就发生了很大的变化，现在合作社搞起来了，这个搞合作社我记得还是你发明的呀，连这个都有遗传的呀。"

一群人跟着哈哈笑了起来，此时他们才知道，曹云帆是企业家宋明泽的儿子。

周大树戴着草帽从田埂匆匆走了过来，近前取下草帽，上前一把握住了宋明泽的手，因为激动，眼角皱纹都跑额头上去了："哎呀，明泽，还记得我吧？"

"大树哥，怎么不记得嘞，当年我们一起在西镇大堤修建堤坝，好多年不见了呀！"两人的手紧紧握在一起。当年在西江口修建堤坝时的情景又浮现在宋明泽眼前。

周立志说："宋董才上岛，故事你们等会儿再聊，先请宋董和考察团的人去村部喝杯清茶解解乏吧。"

周大树说："村部远着呢，去我家里吧，就在路边。金柱，你赶紧下厨准备饭菜，要你娘手脚麻利点。"

周立志觉着不妥，没事先准备，怕怠慢客人。

宋明泽说："就去大树老哥家里吃饭，想当年我俩在西镇堤坝上并肩作战，同吃同住的！"

周大树嘿嘿笑道："我今天右眼一直在跳，右跳喜，竟然是你来了！"

晚餐在"金柱农家乐"吃饭。周大树和五婶亲自下厨，赵夏莲喊来村里一群能干婆娘在一旁帮忙打下手。闲聊一阵，周立志陪客人洗漱品茶后，已经飘来一阵蟹香味。

一竹笼刚清蒸的大闸蟹摆放在桌子上。盘龙岛人做蟹别具风味，清蒸的不要任何配料，原汁原味超鲜美。除了清蒸，还有油爆蟹，口味蟹。香辣蟹是盘龙岛人的独创，打上了盘龙岛浓浓的烙印。曹云帆捞起一只最大个的递给宋明泽："哎，宋董你尝尝看。"

宋明泽围桌看了看笑道："颜色金黄透亮，看着就有食欲。"他也不讲客气，坐在桌边便埋头品尝起来，掀开蟹盖，用力一掰，再吸几口，牙齿舌尖瞬间被蟹膏的黏腻包围。他边吃边呼过瘾。

周大树说："九雌十雄，九月的母蟹比公蟹早熟，所以金秋时节吃得最多的是母蟹，蟹黄如火，喜庆而美味。"

周立志说："深秋时宜吃蟹，更宜吃雄蟹。到了古历十月，蟹膏这才发育完全，秋膘贴足后的雄蟹，软糯肥腻、叠金交玉美味正当时！"

宋明泽说："原味才是真享受，唇齿留香啊！"

五婶又上了一桌全荷席，荷包八宝饭、荷包排骨、荷包仔鸡、米虾、菱角。金柱站一旁介绍："宋董，您来盘龙岛一定要尝尝这岛上的美食，盘龙八珍、全蟹席、全荷席，味美无穷啊。"宋明泽说："民以食为天，我看盘龙食品乘风破浪，占领全国的餐桌没一点问题。"

一群人吃得尽兴，聊得开心，夕阳落湖时水天一色，霞光万道笼罩在湖边。考察团的人都被这奇景深深陶醉了。宋明泽说："真是世外桃源啊，要我看盘龙岛完全可以打造成生态旅游景区。"

周立志起身敬了宋明泽一杯，说："洞庭人集团能投资盘龙产业，那盘龙岛将乘风破浪啊！"

周大树酒喝多了，看着云帆话也多了起来。

"云帆，当年你爷爷宋长江带领我们修建西江口堤坝时，真是一无所有，你爷爷和你爸硬是带领几百名劳力把西镇大堤修了起来，那堤坝到现在还坚如磐石呢。后来你爸爸带领大伙铲平了琵琶王坟山，我也参与过那个项目，那时候太难了，光是拆迁就打了几次大架，几千个坟墓要迁走，上千户人家要拆迁，工地上每天都有扯皮的事，镇上还没钱，可你爸爸最后还是把这个项目搞了下来。三十年了吧，东升坡大市场解决了多少人吃饭的问题，我记得你妈妈曹晓娅是协调组的组长，那个时候的干劲啊简直直冲云天。"周大树抽了几口烟后说，"云帆，现在你又来盘龙岛驻村，你们宋家三代人为这湖区所做的贡献不是三言两语能说完的呀……"

在座的人听了都很动情，周大树看向宋明旭说："还有我们这位'湖大王'，几十年如一日守护着这湖水，护千鸟，看万鱼，不容易啊！来，来，我们一起敬宋家三代人，感谢你们为湖区的建设和守护所做出的贡献！"

宋明旭呵呵笑道："这些哪谈得上贡献，不过是我们宋家人做了该做的事。洞庭湖养育了我们祖祖辈辈，我们为湖区建设务点力也是应该的。来，来，我们也回敬一下。"宋明泽和曹云帆随着宋明旭一起又热热闹闹回敬了一圈。

五婶笑道："村里王瞎子前阵算卦，说咱岛上这条盘龙要起飞了嘞，要我说云帆就是这龙头啊。"

晨阳一脸喜悦："那是啊，洞庭人集团可是岭阳龙头企业。如果洞庭人能投资盘龙岛，那我们盘龙岛这条卧龙真要起飞了呀！"

金柱拽了一下晨阳小声嘀咕道："真人不露相啊，财神在咱岛驻村，我们还蒙在鼓里。嘿嘿，不过患难见真情！"几张青春的笑脸凑一块窃窃私语。

宋明泽问云帆："他们兴高采烈地说什么嘞？"

云帆表情高深莫测："爸，你知道我同事怎么评价你吗？"

"怎么评价，难不成你爸拿不出手？"

"太拿得出手了，说你身上没大叔的半点油腻感，年轻着呢。"

一群人都笑了起来。

第二十七章　破冰行动

　　曹云帆手机响，他接到区里通知，关闭黄田码头提上日程。陈启良说："相比十年禁捕，这次任务更为艰巨。沙石码头是老板们的生财之地，关闭他们的码头就如动了他们的金库。从破解化工围江到实施十年禁渔，从重塑长江岸线到治理农业面源污染，哪一项都可谓'一山放过一山拦'，需要壮士断腕的决心和坚定不移的意志来完成。"

　　曹云帆和区河道负责人柳州先去跟码头老板罗岗谈。罗岗听说盘龙岛驻村书记曹云帆要来码头找他谈话时，根本没把他放在眼里，不耐烦地说："恕不接待，黄田码头不过是占了盘龙岛一角而已，我们与芦苇场签的协议。他们有什么资格来检查，强行闯入的，给我乱棍打出。他娘的，这些人都活得不耐烦了。谁都想在老子这儿分一杯羹，也不看看自己是老几。臭虫小跳蚤敢来捣乱，老子捻死他。"罗岗气焰嚣张。

　　一旁正在闭目养神的罗又劲说："跟你说过多少遍了，现在我们做正经生意，黄田码头是河西区的纳税大户，别动不动就搞黑社会那一套，现在正在扫黑除恶，要识时务，别动不动就打打杀杀。"转身看向身边的助手："查查曹云帆的底细。"

　　几分钟后有关曹云帆的个人资料便呈在罗又劲眼前："曹云帆，父亲宋明泽，母亲曹晓娅，个人经历，二〇〇九年入伍，从部队考入军校。军校毕业后在省环保厅工作……"

罗岗听了，脸上肌肉不自然地跳动了几下，手中的烟蒂往一旁丢去，咬牙切齿道："冤家路窄啊，他居然是宋明泽的儿子。真是活见鬼，最不想见的宋家人又出现了。"

助理说："上个月，宋明泽带团来盘龙岛考察，已经计划投资盘龙岛，而且曹晓娅也来过盘龙岛，听说还与那疯子赵锦绣有过密切交谈。"听助理这么一说，罗拐子手不由哆嗦了一下："这一家人看来是要和我罗家纠缠到底哈。"

罗又劲说："急什么，你越是躲躲藏藏，那他就越是盯着你不放，既然曹云帆要来检查，让他来啊，我们光明正大地做生意，怕什么？吩咐码头上所有的工人一律穿制服，头戴安全帽，微笑迎接，让他看到一个无可挑剔的文明企业。"

"他娘的，还得让我去赔笑脸。"罗拐子发了几句牢骚后，从码头的休息室下楼来到了大厅会客室。初见曹云帆时，他愣了一下，眼前的小伙子高大魁梧，剑眉长眼，面相俊朗，英武之气犹如宋明泽的翻版。他不由得收起一身匪气，脸上挤出一丝笑容，迎上前招呼："曹书记来了，早就想去村部拜访。你忙我也忙，你看外面拖沙石的车每天排队，忙不过来呀。请坐，请坐。"

俩人招呼后，曹云帆说："既然我们都是岛上人，就不要客套了。"

"曹书记是实在人，请坐。听说你要来，我准备了好茶等你，咱岛上刚出炉的彩虹茶。"罗岗给曹云帆和柳州泡了一杯绿茶，空气中即刻散发着一股淡淡的茶香味。

罗岗眯着眼打量着云帆："岛上人说来了个90后书记，都说来驻村的不过是下来镀金而已。我看你不一样，为岛上做了不少实事啊。"

曹云帆说："我们下来挂职就是来镀金的，做成实事才能镀金成功，现在禁捕工作已告一段落，接下来是关闭黄田码头的事，非法码头得让路。"

柳州说："'守护一江碧水'行动已经启动一年多了，湖区大小沙石码头已关闭了大半，岸边的污染企业也陆续在搬迁。今天我们来就是谈关闭黄田码头一事的。"

罗岗似笑非笑："不如聊别的吧！"

曹云帆眼神坚定："区政府只给了我们半个月时间。不管你愿不愿意，黄田码头必须关闭，必须给江豚腾地方。"

罗拐子原形毕露，眼神中透着一股阴狠之色："表面工程是会害死人的。黄田码头开了十几年，没听说过与江豚有关系啊。而且我的承包期限还没到，白纸黑字是与芦苇场签了协议的，说关就关？再说挖沙的两百多员工我如何交代啊？"

曹云帆说："这个，区政府早已有安排，是盘龙岛村民，由盘龙岛村支部安排工作，我们已组成了一对一帮扶团。"

罗拐子看谈不拢，当面出具了市水利局为黄田码头开具的"没有影响行洪，符合相关政策"的证明。这张证明就是罗岗这十几年来阻挠执法的挡箭牌。

曹云帆接过这张证明看了看，顺手用手机拍了张照片，离开黄田码头后直奔河西区政府，找到陈启良汇报了情况。陈启良跟市长张明天的秘书电话联系后，喊云帆一起去了市长张明天的办公室。

招呼后，曹云帆给张市长看了手机拍的证明。他情绪有些激动："黄田码头十年前就已被总防汛办列入非法整治沙石码头之一，怎么市水利局还给黄田码头开具证明呢？这不是睁着眼睛说瞎话吗？黄田码头不仅是洞庭湖与长江交汇处的行洪道，还是江豚觅食的主要地点，却被万茂公司霸占了十几年，违法修建矮围、涵闸，非法采沙，非法电捕捞。"

市水利局副局长吴镜湖被请到了市长办公室。曹云帆与吴镜湖当面鼓对面锣交战："吴局长，请问这张证明是谁开的？二〇一七年，省防汛抗旱指挥部给岭阳市下达了'清障令'，在执行过程中大打折扣，文件下达至岭阳市政府，市政府竟下文把清障任务给了凤山芦苇场的渔政站。光凭渔政站的人员和配置是不可能拆除黄田码头的，市水利局还出这样的证明。难怪那老板罗岗有恃无恐。"

市长张明天听了情况后很是恼火："长江岸线非法沙石码头，省里要求一拆再拆，下面层层失守。上有政策，下有对策是吧？吴镜湖，这张证明是你开的吗？这叫知法犯法，一个长江岸线的非法码头，明目张胆占据洞庭湖行洪道十几年之久，谁给这些人的胆量？"

吴镜湖额头直冒冷汗，示意单独汇报。

张明天说："不要回避，启良和云帆就是为这件事来的，你有什么直说。你和那码头老板罗岗是个人交情还是谁的人情？"

曹云帆去了市长办公室，罗岗得到了消息，与罗又劲碰了一面。

"他娘的，曹云帆比他老爸还难缠。不仅在暗中调查江晓海溺亡一事，还说黄田码头必须关闭，这明摆着就是要断我们的财路啊！"

罗又劲起身点了根雪茄，吞云吐雾了几口："几十岁的人了，莫遇到事就慌里慌张的，他们在明，我们在暗，处事要多动动脑子。"

罗拐子狠狠地说："他不让我们生，我们就先搞死他。神不知鬼不觉地在水中做了他，剁成肉末喂鱼。"

"愚蠢！电影看多了吧？也不动动脑筋，宋明泽他们一家人可是水上人家，精明得很，在水中谁搞死谁还不一定呢！你做事要深谋远虑。"

"我还不是被曹云帆给气的？他来我们码头搞了三次检查，连柳州都被他洗了脑似的。柳州要不是你暗中帮他，他能高升？那狗日的，来检查也不提前报个信，还他娘的装作不认得我，还抓了我码头上两个保安，说他们是黑社会性质。这不明摆着翻脸不认人吗？"

罗又劲深吸了几口雪茄，不情愿地说："我会打招呼的，你发放给他们的红利再加几倍。"罗又劲极不情愿地骂道："这帮人简直就是土匪，给少了不办事，给多了贪得无厌，逼急了，老子把他们全供出来，要死一起死。"

罗又劲踹了罗拐子一脚："莫啰唆了，按我的话去做就是，这个码头老子开了快二十年，说要关闭的人多了去，最后不都搞定了吗？记住，表面工程要做好，对入伙的那些鬼，出手大方些。上面的人我会摆平。一定要找到赵锦绣，她手中有我们所有的把柄。"

赵锦绣在医院经过一段时间的治疗后，精神状况好了很多。曹晓娅几乎每天都要去病房看看她，为了让赵锦绣早点恢复记忆，还会给她讲过去的故事。赵锦绣听了，眼泪不由滑落脸颊，喃喃道："曹老师，我怎么会忘记呢？曹老师，我有话对你说，我憋了好久……"

曹晓娅握着赵锦绣的手说："锦绣，莫怕，有什么事跟我说，你要信得过曹老师，你就把你想说的全部说出来。"

赵锦绣忍不住趴在曹晓娅身上号啕大哭了起来。这两年的隐忍和惊恐在这一刻全部倾泻而出。

"曹老师，你怎么不早来呀？江晓海死得好惨啊，活活被人压在水里给闷死了……"推门进来的曹云帆听了赵锦绣的话，心突突直跳。

曹晓娅握住赵锦绣的手问："锦绣，你怎么知道的？"

赵锦绣情绪平复了些，伸手抹了一把脸上的泪水，说："我在黄田码头当会计时，罗岗要我做两本账。一本是应付面上检查的，还有一个账本是隐蔽的，包括万茂公司行贿的所有记录都在这个隐蔽的账本里。因为他们分给那些入伙人的钱，都必须平账才行。江晓海调查黄田码头时，找我问过几次万茂公司的情况。开始我没说，但是江晓海帮过我们家几次忙，我忍不住和他说了这个账本的事，他问我能不能给他看看，说只拍几张照片就行。那天我们约好了地点在漳州滩见面，因为路上下暴雨，我迟到了半个小时。等我赶到我们约定的地点时，见湖面不远处有个人在水中挣扎，我一眼就看出那是江晓海，我当时还以为他溺水了，跑到岸边想去救人时才发现水中还潜了几个人，他们抓住江晓海正拼命地往水中压。我摸出手机想报警时，被罗黑子给打掉了，他是罗岗的手下。我被他打晕后带到了一间密室中，罗拐子问我为何会出现在漳州滩，是不是和江晓海约好的。罗拐子立马想到

382

账本的事，要我把账本交出来。我说账本我藏起来了。罗拐子要罗黑子押着我去拿账本，路上我趁机逃跑，罗黑子开车紧追不舍，直到把我撞飞……"

云帆和市公安局刑警队队长李辉通了一个电话后，陪着赵锦绣和赵前程一起来到了刑警队报案。市公安局局长陈先明和曹云帆一起见了市长张明天。当天市委市政府与相关部门召开了"黄田码头打伞破网"行动会议，并成立了专案小组。

河西区为保护"长江之肾"，集中精力关停黄田非法码头。雷霆出击，一早，黄田码头被几百名执法人员包围了起来。曹云帆给周立志打电话："黄田码头的挖沙工人多半是盘龙岛人，一旦与执法队发生冲突，后果很难预料，赶紧请老支书和村干部前来做工作，务必带盘龙岛人安全撤离工地。"

一边是盘龙村的村民，一边是执法人员，两边人虎视眈眈，一触即发。曹云帆爬上一艘停泊在岸的船头上，面向一百多号挖沙的员工喊道："我是盘龙岛驻村第一书记曹云帆，黄田码头是非法码头，这个码头必须关闭。你们都是盘龙岛村民，你们的工作去向我们村部早已为你们安排好了。现在的盘龙岛不再是过去的盘龙岛，现在的盘龙岛欣欣向荣，焕然一新……"随后赶来的周大树和村干部上前一起做工作，大部分人才撤了下来。

一声令下，相关部门出动执法人员一千多人，在半个月内全面完成了黄田码头拆除工作，共清除沙石八万立方米，回填土方一万立方米。码头的一帮带有黑社会性质的打手基本被一网打尽。

让云帆头疼的是这帮被抓的打手中有三十多个是盘龙岛人。情节较轻的要村部担保才能放人。一夜之间村部办公室围上来一群哭哭啼啼的妇女，请求云帆帮忙保人。为此村部召开了一个会议，大部分人反对取保，周立志说："这群人活该接受惩罚，罗拐子给他们几个臭钱就六亲不认。"

赵夏莲说："他们大老粗一个，没读过什么书，为了养家糊口被罗拐子洗脑了。这些人我找人打听了，他们在黄田码头就是个保安巡逻的角色，并没做什么伤天害理的事，念在他们是盘龙岛人且上有老下有小，给他们一个改过的机会吧。"

陈心怡赞成："我同意给他们一个机会。而且我认为从这拨人身上必能找出罗拐子的藏身之处，也许还能从他们嘴里挖掘出更多的东西，领他们回村，让他们将功补过。"云帆当即安排周立志和孟晨阳去派出所交涉领人。

罗拐子跑了，赵锦绣也失踪了。尽管云帆安排了村里三个妇女同志在病房里守护赵锦绣，谁知她还是被人给绑架了。云帆找到专案组组长李辉汇报了情况。李辉说："赵锦绣定是被罗拐子控制起来了，赵锦绣可是江晓海遇害时的重要目击证人。现在我们要赶紧找到赵锦绣。"

随后李辉召集专案组成员开了个会。搜捕行动分为三组，一组在市区范围内展开地毯式搜查。二组在湖区河道与芦苇荡中搜查。三组发动人民群众的力量，收集线索。云帆赶回盘龙岛后，有位渔民前来报告说，昨天他途经北角里湖滩时，看见两个陌生面孔背个编织袋，鬼鬼祟祟去了北角里沼泽地方向。云帆立即把这个消息汇报给了渔政局局长李志强。河道联合执法部门对北角里展开了大搜查，但这片湖滩中多是沼泽地，搜寻很困难。带路的金柱给云帆打电话说，能在这片湖滩中来去自如的只有年过八旬的宋长湖。

云帆喊上运真一起开快艇去了一趟千孤岛。云帆好久没见二爷爷了，不知道他还走得动不。在岛上一个碉堡样的石头屋里见到二爷爷时，他心中顾虑去了一半。宋长湖说话嗓门打雷一样，脸上布满了黑褐色的老人斑，但背不驼，腰不弯。

"上个星期还在千孤岛抓了两个捕猎的呢。那两个贼看我白发苍苍，以为我是坨海绵，结果这两个贼啊三五下就被我给抓了……"宋长湖说话还是那么风趣，语速还很快，呵呵笑时脸上爬满了核桃皮一样的纹路。

云帆见二爷爷还如此精神，不再犹豫了，说："有件事要请您帮……"云帆话还没说完，就被宋长湖给打断了："莫啰唆了，刚才运真和我说了，走吧，下湖滩找人去。"

宋长湖挎上一个旧得掉牙的帆布包就带路出发了。宋长湖被渔民称之为"老渔王"，以前同样的网撒到湖心深处，他打的鱼却总是比别人多。

云帆说："二爷爷，我和运真跟在您后面，有事我们会保护您！"

宋长湖哼了声："多余，用得着你们保护吗？跟在我后面捡鱼还差不多。"

"这湖滩的水都干了，淤泥中还能抓鱼不成？"

运真眉眼扬起："别人不行，爷爷可是渔大王。以前好多渔民跟在爷爷后面下网也没用，一捞起来，准保不如爷爷网得多。以前在水上，渔民靠太阳星星识别方向，但找鱼总是紧跟爷爷后面。"说话间到了湖岸线，叽叽喳喳的鸟叫声差点要把人抬起来，湿地迁徙的候鸟多得看花眼。

枯水期时，快艇在浅水区寸步难行，三月的湖风刀子似的刮得脸生疼，一脚踩进淤泥河，穿了下水连体裤还是被冻得直打哆嗦。宋长湖在前面探路，走在齐膝的泥水中，他好像根本不晓得怕冷，双手插进腥冷的湖泥里，两分钟，一条大鲢鱼便被扔上船。

云帆问道："二爷爷，你这绝活能不能教教我啊？"

宋长湖说起曾拽起百斤鱼的辉煌，嗓门大了，眼角皱纹也被撑了起来："这个是凭感觉，教是教不会的。"他摊开手，手掌暗褐色的茧子凸起，说着弯腰双手又插进了腥冷的湖泥里，随着双手慢慢摸索，眉头打结，眼中闪现一股冷峻。

云帆看了心不由突突跳了起来，忙上前问道："爷爷是不是摸到什么了？"

宋长湖喊了一声"闪开"，脸侧向一边，用力一拽，泥花溅起，一条比刚才那条还大的鱼。

云帆嘘了口气："我还以为是个人嘞！"

宋长湖说："是个人还得了？不可能把个活人塞这里面，死人也不可能。明知盘龙岛无处藏身，还躲这里？估计早就带着人跑了。"

姜还是老的辣。宋长湖一句话就点醒了曹云帆。没错，也许罗拐子早就带着人离开了盘龙岛，而他们还在这里瞎折腾。

宋明旭转向云帆："爷爷说得没错，北角里的沼泽地中我们找遍了并没有，那赵锦绣还活着，可能被他们藏在一个秘密地方，也许早就去了对岸？"

云帆说："我也想到了这一点，我们先上岸再商量对策。"

几人穿过湖滩上岸后，李志强带领几个队员赶了过来，看宋长湖白发苍苍了还下淤泥帮忙找线索，忙上前致谢："湖爹，辛苦您了，天寒地冻的，还劳烦您！"又转向运真："赶紧的，扶你爷爷上车，回屋里用热水泡泡脚，吃杯姜茶暖和暖和再说。"

几人回千孤岛候鸟保护站后，宋明旭和运真陪着宋长湖泡脚，热气腾腾的蒸汽中飘散着一股艾叶生姜味。

李志强说："赵锦绣失踪案，还牵扯到江晓海遇害一案，以及黄田码头里面许多违法乱纪的事，上面极其重视，要求务必找到赵锦绣。"

罗拐子绑架赵锦绣后，带着几个打手连夜逃回了洞庭镇。罗又劲说最危险的地方最安全，他们选了一个曹云帆没想到的地方——宋记农业园中的食品贮备仓库。

仓库地处云端乡七里山一个水潭边，他们几人躲在仓库里暖气充足，还有吃不完的东西。守仓库的是一个快退休的老员工，自从跟随八仙妈后就没离开过，一家大大小小全在宋记打工，对宋记忠心耿耿，可年岁大了，老眼昏花，每天巡查并没发现问题，但是管理员发现仓库丢了几箱食品。

曹云帆猜测罗拐子很有可能逃回了洞庭镇，毕竟洞庭镇是他们的老巢，比水路更容易隐藏。他和运真说他回趟洞庭镇，一旁的宋明旭和宋长湖听了非要跟着一起去。

云帆回家后给爸妈说了情况。"罗拐子逃跑了，赵锦绣失踪了。盘龙岛我们地毯式搜寻都没找到人，我怀疑他逃回了洞庭镇。"

宋明泽听后说："完全有可能，狡兔三窟。盘龙岛已经打草惊蛇了，在洞庭镇先莫声张，镇上小区房多，居民多，要注意安全。"

曹云帆与李辉碰面后汇报了情况。李辉让刑警队员换上便衣在洞庭镇展开了地毯式搜寻。

宋明泽连夜召集宋记部门负责人开会，问宋记各产业园和各门店这几天可有反常情况，大家回说一切正常。唯独宋晓春没出声。散会后，宋明泽问她是不是有话说。晓春说："宋记一批老员工已经到了退休的年龄，比如七里山守仓库的周大河，去年就该退休了，可妈念着他是宋记的老员工还继续让他守仓库，昨天有人反映仓库丢了几箱食品。"

宋明泽听了没当回事："大河叔年纪大了，难免出些错，那个仓库也没储备太多的货，空时你派人去点点就是。"

曹晓娅心思细腻，上车后觉着有点不对劲："明泽，仓库多年都没事，怎么最近会丢食品呢，难不成有人躲在里面偷吃？"

曹晓娅这句话点醒了宋明泽，路上他调转方向往七里山仓库开去。曹晓娅隐隐有些担心："明泽，那仓库在一个很大的水潭边，周边村民离得远，万一罗拐子他们真躲在里面，就我俩去太危险，得通知李辉他们。"

宋明泽说："只是猜测，我们先摸进去看看。"

两人在七里山仓库院子外泊车后，宋明泽来到水潭边的一个垃圾桶子里扒拉了一下，闻到一股刺鼻的烟味。他晓得大河叔只喝酒不抽烟的。谁在这仓库里抽烟呢？从这些生活垃圾来看，还不是一个人的食物，至少有八九个人。他在曹晓娅耳边嘀咕了声："莫惊动大河叔，我先进去看看。"

曹晓娅说："不行，一起去，有事好接应。"

两人偷偷从侧门摸进了仓库。这个仓库足有三千多平方米，上下二层，楼梯分左右，里面整整齐齐放满了货物。如宋明泽猜测的一样，罗拐子带着一群打手正躲在这个仓库里大快朵颐，而赵锦绣被封住嘴，绑在一根柱子上。

曹晓娅和赵锦绣对视了一眼，摸到柱子后面帮赵锦绣解开了绳子，又帮她把嘴里的东西扯了出来，赵锦绣已经被他们折磨得不成样子。两人搀扶着赵锦绣从侧门出去时，和外面匆匆进来的一个打手迎面相撞。

"喂，有人来了……"他刚喊出来，就被宋明泽一招擒拿手干翻在地。曹晓娅赶紧摸出手机给云帆发了一个地址。

这群人听到动静摸着家伙围了上来。罗拐子以为有大部队来抓他们，看清来人只有宋明泽和曹晓娅时不由得咬牙切齿："宋明泽，我都不知用什么词来形容我的心情。你都成岭阳首富了，干吗非得跟我作对？咱们大路朝天，各走一边，你在岸上当你的地主，干吗管我的闲事啊？"

宋明泽正气凛然说："没办法，谁让我是你的克星，你得为你的所作所为买单，黄田码头已经关闭了，你无路可逃。"

罗又劲说："宋明泽，这么多年你还是那个德性啊，总是以审判者的姿态来看别人，你能在岸上圈地盖房，我在水中开沙石码头就不行？就你能当地主，我就不能当水霸吗？咱俩虽然一个水里一个岸上，都是赚钱，可没区别啊，你干吗非得跟我过不去啊？"

"我在岸上所做的是为民谋福利，你呢？在水中做的每件事都是在谋害万千生灵，能一样吗？黄田码头属于长江行洪道，你却霸占至今。你在湖中搞矮围，严重毒害了湖中的生灵；你害死了江晓海，害得赵锦绣神志不清，你心狠手辣，干尽坏事，今天我必须捉你归案。"

"宋明泽，我最讨厌的就是你们两口子，几十年前就多管闲事，现在依然处心积虑和我罗家作对。没错，你说的这些都是真的，只可惜你们再也见不到明天的太阳了。你说要是把你们剁成肉末再埋在沼泽地里，会有人发现不？"

曹晓娅厉声喝道："我已经报警了，你们逃不掉的，谁敢上来罪加一等。"

曹云帆收到曹晓娅发来的地址后迅速报警，开车直奔七里山仓库，路上给宋明兴打了个电话。罗拐子听曹晓娅报了警，眼露凶光，摸出手枪对准曹晓娅喊道："曹晓娅，罪魁祸首就是你，要不是你，赵锦绣怎敢揭发我们？你策反赵前程，煽动村民跟我们作对，还让曹云帆暗中调查江晓海的死因。我们所有的计划几乎全坏在你手里，你这个该死的臭婆娘，老子先送你上西天。"

"徐五堡，去把这个臭婆娘给绑起来，快！"

面对冲上来的徐五堡，宋明泽镇定自若："徐五堡，我记得你，当年在镇西口修建堤坝时，你是积极分子，我还推荐你入了团，记得你入团那天很激动，说你入团了还要入党。我还说我会继续当你的介绍人。时间真快啊，镇西堤坝快四十年了依然坚如磐石，那个时候我们很穷，没钱，没设备，可是我们依然团结一心把堤坝修建了起来，凭的就是我们身上的一股正气……"

徐五堡感到惭愧，说："明泽，对不起，我也是为了生活才……"

"五堡这不怪你，回头是岸还来得及。"

徐五堡咬咬牙转身往后退去，气得罗拐子破口大骂："徐五堡，你傻了吧，宋明泽讲一段往事，一个老掉牙的故事你就动摇了？蠢到家了，你他娘的欠我那么多钱，你如何还？"

罗拐子又推出了赵南京。宋明泽和赵南京更熟悉，他是赵锦绣的二伯。

"南京，我晓得你也是被逼无奈才上这贼船的，东升坡大市场我记得你参与修建过，那时候你还是拆迁小组的队员，那时候的你满腔热血，还有正义感，经常和我一起讨论问题。可是你后来回盘龙岛了，好多年不见了，没想到我们在这里相见。"

"明泽，对不起，我是拿人钱财，替人消灾，莫怪我……"

苏醒过来的赵锦绣起身挡在前面："二叔，你不能是非不分啊，这些年我被罗拐子害得生不如死，罗拐子派人陷害我，毒打我，还糟蹋我，我可是你的亲侄女啊，难道你要帮罗拐子一起来害你的亲人吗？"赵南京迟疑了一下，也不再上前。

罗拐子踹了他一脚骂道:"废物,几句往事就让你们一个个傻了呀。滚开,老子亲自来!宋明泽看我怎么把你大卸八块。"

"爸妈,我来了!"曹云帆手握一根长棍,一阵风似的冲了进来,挡在了宋明泽和曹晓娅的前面,对罗岗喝道:"罗拐子,你坏事做绝,已经无处可逃,你们已经被包围了!"

罗拐子气急败坏地喊道:"最讨厌的就是你们这一家人,几十年了,宋明泽岸上和我作对,水里你又咬着我不放,你们一家老的小的都得让我生吞活剥才行!"边骂边狂喊:"快!给我上,捅宋明泽一刀奖励一百万,杀了他给一千万。"几名打手跃跃欲试,曹云帆手持长棍挡在前面,左右翻飞,大有一夫当关,万夫莫开之势。

罗岗摸出手枪准备往宋明泽身上打去,被一旁的徐五堡伸手打落在地,曹云帆冲上前三两招便将罗岗干翻在地,搏斗中他为了救赵锦绣背上中了一刀,这群漏网的打手,除及时醒悟的赵南京和徐五堡外,全被赶来的警察活捉。

曹云帆被送去医院抢救,所幸第二天就醒了过来,他睁开眼睛,爸爸、妈妈、云峰正坐在他身边守护着他。陈心怡泪眼蒙眬,看他醒了喊着:"云帆,云帆。"

两个月后赵锦绣也全面康复,姐弟俩来看望了曹云帆。赵前程完全戒赌,成了村里的积极分子,从捕鱼人变成了守湖人。姐弟俩坐了好一阵还舍不得离去。赵锦绣拉着曹晓娅的手说:"曹老师,千言万语也无法表达我心中的感激之情!"曹晓娅说:"锦绣,你能康复比什么都好,你们姐弟俩好好生活,好好工作,就是对我最大的回报。"

法院最终判决罗岗和罗又劲等人涉嫌谋杀罪、黑社会性质组织罪、非法采矿等破坏生态环境资源罪。黄田码头扫黑除恶工作中,专案组不仅将这个独霸一方的黑恶势力一举打掉,还掀开了当地隐藏在其中的一张腐败网。该案共有十几名"保护伞"落马,当地渎职官员包括已经退休的苏解放在内纷纷落网。

第二十八章　直挂云帆

曹云帆出院时已到端午节，他没在家里过节，直接赶回了盘龙岛。

洞庭人集团通过市场考察，已决定在盘龙岛投资盘龙生态旅游景区。

云帆在盘龙岛生态合作社会议上说："中秋前夕，盘龙岛将再举办一次螃蟹节。螃蟹节是盘龙岛对外形象的集中展示，是打造湖鲜特色小岛的生动实践，希望全岛各部门抓好宣传盘龙岛的机会，活动内容上要突出主题，融入盘龙岛元素，要办出特色，办出水平，办出影响力。"

一旁的宋明泽看着曹云帆说："曹书记锻炼出来了，说话一套一套的。"

曹云帆嘿嘿笑："爸，我这可都是跟你学的，干工作就要样样落到实处，细节丝毫不能马虎。"

宋明泽欣慰地笑了笑："干工作就要落到实处，好！"

曹云帆说："爸，难得听你说个'好'字。"

宋明泽代表洞庭人集团提出了投资盘龙岛的基本方案。一是走绿色生态旅游路线。二是岛上不搞大开发、大建设，保护好原生态景点。三是打造有湖湘文化特质的洞庭水乡驿站，集民俗、美食、非遗体验为一体，将盘龙岛打造成为以生态旅游为核心的旅游景区。

宋明泽从盘龙岛赶回来后，到市里参加禁捕退岸会议。市委市政府为打赢禁捕退岸硬仗，要求湖区五公里之内的企业全部要退圈。洞庭镇是辖区靠湖最近的一个乡镇，大大小小有几十家企业与店铺。李有祥希望宋明泽再次为北区做个表率。尽管宋记老作坊不在范围之内，但是在同一点上还有十几家企业对生态恢复不利，他们说如果宋记老作坊退圈的话，他们就退。

宋记老作坊其实刚好在湖区长运村五公里处，为此宋明兴还很高兴，说："时运好，周边退圈五公里后，咱家老作坊就会成为洞庭湖的食品博物馆。到时候成千上万的游客入湖就能看见咱家老店，八仙过海来品尝呢。"

看宋明兴喜形于色，宋明泽都不知如何开口了。他了解母亲的个性，谁也休想勉强她做不愿做的事。这家老作坊是宋家人创业史的见证，也是湖区食品加工业的首张招牌，尽管后来宋记在云端乡建有多个农业园区，但是在母亲心中这家老作坊的意义非同一般。

宋明泽想和大哥商量，宋明兴话没听完就发脾气了："咱家的老作坊并没在退圈范围之内，现在为了做表率要自己退圈？明泽，你别一味要面子就不顾自己根底了，政府说退圈五公里，咱家在五公里处，与咱不相干的事别往身上揽哈。"

母亲也说宋明泽："如果咱家老作坊的确在五公里内那是应该撤，之外没理由啊。"

这次母亲与宋明兴一条战线："明泽啊，做人要有分寸。别看现在宋记到处是生态园，可是在妈心中，都不如这个老作坊。你一直都懂妈的心思，怎么这件事你就不懂呢？"

宋明泽看母亲发脾气了，不再出声，他当然知晓这个老作坊的意义。

有关这家老店是否退圈，宋家分成了两派：一拨以宋明兴为首，坚决不撤。一拨以宋明泽为首，必须撤。马建设的决定至关重要，而且许玉珍只听他的，马建设把这票投给了宋明泽。晚上许玉珍气得晚饭都没吃。宋明泽想继续劝劝，许玉珍这次真发脾气了："出去，我以为你最懂妈的心思！"

宋明泽跪在了母亲身边说："妈，我知道这次让您为难了，但是我们家必须做表率啊，辖区上百家企业店铺全在看我们宋记呢，为了湖中生灵，我们只能忍痛割爱。"

宋明泽这一跪，宋明兴就知晓老作坊必退无疑。一旁的宋明旭也跟着跪在了母亲身边："妈，明泽说得实在。您一直说要分份家产给我，那我现在请求您把老作坊分给我，从此家里的财产我分文不要。"

许玉珍缓缓转向宋明旭："明旭，你要这作坊就是为了退圈？"宋明旭点点头："相比守护湖中万千生灵，这点财产算什么？妈，我和明泽都懂您的心思，这家老作坊包含了您所有创业的记忆，也包含了您一生的酸甜苦辣。可守护一江碧水是造福一方百姓的千秋大业，也是为湖中生灵创造空间的善举。咱家为了这湖水舍出了一间老作坊是值得的呀。"

宋明泽看母亲不出声，心中很难受。那几天母亲没搭理他，他独自跑去了老作坊。在作坊的角落里他看到了母亲。母亲就静静地坐在那里。晓春在一旁陪着。晓春说："这几天，每天早上妈都要司机送她来这个老作坊待一会儿。说一会儿就是半天，她待着不愿意离开。"宋明泽听了眼眶一红，走到母亲身边，一声"妈"才出口，自己先落泪了："对不起。"

湖区五公里企业退圈那天，宋家一大家人都去了，这家在长运村屹立了四十年的宋记老作坊撤出了湖岸。同一条线上的企业店铺纷纷学样。八仙妈转身的瞬间眼中含满了泪水。曹晓娅上前搀扶着婆婆的手，她声音很轻："妈，湖中万千生灵都会感谢您的，过不了两年，咱又能看见江豚在湖里游泳了。"

曹晓娅再次成为帮扶团的带头人，区政府与洞庭人集团组成的五百多名劳动保障协理员，开展了"走千家"专项行动，对辖区内的一千多位退捕渔民，采取"点对点"帮扶引导，提供职业培训、创业指导等服务。

刚入夜洞庭镇活动室就甚是热闹。中秋时分，桂花飘香，李有祥带领宋明泽、韩小鹏一行人，搬起凳椅和协理员与上岸渔民围坐一圈，喝着清水粗茶，宣讲政策，倾听心声，积极为上岸渔民创业出谋划策。经过各方的努力，三百多名捕鱼人转型为养鱼人，有三百多名渔民加入洞庭人集团工作，还有一百多名退捕渔民走上公益性岗位。联合就业效果十分显著。

镇上退休人员纷纷加入志愿者行列，马建设也在其中，宋明泽劝过他几次了，年纪大了不要东奔西跑，可马建设就是闲不住，每天准时去镇上见事做事。

一天，马建设在回家的路上不小心摔了一跤，引发脑出血，被救护车送往医院抢救。宋明泽赶去医院看马建设时，老人家还有意识，颤颤巍巍地说："我要回去照顾你妈。"宋明泽握着他的手，鼻子一酸，眼泪流下来……

几天后的清晨，马建设离开了人世。

马建设离世后，许玉珍一夜之间白了头，她与马建设相濡以沫多年，从没红过脸。马建设全心全意地爱护她，这份深情着实难能可贵。马建设走后，她经常坐在院子里那棵桂花树下自言自语，就像马建设还在她身边，吃饭时也不忘给他上一副碗筷。

宋晓春帮马建设整理衣物时，在一个泛黄的本子中找出了几张他不同时期的照片。一张马建设和许玉珍、宋长江在岳阳楼前的合影。这张照片上的许玉珍脸如满月，眉目如画，宋长江相貌堂堂，马建设意气风发。还有一张马建设身着工装，手持铁钳夹着锻件，照片背面写有说明："兵工厂五分厂锻工班老工人共产党员马建设，时刻关心青工成长，用共产党员的品格锻造出一批合格徒弟，受到职工称赞"。

宋晓春将重洗好的照片递给了母亲。许玉珍捧着照片，久久凝视，眼眶里充满了泪花。

　　宋明旭为了让母亲散散心，赶在星期天组织一家人去欢乐湾。正是看湖的季节，宋明泽担心母亲不能走远路，让司机带上了轮椅，看湖区阳光洁净，碧水澄清，珍禽在湿地嬉戏，许玉珍腿脚也利索起来。他们上了清污船，船行驶至湖中心，耳听湖水哗啦啦直响，曹云帆提醒大家准是江豚来了。

　　果然，只见附近水域浮现出几个钝圆的脑袋来，时而跳跃，时而奔跑，接着几条江豚在水中体育比赛似的飙出了水面，至少有两米高，似乎要与宋明旭来个拥抱。宋明旭打了个短哨，这几条江豚便不再闹腾了。"去，孩子们，玩去吧！"这几条江豚在水面划出一个个圆圈后，潜入水底玩去了。

　　云峰笑道："五叔，你成江豚奶爸了呀？"

　　云帆说："五叔就像是这湖里的大将军，湖中千鱼万鸟都是他的兵呢。"

　　宋明泽说："这种情景小时候见过，没想到隔了几十年还能再见。"

　　宋明旭说："现在洞庭湖碧水蓝天，江豚在这里栖息，以此为家了。"

　　云帆搀扶着八仙妈，手指了指前方："奶奶您看，前面就是欢乐湾了。"

　　一望无际的芦苇如绿海似的随风荡漾，与一江碧水相得益彰。谁能想到今朝的江豚乐园，三年前是喧嚣的黄田码头？

　　船泊岸后，一家人在云帆的带领下参观了"守护好一江碧水"首倡地展陈馆，还坐游览车观看了江豚观景台。前来欢乐湾的游客络绎不绝。宋明泽说珍稀动物的回归带动了生态旅游。

　　返程的途中，宋明兴兴致高，站在船头唱起了《洞庭渔歌》：

　　哟嗬——

　　一件马甲与胸齐，半截裤子腰间系。

两只粗手舵掌稳，一双大脚浪踏平。

全家人跟着合唱了起来，湖面上数百条鱼儿此起彼伏地跳跃着，成群的江豚朝着起风的方向排成一排，"哗哗哗"顶出水面。接着一声声"洞庭号子"从湖上传来，渔歌互答，好不热闹。

云帆笑道："大伯，您这洞庭渔歌可以申请非遗文化呢。"

宋明兴说："你大伯我就是大老粗一个，还申请什么文化呀？没你爸有本事，没你五叔灵通，没你六叔书读得多。"

曹云帆说："您的本事大了去呢，非遗文化，您至少可以占两样，要载入史册的呀，比如您创造的巴陵鱼宴、自编的《洞庭渔歌》，可都是属于洞庭湖区的非遗文化呀。"

运博赶紧给老爸解释什么叫"非遗文化"。

宋明兴听了来了兴趣："要说这些是非遗文化啊，那咱家还真可以报几个呢！奶奶发明的八仙食品，你五叔发明的唤鸟呼哨……"一船人都笑了起来。

云帆说："咱家还有一个宝贝呢——江豚图。五叔，你拿出来给全家人饱饱眼福吧！"

宋明旭去船舱拿出了一卷厚厚的图纸，在甲板上铺开。这幅接近百米长的图纸很是令人震撼，这幅手绘图，每隔几厘米，图纸上便会出现江豚的身影。宋明旭说："我记录过，现在至少有一百九十头江豚在水中追逐嬉戏。"

宋运真笑道："等我儿子长大了，让他研究洞庭湖生物去。"

一个崭新的关于洞庭湖与人生的梦想，正在宋家下一代人心中升腾。

许玉珍看儿孙个个朝气蓬勃，心情舒畅，从兜里拿出照片来，她希望宋长江和马建设也能感受到洞庭湖的新变化。

一家人刚回宋家院子，韩小鹏就拎着一篓子水果来了。王遥远退休后，韩小鹏成了洞庭镇镇长，把宋家院子当他自己的家一样。

云帆招呼了声："小鹏哥来了。当镇长了，更忙了吧？"韩小鹏笑道："还是镇上的一些事。云帆，乡村振兴搞完了，要回厅机关了吧？"云帆点点头："下月就回厅里了。"

宋明泽进了客厅，说："小鹏，这阵看你镇上到处转，蛮操心啊？"韩小鹏苦笑了声，上前给宋明泽递烟点火，说："不操心不行啊，我接手洞庭镇，居民收入不见提高反而下降，镇民对我抱怨声不断。去年南区又新建了两个大市场，购物的人分散了很多，东升坡大市场的食品都卖不动，造成了大量囤货。"

宋明泽深深抽了几口烟，嗯了声："这还真是个问题，东升坡大市场建设于九十年代初，里面设施确实过时了。"

云帆说："人们的眼界高了，观念也新了，老市场跟不上新形势了……"

韩小鹏说："洞庭镇这些年来托宋家的福，从贫困镇到示范镇，名号在外，但是这几年在走下坡路，生意萧条，一些老商户纷纷转到新市场做生意去了。干爹，镇上的能人不少，可是没一个有您这份胸怀，这不又找您商量来了。"

到吃饭的点了，曹晓娅喊道："小鹏就在家里吃饭哈。"

大家围坐一桌边吃边聊。

云帆出了个主意："想要东升坡大市场重新火起来，最好在洞庭镇举办一场农博会，镇上农产品丰富，湖鲜食品充裕，只要人气旺盛，洞庭镇保准又能火起来。"

这个点子让韩小鹏眼前一亮："云帆，你这个点子好，只是东升坡大市场设施陈旧，开农博会适合吗？"

云帆嗨了声："不合适就改造到合适为止，我们得与时俱进。"

曹晓娅看了云帆一眼："当年建设东升坡市场时，你爸可是累脱了一层皮的呀。"

宋明泽觉得云帆的提议不错："那个年代能做的事，现在肯定能做得更好。"

东升坡大市场建设于九十年代初期，现在设施陈旧，重新建设需要大笔资金。这笔投资从哪里来？政府只能给予一部分支持，关键还是要找投资商。林秀甜听说宋明泽又要投建东升坡大市场时，闲话说了一箩筐："明泽这不是没事找事做吗，做好自家的企业就行，管镇上的闲事干啥？给自己找负担，天生辛苦命。"这话虽不好听却说得实在。曹晓娅也顾虑重重，洞庭科技城的产品还在开发中，要是现在接手这摊子事，公司股东肯定又会有意见……

云帆也加入其中，农博会申请报告准备，与各政府部门衔接等都是他在忙活。

为申报农博会事宜，宋明泽与一帮支持他工作的老领导再次聚在了一起。副市长李有祥在会上说："岭阳首届农博会的意义非同小可，这是推出岭阳产品的好机会，更是振兴洞庭镇的开路石，各部门要全力支持，各个企业要踊跃参与。企业家是建设乡村的推动者，是农民就业增收的带动者，更是乡村产业振兴的引领者。"

会后李有祥与宋明泽推心置腹："能者多劳，这几十年来洞庭镇的发展你都参与其中，这一次还得你带个头。"

宋明泽没推辞，召集岭阳商会企业家共商岭阳首届农博会大计，他说："希望你们有力出力，有计献策，通过跨界融合、助力村民特色发展、区域联动等方式，拓展农业发展空间，形成产业融合发展的新格局，打造出属于岭阳的新名片。"

韩小鹏在全镇乡村振兴会议上说："岭阳要在洞庭镇举办首届农博会，选址在东升坡大市场，这是宣扬我们洞庭镇产品的好机会，我们要以地方特色为依托，推出洞庭品牌，打造集购物休闲、餐饮娱乐、乡村旅游为一体的特色小镇。"

宋明泽带领团队在市场做了一个月的调研后，由镇政府牵头，请设计师为东升坡大市场重新布局，以洞庭人集团为首的投资商通过合作社、家庭农场、土地托管等方式，与广大镇民建立了稳定的利益联结机制，通过技能培训等方式提升了镇民的经营能力，通过订单电商平台等方式，拓宽了农产品销售渠道。经过为期半年的建设，东升坡大市场焕然一新，市场布局科学合理，智能化设备随处可见。三个近万平方米的绿化广场花团锦簇，十分迷人。为了迎接这次农博会，洞庭镇人也铆足了劲，恨不能把镇里的每一寸土地都装扮一新。

金秋时节，岭阳首届农博会在洞庭镇东升坡大市场盛大开幕，步入洞庭镇就像走进了一个童话世界，远处蓝天碧水，路边万紫千红，沿路看去，湖鲜小镇、特产小镇、美食小镇、科技小镇……二十多个特色小镇在北区的版图上星罗棋布。一脚踏进东升坡大市场，产品分门别类，整齐有序，舌尖上的美食琳琅满目，展馆人山人海。

就连八仙妈许玉珍都出动了，坐镇宋记门店，劝都劝不回去，她说："这么多客人来镇上购物，我必须亲自招待好才行。"

为期三个月的岭阳农博会真把整个岭阳市的食品带火了，全市三百多种农副产品均在展会中脱销。盘龙岛上的盘龙蟹在这次农博会上大放光彩，养殖合作社每天能接几万份订单，一米村的一米萝卜也成了农博会上休闲食品的首选。

《岭阳日报》一篇《洞庭人爱洞庭》的文章是这样报道的："洞庭镇沿着乡村振兴的春风砥砺前行，汇入波澜壮阔的时代洪流，锁定'乡村振兴、和谐富强'目标，全镇呈现喜人变化：一个个荣誉纷至沓来，一件件实事如数办成，一个个项目落地见效。宋明泽带领全镇人走出了一条属于洞庭人特色的发展道路。"

宋明泽再次被全镇人投票选为洞庭镇的名誉镇长。这年他已六十多岁，他走上台的瞬间，台下爆发出一阵热烈的掌声。

"谢谢你们，九十年代初我当选过洞庭镇的镇长，现在我又当选为名誉镇长，感谢大家对我的信任！这几十年来，我一直在参与家乡建设，从建设东升坡大市场开始，到开发西甲门商贸中心，再到开发古潭村；从以前的兴业致富，到现在的乡村振兴；从帮十村到兴万家，我的理想从未离开过这片水土，因为我深爱着这片水土。"台下掌声雷动。曹晓娅的泪水不由滑落脸颊，她之所以与宋明泽一直生死不离，大概也是这份共同的信念在牵引着。在宋明泽的筹划下，洞庭人集团通过"一分五统"的方式，帮带周边三区五乡共同发展，建成了一个达三十万人口的大洞庭，组成了一个有青山碧水、有高速公路、有航道隧道的优美乡镇。

第二十九章　一江碧水

五一节前夕，宋家人围绕洞庭科技电子产业园开园的事忙碌不休。开园日期定在五月二日。宋明兴说："洞庭科技电子产业园区开园，得请领导来剪彩才是。"

许玉珍闭目养了一阵神，微微睁开眼睛，说："干吗要请外人呢？自家的事业自然是自家人剪彩。"要宋明泽给宋明轩打个电话。

宋明泽怕打扰明轩，就给他发了条信息。不一会儿宋明轩就回了电话过来，宋明泽把电话递给母亲。

母亲问："五一放假能回来吗？"

"五一啊，应该能。"

寒暄几句后，母亲才提到剪彩的事："五月二日洞庭科技电子产业园区开园，你回来剪个彩？"

宋明轩在电话中稍稍犹豫了一会儿，回道："妈，我会准时赶到，但剪彩这件事我得先给上面汇报一声。"这是宋明轩步入官场后，母亲第一次劳烦他。

一旁的林秀甜说："明轩来剪彩是应该的，就他没为家里出过什么力，兄弟姐妹的忙他从来没帮过。"

宋明兴说："明轩从小就胆小。"

林秀甜瞥了宋明兴一眼："你以为都像你义气冲天，为家人付出了一切，可谁记得你呀？当初要不是你，明轩能去北京上大学吗？"

宋晓春立即纠正了林秀甜："当年明轩上大学的事可和明兴没什么关系，是明泽把考大学的机会让给了他。"林秀甜丝毫没觉得难为情，讪讪地笑着转向曹晓娅："这还真是缘分，因为明泽没上大学，你才有了机会。"林秀甜这张嘴注定是改不了。

回家度周末的云帆见奶奶似有心事，寻思了一下，说："想热闹还不简单，请一些艺术家来宋记采采风。"曹晓娅笑道："云帆点子多。昨天文联负责人还与我对接呢，说要组织一批艺术家来岭阳采风，宋记园区可是打卡地之一。"

宋明泽会心一笑："这个点子好，艺术家们，写的写，画的画，唱的唱，个个出手是绝活。"

许玉珍听了眉头舒展开来："要得，要得！"

宋明轩赶在开园前回到了岭阳，和宋明泽说不要惊动太大。这点宋明泽也想到了，就请了文联采风团的人和一些退休的老干部。市长张明天还是带着几位市领导赶了过来，说宋记科技园开园是岭阳的民生大事，政府要支持。

五月二日上午九点，宋明泽与家人引客人们进园参观。园区果蔬飘香，花带一路延绵。通过参观专用通道，可从密封透明的玻璃门中具体观看食品生产过程。

走进宋记食品博览馆，就像走进了艺术展览馆，一道道精美的食品，让客人忍不住想上前尝个鲜。馆内两百来米的走廊墙上，画有八仙过海来偷吃宋记食品的图案，每张画都配以妙趣横生的文字。有人问："这是谁的手笔？"许玉珍说："四姑娘梦夏画的。"

宋梦夏便上前为大家介绍。宋记食品产业园经过几十年的发展，现在已成为岭阳游客必打卡的景点，很多外国游客说他们漂洋过海来岭阳就是为了品尝宋记食品。宋记食品也被人编成顺口溜："岭阳出了个八仙妈，韩湘子化斋来洞庭，吕洞宾三醉过她家，八仙过海来品尝，宋记食品顶呱呱。"宋梦夏声情并茂的讲解让大家笑了起来。

途中宋明泽请客人们去办公楼喝茶休息。在会客室，他为客人们泡了一壶古潭毛尖茶。古潭毛尖是古潭村出产的一种黄茶，唐代称为御湖茶，味道醇厚，香气清。待客人品茶后，工作人员给他们播放了一段宋记位于全国各地美食店的盛况。八仙食品已在全国拥有五千家门店，连续三年被评为国内食品卤味巨头，年利润在五亿元左右。八仙妈说创业至今，她始终秉承初心，坚持以良心做食品，匠心做事业。为了保证原材料质量，宋记现在建有上万亩无公害蔬菜基地，就连原材料中的酱油、蚝油也是自己发酵生产的。

大家坐车来到云端乡弥田村的宋记生态养殖基地，起伏的梯田山坡勾勒出曼妙曲线，清幽的湖面微波粼粼，数万只云端鸭游荡在水面上，仿佛一幅会动的水墨画。

宋明泽带领他们参观了长沁村生态鸭的晒鸭长廊。"这种风干鸭本是我父辈以前在船上生活保存食物的一种方式，艰苦岁月为了能换几个钱补贴家用，我妈拿去市场推销，深受顾客喜爱，后来经过改良之后口感更佳，宋记的八仙鸭也打出了名号。"宋明泽解说。

陪同的韩小鹏接道："现在八仙妈把这独家制作秘籍传授给了上岸渔民，也成了当地渔民上岸之后转产的致富密码。现在的洞庭镇已创造出自己的多种品牌。"

方长新见宋明泽带了客人来参观，迎了上去自我介绍："我是退捕渔民的代表，我以前打鱼一年只能挣几万块钱，现在我一年能挣二十多万元嘞，今年我两个儿子都在市区买了房。"

宋明轩微微笑道："退捕上岸是正确的，守护了一江碧水，又上岸开拓了新事业。"

张明天和宋明轩聊起了上岸渔民退捕情况。如今沐南省接近三万名建档立卡渔民全部退捕上岸，并陆续转产再就业，真正做到了退得出、稳得住。长江岸线沐南段几十个非法沙石码头被拆除复绿。当地通过水系疏通、植被恢复、外来物种清理等方式，使长江湿地生态得到明显改善。

乡长周浦和说，云端鸭至今有上千年的养殖历史，生长于山塘溪河之间，是岭阳独有的生态鸭品种。现在，在宋记的帮扶下，云端乡的长港鸭与弥香鹅顺利通过了国家地理标志产品认证，全乡每年养殖业的利润可达五亿元，现在云端乡也成了旅游景区。

宋明轩笑道："乡村振兴，养殖业是生力军啊。"赶鸭人无不自豪地说："仅是鸭毛每年就能给企业带来过千万元的利润。"

"耶咯咯"的赶鸭声传来，水中浪花四溢，岸上鸟语花香。

参观完长港鸭基地，车拐进古潭村。入村路口的一块巨石上面镌刻着"全国文明新村古潭村"一行大字。步入村内，一排排农家院落规划有致，柏油路通村入组。村东上千亩的古潭茶园的茶梯仿佛层层叠叠的玉腰带。

参观完古潭村后，大家上车前往洞庭科技电子产业园区。途经莲花村时，一望无际的荷塘里，荷叶田田。乡村振兴战略实施以来，全区湘莲种植面积达三万多亩。古潭茶园连续三年被评为全国最美茶园。葡萄村足有五千亩的葡萄大棚。近几年越来越多的村子像古潭村一样成为美丽乡村的新名片。

最后一站是洞庭科技电子产业园区。驾车驶进九里铺已完全找不到这里曾经荒芜的影子，映入眼帘的是一片繁华，道路两边是高楼大厦，一排排整齐的临街铺面、洋气的花园小区、大型超市随处可见，不远处有刚落成的洞庭国际会展中心。

李和坤在前面当起了向导："以前这地方属于岭阳市北区，荒无人烟，二十年前宋明泽率先在九里铺开创事业，引进了大批投资商在这里开疆拓土，才有了现在的北区新城。"

闲聊间，车已经驶进一条全新的柏油路，一刻钟后直接开进了洞庭科技电子产业园区。步入园区，一排排厂房藏在一片郁郁葱葱的果树林里。十年后再看洞庭科技城可谓日新月异，已建成的三大工业园区，共引进中外企业十几家，形成了先进制造、健康食品、生物医药、光伏电子、现代物流等五大主导产业。

上午十一点，在洞庭科技广场，张明天主持开园。洞庭人集团四十年创业旅程，一路以引领者姿态，数年站立沐南省民营企业榜首，是全国五百强企业。他赞许了八仙妈许玉珍开创的宋记食品，也肯定了宋明泽不断创业创新的思路。

"宋明泽出身贫寒，起步于草莽且不甚光鲜的养殖行业，不管在八十年代还是在当下创业环境中都不占任何优势，他的神奇之处在于他怀揣朴素的乡土情怀和一次次逆袭站在时代潮头的勇气，开创多个农牧与科技品牌，不仅填补了沐南市场的空白，也建立起与时代共振发展的洞庭人版图。"

接着宋明轩上台讲话："宋家事业可以说是与岭阳一同成长起来的，我们宋家三代人见证了岭阳改革开放几十年的沧桑巨变，从地摊生意走向世界。一晃几十年过去了，岭阳发生了天翻地覆的变化，我的一家人也发生了很大的变化，从我六兄妹到现在侄子外甥，以及他们的家庭成员，足有几十号人。哦，对了，我的大侄子宋运博昨天喜得贵子，我也当了爷爷……"

台下人都呵呵笑了起来。宋明轩继续说："小时候家里人多，我的外公外婆、爷爷奶奶与父母亲，每次开饭至少十几个人。我们家是渔民，上岸后落户在九华山洞庭农场便成了菜农，一家人一穷二白，在这方土地上打拼。我的父亲在抗洪抢险中遇难后，我的母亲几乎承担了家庭中所有的责任和苦难。我考大学的那一年，我的母亲得了重病卧床不起，奶奶三寸小脚无法照料家务，整个家庭的重担都落在我二哥宋明泽肩上……"

宋明轩眼中泪光闪烁，平复了一下心情继续说："在此我首先要感谢我的母亲，老人家一辈子勤劳朴实，任劳任怨，不仅为宋记食品打下了牢固的基础，也为宋记事业付出了毕生的精力。再者我要感谢我的二哥宋明泽对这个家庭的付出，对整个洞庭人集团的开拓与贡献。

在摸着石头过河创业的路上，他翻过跟头甚至差点被淹死，但他不抛弃，不放弃，从不怨天尤人，而是在不断反思中吸取经验教训，一次次又站了起来。这是我们宋家人的特征，吃得苦，霸得蛮。山高路远隔不断血脉相连，我爱我的母亲，我也爱我的家人。还有一个很重要的人——我的继父马建设，我们兄妹几个对自己的父亲喊爸，称马建设为爹。在我心中，爹和爸一样深爱着我们，几十年来他为我们这个大家庭付出很多，尽管爹已经走了，但是在我家兄妹心中他和爸一样值得我们铭记……"

随后李和坤上台讲话："宋家人是很有意思的一家人，也是一个温暖团结的大家庭。从他们一大家人的故事中，我深深感受到了家的味道，而这种和谐的家庭氛围是现代人所缺少的，也正是我们内心所渴望的。我想以前很多了解岭阳的人，多半是因为它背靠洞庭湖而闻名遐迩，现在外面了解岭阳的人，多是因为'岭阳出了个八仙妈，宋记食品顶呱呱'。"

李和坤继续说道："宋记食品从一个小作坊做起，到现在走向全世界，其中的艰辛与努力可想而知。现在八仙妈已成了岭阳美食的一张名片，宋记食品产业链带动了成千上万的村民发家致富，在此我要代表岭阳人民向八仙妈道一声，您老辛苦了！感谢您为大家带来的新口福！"台下掌声雷动。李和坤又肯定了宋明泽勇于改革创新的劲头，说宋明泽敢为人先的创业精神是难能可贵的，以小家带大家、建设国家的质朴情怀是可圈可点的。

晚上，一大家人其乐融融地围坐在客厅看当天的新闻播报，唯独宋梦夏在她的画室里作画。宋晓春把她从画室里拖了出来，说："大家难得聚在一起，你怎么倒躲进了画室呢？"

时光不等人，宋梦夏和杨波离婚后没再找人。宋晓春经常说她傻，为了那个叫秦铭的落魄画家丢了杨波。云峰纠正宋晓春："大姑，秦铭的一幅鱼图在拍卖行拍到了上亿元，他可不落魄。"宋梦夏淡淡地笑了一下，没出声，这次她从上海回家后明显沉默了许多。

半年前，宋梦夏在上海再次邂逅了秦铭。她走进秦铭的画室时瞬间被震撼了，一幅七八米长的水彩画挂在画架上，画中阳光洁净，波光粼粼，近看画中每个人都栩栩如生、悠然自在——这幅画里的人物居然是她的一家人。细看画中场景犹如在昨天，在湖边的小院子里，隐隐的竹林中有户瓦屋人家，明兴在湖边撒网捕鱼，明泽和燕妮在堤上侍养受伤的白鹤，明轩坐在孔雀树下看书，晓春在湖边的石板上洗衣服，奶奶手上拿着竹竿在院子里赶鸡鸭，母亲手上端着一盆热气腾腾的鱼片刚从厨房出来……画中最清晰的是她，十几岁的模样，两条小辫子落在肩头，脸如出水芙蓉，眉目清纯。

宋梦夏十三岁那年开始向秦铭学习绘画。秦铭说画画一定要画自己所熟悉的人与物。于是她用十几支铅笔一口气画了一摞素描送给秦铭，说画的是他们一家人和院子前面的孔雀树。这一摞素描竟全被秦铭收藏下来。

宋梦夏看到这幅画后很感动，为了助力秦铭完成这幅作品，陪他在画室里待了三个多月。开始时宋梦夏激情四溢，将这幅画取名《洞庭一家人》。遗憾的是秦铭爱的是少女时代的宋梦夏，而宋梦夏也怀念的是以前的秦铭。他们的再次相遇，让心中所有的美好慢慢化为平淡。激情消失后，一切从梦幻回到了现实。待这幅画完成后，宋梦夏找了个借口离开了秦铭。

一天，宋梦夏在电视中看到了采访秦铭的片段，他们合作的那幅画《洞庭一家人》被人以八百万元的价格拍走了。记者采访时，秦铭讲述了这幅画背后的故事，说他当年下放到洞庭湖边的一个农场里，常去湖边居住的一户人家蹭饭吃。这家人老老少少加起来得有十几口，日子过得很热闹，即使生活艰难，他们知青去这户人家的时候也会被留下吃饭，女主人总是热情接待，那时他们家几乎成了知青之家。他一直想为这家人画幅画，因为他们家每个人都有自己的鲜明特征，终于，他再次邂逅梦夏，在她的帮助下，才成功将画作完成。

秦铭将这幅画所得的八百万元转赠给了宋梦夏。宋家人看到这则新闻时也很意外，没想到拍下这幅画的人是杨波，此时杨波已在国外结婚。宋梦夏无法言说自己的心情，把这笔钱全部捐给了洞庭湖区。《洞庭一家人》则被杨波送给了宋梦夏。为了这幅画的去向，宋梦夏去咨询舅舅的意见。许玉山说："这幅画，画的是你们一家人，却折射出洞庭湖区的时代变迁，赠送给省博物馆吧。"

　　叶落归根，许玉山回岭阳把宋家兄妹又聚在了一起。端午节的前一天，宋明轩也从北京赶了回来。晚餐是曹云帆掌厨，他忙活了大半天做出了一桌丰盛的鱼宴，竹筒鱼、松鼠鳜鱼、藕丝银鱼等。曹云帆上前为舅公介绍，他在传统的鱼席上又加了几道菜，现在的全鱼宴由八围碟、四热炒、八大菜、一碗汤、四点心等三十六个菜点组成。

　　舅公挨个品尝后，直呼鲜嫩适口。饭桌上一家人边吃边聊，提到洞庭湖，宋明旭打开了话匣子，从爱鸟到禁渔，从洞庭湖生态综合治理到湖区生态经济圈建设。

　　饭后宋明泽、宋明轩陪舅舅在娱乐室玩麻将，宋明兴换成了曹云帆。曹云帆一边忙着陪牌，一边忙着递烟点火。别人牌一出手，他便能把各家手中的牌猜得八九不离十。但他藏而不露，让长辈玩得高兴。宋明泽是个老手，久经沙场，豪放旷达。宋明轩斯文儒雅，出手却狠，碰吃卡牌无一不诡谲。许玉山神闲气定，得心应手，很快一条龙、清一色接踵而至。

　　许玉山每次回来都要看看岭阳的新变化。早上家人开车随曹云帆来到大陵矶港口，明媚的阳光随波流淌，远看新港国际集装箱码头就像被镀上一层金色的外衣。整个作业区物流繁忙，装卸声与汽笛声此起彼伏。浩浩长江与金色的天空融成一体，里面来来往往的船舶，就像穿行在一块科技荧屏之中。曹云帆介绍，大陵矶作为沐南省唯一通江达海的港口，区位优势大，开放责任更重大。进入新时代，沐南省的战略坐标被明确定位为"一带一部"内联四水，外通江海。

许玉山说："六七十年代，这码头灰尘满面，到处坑坑洼洼，现在就像走进了一座科技城，从百年老港到活力新港，是改革开放的产物，也是时代变迁的见证。"

随后在宋明泽的带领下，一家人从岭阳市区来到了洞庭湖边。湖面上的洞庭大桥宛如一条彩虹，湖中则是一派"烟波渺渺净涟漪，鱼跃鱼潜乐自知"的景象。

一行人绕长堤边散步边看湖，许玉山停驻眺望，这湖又岂是一个"看"字能道尽的，屈原行吟泽畔，杜甫登楼感怀，范仲淹先忧后乐，在历史的长河中，这湖早已成为岭阳人灵魂的栖息地。如今八百里洞庭再现碧波万顷、鱼群腾跃，一时他恍如梦中，十二岁那年离开君山岛去省城读书时，在渡口坐的是一条横河筏子，一条筏子最多只能坐三个人，筏身低矮，不时能看见成群结队的江豚飙起阵阵浪花。回忆往事，许玉山的笑容如一个天真的孩童。

宋云峰说："'出走一生，归来仍是少年'，说的就是舅公呀。"

那天一家人在湖边玩得很尽兴，回家后，宋明轩要写字，曹云帆在书桌旁研墨抻纸，宋云峰说："岭阳日新月异，六叔必须写个有新意的，两句话就能把我们全家人写入其中。"

宋明轩看着眼前其乐融融的一家人，展纸挥笔写了一副对联："东西南北八方儿女九州盛，春夏秋冬四季花香五谷丰。"

许玉山上前来了个横批："洞庭人家。"

云峰在旁拍手称妙："舅公这个横批是点睛之笔。"

这也是许玉山最后一次与宋家孩子们聚在一起。六月初，他在老家君山岛茶园摘茶叶时突发心肌梗死离世。他自己有预感似的，早在家中写好了遗书，把所有的财产捐给了洞庭湖大堤建设指挥部用于维修堤坝。他在遗嘱中写道："后事尽简，骨灰撒洞庭湖。"

一晃又到了中秋节。许玉珍大寿那天来了很多宾客，老家的亲戚都赶了过来，金瑞大酒店三层挤满了客人。宴席结束后，宋晓春准备送母亲回家午休，在她与客人道别后，回头却发现母亲不见了，急忙招呼家人在酒店寻找，都没有。

宋明泽要他们别慌张："妈就算离开也不会走远。"

宋明兴说："准是去了鱼巷子。"

一家人急忙赶到鱼巷子，果然在新建的鱼巷子中找到了母亲。如今的鱼巷子已经被建成历史文化名街，十月的阳光暖和悠长，许玉珍站在巷子中间，一会儿抬头看看阁楼，一会儿踩踩脚下的麻石，慢慢往前走去。

看着母亲在阳光下缓慢行走的背影，宋明泽记起四十多年前，母亲带他去火车站贩鱼片的情景，她挑一副百来斤重的担子能一口气走八九里地，脚下呼呼生风。转眼间，母亲脚步蹒跚，想到这里，他和曹晓娅快步跟上前去搀扶着母亲。

新建的鱼巷子别有风味，一条宽厚的仿古石板路，两边的铺面修成了一排排整齐的仿古阁楼。路边铺子里到处摆放着兴记食品，八仙妈的招牌随处可见，格柜上摆满了岭阳特产，有岭州窑瓷器、岭州扇、蛋雕、金银花丝、川山毛笔与乌木等。许玉珍看看这个，摸摸那个，仿佛看到岭阳"非遗"从历史深处走来。

一家人陪着母亲出店铺后，继续往前走去，穿梭在高低错落的青砖黛瓦中，任湖风吹拂，往事扑面而来。

许玉珍四处张望，眼神有些焦急，似乎在寻找什么。

宋明泽低声问："妈，您在找什么？"

许玉珍喃喃自语："我家的老铺子去了哪里呀？记得鱼铺的侧边有一棵大树，门口有一口大土灶，怎么门前的九华山也不见了呀？好高的一座山，好多东西都找不到了呀？"

宋明泽眼眶不禁有些湿润，说："妈，您放心，洞庭湖还在嘞，还在！"

不觉已走到了巷尾那条风景如画的岸堤上，许玉珍面对烟波浩渺的洞庭湖，念念有词。远处嫣红的夕阳倒映在湖水中，像水中亮起了红灯笼，她痴痴地望着湖面，眼中就像有两颗星星在发光。

宋明泽问："您在看什么呢？"

许玉珍缓缓指向远方："在看你爸和你爹，一旁有你舅舅，热闹着呢。"

眺望远处，一江碧水天际流。

2025 年 1 月 6 日，湖南岳阳改稿

图书在版编目（CIP）数据

洞庭人家 / 余红著 . -- 北京：作家出版社，2025.
4. --（"新时代山乡巨变创作计划"潜力文丛）.
ISBN 978-7-5212-3183-0

Ⅰ. I247.5

中国国家版本馆 CIP 数据核字第 20248FH624 号

洞庭人家

作　　者：余　红
责任编辑：朱莲莲
封面设计：周基东
出版发行：作家出版社有限公司
社　　址：北京农展馆南里 10 号　　　邮　　编：100125
电话传真：86-10-65067186（发行中心）
　　　　　86-10-65004079（总编室）
E-mail:zuojia @ zuojia.net.cn
http://www.zuojiachubanshe.com
印　　刷：河北京平诚乾印刷有限公司
成品尺寸：152×230
字　　数：365 千
印　　张：26.25
版　　次：2025 年 4 月第 1 版
印　　次：2025 年 4 月第 1 次印刷
ISBN 978-7-5212-3183-0
定　　价：68.00 元